PAUL ZSOLNAY VERLAG

MICHAEL DORRIS

Gelbes Floß auf blauem See

ROMAN

Aus dem Amerikanischen von
Karlheinz Dürr und Berit Horenburg

PAUL ZSOLNAY VERLAG
WIEN

Titel der amerikanischen Ausgabe: A Yellow Raft in Blue Water

Umschlag und Einband: Buchholz/Hinsch/Hensinger, BRD
Satz: Büro Dr. Ulrich Mihr, Tübingen
Druck und Bindung: Ueberreuter Buchproduktion, Korneuburg
Printed in Austria
ISBN 3-552-04301-2

CIP-Titelaufnahme der Deutschen Bibliothek

Dorris, Michael:
Gelbes Floß auf blauem See: Roman / Michael Dorris.
Aus dem Amerikan. von Karlheinz Dürr und Berit Horenburg. –
Wien: Zsolnay, 1991
ISBN 3-552-04301-2

FÜR LOUISE,

*die Gefährtin, die mich Seite für Seite
und Tag für Tag begleitete*

Danksagung

Mein Dank gilt vor allem meiner Mutter, Mary Besy Dorris, und meinen Tanten, Marion Burkhardt und Virginia Burkhardt, die mir mit ihrem gesunden Menschenverstand und ihrem Sprachgefühl halfen. Ich danke meiner Großmutter, Laura D. Hamilton, für ihre Unterstützung und ihre Erzählungen, und meiner Schwiegermutter, Rita Gourneau Erdrich, die nächtelang meine Entwürfe las. Ferner gilt mein Dank der verstorbenen Annie Medicine sowie Nancy Nicholas, Charles Rembar, Blanche Brann und Jeannette Seaver für ihre Ermutigung und ihre Verbesserungsvorschläge, und meinem Verleger, Richard Seaver, für sein Vertrauen.

RAYONA

1

Ich sitze in unbequemer Haltung auf dem Bett, einen Fuß auf dem Boden, mit der Hüfte lehne ich mich gegen Moms angewinkelte Beine, meine Ellbogen stütze ich auf den Krankenhaustisch. Mein Rock ist zu kurz und rutscht dauernd an meinen Schenkeln hoch. Mom versucht nun schon seit zwanzig Minuten, mein langes, krauses Haar zu einem Zopf zu flechten, während sie mir Tips aus Schönheitsmagazinen gibt, wie ich mein Aussehen verbessern könnte – sie empfiehlt mir Kosmetika, um meine Wangenknochen zu betonen oder mein Kinn abzurunden, ein Rouge, um meine Hautfarbe auszugleichen. Ich sehe auf die Uhr an der Wand: noch fünf Minuten bis zum Ende der Besuchszeit. Ich würde am liebsten gehen, aber dann würde mir Mom wütend vorwerfen, daß ich unhöflich sei.
Wir haben den Rolltisch so gestellt, daß die Tischfläche über das elektrische Bett ragt. Darauf spielen wir Patience. Mom sitzt aufrecht; sie hat ein Kissen unter ihre Knie geschoben. So kann sie alles leicht erreichen. Jetzt konzentriert sie sich. Ihr rundes Gesicht ist zu einer Maske erstarrt, als ob sie eine Kandidatin in einem Fernsehquiz wäre, deren Zeit abläuft. Sie hat nur Augen für die Farben und Zahlen der Spielkarten. Sie trägt ihre Lieblingsringe: einen Ring in Muschelform, ein zweiter zeigt einen mit Türkis- und Gagatsteinen verzierten Erdkuckuck und der dritte Ring eine Schildkröte aus Sandguß-Silber. Dazwischen schneidet der dünne goldene Ehering in ihren Finger. Sie thront, aber sie konzentriert sich voll auf das Spiel.
In den vergangenen zwei Stunden haben wir beide je drei Plastikbecher mit warmem Ginger Ale getrunken. Mom hat sogar an einem zweiten Abendessen genascht, das stehengeblieben

war, weil die beiden anderen Frauen im Zimmer die ganze Besuchszeit über schlafen. Wir sprechen leise, um nicht zu stören. Mom mischt die Karten und legt sie aus. „Diesmal klappt es, das spüre ich", sagt sie.
Ich widerspreche nicht, obwohl ich es könnte. Bei der letzten Runde habe ich eine Kreuz-Zwei und einen Spaten-Buben unter einer Herz-Zehn gesehen. Die Karten werden gewinnen.
Jetzt sind die Karten neu ausgelegt. Mom ist Spielführerin. Die erste Karte, die aufgedeckt wird, ist die Kreuz-Zwei. Sie steckt sie zu dem As, ohne eine Miene zu verziehen, aber sie scheint zufrieden, als sie den Buben sieht.
„Komm zur Mama", flüstert Mom und steckt ihn zu ihrer Karo-Dame. Dann kommt die Zehn. „Was hab ich dir gesagt? Dagegen kommt nichts an." Ihre Augen sind groß und braun, ihr Blick ist durch die Pillen, die sie morgens bekommt, und durch den Schlafmangel abgestumpft, aber der Sieg läßt sie wieder glänzen.
Es stört mich, daß Mom mogelt, aber ich sage nichts. Es hat keinen Sinn, deswegen zu streiten.
„Du kassierst immer alles ein", sage ich. „Jetzt versuchen wir es mal mit der anderen Variante, die mit der Vorgabe."
„Ich höre auf, sobald ich sehe, daß ich gewinne." Sie schiebt die Karten in einem unordentlichen Haufen zu mir hinüber, sucht nach dem Knopf, um ihre Körperstellung zu verändern, und sinkt in eine halb liegende Haltung zurück.
Ich nehme die Karten, setze mich aufrecht hin, mische sie, fächere sie auf und lege sie in vier Reihen nebeneinander aus, As neben König. Dann beginne ich das Spiel und bekomme sofort ein Kreuzquartett zusammen.
„Weißt du noch, wie es geht?" fragt Mom.
Das Spiel zieht sich in die Länge. Nach einer Weile habe ich genug. „Ich gewinne ja doch nicht", sage ich und stehe auf, um zu gehen.
„Du gibst viel zu leicht auf. Laß mich mal sehen, was du hast ..." Aber plötzlich erstarrt Mom. Etwas stimmt nicht. Sie scheint plötzlich kleiner, als ob sie in ihrem Bett zusammengeschrumpft wäre. Ihre Augenbrauen entspannen sich: Sie starrt

an die Decke. Ihre Hände liegen schlaff an ihrer Seite. Zum ersten Mal kommt mir der Gedanke, daß dieser Krankenhausaufenthalt anders sein, daß sie vielleicht wirklich krank sein könnte. Ich strecke die Hand nach der weißen Schnur aus, an der der Rufknopf hängt, aber Mom greift zuerst danach und steckt die Schnur unter das Bettuch. Sie blickt über meine Schulter hinweg und verzieht das Gesicht, als ob sie lächeln wollte, ihr das Lächeln aber nicht ganz gelinge.
Ich drehe mich um und sehe meinen Vater in der Tür stehen. Für einen so großen Mann tritt er sehr leise auf. Immer wieder bin ich überrascht, wenn er plötzlich auftaucht. Er ist groß und schwer, seine Haut ist etwas dunkler als meine. Er hat seine Afro-Frisur auswachsen lassen; jetzt glitzern Regentropfen in seinen Haaren. Seine Postboten-Uniform ist ebenfalls feucht, die grauen Wollhosen sind an den Knien ausgebeult. An seinem Handgelenk trägt er ein Armband aus drei mattglänzenden Metallen, Kupfer, Eisen und Messing. Ich habe ihn noch nie ohne dieses Armband gesehen. Er sieht verlegen aus und wirkt in dem hellen Zimmer ungelenk. Langsam fährt er sich mit der Zunge über die Lippen.
„Rayona, was ist los?“ fragt er.
Das sind die ersten Worte, die ich seit meinem fünfzehnten Geburtstag vor fünf Monaten von ihm höre. Er hatte angerufen, um mir zu sagen, daß er erst später zu meiner Party kommen könne. Ich bin also nicht gerade gut auf ihn zu sprechen.
Ich stehe auf. Immerhin bin ich einen Meter fünfundsiebzig, größer als jedes andere Mädchen in meiner Schule, aber ihm gegenüber komme ich mir immer noch klein vor.
„Willst du deinen Vater nicht begrüßen?“ fragt Dad.
„Elgin“, sagt Mom hinter mir, „ich dachte, du besuchst mich nur, wenn ich schlafe.“
Besuchen? Mom muß ihn angerufen und ihm erzählt haben, daß sie krank ist. Anders hätte er es gar nicht wissen können, denn ihren Freunden hat sie verboten, mit ihm zu sprechen.
„Du kannst jetzt gehen, Ray“, sagt Mom. „Ich habe etwas mit Elgin zu besprechen.“ Sie hat sich inzwischen wieder in ihrem Bett ausgestreckt. Die Karten sind verschwunden, den Tisch hat

sie neben das Bett gerückt. Sie liegt jetzt fast flach, die Decke hat sie bis unter das Kinn hochgezogen. Aber das Kissen liegt noch unter ihren Knien, deshalb muß sie den Kopf heben, wenn sie uns sehen will.
„Nein, geh nicht weg", sagt Dad. „Ich muß dich erst mal richtig anschauen."
Er inspiziert mich wie ein Paket, das nicht ganz vorschriftsmäßig verschnürt ist. Seine Augen messen und schätzen mich ab, nehmen mich auseinander und setzen mich wieder zusammen. Ich warte darauf, daß er meine Größe lobt, mir wie so oft schon sagt, daß ich wie er und nicht wie Mom aussehe, die mir selbst in Schuhen mit extrem hohen Absätzen gerade bis zu den Ohrläppchen reicht. Vermutlich hält er mich für zu knochig. Aber er schüttelt nur den Kopf, halb traurig, halb bestätigt in irgendwelchen Annahmen.
„Bis morgen dann, Baby", sagt Mom. Es klingt wie ein Befehl. Sie wartet ungeduldig, daß ich verschwinde, damit sie Dad ganz für sich hat. Jetzt werde ich erst richtig neugierig.
Ich weiß wirklich nicht, was sie an ihm findet. Sie hat andere Liebhaber, die auch tatsächlich anrufen, wenn sie es versprochen haben, die die Rechnung im Restaurant bezahlen und die zu uns ziehen möchten.
„Ray kann dableiben, Christine. Sie ist schließlich nicht auf den Kopf gefallen und alt genug, um das alles zu verstehen."
Dads Worte scheinen meinen Rücken hinunterzurinnen, und meine Schultern verkrampfen sich. Ich bin an allen Meinungen über meine Person interessiert, solange sie nicht meine Größe oder mein Gewicht betreffen. Ich merke mir also, daß ich nicht auf den Kopf gefallen bin, jedenfalls meint das mein Vater, obwohl er mich kaum kennt, und ich warte auf das, von dem er glaubt, daß ich es verstehen werde.
Dad greift in seine Hosentasche, holt Moms Schlüsselbund hervor und läßt ihn an seinem Finger baumeln. „Ich bringe dir deinen Wagen zurück."
Mom schüttelt den Kopf. „Du kannst ihn behalten, bis ich entlassen werde. Du kannst mich dann abholen."
„Dazu kann mich auch ein verbeulter Volaré nicht bringen."

„Redest du so mit einer kranken Frau? Er hat neue Zündkerzen!"
„Neue Zündkerzen nützen da auch nichts mehr. Und außerdem siehst du nicht besonders krank aus."
Da hat er recht. Mom sieht enttäuscht und wütend aus. Sie schiebt das Kinn vor, stützt sich auf die Ellbogen, ihre Brust erreicht jetzt fast ihre Knie. Ihre Augen werden zu schmalen Schlitzen und verschwinden fast in ihren vollen, geröteten Wangen.
„Du brauchst dir bloß die Krankenkarte anzuschauen. Oder frag den verdammten Arzt. Ihm bin ich krank genug."
Dad stopft den Schlüsselbund und das grüne Parkplatzticket in meine Hemdentasche. „Nimm das für deine Mutter. Parkdeck A sechs. Vergiß es nicht."
Mom wird gleich explodieren. Ihre Lippen sind fest zusammengepreßt, sie versucht, das Kissen unter ihren Beinen hervorzuziehen. Sie öffnet den Mund, um etwas zu sagen, aber es kommt nur Luft heraus. Es ist, als hätte sie gerade ein langes Rennen verloren. Sie versucht, sich aufrecht hinzusetzen, aus dem Bett zu steigen, aber sie hat sich in die Decken verwickelt und bleibt wie gefesselt auf dem Rücken liegen.
„Verschwinde jetzt endlich." Moms Stimme ist rauh, schneidend. Ihr Körper windet sich auf der Matratze. Ich weiß, wie sehr sie es haßt, hilflos zu sein, wenn sich Dad so gleichgültig verhält.
Er beobachtet sie wie eine Fremde. „Das funktioniert jetzt nicht mehr. Gib's endlich auf."
„Du kannst es aufgeben, du! Ich geb nicht auf."
Dad berührt meinen Arm. „Geh jetzt. Ich muß mit Christine reden."
Mom ist wütend, auch wegen der verwickelten Decken. Einer ihrer Ringe verfängt sich in einer Falte der Decke. Sie versucht, ihn loszureißen, aber der Stoff ist zu fest.
„Ich ruf dich an", sagt Dad und richtet seinen langen Zeigefinger auf meine Brust.
„Lauf nur zurück zu deinem kleinen schwarzen Mädchen", schreit Mom. „Vergiß uns. Wer braucht dich schon?" Sie fällt

auf ihr Kissen zurück, bedeckt ihr Gesicht mit den Armen und bewegt sich nicht mehr. Sie lauscht und wartet. Sie wartet auf Dads Entschuldigung, wie immer, wenn der Streit sich so weit aufgeschaukelt hat. Sie hat ihr As hervorgezogen und ihren ganzen Einsatz aufs Spiel gesetzt.
Dad beobachtet sie einen Augenblick lang, dann macht er sich leise davon. Seine Kinnmuskeln arbeiten, seine weitgeschwungenen Lippen sind hart, und seine halbgeschlossenen Augen wirken, als seien sie auf seinem Gesicht aufgemalt.
Die beiden anderen Frauen im Zimmer sind längst aufgewacht und so aufmerksam und interessiert, als säßen sie vor dem Fernseher. Es sind alte Frauen aus dem Reservat. Ihre Augen glänzen, und sie sind begierig auf Tratsch, obwohl ihre Körper durch Schläuche ernährt werden. Ich kann ihre Gedanken lesen: *Eine kleine Indianerfrau, aus was weiß ich welchem Stamm, und ein großer schwarzer Mann. Und ein Mädchen, viel zu hochgeschossen. Sie sieht ihm ähnlich.* Die alten Frauen freuen sich. Jetzt haben sie ihren Kindern endlich etwas zu erzählen, wenn sie zu Besuch kommen, etwas, das interessanter ist als Geschichten von unfreundlichen weißen Ärzten und indianischen Krankenschwestern mit Liebeskummer. Sie blicken abwechselnd zur Tür, auf mich und auf Mom in ihrem Bett und werfen sich gegenseitig vielsagende Blicke zu.
Moms Atmen ist wie Regen in der Nacht, der gegen die Fenster schlägt, während der Wind die Vorhänge bläht. Ich will nicht mehr hier sein, wenn sie entdeckt, daß Dad nicht mehr da ist, also gehe ich auch, laufe zur Treppe, weg von den Aufzügen, vor denen er vielleicht wartet, um sein Verhalten zu erklären, solange wir langsam ins Erdgeschoß schweben.
Ich öffne die Ausgangstür und gehe die Treppe hinauf, nicht hinunter. Ich will noch nicht nach Hause gehen. Ohne Mom wirkt unsere Wohnung auf mich wie eine Abstellkammer, vollgepackt mit unseren gemieteten Möbeln. Wenn sie nicht da ist, höre ich Geräusche, auf die ich sonst nie achte, und ich nehme den Geruch des Essens wahr, das die Nachbarn kochen. Ich höre mir das Gequäke des kaputten Fernsehers an und esse im Stehen.

Seit einem Jahr ist Mom Stammkundin beim Indianischen Gesundheitsdienst. Ihre Beschwerden treten fast immer mitten in der Nacht auf. Keuchend wacht sie auf, die letzte Party oder der letzte Ohnmachtsanfall auf dem Bett wirken nach. Dann muß sie wieder zurück ins Krankenhaus, um weitere Tests durchführen zu lassen. Sobald sie dort ist, verlangt sie nach einem Priester, obwohl sie nie zur Kirche geht. Sie sagt, daß sie ein Anrecht auf die Letzte Ölung habe, daß das einfach dazugehöre, wenn man im Krankenhaus liege. Außerdem habe sie ein Recht darauf, weil sie als Kind ordnungsgemäß getauft worden sei und auch die Erstkommunion bekommen habe. Die Ärzte versichern ihr, daß sie ihre Leber ruiniere, wenn sie nicht mäßiger lebe, aber sie weigert sich, Rücksicht auf sich selbst zu nehmen. „So bin ich eben", sagt sie. Ihr Lieblingsspruch ist: Unkraut vergeht nicht.

Dann kehrt sie nach Hause zurück und will ihre Genesung feiern. Den Leuten erzählt sie, sie sei in Mexiko gewesen und fühle sich jetzt wie neugeboren. Natürlich täuscht sie damit niemanden. Den meisten ist das alles egal, ausgenommen Moms bester Freundin, Charlene, die in der Krankenhausapotheke arbeitet und in unserem Block wohnt. Sobald sie sieht, daß Mom sich fein gemacht hat, um in die Stadt zu gehen, reißt sie irgendwelche Witze über Medikamente.

„Ich hab gehört, daß man im Silver Bullet ganz billig Rezepte bekommen kann", hatte sie letztes Mal gesagt. Mom hatte nur die Augen verdreht, um Charlene zu warnen, denn ich sollte nicht verstehen, wovon die Rede war.

„Mach dir nichts vor, Christine. Der menschliche Körper verträgt nur ein gewisses Maß an Bestrafung."

„Ich liebe es, bestraft zu werden!" Moms Augen funkelten, ihre Finger rollten eine kleine Locke mitten auf ihrer Stirn.

Und jetzt liegt sie wieder einmal im Krankenhaus.

Die Korridore liegen in abendlicher Ruhe. Im obersten Stockwerk begegne ich ein paar Leuten in grünen Krankenhauskleidern. Sie bemerken mich nicht, als ob ich unsichtbar wäre. Es ist zu still für ein Haus, in dem in jedem Zimmer kranke Menschen liegen. Man möchte glauben, daß die Patienten alle Welt

von ihren Qualen wissen lassen wollten, daß sie stöhnten, seufzten oder aufschrien. Aber durch die offenstehenden Türen sehe ich manche einfach blicklos daliegen, als wären sie bereits tot. Ich fahre mit dem Lift hinunter. Dad dürfte jetzt schon lange weg sein, wohin auch immer. Oder zu wem auch immer. Mom sagte etwas über ein kleines schwarzes Mädchen, aber das hatte sie ihm auch früher schon hundertmal vorgeworfen.
„Unsere Hautfarben passen nicht zusammen", hatte Mom einmal vor langer Zeit zu ihm gesagt. „Jedenfalls glauben das deine Freunde."
„Wir haben verschiedene Farben, aber schau dir mal unsere Mischung an." Dads Stimme hatte tief geklungen, fast wie ein Gesang. Wahrscheinlich hatte er damit nicht mich gemeint, oder vielleicht doch, denn meine Hautfarbe ist eine Mischung ihrer Farben. In einem Kaufhaus habe ich einmal auf einer Farbenpalette für Dispersionsfarben für jeden von uns dreien den genauen Farbton entdeckt. Mom war Mandel, Dad war Gebrannter Lehm, und ich war Walnuß.
Die Eingangshalle ist menschenleer, aber ich kenne den Weg. Ich folge der gelben Linie, die zu einem Raum führt, in dem Verkaufsautomaten stehen. Nachdem ich jetzt weiß, was los ist, kann ich auch verstehen, daß Mom den Wagen als Köder benutzt. Ich habe bei Dad ebenfalls verschiedene Tricks probiert, bevor ich durchzublicken begann: Tränen, gute Noten, Briefe, Geschenke. Zuerst schien jeder Trick ein Erfolg. Er hatte gelächelt, hatte mir eine Postkarte geschickt oder mir versprochen, mich morgen anzurufen. Und dann hörte ich wochenlang nichts mehr von ihm.
Einmal lauerte ich ihm sogar auf seinem Postbotengang auf. Ich schwänzte die Schule und stand morgens um zehn an der Ecke, wartete auf Hundegebell oder das Geräusch einer zufallenden Briefkastenklappe. Ich hatte eine genaue Vorstellung. Er würde im Gehen und mit gebeugtem Kopf die Briefe in seiner Tasche sortieren. Er würde mich nicht bemerken, bis er aufsah, um die Straße zu überqueren. Dann würde er im Laufschritt auf mich zukommen, grinsen und sagen, daß er es nicht glauben könne. Er würde mich einladen, im Schatten eines Baumes sein Stück

kalte Pizza mit ihm zu teilen. Und die Leute, die vorbeikamen, würden uns zulächeln – uns, einem Vater und seiner Tochter, die sich so ähnlich waren und schon morgens ihr Mittagessen verzehrten, einfach, weil sie gern zusammen waren.
Aber Dad wurde auf verschiedenen Strecken eingesetzt, man konnte nicht vorhersagen, auf welcher. Als der Postbote damals endlich kam, war er eine gewöhnlich aussehende Frau mit rotem Haar, und auf ihrem Handrücken war MARY tätowiert.
Die Cafeteria ist leer. Ich kaufe mir eine Eiswaffel als Abendessen. Das Eis ist so kalt, daß das Verpackungspapier an der Waffel festgefroren ist, so daß ich nach jedem Bissen kleine Papierfetzen von meiner Zunge zupfen muß. Ich trinke am Wasserspender und wische mir den Mund mit einem Papierhandtuch ab. Ich überlege einen Moment lang, ob ich noch bei Charlene in der Apotheke vorbeischauen soll, aber es ist schon nach fünf Uhr und sie hat nur Dienst von acht bis vier Uhr.
Ich öffne eine Seitentür, die zum Parkplatz führt, und gehe quer über den Platz zur Bushaltestelle. Die vielen Straßenlampen leuchten bereits; es sind nur wenige Autos zu sehen. Ich komme an A sechs vorbei und brauche nicht lange nach dem Volaré zu suchen: Ein Rücklicht fehlt, er steht in dem für die Krankenhausbediensteten reservierten Teil des Platzes, noch dazu so geparkt, daß er Platz für zwei Wagen beansprucht. Und daneben steht in voller Lebensgröße eine dicke Krankenschwester. In ihrer gestreiften Uniform sieht sie aus wie ein Lollipop. Sie ist dabei, die Tür aufzubrechen.
Der Wagen ist nicht viel wert, aber trotzdem kann ich nicht untätig zusehen, wie ihn irgendeine Halbstarke klaut. Schon gar nicht, wenn sie kleiner ist als ich. Sie ist so eifrig damit beschäftigt, einen zurechtgebogenen Kleiderbügel aus Draht durch einen Riß im Seitenfenster zu stecken und damit herumzufummeln, daß sie nicht hört, wie ich mich anschleiche. Ich halte den Atem an. Wenn sie mich sieht, groß und dunkel in der Nacht, wird sie durchdrehen. Über ihren Hüften ist der rot-weiß gestreifte Stoff aufs äußerste gespannt. Ich stoße einen Karateschrei aus und schlage sie mit der flachen Hand mit aller Kraft auf den prallen Hintern. Sie kreischt noch lauter als ich. Im

selben Moment springt die Wagentür auf, prallt gegen sie, und sie prallt gegen mich. Sie stößt mit ihren Ellbogen um sich und schreit wie ein angeschossener Affe. Im Auto geht die Innenbeleuchtung an. Sie dreht sich um, ihr Gesicht ist raubtierhaft verzerrt, den Kleiderbügel hält sie wie eine Mordwaffe in der Hand.

Mom.

Ich weiß nicht, wer von uns beiden verblüffter ist. Mom steckt in einer rot-weiß gestreiften Schwesterntracht, trägt aber noch ihre Hausschuhe und das weiße Band mit ihrem Namen und ihrer Blutgruppe am Handgelenk.

Mom faßt sich zuerst, atmet tief ein, richtet sich auf und wischt ihre Knie ab. Sie wirft den Kleiderbügel auf den Rücksitz. „Du hast mich ganz schön erschreckt", sagt sie gereizt.

Ich zittere am ganzen Körper. Ich kann immer noch nicht fassen, daß sie es ist und nicht irgendeine Verrückte.

„Geh nach Hause, Ray. Hier, nimm das. Ich brauche es nicht mehr." Sie gibt mir ihre grüne Ledertasche, holt aber noch schnell ihren Führerschein heraus.

„Was hast du vor?" frage ich. Allmählich fängt mein Verstand wieder an zu arbeiten. „Warum hast du dich so verkleidet?"

„Mir reicht's endgültig", sagt Mom und schlägt mit der flachen Hand auf das Autodach. „Zuerst betrügt er mich. Das ist nichts Neues. Dann will er den Wagen nicht behalten und mich nicht abholen, wenn ich entlassen werde. Was das heißen soll, ist mir völlig klar. Dann verstecken sie meine Kleider irgendwo, damit ich aus diesem gottverdammten Krankenhaus nicht abhauen kann, wann ich will. Und jetzt tauchst auch noch *du* auf."

Ich versuche mir vorzustellen, warum sich Mom so aufregt. Sie und Dad leben nie länger als eine Woche zusammen, und schon hacken sie aufeinander herum und reden über Scheidung. Aber dann unternehmen sie doch nichts. Daß sie verheiratet sind, hält beide nicht davon ab, zu tun, was sie wollen. Es stört sie nicht.

„Hat sich was geändert?" frage ich. „Hab ich etwas nicht mitgekriegt?"

„*Geändert?* Er ist ein verdammter Hund! Und nach fünfzehn, fast sechzehn Jahren Ehe glaubt dein Vater, er hat sich *verliebt*"

– sie spuckt das Wort aus, als wäre es ein faules Ei in ihrem Mund – „in irgendein junges Flittchen, in so eine zweiundzwanzigjährige Fixerin namens Arletta. *Arletta!*"
Da ich nicht heftig genug reagiere, streckt Mom ihren Kopf direkt unter mein Gesicht und schreit: „Das weiß doch jeder. Sie knutscht in allen Bars mit ihm herum. Es wär besser, er würde mich erschießen, dann hätte er's hinter sich."
Die Schwesterntracht ist Mom zwei oder drei Nummern zu klein; sie sieht darin aus wie eine Show-Catcherin. Selbst unter den schwachen Parkplatzleuchten glitzern ihre Augen. Ich bemerke, daß sie ihr Haar gebürstet und Make-up aufgelegt hat.
„Komm, gehn wir nach Hause", sage ich.
„Ich gehe nicht nach Hause." Sie setzt sich hinter das Steuerrad, deutet auf meine Hemdtasche, und ich übergebe ihr die Autoschlüssel. Sie packt die Armstütze und zieht die Wagentür zu. „Er soll *gar nichts* bekommen. Du behältst alles."
„Warte mal", sage ich und renne um das Autoheck herum zur Beifahrertür. Sie streckt den Arm aus, um die Tür zu verriegeln, aber das Schloß funktioniert nicht mehr. Ich steige ein. „Wovon redest du eigentlich?"
„Wovon ich rede?" sagt sie laut, atmet tief ein und bringt ihre Stimme unter Kontrolle. „Davon rede ich: Wir sind pleite. Wir schulden zwei Monatsmieten für die lausige Wohnung. Ich kriege kein Arbeitslosengeld mehr, und ich hab's satt, dauernd um mickrige Jobs zu betteln. Ich bin über vierzig, und mein Mann will mich fallenlassen wie eine heiße Kartoffel und irgendein Flittchen namens Arletta heiraten. Wahrscheinlich hat die Welt jetzt genug von mir. Nur die Versicherung für diesen Scheißwagen hier ist noch was wert. Also wird es eben einen kleinen Unfall geben, und du streichst den Gewinn ein. Küß mich noch einmal und hau ab."
Sie schiebt ihre Wange vor mein Gesicht, aber ich weiche ihr aus. Ihre Hand hat sich so um das Lenkrad verkrampft, daß ihre Ringe wie Soldaten in Habachtstellung aussehen. Sie funkeln im Licht der Parkplatzbeleuchtung. Manches von dem, was sie gesagt hat, ist mir neu, manches weiß ich schon lange. Ich bleibe sitzen.

„Du brauchst mir gar nicht erst zu erzählen, wohin du willst", sage ich. „Du willst nach Tacoma fahren, in den Park, wo Dad dich gefragt hat, ob du ihn heiraten willst, und wo ihr mich gezeugt habt." Sie hatte schon öfter damit gedroht, dorthin zu fahren, wenn sie niedergeschlagen war, aber sie hat es nie wahrgemacht.

„Du hältst dich wohl für ziemlich schlau, du Klugscheißerin."

„Aber ich hab recht, stimmt's?"

„Wenigstens weiß dein Vater dann Bescheid", sagt sie mit glänzenden Augen.

Tacoma liegt eine gute Autostunde entfernt, selbst wenn man Moms Fahrstil kennt.

„Ich komme auf jeden Fall mit. Ich hab den Park schon lange mal sehen wollen, du redest ja oft genug davon."

Sie dreht den Kopf und starrt mich wütend an. Wenn sie mit reiner Willenskraft etwas bewegen könnte, würde ich jetzt aus dem Wagen fliegen.

„Der Rückweg zu Fuß ist sehr lang." Sie öffnet die Hände und hebt sie hoch wie Klauen, dann schlägt sie mit solcher Wucht auf das Steuerrad, daß der ganze Wagen bebt. Sie erschrickt vor sich selbst und erschreckt damit auch mich. Jetzt blickt sie wieder zu mir herüber, fühlt sich herausgefordert, ihren Plan wirklich durchzuführen, aber ich gebe nicht nach. Ich habe es satt, auf sie einzureden, daß sie vernünftig sein soll.

Sie steuert den Wagen aus dem Parkplatz und biegt in die Straße ein. Die ganze Strecke den Berg hinunter und über die Brücke nimmt sie die Kurven auf zwei Rädern. Ich versuche, sie zu beruhigen, lese ihr die Texte der Werbeplakate vor, reiße Witze, aber ich dringe nicht zu ihr durch. Ein paar Blocks weiter schaltet sie hoch und jagt den Wagen die Südauffahrt zur Interstate 5 hinauf. Die Finger ihrer rechten Hand fummeln am Drehknopf des Radios herum. Schließlich findet sie einen Sender, in dem gerade ein Country Song läuft, der zu ihrer Stimmung paßt, Kenny Rogers „Coward of the Country", aber der Song ist fast zu Ende, und der nächste Titel ist ein Lied von Patsy Cline.

„Gottverdammter Lärm", sagt sie und schaltet ab. Wir schweigen lange. Die Straße ist naß, und die weißen und roten Lichter der anderen Fahrzeuge um uns herum leuchten so hell wie Felsen unter Wasser. Die Nachtluft riecht nach Holzzeug und Regen, und von oben kommt das Geräusch von niedrig fliegenden Flugzeugen, die entweder im Anflug auf Sea-Tac oder dort gerade gestartet sind. Die flachen Gebäude der Boeing-Hangars sind hell erleuchtet. Die meisten Autos biegen in die Ausfahrt zum Flughafen ein.

„Du wirst schon durchkommen, Ray", sagt Mom schließlich. Ihre Stimme klingt jetzt anders, träumerisch, als ob sie ein Märchen erzählen wollte. „Der Wagen bringt bestimmt noch tausend Dollar. Es tut mir nur leid, daß ich die Lebensversicherung nicht weiterbezahlt habe, die sie beim letzten Job für mich abgeschlossen haben."

Wir fahren, und vieles fällt mir ein, was ich sagen will und dann doch nicht sage. Ich kann ihr kaum erzählen, daß alles bestens sei und daß wir ein großartiges Leben führten, daß sie sich alle Probleme nur einbilde. Alles, was sie sagt, ist wahr. Aber sie läßt zu viel weg. Die meiste Zeit verbringt sie bei Pferderennen, begierig auf jede Chance. Sie füllt ein Dutzend Lotteriescheine aus und rennt dann dauernd zum Briefkasten, weil sie auf die Nachricht wartet, daß sie gewonnen hat. Die Zukunft entmutigt sie nicht, weil sie gar nicht darüber nachdenkt.

„Du kannst zu Tante Ida ins Reservat gehen", sagt Mom. „Sie mag dich. Sie hat dir mal eine Puppe geschenkt."

Mom hatte mich einmal nach Montana zur Beerdigung ihres Bruders Lee mitgenommen. Ich war damals noch so klein, daß ich mich kaum noch daran erinnern kann. Ihre Mutter, die jeder – sogar Mom selbst – Tante Ida nennt, besuchte uns einmal in Seattle, als ich ungefähr acht Jahre alt war. Ich erinnere mich, daß sie mir groß und streng erschien, eine Frau, die sich weigerte, Englisch zu sprechen, und die dauernd vor dem Fernseher saß. Mom schickt ihr zu Weihnachten und an ihrem Geburtstag Geschenke, und ich muß die Glückwunschkarten auch unterschreiben, aber sie verstehen sich nicht sehr gut. Mom sagt immer, ich könne von Glück sagen, weil *ihre* Mutter sie fast zum Wahnsinn treibe.

„Tante Ida würde mich nicht einmal erkennen, wenn sie über

mich stolperte.“ Ich würde sie auch nicht erkennen. Ich versuche, mir ihr Gesicht vorzustellen, aber es gelingt mir nicht. Aber an eine Szene kann ich mich noch erinnern. Es war am Abend ihrer Abreise. Mom und ich standen neben dem Bus und versuchten, durch die Busfenster Tante Ida zu sehen, und ich mußte immerzu winken. Ich schaute Mom an und quengelte, daß ich müde sei, und Mom biß sich auf die Unterlippe, als ob sie nicht wollte, daß Tante Ida wegfuhr. Aber sie hörte sofort auf, als sie sah, daß ich sie beobachtete. Wir gingen, bevor der Bus abgefahren war.

„Wir könnten doch beide dorthin fahren“, schlage ich vor, weil ich glaube, daß Mom genau das hören will. Aber plötzlich habe ich furchtbare Angst, daß sie einverstanden ist. Das hätte mir gerade noch gefehlt, jetzt von Seattle weggehen und in einem Reservat bei wildfremden Leuten leben zu müssen.

„Ha!“ sagt sie. „*Allein* gehe ich nicht dorthin zurück.“

Ich zähle nicht. Mom meint, daß sie einen Ehemann oder mindestens einen Freund mitbringen müßte, der es ernst genug meint, um die lange Fahrt und Moms Verwandte zu ertragen. Seit sie mit zweiundzwanzig Jahren nach Seattle kam, ist Mom nur ein einziges Mal ins Reservat zurückgefahren.

„Also dann: Wenn du nicht gehen willst, wieso soll ich dann gehen?“

Darauf weiß sie keine Antwort. „Hör mal, Ray, frag mich nicht dauernd. Du mußt endlich lernen, allein zurechtzukommen. Wenn ich auf alles eine Antwort wüßte, wär ich jetzt nicht hier.“

Nächste Ausfahrt Tacoma, steht auf einem Schild. Mom steuert den Wagen in die Ausfahrt. Sie fährt durch die Stadt und dann eine kurvenreiche Küstenstraße entlang zum Park. Es ist jetzt schon ziemlich spät, und die Gegend ist menschenleer. Die Bäume stehen als dunkle Flecken vor dem wolkigen Nachthimmel, und darunter ist das Land pechschwarz. Ab und zu tauchen Straßenschilder aus der Dunkelheit auf, angestrahlt von unseren Scheinwerfern, Pfeile mit Ortsnamen, und ab und zu warnen Schilder vor Steinschlag.

Nach ein paar Meilen hält Mom auf dem Seitenstreifen an, der

von Tannennadeln übersät ist, und stellt den Motor ab. „Du steigst hier aus."
„Vergiß es", sage ich, „du bluffst nur."
„Ich meine es ernst."
„Ich steige nicht aus."
„Damit muß ich allein fertig werden." Mom greift über mich hinweg nach dem Türgriff auf meiner Seite und stößt mich dabei grob mit dem Ellbogen. Ihr Arm ist hart wie ein Stock. Die Tür springt auf. „Ich hab jahrelang mit allem allein fertig werden müssen. Elgin soll von meinem Abgang nicht profitieren."
„Willst du mich hier einfach hinauswerfen? In dieser gottverlassenen Gegend, mitten in der Nacht?"
Moms Hände liegen in ihrem Schoß. Sie wartet darauf, daß ich aussteige.
„Ich könnte einen Schaden fürs Leben davontragen." Den Satz habe ich in einem Fernsehfilm gehört. Jetzt habe ich von Mom endgültig genug. Bei ihrem Tempo komme ich nicht mehr mit. Seit ich mich erinnern kann, mußte ich immer ihre Stimmungsschwankungen ertragen. Und jetzt auch noch das: Ich sitze hier in einem verbeulten Auto, und neben mir sitzt eine Mutter, die fest davon überzeugt ist, daß sie sich gleich in einem öffentlichen Park über die Steilküste stürzen wird. Und das alles nur, um meinem Vater eins auszuwischen, dem Mann, dem sie eben mitgeteilt hat, sie habe ihn nie gebraucht.
„Du hast gewonnen", sage ich. „Mach, was du willst. Ich hoffe nur, daß du wenigstens die Versicherung für das Auto bezahlt hast."
Ich knalle die Tür zu und bleibe neben dem Wagen stehen. Die Nacht ist kühl und duftet nach Salzwasser und Tannen. Ich blicke mich um, aber es ist zu dunkel, um etwas deutlich zu erkennen. Mit meinem schweren Stiefel kicke ich gegen die Wagentür. Die Delle wird tiefer. Ich kicke noch einmal. Mom starrt mich vom Fahrersitz aus an, ihr Mund steht offen: Sie ist erschrocken.
So sitzt sie eine Zeitlang bewegungslos. Schon denke ich, daß sie sich anders entschieden hat, aber nein: Sie dreht den Zündschlüssel um. Der Motor springt an, stirbt wieder ab. Sie ver-

sucht es noch einmal, steigt mit solcher Wucht auf das Gaspedal, daß der Wagen einen Ruck nach vorne macht. Immer noch nichts. „Abgewürgt", verkündet sie. Wir warten und versuchen, uns gegenseitig zu ignorieren. Auf der Straße hinter dem Park sehe ich die Lichter vorbeifahrender Autos. Sie fahren in beiden Richtungen, viel zu weit weg. Ganz langsam zähle ich die Sekunden, als ob ich mir den Puls fühlte, eins-und-zwei-und-drei, und als ich bei achtundzwanzig ankomme, versucht sie noch einmal, den Motor anzulassen. Der Wagen orgelt ohne Zündungen vor sich hin.

„Scheiße!" sagt Mom. „Scheiße, Scheiße, Scheiße, Scheiße, *Scheiße!*"

Sie steigt auf der Fahrerseite aus und stampft mit ihren Hausschuhen auf den Boden. Die Hände ballt sie zu Fäusten und schlägt sich gegen die Stirn.

„Er hat mir den Wagen zurückgebracht und nicht einmal getankt!" brüllt Mom. Meine Wut ist nichts im Vergleich zu ihrer. Sie ist so wütend, daß sie in der Dunkelheit zu leuchten scheint, aber dann erkenne ich, daß sie sich mit einem Streichholz eine Kent ansteckt. „Der Tank war voll, als er den Wagen holte." Sie stapft über die Straße, bleibt auf der anderen Seite stehen, kommt wieder zurück.

Ich warte, bis sie sich beruhigt hat. Ich öffne die Wagentüre und hole ihre Handtasche heraus.

Schließlich sagt sie: „Wie zum Henker sollen wir hier wegkommen?" Jetzt hat sie bereits die zweite Zigarette im Mund und wirkt allmählich wieder halbwegs normal.

„Da war eine Gulf-Tankstelle nahe bei der Ausfahrt. Sie ist die ganze Nacht geöffnet."

„Aber das ist meilenweit weg! Und ich habe nur dünne Hausschuhe an."

„Ich kann allein gehen", schlage ich vor. „Du wartest hier beim Auto."

„In der *Dunkelheit? Allein?* Keine Chance, sprach die Wanze. Hier draußen rennen gefährliche Typen herum. Es könnte ja einer vorbeikommen. Einem Mädchen könnte da Übles zustoßen."

Mir ist nicht ganz klar, ob sie wirklich will, daß das so kindisch und dumm klingt, wie sie es sagt. Aber es ist so. Im Schein der Zigarettenglut sehe ich ihre lachenden Augen. „Du würdest doch nicht wünschen, daß deiner Mutter sowas passiert", sagt sie. „Du könntest einen Schaden fürs Leben davontragen."
Ich bin mir nicht sicher, ob ich jetzt Frieden schließen soll oder nicht, aber sie läßt mir keine Wahl. „Jedenfalls hätte ich dann das Geld von der Versicherung."
„Aber nur für den Wagen, du Dummkopf, nicht für mich. Wenn du reich werden willst, müssen sie zuerst den Wagen schrottreif schlagen."
„Der ist längst schrottreif." Wir starren den Wagen an. Das Rücklicht hängt von der Stoßstange herunter, ein roter Lichtstrahl fällt schräg auf die Straße. Die Delle an der Seitentür ist durch meine Tritte noch tiefer geworden, und die verlogene Tankanzeige leuchtet im Armaturenbrett und steht auf Voll. Der Volaré hängt auf der Straßenseite und sieht aus wie ein abgebrannter Tramp.
Mom mußte der gleiche Gedanke gekommen sein. „Der Wagen könnte einen Drink vertragen", sagt sie und lacht endlich wieder. So lacht man, wenn man einen schlechten Scherz hört oder einen Kalauer. Die Art von Lachen, bei der die Luft aus dem Mund platzt – als ob ein Auto eine Fehlzündung hat oder ein Düsenjäger im Kinofilm die Schallmauer durchbricht. Es ist ein Mitternachtslachen, eine Mischung aus Ergebung und Entspannung.
„Geh auf dem Gras", sage ich. „Das schont deine Füße."
„Warte noch einen Moment." Sie beugt sich zum Rücksitz und holt den Kleiderbügel heraus. „Für alle Fälle." Sie schlägt den Bügel ein paarmal auf ihre Handfläche.
Wir ziehen los. Ich schleppe den verbeulten Benzinkanister, und Mom watschelt neben mir her, schimpft über den feuchten Boden, schimpft über die Erkältung, die sie sich holen wird, schimpft über meinen Vater, der so gemein ist, daß er nicht einmal einen geliehenen Wagen wieder volltankt, schimpft darüber, daß ich seine langen Beine geerbt habe und zu schnell gehe. Die rot-weiß gestreifte Uniform leuchtet jedesmal auf, wenn wir un-

ter einer Straßenlaterne durchgehen. Ich gebe ihr die Handtasche zurück. Sie fährt mit der Bürste durch ihr dichtes, lockiges Haar, aber sie bleibt nie stehen und fällt nie zurück. Als wir die Gulf-Tankstelle erreichen, tritt sie als erste mit einem breiten Lächeln ein und macht sich daran, den schläfrigen Mann hinter dem Tresen so zu becircen, daß er uns zum Auto zurückfährt.

2

Mit fünf Litern Gulf-Benzin im Tank setzt sich der Volaré endlich wieder in Bewegung. Gegen Mitternacht kommen wir in Seattle an. Da Mom sich einmal entschlossen hat, Tante Ida im Reservat zu besuchen, verliert sie keine Zeit mehr und beginnt unverzüglich mit den Vorbereitungen. Es gibt nicht viel zu packen und auch nicht viele Leute, die sie noch ein letztes Mal sehen will. Ich glaube, am schwersten fällt es ihr, ihre Mitgliedschaft auf Lebenszeit bei Village Video aufzugeben.

Eine Woche bevor sie zuletzt ins Krankenhaus mußte, hatte Mom eine Anzeige in der Zeitung entdeckt. Damals dachte ich, sie liest nur wie jeden Morgen die Kleinanzeigen durch, auf der Suche nach einem vielversprechenden Job, aber statt dessen las sie die Rubrik Kunst und Freizeit.

„Schau dir mal das hier an", sagte sie aufgeregt. „Für nur neunundneunzig Cents kann man auf Lebenszeit diesem Videoclub beitreten, mit allen Rechten!"

„Wir haben doch gar keinen Videorecorder", sagte ich, „und unser Fernseher funktioniert auch nicht mehr."

„Okay, aber man kann ja nie wissen. Wenn wir irgendwann einen Recorder bekommen, ärgern wir uns blau, daß wir diese Chance nicht genutzt haben. Hör dir nur das mal an: Dienstags und mittwochs gibt es bei Spielfilmen einen Dollar Ermäßigung. Man kann sich bestimmte Filme reservieren lassen. Und man bekommt den Katalog kostenlos zugeschickt."

Mom legte die Zeitung auf den Tisch und holte die Schere aus der Schublade im Küchenschrank. Sie schnitt die Anzeige säuberlich aus, faltete sie zweimal und legte sie in ihre Handtasche. Wenn es galt, ein Geschäft zu machen, war Mom immer dabei. Sobald wir mit dem Volaré wieder in der Stadt unterwegs waren, fuhr Mom zu einer Einkaufsstraße im Nordteil des Zentrums. Mühsam suchten wir den Weg durch das Kaufhaus Sears und einen Lebensmittelmarkt, bis wir in ein riesiges Gebäude kamen, in dem sich viele Läden befanden – Läden, in denen man Schuhe oder Karten oder Sportausrüstung oder Kleidung mit japanischen Schriftzeichen kaufen konnte. Schließlich fanden wir Village Video – ein kleiner Laden mit Glasfront und Kassettenregalen an allen Wänden. Zwei Kunden standen schon im Laden, ein Mann und eine Frau, die der Ladeninhaber gerade bediente.

„Hier steht es schwarz auf weiß: neunundneunzig Cents. Versprochen ist versprochen. Village Video bricht sein Wort nicht."

„Aber dafür habe ich letzte Woche fünfundzwanzig Dollar bezahlt!" beschwerte sich die Frau. Mom warf mir einen Blick zu, als ob sie sagen wollte: „Siehst du!"

„Ich weiß, ich weiß", sagte der Ladeninhaber. Er schien ehrlich betrübt und hob verzweifelt seine schweren Schultern. „Ich kann nichts machen. Wir bekommen hier in der Straße bald Konkurrenz." Er sah durch die Glasfront nach rechts und links, als ob er die Konkurrenz jetzt gleich erwartete. „Wir müssen unseren Mitgliederstamm vergrößern."

„Aber ...", sagte die Frau.

„Wir können das nicht rückgängig machen", schnitt ihr der Ladeninhaber das Wort ab. „Ich verstehe Ihre Verärgerung vollkommen, wirklich, aber so ist es nun einmal."

Mom freute sich riesig. Der Schaden der Frau war ihr Gewinn. Sie war offenbar richtig stolz darauf, daß sie letzte Woche nicht hierhergekommen war und fünfundzwanzig Dollar hingeblättert hatte. Es hätte nichts genutzt, wenn ich ihr klargemacht hätte, daß dieser Gedanke ihr gar nicht gekommen wäre.

„Wie lange gilt die Sache?" fragte der andere Kunde, ein Mann in einem beigefarbenen Hemd mit Schulterklappen. Offenbar wollte er alle Bedingungen im Vertrag genau klären, bevor er neunundneunzig Cents bezahlte. Er hielt sich wahrscheinlich für ziemlich gerissen.

„Auf Lebenszeit", sagte der Ladeninhaber langsam. Eine kleine Pause entstand, während wir alle über diese Aussage nachdach-

ten. Der Mann im beigefarbenen Hemd zog seinen Kopf zurück, bis sein Kinn fast im Hemdkragen verschwand. Die Gedanken schienen schneller als die Feuerwehr durch sein Gehirn zu rasen.
„Und wie steht's mit Angehörigen?“ fragte er. „Frau? Kinder?“
„Die können mit Ihrer Mitgliedskarte Kassetten ausleihen, solange *Sie* leben.“ Der Ladeninhaber betonte den Unterschied.
„Und was dann?“ fragte der Mann mit erhöhter Lautstärke. Er war einer von den Typen, die immerzu sagen, „Man bekommt nur, was man verdient“ und „Jede Minute kommt ein neuer Mensch zur Welt“, jene Art Mensch, die ständig jeden Gesichtspunkt berücksichtigen muß. Er wollte bei diesem Geschäft nicht durch seinen eigenen Tod einen Verlust hinnehmen müssen.
„Dann ist Schluß“, sagte der Ladeninhaber und machte mit den Handflächen nach unten eine Bewegung wie ein Schiedsrichter, der bei einem Fußballmatch einen Elfmeter ablehnt. „Dann müssen die Angehörigen selbst Mitglied werden oder auf die Leistungen verzichten.“
„Dann scheint's mir sinnvoll“, sagte der Mann, der die Situation jetzt voll im Griff hatte, „wenn der Jüngste in der Familie Mitglied wird. Der lebt wahrscheinlich am längsten.“
„Dagegen ist nichts zu sagen“, meinte der Ladeninhaber.
Der Mann biß sich auf die Unterlippe, während er vor seinem geistigen Auge seine Familie aufmarschieren ließ. Wer wird wohl als erster dran glauben müssen? Wer wird am längsten leben? Er ließ seine Augen über die unzähligen Kassetten schweifen, als ob er hoffte, dort eine Antwort zu finden.
Die Frau stand immer noch da. Sie hatte ihren unterschriebenen Vertrag mitgebracht, für den sie fünfundzwanzig Dollar bezahlt hatte. „Was heißt das hier, ‚Verzichtsklausel bei Unfällen‘?“ fragte sie den Ladeninhaber.
„Das ist so“, sagte er und breitete die Arme aus, um zu zeigen, daß er nichts zu verbergen habe. „Ich kenne das Leben. Ich bin nur ein kleiner Geschäftsmann, nicht wahr? Ich muß den Wert meiner Investitionen erhalten, das verstehen Sie doch? Was würde passieren – und ich will Ihnen nicht empfehlen, das zu tun, nicht wahr –, also was würde passieren, wenn Sie auf die Idee

kämen, einen meiner Filme in der Badewanne anzuschauen und der Videorecorder, den Sie von mir ausgeliehen haben, fällt ins Badewasser?"

Die Frau trat einen Schritt zurück. Der Gedanke war ihr offenbar noch nicht gekommen.

„Ich muß mich dagegen schützen, damit mich Ihre Angehörigen nicht auf Schadenersatz verklagen, verstehen Sie? Ihre verwaisten Kinder zum Beispiel." Der Ladeninhaber stützte seine Ellbogen mit seinem ganzen Gewicht auf den Tresen. „Ich will doch nicht dafür verantwortlich gemacht werden, wenn Sie sich versehentlich selbst unter Strom setzen."

Die Frau steckte ihren teuren Mitgliedervertrag in ihre Handtasche und zog sich zurück. Zuerst tat sie so, als stöbere sie durch das Regal mit den neuen Videos, aber eigentlich arbeitete sie sich nur bis zur Tür vor. Als sie glaubte, daß niemand sie beachtete, verschwand sie.

Mom trat vor und nahm ihren Platz am Tresen ein. Sie zog eine Dollar-Note heraus.

„Ich will hier Mitglied werden!" verkündete sie strahlend. „Und Sie sollen wissen", sagte sie zum Ladeninhaber, „daß ich etwas sehen will für mein Geld!"

„Gut, gut", sagte er und schob ihr eine Beitrittserklärung hin.

„Und was ist, wenn ich noch fünfzig Jahre lebe?" fragte Mom.

„Es gilt auf Lebenszeit", nickte der Ladeninhaber.

„Und wenn ich ihren Namen einsetze", sagte Mom und deutete mit dem Kopf in meine Richtung, „und sie lebt noch hundert Jahre? Wär ja möglich, bei den ganzen medizinischen Erfindungen."

„Dann können Sie beide so lange Filme ausleihen, wie *sie* lebt", sagte der Video-Mann und blickte mich abschätzend an. „Solange Sie einen gemeinsamen Wohnsitz haben."

„Du würdest mich doch nicht rauswerfen, Baby?" sagte Mom. „Und selbst wenn mir etwas Schlimmes passiert, könntest du zum Mitgliedspreis Filme ausleihen. Das ist wie eine Erbschaft."

„Dieses Sonderangebot ist wahrscheinlich eine einmalige Aktion", sagte der Ladeninhaber.

„Also dann, wir werden Mitglied", entschied Mom. Sie schrieb

meinen Namen auf die Punktlinie und ließ mich unterschreiben. „Bis daß der Tod uns scheidet", sagte sie stolz.
Es fällt mir schwer, zu erklären, wie ich mich damals fühlte. Es war, als sei ein Abschnitt meines Lebens zu Ende gegangen. Meine Mitgliedschaft in diesem Videoclub würde so lange dauern, wie ich lebte, ganz gleich, was sich sonst ereignete. Keine unerwarteten Ereignisse. Wenn ich Glück habe und lange lebe, werde ich eines Tages immer noch ein Name in der Kundenkartei von Village Video sein, eine alte Dame, deren Mitgliedschaft niemals auslief.
„Bitte denken Sie daran", sagte der Ladeninhaber noch, bevor wir das Geschäft verließen. „Ich übernehme keine Verantwortung. Was Sie mit Ihren Kassetten tun, ist allein Ihre Angelegenheit."
„Wir sind doch keine Idioten!" Nachdem Mom jetzt Mitglied auf Lebenszeit war, fand sie wieder zu ihrem normalen Benehmen zurück. „Manche Ihrer Kunden schauen sich die Filme vielleicht in der Badewanne an, aber wir nicht."
„Wir schauen sie nirgendwo an", erinnerte ich sie, während wir auf dem riesigen Parkplatz nach unserem Wagen suchten. „Wir haben ja gar nichts, womit wir sie anschauen können. Bei unserem Fernseher funktioniert ja nicht einmal der Ton richtig."
„Du bist ein richtiger Klugscheißer", sagte Mom. „Aber dir wird das Lachen schon vergehen, wenn wir erst einmal einen Recorder haben und dann jeden Film, den wir sehen wollen, zum Mitgliedspreis mieten können."
Damals sagte ich nichts weiter. Es war unwahrscheinlich, daß wir bald einen Videorecorder kaufen würden, und selbst wenn uns das einfallen sollte, würden wir kaum den ganzen langen Weg quer durch die Stadt fahren, um die Filme zu leihen. Ich rechnete nicht damit, Village Video jemals wiederzusehen. In der folgenden Woche ging dann Mom ins Krankenhaus, und ich vergaß die ganze Angelegenheit.

Jetzt ist es noch immer Nacht. Wir räumen den Schrank aus und packen Moms Zeichenblocks und den Kleinkram ein, den wir nicht in der Wohnung lassen wollen. Im Erdgeschoß ist der

Hausmeister vor dem Fernseher eingeschlafen. Wir schleichen auf Zehenspitzen vorbei. Nach all den Selbstmordgedanken hat Mom keine Lust, noch lange über unsere Mietschulden zu streiten oder über die Kaution, die wir für die Wohnung hinterlegen mußten und die gegen die Mietschulden aufgerechnet werden soll. Sie zieht die rot-weiß gestreifte Schwesterntracht aus und hält sie vor ihren Körper.
„Ich bringe das nur noch schnell zu Charlene hinüber. Sie kann es dann im Krankenhaus abgeben", sagt sie und rennt aus der Wohnung. Ich höre, wie sie an Charlenes Wohnungstür klopft. Endlich antwortet Charlene.
„Weißt du eigentlich, wie spät es ist?" Charlene versucht offenbar zu flüstern, aber es ist so laut, daß man es im nächsten Block noch hören kann. Dann merkt sie plötzlich, daß Mom vor der Tür steht und nicht im Krankenhaus liegt. „Was treibst du eigentlich hier? Du liegst doch krank im Bett!"
„Wir hauen ab", sagt Mom. „Ich gehe nach Hause."
„Ich glaube nicht, daß sie dich schon entlassen haben", zischt Charlene zurück.
„Haben sie auch nicht. Ich hab das hier angezogen und mich davongemacht."
Ich stelle mir vor, wie Mom jetzt die rot-weiß gestreifte Schwesterntracht vorzeigt. Ich warte auf Charlenes geschockten und zugleich befriedigten Aufschrei. Für einen Augenblick ist es still, dann höre ich Charlene wieder sprechen. Ihre Stimme klingt fast traurig. „Du bist verrückt, Christine. Du wirst dich noch umbringen."
„Nicht solange du meine Freundin bist", sagt Mom. Ein rasselndes Geräusch. „Hier ist meine Adresse. Du kannst mir doch die Medikamente aus der Apotheke besorgen. Schick sie mir nach. Aber sag *niemandem*, wo ich bin."
Ich kenne das Geräusch, das eben zu hören war: Pillen in einem Glas.
„Das könnte mich den Job kosten", sagt Charlene. „Sie machen jede Woche Inventur."
„Dann eben nicht. Ich brauch das Scheißzeug ohnehin nicht."
Ich höre Mom zurückkommen. Sie geht schnell und mit kurzen

Schritten: stolz. Als sie unsere Tür erreicht, ertönt wieder Charlenes Stimme.
„Also gut. Ein paar. Aber du gehst sofort zum Arzt, wenn du dort ankommst. Ich kann nicht dauernd Percocet klauen. Irgendwann erwischen sie mich."
Mom dreht sich um und rennt zu Charlene zurück.

Wir packen unsere gesamte Habe in vier große Müllsäcke aus grünem Plastik, die wir im Küchenschrank gefunden haben. Auf jeden Sack kleben wir ein Schild: Zwei erhalten die Aufschrift „Christine", auf den dritten schreiben wir „Ray" und auf den vierten Sack „Sonstiges". Die Säcke müssen wir auf dem Rücksitz des Volaré verstauen, weil sich die Kofferraumklappe nicht mehr öffnen läßt. Um fünf Uhr morgens haben wir es endlich geschafft. Die lange Fahrt kann beginnen; ich bin fertig, aber Mom noch nicht.
„Wir können noch nicht abfahren", sagt sie. „Wir müssen warten, bis die Läden öffnen."
„Welche Läden?" Wie immer haben wir fast kein Bargeld.
„Village Video. Wir können Tante Ida nicht einfach überfallen, so abgebrannt wie wir sind. Wir mieten einfach ein paar Filme zum Mitgliedspreis und bringen sie als Geschenk mit."
„Nach Montana?" frage ich. „Es gibt bestimmt irgendwelche Gesetze, daß man geklaute Videobänder nicht einfach von einem Staat in den anderen mitnehmen darf." Mir fällt ein, daß die Mitgliedschaft auf meinen Namen läuft. Also werden die Bullen hinter mir her sein.
„Sie sind nicht geklaut", erinnert mich Mom, „sondern auf Lebenszeit ausgeliehen. Das ist völlig legal. Du mußt den Vertrag nur richtig lesen."

Der Ladeninhaber schiebt das Metallgitter zurück und öffnet die Ladentür. Mom begrüßt ihn wie einen alten Freund. „Meine Tochter lebt immer noch", verkündet sie und zeigt auf mich. „Wir wollen jetzt unsere Rechte in Anspruch nehmen und ein paar Filme ausleihen."
„Prima, prima", sagt der Ladeninhaber.

„Was ist, wenn wir sie nicht rechtzeitig zurückgeben?“ Moms Frage klingt nebensächlich, aber auch vorsichtig.
„Seien Sie unbesorgt. Eine kleine Gebühr im Normalfall, und für Mitglieder kostet es fast gar nichts. Das passiert ja jeden Tag.“
Mom tippt ihren Fuß auf meine Zehen, um mich wissen zu lassen, daß sie wieder einmal recht behalten hat. Sie sucht fünf Minuten lang in den Regalen, dann wählt sie einen Film über ein eifersüchtiges Auto namens Christine, das ein paar Menschen umbringt. Als damals der Film in den Kinos in Seattle lief, hatten ihr die Filmplakate sehr gefallen.
„Schau dir das mal an“, hatte sie damals gesagt, mir die Zeitung mit den Kinoanzeigen hingeschoben und laut vorgelesen: „‚Ich heiße Christine. Ich bin böse.‘“ Sie hatte den Slogan ausgeschnitten und mit einem Magneten an den Kühlschrank geheftet. Als sie den Film zum dritten Mal anschaute, erhielt sie an der Kinokasse den Slogan auch als Aufkleber für das Auto. Sie war ganz außer sich vor Begeisterung.
Als zweites Band wählt sie nach längerem Überlegen den Film *Little Big Man*.
„Ich kannte mal einen, der spielte in dem Film einen Indianer“, flüstert sie mir zu.
Während ich die Leihscheine unterschreibe, erzählt sie dem Ladeninhaber diese Geschichte in einer wirksameren Version.
„Der Film hier ist für mich was ganz Besonderes“, schneidet sie auf. „Ich war mal mit dem Star verlobt.“
„Mit Dustin Hoffman?“
Mom lächelt geheimnisvoll, sagt aber weder Ja noch Nein. „Hast du sein Gesicht gesehen?“ fragt sie, nachdem wir den Laden verlassen haben.
Aber ich muß immer nur daran denken, daß er sich jetzt genau an uns erinnern wird.
Vom grauen Himmel fällt leichter Regen. Die beiden Filme stecken in einer gelben Plastiktüte, auf der mit roten Buchstaben V.V. gedruckt ist. Die Tüte steht zwischen den Vordersitzen; sie hat eine lange Reise vor sich. Ich lasse mich vom Fahrgeräusch und von dem regelmäßigen Hin und Her der

Scheibenwischer hypnotisieren und in eine schläfrige Stimmung versetzen. Mom spricht ununterbrochen. Sie erzählt mir, was uns in Montana erwartet, wem wir dort begegnen werden, wie furchtbar damals im Winter die Fahrt dorthin gewesen ist, als ich noch ein Baby war. Ich nicke jedesmal, wenn sie Luft holt. Ihre Worte rinnen wie klares Wasser und zusammenhanglos wie Regentropfen durch meine Gedanken.

Mom entscheidet sich für eine einfache Landstraße statt der vierspurigen Bundesstraße. Sie kenne die Strecke, sagt sie. Es ist wenig Verkehr. Wenn ich nicht gerade schlafe, blicke ich auf die vorbeifliegende Landschaft. Anders als im westlichen Washington ist die Gegend auf der anderen Seite der Rocky Mountains zuerst trocken und flach und geht dann in dichten Wald über. Aber überall ist sie menschenleer. Die Dörfer sind meilenweit voneinander entfernt, und diese Siedlungen sind so klein, daß ich ihre ganze Ausdehnung überblicken kann, wenn wir uns nähern. Später am ersten Nachmittag unserer Fahrt ziehen zwei schwarze Adler ihre Kreise über der Straße, und Mom fährt fast in den Graben, weil sie die Vögel beobachtet. Ich bitte sie, sich auszuruhen. Am Rand der Straße in Montana kann man viele kleine weiße Metallkreuze sehen. Sie kennzeichnen die Stellen, an denen Menschen bei Unfällen ums Leben kamen. Ich will nicht, daß unsere Fahrt hier endet und zwei weitere Kreuze errichtet werden müssen. Doch Mom hat viel zu viel Energie und fährt die ganze Nacht durch. Sie summt die Melodien im Radio mit und lernt neue Songs.
Allmählich gewöhnen wir uns an die eigenartigen Geräusche, die der Wagen von sich gibt. Mom muß ständig gegensteuern, weil der Wagen nach rechts zieht. Wir gewöhnen uns auch daran, daß die entgegenkommenden Fahrzeuge warnend aufblenden und ignorieren sie einfach. Schließlich *wissen* wir längst, daß ein Scheinwerfer ausgefallen ist. Wir können nichts dagegen tun. Wann immer ein Tankwart die Zapfpistole in die Hand nimmt und anschließend unsere Kreditkarte mißtrauisch beäugt, auf der Mom das Verfalldatum mit dem Taschenmesser weggekratzt hat, bitten wir ihn hastig, den Reifendruck zu prü-

fen. So können wir elegant das Thema wechseln, denn jeder Tankwart meint, er müsse uns davon überzeugen, daß für unsere abgefahrenen Reifen die nächste Meile die letzte sein könnte. Bis er begriffen hat, daß wir keine neuen Reifen kaufen wollen, sind wir schon wieder unterwegs.

Aber das Auto ist nur eine von Moms Sorgen. Ihre Hauptsorge sind ihre Verwandten.

„Erinnerst du dich an Tante Ida?“ Sie weckt mich mitten in der Nacht, nur um mir diese Frage zu stellen. Das Fernlicht beleuchtet ein Schild. Wir entnehmen der Aufschrift, daß wir uns im Kootenai National Forest befinden. Ich überlege mir meine Antwort genau.

Tante Ida ist niemandes Tante, soviel ich weiß. Da sie aber nicht verheiratet war, als Mom zur Welt kam, zog sie es vor, mit Tante angeredet zu werden, damit ihre einzige Tochter sie nicht dauernd an diese Schmach erinnerte. Es erschien dann ganz selbstverständlich, daß auch Moms jüngerer Bruder Lee seine Mutter so nannte. Die Menschen sind Gewohnheitstiere. Ich nannte sie versehentlich einmal „Großmutter“, als sie uns in Seattle besuchte. Sie knetete gerade einen Brotteig in einer gelben Waschschüssel. Ihre Hände blieben im Brotteig stecken. „Tante Ida“, sagte sie mit stechendem Blick: „Tante Ida.“

Auch heute noch, acht Jahre später, zucke ich innerlich bei der Erinnerung an den Klang ihrer Stimme zusammen. Ich stelle Mom eine Gegenfrage. „Freust du dich, sie wiederzusehen?“

„Oh, ich freue mich auf sie“, sagt Mom, „wie ich mich im März über Schnee freuen würde.“

Wenn ich mich mit Mom unterhalte, sprechen wir selten über unsere persönlichen Angelegenheiten. Wir sprechen über Schuhpreise, über Hochzeiten und Scheidungen von Fernsehstars, über Folgen der Fernseh-Serie „Hill Street Blues“. Mom versucht bewußt, mich nicht auszufragen, und auch ich soll mich nicht in ihre Angelegenheiten einmischen. Aber manchmal vergißt sie unsere Spielregeln und plaudert mit mir, als wäre ich eine Freundin wie Charlene. Ab und zu unterhalten wir uns bis spät in die Nacht. Dann trinkt sie ein Glas Wein und jammert über ihren Job, über das rüpelhafte Betragen eines Freundes,

mit dem sie ausgegangen ist, oder über Dad, den man wieder mal mit einer anderen Frau gesehen hat.
Dann höre ich zu, höre Dinge aus ihrem Leben, die ich nicht hören sollte, während sie eine Kent nach der anderen raucht, das Zimmer sich mit Rauch füllt und sie die Flasche leert. Solche Abende enden gewöhnlich damit, daß Moms Gedanken entweder zu dem Tag zurückkehren, an dem Dad sie im Park von Tacoma fragte, ob sie ihn heiraten wolle, oder sie erinnert sich an ihren Bruder Lee, der in Vietnam gefallen ist. Manchmal vergißt sie sogar, wer ich bin, und fragt mich, ob ich ihn gekannt habe, fragt mich, ob seine letzten Gedanken ihr gegolten hätten. An solchen Abenden muß ich sie ins Bett bringen.
Aber heute nacht will Mom etwas über mich hören, während wir über die Landstraße brummen und im Radio nach einem guten Sender suchen.
„Wer von deinen Freunden in Seattle wird dir am meisten fehlen?“ fragt sie, aber bevor ich antworten kann, fährt sie fort: „Niemand. Ein Haufen Punks. Wart's ab. Draußen im Reservat wird alles ganz anders.“
Sie hat recht, es gibt niemanden, der mir fehlen wird, außer vielleicht Dad, auf den ich früher gehofft hatte. Wir haben so oft die Wohnung gewechselt. Ich kam immer wieder in andere Schulklassen und blieb ewig die Neue. Zu groß, zu gescheit, weder Schwarze noch Indianerin, auch nicht gesellig. Die Schulkameraden bleiben auf Distanz und die Lehrer sind zuerst überrascht und dann verärgert, daß ich die Lösungen für alle Aufgaben schon kenne. Ich bin so ganz anders, als sie erwarten. Ungefähr einmal im Jahr entdeckt man mich, hält man mich für einen ungeschliffenen Diamanten. Dann macht ein eifriger Schulberater große Pläne für mich, aber bevor er sie ausführen kann, ziehen wir wieder weg, leben in einem anderen Stadtteil, und alles geht wieder von vorne los.
„Mir wird auch niemand fehlen“, fährt Mom fort. „Charlene war eine gute Freundin, aber gewiß keine große Leuchte. Und der Rest kann mir gestohlen bleiben.“
Mit dem Rest ist Dad gemeint.

„Ich hätte gar nicht so lange bleiben dürfen. Als Kind kam mir Seattle wie Hollywood vor. Ich hatte das große Los gewonnen. Ich zog dorthin. Kaum war ich dort angekommen, hatte ich einen Mann und dich. Und dann nur noch dich."
Ich frage sie nicht, was sie im Reservat tun will. Ich weiß, daß sie es auch nicht weiß. Sie plant immer nur von einem Tag auf den anderen, ist immer sicher, daß das Happy-End unmittelbar bevorsteht. Ich versuche mir vorzustellen, wie es wäre, wenn wir in irgendeiner Ortschaft blieben, durch die wir fahren. Jeder Ort war die Endstation für Menschen, die irgendwo weggezogen sind und sich auf den Weg nach Shelby oder Pinnacle oder Dunkirk gemacht haben. Das könnten wir auch tun, irgendwo hinziehen, irgend jemand sein.

Der Volaré schafft es beinahe. Wir fahren den ganzen zweiten Tag lang durch die Rockies, durch Felder mit Weizen, Linsen und Minze, fahren parallel zum schwarzen Band der Bahngleise, das sich wie ein Strich unter den Hügeln im Norden hinzieht. Die Wolken hängen tief, übergroß und sind scheinbar zum Greifen nahe. Wir messen die Entfernung nicht mehr in Meilen, sondern in Stunden. Möwen kreisen wie Geier der Straße. Als wir das Hochland erreichen, auf dem Mom ihre Jugend verbrachte, scheint der Wagen besser zu laufen; der Motor brummt jetzt leiser. Er scheint zu spüren, daß er das Schlimmste hinter sich hat und daß nur noch eine flache Strecke vor uns liegt. Nach einer Conoco-Tankstelle östlich von Havre wendet sich Mom mir zu und schüttelt den Kopf.
„Es wäre besser gewesen, wenn wir dem Wagen neue Reifen gegönnt hätten. Der Hippie-Knabe an der Tankstelle hätte sie aufziehen können. Ich will nicht, daß Tante Ida glaubt, ich sei völlig abgebrannt."
In Moms Augen ist jeder Mann mit langen Haaren ein Hippie.
„Und womit hättest du bezahlt?" frage ich.
Sie tätschelt ihre grüne Handtasche, die gegen ihren Schenkel gelehnt auf dem Sitz liegt. „Wenn wir mit meiner alten Kreditkarte genug Benzin für tausend Meilen bekommen, dann hätten wir auf sie auch neue Reifen kaufen können, glaube ich", sagt

sie. „Und außerdem war der Typ so weltfremd, daß er nicht einmal das Ablaufdatum der Karte prüfte.“
Sie scheint den Wagen wenden zu wollen, überlegt es sich aber und fährt weiter. „Mit vier neuen Reifen würde die Karre nur noch älter aussehen“, meint sie.
Wir fegen durch die kleinen Ortschaften, ignorieren die Schilder, auf denen ein richtiges Landfrühstück, eine Tankstelle oder eine Milchbar angepriesen wird. Gegen ein Uhr mittags erreichen wir die Abzweigung, die zum Reservat führt.
Mom ist so erleichtert über das nahe Ende der Fahrt, daß sie unvorsichtig wird und die Schlaglöcher einfach vergißt. Sie übersieht auch den Schlamm der letzten Straßenüberschwemmung, der in der Frühlingshitze auf der Straße festgebacken ist. Weniger als eine Meile von Tante Idas Haus entfernt fährt sie ohne zu bremsen in einen Graben. Der Volaré bockt und stirbt ab. Ein Geräusch ist zu hören, als ob etwas von der Unterseite des Wagens auf die Straße fällt, aber Mom und ich haben keine Lust nachzusehen.
„Vielleicht ist ein Stoßdämpfer runtergefallen“, sagt Mom.
„Und was heißt das?“
„Woher zum Teufel soll ich das wissen? Ich kann es jedenfalls nicht reparieren. Wir sind nah genug und können den Rest zu Fuß gehen. Ich werd Dayton sagen, wo der Wagen steht. Er soll sich darum kümmern.“
Dayton ist ihr Schulfreund, ein Mischling, der auf einer gepachteten Farm hier in der Nähe wohnt. Sie sagt, daß er sich auf jeden Fall freuen wird, sie nach all den Jahren wiederzusehen. Zu ihm will sie gehen. „Dayton und Lee waren enge Freunde“, sagt sie. „Bei Lees Beerdigung war er Sargträger. Erinnerst du dich an ihn?“ Ihr Mund wird schmal, als erinnere sie sich an etwas, das sie lieber vergessen hätte.
„Ich war damals erst zwei Jahre alt“, sage ich, aber Mom steht schon auf der Straße, streckt ihre Arme und dehnt ihren steifen Rücken.

Auf der anderen Straßenseite beginnt ein kaum sichtbarer Pfad. Mom sagt, er führe über einen Hügel zu Tante Idas Haus. Wir

ziehen los. Mom trägt die Müllsäcke mit der Aufschrift „Christine“ und ihre große Ledertasche. Die Tasche läßt sich nicht mehr schließen, denn die beiden Kassetten stecken darin, die sie auf Lebenszeit ausgeliehen hat. Ich trage die beiden anderen Müllsäcke, den Sack mit der Aufschrift „Verschiedenes“ und meinen eigenen. Mom will nichts im Wagen zurücklassen.
„Das ist eine arme Gegend“, sagt sie.
Ich kann mir kaum vorstellen, daß unsere Habseligkeiten für jemanden eine Versuchung darstellen würden.

Als wir die Hügelkuppe erreichen, erblicken wir als erstes Tante Ida. Außer ihrem Haus ist kein anderes Gebäude zu sehen. Das Holz der Wände ist gewellt und grau verwittert. Tante Ida steht vor dem Haus. Sie ist nicht sonderlich groß, hat aber lange Arme und Beine. Auf dem Kopf hat sie mit Haarnadeln eine schwarze, üppige Perücke befestigt. Die Nadeln glitzern in der Sonne. Sie trägt einen Männeroverall, und ein dunkelblauer Büstenhalter schneidet tief in Schultern und Rücken. Ihre Haut hat einen tieferen Braunton als Moms Haut, ist aber nicht so dunkel wie bei Dad oder mir. Hinter der Sonnenbrille sind ihre Augen nicht zu sehen.
Tante Ida schiebt einen alten Rasenmäher über eine kleine Fläche mit struppigem Gras. Während wir uns nähern, merke ich, daß der Rasenmäher das Gras gar nicht schneidet. Entweder sind die Schneidblätter stumpf oder das Gras ist zu kräftig: Der Rasenmäher walzt die Halme nieder, aber sie richten sich danach wieder auf. Tante Ida bemerkt es nicht, und uns bemerkt sie auch nicht. Der Kopfhörer des Walkman, den wir ihr zu Weihnachten geschickt haben, sitzt fest auf ihren Ohren. Ihre Stimme, rauh und mit schwerem Akzent, kommt mir überraschend vertraut vor. Falsch, aber laut singt sie den Song auf der Kassette mit.
„*I’ve been looking for love in all the wrong places*“, dröhnt sie, aber dann bemerkt sie uns plötzlich. Zuerst verhält sie sich, als hätte sie nichts Ungewöhnliches gesehen, und schiebt ihren Rasenmäher weiter.
„*Looking for love in too many faces*“, brüllt sie, hält dann inne

und stützt die Unterarme auf die Lenkstange des Rasenmähers. Schließlich blickt sie über die Schulter in unsere Richtung, seufzt und nimmt den Kopfhörer ab.
„Was hat die Katze denn da wieder ins Haus geschleppt", sagt sie auf indianisch. Ihre Stimme kratzt und knarrt wie eine alte Tanne im Herbstwind. „Das mag ich am liebsten: unangemeldeten Besuch."
„Ich komme nach Hause, Tante Ida." Mom steht auf dem fahlgelben Feld. Der Wind bläst ihr Haar in dunklen Streifen quer über ihr Gesicht, der grüne Müllsack mit den Kleidern aus Seattle liegt neben ihren Füßen. Sie ist nervös. Der Wind wird stärker, füllt ihre Bluse wie einen Flugdrachen und betont so ihren gedrungenen, breiten Körper. Ich fühle plötzlich, daß dieser Moment für Mom sehr wichtig ist. Entweder beginnt jetzt etwas oder es endet, aber Mom fürchtet sich davor, zu klären, was geschehen wird. Ich will zu ihr gehen, sie in die Seite boxen und ihr sagen, sie soll das alles nicht so ernst nehmen. Aber ich bleibe, wo ich bin und beobachte weiter, als sähe ich eine Szene in einem alten Film, die jeden Augenblick von einem Werbespot unterbrochen werden könnte.
Aus Tante Idas Walkman trällert blechern klingende Musik, und obwohl sie leise ist, füllt sie die Luft um uns herum. Ich glaube, es ist ein Song der Oak Ridge Boys oder einer ähnlichen Gruppe, aber ich kenne das Stück nicht. Wir hören der Musik zu, während wir warten, was Tante Ida zu sagen hat. Sie nimmt sich Zeit, gibt Mom Gelegenheit, noch etwas zu sagen, wenn sie will.
„Nenn mir drei Gründe, warum ich mich freuen sollte, dich zu sehen." Tante Idas Stirn legt sich in Falten. Sie zieht ein rotes Taschentuch heraus und wischt sich damit über den Mund.
Mom bewegt sich nicht. Noch immer lächelt sie furchtsam. Angespannt steht sie da, als habe sie eine Antwort gefunden, wisse aber nicht sicher, ob sie richtig sei. Sie versucht es dennoch, als nähme sie an einer Quizshow teil und sei im Begriff, den Hauptgewinn einzuheimsen.
„Erstens, Mutter, bin ich deine Tochter, dein einziges lebendes Kind."

Tante Ida gefällt diese Antwort nicht. Ihr Gesicht verzerrt sich, als hätte Mom sie unter die Gürtellinie geschlagen oder ihr von hinten einen Schlag versetzt.
„Zweitens brauchen wir eine Bleibe."
Jetzt ändert sich Tante Idas Gesichtsausdruck. Sie hat ihr Gegenargument gefunden, das mit „Aha!" beginnen und nicht enden wird, bevor sie nicht auch ein „Ich hab's ja immer gesagt" losgeworden ist.
„Drittens ..." Mom zögert. Sie hat Tante Ida ebenfalls beobachtet und weiß, daß sie irgendeine Gemeinheit von sich geben wird, sobald Mom aufhört zu reden. Und dabei wird es keine Rolle spielen, was Mom sagt. Solange sie den dritten Grund nicht nennt, kann ihr nichts passieren. Tante Ida muß warten. Moms Augen glänzen. Sie blickt um sich, ohne etwas zu sehen. Ihre Finger zupfen an einem der beiden „Christine"-Müllsäcke, zerren daran und reißen Löcher in das dunkle Plastikmaterial. Irgend etwas auf dem Boden scheint ihren Blick zu bannen. Sie starrt darauf, kickt mit der Stiefelspitze dagegen. Wir halten den Atem an.
„Drittens", sagt Mom und blickt Tante Ida direkt in die Augen. „Drittens, leck mich am Arsch."
Mom nimmt ihre Müllsäcke und wendet sich um. Zuerst geht sie, aber dann stolpert sie immer schneller den Hügel hinunter zum Wagen. Auf den Geröllsteinen verlieren ihre Füße den Halt und wirbeln Staub auf. Tante Idas Mund steht jetzt offen. Sie ist schockiert, verblüfft, traut ihren Ohren nicht. Sie führt sich auf, als stünde sie vor einem Publikum, das jeden Moment zu applaudieren oder zu pfeifen anfangen könnte. Aber es ist nichts zu hören außer dem Flüstern aus den Kopfhörern des Walkmans, Moms stolpernden Schritten und dem Geräusch der Säcke, die gegen ihre Beine klatschen.
Mir wird jäh bewußt, daß ich wirklich hier bin, daß sich das alles wirklich ereignet. Ich drehe mich zu Tante Ida um und erwarte, daß sie jetzt etwas unternimmt, daß sie Mom zurückruft. Aber nach ihrem Gesichtsausdruck zu urteilen, hat sie gerade eine schlimme Nachricht erhalten oder den schlechtesten Witz der Welt gehört. Sie setzt ihren Kopfhörer wieder auf; jetzt

ist die Musik wieder sehr gedämpft. Ich packe meine Müllsäcke und setze mich, immer schneller werdend, den Hügel hinunter in Bewegung.
„Warte doch!“ schreie ich. „Bleib stehen!“
Mom schaut nicht zurück und geht nicht langsamer, auch nicht, als die Tüte mit den Videobändern aus ihrer Tasche fällt. Sie kommt auf dem Weg an und geht ohne zu zögern am Volaré vorbei.
Während ich ihr hinterherrenne, sehe ich die Täler und Hügel der Landschaft um mich herum. Ich kann meilenweit sehen. Ein Baumstumpf reißt ein Loch in den Sack mit der Aufschrift „Verschiedenes“. Handtücher, Postkarten und halbgelesene Zeitschriften fallen heraus und bilden eine Spur hinter mir. Ich versuche, die Sachen wieder einzusammeln, aber das Loch im Müllsack ist zu groß, und auf den Armen kann ich nicht alles tragen. Wenn ich etwas aufhebe, fallen zwei andere Sachen herab. Schließlich lasse ich alles fallen.
Mom hat die Hauptstraße weiter unten erreicht, aber sie bleibt nicht stehen. Ihr Körper ist klein und kompakt, sie läuft mit leicht geduckter Haltung. Kaum zu glauben, daß sie noch vor drei Tagen flach auf dem Rücken in einem Krankenhaus lag. Lange wird sie nicht mehr durchhalten, glaube ich. Ich könnte sie einholen und herausfinden, was sie jetzt vorhat, aber in diesem Moment sehe ich eine entfernte Staubwolke auf der Straße. Ein blauer Lastwagen holpert durch die Schlaglöcher auf uns zu. Er hält neben Mom an, aber sie bleibt nicht stehen. Der Wagen fährt wieder an und bleibt mit langsamer Fahrt neben ihr. Sie spricht mit dem Fahrer. Sie spricht, rennt und trägt ihre Müllsäcke. Schließlich schwingt die Tür auf, und sie springt in den Lastwagen. Der Wagen beschleunigt, wirbelt Steine auf und verschwindet in einer Staubwolke.

Mein Schädel brummt. Ich bin es nicht gewohnt, so schnell zu laufen. Mein Herzschlag dröhnt in meinen Ohren. Ich schaue zu Boden. Die Erde ist häßlich. Dürres Gras sprießt aus dem braunen Boden. Der Anblick erinnert mich an das Foto eines Mannes, der eine Haartransplantation hinter sich hatte. Sein

Skalp war eine breite, leere Fläche, und aus kleinen schwarzen Löchern wuchsen ein paar Büschel dunkler Haare. Ein löchriger Skalp wie bei einer Barbie-Puppe. Der Boden erscheint mir als der scheußlichste Anblick der Welt. Er jagt mir Schauer über die Haut. Ich falle auf die Knie, um mich herum wirbelt der Wind unsere Sachen. Ich reiße die Halme mit den Wurzeln aus, kratze sie mit den Fingernägeln aus der Erde. Ich muß die Erde wieder glätten, säubern, sie darf keine Stoppeln haben. Aber ich kann nicht alle Grasbüschel ausreißen, es sind zu viele da. Ich werde dieses Stück Erde nie säubern können, aber ich kann auch nicht aufhören. Ich schlage mit der flachen Hand auf den Boden, glätte ihn, kratze Krümel heraus. Nichts auf der Welt ist mir jetzt wichtiger, als diese Gewächse zu vernichten.

Ich merke, daß Tante Ida jetzt neben mir steht, aber ich beachte sie nicht, bis sie meine Handgelenke packt und festhält. Sie tritt vor mich hin, aber ich will ihr nicht ins Gesicht sehen. Ich könnte ihr nicht erklären, warum ich die Grasbüschel ausreißen wollte. Die Muskeln meiner Arme wehren sich gegen ihre Hände, ziehen und zerren, bis sie sich verkrampfen, und meine Finger biegen sich zu Krallen.

Ich komme nicht gegen sie an. Ich will ihr sagen, sie soll mich loslassen, aber statt der Wörter kommen nur Schreie, das Geheul einer Verrückten. Sie hält mich fest. Sie zieht mich heran wie einen Lachs an der Angel und umfängt mich. Ich knie mich in sie hinein, mein Gesicht versinkt in der warmen, feuchten Haut über ihrer Brust, ihre Brüste pressen sich gegen meinen Hals. Ich kann mich nicht bewegen, so sehr ich mich auch anstrenge, und schließlich gebe ich auf. Meine Kraft verläßt mich, der Haß gegen die Erde verschwindet so gänzlich wie die Erinnerung an einen Traum. Ich presse mich gegen ihre Haut, die nach Gras duftet, und sinke in die Umschlingung ihrer Arme.

So bleiben wir eine Zeitlang stehen. Eine lange Zeit, wie mir scheint, weil ich mich vor dem Ende der Umarmung fürchte, aber schließlich endet sie doch. Ihr Griff lockert sich an meinen Handgelenken, zwischen uns entsteht Leere, sie tritt zurück. Ich hebe das Gesicht, aber die Sonne steht hinter ihr. Ich kann

nur die Umrisse ihres Kopfes sehen, rund und sauber wie eine Straßenlampe.
„Sammle eure Sachen ein, bevor sie der Wind davonbläst“, sagt sie und geht zu ihrem Haus zurück.
Aber ich sammle sie nicht auf. Ich fürchte mich davor, zu Boden zu blicken, und so ertaste ich mir den Weg mit den Zehen und gehe sorgfältig um die verstreuten Sachen herum hinter Tante Ida her, den Hügel hinauf und über die Kuppe. Die Straße ist nicht mehr zu sehen.

3

Tante Ida und ich können nichts miteinander anfangen. Wir bedeuten füreinander nur unliebsame Überraschungen, durchkreuzte Pläne, Pech. In den drei Zimmern ihres Hauses stoßen wir dauernd aufeinander. Vier Zimmer, wenn man das Badezimmer dazuzählt, aber der Wasserhahn funktioniert nicht. Tante Ida schläft auf einer Couch im kleinen Schlafzimmer, unter Kopf und Rücken einen Berg von Kissen mit gestickten oder gestrickten Bezügen, manche Kissen haben plumpe Tierformen mit langweiligen Farben. Gegenüber der Eingangstür stehen an einer Wand im Wohnzimmer nebeneinander der Herd, die Waschmaschine und der Fernseher, und direkt neben der Holztreppe, die auf den Speicher führt, steht der Kühlschrank. Auf seiner weißen Oberfläche haften gelbe Magnete, alle mit glücklich strahlenden Sonnengesichtern und der Aufschrift „Have a nice day". Zuerst glaubte ich, daß sie nach einem bestimmten Muster auf dem Kühlschrank arrangiert seien, konnte aber kein System erkennen. Ich gab schließlich auf und fragte Tante Ida. „Die Magnete liegen in den Cornflakes-Schachteln", sagte sie. „Man kann mit ihnen die Einkaufslisten aufhängen. Ich benutze sie für meine Lotteriescheine."
In diesem Sommer wird das Wasser in Tante Idas Haus sehr knapp. Meistens läuft überhaupt kein Wasser, weil eine Trokkenperiode herrscht und der Brunnen versiegt ist. Tante Ida geht zweimal in der Woche – und seit ich in ihrem Haus wohne noch öfter, wie sie mich wissen läßt – zum Bach, der durch das Nachbargrundstück fließt, füllt einen großen Kanister und schleift ihn mühsam zu ihrem Haus zurück. Sie stellt den Kanister in den Ausguß, so daß wir das Geschirr oder die Hände waschen können. Der Ausguß funktioniert gut. In der Küchenecke und

neben der Treppe zum Speicher sind Schachteln aufgestapelt, die Tante Ida als Regale für Konserven und andere Vorräte benutzt – Erdnußbutter, Eipulver und Fett. Ich will sie fragen, warum sie so viele Lebensmittel hortet, aber bevor ich den Satz zu Ende bringe, fällt mir eine Schachtel mit Feuerholz auf, und ich erinnere mich daran, wie Mom mir vom Winter in Montana erzählte und wie sie sich darüber freute, in Seattle zu wohnen, auch wenn dort alles schiefging. Wenn die langen, dunklen Schneestürme kommen, wird Tante Idas Haus tagelang von der Welt abgeschnitten sein. Tante Ida will von nichts abhängig sein: von der Stromversorgung ebensowenig wie von der Unterstützung des Amts für Indianische Angelegenheiten oder vom Lebensmittelladen im Reservat.

Ich wohne in Moms früherem Zimmer. Wenn meine Jeans zu schmutzig sind, trage ich ihre Teenagersachen, sofern es mir gelingt, mich hineinzuzwängen: grüne Röcke, geflickte weiße Socken und ein Bobby-Rydell-Sweatshirt. An der Wand hängen noch immer Poster von Elvis Presley, Jacqueline Kennedy und Connie Francis, und auf einem sich unter der Last biegenden Regalbrett im Schrank sind rote und blaue und gelbe Schulhefte aufgestapelt. Jedes Heft ist auf dem Umschlag beschriftet – Religion oder Englisch oder Sozialkunde –, aber die Hefte sind leer, nur ab und zu sind auf einer Seite Moms Zeichnungen zu sehen, meistens Gesichter oder Pferde oder Zickzack-Linien. Und dann finde ich auch noch endlose Listen mit ihrem Namen in purpurroter Tinte. Auf allen Is befinden sich statt der Punkte kleine Herzen: „Mrs. Christine Doney. Mrs. Christine Presley. Mrs. Christine LaVallee. Mrs. Christine Garcia."

In einer Schachtel unter dem Bett finde ich ein Album, noch in der Zellophanhülle, und eine Menge Fotos von Mom – Schulporträts, Schnappschüsse mit ihren Freunden, ein großes Farbfoto, das bei der Schulentlassung aufgenommen wurde. Darauf schaut Mom über die Schulter in die Kamera. Ihre Haltung kommt mir bekannt vor: Sie ähnelt der einer Heiligen auf einem Wandgemälde in der Kirche. Ich weiß nicht mehr, wie die Heilige hieß, Luzia oder Bernadette oder so ähnlich. Jedenfalls zeigt es ein Mädchen, das gerade eine Vision hat. Auch Moms Augen auf dem Foto sind zum Himmel gerichtet; Haar und Stirn sind lichtüberflutet, und auf dem Bild sind ihre Lippen sorgfältig mit rotem Filzstift nachgezogen. Sie trägt eine weiße Bluse, die am Hals mit einer ringförmigen, silber- und türkisfarbenen Brosche zusammengehalten wird. Bei bestimmten Anlässen trägt Mom die Brosche noch heute.

Ich kann das Foto kaum ansehen. Ich werfe den Deckel auf die Schachtel und stoße sie unter das Bett zurück. Aber fünf Minuten später hole ich das Foto wieder hervor und betrachte es eingehend. Ich versuche, eine Ähnlichkeit zwischen Mom in meinem Alter und mir zu finden. Ich halte das Foto sogar vor dem Spiegel direkt neben mein Gesicht und vergleiche beides genau – Haar, Augen, Nase, Mund, Kinn. Aber sie bleibt Mom, und ich bin immer noch ich. Sie wirkt so heilig, als stehe sie kurz vor ihrer Himmelfahrt. Ich dagegen sehe nur wütend aus.

Ich las einmal in einem Magazin eine Geschichte über einen Stadtbewohner, der auf einer Farm übernachten wollte und nicht einschlafen konnte, weil es zu still war. In Tante Idas Haus hätte er damit keine Probleme gehabt. Hier läuft immer mindestens ein Radio, und meistens quäkt auch eine Kassette in ihrem Walkman. Das Haus ist angefüllt mit Geräuschen. Der Lärm dringt durch all die undichten Fenster nach außen, auch durch das Loch im Dach, in dem die Fernsehantenne steckt und durch das es hereinregnet. Mir schwirrt der Kopf von Werbespots, Rundfunk-Verkaufsaktionen und Nachrichten. Die neuesten Hits berieseln mich unablässig, als stünde ich in einem dichten Regen. Stimmen im Dialekt Montanas verfolgen mich in jedes Zimmer, und vor dem Haus schwirren so viele Wespen und Stechmücken herum, daß ich auch dort keine Ruhe finde. Ich lese Geschichten in Moms alten Teenager-Magazinen und klebe ihre Fotos in das Album.

Tante Ida zwängt ihr Leben zwischen ihre Lieblingsprogramme im Fernsehen. Sie kennt alle Hauptfiguren in Serien wie „As the World Turns“, und sie verpaßt keine einzige Folge. Sie ärgert sich über die Figuren, über ihre Dummheiten, über ihre Unfähigkeit zu begreifen, was um sie herum vorgeht, was sich gerade abspielt. Als ich Tante Ida zum ersten Mal schreien hörte: „Paß

doch auf, es ist ja direkt vor deiner Nase!“ oder „Er will doch nur dein Geld!“, dachte ich, sie hätte Besuch bekommen. Aber ihre Stimme verschmolz schnell mit all den Hintergrundgeräuschen, die allgegenwärtig sind und die ich jetzt gar nicht mehr wahrnehme. Wenn sich die Handlung in einer Serie zu lange hinzieht, springt Tante Ida auf und schaltet den Ton ab. Sie kann Leute nicht ausstehen, die sich so dumm benehmen.
Wenn Tante Ida am späten Nachmittag den Richter Wapner und sein „Fernsehgericht“ einschaltet, wird alles noch schlimmer. Sie mißtraut den Männern und Frauen mit ihren gemeinen Behauptungen. Sie ahmt ihre Sätze nach und verflucht ihre Ausreden. „Geschieht dir ganz recht!“ brüllt sie dann in den Bildschirm. Aber ihre tiefste Verachtung spart sie für den Richter auf. Sie zweifelt an seiner Befähigung, sie zweifelt an seinem Verstand. „Wie wär's *dir* an seiner Stelle zumute?“ fragt sie ihn, als er ein Urteil fällt, das sie nicht billigt.
Seit sie am ersten Nachmittag meine Arme hinter meinem Rücken zusammenpreßte, hat sie mich nicht mehr berührt. Wir reden kaum miteinander. Sie deutet mit dem Finger auf die Dinge, die ich sehen oder holen soll, verdreht die Augen, wenn ich sie falsch verstehe, und zischt, wenn ich sie bei den Fernsehsendungen unterbreche. Sie kenne ihre Pflichten, sagt sie seufzend, und knallt den Teller vor mich hin, aber das heiße noch lange nicht, daß sie ihre Pflichten gern erfülle.
Ich rede mir immer wieder ein, daß nicht ich schuld bin an Tante Idas Ärger, sondern daß Mom ihr zu schaffen macht. Ich bin für sie ein Merkzettel mit lauter lästigen Erinnerungen, den sie mit einem Happy-Face-Magneten an ihrem Kühlschrank befestigen kann. Tante Ida hält mir jeden Fehler vor, mißgönnt mir den Raum, den ich ihr wegnehme. Sie folgt ihrer täglichen Routine zwischen Fernseher und Hausarbeit, als hänge ihr Leben davon ab. Ich bin eine Ablenkung, eine seltsam aussehende, unbekannte Verwandte, die in ihr Leben hineingefallen ist wie ein Sandsack aus einem Heißluftballon.
Sonntags besteht sie darauf, daß ich mir die Messe anhöre, die aus der katholischen Kathedrale in Denver im Radio übertragen wird.

„Ich war einmal zu Fronleichnam dort", erzählte sie mir gleich nach meiner Ankunft, als sie noch Mitleid mit mir verspürte und ihr noch nicht bewußt geworden war, daß ich bei ihr bleiben würde. „Die Menschen bildeten im Stadion eine lebende Rosenkranzkette, und ich war eine der Perlen. Das war zwischen dem ersten und dem zweiten freudenreichen Geheimnis."

Tante Ida besteht darauf, sich mit mir nur in indianischer Sprache zu unterhalten, aber ich glaube, sie versteht auch Englisch. Glücklicherweise redete Mom zu Hause oft in der alten Sprache. Indianisch war für uns wie eine Geheimsprache, wenn wir allein waren. Mom meinte, daß mir die Sprache eine Identität verleihen würde. Ihr habe ich es zu verdanken, daß ich Tante Ida verstehe, auch wenn ich zuerst zu schüchtern war, ihr auf indianisch zu antworten.

Ich bin überzeugt, daß Tante Ida ihre Geschichte über Denver nur erfunden hat, um sich damit wichtig zu machen, daß sie zu dieser großen Kirche in Colorado gehöre. Sie braucht vermutlich eine Erklärung dafür, daß sie sonntags zu Hause bleibt und die Messe im Radio hört, statt zur Missionskirche zu fahren, die zehn Meilen entfernt ist. In der ersten Woche bei Tante Ida höre ich eines Nachmittags ein Motorengeräusch vor dem Haus. Ich schaue verstohlen durch mein Fenster. Ein ältlicher Priester steigt aus einem alten Lieferwagen, der an der Seite die Aufschrift „Mission der Heiligen Märtyrer" trägt. Ich höre in meinem Zimmer dem Gespräch zwischen ihm und Tante Ida zu. Sie ist vor die Haustür getreten. Er fragt auf indianisch, ob sie Zeit für eine Tasse Tee habe.

„Das Mädchen ist hier", sagt sie, „auf das ich aufpassen muß."

„Christine ist wieder da? Bleibt sie lange?"

Es überrascht mich, daß er unsere Sprache spricht und daß er so viel über uns zu wissen scheint. Ich spitze die Ohren, um Tante Idas Antwort zu verstehen. Das sind die Fragen, die ich beantwortet haben will.

„Ihre Mutter hat sie hier zurückgelassen. Pauline hat gehört, daß sie drüben bei Dayton wohnt."

Mom wohnt bei Dayton? Hier? Ich hatte gedacht, sie sei längst nach Seattle zurückgefahren, aber auf jeden Fall nicht mehr im

Reservat. Woher weiß Tante Ida das alles? Wurde es im Radio durchgegeben, und ich habe es nur nicht gehört?
„Und sie ließ ihre kleine Tochter hier bei Ihnen? Rayona muß jetzt fast erwachsen sein."
Keine Antwort.
„Wird sie für den Rest des Schuljahres die Missionsschule besuchen?"
Bevor Tante Ida antworten kann, falls sie das überhaupt vorhatte, betrete ich das Wohnzimmer. Der Priester ist ein kleingewachsener, grauhaariger Mann mit blauen Augen und einem Spitzbauch. Seine Haut ist vom Wetter gegerbt und hebt sich braun von seinem zerknitterten schwarzen Anzug ab. Als ich eintrete, blickt er Tante Ida verblüfft an.
„Aber das ist doch nicht Rayona?"
Tante Ida steht mit gespreizten Beinen da. Die Arme hat sie vor der Brust verschränkt, ihre Augen sind starr auf die Uhr über der Waschmaschine gerichtet. „As the World Turns" muß vor genau zwei Minuten begonnen haben.
Der Priester wendet sich zu mir. „Ich bin Father Hurlburt", sagt er auf englisch. „Ich habe dich einmal gesehen, als du noch ein Baby warst. Und natürlich erinnere ich mich sehr gut an deine Mutter ..."
Seine Worte brechen durch meine Wehrmauer und rufen mir Moms Gesicht in Erinnerung. Ich sehe sie vor mir, wie wir Village Video in Seattle verließen. Sie war damals müde, aber zufrieden. Plötzlich springt der Aufkleber auf der Stoßstange des Volaré in meine Erinnerung.
„ICH BIN CHRISTINE. ICH BIN BÖSE", zitiere ich, ohne zu überlegen.
Father Hurlburt greift mit der Hand an seine Brust, als erleide er gerade einen Herzinfarkt. Oder als wolle er gleich ein Kruzifix hervorziehen. Er hält mich für beknackt, aber Tante Ida blickt mich kurz an und beißt sich auf die Unterlippe. Was ich gesagt habe, gefällt ihr. Sie hält es nicht für dumm. Dann verdüstert sich ihr Gesicht wieder.
Father Hurlburt atmet hörbar aus und tut so, als hätte ich einen sehr guten Witz gemacht. „Das hätte mich beinah umgehauen",

sagt er. „Wirklich, das war eine Überraschung." Er räuspert sich und wechselt das Thema. „Für dich ist doch sicher ein großer Unterschied zwischen Seattle und dem Leben hier im Reservat."

„‚Das Land des himmelblauen Wassers'", sage ich. Es ist der Slogan aus einer Werbesendung, die ich dauernd im Radio höre. Tante Ida schießt mir einen Blick zu. Diesmal lächelt sie tatsächlich für den Bruchteil einer Sekunde; dann wird ihr Gesicht wieder ausdruckslos.

„Was soll sie schon sagen? Sie hockt den ganzen Tag im Zimmer." Tante Idas Augen weisen auf Moms Zimmertür. „Sie spricht Indianisch", fügt sie hinzu.

Father Hurlburt wechselt die Sprache. „Du bist sehr groß", sagt er, „aber viel zu mager. Hast du hier schon Freunde gefunden?" Meine Hautfarbe erwähnt er nicht. Ich soll wohl glauben, daß er sie gar nicht bemerkt hätte.

Ich schüttle den Kopf. Ich habe keine Freunde.

„Du bist jetzt – wie alt? Sechzehn?"

„Sie ist fünfzehn", sagt Tante Ida, bevor ich mich geschmeichelt fühlen kann, daß ich älter aussehe. Etwas überrascht stelle ich fest, daß sie weiß, wie alt ich bin, und daß er weiß, woher ich komme. Ich kann mir nicht vorstellen, daß Tante Ida jemals an mich gedacht oder mich vor meiner Ankunft erwähnt haben soll, aber sie muß es wohl doch getan haben.

„Sehr gut, sehr gut." Father Hurlburt reibt die Hände, als wärme er sie vor einem Feuer. Seine Finger sind kurz, stumpf und dick. Er nickt mir zu und redet weiter. „Wir melden dich an der Missions-High School an. Du kannst dort nächste Woche anfangen. Und in der Zwischenzeit finden wir ein paar Freunde für dich, ich weiß auch schon wie. Du bist doch katholisch erzogen worden?"

„Sozusagen." Mom hatte mich sonntags meistens in Richtung Kirche losgeschickt und mich gewöhnlich in Schulen untergebracht, die von Nonnen geleitet wurden, wann immer wir in Seattle in die Nähe einer solchen Schule gezogen waren. Sie hatte mich in einer Art Quiz über das Leben der Heiligen abgefragt, aber selbst nie einen Fuß in eine Kirche gesetzt, solange ich zurückdenken kann.

„Hervorragend. Du trittst in die Riege Gottes ein." Er lächelt mit weitgeöffnetem Mund zuerst Tante Ida an, dann mich. Seine Gesichtshaut ist faltig und wellig. Er ist erleichtert, weil er jetzt weiß, was er mit mir anfangen soll, aber er bemerkt auch meine Zweifel.

„Der Name hat nicht viel zu sagen. Es ist eine Gruppe von netten jungen Leuten. Mein neuer Vikar kümmert sich sehr intensiv um sie. Sie treffen sich jede Woche, und sie organisieren Tanzveranstaltungen. Nur eine Einkehr im Jahr. Der Patron ist der heilige Dominik Savio. Es ist wirklich nicht so schlimm, wie es jetzt klingt."

Davon bin ich nicht überzeugt. Den heiligen Dominik Savio kenne ich zur Genüge, ein Kind-Heiliger. Die Nonnen in meiner letzten Schule in Seattle verehrten ihn abgöttisch. Sie ließen sogar seine Gipsstatue auf einem Sockel vor der Tür des Klassenzimmers aufstellen. Da durfte er auf das Weihwasserbecken aufpassen. Er trug zitronengelbe Hosen und eine limonenfarbene Sportjacke. Mit einer Hand preßte er ein Buch gegen sein Herz, wahrscheinlich ein Gebetbuch, und die andere Hand hatte er mit ausgestrecktem Zeigefinger halb erhoben. Das Haar auf seinem viel zu kleinen Kopf war unnatürlich schwarz. Seine hellroten Lippen schienen „Nein, nein" oder „Lieber nicht" sagen zu wollen. Sein Motto lautete „Lieber Tod als Sünde". Er starb mit zwölf Jahren. Ich warte darauf, daß Tante Ida ablehnt, daß sie dem Pfarrer sagt, ich würde da nicht mitmachen.

„Aber da ist noch eine kleine Schwierigkeit", fährt Father Hurlburt fort. Er greift in seine Manteltasche, zieht einen kleinen Taschenkalender hervor, befeuchtet einen Finger und blättert, bis er die richtigen Seiten gefunden hat. Er runzelt die Stirn. „Diese Woche ist alles voll mit Terminen! Und mein alter Lieferwagen ist leider nicht so heilig, daß er zu zwei Orten zugleich fahren kann!"

Er blinzelt mir zu, als ob er etwas besonders Schlaues gesagt hätte. Mir fällt Dominik Savios Trick ein, an zwei Orten zur selben Zeit zu erscheinen. Tante Idas Augen sind so starr auf den Fernsehapparat gerichtet, daß ich mich zu fragen beginne, ob sie die Sendung durch den toten Bildschirm hindurch ver-

folgen kann. Endlich blickt sie Father Hurlburt wieder an, der noch immer zu ihr spricht.
„Entweder wird Father Novak am Samstag Rayona abholen und zum Treffen der Gottesschwadron bringen, oder wir lassen das diesmal noch ausfallen. Dann komme ich am Sonntagmorgen vorbei und bringe Sie *beide* zur Acht-Uhr-Messe in die Kirche der Heiligen Märtyrer."

Zwei Tage später sitze ich neben Father Novak im Missions-Wagen. Wir sind auf dem Weg zur Riege Gottes. Der Father redet ununterbrochen, als ob ich zu ihm gesagt hätte: „Erzähl mir alles über dich." Nur habe ich die Frage nie gestellt. Er will von mir mit „Father Tom" angesprochen werden.
„Rate mal, wie lange ich schon hier bin?" sagt er. Er trägt ein großes perlenbesetztes Medaillon um den Hals, das tief über seiner schwarzen Soutane hängt. Er gehört zu den Menschen, die überall beliebt sein wollen, die Sorte Priester, die Gitarrenmusik in ihren Gottesdiensten einführen.
Ich rate nicht, und Father Tom liefert die Antwort sofort selbst.
„Zwei Wochen! Und stell dir vor, heute vor drei Wochen lief ich noch in den Straßen von Milwaukee herum. Ich war noch nie vorher westlich von Wisconsin!"
Ich kann ihn mir gut vorstellen, mit angewinkeltem Arm, das Gebetbuch fest in der Hand. Beim Gehen schwingt seine schwarze Soutane, und sein kahl werdender Kopf glänzt, als hätte er ihn gerade poliert. Er blickt sich nach Menschen um, die er ansprechen könnte, um ihnen zu erzählen, daß er jetzt unmittelbar vor der Abreise nach Montana stehe, um dort die Seelen der Indianer zu retten.
„Wie ich erfahren habe, bist du ja auch neu hier in der Gegend, Rayona", bemerkt Father Tom.
Ich frage mich, was er sonst noch erfahren haben mag, vielleicht über Mom, oder ob er weiß, wo sie ist. Die Schlaglöcher in der Straße kommen mir jetzt tiefer und zahlreicher vor als bei meiner Herfahrt mit Mom. Grüne Luzerne wächst hinter den Drahtzäunen auf dem Pachtland neben der Straße. Einmal steigen zwei große Möwen langsam auf, als wir uns nähern, und

kreisen über der Straße, bis wir vorbei sind. Sie waren gerade dabei, an den Überresten eines anderen Vogels herumzuhacken, den ein Auto erwischt und plattgewalzt hatte. Ein unbeschädigter Flügel steht senkrecht auf dem Asphalt und bewegt sich im Wind, als ob er uns anhalten wollte.

„Du bist ziemlich schweigsam, stimmt's?" sagt Father Tom. „Aber das macht nichts, ich rede ja mehr als eine ganze Armee!" Er ist wirklich ein unmöglicher Typ. Ein Quarkarsch, würden die Kids in Seattle sagen. Mom vergnügt sich irgendwo mit ihrem früheren Freund. Tante Ida ist endlich wieder mal allein in ihrem Haus. Ich stelle mir vor, Mom und Dad wären die Möwen und ich der Fahrer des Autos. Ich verblüffe sie damit, daß ich hochschalte und schneller heranjage, als sie erwarteten. Sie flattern seitwärts weg, um dem Autokühler auszuweichen. Ihre Augen glitzern, betrogen, voller Angst.

„Wir sind da." Die Riege Gottes trifft sich im Untergeschoß des Gemeindehauses. Father Tom parkt den Lieferwagen. Ich folge ihm ins Haus. Er bleibt bei ein paar alten Männern stehen, die auf den Stufen sitzen.

„Wie geht's, Mr. Stiffarm?" sagt er, ergreift die Hand des am nächsten sitzenden Mannes und schüttelt sie heftig. „Ich glaube, ich habe Sie letzten Sonntag nicht in der Kirche gesehen."

Der alte Mann starrt ihn mit trüben Augen an. Die Augäpfel sehen wie Milchglas-Murmeln aus. Er lächelt, und ich bemerke, daß er keine Zähne mehr hat. Er trägt ein braun-schwarz meliertes Hemd und graue Hosen. Sein Haar ist weiß und wirr, offenbar frisch gewaschen.

„Der neue Pfaffe hier ist wirklich blöd, der hält mich für Henry Stiffarm", sagt der Mann auf indianisch zu seinen Freunden. Er hebt die Augenbrauen und spitzt die Lippen. Dann lacht er und nickt. Sie übersehen mich geflissentlich, als ob ich nicht da wäre. Sie wissen ja nicht, daß ich ihre Sprache verstehe.

„Du kannst von Glück reden, daß er dich nicht für *Annabelle* Stiffarm hält", antwortet der andere Mann mit unbewegter Miene. „Er würde sonst wahrscheinlich versuchen, dich zu bekehren."

Bei dieser Bemerkung fangen beide an zu kichern. Father Tom

kichert mit ihnen. Er lacht über sich selbst, als ob er noch nie etwas Lustigeres gehört hätte. Vor so viel Dummheit schließe ich die Augen.
Die alten Männer haben wirklich viel Spaß bei diesem Spielchen, aber als sie bemerken, daß ich alles verstanden habe, verstummen sie. Mit durchdringenden Blicken prüfen und untersuchen sie jede Einzelheit meiner Kleidung und Figur und speichern die Informationen. Aber kein Anzeichen für ein Willkommen ist zu bemerken, kein Nachgeben. Die blau eingefärbte Speiseröhre eines Wurms kommt mir in den Sinn, die ich einmal im Biologieunterricht unter meinem Mikroskop betrachtet habe.

„Das ist das Vereinshaus", sagt Father Tom, als wir das Untergeschoß betreten. Die Wände sind aus grüngestrichenen Zementsteinen, der Boden ist aus Beton und mit Coke- und Pepsidosen übersät. An der mir gegenüberliegenden Wand hängt ein Schwarz-Weiß-Poster von Häuptling Joseph. Unter dem Bild steht: „Stolz der Indianer". An der Decke hängen Leuchtstoffröhren. Die Möblierung besteht aus einem Billardtisch, zwei durchgesessenen Sofas und einem Abfalleimer, der mit leeren Styropor-Schachteln von McDonald's vollgestopft ist. Aus einem unsichtbaren Radio dringt Musik: Kool and the Gang mit ihrem Song „Cherish". Und auf einem Sofa sitzen zwei der fiesesten Typen, die ich je gesehen habe. Es beruhigt mich nicht, daß sie beide nicht viel älter sind als ich, daß eine davon ein Mädchen ist. Die Möwen auf der Straße kommen mir wieder in den Sinn, und ich gebe im Geist Vollgas.
Die zwei Typen auf der Couch taxieren mich von oben bis unten. Ich kann mir lebhaft vorstellen, was sie vor sich sehen. Falsche Farbe, fremd, knochig, Pfaffenfreundin, Quarkarsch-Freundin.
„Ein neues Mitglied", verkündet Father Tom. Seine Stimme schallt laut durch den halbdunklen Raum. „Sie heißt Rayona und ist zu Besuch da. Sie kommt von weither, aus Seattle, Washington."
Das Mädchen prustet hinter ihrer Hand hervor, dann stößt sie dem Jungen den Ellbogen in die Rippen. Ihr langes schwarzes

Haar ist zu einem Knoten hochgebunden. Sie trägt hautenge Jeans, ein Cowboyhemd und zuviel Lidschatten.
„Das ist Annabelle Stiffarm“, sagt Father Tom. „Annabelle hat die Riege Gottes mitbegründet. Sie ist Mitglied des Clubs der besten Schüler in der Missionsschule.“
Annabelle hat Mühe, mich anzusehen, denn ich bin zu komisch. Sie lacht noch heftiger und versucht, sich durch eine Zigarette zu beruhigen. Sie nimmt eine Salem Extra-Long aus ihrer fransenverzierten schmutzig-braunen Ledertasche und zündet sie an. Sie hat es nicht leicht im Leben.
„Das hier ist Kennedy Cree, aber alle nennen ihn Foxy.“ Father Tom grinst den Jungen an, der wie eine menschgewordene Schlange aussieht. Dabei sieht er nicht einmal schlecht aus. Sein schwarzes Haar hängt ihm in die Stirn, und seine rabenschwarzen Augen faszinieren mich. „Ich weiß, wer du bist“, sagt er.
Unter seinem eigenartigen Blick komme ich mir häßlich vor, unbeholfen und unsicher; er macht mir Angst. Es ist, als strecke man die Hand in der Dunkelheit aus und fühlte plötzlich etwas Weiches und Feuchtes. Dann hüpft der Magen, man will sich am liebsten in den eigenen Rücken verkriechen, man zieht die Schultern hoch. Aber ich zeige ihm nicht, was ich empfinde. Ich übersehe ihn einfach und lese eingehend die Schrift unter Häuptling Josephs Bild, als hätte ich sie nie zuvor gesehen.
„Du bist Christines Tochter“, sagt er. „Und dein Vater ist ein Nigger.“
Das sagt man mir normalerweise nicht direkt ins Gesicht, und deshalb bin ich über seine Worte irgendwie erleichtert. Wenn er zu nichts Schlimmerem fähig ist, das kann ich auf jeden Fall ertragen.
„Wir sind miteinander verwandt“, fährt er fort. „Pauline, Tante Idas jüngere Schwester, ist meine Mutter. Sie verstehen sich glänzend. Und natürlich hat meine Mutter einen Mann.“
Ich habe mich zu früh gefreut. Er versucht, mich fertigzumachen, versucht, diese Annabelle zu beeindrucken, die jetzt so heftig lacht, daß sie gleich ihren Kopf gegen die Wand schlagen wird.

„Foxy!“ sagt Father Tom.
Er will mir helfen. Er weiß es nicht besser, sonst würde er den Mund halten, würde die Worte einfach wegfließen lassen, ohne nachzuhaken.
„So redet man nicht, und hier schon gar nicht. Ich habe Rayona dazu überredet mitzukommen, weil sie gleichaltrige Freunde braucht. Du hast mich sehr enttäuscht.“
Foxy streckt den Arm aus und legt seine Hand auf Annabelles Nacken. Zuerst glaube ich, daß er sie sanft anfaßt, aber dann sehe ich, wie sich seine Muskeln spannen, wie sich seine Finger zusammenpressen und eingraben. Ihr Lachen bricht ab. Ihr Kopf fährt herum, sie will ihn wütend anfahren, aber seine kalten, ausdruckslosen Augen bringen sie zum Schweigen. Er läßt sie los, und sie reibt sich wütend den Nacken.
„Das ist Rayona egal“, sagt Foxy. „Sie *freut* sich doch, einen Vollblut-Verwandten kennenzulernen.“
Alle blicken mich an. Was soll ich sagen? Was kann ich tun, damit ich nicht dastehe, als sei ich verblödet? Ich wähle den unverfänglichsten Weg. Ich benehme mich, als sei alles in bester Ordnung. Ich lächle mit den Mundwinkeln und nicke Foxy zu. Dann biete ich ihm mit den Augen an, mich auf seine und Annabelles Seite zu schlagen und mich von Father Tom abzuwenden. Wir gehören zusammen. Alle außer dem Priester verstehen, was sich da abspielt. Er ist überzeugt, daß sein Plan funktioniert. Aber wir wissen es besser. Sie können mich aufnehmen oder mich fallenlassen. Wenn sie mich aufnehmen, werde ich eine gute Witzfigur abgeben, auf der sie dauernd herumhacken können. Aber wenn sie mich fallenlassen, bin ich ihnen nicht einmal dafür gut genug.
Sie lassen mich fallen.
„Wir müssen gehen“, sagt Foxy. Er winkt Annabelle und schiebt sie mit der Hand auf ihrem Rücken zur Treppe.
Sie hätten mich einladen können, mitzugehen. Sie tun es nicht. Wenigstens könnten sie „Tschüs“ oder auch eine Gemeinheit sagen, irgend etwas, das mir einen Platz zuweist. Aber sie tun es nicht. Sie gehen die Treppe hinauf. Foxys Stimme klingt als Murmeln herunter, das ich nicht verstehen kann, kurz darauf

höre ich Annabelles wildes Gelächter, höre, wie die Tür ins Schloß fällt. Ich bin ihre neue Witzfigur, von der sie den anderen erzählen können.
Father Tom und ich setzen uns auf die Couch und warten eine Stunde lang vergeblich auf die anderen Mitglieder der Riege Gottes. Schließlich fährt er mich wieder zu Tante Idas Haus zurück. Es tut ihm alles furchtbar leid. Wahrscheinlich fänden heute eine Menge anderer Veranstaltungen statt. Nächstes Mal werde alles ganz anders sein, das würde ich schon sehen. Ich solle mich nicht entmutigen lassen. Foxy sei wirklich ein netter Junge, und Annabelle und ich würden dicke Freundinnen werden.
Tante Ida hat sich gerade in das „Fernsehgericht“ vertieft, als ich ins Wohnzimmer trete. Eine Frau klagt gegen einen Hundefriseur, der ihren Hund scheren sollte und dabei das Fell angeblich viel zu kurz geschnitten hat. Sie will einhundert Dollar Schadenersatz. Richter Wapner lacht sie aus. Er sagt, der Hund sei nicht einmal reinrassig. Der Mann wird freigesprochen, und die Frau ist zwar wütend, aber auch stolz, daß sie einmal im Fernsehen aufgetreten ist. Tante Ida findet alle zusammen abscheulich. Sie meint, mit diesen sinnlosen Streitereien der Leute im Fernsehen verplempere sie nur ihre Zeit. Über meine Eindrücke von der Riege Gottes will sie nichts wissen; ich gehe in Moms Zimmer. Durch die geschlossene Tür höre ich Radiomusik. An der Wand flirten Connie Francis und Elvis Presley. Ich öffne das Album und betrachte Moms lächelnden Mund.

Ich werde mich zu Father Toms Liebling entwickeln. Das ist klar und unvermeidlich. Mom ist weg, und Tante Ida beachtet mich kaum. Ich bin auf mich allein gestellt. Es ist nur eine Frage der Zeit, bis Father Tom mich als sein spezielles Versuchsobjekt entdecken wird. Niemand kann ihn daran hindern.
Es sind nur noch vier Wochen bis zum Ende des Schuljahres, aber ich muß trotzdem zur Schule. Ich komme in eine Klasse mit zwölf Schülern und Schülerinnen, eine davon ist Annabelle. Sie haben schon von mir gehört, noch bevor ich mich angemeldet hatte, und sie versuchen erst gar nicht, freundlich zu mir

zu sein. Ich bin größer als alle anderen, und ich bin dunkler. Ich trage Moms zwanzig Jahre alten Kleider, die immer noch zu eng und zu kurz sind, obwohl Tante Ida die Säume ausgelassen und die Abnäher geöffnet hat. Ich sehe lächerlich aus, wie jemand, der über Nacht plötzlich gewachsen ist, oder ich sehe wie ein Junge aus. Pauline, Tante Idas Schwester, hat Mitleid mit mir und schickt mir Sachen, die Foxy nicht mehr trägt. Foxy lacht sich darüber halb tot. Ich verschließe mich nach außen; im Unterricht müssen mich die Nonnen immer zweimal aufrufen, bevor ich sie höre.

Meine Schule in Seattle war besser als die Missionsschule hier. Ich weiß mehr, als sie erwartet haben. Die Nonnen rufen den Rektor meiner alten Schule an und finden heraus, daß ich gute Noten habe und daß ich entwicklungsfähig sei. Diese Entdekkungen teilen sie der Klasse mit. Die anderen Schüler schauen mich an, als sei ich ein Marsmensch. Aber das läßt mich kalt. Ich arbeite nicht mit, aber die Nonnen loben mich trotzdem. Sie lesen der Klasse meine Aufsätze vor, um den Schülern zu zeigen, wie clever ich bin. Meine Lösungen bei Schularbeiten heften sie an das Schwarze Brett. Aber all das erhöht meinen Beliebtheitsgrad nicht. Annabelle strengt sich an, allen auf die Nase zu binden, was ich tue, um sie zu überzeugen, daß ich ein Klugscheißer bin. Auch das läßt mich kalt. Wenn mich jemand anschaut, senke ich den Kopf. Wenn mich jemand anspricht, runzle ich die Stirn.

Mom kommt nicht vorbei und schickt auch keine Nachricht. Ich kenne niemanden, bei dem ich mich über sie erkundigen könnte. Ich weiß nicht einmal Daytons Nachnamen, und in Moms Schulkalender finde ich keinen Dayton verzeichnet.

Eines Tages bringt Father Hurlburt ein braunes Päckchen, das an Mom adressiert ist. Es ist von Charlene. Ich erinnere mich an die Medikamente, die sie besorgen sollte. Ich bin wütend über Tante Ida. Sie läßt das Paket auf dem Tisch neben dem Eingang liegen und will Mom offenbar gar nicht benachrichtigen, daß ein Paket gekommen ist.

„Sollen wir es ihr nicht nachschicken?" frage ich schließlich. „Vielleicht ist es wichtig." Tante Ida schnaubt nur verächtlich.

„Ich glaube, es sind Medikamente drin", sage ich.
Aber Tante Ida will nicht mit mir über Mom sprechen. Sie rührt das Paket nicht an. Manchmal kommt mir das Paket wie ein Köder vor, ein Stückchen saftiges Fleisch in einer Falle für ein hungriges Tier. Manchmal kommt es mir vor, als habe sich Mom unter dem Packpapier versteckt und beobachte jede meiner Bewegungen. Seit das Paket angekommen ist und auf dem Tisch liegt, fühle ich mich besser. Es ist wie ein Versprechen, das vielleicht eingelöst wird. Früher oder später wird es Mom herbeilocken. Ich bin sicher, daß Tante Ida irgendwann Mom benachrichtigen wird. Das Paket ist eine ständig schreiende Aufforderung. Ich gebe vor zu wissen, was los ist, warte jeden Tag draußen und schlafe jede Nacht draußen.
Foxy nennt mich jetzt „Buffalo Soldier", nach den schwarzen Männern, die vor langer Zeit als Kavalleriespäher gegen die Indianer kämpften. In meinem Geographiebuch finde ich im Kapitel über Afrika einen Zettel von ihm: „Wann gehst du in deine Heimat zurück?" steht darauf. Sogar Manuel Isaacs, der von seiner Mutter blonde Haare und grüne Augen geerbt hat, schießt sich auf mich ein.
„Hey, Ray", ruft er mir eines Tages zu, als sich alle anderen in Hörweite befinden. „Bist du eigentlich sicher, daß du nicht ins Reservat der *Schwarzfuß*-Indianer wolltest? Du mußt die falsche Abzweigung genommen haben."
Ich habe gar keine Chance, Father Toms Klauen zu entkommen. Das wird mir an dem Tag endgültig klar, an dem er bei Tante Ida auftaucht und mich fragt, ob ich seine Assistentin in der Mission werden wolle.
„Ich brauche dich wirklich, Rayona", sagt er mit einem breiten, feuchten Lächeln. Für ihn bin ich mindestens zwei der dreihundert Ablässe wert, die er für seine Seligsprechung braucht. Ich kenne die Symptome; andere haben auch schon versucht, mich unter ihre Fittiche zu nehmen.
„Wüßte nicht wie", sage ich, aber er meint, ich würde es schon lernen, er würde es mir beibringen.
Ich gestehe, daß ich kampflos nachgebe. Father Tom ist der letzte Mensch im Reservat, den ich näher kennenlernen wollte, aber

er ist der einzige, der mich kennenlernen will. Und er braucht mich mehr, als ihm selbst klar ist.
„Ich habe erfahren, daß du deine Muttersprache sprichst, Rayona", sagt er eines Tages, nachdem ich den Altar für seine Morgenandacht vorbereitet hatte.
Warum wird das „Muttersprache" genannt?
„Meine Mutter stammt aus dem Reservat." Ich stelle das Faktum fest, obwohl er es sicherlich längst weiß. „Sie unterhielt sich zu Hause mit mir auf indianisch. Ich verstehe es recht gut."
„Ich stinke wie Hundescheiße!" schreit mich Father Tom plötzlich auf indianisch an. Seine Stimme hallt durch die Kirche.
Den Satz habe ich von ihm schon einmal gehört. Foxy erzählte es Annabelle. Sie wollte ihren Ohren nicht trauen, daß es sowas Komisches geben sollte. Als nämlich Vance Windyboy im Stammrat hörte, daß Father Tom die Sprache der Indianer lernen wollte, gab er ihm ein bißchen Privatunterricht.
„Das sollten Sie nicht sagen", versuche ich ihm erklären. „Vance wollte sich nur über Sie lustig machen."
Father Toms strahlende Miene verfliegt. Er macht ein Gesicht wie ein kleiner Junge, dem sein Eis in den Sand gefallen ist.
„Was heißt es denn?" fragt er, aber ich schüttle den Kopf.
„Sagen Sie einfach *Hallo*, wenn Sie schon unbedingt etwas sagen müssen."
Hallo kommt Father Tom auf indianisch nicht halb so eindrucksvoll vor wie *Ich stinke wie Hundescheiße*. Er schaut mich an und verliert offenbar sein Vertrauen in mich.
„Fragen Sie doch mal Father Hurlburt", schlage ich vor, aber ich merke gleich, daß er das nicht tun wird.
„Ich habe eben einfach keine Begabung für Sprachen", sagt er. Doch von diesem Tag an erkundigt er sich meistens bei mir, bevor er irgend etwas unternimmt oder sagt, und ich gewöhne mich allmählich an seine Gegenwart. Manchmal macht er mich so nervös, daß ich am liebsten weglaufen möchte. Aber es gibt keinen Ort, wohin ich laufen könnte. Manchmal jedoch ist er auch ganz nett, fast schon vertraut. Er holt mich zwei- bis dreimal in der Woche ab. Er fragt, wie es mir geht. Er redet mit mir, als ob ich eine vernünftige Person sei. Er erinnert mich an

die Sozialarbeiter in Seattle. Ich wußte alle ihre Fragen im voraus und auch die Antworten, die sie hören wollten.

Ich bin jetzt das einzige treue Mitglied der Riege Gottes, und an manchen Abenden sind er und ich allein. Bei jedem Treffen wird ein bestimmtes Thema behandelt, aber wie immer es lautet, Father Tom findet eine Möglichkeit, das Gespräch auf Sex zu bringen. Sexualität nennt er „das Wunder des menschlichen Körpers“. Das ist ein Thema, das mich neugierig macht, über das ich jedoch sehr wenig weiß. Andere Jugendliche in meinem Alter haben sich längst damit befaßt, scheinen sich aber danach eher zum Schlechten zu verändern. Außerdem will Mom manchmal wochenlang nichts davon wissen. Ich bilde mir ein, daß ich die Situation unter Kontrolle behalten könnte, wenn ich erst einmal eine Gelegenheit dazu hätte und darüber Bescheid wüßte.

Father Tom ist unübersehbar auch kein Experte, jedenfalls was Mädchen angeht, denn all seine Beispiele beziehen sich auf Jungs.

„Mit vierzehn oder fünfzehn fangen bei Jungen nachts die Träume an“, erklärt er mir eines Tages auf dem Rückweg zu Tante Idas Haus.

Das kommt mir nicht sonderlich interessant vor.

„Hast du auch schon solche Träume gehabt?“ fragt er mich. Dabei wird er rot, aber er tut so, als sei das die unschuldigste Frage der Welt.

Zuerst glaube ich, daß er die „Medizinträume“ meint, über die ich mal was gelesen habe. Die alten Leute behaupten, Jungen träumten sie etwa in meinem Alter. In diesen Träumen erfahre man, wer man ist und was man werden soll. Der Traum als Suche nach einer Vision. Ich finde es interessant, daß auch Father Tom daran glaubt.

„Bis jetzt nicht“, sage ich. „Ich habe bisher nichts darüber gelesen, daß auch Mädchen solche Träume haben. Aber ich habe vor zwei Jahren einmal von einem Bären geträumt. Glauben Sie, daß das etwas bedeutet?“

Inzwischen sind wir vor Tante Idas Haus angekommen; der Motor läuft noch. Father Tom schaut mich mit leicht verträumtem Silberblick an.

„Nein, *Träume*", sagt er, „... über das Wunder des menschlichen Körpers."

Er redet also vom Sex. Seine Gesichtshaut wird fleckig rot. Jetzt grinst er stupid wie eines dieser blödsinnigen Stofftiere. „Hast du *solche* Träume schon mal gehabt?"

Seine Frage verblüfft mich so sehr, daß ich ja sage. Das ist das Dümmste, was ich tun konnte, weil er jetzt natürlich erfahren will, wovon ich geträumt hatte.

„Du kannst dich mir ruhig anvertrauen, ich verstehe dich schon."

„Es bringt Unglück, wenn man seine Träume erzählt", warne ich ihn. Aber er läßt sich nicht aufhalten.

„Ich kann dir doch helfen, Rayona. Du brauchst Anleitung, du brauchst einen älteren Freund. Du bist jetzt in der Pubertät und wirst bald eine junge Dame werden."

Ich springe aus dem Lieferwagen und schaue nicht zurück. Seine Worte fangen mich ein wie ein Lasso.

„Eine attraktive junge Dame."

Zum ersten Mal seit dem Tag, an dem sich Mom davonmachte, bin ich nahe daran, die Fassung zu verlieren. Ein mächtiges Gefühl steigt so plötzlich und heftig in mir hoch, daß ich einen Moment lang glaube, es würde mich von den Beinen reißen und gegen die Hauswand werfen. Ich drehe mich zum Lieferwagen um. Aber er fährt bereits rückwärts den Hügel hinab. Auf dem rauhen Boden macht er ein heulendes und ratterndes Geräusch. Als er unten ankommt, hält er kurz, bevor er in Richtung Missionsstation zurückfährt. Ohne hinzublicken weiß ich, daß der Wagen von hier aus nicht zu sehen ist, daß Father Tom mich nicht sehen kann, wie ich dastehe, daß er nicht wissen kann, welche Wirkung seine Worte auf mich hatten. Die Hupe ist zu hören, dann noch einmal, schließlich mehrmals hintereinander in einem Beat-Rhythmus. Die Reifen greifen, der Wagen setzt sich in Bewegung. Einen Augenblick lang herrscht absolute Stille, ein Luftloch ohne jeglichen Lärm, bevor die Geräusche des Radios und des Fernsehers und der Bienen und des Windes in meine Ohren dringen.

4

Die Tage werden jetzt länger und heißer. Foxy läßt öfter Bemerkungen über meine kupferfarbene Haut fallen. Ich freue mich auf die Sommerferien, als ob sie das Ende einer schlimmen Zeit und einen neuen Anfang markieren würden. Als ich eines Tages aus dem Schulbus steige und den Hügel zu Tante Idas Haus hinaufgehe, ist mir plötzlich, als sei ein Vorhang zurückgezogen worden, hinter dem nichts zu sehen ist. Ich bin weder beliebt noch habe ich mich unsichtbar machen können. Ich bin Father Toms gute Tat. Beim jetzigen Stand der Dinge bleibt mir nichts anderes übrig, als Tante Ida in ihrem Haus den ganzen Tag lang zu stören oder außerhalb des Hauses Foxy und Annabelle ständig aus dem Weg zu gehen. Oder einfach abzuhauen.

Ich bin bereit zu packen und auszuziehen, um mein Glück woanders zu suchen. Vielleicht kann ich als blinder Passagier mit der Great Northern-Eisenbahn nach Seattle zurückfahren und ein paar Freunde besuchen. Ich beschließe, einen oder zwei Tage die Schule zu schwänzen, um die Sache richtig vorzubereiten. Aber kaum hat der Unterricht in der Missionsschule ohne mich zwei Stunden gedauert, klopft schon Father Tom an Tante Idas Haustür. Tante Ida besucht gerade ihre Schwester, also muß ich selbst die Tür öffnen.

„Wir haben dich in der Religionsstunde vermißt, Rayona“, sagt Father Tom.

„Ich hab verschlafen, den Wecker nicht gehört.“

„Hast du Kummer?“

Nach dem Regen in der vergangenen Nacht glitzert der Kies vor dem Haus im Sonnenlicht. Von den Bergen weht trockenkühle Luft herunter; die Brise frischt zeitweise auf. Ich sage nichts, sondern warte, was er zu sagen hat, und bohre meine Schuhspitze in den Kies.

„Du weißt doch, daß du mit mir über alles reden kannst, Rayona", sagt er. Er kommt mir vor wie ein Mann vor dem Fernseher, der sein Lieblingsprogramm anschaut und nicht weiß, was als nächstes passieren wird, doch er ist ganz sicher, daß es ihm gefallen wird. Father Tom trägt glänzende schwarze Hosen und ein ausgewaschenes T-Shirt, darüber eine schwarze Windjacke mit der goldenen Aufschrift „Saints" auf dem Rücken. Beim Rasieren hat er sich geschnitten; das geronnene Blut sieht wie die Beißspur eines Vampirs aus, der ihn im Schlaf überfallen hat. Sein Gesicht ist so blaß wie eine geschälte Kartoffel, und unter seinen Augen schimmern rote Äderchen durch die Haut.

„Ich hab nichts zu erzählen", sage ich. „Ich überlege nur gerade, wie ich hier rauskomme, das ist alles."

Er nickt und tut so, als nehme er mich ernst.

„Und wohin willst du, wenn ich fragen darf?"

„Vielleicht zurück nach Seattle", sage ich und beobachte seine Reaktion. Er setzt sein Pokergesicht auf, womit er sagen will, daß er ein Full House hat.

„Wann soll's denn losgehen?" Er fängt jetzt an zu bluffen, er stellt sich darauf ein, mein Kartenhaus zu zerstören. Diese „Beraterstrategie" könnte ich Meilen gegen den Wind riechen.

„Vergessen Sie's", sage ich. „Sie können mich jetzt in die Schule mitnehmen. Ich gehe nicht nach Seattle."

Nun ist er enttäuscht. Wieder eine Möglichkeit verpaßt, mich auf den rechten Weg zu bringen. Ich habe mich zu schnell in meine Höhle verkrochen und seinem Einfluß entzogen.

„Ich mache dir einen Vorschlag." Father Tom tut so, als hätte ich gar nichts gesagt, als müsse er mich noch immer zur Vernunft bringen. „Am kommenden Wochenende leihe ich Father Hurlburts Lieferwagen aus und bringe dich nach Helena. Zum Treffen der Christusjugend. Du vertrittst dort unsere Riege Gottes. Da ist alles Mögliche los, Diskussionen und abends sogar Filme. Was sagst du dazu?" Beim Sprechen knackt er immerzu mit den Knöcheln seiner Spaghettifinger.

Um diese Tageszeit herrscht im Reservat Stille. Die Leute, die

sonst am lautesten sind, besuchen sich entweder gegenseitig oder halten ein Mittagsschläfchen oder drücken die Schulbank. Die Stille scheint sich über uns zu legen, während wir uns unterhalten, während er auf meine Antwort wartet, während ich überlege, was ich sagen soll. Wenigstens käme ich auf diese Weise von hier weg.
„Okay."
„*Okay!*" wiederholt er, nur entschieden lauter. Sein Fernsehfilm scheint doch noch gut zu enden. Zwei Tage lang werde ich ihm als Versuchskaninchen dienen.
„Wir werden endlich genug Zeit haben, miteinander zu *reden*", sagt er, streckt den Arm aus und klopft mir auf die Schulter. Dann zieht er den Arm wieder zurück. Er gibt sich wirklich große Mühe.

Zum erstenmal seit meiner Ankunft im Reservat verfliegt die Zeit zu schnell. Als ich am Freitagnachmittag von der Schule nach Hause gehe, hält der Missionswagen neben mir an. Father Tom sitzt am Steuer. Er trägt ein kurzärmeliges grünes Hemd mit Druckknöpfen vorne und nagelneue Jeans. Er drückt dreimal kurz auf die Hupe.
„Riege-Expreß fertig zur Abfahrt, Rayona!" ruft er so laut, daß alle anderen Schüler es hören können. „Ich habe mich um alles gekümmert. Steig ein!"
Ich ziehe den Kopf ein, steige auf das Trittbrett und schwinge mich durch die Tür, aber nicht schnell genug. Hinter mir höre ich Annabelles Stimme: „Wie viele Schlafsäcke nimmst du mit, Rayona? Zwei? Oder reicht einer?"

Father Tom hält vor Tante Idas Haus. Die Wasserleitung funktioniert wieder mal nicht. Tante Ida holt Wasser vom Bach auf dem Nachbargrundstück. Ich betrete das Haus, um ein paar Kleider und meinen dicken Mantel einzupacken. Mir fällt sofort auf, daß etwas fehlt. Das Paket für Mom, das wochenlang unberührt auf dem Tisch lag, ist nicht mehr da. Es gibt nur eine Erklärung dafür, warum es verschwunden ist. Ich gehe in mein Zimmer, in ihr früheres Zimmer. Vielleicht hat sie mir eine Nachricht hinterlassen.

Sie war da. Ich merke es sofort, weil ihr Schulkalender nicht mehr auf dem Schreibtisch liegt. Ich bin ganz sicher, daß ich den Kalender dort liegenlassen habe. Es ist der Kalender, in dem Daytons Name nicht erwähnt ist. Sie muß gesehen haben, daß meine Sachen herumliegen. Sie weiß, daß ich hier wohne. Aber sie hat nicht auf mich gewartet. Eine Stimme in meinem Innern will noch nicht aufgeben, sucht nach Ausreden. „Sie wird zurückkommen“, sagt die Stimme. „Sie wollte nur nicht mit Tante Ida zusammentreffen. Aber jetzt weiß sie, daß du hier bist …“ Aber das weiß sie schon lange. Wohin hätte ich denn gehen sollen? Ich muß es endlich begreifen: Ich bin ihr weniger wichtig als ein Paket aus Seattle. Meine Anwesenheit allein bringt sie nicht hierher zurück.

Mein Blick begegnet den eingefrorenen Augen Jackie Kennedys. Sie starren mich von dem Poster an der Wand an.

Ich habe nicht viel einzupacken. Ich stopfe meine Habseligkeiten in denselben grünen Müllsack, den ich für die Reise von Seattle hierher benutzt hatte. Moms alte Kleider und ihre Fotos nehme ich nicht mit. Aber die Videokassetten, die Mom bei ihrer Flucht fallenließ, *Little Big Man* und *Christine*, werfe ich in den Sack. Vielleicht haben sie einen Videorecorder bei diesem katholischen Treffen. Und später kann ich die Kassetten vielleicht verkaufen und mir dann eine Fahrkarte für den Überlandbus leisten. Oder vielleicht gebe ich sie im Village Video wieder ab, wenn ich nach Seattle zurückkomme.

Die Tür steht offen; Mücken und Hornissen fliegen ins Zimmer. Ich schließe sie nicht, als ich das Haus verlasse, denn ich will weg sein, bevor Tante Ida zurückkommt, bevor irgend jemand sieht, daß Father Tom und ich gemeinsam wegfahren. Er starrt auf die Straßenkarte, die er halb auseinandergefaltet hat. Er riecht steril und sauber. Der Geruch ist trotz der heruntergekurbelten Fenster durchdringend und erinnert mich an die stickige, heiße Luft in einer chemischen Reinigung. Seine Fingernägel sind kurz und eckig abgebissen.

Die Stoßdämpfer des Lieferwagens sind alt. Das Schmelzwasser hat tiefe Furchen in die Straße gefressen. Wir holpern und rumpeln zur Bundesstraße. Vor einem Monat fuhr ich diese Straße entlang und hatte keine Vorstellung davon, was mich hier im Reservat erwarten würde. Ich bin schweigsam und beantworte Father Toms Fragen nur zögernd. Mein Gesicht halte ich in den Fahrtwind und zähle die Telefonmasten neben der Straße. Aber nach etwa einer Stunde hat er mich am Haken.

„Was ist mit deinen Eltern, Rayona? Deine Mutter und dein Vater?"

Ich versuche mir vorzustellen, was er bereits erfahren haben könnte.

„Meine Mutter ist tot", sage ich heftig. Ich erwarte, daß er mir widerspricht, daß er mir sagt, wo sie ist, weil er es herausgefunden hat. Aber er reagiert nicht. Er hebt die Augen nicht einmal von der Straße. Entweder weiß er wirklich nichts oder er ist gerissener, als ich vermutet habe. In meinen Ohren klingen meine eigenen Worte nach, und was ich gesagt habe, ängstigt mich. Ich habe noch nie mit dem Gedanken an Moms Tod gespielt. Der Gedanke kam mir gar nicht mehr – nicht nach all ihren Krankenhausaufenthalten und nach all den Nächten, in denen sie so lange wegblieb, daß ich schon die Polizei rufen wollte oder manchmal den Funk der Rettungsfahrzeuge im Radio abhörte. Ich stelle mir Mom vor, wie ich schon andere Menschen gesehen habe: aufgebahrt in einem Beerdigungsinstitut. Sie würde schön aussehen. Ich weiß sogar, welches Kleid sie sich wünschen würde: das königsblaue. Ich versteige mich so in diesen Gedanken an Moms Tod, daß mir ganz träumerisch und verloren zumute wird. Ich überhöre Father Toms Frage. Er wiederholt sie noch einmal.

„Und dein Vater?"

Dad kommt mir in den Sinn. Er steht händeringend am Fußende von Moms Sarg. Ich versetze mich als unsichtbarer Beobachter in die Szene, um herauszufinden, welche Kleider er trägt. Aber wie immer hat er auch bei diesem Anlaß nur seine Briefträger-Uniform an.

„Mein Vater ist Pilot. Er fliegt Jumbos in alle möglichen Länder. Deshalb kann ich nicht bei ihm wohnen. Aber er hat vor, eine Wohnung in Los Angeles zu mieten."

Diese Geschichte habe ich noch nie zuvor erzählt. Ich weiß

nicht, weshalb sie mir plötzlich in den Sinn kam – wahrscheinlich war die Uniform dran schuld. Aber die Story ist nicht schlecht.
„Ein Pilot?“ Father Tom runzelt die Stirn. Er hält das Steuerrad mit einer Hand. „*Wohin* fliegt er denn?“
„Überallhin. Japan. Südamerika. In die Schweiz“, sage ich. Es sind Länder, die mir als erste einfallen.
Father Tom nimmt seine Sonnenbrille ab und faßt mich genau ins Auge, um besser beurteilen zu können, ob ich lüge oder nicht. Ich erwidere seinen Blick mit einer Imitation von Dads Blicken: ein ungerührtes, ruhiges Starren aus halbgeschlossenen Augen. Jetzt weiß Father Tom erst recht nicht mehr, was er von mir halten soll.
„Das wußte ich noch gar nicht, Rayona. Ich wußte nicht, daß dein Vater noch lebt.“
„Oh“, sage ich, „meinem Vater geht es glänzend.“
Das stopft Father Tom für gut dreißig Meilen den Mund. Er kann mich ja nicht direkt fragen, ob ich das ganz sicher weiß. Wir fahren nun ins Gebirge; es wird allmählich dunkel und kühl. Schließlich muß ich das Fenster hochkurbeln. Das Radio funktioniert nicht. Wir sitzen im matten Schein der Armaturenbeleuchtung und warten auf das Ende der Fahrt, wo immer das sein soll.
Schließlich hält es Father Tom nicht länger aus.
„Möchtest du dich mir nicht anvertrauen?“ fragt er.
Ich antworte nicht. Das Fahrerhaus des Lieferwagens ist zu eng, seine Worte sind zu laut. Ich höre seinen Atem, während er auf meine Antwort wartet.
„In deinem Alter ist es nicht einfach, allein zu sein“, sagt Father Tom, „und für dich ganz besonders nicht, weil du anders bist.“
„Ich bin nicht anders.“
„Ich wollte damit nur sagen, daß du zwei Rassen angehörst“, sagt er. „Dafür brauchst du dich nicht zu schämen.“ Es ist das erste Mal, daß er auf meine Hautfarbe, die Form meiner Nase und mein volles Kraushaar anspielt.
„Und deshalb bist du meistens allein. Ich kann mir nicht vorstellen, daß du deiner Tante die Fragen stellen kannst, die in deinem Alter gestellt werden müssen.“

„Wollen Sie die ganze Nacht durchfahren, oder was haben Sie vor?"
„Bist du müde? Soll ich anhalten?" Seine Stimme springt mich an wie ein gereizter Wachhund, der an seiner Kette zerrt. Anhalten, nicht mehr in Bewegung sein, das kommt mir noch schlimmer vor als weiterzufahren. Deshalb sage ich nein und behaupte, daß ich noch nicht müde sei.
„Sicher ist dir aufgefallen, daß sich dein Körper verändert, daß du jetzt langsam eine Frau wirst", fährt Father Tom fort. Vor dem Nachthimmel sieht sein Kopf wie eine Comic-Zeichnung aus: rund und kahl auf einem dünnen Hals. „Hat sich jemand schon einmal mit dir über die Pubertät unterhalten?"
„Mein Vater", sage ich schnell, um ihm den Faden abzuschneiden, „mein Vater hat mir alles darüber erzählt. Er redet immer darüber mit mir."
Aber das kann Father Tom nur kurz aufhalten. „Als Junge ging es mir so ähnlich wie dir. Ich hatte auch keinen Vater. Er ist im Krieg gefallen. Damals war ich noch ein Baby, und meine Mutter mußte mich allein großziehen. Ich blieb bei ihr, bis ich ins Priesterseminar gegangen bin."
„Das ist schlimm", sage ich, „aber ich habe ja einen Vater." Nach einer kurzen Pause frage ich: „Warum gingen Sie ins Priesterseminar?"
„Ich wußte schon immer, daß ich eine Berufung hatte." Es ist, als führe er ein Selbstgespräch. „Mutter wußte es auch. Es gab Zeiten, in denen ich mich dagegen wehrte, aber ich hörte doch immer wieder den Ruf Gottes. Und darauf mußte ich antworten."
„Also wurden Sie Priester? Einfach so?"
Jetzt wird ihm bewußt, daß ich auch noch da bin. „Ich wurde es auch für dich, Rayona. Ich bin ein Gehilfe Gottes."
Father Tom ist hier eine andere Person als zu Hause. Außerhalb des Reservats, allein in einem Lieferwagen, kann ihn niemand auslachen. Hier bin ich die Fremde. Seine Stimme ist glatt, sie schlüpft durch die Dunkelheit. Ich widerspreche ihm nicht. Ich weiß ohnehin nicht, was ich sagen soll.
„Gott liebt dich, Rayona. Du bist Seine vollkommene Schöpfung."

Father Tom legt seine Hand auf meine, die auf dem Sitz liegt. Unsere Hände liegen kurze Zeit aufeinander, dann preßt er kurz meine Finger und nimmt seine Hand weg. Jetzt lehne ich meinen Kopf gegen das Fensterglas und schließe die Augen. Ich versuche zu schlafen, versuche, seine Worte und die Erinnerung an seine feuchte Haut aus meinem Kopf zu verbannen, während der Wagen dahinrumpelt und meine Zähne in der dunklen Nacht gegeneinanderschlagen.

„Aufwachen, Cowgirl!" Father Tom schüttelt mein Knie.
Der Wagen steht vor einer Tankstelle. Gegenüber befindet sich der Haupteingang des Bearpaw Lake State Park. Nach dem farblosen Himmel zu urteilen, könnte es etwa sieben Uhr morgens sein. Father Tom trägt seine „Saints"-Jacke und trinkt Coke aus einer Dose.
„Bis hierher und nicht weiter", sagt er. „Helena ist jetzt nicht mehr weit, aber ich habe genug. Ich muß jetzt schlafen. Das Treffen findet sowieso erst morgen statt."
Er sieht wie ein Halbirrer aus. Er ist noch blasser als gewöhnlich, und seine Augen sind von der anstrengenden Nachtfahrt ganz blutunterlaufen. Seine Lippen sind auch rot, und auf seinen Wangen zeigen sich schwarze Stoppeln.
„Mußt du auf die Toilette?" fragt er. „Da drüben ist eine." Es klingt wie ein Scherz, als ob er sich ganz besonders mutig vorkomme, mir eine so intime Frage zu stellen.
Die Toiletten befinden sich auf der Rückseite der Tankstelle. Auf dem Weg dorthin komme ich an zwei aufgebockten Fahrzeugwracks und einem überquellenden Abfalleimer vorbei. Der scharfe Uringestank schneidet durch die Morgenluft. Die Toilette ist mit einem Pfropfen Papier verstopft.
Über dem Waschbecken hängt kein Spiegel, aber ich kann fühlen, daß mein Haar an der Seite flachgedrückt ist, auf der ich geschlafen habe. Der Kaltwasserhahn ist kaputt und läßt sich nicht zudrehen. Ich benetze mein Gesicht mit den Händen und spüle mir den Mund aus. Father Toms Mitteilung, daß das Treffen der Christusjugend erst am nächsten Tag beginnt, hat mich überrascht. Zuerst hatte er es furchtbar eilig, aus dem Reservat

wegzukommen, und jetzt müssen wir hier irgendwie die Zeit totschlagen. Was soll ich tun, solange er schläft?
Inzwischen hat Father Tom dem gelangweilten und verschlafenen Tankwart erklärt, daß er ein Priester und ich wirklich eine Vollblut-Indianerin sei. Wir befänden uns auf dem Weg zu Wochenend-Exerzitien in Helena. Ich spüre den Blick des Mannes auf mir. Er will feststellen, ob ich eine Indianerin bin, und gleichzeitig Father Toms endlosen Wortschwall ausblenden. Ich frage mich, ob er sich an mich erinnert. Vor vier Wochen hat dieser Mann versucht, Mom vier runderneuerte Reifen anzudrehen, und es wäre ihm beinahe gelungen. Ich frage mich auch, ob ihre Kreditkarte inzwischen gesperrt ist und ob er mich deswegen ausfragen wird. Aber er erkennt mich nicht. Und Father Tom mißfällt ihm so sehr, daß er ihm keine Fragen stellen will.
Wir folgen dem Wegweiser und finden schließlich den Campingplatz. Der Park wurde erst in dieser Woche geöffnet. Er ist fast menschenleer, aber Father Tom begutachtet zuerst fünf oder sechs Stellplätze, bevor er sich entscheiden kann. Unser Stellplatz liegt abseits direkt am Flußufer hinter einer kleinen Fichtengruppe. Wir reden kaum, sondern rollen die Schlafsäcke aus und sammeln Brennholz für ein Feuer. Father Tom hat Frankfurter Würstchen und Brötchen mitgebracht und an der Tankstelle ein paar Dosen Limonade gekauft.
„Zuerst machen wir ein Picknick."
Der Boden ist schwammig und feucht. Father Tom kann sich anscheinend nur schwer überwinden, sich hinzusetzen. Die Stechmücken sind eine Plage – kleine Moskitos, die dicht an meinen Ohren vorbeisirren, aber es gelingt mir nicht, einen dieser Quälgeister zu erwischen. Er schlägt ständig nach den Mücken auf seinen Wangen und versucht ohne Erfolg, die Grillkohle anzuzünden. Zweimal geht er zum Wagen zurück, aber er findet nicht, wonach er sucht.
„Paß mal auf. Ich bin so müde, daß ich doch nicht schlafen kann. Außerdem ist es so schönes Wetter. Wir ziehen jetzt unsere Badeanzüge an und schwimmen ein bißchen. Dann essen wir und reden mal richtig ausführlich miteinander. Und dann gehe ich schlafen."

Nach einem Marsch von fünf Minuten auf dem Fußpfad gelangt man zu einem Steg, der ungefähr drei Meter weit in den Bearpaw-See hineinreicht. Der See liegt wie in einer Schüssel. Ringsum ragen die Berge grau über den dunklen Umrissen des Waldes auf. Im blauen Wasser spiegelt sich das Sonnenlicht in gleißenden Flächen wider, die zu glitzern beginnen, wenn der Wind die Wasseroberfläche kräuselt. Die Szene erinnert mich an die Geräusche in Seattle, an die Nebelhörner, die manchmal frühmorgens über der Stadt dröhnten. Schilf und Sumpfgras bilden einen Gürtel um den See. Die Luft ist feucht und frisch.
Father Tom trägt eine rote Badehose mit einem weißen Streifen an einer Seite. Sein Körper ist haarig und weich, und um seinen Nacken baumelt eine Kette mit einer geweihten Medaille. Sein Anblick bringt mich in Verlegenheit. Ich trage abgeschnittene Jeans, die mir Tante Ida von Foxys Mutter mitgebracht hat. Die Hosen sind mir zu weit und werden von einem elastischen Gürtel mit einer Magnetschnalle gehalten, wie sie in dem Film *Krieg der Sterne* getragen wurden. Mein T-Shirt mit dem Aufdruck „Heilige Märtyrer“ hat ein Loch unter dem rechten Ärmel. Im Sonnenlicht hat meine Haut den Farbton von Tannenharz.
Father Tom sitzt am Ende des Stegs, läßt seine weißen Füße ins Wasser hängen und kickt kleine Fontänen hoch.
„Oh, Ray, es ist zu kalt zum Schwimmen“, ruft er und lacht laut. „Schau nur, ich bekomme eine Gänsehaut. Komm, wir gehen wieder zum Zelt zurück.“
Ein gelbgestrichenes Holzfloß liegt etwa fünfzehn Meter vom Steg entfernt im See. Weit hinter dem Floß, vor dem anderen Ufer, paddelt jemand ein Kanu.
„Da draußen sind auch Leute. Ich gehe ins Wasser.“
Ich prüfe nicht, wie kalt das Wasser ist, sondern laufe zum Ende des Stegs und springe hinein. Plötzlich fühle ich überall eisige Nadelstiche. Meine Haut spannt sich, die Müdigkeit ist wie weggeblasen. Alle Geräusche verstummen. Ich kann nicht einmal die Luftblasen hören, die von meinem Mund aufsteigen. Es ist, als betrete ich einen Raum in einem menschenleeren Gebäude, als flöge ich hinaus ins Weltall. Meine Füße sinken in Pflanzen und weichen Seegrund, der zwischen meinen Zehen

hindurchquillt, als ich mich vom Boden abstoße. Noch nie zuvor habe ich Gerüche unter Wasser bemerkt, doch jetzt sind sie da – Grün- und Brauntöne. Ich fühle mich vollkommen gereinigt.

„Rayona." Father Tom ruft mich mit weinerlicher Stimme. Er steht mit gespreizten Beinen am Stegende und wirkt verärgert. „Du wirst von der Kälte einen Krampf bekommen. Komm raus."

Ich lasse ihn reden.

„Es ist schön hier im Wasser", rufe ich und schwimme mit schnellen Beinschlägen vom Ufer weg. Ich kann nicht gut schwimmen, halte mich aber über Wasser und komme langsam voran. Meine Augen sind knapp über der Oberfläche, das Wasser klatscht mir ins Gesicht wie ein Wolkenbruch gegen eine Windschutzscheibe. Durchkühlt und atemlos erreiche ich endlich das niedrige gelbe Holzfloß. Ich ziehe mich hoch und falle auf die sonnenwarmen, trockenen Holzplanken. Nur das Plätschern der Wellen gegen die Holzbalken ist zu hören.

Nach einer Weile höre ich einen Körper ins Wasser platschen und sehe Father Tom in Rückenlage heranschwimmen. Seine langen Zehen ragen bei jedem Zug hoch aus dem Wasser, sein Mund ist schräg aufgerissen und schnappt nach Luft. Kaum zwei Meter von mir entfernt hält er plötzlich inne und starrt mich erschreckt an.

„Jesus Christus", sagt er. „Rayona. Es ist zu kalt. Ich habe einen Krampf." Mit offenen Augen versinkt sein Kopf im Wasser und sein Körper krümmt sich zusammen.

„Rayona", ruft er, als sein Gesicht wieder auftaucht.

Ich springe hinein. Das Wasser schlägt eiskalt auf meine trokkene Haut. Er ist noch nicht tief gesunken und liegt ruhig im Wasser.

„Rayona", sagt er zum dritten Mal, als ich sein Kinn an die Wasseroberfläche hebe. Ich schlinge meinen anderen Arm um seine Brust und ziehe ihn zu dem verwitterten, rissigen Holzfloß hinüber. Er keucht heftig direkt neben meinem Ohr und geht sofort unter, wenn ich ihn loslasse. Er wehrt sich nicht und spricht auch nicht mehr. Ich schiebe meine Beine nacheinander über die flachen Holzplanken, packe ihn unter den Armen und ziehe ihn hoch, bis er mit Schultern und Brust auf dem Floß liegt und nicht mehr ins Wasser zurückrutschen kann. Das rauhe Holz schürft seine Haut auf, aber das scheint er nicht zu spüren. Schließlich packe ich den Bund seiner Badehose und hieve den unteren Teil seines Körpers aus dem Wasser. Er liegt auf einer Seite, starrt zum Ufer hinüber und schnappt nach Luft.

Ich bin zwar erschöpft, aber ich überlege trotzdem, ob ich ihn beatmen muß. Dunkel erinnere ich mich, daß ich ihn auf den Bauch drehen und seine Arme hochziehen müßte, also krieche ich zu ihm hinüber und versuche, ihn herumzudrehen. Jetzt leistet er endlich Widerstand und dreht sich aus eigener Kraft zu mir um.

„Du hast mir das Leben gerettet", sagt er, legt seinen Arm um mich und zieht mich an sich. Wir liegen Brust an Brust. Ich fühle das Pochen seines Herzens und spüre sein Medaillon, das sich in meine Haut gräbt. Sein Körper ist kälter als der See, so eiskalt, daß er an meiner Haut zu brennen scheint.

„Wir sind allein", sagt er und preßt seinen Körper in voller Länge gegen mich. Wir sind genau gleich groß. Er drückt mich, drückt mich hart, drückt mir die Luft aus der Lunge. Ich will schlafen, ertrinken, mich tief in das Holz des Floßes bohren.

Father Toms Kopf ist heruntergesunken, seine Augen sind fest geschlossen. Mit seinem Unterleib macht er stoßartige Bewegungen gegen meinen Körper.

In meinem Tagtraum gehe ich in seinem Rhythmus auf, umklammere ihn mit meinen starken Armen, mein Mund sucht sein Gesicht.

Sein Körper erstarrt. Er wird zu Stein. Ich lockere meine Umklammerung, wir fallen auseinander. Ich atme heftig.

„Was hast du getan?" flüstert Father Tom.

„Weiß ich nicht", sage ich. „Ich hatte Angst. Ich kann nämlich nicht sehr gut schwimmen."

Er setzt sich auf und wendet sich von mir ab.

Ich drehe mich auf den Rücken. Es ist noch immer der gleiche Tag, und der Himmel ist blau.

„Du kannst ziemlich gut schwimmen", sagt er.

Die Floßplanken haben die Haut auf seinem Bauch rot aufgeschürft. Er zieht seine Knie bis zur Brust und schüttelt den Kopf, als habe er Wasser in den Ohren. Er denkt nach.
„Rayona, wir haben soeben eine sündhafte Versuchung erlebt." Er blickt mich nicht an. „Was würden deine Eltern denken? Ich könnte dein Vater sein. Und ich habe ein Zölibatsgelöbnis abgelegt."
Der Ton seiner Stimme ist anklagend. Ich muß mich verteidigen. Ich könnte ihm sagen, daß meine Eltern nicht überrascht wären, daß gar nichts passiert sei und daß er angefangen habe.
„Ich habe das alles erfunden. Mein Vater ist kein Pilot. Er ist Briefträger."
Von Father Tom kommt ein krächzendes Geräusch wie von einer Krähe. Ich bin nicht sicher, ob er weint oder lacht oder nur die letzten Wassertropfen in seiner Kehle hinunterzuschlucken versucht.
„Wir müssen zum Reservat zurück", sagt er schließlich. „Wir hätten gar nicht hierherfahren dürfen."
„Und was ist mit dem Treffen?" frage ich, aber er läßt sich bereits vom Floß ins Wasser gleiten. Diesmal schwimmt er ohne Schwierigkeiten. Als ich endlich den Steg erreiche, ist er sogar schon halb angezogen und streift gerade seine schwarze Hose über seine nassen Badeshorts. Nachdem er seine spärlichen Haare mit dem Handtuch trockengerieben hat, stehen sie am Hinterkopf und über seinen Ohren in die Höhe und umrahmen seinen Kopf wie ein Heiligenschein. „Rayona", sagt er, „ich hätte nicht ins Wasser springen dürfen. Ich war übermüdet. Ich hätte schlafen sollen. Das verstehst du doch? Wenn wir wieder zu Hause sind, sollten wir diese Fahrt so schnell wie möglich vergessen. Es war ein blöder Einfall. Ich hätte das vorhersehen sollen. Du brauchst Freunde in deinem Alter. Manche Leute ziehen falsche Schlüsse, wenn sie uns dauernd zusammen sehen."
Father Tom knackt mit den Knöcheln seiner Hände. Das Geräusch ist so laut, als klopfe ein Specht auf einen hohlen Baumstamm.
„Ich gehe nicht ins Reservat zurück. Ich fahre nach Seattle."

„Ach ja, Seattle. Sicher hast du Bekannte in der Stadt, bei denen du wohnen kannst?"
„Ich kenne eine Menge Leute. Ich könnte ja auch bei meinem Vater wohnen."
„Das wäre wahrscheinlich das Beste für dich." Er tut so, als sei das alles sehr komisch. Er nickt mit dem Kopf, und der Heiligenschein weht dabei wie dürres Herbstgras im Wind.
Ich wende mich ab und ziehe meine zu großen Hosen über die zu großen Jeansshorts. Sein Verhalten jagt mir Angst ein.
„Rayona? Meinst du das wirklich ernst?"
„Ja", sage ich und versuche, meiner Stimme einen entschlossenen Klang zu geben.
„Hast du überhaupt Geld?"
Habe ich nicht.
„Nun, wenn du dich wirklich dazu entschlossen hast, kann ich dir vielleicht das Geld für die Fahrkarte und für eine Taxifahrt in Seattle leihen. Das würde dir sicher weiterhelfen."
Ich antworte nicht.
„Bist du ganz sicher, daß du das tun willst?"
Er scheint sich für meine Idee zu erwärmen. Während ich mich anziehe, flippt er flache Steine in den See.
„Eigentlich hast du recht", sagt Father Tom. „Wozu sollst du zuerst mit mir ins Reservat zurückfahren, wenn du nach Seattle willst? Das wäre ja die falsche Richtung. Nicht weit vom Parkeingang ist eine Haltestelle."
Jetzt ist er nicht mehr aufzuhalten.
„Von hier aus wäre die Zugfahrt billiger. Ich bringe dich zum Zug. Mit dem Geld, das du nicht für die Fahrkarte brauchst, kannst du deinen Vater zum Essen ausführen. Deine Sachen könnte ich bei deiner Tante abholen und dir nach Seattle schicken."
Gestern glaubte er gar nicht, daß ich einen Vater habe. Heute spendiert er ihm ein Essen.
„Ich muß Tante Ida Bescheid sagen." Mom müßte ich auch Bescheid sagen, glaube ich.
Mit diesem Einwand hat er schon gerechnet.
„Ich werde einen Umweg machen und bei ihr vorbeifahren, so-

bald ich im Reservat ankomme. Dann werde ich ihr alles erklären. Mach dir keine Sorgen. Ich kümmere mich schon um sie."

Ich versuche mir vorzustellen, wie sein Gespräch mit Tante Ida verlaufen wird. Es bereitet mir Gewissensbisse, daß sie die Neuigkeit ausgerechnet von diesem Mann erfahren soll, aber das kann ich ihm natürlich nicht sagen. Er wird nie erfahren, was sie wirklich über meine Abreise denkt.

Mir fällt kein Argument mehr ein, das mich zurückbringen könnte. Auf dem Rückweg zum Campingplatz schwirrt mir der Kopf. Wortlos packen wir unsere Sachen zusammen und verstauen sie in dem Transporter.

In der nächsten Ortschaft ruft Father Tom die Auskunft der Great Northern-Eisenbahngesellschaft an und erfährt, daß der Zug um 22.17 Uhr durchkommen wird. Father Tom spendiert mir einen Hamburger und ein Sportmagazin, mit dem ich mir die Zeit vertreiben soll. Er redet dauernd davon, wie interessant Seattle sein müsse – so ähnlich wie Milwaukee, das sei eine seiner Lieblingsstädte –, und welche Möglichkeiten eine kluge junge Dame dort habe.

„Du wirst dir nicht so allein, so fehl am Platz vorkommen wie im Reservat", sagt er und verzieht den Mund zu seinem dümmlichen Lächeln. „In so einer großen Stadt gibt es sicherlich viele andere, die ebenfalls zwei Rassen angehören."

Die Stunden dieses endlosen Nachmittags verstreichen allmählich. Wir sitzen im Fahrerhaus des Missionstransporters und warten an einem Bahnübergang darauf, den Lichtstrahl der Lokomotive durch die Nacht schneiden zu sehen. Father Tom solle dann dreimal aufblenden, hat man ihm gesagt. Der Zug wird anhalten, damit ich einsteigen kann. Wir reden nicht miteinander. Wir haben uns nichts mehr zu sagen.

Ich spüre das Beben im Boden, noch bevor ich das Licht der Lokomotive sehe. Zuerst beginnen die Reifen, dann die Stoßdämpfer des Transporters zu zittern und zu rütteln. Father Tom blendet einmal, zweimal, dreimal auf. Das Donnern des Zuges wird leiser. Jenseits der Gleise und des Lichts der Scheinwerfer ist die Nacht pechschwarz.

„Bitte nimm das hier, Rayona."
Er zieht etwas über seinen Kopf. Ich meine zuerst, er gibt mir das Heiligenmedaillon, das sich auf dem Floß in meine Haut gegraben hat, und strecke die Hand danach aus. Aber er gibt mir nur das perlenbesetzte Medaillon, das er im Reservat trägt. Es ist groß und protzig. Touristenkitsch.
„Häng es dir um den Hals. Die Leute sehen dann, daß du Indianerin bist." Wir steigen gleichzeitig aus, während sich der Zug nähert und immer langsamer wird. Er stopft mir ein paar Dollarnoten in die Tasche meiner Jeans. Durch den Stoff spüre ich seine Finger.
„Du brauchst mir das Geld nicht zurückzugeben. Wir werden uns sicher wieder einmal begegnen."
Er zieht mich schnell und heftig an sich und stößt mich ebenso schnell und heftig wieder von sich.
„Wir müssen uns jetzt trennen, Rayona. Abschiednehmen fällt mir immer schwer. Ich werde für dich beten."
Father Tom steigt in den Missionswagen. Einen Augenblick lang ist er vor der schwarzen Silhouette der Bäume unsichtbar, dann schaltet er das Licht ein. Der Motor heult auf und der Wagen biegt in östlicher Richtung in die Landstraße ein.
Er schaut nicht zu mir herüber und sieht deshalb nicht, wie ich dem Lokomotivführer winke, er solle weiterfahren, und er hört auch nicht das langgezogene Pfeifen der Lok: ein Fluch des Lokführers auf die gottverdammten Indianer, die mit ihm immer solche Späße treiben. Und er sieht auch nicht, wie ich sein Medaillon auf die Gleise werfe, wo es zu Plastikstaub zermalmt wird.
Das Beben des Bodens klingt aus. Nun höre ich wieder den Wind, die Frösche und die Grillen. Ich stehe allein in der kalten Nacht. Wolken verdunkeln den Himmel und alle Richtungen sehen gleich aus. Ich kann den See riechen. Nie war mir der Gedanke an Schlaf fremder.
Ich forsche in meinen Erinnerungen an Dad nach Hinweisen, daß ihn mein Überfall aus heiterem Himmel vielleicht hätte freuen können, aber ich finde keine. Ich versuche, mich an Moms Worte zu erinnern, wenn sie in ihre sentimentalen Stim-

mungen verfiel: daß er der beste, der wahre Mann in ihrem Leben sei, weil er ihr mich geschenkt habe. Daß ich ihr Goldschatz sei, daß ich sie nie verlassen dürfe, wie Dad sie verlassen habe. Und wie sie mich verlassen hat.

Ich setze mich in die Senke im Schotter zwischen zwei Schwellen und lehne mich gegen eine Schiene. Sie ist noch immer warm von den Rädern, die über sie hinwegdonnerten. Dort mache ich es mir bequem, lege meinen Kopf so, daß ich durch die Zweige über mir die Wolken am Himmel vorbeiziehen sehen kann. Ich sitze in der Tinte, aber es könnte schlimmer sein. Ich habe das Geld des Pfaffen und die ganze Nacht vor mir, um nachzudenken, bevor der Morgen anbricht. Ich bin grundlos glücklich.

5

Ich wache auf und fühle mich verloren. Mein Rücken ist steif, denn ich habe zwei Nächte hintereinander sitzend verbracht, und er schmerzt an der Stelle, an der ich mich gegen das Gleis lehnte. Im Dämmerschlaf hatte ich meine Hände unter meinen Körper geschoben, um sie zu wärmen. Auf den Handflächen kann ich nun das Muster des Schotters erkennen: Zuerst erinnert es mich an Sandpapier, aber dann fällt mir die Reliefkarte von Nordamerika in dem Geographiebuch ein, das wir im Reservat in der Schule benutzt haben. Ich muß wohl doch geschlafen haben, obwohl ich mich nicht daran erinnern kann, denn es sind mehrere Stunden vergangen und es ist hell. Meine Gedanken sind verflogen; sie summen irgendwo in der Schiene aus Eisen, auf der mein Kopf gelegen hat.

Ich stehe auf, klopfe meine Jeans sauber und nehme den Müllsack mit meinen Kleidern. Die Luft ist schneidend, fast frostig. Ich habe das Gefühl, allein auf der Welt zu sein. Ich könnte meine eigene Vorfahrin sein, die vor fünfhundert Jahren gelebt hat.

Ich gehe durch das hohe Gras neben den Gleisen hinaus auf die Straße. Einen Plan habe ich nicht. Auch die Straße ist völlig verlassen. Der Wind bringt die Telefonkabel hoch über meinem Kopf zum Schwingen. Auf beiden Seiten dieses engen Tals verschwinden die Berge im Frühnebel. Um diese Zeit wird alles geschlossen sein. Ich gehe zum Haupteingang des Bearpaw Lake State Park hinüber, und um mich nicht in den Morgentau setzen zu müssen, lehne ich mich gegen die Kette, die die Zufahrt versperrt. Meine Füße stehen fest auf dem Boden, aber die Kette bewegt sich und quietscht. In der Stille scheint dieses Geräusch sehr laut; es ist, als habe ich eine große Glocke geläutet, die jetzt alles aufweckt: Vögel, Lastwagen, und plötzlich nehme ich sogar meinen eigenen Atem wahr. Vor mir steht ein großes Schild mit der Aufschrift: ACHTUNG WANDERER! WENN SIE SICH VERIRRT HABEN, BLEIBEN SIE HIER, BLEIBEN SIE RUHIG. MAN WIRD SIE FINDEN. Ich befolge die Ratschläge: Ich bleibe hier, ich bleibe ruhig, und ich hoffe, daß man mich über kurz oder lang finden wird.

Der erste Mensch, den ich erblicke, ist der Tankwart, der Mann, der gestern versuchte, in meinem Gesicht die Indianerin zu erkennen. Er ist sehr mager und hat sein braunes, mit grauen Strähnen durchsetztes Haar am Hinterkopf zu einer Art langem Pferdeschwanz zusammengebunden.
Ein Wagen hat weiter oben an der Straße angehalten. Der Mann steigt aus und geht nun in meine Richtung auf das dunkelrot-weiße Conoco-Schild der Tankstelle zu. Er wirkt geistesabwesend, aber ich bin nicht sicher, ob dieser Eindruck stimmt oder nur vom Morgenlicht hervorgerufen wird. Er zeigt keinerlei Reaktion, als er mich erblickt. Man könnte glauben, er würde jeden Morgen um halb sechs Uhr einem fremden, frierenden, hungrigen Mädchen begegnen, das seine ganze irdische Habe in einem Müllsack mit sich schleppt und eine Ausgabe der *Sports Illustrated* in der Jackentasche hat. Er nickt mir im Vorbeigehen zu. Ich folge ihm, schlendere ihm nach, als müsse ich zufällig in dieselbe Richtung.
„Wo steckt denn nun dein Hochwürden Joe?" Sein Gehirn ist offenbar weniger ausgepowert, als ich angenommen hatte. Ein Schlüsselbund mit perlenbesticktem Anhänger baumelt an einer Gürtelschleife seiner Jeans. Um das Türschloß zu erreichen, muß er den schweren Schlüsselbund hochhalten und sich seitwärts drehen.
„Er ist aufgefahren in den Himmel", sage ich.
Er wirft mir einen schrägen Blick zu und kämpft gegen ein Grinsen in seinem rechten Mundwinkel an, verliert schließlich den Kampf und gibt ein grunzendes Lachen von sich. Er stellt sich auf die Zehenspitzen und zieht den Schlüssel aus dem Schloß. Die Tür springt heftig auf, als sei der leere Glasraum zum Bersten voll.

„Muß unbedingt das Scharnier reparieren“, sagt er.
Ich folge ihm in das Büro. Die Luft riecht schal und ölig. Er deutet auf einen Chrom-Kunststoff-Stuhl, und ich setze mich. Meinen Müllsack quetsche ich zwischen die Metallbeine des Stuhls.
„Kennst du den vom Pfarrer, dem Rabbi und dem Hindumönch?“ fragt er, wartet aber mein Ja gar nicht ab. „Sie wanderten mal die ganze Nacht durch den Wald und suchten einen Platz zum Schlafen. Nach einiger Zeit kamen sie zu einem Bauernhof. Der Bauer sagt, ‚Im Haus ist nur Platz für zwei, einer kann draußen in der Scheune schlafen.‘“
Er nimmt einen Schlüssel und öffnet die Kasse, drückt auf die Leertaste und blickt in die Geldschublade. Er zieht sogar die Münzschale heraus und blickt darunter. Die Schublade ist leer.
„Sagt der Hindu, ‚Okay, Mann. Ihr beide schlaft im Haus, ich schlaf in der Scheune, macht mir nichts aus.‘ Alle sagen Gute Nacht. Nach ’ner Weile klopft es an der Tür, draußen steht der Hindu.“ Der Tankstellenwärter trägt ein graues Hemd. Über der Hemdtasche ist in Rot das Wort SKY gestickt. Er schaltet einen alten Zweiplattenherd an und hält einen verbeulten Wasserkessel unter den Hahn.
„‚Ich kann da draußen nicht schlafen‘, sagt der Hindu. ‚Da ist ’ne Kuh in der Scheune, und Hindus sollen nicht neben Kühen schlafen. Ist gegen unsere Regeln, sowas.‘“
Sky reißt die Augen auf, um anzudeuten, daß ihm solch seltsame Glaubensregeln ein Rätsel sind. Ich nicke, damit er seine Geschichte zu Ende bringen kann. Nachdem er sich auf diese Weise vergewissert hat, daß ich wirklich zuhöre, befeuchtet er sorgfältig seinen kleinen Finger und berührt damit die Herdplatte, die jetzt nicht mehr grau, sondern rostrot aussieht. Es zischt leise. Er reißt den Finger zurück und saugt daran. Mit der anderen Hand setzt er den Wasserkessel auf die Platte und dreht sich wieder zu mir um.
„‚Oh‘, sagt der Rabbi, ‚das ist kein Problem. Ich tausche gern mit dir.‘ Also geht der Jude raus. Alle legen sich wieder schlafen“ – Sky macht eine Pause, nimmt einen Stapel Illustrierte und Kreditkartenbelege von einem Stuhl und legt sie neben die Kasse – „aber da klopft es schon wieder an der Tür. Es ist der Rabbi!“

Sky nimmt zwei Tassen vom Regal und schüttet zwei Teelöffel Maxwell Instantkaffee hinein. Seine Augen deuten auf die Zucker- und Milchpulverpäckchen, die er in einer leeren Kleenex-Schachtel auf dem Regal über dem Schreibtisch aufbewahrt, aber ich schüttle den Kopf. Er nimmt drei Zucker- und drei Milchpulverpäckchen und mischt alles mit dem braunen Kaffeepulver in seiner Tasse. Dann wartet er mit der Hand auf dem Griff, bis der Wasserkessel zu pfeifen anfängt.

„‚Tut mir wahnsinnig leid', sagt der Rabbi, ‚aber da draußen ist auch ein Schwein, und *wir* dürfen nicht neben Schweinen schlafen.' Jetzt ist der Pfaffe dran, und der sagt auch gleich, ‚Ich wollte sowieso lieber in der frischen Luft schlafen. Komm hier rein, Rabbi, ich werd in der Scheune wie ein Baby schlafen.'" Sky schafft es irgendwie, bei jedem Akteur die Körperhaltung zu ändern, je nachdem, welche Person seiner Geschichte gerade spricht. Er wirkt groß und dünn, wenn der Hindu spricht, klein beim Juden und dick beim Pfarrer.

Das Wasser kocht und bringt den Kesseldeckel zum Klappern. Sky gießt kochendes Wasser in die Tassen und rührt um, prüft genau, ob sich das Pulver vollständig aufgelöst hat. Er hat es nicht eilig. Endlich gibt er mir die Tasse mit dem schwarzen Kaffee, sinkt schwer in den zuvor abgeräumten Stuhl und läßt ein Bein über die kaputte Armlehne hängen. Die Sohle seines ausgelatschten Stiefels müßte angenäht werden. Er bläst in seinen Kaffee, schlürft laut, gurgelt den Kaffee in seinem Mund von einer unrasierten Wange zur anderen, bevor er ihn hinunterschluckt. Dann lehnt er sich vorwärts um die Kasse herum. Seine Pupillen sind winzigklein.

„Sie waren fast eingeschlafen", flüstert er, „da klopft es noch einmal." Sky sitzt unbeweglich, um die Dramatik zu erhöhen. Dann brüllt er plötzlich: „Draußen stehen die *Kuh* und das *Schwein*!"

Ich kenne den Witz natürlich schon lange, deshalb verziehe ich bei der Pointe nur den Mund. Aber das reicht nicht.

„Die *Kuh* und das *Schwein*", wiederholt Sky und stellt beide Füße auf den Boden. „Kapierst du den Witz? Sie wollen nicht neben dem Pfaffen schlafen."

„Das kann ich ihnen nachfühlen", sage ich und nehme einen

Schluck Kaffee. Bei dem seltsamen Geschmack blicke ich noch einmal genauer in die Tasse, um zu sehen, ob sie sauber ist.
Sky hält inne, pfeift durch die Zähne, und bricht wieder ab, weil er noch nicht ganz sicher ist, ob er richtig verstanden hat, was ich damit sagen wollte. Er glaubt wohl, daß er mich doch richtig verstanden hat, und pfeift noch einmal. Er ruckt mit dem Kopf wie ein Huhn und betrachtet mich eingehend über den Rand seiner Tasse hinweg. Dabei tut er so, als schlürfe er seinen Kaffee. Er ist noch immer nicht sicher, ob ich das ernst gemeint habe. Eine andere Frage kommt ihm in den Sinn. Sie will heraus, aber er weiß nicht, wie er sie stellen soll.
Ich kann seine Gedanken lesen. „Meine Mutter ist Indianerin“, sage ich. „Mein Vater nicht.“
„Ha! Ich hab's mir doch gedacht.“ Sky trinkt den Rest seines Kaffees und schüttelt die Tasse über seinem Mund, um die letzten Tropfen herauszuholen.
Ich stehe auf und gehe zu dem Automaten, der an der Wand steht. In meiner Tasche finde ich Kleingeld.
„Wer da draußen schläft, muß wohl Frischluftfanatiker sein“, sagt Sky, während er die Dollarnoten aus seiner Brieftasche in die Kasse füllt. „Woher kommst du denn?“
Nenne ich das Reservat, wird er mich bestimmt fragen, wann ich dorthin zurückkehren will. Das ist eine Frage, auf die ich noch keine Antwort weiß.
„Seattle.“ Ich werfe eine Vierteldollarmünze und zehn Cents in den Geldschlitz und ziehe einen der blaßgrünen Knöpfe. Eine orangefarbene Packung von Reese's Erdnüssen fällt mit dumpfem Geräusch in den Ausgabeschacht.
„Da war ich noch nie“, sagt Sky. „Ich hab mal kurz in Regina gearbeitet, und die Stadt war mir schon groß genug.“
„Sind Sie Kanadier?“ frage ich. Ich habe bemerkt, daß er gerne Fragen über sich selbst beantwortet.
„Ich?“ fragt er verwundert und deutet mit dem Daumen auf seine Brust. „Nein, bestimmt nicht! Aber eines Tages wurde es mir hier zu brenzlig. Deshalb versuchte ich mein Glück im Norden. Dort ist das sogar ein Sprichwort: Im Norden liegt die Zukunft.“

Kein schlechter Gedanke. Ich könnte es ja auch mal im Norden versuchen.
„Und wie war es dort?“ Der Kaffee ist inzwischen abgekühlt, aber immerhin kann ich mit ihm den Belag aus Erdnußbutter von meinem Gaumen spülen.
„Hinter dem Mond“, sagt er, „aber prima Menschen. Sie nahmen mich auf, suchten mir eine Wohnung und einen Job in einer Fabrik. Und ich suchte mir eine scharfe Frau. Engländerin. Blondes Haar. Sah absolut prüde aus, aber sie konnte manchmal ganz schön loslegen.“
„Sie wurden aufgenommen? Ganz einfach aufgenommen?“ Saskatchewan kommt mir immer attraktiver vor. „Warum sind Sie dann wieder weggegangen?“
„Der Krieg war inzwischen vorbei. Ich fiel unter dic Amnestie. Mein Alter hinterließ mir die Tankstelle hier, obwohl er mich nicht mehr sehen wollte, nachdem ich abgehauen war. Aber er änderte sein Testament nicht, wie er das allen Leuten erzählt hatte. Als er abkratzte, kam ich zurück. Dort oben hatte sich inzwischen auch viel verändert.“
Ich hatte Sky anscheinend falsch eingeschätzt, hatte ihn für einen Vietnam-Veteranen gehalten. Er sah genauso ausgebrannt aus wie die meisten Jungs, die in den Veteranenclubs in Seattle herumhingen. Dort erzählten sie dauernd Geschichten von Orten mit komischen Namen, und sie erwähnten die Namen so beiläufig, als ob jeder wissen müßte, was gemeint war. Ziemlich häufig brachte Mom solche Typen zu uns nach Hause. Sie gab ihnen zu essen und hörte sich ihre Klagen an, aus Mitleid, wie sie sagte. Und wenn sie einen von ihnen mochte, fragte sie ihn, ob er ihren Bruder gekannt habe, bevor er fiel. Sie sprach so oft von ihrem Bruder, daß ich fast schon glaube, ich hätte ihn selbst gekannt.
Ich war noch ein Baby, als Lees Leichnam zurückgebracht wurde, aber von Mom habe ich die Geschichte hundertmal gehört – sie hatte mit mir einen Bus zum Flughafen Sea-Tac genommen, um die Transportmaschine landen zu sehen. Die Armee wollte ihn in Fort Lewis bestatten, weil Tante Ida auf das Schreiben der Militärbehörden nicht geantwortet hatte, aber Mom bestand dar-

auf, daß der Leichnam ins Reservat gebracht würde. Es war mitten im schlimmsten Winter, den sie je erlebt hatte, aber trotzdem fuhr sie allein nach Montana und nahm nur mich mit. Sie kam noch rechtzeitig, um an der Totenwache teilzunehmen. Irgendwie erinnere ich mich noch an damals, aber ich bin nicht sicher, ob sich all das wirklich ereignet hat oder ob ich mir in meiner Phantasie nur Moms Erzählungen ausmale. Die Szene in meiner Erinnerung könnte aus einem Pow Wow * stammen: das Singen und Trommeln und weinende Menschen um mich herum. Ich würde gern erfahren, wie es wirklich war, denn die Szene kommt immer wieder zurück, sobald ich versuche, meine Erinnerungen so tief wie möglich auszuloten. Mom wage ich nicht zu fragen. Sie fängt schon an zu weinen, wenn sie nur an Lee denkt.

„Mein Onkel ist in Vietnam gefallen", teile ich Sky mit.

Er schließt den Verkaufsautomaten auf, nimmt die Münzen heraus und sortiert sie in die einzelnen Fächer der Wechselgeldschublade unter der Kasse. Bei jeder Münze blickt er auf die Jahreszahl der Prägung. Dann sagt er leise: „Damals mußte jeder seine Entscheidung selbst treffen."

Wann immer Mom in weinselige Stimmung gerät und mir von Lee erzählt, wünscht sie sich, daß Lee nach Kanada gegangen wäre. Dann würde er heute noch leben. Das erzähle ich Sky ebenfalls; er scheint fast dankbar für diese Bemerkung.

„Du rennst auch vor irgendwas davon, stimmt's?" sagt er und schiebt die Wechselgeldschublade hinein. „Bist du bei dem Treffen schlecht behandelt worden?"

Ich überlege schnell, was ich antworten soll.

„Eigentlich waren alle ganz nett, aber sie wollten mich unbedingt bekehren. Deshalb war ich auch mit dem Pfarrer unterwegs. Sie dachten, er würde es schaffen, daß ich das Licht erblicke."

„So ist es immer." Er holt Zigarettenpapier und Tabak heraus und dreht sich eine Zigarette. „Du bist jetzt also ein Outlaw, sowas wie Bonnie und Clyde."

„Wollen Sie mich zurückbringen?"

„Um Gottes willen, nein. Wofür hältst du mich denn?"

* Feierliche Versammlung der Indianer, Kriegsrat. Anm. d. Übers.

Ich antworte nicht. Wenn er mich nicht zurückbringt, weiß ich nicht, wohin ich gehen soll.
Sky hat inzwischen seine Zigarette fertig, steckt sie in Brand und zieht den Rauch tief ein. „Gehst du jetzt zurück zu deinen Eltern?"
„Kann ich nicht", sage ich. „Sie sind bis Ende August in den Ferien. Mein Vater ist Jumbo-Pilot."
„Wirklich? Und du läufst hier herum wie ein verlorenes Schaf?"
Ich zucke mit den Schultern. Die Sonne strömt warm durch die Glasfront des Kassenraums und steigt immer höher in den weißen Morgendunst.
Sky blickt aufmerksam im Kassenraum umher, als suche er nach Kunden oder nach einer Beschäftigung.
„Ich brauche eigentlich keine Hilfe", sagt er schließlich und spitzt dabei die Asche seiner Zigarette zu, indem er den Glimmstengel im Blechaschenbecher hin und her dreht. Als die Zigarette fast zu Ende geraucht ist, wühlt er in der Tischschublade herum und fördert eine Büroklammer zutage. Er steckt den Zigarettenstummel darauf und zieht noch einmal kräftig daran.
„Die Dinger werden Sie noch ins Grab bringen", sage ich automatisch, bereue es aber sofort. Diesen Satz habe ich Mom oft genug gesagt, aber sie lacht nur immer darüber und meint, ich solle mich um meinen eigenen Dreck kümmern. Sie glaubt, das sei das geringste ihrer Probleme.
„Du nervst mich genau wie meine Frau. Sie raucht Merit und quält mich dauernd, ich solle eine Filterspitze benutzen. Aber was soll's, ich hab schon viel schlimmere Sachen geraucht."
Ich bin erleichtert, daß er nicht beleidigt ist, aber ich weiß noch immer nicht, wohin ich jetzt gehen soll. Ich lege meine Hände auf die Armlehnen und stoße mich aus dem Stuhl hoch. Das Papier der Reese-Erdnußpackung habe ich so zusammengefaltet, daß kleine dicke Vierecke entstanden, die ich jetzt in den vollen Abfalleimer werfe. Ich gehe zur Tür.
„Nehmen Sie's leicht."
„Nicht so eilig! Wo willst du denn hin? Laß mich doch erstmal nachdenken."
Er denkt nach.

„Ich hab's", sagt er schließlich. „Ich rufe Evelyn an, meine Frau. Du hast mich gerade an sie erinnert. Sie ist Köchin drüben im Park. Vielleicht brauchen sie dort noch Leute."
Ich stehe im Türrahmen und schaue den Lastwagen nach, die über die Straße donnern. Sky nimmt zehn Cents aus der Kasse, steckt sie in den Geldschlitz des Münzfernsprechers, der an der Wand hängt, und wählt fünf Zahlen.
„Ist Evelyn da?" fragt er in die Sprechmuschel, wartet, trommelt mit den Fingern an die Wand. „Honey, wie läuft's bei dir? ... Nein, nichts ... Hier bei mir sitzt ein Mädchen aus Seattle, sie sucht Arbeit. Habt ihr was für sie?"
Er lauscht in den Hörer, sieht mich dabei an, nickt beständig mit dem Kopf und ahmt mit den Lippen lautlos eine schnelle und aufgeregte Sprechweise nach.
„Du hast mich völlig falsch verstanden", sagt er und starrt jetzt unverwandt auf die Wählscheibe. „Sie ist ein junges Mädchen. Die Katholiken sind hinter ihr her und ihre Eltern haben sich in unbekannte Länder abgesetzt. Sie wartete an der Tankstelle, als du mich heute morgen hierhergebracht hast."
Er ahmt wieder ihre Sprechweise nach. Seine Frau hat offenbar viel zu sagen.
„Ich weiß doch nicht einmal ihren *Namen*. Sie heißt ..." Er blickt mich mit erhobenen Augenbrauen an.
„Rayona", sage ich. „Rayona Taylor."
Sky wiederholt meinen Namen, imitiert jetzt meine Sprechweise und fragt mich dann, wie alt ich sei.
„Achtzehn."
Er wirft mir einen zweifelnden Blick zu, widerspricht aber nicht. „Achtzehn, sagt sie." Er hört wieder zu und nickt zustimmend mit dem Kopf. „Das wäre nicht schlecht. Machen wir. Sie kommt gleich rüber."
Sky legt auf und macht eine kleine Pause. Seine Hand ruht noch auf dem Hörer. Dann wendet er sich zu mir und zwinkert mit den Augen. „Du hast Glück. Ich mußte nur die Katholiken erwähnen. Geh zum Torhaus im Park. An der Hintertür fragst du nach Evelyn. Sie glaubt, daß sie dir einen Job besorgen kann."
„Das wär ja toll, danke!"

Er winkt ab. „Ich heiße Sky", sagt er und deutet auf das gestickte Namensschild auf seinem Hemd, dann zum Himmel. „Sky wie der blaue Himmel über uns."
„Sky", wiederhole ich.
„So nannten sie mich in Saskatchewan."
Er streckt die Hand aus und ich schüttle sie. Unsere Daumen umklammern einander in einer Weise, die ich bei vielen von Moms Freunden beobachtet hatte.
„Bevor du gehst, mußt du mir unbedingt erzählen, wie du zu deinem Vornamen kommst."
Diese Frage ist mir schon oft gestellt worden. „Meiner Mutter fiel bei meiner Geburt kein Name ein. Sie hatte nämlich fest mit einem Jungen gerechnet. Als sie mich im Krankenhaus zu ihr brachten, schaute sie sich um und sah als erstes das Etikett in ihrem Nachthemd. Rayon, stand darauf. Das klang recht hübsch, deshalb also – Rayona."
„Wirklich ein sehr seltener Name." Sky scheint von Mom beeindruckt. Er greift in die Geldschublade und holt ein wenig Wechselgeld heraus. Einen Moment lang glaube ich, daß er mir das Geld geben will. Schon öffne ich den Mund, um es abzulehnen, aber er steckt die Münzen in den Verkaufsautomaten und sucht nach einer bestimmten Taste. Während er noch ganz versunken seine Wahl trifft, nehme ich meinen Kleidermüllsack, öffne die Tür und gehe hinaus.
Die Sonne steht jetzt schon höher am Himmel, offenbar wird es ein heißer Tag. Ich gehe über den schwarzen Asphalt an den blau-weißen Tanksäulen vorbei. Die Haut meiner langen Arme ist braun und glatt; sie ist zu dunkel, um unbemerkt zu bleiben. In dem grellen Sonnenlicht tritt jede Farbe deutlich hervor.
Die Bundesstraße Nr. 2 ist die Ost-West-Hauptverbindung. Starker Verkehr rollt an mir vorbei. Die großen Laster hört man lange, bevor man ihre Staubwolken sieht. Ich stehe zwischen den beiden Richtungen, die sich mir anbieten. Mir kommt der Gedanke, mich auf den Mittelstreifen zu stellen, meinen Daumen auszustrecken und in den ersten Lastwagen zu steigen, der anhält, in welche Richtung auch immer er fahren sollte. Aber als ich eine Möglichkeit erspähe, die Straße zu überqueren, jage

ich hinüber und steuere auf den Parkeingang zu. Die Kette ist verschwunden. Jetzt kann mich nichts mehr aufhalten.

Die Glastür zur Küche finde ich sofort. Eine Frau lehnt mit dem Rücken zur Tür gegen den Tresen. Ihr weißes, kurzgeschnittenes Haar endet oberhalb des Kragens. Unter dem Haaransatz im Nacken ist ein Streifen brauner, faltiger Haut zu sehen. Sie trägt weitgeschnittene Blue Jeans und ein grünes Wollhemd. Ihre Schultern sind fast so breit wie ihre Hüften, und ihre Füße stecken in ausgetretenen Arbeitsschuhen. Sie dreht sich um, als sie mein Klopfen hört, und als erstes sehe ich ihre Augen – hell und mißtrauisch. Sie ist jünger, als sie wirkt, aber jedenfalls älter als Sky.

„Er hat nicht gesagt, daß du eine Schwarze bist", sagt sie.

Diese Tatsache ist Sky möglicherweise gar nicht aufgefallen. Ich zucke mit den Schultern und trete ein, damit sie mich genauer betrachten kann.

„Was treibst du hier in Montana?"

Ich erzähle meine Geschichte noch einmal. Sie ist mir jetzt schon so vertraut, daß ich das Beben von Dads Transportflugzeug beim Starten und Landen zu spüren glaube. Wie überrascht wäre er wohl, wenn er wüßte, daß ich ihn in ein Cockpit verpflanzt habe!

„Und du willst achtzehn sein?" sagt sie und betrachtet mich abschätzend. „Da lachen ja die Hühner!"

„Ich wirke jünger, als ich bin", behaupte ich und richte mich in voller Höhe auf. „Und ich kann genauso hart arbeiten wie jeder andere."

„Es sind nur noch wenige Jobs übrig", sagt sie. „Nur noch ein paar Jobs beim Ordnungsdienst im Park. Die verdammten College-Schüler haben alle Jobs schon besetzt. Manche kriegen hier mehr Geld als ich, die Köchin. Man kommt sich richtig verarscht vor."

Sie runzelt die Stirn. Ich setze eine mitfühlende Miene auf. Ich stehe auf ihrer Seite, was sie auch sagen mag.

„Wo willst du denn wohnen?" fragt sie. „Hast du eine Arbeitserlaubnis? Oder ein Empfehlungsschreiben?" Sie steht vor mir,

die Hände in die Hüften gestemmt, ihre Stimme ist rauchig. Sie hat ein mehlbestäubtes Geschirrtuch wie eine Schürze in ihren Hosenbund gesteckt. Und sie durchschaut mich.
„Vergessen Sie's." Ich wende mich zum Gehen. Sie verlangt zu viel, das ich nicht habe.
„Du brauchst nicht gleich in die Luft zu gehen." Evelyn fährt mit einer Hand durch ihr Haar. Eine kleine Mehlspur bleibt zurück. „Du bist nicht die erste, die hier völlig abgebrannt ankommt. Hast du schon gefrühstückt?"
„Ich hab in der Tankstelle was gegessen. Sky machte eine Tasse Kaffee."
„‚Sky'", schnaubt sie verächtlich. „Du kannst von Glück reden, wenn da wirklich nur Kaffee drin war. Jetzt stell erst mal deinen Müllsack ab und setz dich hin. Ich bin gleich fertig." Sie weist auf ein großes Brett, auf dem sie gerade Teig knetet. Daneben stehen ein paar zugedeckte Schüsseln und gefettete und mit Mehl bestäubte Backformen.
„Achtzehn", murmelt sie vor sich hin. „Manche Leute werden dir das abnehmen, du bist ja groß genug." Sie nimmt eine Grapefruit aus dem riesigen Kühlschrank, schneidet sie mit einem Fleischmesser entzwei und legt eine Hälfte in eine Schale. Aus einem Wandschrank über dem Tresen nimmt sie eine bereits geöffnete Flasche Roséwein.
„Das hilft dir bestimmt", sagt sie und gießt etwas Wein über die Frucht. „Fang schon mal damit an. Ich schlage ein paar Eier in die Pfanne. Ein paar Eier könnten mir auch nicht schaden." Der Wein gibt der Grapefruit einen süßen und saftigen Geschmack. Ich lege die Kerne sorgfältig auf den Schalenrand.
„Aus welcher Ecke von Seattle?"
„Norden", sage ich.
„Du wirst hier nicht viel verdienen."
„Ich brauche nicht viel. Ich muß nur irgendwie bis September durchkommen, bis meine Eltern aus dem Urlaub zurück sind. Aber ich muß mir eine Bleibe suchen."
„Deine Eltern machen es sich wirklich leicht." Sie mustert mich von oben bis unten und stellt einen Teller mit einem halben Dutzend Spiegeleier vor mich hin. Ich werde aus ihrem Ge-

sichtsausdruck nicht klug; deshalb konzentriere ich mich auf das Frühstück. Die Eier haben sich bis zum Rand der gußeisernen Pfanne ausgebreitet und bilden einen perfekten Kreis auf dem Teller. Die blassen, hartgekochten Dotter in ihren glänzenden weißen Ringen erinnern mich an die Augen eines Würfels. Ich habe eine runde Sechs gewürfelt.

„Du kannst schon mal anfangen zu essen", sagt Evelyn. „Ich bin nicht so ausgehungert wie du." Sie wendet sich wieder dem Herd zu, setzt weitere Eier in das zischende Fett und scheint einen Entschluß zu fassen. „Du kannst bei uns wohnen. Wir haben genug Platz. Ich sollte eigentlich zuerst Norman fragen, aber ihm ist das egal. Die Miete wird nicht hoch sein."

Die Dinge entwickeln sich schnell, und ich habe die Kontrolle völlig verloren. Aber es gibt keinen Grund abzulehnen.

„Wer ist Norman?" frage ich.

„Dir hat er sich als Sky vorgestellt", sagt sie und setzt sich neben mich. Ich bin hungrig und verschlinge meine Eier, kann aber gleichzeitig meine Augen nicht von Evelyn wenden. Zuerst trennt sie mit ihrer Gabel das Eiweiß von den Dottern, dann schneidet sie das Eiweiß in kleine Dreiecke, die sie nacheinander aufißt. Zurück bleiben sechs kleine, runde und gelbe Kuppeln, die wie halb mit Wasser gefüllte Ballons schimmern. Vorsichtig schiebt sie die Gabel unter ein Eigelb, führt es zum Mund und schluckt es unzerkaut hinunter. In Seattle habe ich einmal beobachtet, daß Austern auf diese Weise geschlürft werden. Evelyn bemerkt, daß ich sie ansehe.

„Ich hasse Eigelb, aber es ist gesund." Sie füllt meine Kaffeetasse wieder auf und geht zum Herd, um nach den Schüsseln mit dem Brotteig zu sehen. In einigen Schüsseln ist der Teig schon gegangen. Sie ballt eine Faust und schlägt damit auf die Teigballen. Dann wirft sie die Geschirrtücher wieder darüber, als ob sie Leintücher zusammenfalten wollte.

„Wenn du gegessen hast, bringe ich dich zu Mr. McCutcheon. Er ist für den Ordnungsdienst im Park zuständig. Wenn er ja sagt, hast du den Job."

Ich habe den Job. Das Werkzeug meiner neuen Karriere besteht aus einem langen Stock mit einem Nagel am Ende und einer vollen Packung extrastarker grüner Gras- und Laubsäcke, Marke Hefty. Mein Revier ist Sektion Sieben des Campingplatzes und des Seeufers im Bearpaw Lake State Park. Mr. McCutcheon ist übergewichtig, hat schlechte Zähne und trägt einen Gürtel, auf den der Name STANLEY genietet ist. Er nimmt seinen Job als Aufseher sehr ernst. Ich sitze vor seinem Schreibtisch in der Gerätehütte. Er liest mir drei Seiten der Abfallverordnung aus dem *Offiziellen Handbuch der Regeln für Park und Campingplatz* vor. Der Staat Montana duldet nicht, daß irgendwo Abfall herumliegt. Alles muß ordentlich gesammelt und in speziellen Containern entsorgt werden.

Als Angestellte des Parks ist es meine Aufgabe, diesen Zustand zu erhalten, mich zur Verfassung von Montana und zur Konstitution der Vereinigten Staaten zu bekennen und höflich, aber bestimmt jedem Touristen gegenüberzutreten, der über den Umgang mit Abfall anderer Meinung ist. Ich darf mich nicht in die normalen Erholungsaktivitäten einmischen, aber wenn die Touristen abreisen, dürfen der Parkdirektor und ich mit vollem Recht darauf bestehen, daß der nächste Camper einen sauberen Stellplatz vorfindet.

„Du hast auf deine Ausrüstung zu achten und sie immer einsatzbereit zu halten, Rayona“, sagt Mr. McCutcheon. „Das ist deine wichtigste Aufgabe.“

Er überprüft den Besenstiel, an dessen Ende sich der Nagel befindet, inspiziert ihn von oben bis unten, um sicherzugehen, daß er sich bei Übergabe in einwandfreiem Zustand befindet.

„Hast du jemals mit einem solchen Werkzeug gearbeitet?“ fragt er.

Ich gestehe, daß ich damit bislang keine Erfahrungen gesammelt habe.

„Ein sehr nützliches Gerät bei einem Picknick“, bemerkt Mr. McCutcheon und balanciert den Stock auf seiner Hand. „Man kann nie wissen, ob man nicht irgendwo plötzlich Abfall findet. Es ist viel hygienischer, Abfall aufzuspießen“ – er führt diese Bewegung vor –, „als sich die Hände schmutzig zu machen.“

Ich bemerke, daß seine Fingernägel vollkommen sauber sind.

Es ist bestimmt eine ganze Weile her, daß er Abfall direkt anfassen mußte.
Er überreicht mir den Stock, den ich respektvoll entgegennehme. Mr. McCutcheon beobachtet mich aufmerksam. Ich weiß, wie ich mich zu verhalten habe. Dazu brauche ich mir nur vorzustellen, daß ich in Father Toms Meßfeier ministriere und gerade die Patene unter das Kinn der Gläubigen halte, während er die Heilige Kommunion verabreicht.
„Mrs. Dial sagte, du bist achtzehn Jahre alt." Er faltet die Wegkarte des Parks zusammen, auf der mein Revier rot eingezeichnet ist. Seine Finger glätten automatisch alle Unebenheiten der Karte, so daß sie wieder wie neu aussieht.
„Ja, Sir!" Manche Leute mögen es, mit „Sir" oder „Ma'am" angeredet zu werden, und Mr. McCutcheon hält denn auch sofort inne und ist offenbar über meine guten Manieren erfreut. Fast kann ich Mom „Siehst du!" sagen hören.
„Du wirst es schon schaffen, Rayona", sagt er. „Bisher hat hier nämlich noch nie jemand von deiner Rasse gearbeitet, und im Ordnungsdienst war auch noch nie eine weibliche Person beschäftigt. Du bist also eine Art Pionierin, und ich bin sicher, daß du unsere Erwartungen erfüllen wirst."
„Ja, *Sir!*" Des Guten kann man nie zuviel tun. Er kann ein Lächeln nicht unterdrücken, bläst aber eine glattrasierte Wange auf, um zu verbergen, daß er sich geschmeichelt fühlt.
„Wir müssen eine passende Uniform für dich finden. Du bist sehr ... Wie ein Fotomodell. Aber schlank. Welche Größe trägst du? Large? Medium? Auf jeden Fall nicht Small!"
Auf seine Art hat er mich damit als groß und knochig bezeichnet. Ich kenne meine Kleidergröße nicht. In den letzten Monaten bin ich so stark gewachsen, daß sogar die saubere Unterwäsche, die auf dem Boden meines Müllsacks zusammengeknüllt ist, bereits zu knapp zu werden scheint.
Mr. McCutcheon bringt einen sauber gefalteten Packen dunkelgrüner Parkkleidung herbei und überreicht ihn mir. Der Stoff erinnert mich an Dads feuchte Postbotenuniform, die er trug, als er in Moms Krankenhauszimmer stand und den Volaré ablehnte.
Ich gehe in die Damentoilette – auf der Tür befindet sich das

Comic-Bild einer Indianersquaw – und ziehe mich um. Über dem Waschbecken fehlt der Spiegel, ich kann also mein Haar nicht ordnen. Die getragenen Kleider stopfe ich in meinen Müllsack und verlasse die Toilette. Die Tür der Männertoilette ist mit dem Comic-Bild eines Häuptlings in Kriegsschmuck verziert und steht weit offen. Sie ist größer, eine Art Umkleideraum mit einem großen Spiegel. Es ist niemand drin – ich husche hinein, um mich im Spiegel zu betrachten.
Für Medium bin ich zu groß und zu schlank an den Hüften, aber wahrscheinlich paßt mir diese Größe noch am besten. Mit der Trapperfellmütze auf dem Kopf sehe ich aus wie eine Kreuzung aus Dad und einer Vogelscheuche.
Erschreckt springe ich vom Spiegel weg, als ich Stimmen näher kommen höre. Drei Jungs kommen herein, alle weiß, alle älter als ich und offenbar miteinander befreundet. Ich verhalte mich, als sei es die natürlichste Sache der Welt, daß ich mich in der Männertoilette befinde, als würde ich irgendwo zu einer wichtigen Verabredung erwartet und hätte mich bereits verspätet. In Seattle setze ich bei solchen Gelegenheiten eine bestimmte Miene auf, die den Leuten klarmacht, daß sie mich in Ruhe lassen sollen. Ich setze jetzt diese Miene auf, aber sie kapieren das nicht.
„Du bist bestimmt diese Ramona, die hier neu anfangen soll", sagt eine tiefe Stimme. Ich betrachte den Sprecher und habe nicht den geringsten Zweifel, daß er Large trägt, vielleicht sogar Extra Large.
„*Ray*", murmle ich. „Richtig." Wie komme ich bloß hier raus? Sie versperren die Tür, und in einer Toilette schließe ich nicht gern Bekanntschaften.
„Ich heiße Andy, das hier ist Dave, und der da heißt John", sagt der Große und deutet mit dem Kopf auf die beiden anderen Großen. Sie winken mir kurz zu und machen sich daran, die Hängeschlösser an ihren Kleiderschränken aufzuschließen.
„Bis später", sage ich und steuere auf die Tür zu. Sie folgen mir.
„In welcher Hütte wohnst du denn?" fragt John.
„Ich wohne privat."
Sie werfen einander seltsame Blicke zu.

„In welche Schule gehst du?“ will Andy wissen.
„In keine. Ich will hier nur zwei Monate lang arbeiten.“ Wenn ich schon wüßte, wohin ich gehen soll, würde ich jetzt sofort gehen.
„Nein, ich meine, in welches College?“
„Ich bin immer noch auf der High School.“
Ihr Interesse an meiner Person bricht schlagartig ab.
„Also dann, wenn du Fragen hast, wir sind immer für dich da“, sagt Andy. „Der Job ist lausig, aber man kann es hier im Park gut aushalten. Welches Revier haben sie dir zugeteilt?“
Ich falte die Wegkarte auseinander und deute auf den rot markierten Kreis.
„Scheiße.“ Andy schnappt mir die Karte aus der Hand und wendet sich zu seinem Freund um. „Sie hat die Sieben zugeteilt bekommen.“
„So ein Mist“, sagt John.
„Jetzt wissen wir, warum sie ein Mädchen eingestellt haben“, sagt Dave.
„Was ist denn mit Revier Sieben?“ frage ich. „Ist es schlecht?“
„Sie will wissen, ob die Sieben schlecht ist.“ Andy erinnert mich an einen Fernsehstar. Er hat dünne Lippen, braunes, naturgewelltes Haar, und seine Augenbrauen sind über seiner Nasenwurzel fast zusammengewachsen. Wahrscheinlich ist er Gewichtheber oder spielt Football.
„O weh“, jammert John. Er erinnert mich an den pausbäckigen Jungen in der Serie „Happy Days“.
„Ja, die Sieben ist schlimm, ein richtiges Himmelfahrtskommando.“ Dave verkörpert einen Typus, den man in der Sendung „It’s Academic“ zu sehen bekommt und der ständig damit aufschneidet, daß er dem Science Club angehöre und an der University of Washington Veterinärmedizin studieren wolle. Er ist sogar noch knochiger als ich.
„Die Sieben ist *nur* die BH-Zone“, stöhnt Andy.
„Surf-City“, sagt John.
„Dort steht die Hütte, in der die Schwimmlehrerinnen wohnen“, erklärt Dave. „Die Sonnencremes kannst du bis hierher

riechen. Der Geruch fliegt wie Pheromone durch die Luft. Ein Paarungsruf."
„Wenn du mal tauschen willst", sagt Andy, „oder Abwechslung brauchst ..."
„Dann frag mich zuerst", unterbricht ihn John. „Ich kann es schon hören: ‚John, cremst du mir den Rücken ein? Ein bißchen tiefer. Oh, das tut soooo gut.'"
„Träum nur immer schön weiter", sagt Dave. „So nahe wirst du nie kommen."
„DeMarco!" schreit John, verdreht die Augen und packt Andys Arm. „Das ist nicht fair! Sie ist so ein geiles Biest!"
„Ich muß gehen." Ich packe meinen Stock und meine Müllsäcke, sowohl die für den Abfall im Park als auch den Sack mit meinen Kleidern, und gehe hinaus. Ich weiß zwar nicht, wohin ich gehen soll, aber ich will einfach nur weg von ihnen. Als ich mich an Dave vorbeidrücke, klopft er mir zu meiner Überraschung auf die Schulter.
„Willkommen im Bearpaw Lake Park", sagt er. „Der Staatspark, in dem die Zeit stehengeblieben ist."
Meist kann ich mich nicht entscheiden, ob es mir mehr ausmacht, im Mittelpunkt der Aufmerksamkeit zu stehen oder überhaupt nicht beachtet zu werden. Diesmal macht mir diese Frage keine Schwierigkeiten, denn ich werde gleichzeitig beachtet und ignoriert. Ich stelle mir vor, wie ich in der grünen Uniform aussehe: der enggezogene Gürtel, der meine Hose um die Taille zusammenzieht, die Knöchel und Armgelenke, die aus der Uniform herausragen, die alberne Mütze. Dave scheint ganz in Ordnung, aber John und Andy behandeln mich, als ob ich nicht mitreden könne und kein Mädchen sei. Ich bin nicht ihr Typ. Mit Mom an meiner Stelle wäre das alles ganz anders – sogar mit ihrem jetzigen Aussehen und obwohl sie viel älter ist als die Jungs. Die beiden würden ihr aus der Hand fressen. Ich habe sie in voller Aktion gesehen, aber ich konnte mich nie daran gewöhnen. Und ich tröste mich mit dem Gedanken, daß all ihre Schläue sie nicht glücklich machen konnte.

An diesem ersten Nachmittag lerne ich alles über meine Arbeit, was ich wissen muß. Da bisher nur wenige Touristen da sind, gibt es kaum Abfall. Um vier Uhr nachmittags ist mein Revier sauber, und das meiste, was ich gesammelt habe, lag wohl seit dem letzten Herbst herum. Die Schokoladenpapiere sind weich und fasrig, als ob sie monatelang unter Schnee gelegen hätten und dann nach der Schmelze ausgetrocknet wären. Ich spieße zwei Kartoffelchips-Tüten auf, in denen Reste von Schmelzwasser stehen, und sammle drei rissige und zerquetschte Blitzlicht-Batterien auf.
Als ich gerade aufhören will, um zu klären, um welche Zeit Evelyn nach Hause fährt, mache ich den wichtigsten Fund des Tages. Direkt auf dem Weg liegt ein frisch zerrissenes Stück weißes Papier, festgeklemmt unter einer Zedernwurzel. Ich spieße es mit meinem Nagelstock auf und sehe, daß es auf einer Seite beschrieben ist. Vorsichtig nehme ich es vom Nagel und behandle es wie einen Fisch, der zu klein ist und den ich deshalb unversehrt in den See zurückwerfen will. Ich kauere mich auf den Boden und untersuche das Papier genauer.
Der Fetzen ist die untere Hälfte eines Briefes, in hellgrüner Tinte geschrieben:

> *mäht gerade den Rasen. Es hat endlich zu regnen aufgehört, und das Gras war schon viel zu lang. Ich will Dir nur kurz schreiben, denn Du fehlst uns bereits sehr, aber wir hoffen beide, daß es Dir da draußen gut gefällt. Das ist sicher ein Abenteuer für Dich. Du mußt Dad und mir alles darüber erzählen. Rascal kratzt gerade an der Tür und will hereingelassen werden, ich muß deshalb aufhören, aber vergiß nicht, uns zu schreiben. Wir lieben Dich.*
>
> *Mammi und Daddy*

Ich weiß nicht, wie oft ich diesen Brief lese. Er verwirrt mich sehr, aber ich verstehe nicht warum. Dad schickte mir einmal eine Postkarte. Auf der Vorderseite war ein Haus namens Aspiring Motel abgebildet, auf die Rückseite hatte er geschrieben:

„Das ist mein Hotel in Victoria. Bleib sauber." Ich brauchte einen vollen Tag, bis ich herausfand, wer die Karte geschrieben hatte.

Ich starre noch immer den Brief an. Jetzt liest Moms Stimme in meinem Innern den Brief vor. Es ist wie in einem Film oder im Fernsehen: Die Stimme des Absenders ist aus dem Off zu hören, damit die Zuschauer wissen, was drin steht und wer ihn geschrieben hat. Ich weiß nicht, warum ich jetzt gerade an Mom denke – sie hat mir nie einen Brief geschrieben, abgesehen von Notizzetteln, die sie mit Klebeband an den Kühlschrank heftete, aber das waren nur kurze Botschaften wie „Sam ist wieder in der Stadt und wir sind auf einer Party! Warte nicht auf mich!" oder „Ich bin bei Charlene, falls du mich brauchst."

Der Fetzen Papier in meiner Hand gibt mir das Gefühl, ich sei arm. Mir ist, als hätte ich gerade erfahren, wie reich andere Leute sind. Eifersüchtig. Was mußte das für ein Mensch sein, der so etwas einfach wegwirft? Ich rede mir ein, daß das alles völliger Unfug sei, und strecke die Hand nach dem Hefty-Müllsack aus, der offen neben mir auf der Erde liegt. Aber ich bringe es nicht fertig, diesen Brief auf die dreckigen Plastiktüten und alten Bonbonpapiere zu werfen.

Ich packe den anderen Sack, den Müllsack mit meinen Kleidern, den ich die ganze Zeit mit mir herumgeschleppt habe. Aus dem Sack fische ich meine handgearbeitete Börse. Ich glätte den Brieffetzen, falte ihn und stecke ihn neben Father Toms Geldnoten. Dann lasse ich die Börse in die Gesäßtasche meiner Uniform gleiten und knöpfe sie zu.

Niemand ist zu sehen. Ich stehe auf einer Lichtung: der einzige Fleck in der näheren Umgebung, wo kein Baum den Blick zum Himmel verstellt. Es ist hier so still, als ob jeder Baum und jeder Busch und jeder hohe Grashalm die Geräusche verschluckte – wie ein dicker Teppich in einem Bestattungsunternehmen. Ohne nachzudenken hole ich mit dem Stock weit aus und schleudere ihn wie einen Speer in die Richtung des Parkplatzes. Er steigt zu steil auf, fällt zu kurz herunter, schlittert über den Boden und wirbelt Staub auf.

Aber die Worte in dem Brief gehen mir nicht aus dem Sinn.

Plötzlich sehne ich mich nach Regen. Wenn ich in einer unserer Wohnungen in Seattle aufwachte, hörte ich sehr oft den Regen gegen die Scheiben trommeln; dann fühlte ich mich trocken und warm. Manchmal wurde ich auf dem Heimweg von der Schule vom Regen überrascht. Dann stellte ich mich unter das Vordach eines Ladens und wartete, bis es zu regnen aufhörte – zusammen mit anderen Menschen, die ebenfalls ihre Schirme zu Hause vergessen hatten. Ein paar Minuten lang bildeten wir in der kühlen Regenluft eine kleine Gemeinschaft und versuchten, uns vor dem Spritzwasser der vorbeifahrenden Autos zu schützen. In Seattle regnete es ohne Unterlaß, entweder fing es gerade an zu regnen oder es hörte gerade auf.

Mom trug immer ein kleines Etui mit einer Regenhaube in ihrer Handtasche, wenn sie morgens zu Arbeit ging. Die Haube war ein eng zusammengefaltetes Stück Plastik mit zwei Bändern. Sie sagte, daß sie keine Lust habe, ihr halbes Leben mit Lockenwicklern im Haar zu verbringen, nur damit ihre Locken beim nächsten Regenguß wieder ausgewaschen würden. Aber als wir im vergangenen Herbst aus dem Krankenhaus zurückkamen, konnte sie die Plastikhaube nicht finden. Wir gerieten in einen heftigen Regen, und bevor wir Schutz suchen konnten, hingen ihre Locken in langen, schwarzen Strähnen über ihr Gesicht. Sogar die dunkle Lidschattenfarbe floß ihr in Streifen über die Wangen. „Macht nichts“, sagte sie damals zu mir, „es ist jetzt ohnehin zu spät.“ Dann stellte sie sich in den Regen, griff nach meiner Hand und wir ließen das Regenwasser in kleinen Wasserfällen und Bächen an uns ablaufen. Das Wasser lief in unsere Schuhe und spritzte vom Gehsteig auf die Straße.

6

„Putz deine Schuhe ab“, sagt Evelyn zu mir. „Ich will keinen Schmutz hier drin haben, auch wenn unsere Bude nicht gerade elegant ist.“

Elegant ist der Wohnwagen wirklich nicht. Evelyn schaltet das Licht ein, und ich betrete den Wagen.

Die Einrichtung kommt mir vertraut vor. Der große Fernseher hat ein furniertes Gehäuse. Davor steht eine durchgesessene Couch mit grünem Stoffbezug, der mit den Brandlöchern unzähliger Zigaretten übersät ist. Ein großes gelbes Kopfkissen schmückt die Couch. An der Wand darüber hängt ein acht Jahre alter Kalender von 1978 mit der Aufschrift „Skys Park Service. Letzter Ölwechsel vor den Rockies“ und einem Bild von Sky, jünger, mit kurzem Haar, aber dennoch ausgeflippt, der einen Schraubenschlüssel in die Kamera hält. An der Seitenwand steht ein Tisch, auf dem sich ein Zeitschriftenberg mit Ausgaben von *Grit*, *The National Enquirer* und *The Star* türmt. Daneben stehen halbvolle, blau emaillierte Kaffeetassen, ein überfüllter Aschenbecher und eine offene Flasche Heinz-Ketchup. Ein kleiner, viereckiger afghanischer Teppich in braunen und rosa Farben liegt auf der Lehne eines roten Liegesessels.

Evelyn hat Sky an der Tankstelle abgeholt und auf dem Weg nach Hause im Jiffy-Markt eingekauft. Ich trage eine Einkaufstüte mit sechs Schnellgerichten, Makkaroni in Käsesoße. Zwei für jeden. „Ich koche den ganzen Tag lang für andere Leute“, sagt Evelyn, als ich die Schnellmenüs aus der Tüte nehme. „Abends sollen andere für mich kochen.“ Sie holt sechs Flaschen Rainier-Bier und zwei eingewickelte Brote heraus, die sie in der Parkküche gebacken hat. Jetzt betritt Sky den Wohnwagen und

schiebt eine Kassette mit Musik aus Alabama in den Recorder auf dem Fernsehgerät.
„Der Fernseher ist kaputt", erklärt er, während er die Lautstärke reguliert. Dann nimmt er sich eine Dose kaltes Bier vom Tisch. „Die Reparatur würde zuviel kosten. Wir behalten ihn aber trotzdem." Er trägt immer noch das T-Shirt mit der Aufschrift „Born To Rock", das er schon heute früh unter seinem Arbeitsanzug anhatte.
„Fühl dich wie zu Hause", sagt Evelyn zu mir. „Du wirst auf der Couch da schlafen." Sie geht in die Kochnische, schaltet den Backofen an, reißt die Schachteln mit unserem Abendessen auf und schiebt die Aluminiumschalen mit den Gerichten in den Ofen. „Ich halte nichts davon, den Backofen vorzuheizen", sagt sie, bevor sie den Raum verläßt.
Ich stelle meinen Kleider-Müllsack neben die Couch und setze mich. Das Kissen ist weich, und ich kann die Couchpolsterung durch mein T-Shirt hindurch auf meinem Rücken fühlen.
„Ihr scheint ja recht gut miteinander auszukommen, du und Evelyn", sagt Sky. „Mit manchen Leuten hat sie nämlich ihre Schwierigkeiten."
Ich zucke mit den Schultern. Sein Lob macht mich verlegen. „Ich zahle natürlich mein Teil."
„Klar", sagt er, „Essen kostet Geld." Er lacht, hustet und ringt nach Luft.
Evelyn tritt ein. Sie trägt eine ärmellose Hausschürze und flaumige Hausschuhe, die mich an Moms Hausschuhe in Seattle erinnern. Ich zwinge mich, nicht daran zu denken. Evelyns Arme sind dick und kräftig. Sie öffnet eine Bierdose und stellt die übrigen Dosen in den Kühlschrank. „Hustest du schon wieder, Darling?" fragt sie.
„Nein, das war der Hundefänger", antwortet Sky.
„Klang eher wie der Hund selbst." Evelyn läßt sich mit einem Seufzer in den Liegesessel fallen und klappt die Fußstütze hoch. Sie läßt die Lehne des Sessels herunter und liegt fast flach, hängt im Raum wie die Schwebende Jungfrau. Schweigend lauschen wir dem Song auf der Kassette: „Liebe war wie ein Gefäng-

nis/dort wollte ich nicht sein/ich traf meine Entscheidung/zu geh'n und frei zu sein."
Hier ist es friedlich. Ich stelle mir vor, wie der Wohnwagen vom Weltall betrachtet aussähe: eine beleuchtete kleine Schachtel in der dunklen Nacht, und durch die offenen Fenster dringt Alabama-Musik hinaus. Durch die Musik wirkt alles noch stiller. Ich lehne mich auf der Couch zurück und schließe die Augen. Meine Kraft versiegt, und ich wehre mich nicht, als Tante Idas Gesicht zum ersten Mal seit zwei Tagen in meiner Erinnerung auftaucht.
Tante Ida sitzt jetzt in ihrem Haus im Osten. Es ist Montagabend; sie wird also die Sendung „TV's Bloopers and Practical Jokes" ansehen und sich köstlich amüsieren, wenn wieder irgendwelche berühmten Leute hereingelegt werden. Sie hat ihren Sessel dicht vor den Fernseher gerückt und redet mit dem Bildschirm. „Du alter Idiot", hatte sie in der vergangenen Woche gebrüllt, als Willie Nelson zum Narren gehalten worden war. „Paß nächstes Mal besser auf."
Tante Ida ist mir ein Rätsel. Sie scheint alles hinzunehmen, was auch kommt, aber alles ist ihr eine Last. Ich rede mir ein, daß ich ihr nicht fehlen werde, daß ihr die Art und Weise gleichgültig sei, in der ich mich aus dem Staub gemacht habe. Sie gab mir zu essen und besorgte mir von ihrer Schwester Foxys alte Kleider, und in letzter Zeit hielt sie mir sogar ihre Wange für einen Abschiedskuß hin, wenn ich morgens zur Schule ging. Im Grunde aber wird sie froh sein, daß sie ihr Haus wieder für sich allein hat. Ich frage mich, was Father Tom ihr wohl erzählt haben mag. Vermutlich fragte sie gar nicht weiter, sondern nickte nur und wartete, bis er endlich zu reden aufhörte, damit sie weiter fernsehen konnte. Ich könnte sie anrufen und ihr sagen, daß es mir gut geht, aber sie hat kein Telefon. Ich müßte also die Gemeindestation anrufen, aber ich habe keine Lust, mit Father Tom zu sprechen. Er hofft wahrscheinlich, daß ich inzwischen irgendwo in der Schweiz gelandet bin.
„Stimmt doch, nicht wahr?" fragt Sky. Er spricht mit mir und dringt gerade noch zu mir durch, denn ich wäre beinahe eingeschlafen. Ich setze mich aufrecht hin, lehne mich nach vorn und

stütze die Ellbogen auf meine Knie. Das Sitzpolster der Couch fällt zur Rückenlehne hin stark ab.
„Ich sagte, daß sie dich in das Heer der Gläubigen aufnehmen wollten, aber daß dir das nicht gefallen hat."
„Wirklich?" fragt Evelyn. „Hatten die Katholiken das wirklich mit dir vor?"
„Du hättest den Pfaffen sehen sollen, mit dem sie zusammen war", sagt Sky. „Ein richtiger Schleimscheißer. Wie bist du ihn denn losgeworden?"
„Das haben Sie völlig falsch verstanden", sage ich. „Er ist mich losgeworden."
Evelyn schwebt auf ihrem Podest riesengroß direkt vor mir. „So war's auch bei meinem ersten Mann. Die Katholiken sind alle gleich."
Ich bin müde wie nie zuvor in meinem Leben. Als die Zeitschaltuhr am Backofen läutet und Sky und Evelyn aufstehen und in die Küche gehen, lasse ich mich seitwärts auf die Couch gleiten. Meine Füße stehen noch immer auf dem braunen Linoleumboden, mein Oberkörper ist zwischen Sitzpolster und Rückenlehne der Couch gepreßt. Ich bin so erschlagen, daß ich mit offenen Augen einschlafe. Evelyn und Sky bewegen sich wie Menschen unterm Wasser, wie in einem Traum. Ich schließe die Augen, um sie auszublenden.
„Sie ist total fertig." Skys Stimme klingt hohl, weit entfernt.
„Alle Schotten dicht", sagt Evelyn. „Stell ihr Essen wieder in den Backofen."
Ich weiß, daß sie vor der Couch stehen und auf mich herabblicken, aber es ist mir gleichgültig. Mit dem Rest meiner Willenskraft versuche ich, sie wegzutreiben, um endlich ganz einschlafen zu können.
„Leg eine Decke über sie", sagt Evelyn.
Bewegungen. Der Boden bebt leicht unter ihren Schritten.
„Glaubst du, was sie uns erzählt hat?" fragt Evelyn.
„Was soll's? Wahrscheinlich von zu Hause weggelaufen. Sie ist ja noch ein Kind."
„Hat sie dir auch das Märchen aufgetischt, daß ihre Eltern in die Ferien gefahren sind?"

„Interessiert dich das? Glaubst du vielleicht, daß sie vom FBI gesucht wird?"
„Halt den Rand", sagt Evelyn. „Mach schon, durchsuch ihre Taschen. Vielleicht hat sie einen Ausweis dabei."
Ich weigere mich aufzuwachen, auch als Skys Finger vorsichtig die Taschen meiner Jeans durchsuchen. Ich bin zu Mehl geworden, ein schwerer Sack, den niemand mehr hochheben kann.
„Hier ist eine Börse", höre ich ihn sagen. Papier raschelt und wird auseinandergefaltet. „Ein Brieffetzen von ihrer Mutter. Sie wünscht ihr viel Vergnügen bei ihrem Abenteuer."
„Die Frage wäre also geklärt. Dann hat sie uns vermutlich doch nicht angeschwindelt."
Eine Decke aus rauher Wolle wird über mich gelegt. Sie riecht schal und nach Zigarettenrauch, aber ich kuschle mich hinein. Vor drei Nächten habe ich zuletzt liegend geschlafen – in Moms altem Bett in Tante Idas Haus. Es scheint eine Ewigkeit her zu sein, vielleicht ist es auch nur Einbildung. In meinem Kopf summen halberzählte Geschichten herum, Bruchstücke, die nicht zusammenpassen, Worte, die ich hätte sagen müssen und doch nicht gesagt habe. Ich kann nicht mehr unterscheiden, was wirklich ist und was sein könnte. Es ist, als träume ich viele Leben und könne sie beliebig mischen und die Bruchstücke jedesmal zu einem neuen Leben zusammensetzen. Aber keines paßt mir. Die letzte Klarheit meiner Gedanken erlischt, und ich schlafe ein.

Kurz vor Morgengrauen weckt mich Sky. Während ich am Ausguß mein Gesicht wasche, ißt er mit einem Löffel die beiden Makkaroni-Käse-Gerichte auf, die ich am Vorabend stehengelassen habe. Evelyn kommt herein. Sie trägt dieselben Kleider wie am Tag zuvor. Niemand spricht.
Sky und Evelyn sind sich so ähnlich wie zwei Federn eines Vogels. Ihre Gesichter sind lang, mit starken Kieferknochen. Sie haben beide graue Augen und Knollennasen. Und beide sind offensichtlich keine Morgenmenschen. Schlaf scheint sie eher zu erschöpfen als zu erfrischen.
Ich bin wie Mom: Was auch immer in der Nacht zuvor los ge-

wesen sein mochte, sie wacht stets frisch und munter auf. Am frühen Morgen sind ihre Augen klar. Sie wäscht ihr Gesicht sehr gründlich und bindet ihr Haar zurück. Wenn wir jemanden zu Besuch hatten, einen Liebhaber oder eine Freundin oder sogar Tante Ida, als sie damals nach Seattle kam, standen Mom und ich stets als erste auf.
Manchmal preßt Mom Orangen aus oder bäckt Brötchen, für die sie den Teig mit einem umgestülpten Wasserglas aussticht. Ein andermal essen wir Waffeln, die sie im Toaster bäckt, oder ein übriggebliebenes Stück Pizza. Das Radio wird leise eingestellt, und wenn einer ihrer Lieblingssongs gespielt wird – „Country Bumpkin" oder „Coat of Many Colors" –, schließt Mom die Augen, legt den Kopf zurück und bewegt die Lippen, als ob sie mitsänge. Sie kennt alle diese Songs auswendig. Ihre Zähne sind groß und blendend weiß, wenn sie lächelt, und sie ist glücklich und zufrieden mit sich und mir und der Welt.

Skys und Evelyns Auto hat auch schon bessere Zeiten gesehen. Die Tür auf der Fahrerseite ist mit einem langen Stück Wäscheleine aus Plastik zugebunden, und über die Frontscheibe zieht sich das Spinnennetz-Muster eines Steinschlags. Im Innern liegen Dosen auf dem Fahrzeugboden herum – Miller-Bier, Motoröl, Limonade –, und der Rücksitz ist mit alten Katalogen der Kaufhauskette „Sears" vollgepackt. Ihr Gewicht soll dazu dienen, wie Sky erklärt, die Bodenhaftung der Reifen zu verbessern. Schon am Abend zuvor hatte ich bemerkt, daß die Scheibenwischer nicht mehr funktionieren.
Evelyn läßt Sky an der Conoco-Tankstelle aussteigen und stellt den Wagen hinter dem Torhaus des Parks ab. In der Küche brät sie mir sechs Spiegeleier und macht mir eine Tasse Tee, bevor sie auch nur ihren Mantel auszieht. Ich esse am Tisch stehend, trage dann meinen Teller zum Waschbecken hinüber und spüle ihn ab. Evelyn ist bereits damit beschäftigt, den Teig für das heutige Brot zu kneten. Ihre Schultermuskeln arbeiten unter ihrem Wollhemd. In ihrem Mundwinkel hängt die dritte Merit an diesem Morgen.
„Mr. McCutcheon sagt, daß ich drei Dollar vierzig Cents in der

Stunde verdiene", verkünde ich. „Aber der erste Lohn wird erst in zwei Wochen ausbezahlt. Darf ich es Ihnen solange schuldig bleiben?"

„Bis jetzt schuldest du uns nichts", sagt Evelyn. „Gestern abend hast du keinen Bissen gegessen, und ich glaube nicht, daß du im Schlaf meine Couch kaputtgemacht hast."

„Ich werde dafür zahlen. Fair ist fair."

„Okay, okay", sagt sie, formt eine Teigkugel, hebt sie hoch und klatscht sie auf das Backbrett, daß eine Mehlwolke aufwirbelt. „Mit dem Vermögen werde ich dann endlich einmal nach Paris in Frankreich reisen. Aber wenn du gleich am ersten vollen Arbeitstag zu spät kommst, wirst du keinen Cent haben, mit dem du mich bezahlen könntest."

Sky hatte recht: Evelyn mag mich. Und sie mag mich nicht auf die Art, wie Father Tom mich mochte. Sie will nicht einmal Geld von mir nehmen.

„Bis um fünf", sage ich. „Danke für alles."

„Komm in der Mittagspause mal vorbei", antwortet sie, ohne ihre Arbeit zu unterbrechen. „Du ißt doch zu Mittag, nicht wahr?"

Ich mag Evelyn auch. Eine Sekunde lang denke ich darüber nach, aber ich weiß nicht, wie ich es ihr sagen soll.

„Meine Mutter … backt manchmal Pfannkuchen."

Sie wendet sich halb um und blickt mich über die Schulter an, doch ihre Hände kneten unablässig den Teig. „Wenn das ein Wink mit dem Zaunpfahl sein soll", sagt sie, klopft mit der flachen Hand auf den Teigballen und wendet ihn um, „dann hast du dir gerade eben selbst eine Überraschung verdorben."

Ihre Lippen ziehen an der Zigarette, deren Ende unter der langen Asche glüht. Evelyn stößt den Rauch durch die Nase aus. Ich glaube fast, daß das ihre Art ist zu lächeln.

Die Luft ist kühl, obwohl die Sonne schon hoch steht. Schwere Tautropfen bedecken den Boden, und meine Turnschuhe sind durchnäßt, bevor ich den Parkplatz erreiche. In der Gerätehütte ist noch niemand. Ich kann unbeobachtet meine Arbeitskleidung anziehen und werde damit noch vor sieben Uhr dreißig fertig. Mit meinem Nagelstock und den Abfallsäcken trete ich durch die Tür. Der Tag liegt wie ein langer, hohler Baumstamm vor mir. Ich merke plötzlich, daß ich mich danach sehne, Abfälle zu finden. Aber ich werde damit wohl warten müssen, bis die Touristen kommen.

Ich gehe den Weg zum See hinunter, trinke die frühe Morgenstille und mein Alleinsein in mich hinein. In unserem Viertel in Seattle sind die Straßen um diese Tageszeit voller Menschen, gehenden, stehenden, beobachtenden Menschen und manchen, die zwischen den fahrenden Autos hindurcheilen. Es gab zu viele Ablenkungen, und ich sah deshalb immer nur geradeaus. Mom schickte mich manchmal zu einem der rund um die Uhr geöffneten Einkaufsmärkte, um Teekuchen oder Krapfen zu kaufen, je nachdem, worauf sie eben gerade Lust hatte. „Du brauchst dich nicht zu beeilen", sagte sie manchmal zu mir, wenn sie einen Besucher hatte, und ich wartete dann in der Telefonzelle an der Ecke, bis die Luft wieder rein war.

Durch die Bäume sehe ich die Wasserfläche glitzern. Sie wirft das Sonnenlicht in glänzenden Strahlen zurück, über Blätter und Zweige, und die Strahlen schneiden seltsame Schattenmuster auf den Teppich von Tannennadeln auf der Erde. Ohne Father Tom sieht das Seeufer ganz anders aus. Mir kommt der Gedanke, mich nackt auszuziehen und ins Wasser zu springen, solange niemand in der Nähe ist. Ich kann beinahe spüren, wie mein Körper in das kalte Wasser eintaucht, wie es mein Haar durchnäßt und alles wegspült, was nicht zu mir gehört.

Aber als ich das Ufer erreiche, sehe ich jemanden neben dem Floß schwimmen. Ich bin verlegen, fühle mich als Eindringling und trete hinter einen Baum. Nach den Geräuschen zu urteilen, schwimmt jemand mit regelmäßigen Zügen hin und her, hin und her. Ich strecke den Hals, um besser sehen zu können. Die Geräusche verstummen. Ich erblicke ein Mädchen in weißem Badeanzug, etwas älter als ich und entschieden besser entwickelt. Sie zieht sich mit einer fließenden, starken Bewegung auf das gelbe Floß. Ihr Haar ist schwarz und lang und glänzt in der Morgensonne wie das Fell eines Seehunds. Ihre Haut ist gebräunt und ihr Badeanzug betont ihre Körperformen und Bewegungen.

Sie wendet das Gesicht in meine Richtung. Ich ziehe mich schnell zurück, obwohl ich hinter dem Baum Deckung habe. Ich habe Angst, mehr zu sehen, etwas Falsches zu sehen, etwas, das nicht dazu paßt, etwas, das dieses Bild stört. Aber als ich doch wieder hinüberblicke, ist sie noch immer allein, eingerahmt vom Himmel und vom See. In diesem Augenblick ist sie alles, was ich nicht bin und was ich sein sollte.
Rechts unter mir höre ich vom Ufer her eine Mädchenstimme. Von meinem Versteck aus ist das Mädchen nicht zu sehen.
„Hey, DeMarco! Du wirst dir den Hintern abfrieren!"
„Schön wär's!" ruft das Mädchen auf dem Floß zurück. „Die Bearpaw Lake-Diät! Komm rein! Du wirst es garantiert überleben."
„Keine Lust. Ich hab gerade mein Haar gewaschen."
„Okay, dann nimm das Kanu. Es ist herrlich heute morgen. Ich könnte für immer hier im See bleiben."
„Du vergeudest nur deine Zeit, Ellen", ruft die Stimme zurück. „Die Jungs schlafen alle noch."
„Hau ab!" Ellen steht auf, läuft über das Floß und taucht so elegant in das Wasser, daß es kaum aufspritzt. Ich ziehe meine Schultern hoch. Ich kann die Kälte fühlen, spüre, wie sie gegen ihren Bauch und ihre Schenkel schlägt. Mein Atem stockt. Angespannt warte ich darauf, daß sie wieder auftaucht, aber sie schwimmt unter Wasser weiter. Mit ausgestreckten Armen gleitet ihr Körper wie ein langer Torpedo durch die kleinen Wellen.

Camper erkennt man an ihren Abfällen. Wer das Radio mit voller Lautstärke dröhnen läßt und die überall angeschlagenen Baderegeln mißachtet, gehört zu meinen besten Kunden. Diese Typen legen eine Spur von Bonbonpapieren und Papiertaschentüchern von ihren Autos bis zum Seeufer, und ihre Kinder lassen überall ihre Schuhe und Jacken und Plastikeimer herumliegen. Manche Dinge verursachen mir Kopfzerbrechen. Soll ich sie wegwerfen oder ins Fundbüro bringen? Die Wahl zwischen beiden Möglichkeiten klingt unwichtig, sie kann aber sehr wichtig sein. Der Platz auf den Regalen im Fundbüro ist beschränkt. Und wenn man etwas für wertlos hält, kommt ga-

rantiert irgendeine Dame mit violetter Sonnenbrille und schreit herum, daß ihr kostbares Eigentum geklaut worden sei.
Ich stehle nicht, aber wenn die Sachen drei Wochen lang im Fundbüro gelegen haben, kann man sie an sich nehmen. Die Zahl meiner Kleidungsstücke beginnt zu wachsen. Die Kleider, die ich mir im Fundbüro aussuche, würde ich in einem Kaufhaus nicht wählen, aber sie passen mir immerhin. Abends zeige ich Sky und Evelyn meine neuen Besitztümer. Sie sind dann immer ganz aufgeregt und begeistert, besonders, wenn ich auch ihnen etwas mitbringe. Sky ist sogar überglücklich, als ich ihm ein zerrissenes und ausgewaschenes T-Shirt mit der Aufschrift „Grateful Dead" überreiche.
„Das ist ein antikes Stück!" schreit er begeistert. „1971 oder 1972, schätze ich, nicht später!"
Er wehrt Evelyns Angebot ab, den Riß zu nähen. „Auf gar keinen Fall. Man weiß nie, was da passiert ist. Es wäre vielleicht ganz falsch, den Riß zu nähen." Also trägt er es so, wie ich es gefunden habe. Ich glaube, er will damit die Leute zu Fragen herausfordern, Fragen über „Die Toten" und wann er ihnen zuletzt begegnet sei.
Evelyn mit Fundstücken zu versorgen, bereitet mir mehr Schwierigkeiten. Am Seeufer treiben sich nicht viele Leute mit ihrer Figur oder ihrem Geschmack herum. Eines Tages aber finde ich eine vergessene Baumwolldecke und bin sicher, daß sie ihr gefallen würde. In der Mitte der Decke ist ein großer brauner Hirsch aufgedruckt. Durch häufiges Waschen wirken seine Augen weich und verschwommen. Er steht auf einem kleinen Stück Gras. Hinter ihm geht die Sonne glutrot unter. Den ganzen Tag über passe ich auf, ob jemand die Decke abholt. Ich falte die Decke klein zusammen und lege sie an den Rand der Liegewiese – damit niemand darüber stolpert, wie ich mir selbst einrede. Wenn ich auf meiner Runde wieder an der Stelle vorbeikomme, nach Papieren und Abfällen suche, prüfe ich schnell nach, ob die Decke noch daliegt. Am Abend bringe ich sie ins Fundbüro. Dave ist schon dort.
„Sieht nach einem Hauptgewinn aus", sagt er. „Zeig doch mal her."

Dave geht ins College und muß also ziemlich clever sein, deshalb glaube ich, daß er sich über die Decke totlachen wird. Aber zu meiner Überraschung sagt er:
„Oh! Das ist zuviel. Hundertprozentiger Gewinn. Mein Gott, ich würde ein Vermögen dafür geben, wenn ich das in meinem Zimmer aufhängen könnte."
„Machst du Witze?"
„Witze! Das ist klassischer amerikanischer Kitsch. Der röhrende Hirsch. Bambis Vater. Ich könnte mir aus der Decke eine Jacke schneidern lassen und würde sie nie mehr ausziehen."
Ich weiß nicht genau, was er damit meint, aber Dave bringt mich zum Lachen. Von all den Jungs hier ist er der einzige, der sich mit mir abgibt, der mir Fragen stellt und nicht nur wissen will, was die Schwimmlehrerinnen treiben. Meistens esse ich mit ihm zusammen zu Mittag. Er holt sich einen Hamburger, und ich packe das Sandwich aus, das Evelyn mir mitgegeben hat. Sie macht mir immer dasselbe Sandwich wie für sich und Sky. Manchmal glaube ich, daß sich Dave nur deshalb in der Mittagspause neben mich setzt, weil er wissen will, was Evelyn sich ausgedacht hat, denn ihre Sandwiches sind nie langweilig: Erdnußbutter, rote Zwiebeln, Pickles und Banane, und einmal sogar ein Müsliriegel mit Mandeln zwischen zwei Weißbrotstücken.
„Sie ist die *Köchin*?" fragt Dave. „Warum macht sie dann hier nicht auch so verrückte Sachen?"
„Evelyn hängen die normalen Sachen zum Hals heraus, die sie jeden Tag kochen muß. Zu Hause probiert sie gern was Neues aus." Und Evelyn kauft auch nicht gern ein. Im Jiffy-Markt packt sie ein, was ihr gerade ins Auge fällt, und geht selten durch den ganzen Markt. Nach solchen Einkäufen ähneln sich die Gerichte, die wir im Wohnwagen zu essen bekommen, eine Woche ziemlich: Einmal gibt es Früchte und Gemüse, ein andermal verschiedene Suppen oder Tiefkühlkost.
Zu mir ist sie jedoch sehr nett. Als mein erster Lohn endlich ausbezahlt wird, muß ich ihr die Dollarnoten in die Hemdtasche stecken und die Tasche zuknöpfen, bevor sie zu protestieren aufhört. Und als ob sie verärgert sei, besteht sie dann darauf,

daß wir das Ereignis alle zusammen im Hitchin' Post-Restaurant feiern.
„Ihr könnt euch bestellen, was ihr wollt“, sagt sie zu Sky und mir. „Heute bin ich reich und lade euch ein.“ Sky bestellt ein Steak-Sandwich mit Kartoffelpüree, ich wähle Bearpaw-Hamburger mit einem Getränk und als Nachtisch Gelee. Evelyn leistet sich Shrimps im Körbchen und behauptet, sie habe noch nie etwas Besseres gegessen. Ich weiß, daß dieses Abendessen fast soviel kostet, wie ich ihr gegeben habe. Sie hasse es, mit Bargeld umgehen zu müssen, sagt sie. Ich bin fest entschlossen, ihr die Hirschdecke zu schenken.
„Laß es mich wissen, wenn du die Decke nicht willst und niemand sie abholt“, sagt Dave, als wir zusammen das Fundbüro verlassen. „Ich würde sie dir sogar abkaufen.“
„Unverkäuflich. Ich weiß, wann ich etwas Gutes gefunden habe.“
Die Tage vergehen, und die Decke liegt im Fundbüro, aber bevor die erste Juliwoche nicht verstrichen ist, darf ich sie nicht abholen. Ich mache mir Sorgen, daß jemand einfach hingehen und behaupten könnte, er habe die Decke verloren. Ich lasse alle anderen Kollegen wissen, daß ich es auf die Decke abgesehen habe und daß sie ganz genau nachprüfen sollen, falls jemand kommt und die Decke einfordert. Sie versprechen es zwar, aber außer Dave halten mich alle für verrückt. Die Jungs glauben, sie müßten nett zu mir sein, damit ich für sie ein gutes Wort bei den Schwimmlehrerinnen in meinem Revier einlege.
Die Boys vom Ordnungsdienst setzen dabei leider auf das falsche Pferd. Ich kenne die Schwimmlehrerinnen nur aus der Entfernung. Ellen DeMarco bleibt mein Star. Ihr Anblick bei unserem ersten Zusammentreffen geht mir nicht mehr aus dem Sinn: wie sie vom Floß ins Wasser sprang. Mir scheint, daß dieses Mädchen alles hat, was man sich nur wünschen kann. Ich gebe es zwar nur ungern zu, aber es gibt doch Augenblicke, in denen ich liebend gern mit ihr tauschen würde. Ich würde meine Arbeitskleidung abwerfen und darunter käme dann dieses Titelseiten-Mädchen zum Vorschein, das sich für nichts entschuldigen und keine Lügen erzählen muß. Bei der Arbeit tue ich

so, als ob wir Freundinnen wären, und versuche soviel wie möglich über sie in Erfahrung zu bringen.
Ellen lerne ich erst gegen Ende der vierten Juniwoche persönlich kennen. Zu diesem Zeitpunkt kenne ich bereits ihre Vorlieben und Abneigungen. Ich setze Stück für Stück die Informationen zusammen, die ich von anderen erhalte, und fülle die Lücken mit meiner eigenen Vorstellungskraft. Als ich Evelyn über Ellen ausfrage, bekomme ich einiges zu hören.
„Sie ist eine Art Vegetarierin", sagt Evelyn mit deutlicher Mißbilligung. „Sie ißt überhaupt keinen Fisch. Keinen Thunfischsalat, keine Fischstäbchen, nichts. ‚Bringen Sie mir bitte nichts auf den Tisch, das Schuppen hatte', sagte sie gleich am ersten Tag zu mir. Ich dachte, die spinnt. ‚Was glauben Sie denn, wo Sie sind, auf einer Schlangenfarm vielleicht?' fragte ich sie, aber sie meinte natürlich Fisch."
„Was ißt sie denn?"
„Zum Frühstück trinkt sie ein Glas Grapefruitsaft, soviel ich weiß", sagt Evelyn. „Am ersten Tag fragte sie mich, ob der Saft frisch ist. Und ich sagte, frisch aus der Flasche, aber sie verdrehte nur die Augen. Warum interessierst du dich überhaupt für sie?"

Sky zeigt sich wohlwollender.
„O Mann", stöhnt er, als ich ihn über Ellen ausfrage. „Diese Dame braust in einem roten Toyota Celica in meine Tankstelle, einem Wagen wie frisch vom Frachtschiff. Sie trägt eine verspiegelte Sonnenbrille und bleibt einfach hinter dem Steuer sitzen, bis ich herauskomme. ‚Super Plus, volltanken!' sagt sie und zahlt mit Daddys Kreditkarte. Ihr Autokennzeichen lautet ELLEN."
„Aus welchem Bundesstaat kommt sie denn?" frage ich.
„New Jersey oder New York. Etwas mit New jedenfalls."
„Tankt sie immer an deiner Tankstelle?" Ich will das genau wissen. Vielleicht lohnt es sich, ab und zu an der Tankstelle zu warten.
„Seither ist sie nicht mehr gekommen", sagt er und schüttelt mit Nachdruck den Kopf. „Kann sein, daß der Motor zu stottern anfing."

„Warum denn das?“
„Ich führe kein Super Plus“, erklärt Sky. „Lohnt sich nicht. Ich hab nicht mal viel Geschäft mit Normal Bleifrei. Bei mir tanken hauptsächlich LKWs, die Diesel oder Normal Verbleit brauchen, und die Touristen, die hier durchkommen, merken den Unterschied erst, wenn sie schon meilenweit entfernt sind. Ich habe die Einfüllstutzen umfunktioniert und gebe ihnen nur das, was sie verlangen.“
„Und wie hat dir Ellen gefallen?“ frage ich, um ihn wieder zum Thema zu bringen.
„Evelyn sagt, daß sie keinen Fisch ißt.“ Sky kratzt sich nachdenklich am Kinn. „Aber ich hab ihr gesagt: ‚Was soll's, solange sie damit niemandem weh tut, kann sie tun und lassen, was sie will‘.“

Mit Andy über Ellen zu reden, ist zwecklos. Ich versuche es nur ein einziges Mal, als ich ihn morgens vor der Umkleidehütte treffe.
„Riesentitten!“ sagt er.
Ich wende mich ab. Das wollte ich nun wirklich nicht von ihm wissen.
„Ich gehe mit dir jede Wette ein, Ray“, sagt er. „Bevor der Sommer vorbei ist, siehst du mich mit dieser Biene. Das ist so sicher wie das Amen im Gebet.“
Er ärgert mich, denn er redet über Ellen so, wie ich glaube, daß manche Männer über Mom reden. Ich würde ihm am liebsten ins Gesicht schlagen.
„Triffst du sie manchmal?“ frage ich.
„Jeden Abend.“ Andy zwinkert mir zu. „Sie hat gerade ihr erstes Jahr an der Universität von San Diego hinter sich. John sagt, in San Diego gibt's keine Jungfrauen. Das sei ein Widerspruch in sich.“
Er hat jetzt sein Hemd zugeknöpft und zieht einen neuen Schnürsenkel in einen Schuh ein.
„Und weißt du schon, was John getan hat?“
John habe ich nicht über Ellen ausgefragt. Das war gar nicht notwendig. Er redet unaufhörlich über sie, aber er weiß nichts.

Als einmal alle Schwimmlehrerinnen gerade ihre Klassen unterrichteten, schlich sich John in ihre Wohnhütte. Er brachte einen Damenslip heraus und behauptete, er gehöre Ellen. John zeigte den Slip überall herum und hängte ihn dann über seinem Bett auf.
Ich bin inzwischen fertig umgezogen und will an meine Arbeit gehen. Aber Andy will mir unbedingt den Rest der Geschichte erzählen.
„Er hat ihr tatsächlich gesagt, direkt ins Gesicht *gesagt*, daß sie ihren Slip jederzeit zwischen zehn Uhr nachts und zwei Uhr morgens bei ihm abholen kann."
„Und was hat sie geantwortet?" frage ich, weil er das offenbar von mir erwartet.
„Du wirst es nicht glauben", sagt Andy, verzieht das Gesicht und schlägt mit der Sohle seiner Wanderstiefel auf die Bank. „Sie sagte, das könne nicht ihr Slip sein, weil sie *nie* Slips trage. *Heilige Jungfrau!*"

Dave gibt seine Meinung nicht so leicht preis, weil er intelligent ist. Wir sitzen wie gewöhnlich in der Mittagspause beisammen und schauen zu, wie die Campingplatzgäste ihre Abfälle in der Gegend verstreuen, damit wir am Nachmittag etwas zu tun haben. Er ißt einen Hot dog und ich ein Sandwich, das mit Corned beef belegt ist.
„Sie ist das klassische Dummchen, Ray."
„Das kannst du doch gar nicht wissen. Und außerdem ist sie schön."
„Das Mädchen hat den Intelligenzquotienten einer Ameise oder eines Goldfisches", fährt Dave fort. „Ich frage sie nach ihren Fächern, und was sagt sie? Kunst und Wissenschaft! Was soll denn das heißen?"
Ich weiß auch nicht, was das heißen soll. „Vielleicht mag sie beides und kann sich nicht entscheiden?"
Dave schließt die Augen. Er leidet sichtlich an meiner Antwort. „Da gibt's nichts zu entscheiden. Von mir wollte sie nur wissen, ob ich einem akademischen Club angehöre. Als ich nein sagte, war ich für sie erledigt."

„Also, vielleicht ...“
„Nein, wirklich, glaub mir, Ray, ich kenne diese Typen. Hast du ihren Wagen gesehen? Das ist ein Signal: reiche Eltern, Privatschule, und ihre paar Gehirnzellen sind handgefertigt. Was willst du überhaupt von ihr?“ Er sieht mich aufmerksam an. „Hat sie eine Bemerkung gemacht, oder was?“
„Ich interessiere mich nur für sie, das ist alles. Sie scheint ein wirklich nettes Mädchen zu sein. Vielleicht bringt sie mir mal das Schwimmen richtig bei.“
„Keine Chance, da würden ja ihre Haare naß. Und außerdem hat John diese Idee auch schon gehabt“, sagt Dave. „Gleich am zweiten Tag schwimmt er da raus und fängt an, um Hilfe zu schreien. Er dachte, DeMarco würde mit ihm Mund-zu-Mund-Beatmung machen, aber sie zeigte ihm nur den Vogel.“
Das finde ich großartig. „Sie kommt mir gar nicht so dumm vor.“
„Sie hat ihre Qualitäten, da bin ich sicher“, sagt Dave. „Wahrscheinlich sind Jungs ihr Hauptfach.“
„Willst du damit sagen, daß du nicht mit ihr ausgehen würdest?“
„Nein“, sagt er, „ich bin ja auch nur ein Mensch.“ Er spießt ein Papiertaschentuch auf, das ihm vor die Füße flattert. „Ich sage nur, daß die Sache aussichtslos ist.“

Ellen selbst ist meine beste Informationsquelle. Eines Nachmittags, als ich über den Picknickplatz streife, sehe ich sie auf ihrem Bademeister-Hochstuhl sitzen. Sie trägt ihren weißen Badeanzug. Um ihren Nacken hängt eine Trillerpfeife, ihre Nase ist dick mit Sonnenschutzmittel eingerieben und ihre Beine glänzen vom Sonnenöl. Sie nimmt ihre Aufgabe ernst, springt auf, sobald irgend jemand gegen die Sicherheitsbestimmungen verstößt und mit dem Kanu zu nahe an das Ufer rudert oder Nahrungsmittel ins Wasser mitnimmt. Sie paßt genau auf, daß auf der überfüllten Liegewiese keine Frisbees geworfen werden oder daß sich Kinder im Wasser prügeln. Mit dem Finger wirbelt sie die Trillerpfeife erst in eine Richtung, dann in die andere. Sie spricht nie, deutet nur immer mit der Hand und winkt oder trägt Sonnencreme auf ihre Arme auf. Im Dienst blödelt sie nicht herum wie manche andere Badeaufseher.

Eines Morgens beobachte ich Ellens Zehn-Uhr-Schwimmstunde mit den Kaulquappen, wie die Kinder unter sieben Jahren genannt werden. Die Kleinen fürchten sich vor dem Wasser und wollen nicht hineinspringen. Völlig unerwartet hebt sie das Gesicht und blickt mich direkt an. Ich stehe da wie eine arme Irre, stochere immer auf derselben Zeitung herum, ohne sie in meinen Müllsack zu tun.

„Werft eure Brottüten in die Abfalleimer", befiehlt sie den Kindern. „Macht den Leuten nicht noch mehr Arbeit, die das alles wieder aufsammeln müssen."

Und sie lächelt mir tatsächlich zu.

Ich stopfe die Zeitung in meinen Müllsack und stochere mich bis zur Straße vor. Als ich endlich zurückblicke, hat sie sich bereits abgewandt. Natürlich war das keine richtige Unterhaltung, aber die Szene geht mir trotzdem nicht mehr aus dem Kopf.

Nur Sky kann ich davon erzählen.

Er hört aufmerksam zu, als ich ihm von dem Zwischenfall berichte. Während wir in der Tankstelle miteinander reden, durchkreuzt er auf dem Werbekalender für Budweiser-Bier jeden Tag des Monats Mai, bevor er das Blatt abreißt und mit dem Juni anfängt.

„Wirklich interessant", sagt er und leckt die Bleistiftspitze ab.

„Wahrscheinlich hatte es gar nichts zu bedeuten."

„Oh, Mann, alles hat *etwas* zu bedeuten. Den Zufall gibt's nicht. Was hast du zum Beispiel hier zu suchen?" fragt er und neigt den Kopf nachdenklich zur Seite. „Du bist einfach aus dem Himmel gefallen. Da hast du nun ein großes Haus in Seattle, eine Mutter und einen Vater, einen großen Garten und einen Hund, stimmt's?"

Seit Evelyn und er den Brieffetzen in meiner Tasche fanden und lasen, haben sie unablässig versucht, mehr über meine Herkunft herauszubekommen.

„Stimmt", sage ich.

„Und jetzt bist du hier, mitten in Montana, schläfst auf Evelyns Couch, während deine Eltern in ..."

Er wartet darauf, daß ich seinen Satz ergänze.
„... der Schweiz", sage ich.
„... in der Schweiz sind!" ruft er aus. „Scheiß-Schweiz! Kannst du dir da einen Reim drauf machen?"
Ich verneine.
„Aber das bedeutet doch nicht, daß es nichts bedeutet", sagt er. „Wir wissen nur noch nicht *was* es bedeutet."
„Ellen", sage ich, um ihn wieder zum Thema zurückzubringen.
„War sie etwa auch in der Schweiz?" Mit runden Augen registriert er, wie wunderbar das Leben manchmal spielt.
„Nein. Ich meine, was hältst du davon, daß Ellen mir zugelächelt hat? Glaubst du, daß sie nett ist?"
„Schon möglich", sagt er. „Warum fragst du sie nicht einfach?"

Ich frage Ellen natürlich nicht. Nicht mal mir selbst stelle ich Skys Fragen: Woher ich komme, was ich hier zu suchen habe, was mit Mom oder Tante Ida oder sogar mit Father Tom passiert sein mag. Ich fühle mich wie in einem Zeitvakuum: Nichts auf der Welt ist wichtig außer meiner Aufgabe, mein Revier sauberzuhalten und im Wohnwagen mitzuhelfen und die Zeit irgendwie totzuschlagen. Ich weiß genauso wenig, wohin ich gehen soll, wie an dem Tag, an dem ich das Reservat verließ, oder wie an dem Tag, an dem ich Mom in ihrem Krankenhauszimmer in Seattle besuchte. Ich scheine eine neue Identität angenommen zu haben. Manchmal glaube ich fast selbst, daß am Ende des Sommers meine erfundenen Eltern zurückkommen werden, beladen mit Kuckucksuhren, und mich wieder in unser Haus in Seattle mitnehmen, wo der Rasen dringend gemäht werden muß.
Beim Wochenenddienst wechseln sich die anderen Parkangestellten ab. Da Sky und Evelyn sieben Tage in der Woche arbeiten, arbeite ich auch an allen Wochenenden. Damit mache ich mich bei Andy und John beliebt, die mich oft fragen, ob ich für sie einspringen kann, und vor allem mache ich mich damit bei Mr. McCutcheon beliebt.
„Du machst dem Park Ehre", erklärt er mir. „Du hast meine Erwartungen weit übertroffen." Und als der Direktor des Amts

für Freizeit und Erholungsgebiete von Montana zur Eröffnung des neuen Parkplatzes in den Bearpaw Lake Park kommt, stellt mich Mr. McCutcheon ihm vor und sagt dabei, daß ich das Arbeitspensum von zwei Mitarbeitern allein bewältige.
„Unsere Rayona ist die Tochter eines schwarzen Flugkapitäns", prahlt er. „Wir schätzen uns glücklich, daß sie bei uns arbeitet."
Die Leute im Park haben sich an mich gewöhnt. Sie winken mir zu, wenn ich vorübergehe, und fragen mich, wie es meinen Eltern in Übersee gefällt. Montana ist anders als Seattle. Dort konnte ich mich unerkannt bewegen und wurde schon mißtrauisch, wenn mir jemand zu freundlich erschien. Wenn ich an Skys Tankstelle aushelfe, begrüßen mich die Stammkunden und scherzen mit mir, als würden sie mich schon jahrelang kennen. Und Sky und Evelyn scheinen manchmal völlig zu vergessen, daß eine Fremde bei ihnen wohnt. Sie streiten sich und lachen dann wieder miteinander, oder sie hören Musik und trampeln morgens wie Zombies in ihrer Unterwäsche durch den Wohnwagen. Ich habe nicht mehr das Gefühl, daß meine Anwesenheit stören könnte.
Als mir Ende Juni wieder ein Monatslohn ausbezahlt wird, zähle ich meine Ersparnisse und staune. Die Überstunden und durchgearbeiteten Wochenenden vergrößerten meine Lohntüte Woche für Woche. Evelyn weigert sich, mehr Geld für meine Unterkunft zu nehmen. Ich lege also meine Ersparnisse und Father Toms Geld zusammen und besitze damit über fünfhundert Dollar.

Alle reden nur noch vom Nationalfeiertag am 4. Juli. Auf dem Campingplatz sind ein Feuerwerk und eine große Tanzveranstaltung geplant. Die Eltern einiger Parkangestellten werden aus allen Himmelsrichtungen anreisen. Ein paar Leute fragen mich, ob auch meine Eltern rechtzeitig zurückkommen werden.
„Sie sind noch immer im Urlaub", antworte ich.
„Keine großen Briefeschreiber, deine Eltern, stimmt's?" kommentiert Evelyn eines Tages, aber ich gehe nicht darauf ein.
In der Zeitung lese ich, daß in Havre ein großes Indianer-Rodeo stattfindet. Havre ist nicht weit vom Reservat entfernt. Fünf-

tausend Dollar an Preisgeldern sind zu gewinnen. Die Teilnehmer kommen aus ganz Montana. Ich frage mich, ob Mom auch hinfahren wird; ich glaube schon. Das ist die Art von Veranstaltung, bei der sie vielen alten Schulfreunden begegnen wird und an Partys teilnehmen und ihre Probleme vergessen kann. Ich habe Zeit, und reich wie ich bin, könnte ich mir eine Busfahrkarte leisten und Mom dort überraschen. Wie sie *mich* wohl den Leuten erklären würde, die sie seit fast zwanzig Jahren nicht mehr gesehen hat? Aber was würde ich Evelyn und Sky erzählen, wenn ich dorthin führe? Und außerdem sagte Sky neulich, der 4. Juli sei der geschäftigste Tag an der Tankstelle, und fragte, ob ich ihm helfen könne.

„An dem Tag verdiene ich mein Weihnachtsgeld", sagt er. „Da kaufen die Leute plötzlich Sachen, die sie sonst nie kaufen würden – alte Reifen, Schläuche, Straßenkarten, Scheibenwaschmittel, was ihnen so einfällt." Er reibt die Hände und scheint so glücklich, daß ich mich frage, was er wohl mit seinen großen Einnahmen vorhat.

Am 4. Juli sitze ich am frühen Morgen mit Evelyn in der Parkküche und verzehre meine gewohnte Portion von sechs Spiegeleiern. Die Tür geht auf, und Ellen DeMarco kommt mit zwei weiteren Personen herein, offenbar ihre Mutter und ihr Vater. Ellen trägt ein dunkelblaues Sweatshirt mit dem Logo der Universität von San Diego und rote Shorts. Obwohl die Küche stark nach Fett und Kaffee riecht, nehme ich einen Hauch von Parfum wahr. Ich senke den Blick schnell auf meinen Teller.

„Mrs. Dial ..." sagt Ellen mit ihrer tiefen, klaren Stimme.

„Im Kühlschrank ist Grapefruitsaft", bellt Evelyn. „Frisch!"

„Das hier sind meine Eltern, Mr. and Mrs. DeMarco", sagt Ellen. „Sie hätten gern ein Frühstück, wenn es nicht zuviel Umstände macht, und ich könnte auch ein Ei vertragen."

Ich blicke auf. Ellen beobachtet mich wieder, wie an dem Tag, als ich sie mit ihrer Kaulquappen-Gruppe am Ufer sah.

„Das sieht aber gut aus", sagt sie und deutet auf meinen Teller. Ich folge ihrem Blick. Vor mir liegen die Eier mit braungewell-

ten Rändern und bleichen Dottern, und daneben liegt ein Stück aufgeweichtes Toastbrot, mit dem ich das Eigelb auftunke.
„Ich dachte, Sie halten Diät.“ Evelyn macht aus ihrer Abneigung gegen Ellen kein Hehl, aber Ellen läßt das kalt.
„Ein Ei wird mich schon nicht umbringen“, antwortet Ellen. „Und meine Eltern sind fast am Verhungern. Aber nur, wenn es Ihnen *wirklich* keine Umstände macht ...?“
„Ihr Wunsch ist mir Befehl“, sagt Evelyn im Ton einer beflissenen Kellnerin.
Während Ellen auf ihr Essen wartet, setzt sie sich neben mich auf die Bank. Ich suche krampfhaft nach einer passenden Bemerkung, aber mir fällt nichts ein. Mr. DeMarco ist gekleidet, als sei er auf dem Weg zur Kirche: hellblauer Anzug, gestreifte Krawatte, weißes Hemd. Er trägt aufsteckbare Sonnengläser auf seiner Brille und glänzende braune Schuhe. Ellens Mutter trägt einen grünen Hosenanzug und eine Bluse mit langen Bändern, die sie unter ihrem Kinn zu einer Schleife gebunden hat. Sie sehen mich an, als ob sie sich fragten, wer ich sei.
Ich schneide ein Stück von meiner Portion ab und spieße es mit der Gabel auf. Es ist voll Eigelb, und ich befördere es blitzschnell in den Mund, bevor etwas auf meine Arbeitskleidung tropfen kann. Kaum liegt es auf meiner Zunge, platzt das Eigelb auseinander.
„Was sind denn das für Manieren, Ellen“, sagt Mr. DeMarco. „Willst du uns nicht deiner Freundin vorstellen?“
Zu meiner Überraschung weiß Ellen über mich Bescheid.
„John hat euch schon von ihr erzählt“, sagt sie zu ihren Eltern. „Das ist einer der *Männer* vom Ordnungsdienst! Sie heißt sogar auch noch Ray.“
„Ich freue mich, Sie kennenzulernen, Ray.“ Mr. DeMarco lächelt und streckt mir die Hand hin. „Mein Name ist Burt DeMarco, und dies hier ist meine Frau Dell.“
Ich kaue mit geschlossenem Mund und schlucke das Ei stückchenweise hinunter.
„Woher kommen Sie, Ray?“ fragt Mrs. DeMarco.
„Sie kommt aus Seattle“, antwortet Ellen. „John sagt, ihr Vater sei Flugkapitän.“

„Ach ja, ich erinnere mich, daß er uns das gestern beim Abendessen erzählte“, sagt Mr. DeMarco. „Und ich glaube, er erwähnte auch, Sie seien in einem römisch-katholischen Jugendlager gewesen, bevor Sie hierherkamen. Und dort hätte es Probleme gegeben, nicht wahr?“

Ich blicke Evelyn an. Sie und Sky sind die einzigen Menschen, die diesen Teil meiner Geschichte kennen. Ich bin entsetzt, daß sie mit anderen Leuten über mich geredet haben. Evelyn war mitten in einer Bewegung erstarrt, als sie Mr. DeMarcos Worte hörte, aber sie dreht sich nicht zu mir um.

Mein Verstand arbeitet fieberhaft. Warum gehen Ellens Eltern mit John zum Essen aus? Weiß Ellen denn nicht, daß ihr Slip über seinem Bett hängt?

„Es hat mir dort einfach nicht gefallen“, würge ich schließlich hervor.

„Versuchten die Leute dort, Sie zu bekehren?“ fragt mich Mr. DeMarco.

„Sozusagen“, antworte ich und denke an Father Tom.

„Wunderbare Menschen“, sagt Mr. DeMarco. „Das hier dürfte Sie interessieren.“ Er holt seine Brieftasche heraus und öffnet sie. Mehrere Fotos liegen darin.

„Nicht schon wieder *Rocky*“, stöhnt Ellen. „Herrgott nochmal, Daddy.“

„Ellen, achte auf deine Ausdrucksweise“, sagt ihre Mutter.

Mr. DeMarco zeigt mir ein Farbfoto. Es zeigt einen etwa zehnjährigen Jungen in weißem T-Shirt und Jeans. Er könnte der jüngere Bruder meines Cousins Foxy sein: hellbraune Haut, glattes schwarzes Haar. Er lehnt sich gegen ein blaues Fahrrad.

„Rocky Begay ist Ellens Pflegebruder in Arizona“, sagt Mr. DeMarco. „Er lebt in einem Indianerreservat. Wir entdeckten ihn durch die Organisation ‚Save the Children‘.“

Ich sage, Rocky sehe nett aus.

„Er lebt jetzt in einer Missionsstation“, fährt Mr. DeMarco fort. „Er stammt aus einer gescheiterten Ehe und lebte bei einer Pflegefamilie, als wir ihn kennenlernten. Wenn er uns schreibt, nennt er uns Mammi und Daddy, genau wie unsere eigenen Kinder.“

Ich wurde zweimal bei Pflegeeltern untergebracht: das erste Mal, als Mom sich wieder einmal krank fühlte, und ein anderes Mal, als sie sich erholen wollte. Komisch, ich erinnere mich kaum noch an diese Leute. In einer dieser Familien gab es eines Tages eine Mischung aus Bohnen- und Pilzsuppe mit kleinen gebratenen Zwiebelringen obendrauf. Ich erzählte Mom davon, als ich wieder zu Hause war, und von da an kochte sie die Mischung immer dann, wenn sie mir eine Freude machen wollte. Die andere Familie hatte einen Hund namens Petey, der keine Fremden mochte.

Die Tage bei den Pflegefamilien waren wie Aufenthalte in einem fremden Land. Die Ecken der Räume in ihren Häusern schienen schärfer, und alles roch anders. Mir fehlten unsere alten, abgenutzten Handtücher, wenn ich mich duschte. Eine Familie war weiß, die andere war schwarz. Wirklich kennengelernt habe ich keine von beiden. Wir schienen einander ständig zu beobachten. Sie waren erleichtert, daß ich ihnen weniger Mühe bereitete, als sie erwartet hatten, und ich war glücklich, weil sie nicht zu den unangenehmen Typen gehörten, von denen mir andere Kinder erzählt hatten. Sie wagten nicht, mir Fragen zu stellen, weil sie nicht wußten, was ich über Moms Probleme dachte. Und ich wußte damals ja auch nicht viel darüber. Wann immer sie nicht da war, verzieh ich ihr alles, was sie zuvor getan hatte. Ich wartete auf das Läuten des Telefons oder schaute zum Fenster hinaus nach irgendeinem Zeichen, daß es Zeit sei, zurückzugehen, daß sie bereit sei, nochmal neu anzufangen. Wenn sie mich dann endlich abholte, war eine Zeitlang wieder alles in bester Ordnung.

„Burt, du langweilst Ray", sagt Mrs. DeMarco und holt mich damit in die Gegenwart zurück.

Die drei DeMarcos essen Spiegeleier. Ich bemerke, daß Evelyn kräftig Pfeffer darübergestreut hat.

„Sie kennen doch sicherlich Ellens Freund John?" fragt mich Mr. DeMarco. „Gehört er nicht auch zum Ordnungsdienst?"

Ich nicke stumm.

„Wirklich ein *netter* junger Mann", sagt Mrs. DeMarco. „So höflich."

Mir ist klar, daß ich überhaupt nicht höflich bin, obwohl ich immer dazu angehalten wurde, in allen Lebenslagen höflich zu sein. Also bemerke ich: „Ellen ist wirklich eine gute Schwimmlehrerin. Die Kinder lieben sie."
„Diese kleinen Bastarde", sagt Ellen. „‚Holst du mir das, tust du das', und immer streiten sie sich. Ich könnte sie kaltlächelnd ersäufen."
„Ellen hat Kinder und Tiere schon immer gern gemocht", sagt Mrs. DeMarco, ohne auf ihre Tochter zu achten.
„Da wir gerade von Tieren reden: Du hast noch gar nicht gefragt, wie es Rascal geht", sagt Mr. DeMarco. „Dem armen kleinen Burschen fehlst du sehr."
Ich reiße den Kopf herum. Rascal! Ich muß sehen, ob Evelyn diese Bemerkung gehört hat. Sie starrt mich herausfordernd an.
„Ich muß gehen", sage ich und stehe auf.
„Viel Spaß am Vierten", ruft mir Mrs. DeMarco nach. „Arbeiten Sie nicht zuviel."
Mein Verstand setzt erst wieder ein, als ich die Glastür der Küche hinter mir habe und den Pfad zum See hinuntereile. Ich hole meine Börse aus der Tasche und nehme den Brief heraus. Die Worte tanzen durch mein Gehirn. Ich kann das Geräusch des Rasenmähers hören. Der Hund. Rascal kratzt an der Tür und will eingelassen werden. Ich zerknülle das Papier in der Hand und lasse es aus den Fingern gleiten. Es fällt auf den Boden und sieht jetzt aus wie jeder andere Abfall, der aufgesammelt werden muß.
Eine Camperin in einem langen Rock mit Schottenmuster geht an mir vorüber zum See hinunter. Sie tritt auf den Brief. Ihre Sandale hinterläßt einen Abdruck auf dem Papier. Ich kann meinen Blick nicht davon losreißen. Ich versuche mir Mrs. DeMarco vorzustellen: Sie benutzt einen grünen Filzschreiber und sitzt am Küchentisch in ihrem Haus in Wasweißichwo. Ich schaue durch ihre Augen zur Gartentür hinaus und sehe Mr. DeMarco in seinem hellblauen Anzug beim Rasenmähen.
Aber ich bringe es nicht über mich. Sie passen einfach nicht zu Moms Stimme, die mir den Brief immer wieder vorgelesen hat. Ich habe mir dabei immer Mom vorgestellt. Sie kaut an ihrer

Flair, während sie mir den Brief schreibt. Sie trägt das Haar zurückgekämmt; es wird durch eine Haarspange zusammengehalten. Ich sehe das ärmellose gelbe Hemdchen, das ich ihr letztes Jahr zum Geburtstag geschenkt habe. Auf dem Herd ziehen Frankfurter Würstchen in einem Topf. Der Tisch wackelt, weil ein Bein zu kurz ist. Mom klopft mit dem Fuß den Takt zur Musik aus dem Radio, aber über der Musik höre ich den Rasenmäher.

Ich gehe über den Pfad zu der Stelle, wo der Brief liegt. Ich hebe ihn auf und glätte ihn auf meinem Schenkel. Ich lese ihn und lese ihn und lese ihn und sehe dennoch immer wieder das Bild aus meiner eigenen Vorstellung, klarer als je zuvor.

7

Evelyn findet mich problemlos. Ich bin auf halbem Weg stehengeblieben: Meine Augen sind auf das gelbe Floß im blauen Wasser des Bearpaw-Sees gerichtet. In meinem Kopf hat sich die Vorstellung festgesetzt, daß ich das Floß nur immerzu anstarren müsse, dann würde es mir aus meinen jetzigen Schwierigkeiten heraushelfen. Wenn ich die Augen zusammenkneife, wird das Floß plötzlich zu einer Falltür, zu einem hellen Fleck auf dunklem Grund. Schließe ich die Augen fast ganz, wird es zu einer Zielscheibe, und ich fühle mich dann wie ein Pfeil, der direkt auf das Zentrum zurast.
Evelyn könnte mir zu Recht alle möglichen Vorwürfe machen, mich als Lügnerin bezeichnen, die ganze Sache als lächerlich abtun oder eine Erklärung verlangen. Ich spüre, daß sie hinter mir steht, und ich wappne mich. Sie hat mich noch nie wütend gesehen; deshalb wird sie überrascht sein, wenn ich mich zu ihr umdrehe, angriffslustig und herausfordernd, wenn ich mich darüber lustig mache, wie ich sie und Sky an der Nase herumgeführt habe. Aber Evelyn tut das Schlimmste: Sie sagt kein Wort.
Eine Strahlung scheint von Evelyn auszugehen, eine Strahlung, die leicht über meinen Nacken streicht und die ich als Hauch an meinen Beinen zu spüren glaube. Ich weiß genau, wie weit entfernt Evelyn stehengeblieben ist: am äußersten Rand meines Schattens, mein kleineres, plumperes, älteres, unbekanntes Abbild. Ich habe Zeit und kann warten, bis sie es nicht mehr aushält. Wenn sie schweigen will, bis ich rede, kann sie lange warten, dann muß sie gehen, weil auch ich schweigen werde.
Aber sie geht nicht. Wir stehen da wie zwei blattlose Bäume, die über Nacht mitten auf dem Weg gewachsen sind. Evelyn ist der zähere Baum.

„Jetzt weißt du es also", sage ich endlich. Nun wäre sie dran, aber sie sagt noch immer kein Wort. Ich spüre, wie meine Kraft verebbt, durch meine Glieder hinunterfließt und in die Erde strömt. Wenn sie mich jetzt berührt, breche ich zusammen. Ich halte es nicht mehr aus. „Sag endlich etwas."
„O Ray", sagt Evelyn. „Es tut mir so leid." Ihre Stimme klingt ganz anders als sonst: als ob sie nicht jahrelang geraucht hätte. Die Stimme kommt kühl und jung aus ihrer Kehle. Vielleicht ist es gar nicht Evelyn, die hinter mir steht. Ich wirble herum. Evelyn trägt noch immer ihr weißes Geschirrtuch als Schürze. Aber in ihren Augen liegt ein anderer Ausdruck. Zuvor habe ich darin immer ein Mißtrauen gegenüber aller Welt gesehen, eine Andeutung von Unglauben, eine Neigung, auf alles nur beiläufig mit „natürlich, sicher, ja, ja" zu reagieren. All das ist heute verschwunden. Ihre Augen funkeln wie zwei helle Juwelen. Evelyn blickt mich an, und ich bin verloren.
„Jetzt weißt du es also", sage ich noch einmal.
Sie schüttelt den Kopf. „Nichts weiß ich."
„Ich hab von Anfang an gelogen." Meine Stimme ist leise und nicht mehr Teil von mir.
„Das spielt keine Rolle. Wirklich nicht."
Ich wende mich wieder um und spreche zum Floß hinüber. „Ich sag dir jetzt die Wahrheit."
„Das mußt du nicht", sagt sie. „Manchmal ist es besser, wenn man alles läßt, wie es ist. Niemand braucht es zu wissen, und ich kann es vergessen. Im Vergessen bin ich wirklich gut."
„Warum bist du bloß so lieb?" frage ich sie. Das ist nur der kleinste Teil dessen, was ich herausfinden will. Wir lauschen meinen Worten nach, die durch die Luft schweben und langsam zerbrechen. „Warum?"
„Das darfst du mich nicht fragen", sagt sie schließlich mit ihrer klaren Stimme.
„Was dann?"
„Erzähl es mir, wenn du willst."
Also erzähle ich ihr alles. Wir sind in sicherer Entfernung voneinander verwurzelt und werden doch wie Magnete durch den Strom meiner Worte gegenseitig angezogen. Ich beginne meine

Geschichte in der Mitte und springe beim Erzählen in die Vergangenheit und in die Gegenwart. Ich erzähle unwichtige Dinge, Erinnerungen an nebensächliche Ereignisse, beschreibe die Kleider, die Mom trägt, und Dads lustige Abenteuer als Postbote. Ich erzähle ihr von Tante Idas Lieblingsprogrammen im Fernsehen und von Father Tom und dem gelben Floß. Ich erzähle ihr von Seattle, aber auch vom Reservat, und daß Mom dort irgendwo mit einem Mann namens Dayton zusammenlebt und ihre Medikamente von Charlene zugeschickt bekommt. Ich erzähle ihr, wie sehr ich mir wünschte, mit Ellen zu tauschen. Ich erzähle ihr von meiner lebenslangen Mitgliedschaft im Videoclub und auch, wie Mom mich einfach verlassen hat. Meine Geschichte fließt wie Wasser durch den Auslauf der Badewanne, und als die letzten Tropfen blubbernd verschwinden, bin ich am Ende.

Ich brauche jetzt ihre Antwort gar nicht mehr. Mir ist eine große Last vom Herzen genommen worden. Ich habe alles laut ausgesprochen, und doch ging die Welt nicht unter. Ich lauschte meiner eigenen Geschichte, ließ sie frei in die Morgenluft und stellte fest, daß alles gar nicht so schlimm war. Nachdem ich mich überwunden hatte, brauchte ich nicht einmal besonders lange dafür, sie zu erzählen.

Vom Parkplatz sind Geräusche zu hören. Die Frühaufsteher unter den Touristen kommen an, um den Nationalfeiertag hier zu verbringen. Ihre Kühltaschen sind vollgepackt mit Nahrungsmitteln und zukünftigen Abfällen. Wenn Evelyn und ich noch lange hier stehenbleiben, werden wir Wurzeln schlagen.

„Jetzt weiß ich es also.“ Ihre Stimme klingt wieder völlig normal, wie eine schlecht geölte Gangschaltung. Ich frage mich, ob ich mir nur eingebildet habe, daß sie vorher anders geklungen hat. „Und was hast du jetzt vor?“

„Weiß ich nicht.“

„Dann überleg dir was. Solange du dich hier versteckst, wird sich nichts ändern. Deine arme Tante sorgt sich wahrscheinlich, den verdammten Pfaffen müßte man in den Arsch treten, und deine Mutter ist vermutlich krank.“

Ich drehe mich um. Als Evelyn das sagt, geht mir plötzlich ein

Licht auf. Natürlich ist Mom krank. Sie war im Krankenhaus. Sie muß Medikamente nehmen. Das erklärt vieles.
„Was soll ich denn tun?" Ich rede mehr mit mir selbst als mit Evelyn, aber sie antwortet sofort.
„Norman und ich bringen dich nach Hause."
„Aber ihr müßt arbeiten", sage ich. „Heute ist sein bester Tag an der Tankstelle."
„Keine faulen Ausreden. Ich bin seit einem Jahr nicht mehr von hier weggekommen, jetzt ist es höchste Zeit dafür. Und heute ist Feiertag. Was die Leute heute essen, kann jeder kochen, und Norman soll entweder seine verdammte Tankstelle schließen oder jemanden suchen, der den Laden heute übernimmt."
„Warum tust du das alles?"
Evelyn reißt ein Blatt vom nächsten Baum und dreht es in der Hand. Sie betrachtet es lange und gründlich und scheint sich die Äderung genau einzuprägen. „Weil jemand genau das für mich hätte tun sollen", sagt sie. „Reicht dir das?"
Sie wendet sich um und geht schwerfällig, aber rasch zum Haus zurück. Sie geht leicht nach vorn gebeugt, um die Steigung des Wegs auszugleichen, und ihre Hüften heben und senken sich wie Kolben, während sie festen Schritts den Weg entlanggeht. Ihre Idee scheint ihr große Kraft zu verleihen. Sie sieht aus, als ob sie durch einen massiven Felsen hindurchgehen könnte, wenn sie wollte. Ich folge ihr und lasse meine unbenutzten Müllsäcke hinter mir auf den Weg fallen. Während Evelyn ihren Schlüsselbund holt, renne ich in die Gerätehütte und nehme den einen Gegenstand mit, den ich auf keinen Fall hierlassen will.

Sky fällt fast in Ohnmacht, als Evelyn vor der Tankstelle anhält. „In fünfzehn Minuten holen wir dich ab", ruft sie aus dem Wagenfenster. „Wir machen eine Reise."
Skys Gesichtsausdruck zeigt, daß er das Ganze nicht glauben kann. Aber unerwartete Ereignisse interessieren ihn immer, und so begeistert ihn auch Evelyns überraschende Ankündigung.
„Einfach so? Wir hauen einfach ab?"
Evelyn nickt und grinst breit.
„Was soll's?" sagt Sky. „Ich schließe nur noch schnell den La-

den, dann könnt ihr mich abholen." Bevor wir abfahren, macht Sky ein großes Theater mit dem Schild an der Glastür und dreht es um, so daß die Schrift „GESCHLOSSEN" zu lesen ist.
„Und du hast gedacht, daß er Schwierigkeiten machen wird", sagt Evelyn zu mir, während sie den Wagen wendet und zum Wohnwagen zurückfährt. „Er ist ein großer Junge." Ihre Wangen leuchten rosig. Sie zündet sich mit ihrem Feuerzeug eine Zigarette an und stößt den Rauch aus. „Sky", sagt sie zu sich selbst, als ob er jenseits ihres Begriffsvermögens sei. „Er fragte nicht einmal, warum." Sie kann nicht verbergen, wie sehr er ihr gerade jetzt gefällt. „Die Art von Mann solltest du eines Tages heiraten. Du hättest meinen ersten Mann erleben sollen. Der hatte immer die Hosen voll. Nach unserer Hochzeit hat er sofort ein Sparkonto eröffnet, aber ich hab nicht gewartet, bis die ersten Zinsen eingingen."

Wir holen Sky von der Tankstelle ab und nehmen dann die Bundesstraße 2 in östlicher Richtung. Evelyn behandelt Sky, als wisse er bereits, was das alles soll, und habe es nur vergessen.
„Ray wollte doch *immer schon* nach einem Monat zurückfahren", erklärt sie ihm. „Du hast wirklich ein Gedächtnis wie ein Sieb!"
„Versteh ich nicht", sagt er verwirrt. „Hab ich das richtig gehört? Deine Eltern sind jetzt aus Europa zurück und wollen dich *hier draußen* treffen?" Er zieht die Augenbrauen über seiner runden, fleischigen Nase zusammen, und seine Blicke suchen in unseren Gesichtern nach einer Erleuchtung.
Evelyn mischt sich ein. „Komm schon. Du hast doch immer vermutet, daß sie dich zum Narren hält. Laß sie jetzt bloß nicht merken, was für einen Blödmann ich geheiratet habe." Sie streckt den Arm über den Schalthebel hinweg zu Skys Sitz und klatscht ihm mit der Hand auf den Schenkel.
„Jetzt wart mal zwei oder drei Minuten", sagt Sky und dreht sich zu mir um. „Willst du damit sagen, daß du *wirklich* eine Vollblut-Indianerin bist?"
„Du bist ein Vollblut-Idiot", sagt Evelyn. „Wer nicht fragt, kriegt die Antwort schneller." Sie rast über die flache, gerade

Straße. Am Horizont, meilenweit vor uns, scheint sich die Straße in einem Punkt zu konzentrieren und im gleißenden Sonnenlicht mit dem Himmel zu verschmelzen.
„Sieht aus wie das Ende der Welt", sage ich und beuge mich vor. Auf dem Rücksitz neben mir liegt Evelyns alter Koffer, vollgestopft mit meinen Kleidern. Als sie sah, daß ich meine Sachen in meinen alten Müllsack packen wollte, suchte sie im Schrank herum, bis sie den Koffer fand – eine Kiste mit Scharnieren, bezogen mit hellgrünem Stoff. In der Mitte verläuft ein brauner Streifen wie ein Gürtel. Ich bot ihr an, das Ding zu bezahlen, aber sie lachte nur.
„Ich müßte eigentlich dir was dafür geben, daß du ihn mitnimmst", sagte sie. „Dieses Monstrum liegt schon seit vierzehn Jahren völlig unbenutzt in meinem Schrank. Der Koffer gehörte meiner Mutter. Ich benutzte ihn, als ich meinen ersten Mann verlassen habe, und noch einmal, als ich Norman heiratete. Ich hab nicht die geringste Absicht, ihn noch ein drittes Mal zu benutzen."
Ich nahm die Sachen aus meinem Müllsack und packte sie in den Koffer. Obenauf legte ich mein Geld und die beiden Videokassetten von Village Video. Bisher hatte ich die Bänder noch nicht aus den Kassetten genommen. Meine Arbeitskleider ließ ich bei Evelyn. Sie wird sie wieder zum Park zurückbringen. Ich zog ein T-Shirt an, auf das die Abkürzung des Bearpaw Lake State Park – B.L.S.P. – gedruckt war.
In Kremlin, fünfzehn Meilen westlich von Havre, halten wir bei einer Raststätte an, um Kaffee zu trinken und etwas zu essen. Auf einem Schild steht, daß Kremlin die Ortschaft sei, in der man sich nur ein einziges Mal als Fremder fühle. Evelyn pfeffert ihr Sandwich kräftig nach und fragt: „Wohin wollen wir eigentlich?"
Über diese Frage habe ich bereits nachgedacht. „In Havre findet heute ein großes Indianer-Rodeo statt", sage ich. „Ich glaube, Mom wird dort sein. Jedenfalls können wir's da mal versuchen."
Kaum sind die Worte heraus, dämmert es mir, daß es gar nicht meine Idee war, ins Reservat zurückzukehren, sondern Evelyns. Ihre Entschlußkraft hat mich einfach mitgerissen, ich habe auf-

gehört, selbständig zu denken. Jetzt werde ich wieder dahin zurückgestoßen, von wo ich geflohen war. Schon fange ich an zu hoffen, daß wir eine Panne haben, irgend etwas, das unsere Ankunft verzögern und mir eine Chance geben würde, mich darauf einzustellen. Aber wir kommen ohne Zwischenfälle in Havre an. Als die Stadt unter uns im Tal liegt, und wir die vielen Menschen herumhasten und die Lastwagen der Indianer mit ihren Aufklebern „Fry Bread Power" * und den kleinen Mokassins sehen, die in den Autos von den Rückspiegeln baumeln, möchte ich den Rückwärtsgang einlegen. Am liebsten würde ich den heutigen Tag noch einmal neu beginnen und mir die Sache gründlich überlegen. Ein Clown fuchtelt vor uns mit einer ausgeschalteten Taschenlampe herum. Er weist uns durch einen Torbogen, an dem ein riesiges Planwagenrad aus Fiberglas quer aufgehängt ist. Wir befinden uns jetzt in den Hill Country Fairgrounds. Dann fahren wir am H. Earl Clark-Museum, an einem Bremserwagen der Eisenbahn und an einem Schild vorbei, auf dem vor streunenden Hunden gewarnt wird. Ich versuche mir einzureden, daß ich alles viel zu ernst nehme, daß ich bestimmt niemanden hier kennen würde. Und manche Leute verlassen die Rodeos auch frühzeitig, wenn es ihnen nicht gefällt.
An der Einfahrt zum Parkplatz steht „Besetzt". Aufs Geratewohl sage ich: „Warum fahren wir nicht gleich nach Kanada? Saskatchewan ist nicht mal fünfzig Meilen entfernt, Sky. Wir könnten deine alten Freunde besuchen."
Sky erörtert diese Idee mit sich selbst. Sein Gesicht spiegelt wider, welche Seite gerade die Oberhand gewinnt. Evelyn achtet gar nicht darauf. Sie biegt in den Parkplatz ein und findet tatsächlich eine Lücke. Als sie den Motor ausschaltet, hören wir den Lärm der Menschenmenge: das Geplätscher der Unterhaltungen, die Rufe und den Applaus.

Wir kaufen Eintrittskarten. Sky und Evelyn kleben an mir wie die Marken auf einem Brief. Sie stehen dicht beieinander, wech-

* Wortspiel mit Red Power und indianischem Brot (Fry Bread = Backpulverteig, der in der Pfanne gebraten wird); Anm. d. Übers.

seln dauernd das Standbein, sehen sich ständig um und sprechen ganz besonders laut mit mir. Sie wollen zeigen, daß sie zu mir gehören, als ob sie sonst fürchten müßten, zu diesem Indianer-Rodeo nicht zugelassen zu werden. Für den Bruchteil einer Sekunde sehe ich sie mit Tante Idas Augen: einen mageren, mittelalten Hippie und eine dicke Frau in Bermunda-Shorts und einer gelben Nylonbluse, auf der über der Brusttasche das Wort „Personal" braun eingestickt ist. Ihr graues Haar ist männlich-kurz geschnitten, ihren Mund hat sie zur Feier des Tages knallrot geschminkt. Ihre Gesichtshaut ist farblos und schlaff. Beide sind nervös, sind es nicht gewohnt, als Fremde unter Indianern zu sein.

Aber Sky und Evelyn können sich entspannen. Sie sind nicht die einzigen, die die Herausforderung annehmen müssen.

Kaum habe ich das Eingangstor hinter mir, begegne ich der letzten Person, die ich sehen will. Foxy Cree steht im Schatten der Tribüne und ist gerade dabei, gegen das absolute Alkoholverbot zu verstoßen, das an jedem Eingang auf Schildern verkündet wird. Aus halbgeschlossenen Augen mustert er die Menge. Sein Blick geht zuerst über mich hinweg, dann bleibt er auf mir haften. Foxy lächelt in sich hinein und kommt auf mich zu.

„Sucht ein paar gute Plätze im Schatten", sage ich zu Sky und Evelyn. „In der prallen Sonne hält man es nicht aus."

Sky setzt sich zur Tribüne hin in Bewegung, aber Evelyn bleibt stehen. Als er sich nach ihr umblickt, winkt sie ihm weiterzugehen. „Ich komme gleich, Darling!" sagt sie, blickt dabei aber Foxy an. Solche Typen sind ihr wohlvertraut.

„Kennst du den da?" fragt sie und rammt mir den Ellbogen in die Seite.

Ich muß zugeben, wenn man Foxy nicht näher kennt, sieht er wirklich gut aus. Er hat eine dünne, gerade Nase, tiefliegende schwarze Augen und langes Haar, das er heute mit Lederbändern in zwei Indianerzöpfe geflochten hat. Unter seiner ausgewaschenen Jeansjacke trägt er ein offenstehendes Cowboyhemd, und auf dem Kopf hat er einen schwarzen Navajohut mit perlenbesetzem Schweißband. Er ist einen halben Kopf größer als ich und so schlank, daß er durch das Fenster aus einem

Auto klettern kann. Aber wenn man ihn näher kennt, zählen all diese Eigenschaften nicht mehr.

„Rayona“, sagt er schleimig. Der Klang seiner Stimme ist ähnlich wie bei allen Leuten, deren Blick vom Saufen trübe wird und die ihre Gläser nicht mehr richtig gerade halten können. Es ist die Stimme eines Menschen, der sich für viel schlauer hält als seinen Gesprächspartner. „Da seh ich einen dunklen Fleck an der Wand und denke, Foxy, denke ich, entweder ist das der größte Pferdeapfel, den je ein Pferd abgedrückt hat, oder es ist deine abgefuckte Cousine Rayona.“

Evelyn schaltet auf Alarmstufe eins. Die Szene paßt nicht zu ihrer Vorstellung von einem Familientreffen.

„Wir dachten alle, du bist tot“, fährt Foxy fort, „oder auf dem Rückweg nach Afrika.“ Das letzte Wort sagt er recht langsam und sehr deutlich.

„Verpiß dich“, sage ich.

„Rayona, Rayona, *Rayona*“, singt Foxy. Es ist noch nicht einmal drei Uhr nachmittags, aber er ist schon sternhagelvoll. Seine schmutzigen alten Cowboystiefel stehen zwar fest auf dem Boden, aber sein Körper schwingt wie eine Palme im Wind. Jetzt schwingt er direkt auf Evelyn zu.

„Und Sie wollen die Show sehen, weiße Frau?“ fragt er sie. „Sie stehen wohl auf dunkles Fleisch?“ Er mustert sie mit glasigen Augen. Schließlich bleibt sein Blick an ihren Brüsten hängen. Er lacht leise.

„Ist das der Abschaum, von dem du mir erzählt hast?“ fragt mich Evelyn. Sie hat vollkommen vergessen, daß sie hier eine Fremde ist. Ich sehe, wie sich ihre Muskeln unter dem dünnen gelben Stoff spannen.

„Nein, misch dich nicht ein, bitte“, sage ich. „Geh mit Sky.“

Aber Evelyn will nicht gehen. Sie würde Foxy liebend gern zu einem Putzlappen verarbeiten, mein Gesichtsausdruck hält sie jedoch zurück. „Das ist mein Cousin“, sage ich. „Vielleicht weiß er etwas. Laß mich mal allein mit ihm reden.“

Evelyn starrt Foxy unentwegt an und gibt ihm durch ihren Gesichtsausdruck zu verstehen, was sie von ihm hält. Und sie dringt auch tatsächlich zu ihm durch. Sein Mund klappt auf, als hätte sie ihn geohrfeigt, und sein Gesicht nimmt den Ausdruck eines schmollenden Kindes an. Evelyns starkes Selbstbewußtsein schüchtert ihn ein, aber dieses Gefühl wird sich in Verachtung für mich verwandeln, sobald er mit mir allein ist.

Evelyn fragt mich völlig unbewegt, ob ich wirklich allein mit ihm reden wolle, und als ich bejahe, tritt sie plötzlich einen Schritt auf Foxy zu. Erschrocken weicht er zurück.

„Norman und ich warten auf dich. Laß dich bloß von dem nicht verarschen."

Durch katzenhaft verengte Augenlider wirft sie Foxy noch einen warnenden Blick zu, dreht sich dann um und verschwindet in der Menge.

Ich gebe ihm keine Zeit, sich von seinem Schrecken zu erholen. „Wer ist sonst noch hier?" frage ich.

Foxy starrt immer noch auf die Stelle, an der Evelyn gestanden hat. Er braucht einen Augenblick, bevor er es schafft, wieder zu mir herumzuschwingen. „Scheiße", sagt er. „Wo hast du denn diesen Drachen aufgelesen?"

„Was hast du hier zu suchen?" Ich frage jetzt in einem anderen Ton. Diesmal dringe ich zu ihm durch.

„Ich *reite* hier, Rayona", sagt er. Aus seinem Mund klingt mein Name häßlich, und das ist auch seine Absicht. „Ich bin für einen ungesattelten Bronco gemeldet. Extra ausgewähltes wildes Vieh." Er holt aus der Jackentasche ein Stück Papier heraus, auf dem mit dickem schwarzem Filzstift die Zahl 37 geschrieben steht.

„Das schaffst du nie", sage ich und lache ihn aus, bevor mir klar wird, was ich damit anrichte.

Sein Gesicht wird düster. „Glaubst du?"

Jetzt weiß ich nicht, was ich sagen soll. Er wird auf jeden Fall wütend reagieren.

Aber Foxy starrt nur mit leerem Blick vor sich hin und reibt das Papier mit der Anmeldenummer zwischen den Fingern. Schon glaube ich, daß er gleich umfallen wird, aber er scheint nachzudenken.

„Bist du allein hier?" frage ich. „Du kannst heute nicht reiten."

„Wenn ich nicht antrete, werde ich für alle anderen Scheißrodeos in diesem Sommer disqualifiziert."
„Komm schon, Foxy. Du fliegst auch so raus. Du brichst dir das Genick. Du bist besoffen."
Die Gedankenblase in Foxys Hirn ist endlich geplatzt. Jetzt ist er bereit, jeden faulen Trick zu probieren. Aus der Tasche holt er ein zweites Stück Papier.
„Aber du bist nicht besoffen. Nein, unsere liebe Rayona tut so was nicht. Wie geht's eigentlich deinem Pfaffenfreund?" Er stützt sich mit einer Hand auf meine Schulter. Seine Nägel graben sich in meine Haut.
Ich erstarre. „Halt die Schnauze." Ich stoße ihn weg, und er kracht zu Boden, schüttelt den Kopf, als ob er dadurch klarer sehen könnte, und kommt langsam wieder auf die Füße.
„Du Arsch", sagt er. „Du wirst für mich reiten."
„Jetzt spinnst du aber vollkommen. Ich hab in meinem Leben noch kein Rodeo gesehen, geschweige ..."
„Das kannst du heute nachholen. Und du bist da. Du mußt nur verhindern, daß ich disqualifiziert werde. Dafür reicht es schon, wenn du dich ein paar Sekunden oben halten kannst."
„Kommt nicht in Frage."
„Mach's für deine Mammi. Mein Gaul gehört nämlich dem Kerl, mit dem sie zusammenlebt."
Dayton, denke ich.
Ich will Foxy schlagen, will das betrunkene Grinsen aus seinem Gesicht prügeln. Ich balle die Hände zu Fäusten. Plötzlich sehe ich das Messer in seiner Hand. Er hält es locker, bereit. Seine Füße scheinen jetzt fester auf dem Boden zu stehen. Seine Augen sind ausdruckslos und blutunterlaufen. Und ich weiß, daß er ohne zu zögern zustechen würde.
Ich wähle den bequemsten Ausweg: Ich gebe auf. Ob mich die Furcht dazu treibt, oder daß er Mom erwähnte, weiß ich nicht. Ich kann ohnehin nicht glauben, daß sie mich an Foxys Stelle reiten lassen werden. Sie werden mich disqualifizieren, sobald sie merken, daß ich ein Mädchen bin. Schon die bloße Idee ist absurd, denn meine einzige Erfahrung mit Pferden beschränkt sich auf ein paar Reitstunden in Seattle. Vor einiger Zeit hatte

einer von Moms Freunden mich und Mom in einen Park mitgenommen, in dem man Pferde leihen konnte. Ich ritt gerne, aber die Ponys waren zahm, gingen brav hintereinander und blieben im Wald auf den Wegen. Ich kann mir gar nicht vorstellen, daß ich mich auf einem ungezähmten Pferd halten könnte. Und deshalb stimme ich zu.

„Wann bist du dran?“

„Na, endlich wirst du vernünftig, Cousine“, lacht Foxy. Er läßt das Messer zuschnappen und richtet den Blick auf das Formular, das er in der anderen Hand hält.

„Drei Uhr fünfundvierzig“, sagt er. „Nummer siebenunddreißig. Das Pferd heißt Babe.“

Er übergibt mir das Anmeldeformular und fummelt dann nach der langen Tetra-Packung Wein, die er in seinem Stiefelschaft versteckt hat. Er trinkt einen Schluck und wischt die Tropfen von seinem Kinn. „Ich werd dich genau beobachten, denk daran.“

Er setzt sich zur Tribüne hin in Bewegung, aber irgendwo in seinem Gehirn muß sich eine Stelle befinden, die noch nicht völlig benebelt ist, denn plötzlich kommt ihm noch ein Gedanke.

„Wenn sie merken, daß du ein Mädchen bist“, bringt er mühsam heraus, „lassen sie dich nicht reiten.“ Er kämpft mit dieser Vorstellung, dann zieht er seine Jacke aus und reicht sie mir. „Nimm das und knöpf es vorne zu.“

Die Jacke ist mir zu groß, aber Foxy ist erfreut über den Effekt. Er schwankt um mich herum und zupft an meinem dichten schwarzen Haar.

„Jetzt noch den Hut“, sagt er und setzt mir den schwarzen Navajo-Hut auf. Ich kann fast nicht glauben, daß Foxy und ich das gleiche Hirnvolumen haben. Aber es muß wohl doch so sein, denn sein Hut paßt mir wie angegossen.

„Sie werden einfach glauben, daß ich zu lange in der Sonne gelegen habe.“ Sein eigener kleiner Scherz kostet ihn fast den Rest seines Verstands. Er lacht so sehr, daß er kaum noch atmen kann, zu husten anfängt und schließlich auf den Boden spuckt. „Jetzt bist du ein richtiger indianischer Cowboy“, sagt er.

Nur noch eine knappe halbe Stunde bis zum Beginn der Show. Ich suche nicht nach Sky und Evelyn. Mit dieser Sache muß ich allein fertig werden. Allmählich wird mir klar, daß Mom noch immer im Reservat lebt. Das erleichtert mich ein wenig. Seit heute morgen, als Evelyn sagte, daß Mom krank sein könnte, haben irgendwo in meinem Innern Sorgen zu nagen begonnen; doch jetzt verschwinden sie. Ich frage mich, ob Mom in all den Wochen meiner Abwesenheit versucht hat, mich zu finden, ob sie und Tante Ida Frieden geschlossen und sich gemeinsam um mich Sorgen gemacht haben, nachdem ich so plötzlich verschwunden war. Nein. Sie lebt noch immer bei Dayton, und ich weiß noch immer nicht, wie ich an ihn herankomme. Wenn ich sein Pferd reite, kann ich es herausfinden. Er wird sicher in der Nähe sein, wenn sein Pferd geritten wird. Vielleicht ist Mom auch hier bei ihm. Wäre sie überrascht, wenn ich als Reiter auftauchte? Was würde sie empfinden, wenn ich abgeworfen würde und auf den Kopf fiele?

Wie würde *ich* mich fühlen? Angst steigt in mir hoch bei dem Gedanken an Foxys verrückte Idee. Ich habe Rodeos nur in der Sportschau im Fernsehen gesehen, kann mich aber noch deutlich an das Geräusch erinnern, wenn starke Männer auf den Boden fielen. Und ich habe gesehen, wie die Pferde scheuten, die Köpfe hochwarfen und mit den Hufen ausschlugen.

Auf dem Weg zum Pferch suche ich in der Menge nach Moms Gesicht. Doch statt Mom entdecke ich Annabelle. Sie hat mich schon gesehen. Für das Rodeo hat sie extra enge Jeans und ein lila Bruce-Springsteen-T-Shirt angezogen. Sie trägt lange silberne Ohrringe, ein paar türkisfarbene Armreifen und blaue Cowboystiefel. Ihr glattes schwarzes Haar fällt ihr auf die Schultern, und ihre Haut ist braungebrannt und glatt. Die Augen hat sie mit dunklem Lidschatten eingekreist, und ihre Fingernägel sind lang und grellrot. Sie erinnert mich an Ellen, und Ellen hatte mich irgendwie an Annabelle erinnert. Aber im Vergleich mit Annabelle wirkt Ellen blaß.

Annabelle kommt auf mich zu und fragt: „Warum trägst du Foxys Hut?“ Sie scheint überhaupt nicht überrascht, daß ich hier bin.

„Er hat ihn mir gegeben."
„Säuft er wieder?"
„Er *ist* schon besoffen."
„Scheiße", sagt sie. „Er kommt jetzt gleich dran. Wahrscheinlich fliegt er sofort in den Sand."
„Er will, daß ich für ihn einspringe." Die Idee scheint mir jetzt noch absurder als zuvor.
Annabelle traut ihren Ohren nicht. Sie weiß nicht, ob sie lachen oder wütend werden soll. Sie entscheidet sich für letzteres. „Dieses Arschloch!" pfaucht sie. „Ich hab ihm gesagt, daß er heute nüchtern bleiben soll, wenigstens so lange, bis das Rodeo vorbei ist. Jetzt hab ich endgültig die Nase voll von ihm."
Annabelle hätte sich niemals als Junge verkleiden können, gleichgültig, wie viele Jeansjacken und Hüte sie angezogen hätte. Sie öffnet ihre Handtasche, schüttelt eine Virginia Slim aus der Packung und stößt sie gegen ihr Feuerzeug. Jetzt erst scheint ihr aufzufallen, daß ich nach längerer Abwesenheit wieder aufgetaucht bin.
„Wo warst du eigentlich die ganze Zeit?" Sie ist ungeduldig und stocksauer, aber freundlicher als gerade in diesem Moment war sie mir gegenüber noch nie. Es ist das erste Mal, daß sie direkt mit mir spricht, und nicht nur, um jemand anders zu beeindrucken.
„Ich hab im Bearpaw Lake State Park gearbeitet." Ich spreche schnell, bereite mich auf eine spöttische Bemerkung vor.
„Wirklich?" sagt sie. Ich habe sie auf einen Gedanken gebracht. „Mein Gott, ich sollte mir auch einen Job suchen und von hier abhauen."
Jetzt weiß ich, an wen mich Annabelle erinnert: an die Fotos in Tante Idas Haus. So jung und hübsch muß Mom gewesen sein, als sie das Reservat verließ, Dad traf und ihn heiratete.
„Und was jetzt? Machst du es?" fragt Annabelle.
„Was denn?"
„Reitest du für Foxy?"
Annabelle wäre beeindruckt, wenn ich ja sagte. In ihren Augen wäre ich dann jemand anders, blöd vielleicht, aber doch eine Person, die zu kennen sich lohnte. Ich nehme ihre Frage ernst.

Ich überlege auch, wie Evelyn sich verhielte, wenn ihr das passiert wäre.
„Ja", sage ich.

Dayton könnte unter den Männern sein, die um den Pferch stehen. Ich folge dem Aufruf und gebe mein Meldepapier ab. Ein Mann heftet die 37 auf den Rücken von Foxys Jacke. Wie ein Roboter steige ich auf den Zaun und stehe jetzt über dem eingepferchten braunen Pferd. Viele Cowboys tragen ihr Haar lang. Ein Zopf ist nichts Ungewöhnliches. Niemand beachtet mich. Vielleicht wollen sie die Angst in den Augen eines Reiters nicht sehen.
Ich lasse mich in das enge Zaungeviert hinunter auf die Stute gleiten. Von dem Augenblick an, in dem ich mich auf ihren breiten und glänzenden Rücken setze, sind meine Nerven auf das Äußerste angespannt. Babe neigt den Kopf und betrachtet mich mit einem zurückgerollten Auge. Ich spüre an der Innenseite meiner Schenkel, mit denen ich fest ihren Rücken umklammere, wie sie zittert. Es ist jenes Zittern, das man spürt, wenn man einen elektrischen Weidezaun berührt. Die Spannung ist hoch genug, um Kühe und Schafe zurückzuschrecken. Ohne Decke oder Sattel zwischen uns glaube ich zu spüren, wie die Spannung ihre Haut strafft. Mit einer Hand packe ich das Lederband, das an ihren Nüstern * befestigt ist, mit der anderen klopfe ich ihr auf die Hinterhand.
„Hallo Babe, altes Mädchen", sage ich.
Babe soll merken, daß das alles nur ein Spiel ist. Wir beide spielen miteinander. Es ist nicht ernst.
Sie scharrt mit einem Huf und schnaubt. Ein Cowboy beugt sich vom Zaun herunter, berührt meinen Hut und bedeutet mir, ihn mit meiner freien Hand festzuhalten. Ich nehme den Hut ab. Jetzt bin ich ganz sicher, daß alle es sehen, daß alle merken,

* In den USA wird bei Rodeos den Pferden keine Trense ins Gebiß gelegt. Der Riemen um die Nüstern zieht sich jedoch schmerzhaft zusammen und wirkt wie eine Nasenbremse, die in Europa z. B. beim Beschlagen von Pferden angelegt wird. Anm. d. Übers.

daß ich ein Mädchen bin. Jetzt muß ihnen klarwerden, daß ich keine Ahnung habe, wie ich mich auf dem Pferd halten soll. Jetzt müssen sie die Sache abblasen. Aber sie merken immer noch nichts.
Ich nicke den Männern am Tor zu. Ich bin zwar nicht bereit für den Kampf, aber ich will die Sache hinter mich bringen. Es ist gefährlich, zu lange in dem engen Einlaß zur Arena zu warten. Wenn die Stute in Panik gerät, könnte sie sich gegen den Zaun drängen und mir die Beine zerquetschen. Oder noch schlimmer: Wenn sie in dem engen Raum bockt und mich abwirft, hätte ich keine Chance, ihren wild stoßenden Hufen zu entgehen. In der Sportschau habe ich das mehr als einmal gesehen. Der Kommentar dazu war wenig ermutigend: Manchen Reitern hat man danach Metallplatten in dic Schädeldecken einsetzen müssen.
Ich achte jetzt nicht mehr auf den Lärm von den Rängen, sondern konzentriere mich auf meinen Ritt. In meinen Ohren beginnt es so stark zu dröhnen, daß alle anderen Geräusche ausgeblendet werden, Vergangenheit, Zukunft und alle Sorgen verschwinden. Das Pferd und ich verharren einen Augenblick lang unbeweglich, wie ein Aufziehspielzeug, das eine Umdrehung zuviel aufgezogen wurde, eine überspannte Spiralfeder.
„Jetzt!" brülle ich, laut oder nur mit meiner inneren Stimme – ich weiß es nicht. Die Zeit ist auf diesen einen Augenblick zusammengeschrumpft. Für mich gibt es nichts mehr auf der Welt außer der Hand des Mannes am Tor, die sich langsam zu dem Riegel senkt. Ich sehe jeden einzelnen Finger ganz klar, sehe, wie sie sich um den Riegel schließen, sehe die Anspannung seiner Armmuskeln, als er den Riegel zurückschiebt.
Mit Musik hatte ich nicht gerechnet.
Rollen und drehen, losrasen und ausschlagen – mein Atem ist das Lied, das Pferd ist der Tanz. Die Zeit ist verloren. Alles Normale, das Kommen und Gehen, die einzelnen und die Paare – vergessen. Die Menge wird zu Farbkleksen, zum wilden Farbenwirbel in einer Waschmaschine. Die Geräusche vermischen sich mit dem wehenden Band, das wie an einem langen Stab um uns herumwirbelt. Unter mir tanzen vier Füße, stampfen und

springen und drehen sich. Meine eigenen Beine flattern wie Flügel. Ich fliege hoch, erst auf die eine Seite, dann auf die andere, das Aufprallen meines Körpers auf dem Pferderücken nehme ich nur verzögert wahr. Alles geht viel schneller, als ich es erfassen kann, rast noch schneller als meine Gedanken. Ich bin ein Vogel über den Klippen, in die Musik hineinkatapultiert, ich rase in wilden Spiralen hinüber in einen Zustand ohne Knochen oder Gewicht.

Dann liege ich auf dem Boden, unbeweglich. Meine Handballen graben sich in den Sand der Arena. Meine Knie schmerzen. Schwindelgefühl. Ich muß rechtzeitig wieder auf den Füßen sein. Ich schüttle den Kopf, und dann höre ich den Lautsprecher. „Vierundzwanzig Sekunden für den jungen Cowboy aus Ost-Montana. Mach weiter so, Junge. Hoka-hay."

Schwacher Applaus. Ich weiß, daß ich jetzt aufstehen muß. Heute habe ich schon Reiter gesehen, die mit hängenden Köpfen und hinkend die Arena verließen, während ihre Pferde in einer anderen Ecke mit den Hinterhufen ausschlugen und von den Clowns hinausgetrieben wurden.

Aber Babe ist ganz ruhig. Sie steht neben mir, bläst den Atem durch die Nüstern und blickt mich triumphierend an. Die erste Runde geht an sie. Ihre Flanke zittert. Es könnte ein Lachen sein oder auch Abscheu, daß ich gewagt habe, sie zu berühren. Daytons Pferd.

Ich gehe nicht mit einem Winken zur Menge ab. Der erste Abwurf war nur zum Aufwärmen, als Übung gedacht. Ich packe den Lederriemen, werfe meine Arme um ihren Hals und schwinge mich auf ihren Rücken. Sie erstarrt, ihre Gelenke werden steif und die breiten Muskeln unter meinen Schenkeln werden stahlhart.

Wow! Wir sausen wieder los. Diesmal bockt Babe nicht, sondern rast geradeaus. Der Wind zerrt an meinem Haarzopf, Sand spritzt mir in die Augen, so daß ich sie fast ganz zukneifen muß. In gestrecktem Galopp fliegt sie einmal rings um die Arena. Sie hat einen neuen Trick vor.

Da ich nicht weiß, was Babe plant, klammere ich mich nur einfach an ihr fest. Meine Hand verkrampft sich um den Leder-

riemen, mit der anderen kralle ich mich in ihrer Mähne fest. Meine Füße grabe ich in die weiche Stelle zwischen Vorderbeinen und Rippen. Ich liege auf ihrem Hals und starre zwischen ihren Ohren hindurch auf den vorbeifliegenden Boden.
Babe wird langsamer, wendet sich zu den rohen Zaunpfählen, hinter denen die Zebus herumstehen, und verlagert ihr Körpergewicht. Dann bleibt sie plötzlich stehen. Ich spanne alle Muskeln und Sehnen an, klammere mich an ihr fest, werde nun aber auf ihre linke Seite geschleudert. Mit dem Rücken zum Zaun bin ich zwischen Babe und den Zaunplanken eingeklemmt. Mein Brustkorb wird zusammengepreßt, bis mir die Luft ausgeht. Mein Kopf ist völlig ungeschützt und hängt über den Zaun. Ohne den Druck ihres Körpers zu verringern, setzt sich Babe vorwärts in Bewegung. Sie will mich so abstreifen, wie Menschen Schmutz von einer Stiefelsohle streifen.
Ihr Plan funktioniert. Ich lande auf dem Boden, Foxys Jeansjacke ist an der Schulternaht zerrissen. Die Luft strömt heftig in meine Lungen zurück, Tränen vermischen sich mit dem Staub auf meinen Wangen. Meine Rippen schmerzen, und hinter mir hämmern die Buckelochsen mit ihren Hörnern gegen den Zaun. Babe steht vor mir. Sie hat die Lippen über gelbe Zähne hochgezogen. Ihr Kopf ist gesenkt und schwingt hin und her, ihre Beine hat sie weit gespreizt. Sie sieht erstaunt aus, aber ich weiß nicht, ob sie über mich oder über sich selbst erstaunt ist.
Während ich mühsam auf die Beine komme, zieht sie sich Schritt für Schritt zurück. Einen Augenblick lang höre ich den Lärm der Menge, aber ich kann jetzt nicht darauf achten. Meine ganze Aufmerksamkeit ist auf Babe gerichtet. Wir lassen einander nicht aus den Augen. Mein Wille ringt mit ihrem, bis sie stehenbleibt. Ich packe ihre Mähne und schwinge ein Bein über ihren Rücken. Noch bevor ich im Gleichgewicht sitze, bäumt sie sich auf. Ihre Vorderbeine steigen hoch, und ich hänge über ihrem Rücken herab. Als sie wieder herabkommt, hänge ich über ihrer Flanke, meine Hüfte liegt auf ihrer Hüfte, meine ganze Körperlänge liegt auf ihrem Rücken. Sie bäumt sich noch einmal auf, ich spüre, wie ich hochgeworfen werde, aber noch immer klammere ich mich an ihre Mähne. Ihr Schweißgeruch

steigt in meine Nase, unter meinem Gesicht und meinen Händen kann ich ihre Körperwärme fühlen. Es gibt nur noch sie auf der Welt. In diesem einen Augenblick glaube ich, daß ich ewig obenbleiben könnte.
Aber dann kickt sie ihre Hinterbeine in die Luft. Ich rutsche über ihren Hals und den gesenkten Kopf nach vorn und schlage auf dem Boden auf. Zum zweiten Mal an diesem Tag muß ich aufgeben. Ich bin so geschafft, daß ich mich nicht mehr bewegen kann, obwohl es sicherlich dumm aussieht, wie ich daliege – das Gesicht im Sand, mein Hintern hoch in der Luft und die Beine angewinkelt unter meinem Körper. Das Sausen in meinen Ohren verstummt endlich, und ich kann den Lautsprecher hören.
„... helft mal dem Bürschchen auf die Beine, Leute. Er ist vielleicht kein großer Reiter, aber er gibt nicht leicht auf! Sieht fast so aus, als hätte er auch die wilde Stute da geschafft, selbst wenn er sie nicht eingeritten hat!"
Jetzt kommt Applaus auf, ein paar vereinzelte Pfiffe. Die letzte Bemerkung des Ansagers macht mich neugierig und gibt mir Kraft. Ich öffne ein Auge: Die Welt steht auf dem Kopf, aber das ist nicht das Sonderbarste. Ein paar Meter von mir entfernt kauert Babe wie ein großer Hund auf dem Boden. Sie nickt mit dem Kopf und sieht genauso geschafft aus wie ich. Die Clowns müssen uns beiden aus der Arena helfen.

Moms Freunde in Seattle erzählten manchmal, wie sie zu ihrem Seemannsgang gekommen waren. Damals wußte ich noch nicht, wovon sie sprachen. Sie versuchten dann zu erklären, daß das Gehen auf dem Land nie mehr sei wie zuvor, wenn man sich erst einmal an das ständige Rollen der Wellen gewöhnt habe. Das Gehen auf dem Land erschien ihnen dann irgendwie leblos. Jetzt begreife ich allmählich, was sie damit sagen wollten. Ich habe mich hinter dem Pferch übergeben, den Schmutz von meinem Gesicht gewaschen, meine Hose und Jacke und auch den schwarzen Hut abgebürstet, den mir jemand in die Hand drückte, als ich aus der Arena humpelte. Der Ritt auf ungezähmten Pferden ist die vorletzte Programmnummer beim Rodeo. Ich lehne mich gegen den Hochsitz des Ansagers und muß dauernd

das Standbein wechseln, als ob sich unter meinen Füßen die Erde in Treibsand verwandeln würde. Meine Muskeln haben den Zustand des harten, steifen Schmerzes noch nicht erreicht; das steht mir noch bevor. Aber das pochende Pulsieren in meinem Körper ist noch nicht abgeklungen.
Ich möchte am liebsten in den Boden versinken und verschwinden. Wann immer jemand vorbeigeht, bekomme ich eine witzig gemeinte Bemerkung über meinen Ritt zu hören. Dann muß ich mit ihnen lachen, weil ich sonst als schlechter Verlierer dastünde. Aber gleichzeitig sehne ich mich danach, sofort wieder auf Babes Rücken zu springen, wenn sie jetzt vor mir stünde. Die Leute sagen, daß ich viel Glück gehabt hätte, denn ich hätte mir das Genick oder das Rückgrat oder wenigstens eine Schulter brechen können. Ich fiel sehr hart, aber beim Reiten waren alle Empfindungen ausgeklammert; ich war jenseits von Schmerzen, angeschlossen an einen Kraftstrom, den ich nie für möglich gehalten hätte. Jetzt, ohne diesen Strom, fühle ich mich stillgelegt. Auf Babe hätte ich lieber gewartet, bis alle Sicherungen durchgebrannt wären, als vor der Gefahr zu weichen. Nichts außer der Schwerkraft konnte mir dort etwas anhaben.
Aber auf der festen Erde holen mich meine Probleme wieder ein. Ich stehe da und weiß nicht, was ich tun soll. Der Turnierleiter verliest die Gewinnerliste: Bester Bullenritt. Längster Sattelritt auf Bronco. Schnellste Lassonummer. Ich kann nicht mit Evelyn und Sky zum Bearpaw Lake zurückkehren. Am Ende der Saison bliebe mir doch nichts anderes übrig, als von dort wegzugehen. Dann würde ich genausowenig wissen wie jetzt, was ich tun soll. Schon jetzt erscheinen mir Ellen und Andy und John und sogar Dave so weit entfernt und so fremd wie Leute aus dem Mittelalter oder wie meine Mitschüler in Seattle. Der Ritt auf Babe hat eine Grenze gezogen, hinter die ich nicht mehr zurückgehen kann. Ich muß hier auf dieser Seite der Grenze bleiben, was auch immer kommen mag.
Evelyn und Sky sind davon ausgenommen: Sie sind hier, sie haben mich hierhergebracht. Und obwohl Evelyn das nicht einmal ahnt, ist sie schuld daran, daß ich auf das Pferd gestiegen und immer wieder aufgestiegen bin. Ich habe das getan, weil Sky

seine Tankstelle schloß, ohne zu fragen warum, und auf sein Weihnachtsgeld verzichtete. Und ich könnte auch in ihrem Wohnwagen nicht mehr leben. Meine Eltern sind aus der Schweiz zurückgekehrt.

Die Sieger im Reiten ohne Sattel und Zebureiten werden genannt. Meine Angst kehrt wieder.

Annabelle drängt sich durch die Menschenmenge und baut sich vor mir auf. Sie hält zwei rote Coke-Becher in der Hand und reicht mir einen. Ihre schwarzumrandeten Augen funkeln aufgeregt.

„Das hätte ich nie für möglich gehalten. Ich glaub's immer noch nicht", sagt sie. „Du bist übergeschnappt. Du bist eine Irre."

Aus Annabelles Mund ist das zweifellos ein Kompliment. Ich nehme einen langen Zug aus dem Becher und stelle verdutzt fest, daß ich Bier trinke.

„Wissen sie, daß du ein Mädchen bist?" flüstert Annabelle. „Du spinnst wirklich."

Der Ansager beginnt jetzt mit der Ehrung des Gesamtsiegers – des Cowboys, der in den einzelnen Wettbewerben die meisten Punkte sammeln konnte. Auf diese Ankündigung warten alle; der Lärm verstummt allmählich.

„Bevor wir zum Gesamtsieger kommen", sagt er, „geben wir noch eine Neuigkeit bekannt. Die Jury hat beschlossen, einen Sonderpreis zu verleihen, einen Preis, der nur bei ganz besonderen Anlässen vergeben wird."

Der Ansager hält einen silberglänzenden Gegenstand in die Höhe. Das Licht der späten Nachmittagssonne fällt darauf und wird in einem hellen Strahl wieder zurückgeworfen.

„Eine Gürtelschnalle mit einer besonderen Gravur darauf", fährt er fort. „Schade, daß nicht alle die Schnalle genau sehen können. Sie zeigt einen Bronco und einen Reiter, der in die Luft geworfen wird. Echte Koralle und Gagatsteine. Hundert Prozent Silbernickel."

Ich entdecke Evelyn und Sky auf den Rängen. Sie hören gespannt zu. Mit den Händen beschatten sie die Augen gegen die Sonne, aber ich stehe unter der Tribüne der Jury und habe meinen geborgten Hut tief in die Stirn gedrückt.

„Also los, Leute, einen großen, echten Havre-Applaus für den rauhesten, zähesten, *ungeschicktesten* Cowboy, den wir seit vielen Monden hier sehen durften. Es ist mir eine große Ehre, die Pechvogel-Gürtelschnalle für die einzigartige Leistung zu verleihen, vom selben Pferd dreimal in weniger als einer Minute abgeworfen zu werden. Ich verleihe den Preis an einen waschechten Indianerjungen, Nummer siebenunddreißig, Kennedy ‚Foxy' Cree!"
Ein paar Leute stimmen ein lautes Kriegsgeheul an, man klopft mir auf die Schultern und schiebt mich vorwärts. Kennedy Cree ist Foxys wirklicher Name, und in diesem Augenblick ist er auch mein Name. Annabelle steckt die Finger in den Mund, stößt einen scharfen, durchdringenden Pfiff aus und stampft mit ihren blauen Stiefeln im Sägemehl herum. Meine Lungen füllen sich mit Staub. Ich sehe keinen Ausweg mehr.
So steige ich denn die Stufen hinauf und schüttle die Hand des Ansagers. Dieses Mal sieht er mich aufmerksam an, dann noch aufmerksamer. Allmählich dämmert ihm, daß ich kein Cow*boy* bin. Ich nehme ihm die Gürtelschnalle aus der Hand und halte sie nach rechts und links in die Höhe, damit alle Zuschauer sie sehen können. Hinter mir höre ich überraschtes Stimmengemurmel, und als ich zu den versammelten Siegern hinüberschaue, die neben der Tribüne stehen, sehe ich ihre erstaunten Blicke. Es hat keinen Zweck, die Komödie fortzusetzen. Ich reiße meinen Hut herunter, löse das Gummiband, fahre mit den Fingern durch mein Haar und schüttle den Zopf auf. Mit meiner freien Hand löse ich die Knöpfe der zerrissenen Jacke und ziehe sie aus. Ich werfe mich in die Brust.
Zuerst herrscht Schweigen. Alle starren mich an, werfen sich verwunderte Blicke zu und fixieren dann wieder mich. Die Stille hängt schwer über uns wie der Nebel über Seattle. Wir stehen unbeweglich in der untergehenden Sonne. Und plötzlich kommt von weither stolz und klar Evelyns Ruf: „Rayona!" Annabelle stößt wieder einen schrillen Pfiff aus, laut wie eine Sirene. Und als ich die silberglänzende Gürtelschnalle erneut hoch über den Kopf halte, bricht auch der Rest der Menge in Jubel aus.

8

In der „Wild-West-Show“ kommt der Held mit knapper Not noch einmal davon: Sein bester Freund erscheint gerade rechtzeitig auf dem Schauplatz, um den Strick zu durchschießen, bevor die Falltür sich öffnet. Dann rast er auf seinem schnellen Pferd zum Galgen, der Held springt auf und ist frei. Der Minenschacht hat natürlich einen geheimen Ausgang, von dem die schießwütigen Schurken nichts wissen. Die Rauchbombe, die sie hineinwerfen, schadet dem Helden nicht. In einer anderen Szene befestigt jemand ein Seil am vergitterten Gefängnisfenster und an einem Planwagen und reißt so ein Loch in die Mauer. Die Kavallerie erscheint genau im richtigen Augenblick.
Ich verlasse die Tribüne mit meiner vernickelten Pechvogel-Gürtelschnalle. Vor mir liegt der Pfad ins Nichts, den ich nun wohl nehmen muß. Von den schattigen Rängen winkt mir Evelyn zu und zieht Sky am Hemdärmel hinter sich her. Auf der anderen Seite sehe ich Foxy gegen eine der Säulen lehnen, auf denen die Tribüne ruht. Er ist rasend vor Wut und starrt mich haßerfüllt an. Sein Blick ist so glasig wie der eines Rowdys, der gerade einen Wutanfall hinter sich hat. Aber nicht genug mit diesem Anblick: Wer kommt da mit Plattfüßen in schwarzen Schuhen, mit grimmig-rotem Mund und gerunzelter, sonnenverbrannter Stirn auf mich zu? Father Tom.
Er hat sich für das Rodeo fein gemacht. Anstelle seines römisch-katholischen Priesterkragens hat er sich ein rotes Halstuch umgebunden. Auf dem Kopf balanciert er einen viel zu kleinen Stetson, der seine Glatze nicht ganz verdecken kann. Schon von weitem erkenne ich, daß er sich einen türkisfarbenen Ring von der Größe eines Hühnereis angeschafft hat. Der Ring läßt seine Hand klein erscheinen.

Ich trete einen Schritt zurück. Jetzt fühle ich mich plötzlich wie ein Kandidat in einem Fernsehquiz, der vor drei Türen steht, hinter denen die Preise versteckt sind, und der sich nun entscheiden muß. Nur wartet hinter keiner Tür eine Reise nach Acapulco auf mich. Plötzlich fällt eine Hand schwer auf meine Schulter; ich wirble herum. Neben mir steht ein kräftiger, noch nicht sehr alter Cowboy, ein Mischling mit einer Narbe an der Unterlippe und einem ungepflegten Zwei-Tage-Bart auf den Wangen.

„Foxy, du hast dich wirklich verändert", sagt er und betrachtet mich eingehend von oben bis unten. „Aber zu deinem Vorteil."

Ich winde mich unter seiner Hand weg, aber er bleibt neben mir. „Wer bist du eigentlich?"

„Ich heiße Ray", sage ich. „Rayona Taylor." Annabelle schiebt sich in meine Richtung vor. Als ich sie sehe, glitzernd und gefährlich, werde ich mutiger.

„Rayona?" sagt er und zieht die buschigen Augenbrauen zusammen. „Christines Tochter Ray?"

„Sie heißen Dayton", rate ich, weiß es aber gewiß, noch bevor er antwortet. Jetzt bin ich nicht mehr weit von Mom weg. „Wie heißen Sie eigentlich mit Nachnamen?"

„Nickles."

Aber für eine nette kleine Unterredung haben wir jetzt keine Zeit. Father Tom ist inzwischen auf Grußdistanz herangekommen. Ich erwarte, daß er mir Löcher in den Bauch fragen wird, aber er kann anscheinend den Blick nicht von Dayton wenden. Sky und Evelyn habe ich aus den Augen verloren; das kann nur bedeuten, daß sie unterwegs zu mir sind. Aber wenigstens hat sich Foxy nicht bewegt. Er stützt noch immer die Tribüne und hat anscheinend vergessen, wie er sich in Bewegung setzen könnte.

„Wohnt meine Mutter bei Ihnen?" frage ich Dayton leise. „Wie geht's ihr?"

Er zögert, fährt mit der Hand durch sein dunkles, welliges Haar, das schweißnaß an seinem Kopf klebt, wo das Hutband dagegen drückte. „Verdammt", sagt er nur, „Ida glaubt, du seist nach Seattle zurückgefahren."

„Wann haben Sie mit ihr gesprochen?“
Aber Dayton schafft die Antwort nicht mehr. Father Tom ist inzwischen heranstolziert, fuchtelt mit seinem neuen Ring herum und tut so, als ob meine Anwesenheit in Havre die natürlichste Sache der Welt sei.
„Rayona!“ sagt er wie zu einer alten Freundin. „Ich dachte, du seist nach Seattle gefahren und vergnügst dich dort. Hallo, Dayton.“
Father Tom streckt die Hand aus, aber Dayton wirft nur einen kurzen Blick auf die Hand. Er behandelt Father Tom wie viele Jugendliche im Reservat den Priester behandeln – er wird von allen ignoriert.
Father Tom hat sich daran gewöhnt, aber es macht ihn dennoch nervös. Er wendet sich zu mir. „Ich war wie vom Schlag gerührt, als ich dich auf dem Pferd sah, Rayona!“ Er steckt die Hand wieder in die Tasche, als ob sie nur zufällig herausgerutscht wäre. „Ich wußte nicht mal, daß du reiten kannst.“ Seine Augen suchen nach der Gürtelschnalle; ich öffne die Hand und zeige sie ihm.
„Ich kann nicht reiten. Deshalb habe ich ja diesen Preis bekommen.“
Und jetzt kommt Sky. Er hält ein Programmheft in der ölverschmierten Hand. „Darf ich um ein Autogramm bitten?“ witzelt er. Seine Schüchternheit ist verflogen. „Hast du bemerkt, daß sie die Fernsehkamera auf dich gerichtet haben?“
Father Toms überlegene Miene zeigt deutlich, daß er Sky als Außenseiter betrachtet, als einen unbekannten weißen Mann, der in das falsche Rodeo geraten ist. Das ärgert mich.
„Das ist Sky Dial“, erkläre ich der kleinen Gruppe. „Ich habe mit ihm und seiner Frau im Bearpaw Lake State Park gearbeitet und in ihrem Wohnwagen gewohnt.“
Sky hat es wirklich ernst gemeint, daß ich sein Programm unterschreiben soll. Er findet einen Kugelschreiber in seiner Jackentasche. Ich komme mir zwar blöd vor, aber schreibe trotzdem „Für Sky, von Deiner Freundin Rayona“ auf den rot-schwarzen Umschlag des Programms und gebe es ihm zurück. Er liest die Worte und grinst. Ich habe überhaupt keinen

Zweifel daran, daß er das Programm in seiner Tankstelle über der Kasse aufhängen wird.
Auch Evelyn steht jetzt bei uns. Ihre Nylonbluse ist an mehreren Stellen durchgeschwitzt. Sie wirft mir vielsagende Blicke zu, während sie die anderen Personen in unserer kleinen Gruppe mustert.
Father Tom verliert langsam die Fassung. Er spitzt die Lippen, als würde er gern einen Pfirsichkern ausspucken, weiß aber nicht wohin. Als ich Bearpaw Lake erwähne, leuchten seine Augen auf.
Dayton nickt Sky grüßend zu.
Jetzt hält Evelyn es nicht länger aus. „Hast du sie gefunden?" platzt sie heraus und übersieht die anderen einfach.
„Ich habe *sie* gefunden", sagt Annabelle. „Wer sind Sie überhaupt?"
Evelyn wirft Annabelle einen ungeduldigen Blick zu, dann richtet sie ihre Augen in völliger Verwirrung wieder auf mich.
„Das ist Annabelle", erkläre ich ihr. „Sie ist ..." Ich mache eine kleine Pause. Was *ist* Annabelle denn nun eigentlich? „... sie ist eine Freundin." Und, obwohl ich es kaum glauben kann, es stimmt. Annabelle widerspricht nicht, sie lächelt sogar und zeigt ihre weißen Zähne. Evelyn schiebt sich enger an Sky und steckt ihre Hand in die Gesäßtasche seiner Jeans.
„Das ist Evelyn", sage ich.
Aber Evelyn läßt sich nicht ablenken. „Also, was ist los?" fragt sie mich.
„Meine Mutter wohnt bei Dayton." Ich zeige mit den Augen auf ihn. Evelyn findet Dayton anscheinend nicht übel. „Ja", sage ich.
„Und wer ist das?" fragt Evelyn mit hochgezogenen Augenbrauen.
„Father Tom."
Father Tom setzt zum Reden an, aber als er Evelyns Gesichtsausdruck sieht, bleiben ihm die Worte im Hals stecken. Er weiß, daß sie alles weiß, und sie weiß auch, daß er es weiß. Er schaut mich hilfesuchend an. Ich soll ihm sagen, daß sein Verdacht nicht stimmt und sie doch nichts weiß, aber ich wei-

gere mich. Evelyn zerschmettert ihn mit ihrem glänzenden Blick, sie behandelt ihn fair, aber sie gibt ihm keine Chance mehr.
Father Tom sinkt in sich zusammen. „Ich wollte nur mal schnell Grüß Gott sagen", erklärt er mit hoher Stimme. „Es war, ja, eigentlich, ich will, äh, ich bin ..." Evelyn starrt ihn mit äußerster Konzentration an. Er zerrt so hart an seinem neuen Ring, daß ich Angst habe, er dreht sich den Finger aus der Hand. „Ich dachte, ich könnte dich vielleicht zu deiner Tante zurückfahren, aber wenn du natürlich lieber ..."
„Mich nimmt jemand anders mit." Ich sage das mit einer Gewißheit, die ich gar nicht habe, aber Dayton bestätigt es mit einem kaum merklichen Kopfnicken.
„Nun, wenn du glaubst, daß deine Tante nichts dagegen hat ..." Father Tom würde noch gern etwas anderes sagen, aber niemand gibt ihm ein Stichwort. So bleibt ihm nichts anderes übrig, als sich in die Menschenmenge zu verdrücken.
„Wir müssen jetzt gehen", sagt Evelyn zu Sky, der mich kurz anblickt. „Sie fährt zu ihrer Mutter zurück."
„Oh." Sky glaubt, daß er jetzt endlich durchblickt. „Natürlich. Hoffentlich hat es ihr auf dem alten Kontinent gefallen."
„Mein Koffer ist noch im Auto", sage ich zu Dayton. „Können Sie noch einen Moment warten? Ich hole ihn gleich."
Ich folge Sky und Evelyn. Er hat den Arm um ihre breiten Schultern gelegt. Sein zusammengebundenes Haar hängt schlaff und unordentlich auf seinen Rücken herab. Evelyn sucht in den Taschen ihrer Shorts nach dem Wagenschlüssel. Die beiden passen eigentlich nicht zusammen, aber so ist es nun einmal.
Wir kommen beim Wagen an. Sky bückt sich durch das Fenster der festgeklemmten Hintertür und holt den Koffer heraus. Er stellt ihn wie eine Barriere zwischen uns auf den Boden.
„Also dann, viel Glück", sagt Evelyn schließlich.
„Fast hätte ich noch was vergessen." Ich knie auf den Boden und öffne die Schnappschlösser des Koffers. Unter den Videobändern liegt die Decke, die ich gefunden habe. Durch den Druck in dem vollgepackten Koffer ist die Decke flachgepreßt worden. „Für den Wohnwagen", sage ich. „Kein großes Ge-

schenk, aber alles ist so schnell gegangen ..." Ich falte die Decke auseinander und halte sie an den oberen Ecken hoch, so daß sie den röhrenden Hirsch auf dem Grashügel sehen können.
„O mein Gott", sagt Evelyn hinter der Decke hervor. „Das ist das ..." Ihre Stimme bricht ab, und Sky fällt ein. „Das ist es", sagt er. „Auf jeden Fall."
Evelyn nimmt mir die Decke ab und preßt sie an ihre Brust. Sie errötet, vom Nacken über die Wangen bis in ihre gelbe Bluse hinein.
„Du hättest kein Geld ausgeben sollen." Sie geht zur Beifahrertür, steigt ein und wälzt ihren Körper über die heißen Polster zum Fahrersitz hinüber. Sky schüttelt mir die Hand. „Für uns bist du keine Fremde mehr", sagt er feierlich und folgt seiner Frau.
Evelyn setzt den Wagen aus der Parklücke zurück in die Ausfahrt, dann auf die Landstraße, und steuert ihn in die entgegengesetzte Richtung. Sie kommt dicht an der Stelle vorbei, wo ich noch immer warte, hält an und legt ihren Arm in das offene Fenster. „Ich weiß nicht, ob ich die Decke annehmen soll. Wirf doch dein Geld nicht so zum Fenster raus, sondern kauf dir lieber was Hübsches."
„Vielleicht kommt ihr mich mal im Reservat besuchen."
„Gute Idee", sagt sie. „Schon möglich." Der Motor läuft noch immer, aber wir finden keine Worte mehr. Evelyn ruft nur noch „Okay ..." und gibt Gas. Ich höre, daß der Auspufftopf bald kaputtgehen wird, und bemerke, daß in einem Hinterreifen zu wenig Luft ist. Als sie ein Stück die Straße hinuntergefahren sind, streckt Sky seine Hand hoch über das Autodach und formt mit seinen Fingern ein V.

Als ich durch das Tor zurückkomme, ist Annabelle verschwunden.
„Ich will zu meiner Mutter", sage ich zu Dayton. Hinter ihm sehe ich Foxy. Er hat seine Schulter endlich von dem Tribünenpfeiler gelöst. Sicherlich wird er jetzt disqualifiziert und überall verkünden, daß ich daran schuld sei. Aber Annabelle taucht plötzlich wieder auf und versperrt ihm den Weg zu mir. Ich

kann nicht verstehen, was sie miteinander sprechen. Meistens redet Annabelle, und sie scheint nicht gerade froh zu sein. Er braucht eine Weile, bis er seinen Blick von mir lösen kann, aber schließlich hört er ihr doch zu. Sie läßt nicht von ihm ab.

Wir fahren in Daytons neuem, sauberem Lieferwagen zu seiner Ranch. Zaunstücke auf der Ladefläche sollen Babe daran hindern, hinunterzuspringen. Babe versteht sich gut mit Dayton, aber sobald sie mich sieht, schnaubt sie und zerrt an den Riemen, mit denen sie festgebunden ist. Als wir die Landstraße verlassen und in die Zufahrtstraße zum Reservat einbiegen, ziehen wir eine Staubwolke hinter uns her, die wie der Rauch einer Rakete aussieht. Durch das Rückfenster der Fahrerkabine kann ich Babes Augen in dem langen braunen Kopf glitzern sehen. Darüber steht ein goldener Abendhimmel.

Dayton ist ein routinierter Fahrer; er fährt entspannt und gelassen. Wenn ich ihm Fragen über Mom stelle, meint er, daß sie die selbst beantworten solle, und wechselt das Thema. Er hat eine Coke-Dose zwischen die Beine geklemmt. Ab und zu führt er sie an die Lippen, obwohl sie längst leer ist.

„Sie waren mal mit Mom befreundet“, stelle ich fest. „War das in der High School?“

„Christine war in der Missionsschule ein paar Klassen über mir. Ich war eher mit ihrem Bruder Lee befreundet.“

Ich atme auf. Von Moms Männerfreundschaften habe ich für den Rest meines Lebens genug. „Ich war bei seiner Beerdigung.“

„Daran kann ich mich erinnern.“

„Ich kann mich kaum erinnern“, sage ich und poliere meine Gürtelschnalle auf meiner Hose. „Ich muß damals zwei oder drei Jahre alt gewesen sein.“

„Dann kannst du dich natürlich nicht daran erinnern.“ Er führt die Coke-Dose wieder an die Lippen. „Hat Christine von mir und Lee erzählt?“

Ich weiß nicht, was er jetzt hören will. „Manchmal erzählt sie von ihm. Sie verstanden sich wirklich gut.“

„Ja.“ Er spricht mit so eigenartiger Betonung, daß ich mich frage, was er von Mom hält. Er ist anders als die Männer, mit denen sie gewöhnlich zusammen ist. Ich kann ihn mir nicht vorstellen, wie er im Abendanzug mit Mom und Charlene aus unserer Wohnung zum Silver Bullet in Seattle geht, seine Arme um die Schultern der beiden Frauen gelegt.

„Lee war ein großartiger Junge", fährt Dayton fort. „Vielleicht der beste Wildpferd-Reiter, den es in Ost-Montana je gegeben hat."

Ich sage nichts. Noch ein Verwandter, dem ich nicht das Wasser reichen kann.

Dayton liest meine Gedanken. „Du wirst schon noch reiten lernen."

„Glaube ich auch." Ich poliere meine Pechvogel-Gürtelschnalle noch einmal kräftig und stecke sie dann in die Tasche.

„Was heute war, hat nichts zu bedeuten. Jeder kann lernen, oben zu bleiben. Aber den Ehrgeiz dazu kann man nicht lernen, und du hast ihn. Ich hab dein Gesicht beobachtet."

Jetzt kommt wieder dieses Gefühl über mich, eine Erinnerung daran. Die Macht. Ich denke an Babe, die hinter uns herumpoltert.

„Das war mein erster Versuch."

Dayton nickt, als ob er beeindruckt, aber nicht überrascht sei. Ich beginne zu verstehen, warum sich Mom nach all den Jahren noch an ihn erinnerte.

Die Sonne geht unter, bevor wir Daytons Ranch erreichen. Kupferfarbenes Licht bricht über den Kämmen der zerklüfteten Hügel im Westen. Wir lassen die Sonnenblenden herunter, um unsere Augen zu schonen. Ich lümmle mich auf dem Sitz; meine Knie sind gegen das Handschuhfach gepreßt. Als Dayton anhält, nehme ich mir viel Zeit, mich umständlich herauszuwinden. Mom steht in der Haustür. Sie trägt einen roten Bademantel; ihr braunes Haar ist kurzgeschnitten und noch feucht von der Dusche. Die untergehende Sonne blendet sie, so daß sie nur meinen dunklen Umriß im Wagen sehen kann. Ich beobachte sie durch die Windschutzscheibe wie durch einen Einweg-Spiegel und genieße es, daß sie mich nicht erkennt.

Aber als ich aus dem Lastwagen steige, scheint Mom wieder

abhauen zu wollen. Sie ist vollkommen verblüfft, beschattet ihre Augen mit einer Hand. Sie starrt, bis sie vollkommen sicher ist, dann blickt sie Dayton wütend an.

„Jetzt hab dich nicht so", sagt er. „Sie war beim Rodeo und wollte mitkommen. Was hätte ich denn machen sollen?"

„Willst du mich denn gar nicht sehen?" Ich fordere Mom heraus, nein zu sagen. Ich hatte mir nicht überlegt, welches Verhalten ich von ihr erhoffte, wenn ich sie fände, bis sie sich jetzt ganz anders verhielt. Nun kommt mir eine lange Liste von Ereignissen in den Sinn, bei denen sie mich verletzte, nicht nur in letzter Zeit, sondern mein ganzes Leben lang. Ich könnte sie mit der Kraft des Unrechts umstoßen, das sie mir zugefügt hat.

„Tante Ida sagt, du hättest nicht einmal einen Abschiedsbrief zurückgelassen", sagt Mom unverfroren. „Sie drehte zwei Tage lang völlig durch, bis dieser Pfarrer zurückkam und ihr erzählte, daß du nach Hause gefahren seist. Ich rief Charlene an, alle Freunde in Seattle, sogar Elgin, aber niemand hatte eine Ahnung, wo du warst. Du bist eine mißratene Kreatur."

In Moms Version der Ereignisse bin ich die Schuldige. Ich bin entsetzt. Bruchstücke von Eindrücken kommen mir in den Sinn, wie es eben geht, wenn man sich überrumpelt fühlt: Ich sehe Mom und mich vor Richter Wapner und sein Fernsehgericht treten und verschiedene Versionen unserer Geschichte erzählen. Er sitzt hinter seinem Richtertisch und wirkt gelangweilt und angeekelt. Wir sind in seinen Augen keine zwei Cents wert. Er läßt uns ausreden, stellt ein paar Fragen und knallt dann sein Hämmerchen auf den Tisch. Für wen er sich auch entscheidet, Tante Ida wird die Sendung auf jeden Fall abschalten, wird den Metallknopf an ihrem Fernsehgerät drehen und uns alle in einen flimmernden Ameisenhaufen verwandeln.

Ich bin zu sehr Moms Tochter, um mich nicht sofort zu verteidigen.

„Ich wollte dich anrufen", sage ich.

„So, du wolltest mich anrufen?" Mom zieht am Gürtel ihres Bademantels und verknotet ihn. „Großartig. Ich liege hier rum wie eine halbtote Katze, und du treibst dich in ..."

„Ich hab im Bearpaw Lake State Park gearbeitet."

„*Vergnügt*, meinst du wohl!" schreit Mom. „In einem verdammten Park!"
„Du bist zuerst weggelaufen!"
„So ist es recht, schieb nur mir die ganze Schuld zu!" Mom wendet sich an Dayton. „Ich bin schuld daran, daß sie von ihrer Großmutter weggelaufen ist. Natürlich bin immer ich schuld!"
„Reg dich doch nicht so auf", sagt er. „Wenn du dich erst mal beruhigt hast, wirst du dich sicher freuen, daß Rayona wieder da ist."
„Ich dachte schon, dir sei was passiert!" schreit mich Mom an. Das ist schlimmer als alles andere, was sie bisher gesagt hat.
„Dir bin ich doch scheißegal!" Langsam gewinne ich meine Fassung wieder und kann ihr jetzt ihre Gemeinheiten zurückzahlen. „Dein Pillenpaket von Charlene hast du abgeholt, aber mich wolltest du nicht sehen!"
Mom stutzt. „Woher weißt du, daß in dem Paket Medikamente waren?"
„Und die ganze Zeit bist du hier gewesen, nicht einmal zehn Meilen entfernt! Wirf mir bloß nicht vor, daß *ich* dich verlassen habe!"
„Sie ist herzlos!" wendet sich Mom wieder an Dayton. „Sie will mir weh tun, krank wie ich bin!"
„Den Trick hast du schon bei Dad probiert, er funktionierte nicht." Ich bin jetzt wütender über sie, als sie es eigentlich verdient hat. „Du bist überhaupt nicht krank."
Doch, sie ist krank. Ich erkenne das in dem Augenblick, in dem die Worte aus meinem Mund kommen. Irgendwo in meinem Gehirn hatte sich die Erkenntnis festgesetzt, sobald ich sie aus Daytons Wagen heraus gesehen hatte. Sie sieht mitgenommen und bleich aus. Die Haut ihrer Stirn hat neue Falten, dünne Linien, die sich wie Fäden oberhalb ihrer Augenbrauen hinziehen. Ihre Wangen sind hohl, aber an der Taille hat sie zugenommen.
„Du bist genau wie dein Vater", sagt sie mit erstickter Stimme. „In jeder Hinsicht."
Wir haben beide die Kontrolle über uns verloren, kämpfen ohne Regeln, schlagen einander unter die Gürtellinie.
„Kommt mit ins Haus", sagt Dayton.

Dayton wohnt in einem kleinen Ranchhaus mit weißen Giebeldreiecken und grünen Fensterrahmen. Innen sind die Wände mit Holzpaneelen verkleidet. Auf dem Boden liegt ein orangebrauner, mit einer Borte eingefaßter Teppich. Mom lehnt gegen eine grüne Couch und bedeckt ihre Augen. Der Ärmel des Bademantels rutscht hoch, ihr Arm wird sichtbar. Dayton stellt meinen Koffer neben der Tür ab und läßt sich in einen Liegesessel fallen. Ich drehe einen Küchenstuhl herum und setze mich. Wir sind alle drei erschöpft, eine Gruppe von Statuen. Eine Gemeinsamkeit zwischen uns wird nur durch die Geräusche des Fernsehers hergestellt.
Der Lokalsender Havre bringt die Zehn-Uhr-Nachrichten. Der Sprecher ist mir vertraut: Ihm zuzuhören gehört zu Tante Idas abendlichem Ritual. Wie hypnotisiert blicken wir auf den Bildschirm. Die Spots wechseln vom Wetter zu nationalen und schließlich zu lokalen Nachrichten mit einem Bericht über das Rodeo. Und dann fülle ich den Bildschirm, halte meine Gürtelschnalle hoch und grinse in die Kamera. Ich sinke in meinem Stuhl zusammen und senke den Blick zu Boden.
„Schau dir das mal an, Christine." Dayton lehnt sich vor und dreht die Lautstärke auf. Mom lugt verstohlen unter ihrem Arm hervor. Ihr Blick bleibt auf das Gerät gerichtet.
„Deine Tochter ist ein Star!"
Ich blicke wieder auf das Gerät. Das Bild brennt sich in mein Gedächtnis. Nicht ich sehe verblüfft aus, sondern die kurzgewachsenen, krummbeinigen Männer, die mit offenen Mündern hinter mir stehen. Der Ansager weiß nicht recht, was er von mir halten soll. Er nennt mich eine mutige junge Frau, aber er scheint sich zu fragen, ob ich die Tradition der Männerherrschaft beim Rodeo brechen will, ob ich beweisen will, daß eine Frau dazu ebenso fähig ist wie ein Mann. Er vergißt, daß ich abgeworfen wurde, er weiß nur noch, daß ich geritten bin und einen Preis gewonnen habe. Die Kamera zeigt die johlenden und jubelnden Zuschauer; einige schwenken sogar die Hüte. Dann erscheint mein Gesicht wieder, es füllt den Bildschirm – dunkel und braun. Meine Haare sind zerzaust und wild. Ich sehe aus, als sei ich zu allem fähig.

Mein Kopf bewegt sich im Rhythmus meines heftig klopfenden Herzens.
Der nächste Bericht handelt von einem Baseball-Match.
„Sie hätten Babe aufnehmen sollen, Dayton, nicht mich", sage ich. „Sie war die Siegerin."
„Vergiß es", sagt Dayton und wendet sich Mom zu. „Babe hat sie dreimal abgeworfen, aber Rayona verließ die Arena auf eigenen Füßen." Er lächelt mir zu.
Mom nimmt endlich den Arm von ihrem Gesicht und sieht mich an. „Du bist geritten?" Sie kann es nicht fassen. „Du kannst doch gar nicht reiten."
„Aber sie hat Mut", fährt Dayton fort. „Hat sich als Junge verkleidet. Als Foxy Cree! Er wird eine Weile brauchen, bis er das verkraftet hat, falls er jemals wieder nüchtern wird."
„Warum machst du sowas, zum Teufel?" fragt mich Mom. „Ist dir nichts passiert? Hast du nichts gebrochen?"
„Sie hat es von Lee geerbt, das ist angeboren. Du hättest sie sehen sollen."
„Das ist alles zu viel für mich", sagt Mom. „Ich gehe ins Bett. Morgen sehen wir weiter."
Sie steht unsicher auf den Füßen, und Dayton eilt ihr zu Hilfe. Er faßt sie am Arm und führt sie hinaus. Bevor sie durch die Tür geht, blickt sie sich nach mir um. Ihr Gesicht ist mir ein Rätsel. Sie schiebt ihre Zunge gegen die Zähne und holt Luft, als ob sie etwas sagen wollte, aber sie überlegt es sich noch einmal, wendet sich ab und läßt sich von Dayton zu Bett bringen.
Die Nachrichtensendung ist zu Ende, und die „Bibel-Show" von Reverend Bob Treadle beginnt. Reverend Bob ist überzeugt, daß das Ende der Welt unmittelbar bevorsteht; jede Woche liefert er einen neuen Beweis. Griechenland ist der Europäischen Gemeinschaft beigetreten, Israel hat neue Verbündete hinzugewonnen, ein Kreditkarten-Unternehmen benutzt die Zahl „666" als Code, obwohl das Satans Zahl sei. Eine frühere Miss Amerika ist erleuchtet worden und erwartet jetzt die Wiedergeburt Christi.
„Hey, Rodeo-Queen, setz dich, bevor du umfällst", sagt Dayton. Er wirkt auch erschöpft. „Deine Mutter ist nur müde, mor-

gen wird alles anders sein." Er schaltet das Fernsehgerät aus. „Die Couch kann zu einem Bett herausgeklappt werden, Leintücher liegen im Bettkasten unter der Matratze. Fühl dich wie zu Hause. Ich laß nur noch Babe von der Leine. Sie hat auch einen recht anstrengenden Tag hinter sich, und das hat sie dir zu verdanken." Er wartet noch einen Augenblick, um zu sehen, ob ich alles habe, was ich brauche, wartet, daß ich noch etwas sage.
„Gute Nacht."
Und dann bin ich im braunen Licht des Wohnzimmers allein. Es ist so ruhig wie sonst nur am frühen Morgen. Eine Lampe mit grünem Schirm, die eine Laterne darstellen soll, ist die einzige Beleuchtung, und an den Wänden klettern die Schatten an den langen gebeizten Holzplanken empor.

Sonnenlicht strömt durch die Fenster. Ich versuche, mich davon wegzudrehen, aber ich kann meinen Körper nicht mehr ohne Schmerzen bewegen. Diese Art Schmerz ist zugleich eine Warnung. Meine Arme und Beine und mein Nacken warnen mich, daß ich sie nur ganz leicht bewegen darf, sonst brechen sie ab. Jemand hat Klebstoff über mich geschüttet, während ich schlief, und jetzt ist mein Körper zu einem festen Block erstarrt.
Ich sehe mich in dem stickigen Zimmer um, ohne den Kopf zu bewegen. Viel kann ich nicht erkennen. Ich kneife die Augen zusammen. Das Sonnenlicht wird durch den herumschwebenden Staub in Streifen sichtbar; die Lichtstreifen bewegen sich, sobald ich den Blick auf sie richte. Die Decke ist weiß getüncht und durch einen langen Riß geteilt, der die Form eines Blitzes hat. Die Holzwände sehen aus, als seien sie mit Sattelwachs poliert worden.
Die Decke liegt schwer auf meinen Beinen, aber es gibt keine schmerzfreie Methode, sie wegzuziehen. Der Schmerz erfaßt meinen ganzen Körper und beherrscht all meine Gedanken. Ich will mich befreien, will unbedeckt sein, meine Schwere in meine Füße verlagern. Ich tue so, als hätte ich eine Gewehrkugel zwischen den Zähnen und müsse zubeißen. Nur ein Summen kommt tief aus meiner Kehle, als ich erst einen Fuß, dann das

Bein, dann das andere Bein, dann meinen Hintern auf den Rand der Klappcouch schiebe. Die Matratze der Couch ist weich und fällt zur Seite hin ab wie eine Rutschbahn. Ich lasse mich hinabgleiten, bis meine Zehen den Teppich berühren. Mit einer großen Willensanstrengung komme ich auf die Füße, ohne meine Hüfte biegen zu müssen. Ich fühle mich wie ein Ritter in einer Rüstung, deren rostige Scharniere dringend geölt werden müßten. Steifbeinig gehe ich zum Fenster, doch ich kann es nicht öffnen, weil meine Ellbogen steif sind. Zumindest aber kann ich geradeaus auf eine umzäunte Wiese blicken. Und dort grast Babe. Sie beobachtet mich.

Ich finde die Kraft, mich anzuziehen, nur meine Stiefel schaffe ich nicht, und Foxys zerrissene Jacke kann ich vorne auch nicht zuknöpfen. Selbst der Druck der zugeknöpften Jacke wäre zuviel für die gezerrten Muskeln, die meinen Rücken zusammenhalten. Ich gehe seitwärts durch die Glastür, weil mir das leichter fällt, und schiebe mich mühsam über das Gras auf den Zaun zu.

Babe erlaubt mir, mein Gesicht auf ihren Kopf zu legen, ihren Geruch von Heu und Dung einzuatmen und ihre Körperwärme zu spüren. Sie bleibt auch ruhig, als ich das Gatter öffne, auf die Wiese trete und das Gatter hinter mir wieder schließe.

Dayton erklärte mir gestern abend in seinem Lastwagen zwei wichtige Dinge, die man beim Einreiten von Pferden beachten müsse. Erstens muß man sofort wieder aufsteigen, wenn man abgeworfen wurde, damit die Angst gar nicht erst entstehen kann. Diesen Teil, sagte er, hätte ich wie ein echter Profi erledigt. Zweitens kennt ein Pferd seinen Reiter, wenn es erst einmal von ihm eingeritten wurde. Es ist, als entstehe nach einem sauberen Kampf eine neue Freundschaft, man schüttelt sich die Hände und vergißt, was vorher war. Ich wurde Babes Reiter, daran gibt es nichts mehr zu rütteln. Und außerdem habe ich meine Pechvogel-Gürtelschnalle und einen schmerzenden Körper als Beweise.

Jetzt ist es an der Zeit, die Früchte meines Sieges zu ernten. Babe steht ruhig da. Ich rücke einen Holzblock an ihre Seite und benutze ihn als Podest. Sie senkt den Kopf und knabbert

an den Grashalmen. Und als ich, knackend und angespannt, mein ganzes Körpergewicht auf ihren breiten braunen Rücken senke, bewegt sie nur die Ohren.
Aber Babe kennt offenbar eine andere Version der Sache mit dem „Morgen danach“. Mit einem einzigen Bocken wirft sie mich wie einen Sack Wäscheklammern in die Höhe und über den Zaun. Diesmal bleibe ich liegen. Ich könnte mich bewegen, wenn ich müßte, aber ich halte das im Moment nicht für notwendig. Nach einer Weile höre ich die Tür ins Schloß fallen. Fußschritte nähern sich. Es ist Mom. Ich kann den Kaffee riechen, den sie getrunken hat. Überrascht stelle ich fest, daß es mir bereits wie selbstverständlich vorkommt, bei ihr zu sein, trotz des vergangenen Abends. Vielleicht liegt es daran, daß der frühe Morgen immer unsere beste gemeinsame Tageszeit war. Sie fragt mich nicht, was ich hier zu suchen habe, sondern setzt sich nur neben mich in das Gras und beginnt zu reden, als hätten wir uns nie getrennt.
„Ich habe mir überlegt, daß ich vielleicht wieder in die Kirche gehe. Kannst du dir das vorstellen?“
Ich weiß nicht, was ich darauf antworten soll.
„Ich habe in der Missionskirche ausgeholfen“, sage ich.
Aber diese Mitteilung scheint sie nicht sonderlich zu interessieren. Sie interessiert sich nur für ihre eigenen Erleuchtungen.
„Ich hab meinen Glauben verloren, als ich ungefähr in deinem Alter war.“
Mom redet jetzt anders mit mir, als ob wir während unserer Trennung altersmäßig zusammengerückt seien, als ob ich eine Freundin sei, der sie sich sogar im hellen Tageslicht anvertrauen kann.
„Nun“, sagt sie, „willst du nicht wissen, wie es dazu kam?“
Ich nicke. Mom legt eine kleine Pause ein, wie ein Werbeintervall während der Fernsehnachrichten, bevor sie sich unseren Problemen zuwendet. Ich verstehe sie gut. Heute geht es ihr so, wie es mir gestern um diese Zeit ging, als ich das gelbe Floß anstarrte.
„Ich bin über vierzig“, fährt Mom fort, „und ich verlor meinen Glauben vor mehr als fünfundzwanzig Jahren. Und schuld daran war dieser Brief.“

„Welcher Brief?“ Ich denke an Evelyn, und eine heiße Verlegenheit rinnt wieder über meinen Körper.
„Der Brief, den Luzia in Fatima von der Heiligen Jungfrau erhielt.“ Mom beobachtet meine Reaktion, aber mein Gesicht zeigt nur Verblüffung.
„Von Fatima hab ich schon gehört. Es liegt in Spanien.“
„Portugal.“
Ich warte, bis sie weiterspricht.
„Heute will niemand mehr darüber reden.“ Mom flicht die langen Halme, die am Zaun entlang wachsen, zu einer grünen Kette. Sie flicht Glied um Glied, bis die Kette in ihren Händen länger wird und über ihre Beine hängt. Der Geruch von Luzerne liegt in der Luft.
„Was stand denn drin?“
„Das ist die Vierundsechzigtausend-Dollar-Frage.“ Mom wendet sich mir zu; sie betont jedes Wort. Jetzt erst sehe ich, wie ausgebrannt sie wirkt. Obwohl es früher Morgen ist, sieht sie nicht besser aus als gestern abend. „Meine ganze Kindheit hindurch hörte ich immer nur von dem Brief, *Der Brief*. Der Papst sollte ihn 1960 öffnen. Entweder würde das kommunistische Rußland bekehrt, oder die Welt würde untergehen. Entweder das eine oder das andere. In der Missionsschule beteten wir dauernd wegen des Briefs, und manchmal hörten wir Gerüchte. Einmal behauptete jemand, der Papst habe den Brief zu früh gelesen und sei dann ohnmächtig umgefallen. Ein andermal sagten die Leute, Luzia habe geweint, als sie verbotenerweise in den Umschlag hineinsah.“
Jetzt reißt Mom ihre grüne Kette wieder auseinander, zerreibt die kleinen Grasstücke zwischen Daumen und Zeigefinger, bis der Saft ihre Hände verfärbt.
„Mir tat die Sache leid, wirklich. Rußland würde sich nicht bekehren, es wurde sogar immer schlechter. Also gab es keine andere Wahl: die Welt mußte untergehen – und das, bevor ich meinen Führerschein machen konnte. Weißt du überhaupt, wie es einem Teenager hier draußen ohne fahrbaren Untersatz zumute ist? Man kommt nirgendwohin.“
Ich versuche, ernst zu bleiben. Mom scheint meine Lage ver-

gessen zu haben. Da liege ich wie ein Häufchen Elend vor ihr auf dem Boden, und sie erzählt mir ihre Lebensgeschichte.
„Ich habe die Bibel gelesen, auch die Apokalypse am Ende, wo die vier Reiter und all das Zeug erwähnt werden. Zwei Dinge werde ich nie vergessen: Erstens, beim Weltuntergang ist man schlimm dran, wenn man schwanger ist, und zweitens muß man aufs Dach klettern, warum, weiß ich nicht. Ich war gut vorbereitet. Ich hatte nicht einmal einen Freund, also war die erste Sache kein Problem. Und für die zweite Sache hatte ich geprobt, wie ich am besten aus Tante Idas Dachfenster klettern konnte. Ich konnte in Null-Komma-Nichts auf dem Dach sein. Zu Silvester beichtete ich besonders gründlich und lehnte die erste Einladung zu einer Party ab, die ich in meinem Leben erhalten hatte."
„Und was passierte dann?" frage ich. Ihre Geschichte fesselt mich. Ich weiß, daß die Welt noch nicht untergegangen ist, aber ich will hören, wie sie es sagt.
„Nichts passierte, gar nichts." Sie schlägt mit der flachen Hand heftig auf die Erde. „Ich hörte mir Guy Lombardo und sein Orchester an. In New York feierten sie Neujahr 1960. Eine Stunde später feierten sie es in Chicago. In meinem Radiowecker hörte ich den Bericht von der Neujahrsparty in Denver. Nichts passierte. Die letzte Chance war, dachte ich, daß Gott nach der Pazifischen Zeit ging, also blieb ich auf, bis es auch in Los Angeles Mitternacht war. Ich saß an meinem Fenster und blickte in den Himmel. Ich war bereit, mit zwei Sätzen die Treppe hinaufzujagen, das Fenster aufzureißen und auf dem Dach die Ereignisse abzuwarten. Schließlich schlief ich ein."
„Aber du warst doch sicher erleichtert?"
„Das ist nicht der richtige Ausdruck! Am nächsten Morgen schalte ich als allererstes das Radio an, um die Nachrichten zu hören. Vielleicht war ja Rußland wirklich bekehrt worden. Keine Silbe davon. Am nächsten Tag knöpfe ich mir Schwester Alvina vor. ‚Was ist denn jetzt mit dem Brief?' frage ich sie. ‚Uns gibt's ja immer noch!' Und was, glaubst du, sagt diese Frau zu mir, die mir jahrelang den Weltuntergang predigte und mir furchtbare Angst einjagte? Diese Frau war schuld daran, daß

ich mein ganzes Geld den Südamerikanischen Missionsstationen schickte, obwohl es eigentlich für Weihnachtsgeschenke bestimmt war. Ich wollte damit noch kurz vor dem Jüngsten Gericht ein paar Pluspunkte sammeln. Und diese Frau hat mich auch dazu überredet, sechsmal Exerzitien mitzumachen und Tag und Nacht ein kratzendes Heiligenmedaillon zu tragen. Weißt du, was diese Frau zu mir sagte?"
Ich schüttle den Kopf. Mom kniet jetzt im Gras; ihre Hände sind zu Fäusten geballt.
„‚Es ist ein *Mysterium*', hat sie zu mir gesagt. Ein *Mysterium*. Damit erklären sie dir immer die Dreieinigkeit, weil sie nicht wissen, wie sie das sonst erklären sollen. Ich bin seither nie mehr in die Kirche gegangen."
„Vielleicht hat Luzia den Brief gefälscht", sage ich. „Damit sie nicht noch mehr Schwierigkeiten kriegt."
Mom denkt darüber nach.
„Aber warum fiel dann der Papst in Ohnmacht?" fragt sie. „Wie erklärst du dir das?"

CHRISTINE

9

Mysterien waren mein kleinstes Problem.
Die Welt drehte sich weiter, und ich fing ein neues Leben an. Im Reservat war ich bald das beliebteste Mädchen der Schule und verpaßte kein Fest mehr. Es gibt viele Geschichten über mich, wie wild ich war und daß ich alles bekam, was ich wollte. Aber ich bereue nichts. Wenn ich mir selbst Vorwürfe über meine Dummheit machen wollte, wüßte ich gar nicht, wo ich anfangen sollte. Ich mußte damals meinen eigenen Weg gehen, und ich fing ganz unten an: als uneheliche Tochter einer Frau, die nicht einmal zugab, daß sie meine Mutter war, und als fette Schwester des hübschesten Jungen weit und breit.
Überall sonst auf der Welt war damals was los – Kriege, Drogen, Orgien –, und wir saßen in der Mission der Heiligen Märtyrer herum und schrieben immer noch Aufsätze über religiöse Themen: Wenn Gott allmächtig ist, kann Er dann einen Felsen schaffen, den Er nicht hochheben kann? Diese Art von Mist. Kein Wunder, daß ich verkorkst war. Versuch mal, die reale Welt aus dem zusammenzusetzen, was du in einem Fernsehkanal siehst und im Radio hörst. Versuch mal, in dem Shop der Armenhilfe, wo sie nur alten Plunder haben, schicke Kleider zu kriegen. Versuch mal, deinen Spaß zu haben, wenn du nirgends hingehen kannst und wenn du mit jedem Jungen in der Stadt verwandt sein könntest.
Die Leute im Fernsehen sprechen über die sechziger Jahre, als wäre das die schönste Zeit ihres Lebens gewesen. Sie zeigen stolz alte Fotos, auf denen sie mit schmierigen Haaren und Perlenschnüren um den Hals abgebildet sind, und heben die Finger zum Siegeszeichen. Wenn sie sich jemals in diesem Aufzug im

Reservat hätten blicken lassen, wären sie eingesperrt oder mindestens verprügelt worden.
Meine Freundinnen und ich wußten nach dem Abendessen meist nichts Besseres, als Salems oder Pall Malls zu rauchen und Walter Cronkite anzuschauen. Das war so ziemlich das Beste in dem Programm, das der Fernseher in der Imbißbude für die Teenager der Mission hereinkriegte. Leider liefen Ton und Bild nicht immer synchron. Einmal sahen wir ein paar Hippies in Washington, D. C., die Soldaten Blumen in die Gewehrläufe steckten. Wir lehnten uns nach vorn, unsere Münder sperrangelweit offen, und versuchten, durch das Knistern hindurch etwas zu verstehen. Gleich würde der Tanz losgehen, dachten wir, aber nichts geschah. Die GIs standen einfach stramm und starrten geradeaus. Ich konnte mir gut vorstellen, was unter ihren Helmen vor sich ging, aber sie durften nichts tun. Ein Soldat sah aus wie ein Indianer, und ihn beobachtete ich am genauesten. Vielleicht war er auch Mexikaner, ich bin mir nicht sicher. Seine Backenmuskeln mahlten heftig. Entweder biß er immer wieder die Zähne zusammen, oder aber es lag an unserem schlechten Empfang. Der Junge mit dem Pferdeschwanz vor ihm trug ein Hemd, das aus der amerikanischen Flagge genäht war. Das mußte den indianischen Soldaten doch wahnsinnig provozieren.
In einem Indianerreservat wird einem der Respekt vor Stars and Stripes eingebleut. Bei jedem Pow Wow, jedem Schulabschluß und jedem Korbballspiel in der Turnhalle kommen zuerst die Mitglieder der Ehrengarde in eleganten Kostümen herein. Der Mann in der Mitte trägt das Sternenbanner. Bei ihrem Auftritt sind nur die Kuhglocken und die Glöckchen auf den Uniformen der Träger zu hören. Sie laufen einmal im Kreis herum, bleiben dann vorne so lange stehen, bis einer von ihnen ein Gebet auf indianisch aufgesagt hat, und dann marschieren sie langsam und gemessen wieder hinaus. Alle Anwesenden stehen feierlich da mit der Hand auf dem Herzen. Erst wenn sie draußen sind, den Lichtkegel oder den Raum oder die Halle verlassen haben, geht eine Art Seufzer durch die Reihen. Karten werden auf wachstuchbedeckten Tischen ausgeteilt, Schiedsrichter pfeifen auf ih-

ren Trillerpfeifen, Körbe mit Nummern drehen sich beim Bingo, ältere Damen binden ihre Schals fest und schlurfen zum ersten Tanz.

Mein Bruder Lee war der bestaussehende Junge im Reservat, und er wußte es. Er konnte sehr nett sein, sich bei den Leuten einschmeicheln und sich beliebt machen. Er sprach indianisch mit den Großmüttern und englisch mit seinen Lehrern in der Schule. Als er nicht ganz sieben Jahre alt war, tanzte er bei Pow Wows mit Reifen und nach kurzer Zeit schon Solos mit fünf Reifen gleichzeitig. Er legte sie um seinen biegsamen, schlangengleichen Körper und breitete sie wie Schwingen auf seinem Rücken aus. Er war bezaubernd und geschmeidig wie eine Weidenrute. Ich bekam einen trockenen Mund, wenn ich ihm zusah, und bangte, daß er eine Feder verlieren oder stolpern könnte. Ich harrte regungslos aus, aber wenn er fertig war und ich aufstand, hatte ich Muskelkater, als ob ich selbst getanzt hätte.
Als Teenager kaufte sich Lee extra eine Pinzette, um sich jedes Barthaar auf Kinn und Wangen einzeln auszureißen. Es gab jedesmal einen Kampf um den Spiegel im Badezimmer, wenn ich mit einem Jungen ausgehen wollte. Versuch mal, dich zu schminken, wenn ein großer Junge vor dir steht, sich vorbeugt, den Unterkiefer hin und her schiebt und Ausschau hält, wo neue Haare sprießen. Seine Augen schienen dunkler zu werden, je mehr er sich dem Glas näherte. Sie hypnotisierten mich so sehr, daß ich vergaß, mich selbst im Spiegel zu betrachten, und zu jeder zweiten Verabredung ohne Lippenstift oder mit ungekämmtem Haar aufbrach. Wenn ich mich beschwerte, schrie Lee, mir gehöre das Schlafzimmer, und folglich stehe ihm das Badezimmer zur Verfügung.
Bei einem Jungen ist das Aussehen nicht so wichtig. Lee war groß und gelenkig, während ich klein war und auf mein Gewicht achten mußte. Seine Augenbrauen waren voll, wo sie über der Nasenwurzel entsprangen, und verjüngten sich dann langsam ins Nichts. Sie hätten auch mit einem gespitzten Schminkstift auf seine Stirn gemalt sein können. Selbst wenn sein Gesicht entspannt war, sah er aus, als ob er gerade etwas gehört hätte

und sich darüber wunderte. Ich dagegen mußte Stunden vor meinem zweiseitigen Vergrößerungsspiegel verbringen, um meine Augenbrauen in dünne, gleichmäßige Striche zu verwandeln, die nicht halb so schön waren. Bei Lee konnte jeder die hohen Backenknochen sehen, aber egal, wie ich mein Kinn verzog und meine Zähne zusammenpreßte, ich ähnelte stets einem Backenhörnchen, das Nüsse für den Winter hortet.
Wir waren so verschieden, daß ich mich fragte, ob wir denselben Vater hatten, und wenn ja, warum ich den kürzeren gezogen hatte. Ich studierte die Gesichter der Männer mittleren Alters im Reservat und suchte nach einer Ähnlichkeit mit mir. Ohne Make-up hätte ich von jedem mit einer großen Nase und einer Lücke zwischen den Schneidezähnen abstammen können. Aber so gut wie mein Bruder sah kein Mann hier aus. Tante Ida sprach nie über ihre Vergangenheit, mit einer einzigen Ausnahme: Sie sagte, sie sei zweimal eine Närrin gewesen, und ein drittes Mal würde ihr das nicht passieren. Wir durften sie nicht Mom nennen, weil sie nicht verheiratet war, aber sie behauptete, wir seien ihr beide ähnlich. Das war ein Witz. Sie war auf eine Art häßlich, wie das manche Leute werden, ungeschlacht, und jeder Körperteil wirkte irgendwie deplaziert. Sie sah aus, als sei sie aus Ästen und Schlamm zusammengekleistert worden. Ihr Rücken war breit, ihr Nacken so dick wie ihr Kopf, und auf ihrer linken Wange leuchtete ein Feuermal so groß wie eine Pflaume. Für mich war sie immer alt, obwohl sie an jenem Neujahrsabend, nach dem sich die Welt trotzdem weiterdrehte, kaum älter als dreißig gewesen sein konnte. Ich glaubte, dieser Abend sei die letzte Möglichkeit, meiner Mutter in ihrer irdischen Gestalt nahe zu sein, deshalb war ich ihr gegenüber sehr aufmerksam. Wenn alle Lebenden und Toten um Mitternacht erschienen, wie es in der Apokalypse prophezeit war, wollte ich sie unbedingt wiedererkennen.
Ich prägte mir ihren Anblick damals zu gut ein. Bis heute geht mir dieses Bild nicht aus dem Kopf. Jedesmal, wenn ich daran denke, wie sie jetzt ist, hart und gemein, taucht sie vor meinem geistigen Auge in dem verdammten blaugeblümten Baumwolldress auf, den sie an diesem Abend trug. Für vier Dollar und

neunundneunzig Cents hatte sie sich das Ding von einem Versand schicken lassen. Die Anzeige stand in den *Rocky Mountain News.* Im Reservatsladen fand sie die passenden Söckchen, die sie über gebleichte Turnschuhe herunterrollte. Zu Weihnachten schenkte ihr Lee einen marineblauen Schal aus waschbarem Stoff, und ich kaufte ihr einen Anhänger mit einem kleinen Bild des Heiligen Herzens an einer goldenen Kette. Ich glaubte, es sei besser für sie, den Schmuck am Tage des Jüngsten Gerichts zu tragen. Sie mußte sich schließlich verantworten, weil sie Lee und mich hatte, aber keinen Ehemann.

Ich kümmerte mich um ihr Aussehen. Während Tante Ida steif wie ein Brett dasaß, mischte ich ihr eine Heimdauerwelle von Lilt an. Sie hatte damals natürlich noch keine weißen Strähnen. Ihr Haar hing wie ein dicker grober Vorhang bis zur Hüfte hinab. Ich folgte den Anweisungen auf der Packung, rollte ihre Haare auf Wickler und umwickelte die Spitzen mit Streifen von eingeweichten Papiertüchern. Die Lockenwickler quollen ihr über die Ohren wie Hot dogs. Ihr Schädel war zu klein und ähnelte dem Kopf einer nassen Katze. Aber selbst dieser Anblick machte mich nicht stutzig. Ich mischte sorgfältig den Festiger und quetschte ihn aus der spitz zulaufenden Tube auf jeden Wickler. Dann goß ich den Neutralisierer über ihren Kopf. „Warte nur, bis es ausgebürstet ist", sagte ich ihr. „Du wirst wunderschön sein."

Tante Ida ließ alles mit der Geduld einer Märtyrerin über sich ergehen. Sie ertrug alles wegen des Heiligen Herzens. Sie war mir ausgeliefert, weil sie mir kein Geschenk gemacht hatte.

Kurz vor fünf Uhr nahm ich die Nadeln heraus, und ihr Haar entrollte sich zu langen, dicken Schlingen, die verfilzt und verklebt waren. Ich kam nicht einmal mit einer Bürste durch, und an meinem Kamm brachen die Zinken, als ich versuchte, ihn durch die Haare zu zerren. Schließlich bearbeitete ich ihr Haar mit den Fingern. Die fetten Muskeln auf Tante Idas Nacken dehnten sich und zogen sich unter meinen Händen wieder zusammen. Sie sah aus wie eine Wilde, wie jemand, der gerade im Jeep durch einen Wirbelsturm gefahren ist.

Sie ging zum Badezimmerspiegel. Ihr Haar stand an einigen

Stellen ab und lag glatt an anderen, wo ich die Spitzen nicht eng genug gewickelt hatte. Ich sah Lee drohend an, damit er den Mund hielt, und folgte ihr.

„Du könntest in einem Schönheitssalon arbeiten", sagte sie und drückte eine verklumpte Welle zurecht, wie es Schauspieler im Fernsehen tun. „Ich sehe aus wie Jane Russell." Es klang sehr seltsam, wie Tante Ida den Namen des Kinostars aussprach, weil sie zu Hause nur indianisch sprach. Ich suchte ihre Augen im Spiegel, und zum ersten Mal in meinem Leben trafen sich ihre Augen mit meinen. Wir sahen uns an von Frau zu Frau.

Die Furchen und Falten in Tante Idas Gesicht waren damals noch nicht sehr tief. Beim ersten Ton von Lees Lachen erstarrten sie zu harten Linien. Sie schob sich wie ein Lastwagen im Rückwärtsgang aus dem Badezimmer. Ich sagte Lee, er solle den Mund halten, aber es war zu spät. Tante Ida knallte die gußeiserne Pfanne auf den Herd und schüttete eine Dose mit Rinderhackfleisch hinein. Sie wickelte Lees Schal um den Kopf und aß allein vor dem Fernseher. Ich wachte am nächsten Morgen auf und merkte, daß die Welt sich weiterdrehte. Tante Ida hatte das Haar so fest geflochten, daß es sich wie eine Schlange auf ihrem Rücken wölbte und bog.

Aber mit Lee konnte niemand lange böse sein, vor allem Tante Ida nicht. Selbst als er noch ein kleiner Junge war, behaupteten alle Leute, er werde immer Erfolg haben. Manchmal beobachtete ich, wie Tante Ida ihn verwundert ansah, als könnte sie nicht glauben, daß er wirklich ihr Sohn war.

Natürlich war ich eifersüchtig. Lee stand immer im Mittelpunkt, schon als Baby. Aber ich muß zugeben, daß ihm sein gutes Aussehen nicht so zu Kopf stieg, wie es möglich gewesen wäre. Es gab Zeiten, in denen er sich selbst völlig vergaß.

Lee war nie viel mit Kindern in seinem Alter zusammen. Er hatte keine Geduld und wollte beim Spielen nicht auf andere Rücksicht nehmen müssen. In den Jahren, in denen ich die Grundschule besuchte, lebte er sein Leben ausschließlich durch mich. Ich ließ ihn tun, was er wollte, und nahm ihn mit, wohin ich ging. Vielleicht war ich nur mit ihm zusammen, weil er neugierig war und wissen wollte, was ich tat. Er fragte: „Was ist los?“, bevor ich wußte, daß etwas nicht in Ordnung war. Er sagte mir, wie ich mich kleiden sollte, und hörte mir stundenlang zu. Er war immer auf meiner Seite, wenn mich jemand angriff. Er ließ mich meine schlechte Laune vergessen, wenn er mir erklärte, warum er schlechter dran war als ich. Und ich hörte es gern, wenn er mich Tina rief. Niemand sonst nannte mich Tina. Außerdem hatte ich gern Zuschauer, wenn ich die Jungen in meiner Klasse beschämte, weil ich mutiger war als sie. Sie wußten aus Erfahrung, daß mich niemand im Kampf besiegen konnte. Also forderten sie mich immer wieder zu Mutproben heraus. Sie wollten herausfinden, wie weit ich gehen würde und wie verrückt ich sein könnte. Ich starrte auf eine Klapperschlange, die nicht weiter von mir entfernt war, als ein Bach breit ist. Ich stahl einen Vierteldollar aus der Sammelbüchse bei der Messe und beichtete es nicht. Zu Allerheiligen zog ich abends kurz nach Sonnenuntergang alle Kleider aus und rannte bis zum Fuß des Hügels vor unserem Haus. Die kalte Luft strich mir über die Haut, und ich hielt die Hände über den Kopf. Jedesmal war mein Bruder dabei, und jedesmal lachte er über die Jungen, wenn die Siegerin wieder einmal feststand.

Lee war immer mit mir zusammen, bis zu dem Nachmittag im Frühling, an dem er mir das Leben rettete.

An diesem Tag weichte der schmelzende Schnee noch den Boden auf, aber es war schon länger hell. Nach der Schule wollte ich nicht gleich nach Hause gehen. Nicht weit von unserem Haus ragte ein großer Fels aus gelbem Stein auf. Der Ausläufer eines schnellfließenden Stroms hatte den Felsen über viele Jahre hinweg ausgehöhlt. Er stach aus diesem flachen Land heraus wie eine Burg, die Seiten waren so scharf und kantig wie Türme. Es war ein gespenstischer Ort, Stimmen raunten dort, es war einsam, und ständig rieselten kleine Brocken von verwittertem Gestein in den Abgrund. Einige Leute behaupteten, daß die Seelen der Verstorbenen dort umgingen. Aber das sagten sie über viele Orte, und ich gab nichts auf ihr Gerede. Ich wußte nur, daß es dort selbst an heißen Tagen kühl blieb.

Ein Junge aus der siebenten Klasse wettete, daß ich die natürliche Brücke, die sich sechs Meter über dem Bachbett wölbte,

nicht überqueren könnte. Ich lachte ihn aus. Ich kletterte hinauf und sah, daß der gelbe Felsen dünn und rissig war. In einer heftigen Böe hätte er zerbrechen können. Die Gruppe der Jungen war weit unter mir versammelt, und Lee stand zwischen ihnen. Er hatte den Nacken zurückgebogen und die Daumen im Gürtel eingehakt. Er erwartete, daß ich die Brücke überqueren würde, und glaubte, es fiele mir so leicht wie alle anderen Mutproben zuvor. Ich war vor Aufregung wie gelähmt, und ich haßte ihn, weil er so ruhig dastand.
Ich setzte mich rittlings auf die Brücke, bewegte meinen Hintern Zentimeter für Zentimeter vorwärts und sah geradeaus. An dem anderen Turm hingen die Überreste eines großen Nestes. Zwischen den Zweigen waren so große Löcher, daß ein Baby bequem durchgepaßt hätte. Ich rutschte langsam darauf zu. Der rauhe Fels zerkratzte mir die Innenseite der Schenkel und zog mir die Unterhose am Schritt fest.
Ich konnte keinen Augenblick vergessen, wo ich war. Der Wind hob mir den Rock und fuhr mir durchs Haar. Ich krallte mich immer fester an den Felsen. Meine Füße fühlten sich in meinen Schuhen wie Bleigewichte an, und ich versuchte, sie gegeneinander auszubalancieren. Immer wieder glaubte ich, ich würde im nächsten Moment fallen. Es kam mir vor, als hätte ich die Kontrolle über meinen Körper vollständig verloren. Schließlich rutschte ich nicht mehr weiter. Meine Hände verwandelten sich in einen Teil des Felsens. Ich machte in die Hosen, und es war mir egal.
Das Nest hielt mich auf der Brücke fest. Ich besah es mir genau. Ich suchte mit den Augen das Geflecht aus gebleichten Reben und Gräsern ab. Ich hörte Schreie unter mir, aber ich sah nicht hinunter. Vielleicht würden die Falken zurückkommen, die das Nest gebaut hatten. Vielleicht würden sie mich mit ihren krallenbewehrten Fängen packen und auf die andere Seite tragen. Mein Atem kam stoßweise, und meine Augen quollen aus den Höhlen. Dann sah ich etwas, das ich nicht glauben konnte. Lees Kopf tauchte friedvoll, als wäre das alles ganz normal, hinter dem Nest auf. Er sah aus wie ein Vogel, der über den Rand lugte. Der Wind wehte ihm Haarsträhnen in die Augen, und er

strich sie sich aus dem Gesicht. Seine Ruhe floß zu mir wie ein Seil. Es lief die Länge meiner Arme entlang und löste mir die Finger. Die Muskeln an meinen Hüften entspannten sich und unterstützten wieder meinen Rücken.
„Komm, Tina“, sagte Lee.
Er streckte den Arm aus und zog mich über die Kante. Ich rutschte mühelos, seine Kraft war stärker als die Anziehungskraft der Erde. Ich kroch durch das Nest, löste es vom Felsen, und es fiel hinter mir in die Tiefe. Als ich neben Lee auf der Felskante stand, sah ich immer noch nicht hinunter, sondern schaute nur ihn an. Dann packte ich seine dünnen Arme mit aller Kraft. Ich fühlte, wie seine sonnenwarme Haut sich unter meinen Fingern straffte. Ich roch den gelben Staub in seinen Haaren und das Fruchtbonbon in seinem Mund.
„Hier ist es zu gefährlich“, schrie ich. „ Bleib nicht so nah am Abgrund stehen. Bist du verrückt?“ Ich wollte ihm klarmachen, wozu er mich gebracht hatte.
Lee bekam es mit der Angst zu tun. Er sah aus, als würde er im nächsten Moment losheulen. Seine Lippen zitterten, aber er hob das Kinn, als er den Kopf wegdrehte.
„Benimm dich nicht wie ein kleines Kind“, sagte ich, während ich ihn zu mir herunterzog, damit er sich neben mich setzte. „Sie beobachten uns.“ Aber ich war das kleine Kind. Mein Urin klebte kalt an meinen Beinen. Ich hatte die Brücke überquert, aber nicht aus eigener Kraft, und wir wußten es beide. Ich habe keine Ahnung, worüber mein Bruder in diesen endlosen Minuten nachgedacht hat. Wir schnippten Kiesel in die dünne Luft und warteten, bis die Kinder unter uns nach Hause gegangen waren. In meinem Kopf entstand eine immer längere Liste jener unzähligen Dinge, die ich niemals tun sollte, die ich nie ausprobieren durfte. Als wir unten ankamen, ging Lee voran, um den Weg zu erkunden.

In der Mitte des folgenden Jahrs – Lee war dreizehn, und ich ging das zweite Jahr aufs College – kam ein Mestizenkind mit lockigem schwarzem Haar und grünen Augen mit seiner Mutter in unser Reservat. Sie zogen in ein Haus ganz in unserer Nähe.

Vom ersten Tag an hängte sich der Junge wie eine Klette an uns. Obwohl Dayton Nickles ein Jahr älter war als Lee und in die nächsthöhere Klasse ging, wich er meinem Bruder nicht von der Seite. Man hätte meinen können, das einzig Wichtige in seinem Leben sei die Freundschaft zu Lee. Es dauerte nicht lange, bis die Leute Lee damit aufzogen.
„Wo ist Dayton?“ fragten sie ihn, wenn sie ihn irgendwo allein antrafen. „Hat er sich mal losgerissen?“ Aber mein Bruder lebte in seiner eigenen Welt und ließ sich auf die Frotzeleien nicht ein.
Ich fand es zuerst kurios, ja geradezu komisch, wie Dayton Lee vergötterte. Aber man kann über ein und dieselbe Sache nicht immer wieder lachen. Dayton war allgegenwärtig – sogar in Tante Idas Haus. Meist trug er Jeans und ein weißes T-Shirt, hielt den Kopf gesenkt, hatte einen Klumpen Kautabak in den Backen und eine Zinndose in der Hand, in die er ab und zu hineinspuckte. Und Lee wollte Dayton einfach nicht den Laufpaß geben. Ich konnte sagen, was ich wollte, ich konnte mit Engelszungen reden, es war nichts zu machen. Er lächelte nur und schüttelte den Kopf. „Wir sind Kumpels“, sagte er. „Wir kommen prima miteinander klar.“ Und dabei blieb es den ganzen Sommer und vier weitere Jahre lang.
Ich war nun bei allen beliebt, und es machte mir nicht mehr soviel aus, mit wem Lee zusammen war. Ich hatte andere Dinge im Kopf und einen reifenden Körper, der zu diesen Dingen paßte. Ich wusch meine Kleider in heißem Wasser, damit sie einliefen. Ich konnte jeden guten Song im Radio mitsingen. Abends machte ich mir die Haare zurecht. Am Morgen toupierte ich sie zu einem Turmbau und zwängte sie in ein steifes Haarnetz. Nicht einmal der Wind von Alberta konnte mein Haar dann noch zerzausen. Was mir an gutem Aussehen fehlte, machte ich auf andere Art wett. Ein Junge, der mit mir ausging, kam auf jeden Fall auf seine Kosten. Einige Mädchen redeten hinter vorgehaltener Hand über mich, aber das hatten sie schon immer getan. Wenn sie wissen wollten, wie man bei Männern voll zum Zug kommt, fragten sie mich. Auf diesem Gebiet war ich Expertin.

Nachmittags lag ich meistens auf meinem Bett, hörte „The Teen Beat“ im Radio und verglich die Ratschläge, wie man noch beliebter wird, in den verschiedenen Zeitschriften. Einmal ließ ich meine Tür einen Spalt weit offen, damit Luft hereinkam, und ertappte Dayton, wie er mich vom anderen Zimmer aus beobachtete. Seine Augen leuchteten so hell, daß ich erschrak. Da lag ich und prägte mir den Refrain von „Poor little Fool“ und „A Thousand Stars“ ein, und plötzlich brannte die Grüne Laterne auf mich herunter. Ich machte ihm ein unmißverständliches Zeichen mit den Fingern und streckte die Zunge heraus. Aber sobald er entdeckte, daß ich seinen Blick bemerkt hatte, schaute er weg und tat so, als müsse er eine Verspannung in seinem Nacken lösen.
Sein Verhalten gab mir zu denken. Auf einmal ergab alles einen Sinn. Dayton lief hinter Lee her, weil er in meiner Nähe sein wollte. Viele Jungen in seinem Alter wünschten sich das mehr, als ihnen selbst bewußt war. Als Junge beeindruckte mich Dayton nicht besonders. Aber seine Schüchternheit reizte mich. Ich versuchte, mir Daytons Gesicht vorzustellen statt der älteren Jungen, von denen ich oft träumte, wenn ich Lieder sang wie „Lipstick on Your Collar“. Wenn die Leute den unschuldigen kleinen Dayton aus der neunten Klasse mit meinem mandarinenfarbenen Lippenstift auf dem Hemdkragen erwischten, würden ihnen die Augen aus dem Kopf fallen. In einigen von meinen Lieblingsliedern, wie beispielsweise „Teen Angel“, wurden die Mädchen von einem Zug überrollt oder von einem Auto überfahren. Ich stellte mir vor, wie Dayton um mich trauern und schwören würde, nie wieder mit einer anderen zu gehen. Vielleicht würde er sogar Priester werden. Je länger ich an ihn dachte, desto mehr sah er aus wie ein indianischer Frankie Avalon, und ich war Annette, eines meiner Idole.
Bei ihrem Hit spielte ich immer dasselbe Spiel. Jeden Tag wartete ich, bis der Diskjockey „First Name Initial“ auflegte, und wenn das Lied dann erklang, ließ ich alles stehen und liegen und experimentierte mit meinem Namen und jeweils dem eines anderen Ehemannes. Mein Schulheft war gespickt mit verzierten Monogrammen. Alle fingen mit meinem C an und jedes endete

mit dem ersten Buchstaben eines anderen Nachnamens. C. N. wurde eines meiner Lieblingsmonogramme, nachdem ich es schwungvoll gezeichnet und mit meinem Magic Marker ausgemalt hatte.
Es war noch schwerer, Dayton ohne Lee anzutreffen, als Lee ohne Dayton. Aber deshalb dachte ich nur noch mehr an Dayton. Er war eine Herausforderung. Wenn er und Lee auf dem Sofa vor dem Fernseher saßen, quetschte ich mich zwischen sie. Ich fiel in der Schule zurück, damit ich meinen alten Lehrer besuchen konnte, und das nur, um vor Daytons Klassenzimmer herumzulungern und mich zur Schau zu stellen. Aber ich konnte machen, was ich wollte, Dayton war nicht aus der Reserve zu locken. Er bekam kalte Füße und versteckte sich hinter Lee. Es war zum Verrücktwerden.
Und dann traf ich ihn ganz zufällig spät in einer Aprilnacht bei einem nächtlichen Pow Wow. Gerade fand der Schalwettbewerb der Frauen statt, aber ich hatte mich nicht eingeschrieben. Ich trug eine dreiviertellange Sporthose und eine schulterfreie Bluse wie Molly Dee, meine Haare waren gelockt, die Frisur saß perfekt. Besser konnte ich nicht aussehen. Meine Fingernägel waren zu langen Ovalen geformt, und ich duftete nach My Sin.
Als ich Dayton traf, war ich froh um jede Minute, die ich auf mein Aussehen verwendet hatte. Er lehnte allein an einem Pfosten unter den Lampen. Diesmal wirkte er nicht wie ein kleiner Junge. Seine Augen waren unnatürlich weit geöffnet und hatten diesen schimmernden, träumerischen Glanz, der von zuviel Wein herrührt. Sein Haar unter dem Cowboyhut glänzte von Pomade, er hatte die Ärmel von Lees ausgebleichtem roten Westernhemd bis zum Ellbogen aufgerollt, weil es ihm zu klein war.
Ich ging auf Dayton zu. Der Lärm des Pow Wows wurde schwächer, als ob jemand die Lautstärke zurückgedreht hätte. Es gab nur uns beide, an einem Ort, der keine Wände hatte. Ich machte mich kleiner, damit er größer wirkte, und warf ihm unter gesenkten Wimpern aufreizende Blicke zu, wie ich sie von Annette kannte.
„Lee ist nicht hier." Daytons Stimme klang gereizt, als ob sich

die beiden gestritten hätten, aber darauf konnte ich jetzt keine Rücksicht nehmen.
Ich nahm die Schultern zurück, damit sich der trägerlose BH unter meiner Bluse deutlicher abzeichnete. Dann war ich ihm so nahe, daß er mich riechen konnte. Ich strich mit meinen Fingerkuppen sachte über seine metallene Gürtelschnalle.
Dayton konnte nicht mehr geradeaus gucken. Er schielte, drehte den Kopf zur Seite und betrachtete meine streichelnde Hand. Das schien ihn ein wenig zu beleben.
Es gibt bestimmte Verhaltensregeln, die zu beachten sind, wenn man beim Pow Wow jemandem den Hof macht: Als erstes geht man von den Lampen weg in die dunkle Nachtluft, die den Kreis der Wettbewerber und Zuschauer umgibt. Ich hakte einen Finger von oben in seinen Hosenbund und zog ein bißchen. „Sollen wir Lee gemeinsam suchen?“ fragte ich.
Dayton war drei Jahre jünger als ich und keinen Alkohol gewöhnt, aber völlig unerfahren war er nun auch wieder nicht. Er konnte das Angebot auf keinen Fall ablehnen. Seine Träume wurden wahr. Ich trat noch näher und ließ mein Knie an seinem Bein vorbeistreichen. Dann ging ich weg in Richtung offenes Feld. Ich ging ganz langsam, bis ich seine Schritte hinter mir hörte. Erst dann lief ich schneller. Ich hatte einen bestimmten Platz im Sinn, eine Höhlung, wo sich das Weideland absenkte und einen Fuchsbau bildete. Dort konnten wir uns ausstrecken und allein sein, falls der Platz nicht schon besetzt war.
Wir sprachen nicht, solange ich voranging. Der Mond war nicht zu sehen, aber die Frühlingsnacht war klar, und die Luft umgab mich wie vom Wind geblähte Vorhänge. Das Land war so flach, daß man nur dann keine Sterne sah, wenn man direkt zu Boden blickte. Der Himmel roch nach tiefem Ozean. Ich hätte mich hineinstürzen und schwimmen können, wohin ich wollte. Ich trampelte durch das flachgedrückte, lange Gras, das monatelang unter dem Schnee begraben gewesen war. Ich spürte, wie neuer Pflanzenwuchs hervorbrach, weil er mir die Knöchel zerkratzte. Lee würde sich wundern, daß ich mit Dayton zusammen war. Ich konnte es kaum erwarten, sein ungläubiges Gesicht zu sehen, wenn ich ihm davon erzählen würde.

Es war so dunkel, daß Dayton mit mir zusammenstieß, als ich stehenblieb. Wir standen in der Mitte der Aushöhlung, die Oberkante reichte uns bis zu den Schultern. Ich machte keinen Schritt mehr.
„Ich glaube, wir finden ihn nicht", sagte ich. Jede Faser meines Körpers war wach und bereit. Ich konnte nie voraussagen, was ein Junge beim ersten Mal wollte.
Ich hörte Dayton atmen. Sein Umriß war etwas dunkler als die Nacht. Plötzlich war er ein Fremder für mich. Ich fand seine Hand und legte sie auf meinen Bauch. Das war ein Teil von mir, der so hart und rund war, daß die Jungen vom Streicheln nie genug bekommen konnten. Früher, bevor ich ein Kind geboren hatte. Als ich Daytons lange Finger an meinen Bauch drückte, spürte ich die Hitze, die sie ausströmten, durch meine dünne Baumwollhose. Nach einer Ewigkeit bewegte er sich. Er schlang einen Arm um meine Schultern, und ich preßte mich an ihn. Er rieb seinen Mund auf meinen Lippen, und ich streckte die Arme aus und verschränkte die Finger in seinem Nacken. Ich war bereit, mich auf den Boden fallen zu lassen. Ich war zu allem bereit. Er drückte seinen Mund auf meinen Mund, seine Lippen blieben fest geschlossen. Ich wußte ohne den Schatten eines Zweifels, daß er die Augen genauso fest geschlossen hielt. Er wollte mich aussperren. Als ich die Ellbogen abwinkelte und meine Hand tiefer glitt, verkrampfte sich Dayton und zitterte wie ein Tier bei einer unangenehmen Berührung. Ich wich zurück, und er hielt mich nicht auf. Normalerweise hatte ich die Dinge, wenn ich mit einem Jungen an diesem Punkt angelangt war, eine ganze Weile nicht mehr unter Kontrolle. Also wußte ich nicht, was ich tun sollte.
„Was willst du?" fragte ich schließlich. Ich wünschte, ich hätte die Möglichkeit gehabt, Licht anzumachen und den Ausdruck in seinem Gesicht zu studieren.
„Vielleicht sollten wir weiter nach Lee suchen", murmelte Dayton zu schnell. Er schämte sich und wollte so tun, als wüßte er nicht, was gerade eben nicht geschehen war. Er schluckte und machte dadurch alles noch schlimmer.
„Du bist einfach wie eine große Schwester für mich, Christine."

Die meisten Jungen träumten von dem, was Dayton ausgeschlagen hatte. Die allermeisten. Wenn jemand nein sagte, dann war es das Mädchen.
„Oder wie eine Schwägerin", schoß ich zurück und landete einen Treffer unter der Gürtellinie. Ich bin kein Mensch, der sich an einem bestimmten Punkt zurückhält und es später bereut. Dayton verstand, was ich meinte, obwohl ich sicher bin, daß es ihm niemand vorher ins Gesicht gesagt hatte.
„Du verstehst das ganz falsch", sagte er, aber ich wartete seine Erklärung nicht ab. Ich marschierte zurück zum Pow Wow und ließ ihn stehen. Er konnte der Nacht erklären, was sein Problem war. Ich haßte meine Kleidung, ich haßte das Gefühl, wenn der dünne Hosenstoff an den Hüften und an den Schenkeln scheuerte, und ich haßte den öligen Geschmack des Lippenstiftes, den Dayton durch seinen Kuß auf meinen Zähnen verschmiert hatte. Alles an mir war falsch. Ich brauchte Jahre, um zu vergessen, daß Dayton mir das gezeigt hatte.

Nach diesem Pow Wow war zwischen uns dreien nichts mehr wie früher, obwohl ich mir nicht sicher bin, ob Lee jemals den Grund dafür erfahren hat.
Dayton und ich stritten uns zwar niemals, aber die Scham machte uns gereizt. Wir fingen an, Lee in zwei verschiedene Richtungen zu ziehen. Wir zwangen ihn, zwischen uns zu wählen. Ich schlug beispielsweise vor, wir könnten mit einem ausgeliehenen Lieferwagen herumgondeln, und Dayton quälte Lee, er solle mit dem Lasso üben. Ich wollte unbedingt *Rome Adventure* im Autokino anschauen, und Dayton schaltete „Bonanza" im Fernsehen an. Lees Wünsche blieben auf der Strecke. Er mußte seine Zeit zwischen Dayton und mir aufteilen. Keiner von uns dreien war mit diesem Zustand glücklich.
Das einzige, was Lee für sich allein hatte, war das Rodeo. Als Teenager wurde er bereits im ganzen östlichen Montana bekannt. Er stieg auf jedes Pferd und ritt es, bis es völlig erschöpft war und sanft wie ein Lamm wurde. Ich hatte mein eigenes Leben. Wenn Lee zu Wettbewerben fuhr, wünschte ich ihm Glück, aber Dayton begleitete ihn und trug seinen Sattel. Day-

ton erzählte Geschichten über Lees Siege, wenn sie wieder nach Hause kamen. Er prahlte, daß Lee die älteren, weißen Cowboys bankrott gemacht habe, die gegen ihn gewettet hatten. Er malte uns aus, daß Lee auf dem Weg zu einem berühmten Rodeo-Star war. Und Lee lauschte mit uns Daytons Erzählungen, schüttelte den Kopf und lachte, als hörte er die Geschichten zum ersten Mal, als wäre er gar nicht dabeigewesen. Wenn die Leute mehr Einzelheiten wissen wollten, fragten sie Dayton statt Lee, weil er so spannend erzählen konnte.

Die Leute sagten bald, Lee könne bei den großen Rodeos in Cheyenne und Calgary mitmachen. Aber Tante Ida war strikt dagegen.

„Schau dir an, wie diese Idioten nach zehn Jahren aussehen", sagte sie. „Alle Knochen ein paarmal gebrochen und einen kaputten Rücken. Die haben Schmerzen in sämtlichen Gliedern und sind alt, bevor sie dreißig sind, und zu nichts mehr zu gebrauchen. Sie können höchstens noch Pferdemist schaufeln." In Wirklichkeit klangen ihre Worte noch viel schlimmer, weil sie indianisch sprach. Im Vergleich dazu hört sich Englisch harmlos an durch die vielen weichen Vokale, die den Gedanken ihre Schärfe nehmen. Wenn Tante Ida Englisch redete, betonte sie jedes Wort einzeln, als sei sie selbst überrascht, daß jene Sprache aus ihrem Mund kam, die sie sonst nur in der Kirche hörte. Ihre Sätze knisterten wie elektrisch geladen, sie flogen wie orientierungslos in der Luft herum. An ihrem Gesicht konnte man ablesen, wie sehr sie zweifelte, daß diese Geräusche tatsächlich eine tiefere Bedeutung hatten, die jemand entschlüsseln konnte. Deswegen waren ihre Signale alle verzerrt, und sie hatte stets eine Frage in den Augen. Sie rechnete nicht damit, daß sie tatsächlich verstanden wurde. Mit uns sprach sie niemals englisch. Auf indianisch strömten ihre Worte wie dickflüssiger Whisky, der nie mit Wasser in Berührung gekommen ist, wie schwarzgebrannter Schnaps direkt aus dem Faß.

Ich weiß nicht genau, wie sich Tante Ida Lees Zukunft vorstellte, aber sie machte sich zweifellos Gedanken. Ab und zu nickte sie kräftig und bestimmt mit dem Kopf, wenn sie ihn beobachtete, so als ob sie gerade etwas entschieden hätte. Sie bestellte seine

Kleider bei Sears und hielt sie in Ordnung. Sie kochte seine Lieblingssuppe mit Mais, wann immer sie alle Zutaten auftreiben konnte. Sie ging nie mit zu den Rodeos. Aber ich wußte, daß sie Daytons Geschichten lauschte, während sie in einem anderen Teil des Zimmers Geschirr spülte oder so tat, als suche sie nach ihrem Nähzeug.
Wenn Lee bei unserem Pow Wow tanzte, putzte sie sich heraus. Sie trug die perlenverzierten Mokassins ihrer Mutter und Ohrringe aus Stachelschweinborsten. Einmal wurde Lee Zweiter beim Men's Fancy.*

Tante Ida saß den ganzen Abend in ihrem Klappstuhl am Rande des Kreises, während eine Ausscheidungsrunde der anderen folgte. Lee verlor schließlich, und sie ließ sich von ihm in den inneren Kreis der Tänzer führen, damit er sich nicht in den Schmollwinkel zurückziehen konnte. Ich hatte sie nie vorher tanzen sehen und war verblüfft. Als Zuschauer vergaß man, wie schwer sie war. Sie trat beim Tanz um die Trommeln so leichtfüßig auf wie ein Reh. Den schönsten Schal hatte sie allerdings nicht, nur eine alte lila Decke, die sie selbst gehäkelt hatte. Sie hielt den Kopf gesenkt und ihre Augen halb geschlossen. Ihr Körper schien zu schweben, während sie mit den Füßen steppte und über Kreuz trat. Lee war genauso überwältigt wie ich. Obwohl er allmählich in Fahrt kam, sich neben ihr bog und drehte, und obwohl die kleinen Spiegel und Glasperlen auf seiner federverzierten Kleidung die Lichter reflektierten, konnte niemand die Augen von Tante Ida wenden.

John F. Kennedy wurde einige Monate nach meinem verunglückten Rendezvous mit Dayton erschossen. Tante Ida saß wie ein Felsblock vor unserem Fernseher, neben ihr saß Lee und daneben Dayton. Damit war die Couch voll. Die Leute hatten gesagt, Lee würde der indianische John F. werden, weil er so gut aussah und so intelligent war. Ich weiß, daß sie deswegen so fasziniert schauten. Sie sahen, wie Oswald erschossen wurde,

* Verkleidungswettbewerb der Männer. Anm. d. Übers.

sie sahen John junior salutieren, sie sahen Jackies Augen hinter ihrem schwarzen Schleier, sie sahen alles.
Der Ton aus dem Fernseher drang durch die dünnen Wände in mein Zimmer. Außerdem schrie Lee dauernd zu mir herüber, was gerade passierte. Ich durfte keine Platten auflegen, und im Radio kamen nur noch Berichte über Kennedy. Selbst „Teen Beat“ nahmen sie aus dem Programm. Natürlich fand ich seinen Tod auch schlimm. Jackie war eine schöne Frau, und es tat mir leid, daß sie ihren Ehemann so jung verloren hatte und ihre zwei Kinder allein aufziehen mußte. Aber ich nahm es nicht so persönlich wie Lee und Dayton. In unserem Reservat wurden andauernd Leute erschossen, und kein Fernsehteam interessierte sich dafür.
Lee ließ noch Wochen später den Kopf hängen und hatte einen ernsten, verbitterten Ausdruck im Gesicht, als ob er die schwermütigen Gedanken nicht abschütteln könnte. Ich war mir nicht sicher, ob Dayton auch traurig war oder einfach nur mitmachte. Aber er wich Lee nicht von der Seite und erzählte die ganze Zeit, daß wir von kubanischen Raketen beschossen worden wären, wenn JFK nicht gewesen wäre. Unser Reservat lag in der Nähe der unterirdischen Silos für Interkontinentalraketen. Uns hätten die kubanischen Raketen mit als erste getroffen.

In den nächsten Jahren verhielten sich Lee und Dayton wie kleine Kinder, die nicht erwachsen werden wollen. Sie waren unzertrennlich wie siamesische Zwillinge. Selbst wenn sie mit Mädchen ausgingen, taten sie das gemeinsam, und sie gingen fast nie mit denselben Mädchen zweimal aus. Die Leute hatten sich so daran gewöhnt, Lee und Dayton zusammen zu sehen, daß sie keine Bemerkungen mehr machten. Aber ich konnte mich nicht daran gewöhnen. Dayton hatte mich nicht nur aus dem Leben meines Bruders vertrieben, sondern mir auch noch zu verstehen gegeben, daß ich nicht gut genug für Lee sei. Ich vergaß nichts, aber ich sagte nichts und wartete.
Dann schloß ich die Schule ab, arbeitete halbtags im Office des Stammesrates und verdiente mein eigenes Geld. An jedem Wochenende fuhr ich in die Stadt zum Tanzen. Ich sah jedes Dop-

pelprogramm im Autokino. Bei den Männern war ich eher wählerisch. Zu Weihnachten bekam ich von einem Mann einen Armreifen mit zehnkarätiger Vergoldung geschenkt, in den mein Name eingraviert war, ein anderer schenkte mir eine mexikanische Lederbörse.
„Du wirst ein Flittchen", sagte Tante Ida geringschätzig an einem Freitagabend, als ich mich für eine Verabredung fertig machte. „Keiner wird dich heiraten."
„Du mußt es ja wissen", sagte ich. Ich fuhr fort, meine Augen mit einem Kajal zu umranden, und tat so, als ob sie gar nicht da wäre. Ich hatte gehofft, daß sie wenigstens ein bißchen Verständnis aufbringen würde. Aber sie war eine Frau, die ich nie ganz durchschaute, weil sie immer auf Distanz blieb und sich benahm, als wäre sie nie in meinem Alter gewesen und hätte niemals ihren Spaß haben wollen. In ihrem verfrühten Altweibertum wurde Tante Ida ehrbar, und wir sollten uns ihr anpassen.
Ich dankte Gott, daß ich Lee hatte. Ihm konnte ich immer noch alles sagen, wenn wir einige Zeit miteinander allein waren. Er hörte mir zu und gab mir Ratschläge für den Umgang mit Männern, wollte meine neuen Kleider sehen und fragte, wohin ich ging und was ich vorhatte. Er war nicht nur mein bester Freund, sondern auch der einzige, dem ich vertraute, der einzige, der mich nie im Stich ließ.
Als ich zwanzig war, fuhr ich zum ersten Mal nach Minot und hatte nicht einmal eine Zahnbürste dabei. Ich glaubte, ich würde nach Malta ins Kino gehen, als ich Tante Idas Haus verließ. Aber der Kerl, mit dem ich zusammen war, raste durch dieses Kaff, in dem das Vieh der umliegenden Farmen verladen wurde, ohne den Fuß vom Gas zu nehmen, und fuhr auf dem vierspurigen Highway nach Osten.
„Was machst du?" fragte ich ihn. „Wohin fahren wir?" Aber er zwickte mich nur in den Schenkel und sagte, wir würden einen kleinen Ausflug machen und seinen Cousin besuchen. Ob ich etwas dagegen hätte? Ich ging mit mir selbst dreißig Sekunden lang zu Rate und entschied, daß ich nichts dagegen hatte. „Ich rufe im Office an und erzähle denen, daß ich krank bin", sagte

ich. Ich war unternehmungslustig und begierig, die Welt kennenzulernen, und so gefiel ich mir.
Minot hieß „The Magic City", und der Grund dafür war offensichtlich. Als wir zum ersten Mal nachts die Hauptstraße entlangfuhren, fühlte ich mich wie in einem Kinofilm: gleißende Lichter, hin und her hastende Menschen. Vor jedem Häuserblock sah ich mehr Leute, als in unserem ganzen Reservat lebten, und nicht einer von ihnen wußte, warum ich hier war. Ich ging mit meinem Typen und seinem Cousin und den Freunden des Cousins in eine Bar. Die Männer ließen ihre Drinks stehen und sogen meinen Anblick in sich auf. Und ich konnte sehen, daß ihnen der Anblick gefiel. Es waren so viele Soldaten von der Garnison der Air Force hier, daß ich keinen Tanz aussetzen mußte.
Zwei Wochen später kam ich von diesem ersten Ausflug heim, aber in gewisser Weise kehrte ich nie mehr ganz zurück. Ich machte mir auf dem ganzen Rückweg und bei jedem Schritt auf das Haus zu Gedanken, wie man mich wohl empfangen würde. Tante Ida dachte bestimmt, ich sei vermißt, weil sie die ganze Zeit nichts von mir gehört hatte. Ich würde es ihr nicht übelnehmen, wenn sie böse auf mich wäre. Aber vielleicht freute sie sich auch, daß ich mich gut amüsiert hatte, wenn ich ihr erzählte, was geschehen war.
Sie sah nicht einmal von „The Guiding Light" auf.
„Ich war mit einem Kerl in Minot", sagte ich. Ich wollte sie schockieren. Wenn ich gleich mit dem Schlimmsten anfing, konnte es nur besser werden.
„Diamond Johnson", sagte sie mit flacher Stimme.
Das verschlug mir die Sprache.
„Verheiratet. Zwei Kinder."
„Sie leben nicht zusammen", sagte ich. „Seine Frau ist zurück nach Süddakota gegangen."
Tante Ida ließ mich bis zum nächsten Werbespot warten. „Seine Mutter war bei mir. Sie sagte, sie hätte ihre Enkelkinder nur deinetwegen verloren."
Ich versuchte, ihr alles zu erklären. Diamond hatte mir nichts bedeutet. Er zählte nicht wirklich bei meinem Ausflug. Auf

mich kam es an, und auf all die neuen Dinge, die ich gesehen hatte, und wie die Leute mich behandelt hatten. Aber Tante Ida hörte mir nicht zu. Eine Frau hatte sie meinetwegen beschämt, nur das zählte. Ich explodierte. So konnte sie mich nicht behandeln.

„Willst du, daß ich ausziehe?"

Sie preßte einfach ihren mächtigen Kiefer zusammen und starrte weiter auf den Fernseher. Ich machte auf dem Absatz kehrt und verließ das Haus. An der frischen Luft dachte ich darüber nach, was ich als nächstes tun sollte. Ich hatte nichts bei mir und war zu stolz, um wieder hineinzugehen und meine Sachen zu packen. Vor lauter Wut bekam ich keine Luft. Der Türenknall hallte in meinem Kopf nach.

Vom Hügel aus hatte man einen guten Überblick. Aber Neues konnte ich kaum erwarten, in welche Richtung ich mich auch wandte. Ich kannte die Leute in jedem Haus an diesem Ende des Reservats, und es gab nicht viele, die mich länger als einen Tag oder zwei aufgenommen hätten. Ich erwog nicht einmal, Diamond zu fragen, obwohl er mich vielleicht zu sich genommen hätte. Wenn eine Frau so auf einen Mann zugeht, wird sie nie wieder frei. Und außerdem war er zu alt.

Also blieb nur die Familie übrig, und so zog ich zu Tante Idas jüngerer Schwester Pauline, ihrem Ehemann Dale Cree und ihrem ersten Baby. Ich kam mit Pauline nicht zurecht, aber ich wußte, daß es Tante Ida ärgern würde, wenn ich bei ihr wohnte.

Wenn ich morgens um fünf heimkam und die Musik mir immer noch in den Ohren dröhnte, war Pauline manchmal schon wach und fütterte ihr Baby.

„Du richtest dich langsam, aber sicher zugrunde, Christine", sagte sie mit ihrem besten, christlichen Blick. „Das ist kein Leben für ein junges Mädchen." Aber sie brachte mich immer dazu, daß ich ihr den Verlauf der ganzen Nacht erzählte, jede Einzelheit, angefangen von der Minute, in der ich das Haus verlassen hatte. Am liebsten hörte sie die Dinge, bei denen sie die Hand vor den Mund schlagen mußte, Dinge, über die sie nur flüstern konnte, Dinge, über die die Damen in der Kirche

die Köpfe schütteln würden. Mit diesen Berichten zahlte ich meine Miete, zumindest ihr gegenüber.
Dieses Leben machte mir soviel Spaß, daß es mir noch lange nicht langweilig werden würde. Ich hatte einen gewissen Ruf bei den Männern, ich konnte an ihren Augen ablesen, was sie über mich dachten. Mich riefen sie als erste an, als in den Bars überall Neonlampen aufgehängt wurden. Mir war es recht. Es gab Mädchen in meinem Alter, die schon verheiratet waren und zwei Kinder hatten, und andere, die täglich zur Messe gingen und ihren Gewohnheiten nach zu urteilen Nonnen sein mußten. Wenn ich sie im Laden traf, wie sie ihre vollen Einkaufskörbe schleppten, war ich froh, daß ich für mein Leben andere Karten bekommen hatte.
Mein Motto hieß: „Man ist nur einmal jung.“ Und ich war so schlau, meine Jugend in vollen Zügen zu genießen. Ich war die ganze Zeit unterwegs, ging nach Great Falls oder Rapid oder Billings. Aber ich traf mich nach wie vor mit Lee, wann immer ich Zeit fand. Er war der einzige Mensch, dessen Meinung mir etwas bedeutete.
Er und Dayton schlossen die High School als Red Power Indians ab. Sie trugen Bandanuas um die Köpfe, um die langen Haare zusammenzuhalten. Sie nahmen nagelneue Jeansjacken und bleichten sie so lange, bis sie getragen aussahen. Sie nähten helle Flecke auf ihre Hosen, um Löcher zu verdecken, die gar nicht vorhanden waren. Sie trugen indianische Zeitungen aus Kalifornien und New York herum, deren Schlagzeilen sich mit den Fingern abreiben ließen. Sie nannten die Priester der Mission hinter deren Rücken abfällig „Bleichgesichter“ und erklärten unser Reservat zu einer „Nation“ und uns zu „eingeborenen Amerikanern“. Die Bezeichnung „Indianer“ lehnten sie ab.
Lee und Dayton zusammen trugen mehr Buttons mit mehr Botschaften, als ein Mensch jemals lesen konnte. Wenn man sie auf der Straße traf, streckten sie die Brust heraus, damit jeder die Buttons sehen konnte mit Aufschriften wie: „Custer starb für Deine Sünden“ oder „Die Indianer haben Columbus entdeckt“.
Sie begannen sich für Vietnam und jeden anderen verdammten Ort zu interessieren, der in den Abendnachrichten erwähnt

wurde, und sie hießen mich zu schweigen, wenn ich sagte, daß solche Sachen nichts mit uns zu tun hätten.
„Mist. Christine, halt endlich die Klappe", sagte Dayton einmal. Wir saßen mit einer Gruppe in der Imbißbude und sahen im Fernsehen, wie Bomben fielen. Lee war nicht dabei. Er war diesen Abend zu Hause geblieben, weil er sich beim Rodeo ein Knie verstaucht hatte. Ich hatte gerade vorgeschlagen, indianisches Binokel zu spielen. „Diese Vietnamesen unterscheiden sich nicht sehr von uns", fuhr Dayton fort. „Dieselbe Hautfarbe, dieselben Haare. Warum hältst du nicht den Mund und lernst etwas?"
Ich wandte mich langsam um und ließ ihm so Zeit, sich zu überlegen, welche der denkbaren Entgegnungen von mir kommen würden. Er hatte gesprochen, ohne vorher nachzudenken, mit wem er redete. Nun sackte er in dem abgewetzten Stuhl in sich zusammen und war mir vollkommen ausgeliefert.
„Diese Kommunisten sehen *dir* vielleicht ähnlich", sagte ich, „aber nicht mir. Ich bin durch und durch amerikanisch. Warum machst du nicht, daß du wegkommst. Du hast sowieso nie in dieses Reservat gehört."
Dayton starrte weiter auf den Fernseher und hoffte, daß ich nichts mehr sagen würde. Ohne Lee als Rückendeckung konnte er es nicht mit mir aufnehmen.

Für sein Projekt als Senior an der High School ging Lee zu den Rentnern ins Altenzentrum und ließ sich Geschichten erzählen, wie das Leben früher gewesen war. Sie freuten sich, daß ihnen jemand Aufmerksamkeit schenkte, noch dazu jemand, der ihre Sprache sprach, und sie erzählten ihm alles, was er hören wollte. „Die Ältesten" nannte er diese Leute, als ob er ihre Namen nicht von Geburt an gehört hätte. Er begann über Mutter Erde und Vater Himmel zu sprechen und wußte auf alles eine Antwort. Wenn man ihm zuhörte, hätte man glauben können, wir Indianer wären der Mittelpunkt der Welt.
Eines Tages traf ich Lee im Laden. Er trug eine lange weiße Feder. Sie war ganz flauschig an den Enden und hing von seinem linken Ohr herab.
„Bist du Hippie geworden?" fragte ich ihn im Scherz, aber er

benahm sich wie ein Fremder, der wie mein Bruder aussah. Er zahlte für seine Flasche Limonade, drehte sich weg und ging hinaus, ohne ein Wort mit mir zu wechseln.
„Hey, Crazy Horse, ich bin es, Tina, ich rede mit dir." Meine Stimme klang hoch, als ob ich das Lachen zurückhalten müßte, aber ich wußte, daß sich die Leute, die herumstanden und zuhörten, nicht täuschen ließen.
Lee blieb in der Tür stehen. Seine Augen glänzten gefährlich. „Ich habe gehört, was du zu Dayton gesagt hast", sagte er leise und fest.
„Willst du ihn vor mir beschützen? Ist er weinend zu dir gerannt?" Ich hatte meinen Streit mit Dayton vollkommen vergessen und konnte mir nicht erklären, worüber Lee eigentlich so böse war.
„*Er* hat es mir nicht erzählt." Lee sah mich an, während er sorgfältig seine Worte wählte. „Warum hörst du nicht auf, dich mit all diesen reaktionären weißen Cowboys herumzutreiben. Dann würde es dich vielleicht mehr interessieren, was in der Welt vorgeht."
Ich blieb eine Weile dort, tat so, als ob ich einkaufen würde, ging den Gang zwischen Cornflakes, Haferflocken und Schreibwaren hinunter und versuchte mich zu beruhigen. Ich wußte, daß ich ganz rot im Gesicht war, und ich platzte fast, weil alle es sehen konnten.
Es dauerte eine ganze Weile, bis ich den Laden verließ. Ich ging direkt zu Tante Ida, obwohl wir sechs Monate lang nicht miteinander geredet hatten. Sie war allein und sortierte Stoffreste für einen Quilt.
„Wie soll es mit Lee weitergehen?" fragte ich. Sie stand vor mir, die Hände in die Hüften gestemmt. Sie hatte viel zu sagen, aber über Lee schwieg sie sich aus.
„Es geht ihm gut."
„Er wird zum Kriminellen", sagte ich. „Dayton ist schuld. Sie wollen die Regierung stürzen."
Tante Ida schnüffelte. Lee war für sie immer noch der indianische John F. Sie konnte ihn genausowenig verdammen, wie sie zum Mond fliegen konnte.

„Lee weiß, was er tut", sagte sie sicher und selbstzufrieden. „Er und Dayton."
Wir sahen uns an, und in ihren Augen konnte ich den Triumph über ihren Sieg lesen. In diesem Augenblick verstand ich, daß wir einen Kampf um Lee geführt hatten. Zu wem sollte er gehören? War er zuerst mein Bruder oder zuerst ihr Sohn? Er konnte nicht uns beiden gehören. Die ganze Zeit hatte ich gedacht, ich müßte mit Dayton um Lee kämpfen, aber ich hatte mich geirrt.
„Er wird nicht bei dir bleiben", sagte ich.
Bilder von Lee hingen an jeder Wand in diesem Raum: Lee mit seinen Reifen; in einem Glasrahmen ein zwanzig mal fünfundzwanzig Zentimeter großes Porträt von Lee beim Schulabschluß; Lee und Dayton, wie sie beim Schulausflug am Ende der Mittelstufe in den Bus nach Helena stiegen; Lee in seinem Tanzkostüm mit geflochtenem Haar, das mit roten Stoffstreifen geschmückt war und ihm bis auf die Schultern reichte. Lees gestärkte und gebügelte Cowboyhemden hingen auf einer Wäscheleine, die hinter einem Vorhang aufgezogen war. Seine frisch gewichsten Stiefel standen in Reih und Glied zu Füßen seines Bettes.
Meine Augen suchten jede Ecke ab. Dann drehte ich mich um und ging.
Wenn die Tür zu meinem alten Zimmer geschlossen war, erinnerte nichts daran, daß ich jemals hier gelebt hatte.

10

„Bist du tauglich?“ fragte ich Dayton.
Er verstand mich nicht. Sein welliges Haar war mit einem Halstuch zusammengebunden, und ein Indianer auf einem Pferd zierte den Rücken seiner Jacke.
„Deine Einberufung“, sagte ich. „Wie bist du eingestuft?“
„Vier A. Na, wenn schon.“
„Was heißt Vier A?“ Die Kategorie war mir neu.
„Der einzige überlebende Sohn. Mein Vater war bei der Marine und ist gefallen.“
Bis zu diesem Tag hatte er seinen Vater mit keinem Wort erwähnt.
„Heißt das, du kannst dich drücken?“
Dayton fühlte sich sichtlich unwohl. Darüber wollte er mit mir nicht sprechen. „Sie können mich nicht einziehen. Aber ich würde sowieso nicht gehen.“
Ich war mir sicher, daß er länger über dieser Frage gebrütet hatte und seine Antwort deshalb so entschieden klang. Ich redete weiter, während meine Gedanken vorwärtsrasten, wie ich diese Neuigkeiten ausnutzen könnte.
„Würdest du verweigern und ins Gefängnis gehen?“
„Oder nach Kanada.“
Er machte es sich ziemlich einfach. Inzwischen nahmen meine Gedanken Gestalt an.
„Ich hätte nie gedacht, daß du dich vor der Einberufung drücken willst“, sagte ich und wandte ihm den Rücken zu, damit er mir beim Weggehen nachschauen konnte.
„Ich bin ein anerkanntes Mitglied unserer indianischen Nation“, rief er mir hinterher. „Ein autonomer Bürger. Mein Stamm hat keiner Nation den Krieg erklärt.“

Ich ging weg, ohne mich umzudrehen, weil ich nicht wollte, daß er an meinem Gesicht sah, was ich fühlte. Er hatte mir eine Lösung für alle Probleme in den Schoß gelegt.
Als nächstes suchte ich Lee. Ich lieh mir Diamonds Auto und fand meinen Bruder auf der Straße nördlich von Tante Idas Haus.
„Steig ein", sagte ich, als ich neben ihm anhielt. Er glaubte, ich sei gekommen, um mich zu entschuldigen, und fing gar nicht erst an, mit mir zu streiten. Aber sobald er neben mir saß und seinen Hut tief in die Stirn gedrückt hatte, um seine Augen vor der Sonne zu schützen, startete ich meinen Angriff.
„Was willst du tun, wenn du mit der Schule fertig bist?"
Er bog seine Hutkrempe hoch und schaute zu mir herüber, aber ich starrte geradeaus auf die Straße.
„Keine Ahnung." Er dachte eine Minute lang nach. „Arbeiten, denke ich."
„Ich meine nach den zwei Jahren."
„Was für zwei Jahre? Meinst du Rodeo?"
„Nein, den Dienst für Onkel Sam. Du bist achtzehn."
Lee blies einen langen Luftstrom aus den Backen, drehte den Kopf weg und schaute zum Seitenfenster hinaus. „Mist", sagte er.
Ich fuhr langsam und schwieg, um ihm Zeit zu geben, mehr zu sagen.
„Du wirst es nicht verstehen, Christine."
Ich fragte nicht, was ich nicht verstehen würde.
„Ich werde nicht zur Armee gehen. Ich muß nicht hingehen."
„Sagt Dayton", stichelte ich. „Er macht ein Geschäft mit seinem toten Vater. Leider hast du keinen Vater zu bieten."
„Ich werde in einem Krieg der Weißen nicht mitkämpfen." Lees Worte klangen, als wiederhole er etwas, das er in der Kirche gehört hatte.
„*‚Ein Krieg der Weißen!?'*" sagte ich. „Seit wann plapperst du solche Parolen nach?"
„Ich meine, was ich sage, Christine. Laß mich in Ruhe."
Ich stellte mir vor, was meine Freunde sagen würden, wenn Lee sich wirklich drückte. Viele Typen, mit denen ich ausging, vor

allem die Älteren, hatten auf Okinawa oder in Korea gekämpft. Alle jüngeren Männer hatten sich entweder schon gemeldet oder waren regelrecht scharf darauf, zur Armee zu gehen. Sie hatten eine ganze Liste von Schimpfwörtern für Leute, die ihre Pflicht fürs Vaterland nicht erfüllen wollten.
„Du wirst deine Meinung ändern, wenn es soweit ist."
„Nein."
„Na gut, dann hast du in diesem Reservat nichts mehr zu melden. Für alle anderen ist die amerikanische Armee gut genug."
Lees Gesicht unter dem Hut wurde aschgrau.
„Das reicht", sagte er durch die Zähne.
„Wenn du das tust, bist du nicht mehr mein Bruder.""
„Halt die verdammte Karre an."
Lee krümmte sich, als ob er mich schlagen wollte, aber ich ließ den Fuß auf dem Gaspedal und forderte ihn heraus. Es wäre einen Fausthieb wert, wenn er dadurch wieder zur Vernunft käme. Außerdem wußte ich, daß es ihn schockieren würde, wenn er mich so sehen würde – verletzt durch seine Hand. Ich hatte verdient, daß er mich schlug, und er hatte verdient, daß er mich schlagen mußte.
„Ich werde nicht gegen dich kämpfen", sagte Lee und riß sich zusammen.
„Du wirst gegen niemand kämpfen." Ich übernahm die Führung. Ich rammte meinen Stiefel auf das Bremspedal, und die Reifen blockierten auf der geschotterten Straße. Der Wagen schlitterte weiter. Bevor Lee das Gleichgewicht wiedergewinnen konnte, hob ich den Arm und schlug ihn hart quer über die Wange. Ich konnte nicht in seine Augen blicken und gleichzeitig reden, also sah ich an ihm vorbei.
„Du bist vielleicht etwas Besonderes für Tante Ida … und für Dayton." Ich spuckte Daytons Namen aus, als ob ich ihn so verachtete, daß er kaum einer Erwähnung wert wäre. „Aber in meinen Augen sieht es anders aus. Du bist nur eine Rothaut, die zu feige ist, unser Vaterland zu verteidigen."
Lee glotzte mich an. Die Ohrfeige hatte einen Fleck auf seiner Wange hinterlassen, der so rot war wie Tante Idas Feuermal. Ich hatte alle Karten ausgespielt und war aufs Ganze gegangen.

Jetzt war er an der Reihe, sich etwas zu beweisen. Er ließ die Autotür offen und ging zurück in die Richtung, aus der wir gekommen waren. Die Hände hatte er in den Taschen seiner Jeans vergraben, den Kopf hielt er gesenkt, er starrte zu Boden. Ich startete den Motor erst, als ein Auto anhielt und ihn in entgegengesetzter Richtung mitnahm.

Wochenlang blieb Lee für sich und versteckte sich im Haus von Tante Ida oder bei Dayton. Ich sah ihn nur aus der Ferne. Aber immer wenn ich ihn sah, fiel mir ein, daß die Ohrfeige geklungen hatte wie trockenes Holz, wenn es mit lautem Knacken zerbricht. Ich hatte mich noch nie so allein gefühlt. Ich ging nicht einmal zu seiner Schulabschlußfeier. Andere Leute benahmen sich so, als wären unsere Familienprobleme ansteckend. Niemand lud mich mehr nach der Arbeit zu sich nach Hause ein. Meine diversen Männerbekanntschaften heirateten entweder, oder sie kehrten wie Diamond zu ihren Ehefrauen zurück, um wieder von vorne anzufangen, oder sie amüsierten sich woanders ohne mich. Mein Streit mit Lee vergiftete die Atmosphäre, aber der Kampf war noch nicht vorüber. Ich gab jedenfalls nicht auf. Ich gebrauchte andere Waffen.
Ich übersah Lee und Dayton, wenn sie mir auf der staubigen Straße zum Stammesbüro begegneten. Manchmal nickte ich nur Dayton zu, und das tat ich ganz unübersehbar. Ich stand für alle, denen sich Lee stellen mußte, und für alle, die von ihm enttäuscht waren. Ich erzählte Tante Pauline die ganze Geschichte, und sie verbreitete sich wie ein Lauffeuer. Die Leute begannen darüber zu reden, was Lee wohl tun würde. Sie stritten deswegen. Die Leute, die ihn nicht mochten, sagten, er werde nicht zur Musterung gehen, während seine Freunde das Gegenteil behaupteten. Wenn sie mich fragten, wie die Entscheidung wohl ausfallen würde, schüttelte ich nur den Kopf, damit sie merkten, wie besorgt ich war und wie sehr ich darunter litt. Ihr Urteil war so wichtig wie meines.
Natürlich erfuhr Tante Ida alle Einzelheiten. Wahrscheinlich hatte Dayton ihr die Geschichte erzählt. Er erzählte ihr alles, wie ich erst jetzt bemerkte. Sie überfiel mich eines Tages aus

dem Hinterhalt, als ich zu einer Freundin zum Kartenspielen ging. Sie sprach aus dem Mundwinkel heraus und gerade laut genug, daß ich sie noch verstehen konnte, aber sie sah mir nicht in die Augen. Niemand sollte ihr vorwerfen können, sie hätte mit mir nicht noch einmal frei und offen gesprochen. Der Graben zwischen uns war mit Glassplittern und einem Stacheldrahtzaun bewehrt. Wir konnten uns über den Rand hinweg sehen, wenn es unbedingt nötig war, aber keiner von uns war bereit, den Graben zu überqueren.

„Wenn du so wild auf einen Krieg bist", zischte sie im Vorbeigehen und gebrauchte den altmodischen Namen für einen blutigen Kampf, „dann werde doch einfach Soldatin."

Sie meinte, ich sollte in ein Women's Army Corps gehen. Auf diese Idee war ich auch schon gekommen, einsam wie ich war. Ich wollte das Reservat verlassen, und Onkel Sam würde die Kosten für die Reise bezahlen. Ich stellte mir vor, daß ich in der Nähe eines Strandes stationiert und von Männern umgeben wäre. Sie würden mich schön finden und denken, daß ich etwas ganz Besonderes sei. Ich hatte eine Cousine zweiten Grades namens Susie. Susie war ein paar Jahre älter als ich. Durch ihre Ausbildung als Krankenschwester kam sie zur Armee. Sie war auf ihrem ersten Heimat-Urlaub. Ich ging nicht sofort zu ihr, aber die anderen waren von ihren Geschichten über das Leben in der Armee beeindruckt. Sie habe zwei Verabredungen an jedem Wochenende, erzählte man sich, sie gehe nach Seattle und in den Offiziersclub nach Fort Lewis zum Tanzen. Sie verdiene viel Geld und solle in ein Krankenhaus nach New Jersey in der Nähe von New York City geschickt werden.

Susie war nie besonders attraktiv gewesen. Sie hatte ein langes Pferdegesicht, das nur aus Zähnen und einer rechteckigen Brille bestand, und sie hatte breite, flache Hüften und Füße, die viel zu klein waren für ihren schweren Körper. Wenn der Dienst in der Armee sie zur Miss Indian America machen konnte, dann war ein Beitritt zumindest erwägenswert.

Aber als ich Susie dann doch noch besuchte, fand ich sie nicht sehr verändert. Sie saß versonnen auf einem Klappstuhl mit Plastikrückenteil im Stammesbüro, trug eine häßliche grüne Uni-

form und schwarze Schnürschuhe. Sie versuchte, ein Formular der Regierung auszufüllen. Es kam ihr nicht einmal in den Sinn, ihre Pickel mit Make-up abzudecken.
Ich konnte alle Soldaten haben, die ich wollte, ohne daß ich dafür selbst Soldat wurde.
Bei Lee war das etwas anderes. Ich stellte mir vor, wie er mit blankgeputzten Schuhen und Bügelfalten in der Hose in Habacht-Stellung dastand und seine dunklen Augen unter dem Mützenschirm hervorleuchteten. Ich würde ihn überreden, seine Freunde mit nach Hause zu bringen, wenn er Urlaub hatte. Vielleicht würde ich ihn auch dort besuchen, wo er stationiert war, und er könnte mich allen vorstellen. Ich überlegte mir, was ich zum Anziehen mitnehmen würde. Ein neues Kleid und Stökkelschuhe wären das Mindeste. Ich könnte wieder als Lees Schwester bekannt sein, so wie früher, als er Star bei den Rodeos war.
Meine einzige Sorge war jetzt noch, wie ich von hier nach da kommen sollte, wie ich meinen Bruder aus Tante Idas Haus bringen, Daytons schlechtem Einfluß entreißen und ihn in die Armee lotsen könnte. Vor fast einem Monat hatte ich Lee die Ohrfeige verpaßt. Aber es gab keinerlei Anzeichen dafür, daß er zur Vernunft gekommen war. Es war an der Zeit, die Auseinandersetzung erneut anzufachen und etwas anderes auszuprobieren.
Die Antwort landete eines Tages in Gestalt eines Plakates auf meinem Schreibtisch. Auf dem Plakat wurden die Stammeswahlen angekündigt. Die Fotografien zeigten die übliche Riege alter Männer mit Cowboyhüten auf den Köpfen und Hornbrillen auf den Nasen. Die Bewerber für den Rat waren Angestellte vom Amt für Indianische Angelegenheiten, aufgeblasen und tief durchdrungen vom Gefühl ihrer eigenen Wichtigkeit. Aber das beachtete ich gar nicht. Ich sah das Poster an und stellte mir vor, daß Lee in zehn Jahren an der Spitze der Mannschaft von so einem Plakat lächeln würde – der indianische John F. Kennedy. Gutaussehend wie ein Filmstar. Seriös mit einer silberfarbenen Bolakrawatte und einem Füller in der Brusttasche seines Sportjacketts. Dahin führte sein Weg. Ob er es schon erkannt

hatte oder nicht, es gab nur eine einzige Möglichkeit, wie er jemals den Platz an der Spitze einnehmen konnte: wenn unter seinem Bild „Lee George, Veteran“ geschrieben stand.
Dieses Mal ging ich direkt zu Dayton, ohne Lee einzuschalten. Ich traf ihn, als er mit zwei vollen Papiertüten unter den Armen aus dem Laden kam.
„Willst du Lees Leben ruinieren?“ fragte ich ihn.
Er rückte die Tüten zurecht und stellte sich bequem hin. Offensichtlich hatte er einen Angriff von mir erwartet. Ein Lächeln umspielte seine Lippen.
Ich gab ihm keine Zeit für eine Antwort, sondern bombardierte ihn sofort mit der nächsten Frage.
„Für wen bist du?“ Ich zeigte auf das Wahlplakat, das an die Außenwand neben der Tür genagelt war.
Dayton schaute auf das Poster und dann wieder auf mich. „Wo liegt da der Unterschied?“ fragte er. „Sie sind alle gleich.“
„Aber für wen bist du?“ wiederholte ich. Ich wollte, daß er sich in seiner eigenen Schlinge fing.
Er sah mich mißtrauisch an, aber er konnte nicht widerstehen. Er mußte den Mund aufreißen.
„Niemand von denen hat den Mut, etwas zu verändern. Diese Kandidaten sind nur ein paar alte Gauner, die ihre Brieftaschen aufhalten, während das Reservat vor die Hunde geht. Keine Arbeit und kein Geld.“
„Wer könnte denn deiner Meinung nach die Situation verbessern?“
„Keiner von denen“, sagte er und deutete mit dem Kopf in Richtung des Plakates.
„Warum bewirbst du dich nicht für einen Posten, wenn du so schlau bist und auf alles eine Antwort weißt?“
„Mich würde niemand wählen. Aber eines Tages wird Lee ...“
Er hielt inne, weil er merkte, worauf ich hinauswollte. Er mußte den Satz nicht beenden und sagen, daß er nicht hier geboren sei, unsere Sprache nicht spreche und zur Hälfte ein Weißer sei. Er konnte in meinem Gesicht lesen, daß ich erraten hatte, was er und Lee schon länger geplant hatten. Ich ließ die Erkenntnis eine Weile wirken, bevor ich weitersprach.

„Die Leute in dieser Gegend werden keinen Funken Respekt mehr vor Lee haben, wenn er den Dienst für sein Vaterland verweigert."
Ich war durch einen Riß geschlüpft und in Daytons Gehirn eingedrungen. Meine Worte saßen fest wie ein Köder auf dem Angelhaken. Er konnte meine Argumente nicht überzeugend zurückweisen.
„Die Leute haben ein kurzes Gedächtnis", sagte er unsicher. „Es werden Jahre vergehen, bis Lee soweit ist."
Ich ließ ihn reden. Dayton hatte das vielleicht noch nicht durchdacht, aber jetzt mußte er sich dem Gedanken stellen.
Ich zog die Schlinge zu, wie beim Rommé, bevor ich alle meine Karten auf einmal auf den Tisch legte.
„Bestimmte Dinge bleiben den Menschen im Gedächtnis. Sie werden niemandem zuhören, der sich um den Dienst fürs Vaterland gedrückt hat."
Dayton biß sich auf die Lippen. Ich sah, daß er unrasiert war und daß eine lange Schachtel Makkaroni aus der Tüte unter einem Arm herausragte.
„Man darf seine Prinzipien nicht verraten", sagte Dayton fast zu sich selbst. Er war wütend, weil er seinen eigenen Worten nicht recht glaubte. Sein Traum von Lee als großem Indianerführer begann sich in Rauch aufzulösen, und ich zwang ihn, darüber nachzudenken, wie er das verhindern konnte. Nur Dayton konnte Lee umstimmen, ich mit Sicherheit nicht.
„Wenn Lee die Möglichkeit dazu hätte, könnte er vieles verbessern", sagte ich, um ihn zu ködern.
Dayton verlagerte wieder das Gewicht der Tüten. Lee müßte nur ein kleines Prinzip opfern.
Ich wußte, wann ich abtreten mußte – das war etwas, was ich schon immer gewußt hatte und häufig anwendete –, und jetzt war es an der Zeit. Ich wollte nicht, daß Dayton seine Einkaufstüten absetzte und seine Arme von der Last befreite. Ich wollte nicht, daß er mich durchschaute.

Wann immer ich Lee und Dayton jetzt zusammen sah, redete Dayton unaufhörlich. Ich spionierte ihnen nach. Bei unserem ersten Zusammentreffen hatte Lee einen säuerlichen Zug um den Mund, als ob er gerade Essig getrunken hätte. Einmal sah ich sie an einem Spätnachmittag. Lee blickte einfach in die Ferne, während Dayton predigte und predigte. In der Augusthitze saßen sie mit nacktem Oberkörper auf den Stufen des Teenager Clubs gegenüber meinem Bürofenster, suchten im Straßenschmutz nach kleinen Steinen und warfen sie in einen Riß im Bürgersteig. Durch die niedrigstehende Sonne leuchtete ihre Haut fast orange. Einen kurzen Augenblick lang dachte ich, wie schade es war, daß sie sich in erwachsene Männer verwandeln mußten. Ich hatte mich so an ihren vertrauten Anblick gewöhnt. Ich konnte kein Wort verstehen, aber das spielte keine Rolle. Dayton sagte Lees Zukunft voraus, vorausgesetzt, er verstünde es, die Gelegenheit beim Schopf zu packen.

Lee und Dayton verschwanden, ohne mit jemandem zu sprechen. Vielleicht waren sie nach Seattle gegangen, um bei einer Demonstration gegen geltende Fischereigesetze mitzumarschieren. Vielleicht waren sie nach Kanada gegangen. Vielleicht gingen sie nach Minneapolis oder Kalifornien, um sich den Indians of All Tribes anzuschließen. Ich behielt meine Vermutung für mich, denn sie konnte falsch sein.

Die Leute sprachen immer noch über das geheimnisvolle Ereignis an dem Abend, als der Missionsbasar zum Tag der Arbeit stattfand. In der Cafeteria waren die langen Tische in Reihen aufgestellt, an jedem Tisch saßen vier Leute auf einer Bank. Die Familien beugten sich über ihr Abendessen aus gebackenen Bohnen. Die meisten Menschen fühlten sich in ihre Schulzeit zurückversetzt. Damals hatten sie auf den bemalten Holzsitzen gesessen und waren von Frauen bedient worden, die den Winter damit zubrachten, Kartoffeln zu zerquetschen und Käsebrote für die Schulmahlzeiten in die Backröhre zu schieben. An diesem Abend schaute man, wer den Sommer überstanden hatte, und man tauschte Neuigkeiten aus. Niemand verpaßte diesen Abend, nicht einmal Tante Ida.

Und nicht einmal Lee.

Dayton und Lee öffneten die äußeren Türen und betraten den

Raum, kurz bevor die Napfkuchen herumgereicht wurden. Die Gespräche im Raum erstarben wispernd von vorne nach hinten wie Wind, der übers Gras streicht. Die Gäste an einem Tisch sahen auf, weil die Leute vor ihnen verstummten, und schwiegen dann einer nach dem anderen auch. Nur die Menschen an den letzten Tischen unterhielten sich noch immer. Auf einmal hörten sie nur noch ihre eigenen Stimmen im Raum, brachen mitten im Satz ab, hielten die Schalen, die herumgereicht wurden, auf halber Höhe in den Händen.

Es gab etwas zu sehen. Lee hatte sich die Haare abschneiden lassen.

Er gab ihnen Zeit, seinen Anblick zu verdauen. Er stand auf eine Art und Weise da, die ich kannte, an die ich mich deutlich erinnerte. Ein junger Mann, der die Schulzeit erfolgreich hinter sich gebracht hatte und dorthin zurückkam, wo er zur Schule gegangen war, ein Mensch auf der anderen Seite seiner Vergangenheit. Er sah sich um, fand den Tisch, an dem Tante Ida mit Pauline und ihrem Ehemann saß, und ging hinüber. Dayton blieb, wie ich beobachtete, an der Türe stehen.

Lee zog wortlos einen dicken braunen Umschlag unter seinem Hemd hervor und legte ihn vor Tante Ida auf den Tisch. Sie griff nicht nach dem Umschlag, aber alle anderen im Raum waren neugierig. Lee langte hinunter und schob ihn zu ihr hin. Schließlich nahm sie den Umschlag und riß die Lasche mit den Fingernägeln auf.

Ich saß zusammen mit meinem Chef und einem anderen Mädchen vom Stammesbüro zwei Tische weit entfernt, konnte aber erkennen, was sie hervorzog: Lees schweren, glänzenden, schwarzen Zopf, der oben und unten von roten Gummibändern zusammengehalten wurde.

Tante Ida drückte ihn an Mund und Nase und atmete seinen Geruch langsam und tief ein. Der Zopf war dunkel und zottelig wie die Mähne eines Pferdes. Sie stopfte ihn in die offene Seitentasche ihres Kleides, um ihn vor den Blicken der anderen zu verbergen. Aber er war zu lang und hing an ihrem Bein herunter. Sie ließ es zu, daß Pauline den Arm um sie legte, und wandte ihr Gesicht von Lee ab. Dann konnte ich sie in der Menge nicht

mehr sehen und ihre Stimme durch den Lärm hindurch nicht mehr hören. Bänke wurden zurückgeschoben, Hände klopften auf Lees Schultern, Gespräche begannen, schwollen an und schwappten von einem Tisch zum anderen über. Ich hörte das Wort „Stellungsbefehl". Ich hörte es zweimal.
Ich blieb länger als die meisten anderen sitzen, lange genug, um zu sehen, wie Dayton aus der Tür ging, neben der er gestanden hatte, lange genug, um meinen Kaffee auszutrinken, der in der Tasse süß geworden war.

Am nächsten Tag saß ich an meinem Schreibtisch und blätterte eine Akte durch. Der Vorsitzende des Stammesrates, Emmet LaVallee, rief Lee in sein Büro und überreichte ihm eine besondere Adlerfeder, die er zur Armee mitnehmen sollte. LaVallee behauptete, sie habe ihm Glück bei den Kämpfen in Sizilien gebracht. Nun sei es an Lee, die große Kriegertradition unseres indianischen Volkes fortzusetzen und für unser Land zu kämpfen. Alle Ratsmitglieder hatten Geschichten auf Lager und überschütteten Lee damit.
Lee sah mich über ihre Köpfe hinweg an. Ich versuchte, nicht zu lächeln, preßte meine Lippen zu einer schmalen Linie zusammen und wartete, bis er den ersten Schritt tat. Er schüttelte den Kopf, als ob er sagen wollte „Ich gebe auf", und ich nickte verstehend: Ich habe es dir gleich gesagt. Dann hob ich die Hand zur Stirn und salutierte. Das brachte ihn zum Lachen.
Ich habe niemals erfahren, wohin Lee und Dayton in jener Woche gingen und was dort geschah. Aber sie waren nach ihrer Rückkehr nicht mehr so vertraut miteinander wie vor der Reise. Lee hatte sich verändert, seit er sich an den Gedanken gewöhnt hatte, daß er tat, was alle ohnehin gewollt hatten. Er fing an, mit anderen Leuten auszugehen, während er auf seine Einberufung wartete. Wenn Lee und Dayton sich einmal trafen, dann führten sie Gespräche, die meist begannen mit: „Weißt du noch, wie wir damals ..." Von der Zukunft sprachen sie so gut wie nie. Es schien, als ob sie Fremde wären, die sich zufällig beim fünfundzwanzigjährigen Klassenjubiläum getroffen hatten.
Dayton ließ sich kaum eine Woche nach Lee die Haare schnei-

den, hörte auf, eine Bandanna um den Kopf zu tragen und über Red Power zu reden, aber er ließ sich vom Wehrdienst zurückstellen, genau wie ich es mir gedacht hatte. Er redete sich ein, seine Mutter brauche ihn zu Hause, aber außer ihm glaubte das keiner. Selbst Tante Ida wandte ihm den Rücken zu, wenn er darüber sprechen wollte. Sie verlor jedes Interesse an ihm.

Mein Leben schien sich über Nacht zum Besseren zu wenden. Viele Leute luden mich ein, an den Wochenenden fuhr ich von unserem Reservat zu allen möglichen anderen Orten. Ich führte ein wildes Leben, aber ich hatte alles unter Kontrolle. Und jedes Mal, wenn ich einen neuen Kerl traf, erzählte ich ihm ziemlich bald, daß mein Bruder in der Armee war und nach Vietnam gehen würde. Ich beschrieb ihn als hartgesotten, verrückt und mutig. Manchmal hoben alle am Tisch ihre Gläser und tranken auf Lee. Jeder hatte Brüder oder Cousins, die in Vietnam waren.

Ich war damals schon zweiundzwanzig und immer noch nicht verheiratet. Ich hatte auch keine Kinder, weil ich immer dafür gesorgt hatte, daß meine Freunde aufpaßten. Mein Mann würde etwas Besonderes sein, ich mußte warten. Und ich hatte es nicht eilig, die Verantwortung für eine Familie zu übernehmen. Manchmal dachte ich mir doch, daß es nicht leicht für das Schicksal war, mir den Richtigen zu schicken. Man hörte wenig von wunderbaren Begegnungen im Reservat. Die Menschen dort kamen nicht einmal in den Lokalzeitungen vor, jedenfalls nicht auf den ersten Seiten. Deshalb beschloß ich, ins Rampenlicht zu treten.

Ich fuhr damals mindestens einmal im Monat nach Minot und kannte alles, was die Stadt zu bieten hatte. In Minot hatte ich mich schon als Teenager vergnügt. Ich mochte die Stadt, aber dort wohnen wollte ich nicht. Der nächste Schritt war eine größere Stadt. Als ich von einem Programm zur Schaffung von Arbeitsplätzen hörte, durch das ich eine Wohnung und einen sicheren Arbeitsplatz in Seattle bekommen konnte, wagte ich den Absprung.

Dann ging alles sehr schnell. Ich verließ das Reservat vor Lee, was auf gewisse Weise auch richtig war, denn ich war die Ältere. Ich ging zu Tante Ida, um mich von ihr zu verabschieden. Sie biß die Zähne zusammen und gab mir einen Kuß auf die Wange. Tante Ida war froh, daß ich wegging, froh, daß Lee jetzt einige Tage nur ihr gehörte. Sie wollte mich um keinen Preis provozieren, damit ich nicht womöglich ihr zum Trotz dablieb. Deshalb packte sie mir ganz gegen ihre Gewohnheit ein Lunchpaket für die Busfahrt. Sie gab mir sogar Ratschläge für das Leben in der Stadt, obwohl sie noch nirgends länger als zwei Tage gewesen war außer in Denver. Sie verdankte all ihre Weisheiten dem Fernseher, und so war es nicht verwunderlich, daß ihre Ansichten überhaupt nicht zusammenpaßten. Sie predigte mir, ich solle mich nicht mit Polizisten und Gangstern herumtreiben, kein Haschisch rauchen und immer rechtzeitig meine Miete bezahlen. Bis zu meiner Abfahrt balancierten wir auf einem Drahtseil, und das Seil wäre trotzdem beinahe gerissen.
Lee war der einzige Mensch, den ich ungern verließ und dem es leid tat, daß ich ging. Er zögerte unseren Abschied hinaus. Zuerst begleitete er mich zum Laden an der Haltestelle und wartete mit mir auf den Bus. Dann half er mir, meine Koffer im Bus zu verstauen. Wir machten große Pläne. Er wollte mich in Seattle besuchen, wenn er die Grundausbildung hinter sich hatte. Zu der Zeit hatte ich bestimmt eine Wohnung eingerichtet und kannte schon alle guten Clubs. Wir wollten miteinander ausgehen, und ich würde Lee überall vorzeigen. Es war kein wirklicher Abschied, wie wir beide betonten. Ich versicherte ihm, daß wir uns bald wiedersehen würden. Er lächelte, nickte und überraschte mich dann, weil er mir die Hand gab, anstatt mich zu küssen. Ohne ein weiteres Wort drehte er sich um und stieg aus. Er stand vor meinem Busfenster. Das Fenster ließ sich nicht öffnen, es klemmte.
Es ist schwierig, sich zu unterhalten, wenn man den anderen nicht hören kann und sich nichts mehr zu sagen hat. Der Motor lief bereits, aber der Fahrer hatte es nicht eilig. Ich brachte Lee damit zum Lachen, daß ich auf andere Passagiere zeigte, die gerade nicht hersahen, und sie nachahmte: eine alte Frau, die schon

schlief; ein Betrunkener, der versuchte, nüchtern zu erscheinen; ein weißer Junge, der sich mitten unter all den Indianern sichtlich unwohl fühlte. Lee machte das Theater riesigen Spaß. Er lachte so sehr, daß ihm Tränen in die Augen traten. Er nickte mir ermunternd zu, daß ich weitermachen solle. Plötzlich sah ich ihn, als ob er zum ersten Mal vor mir stünde. Alles an ihm war neu. Sein kurzes Haar sträubte sich wie eine weiche Bürste. Seine Zähne waren gerade und standen eng beieinander. Der Hemdkragen umspannte seine harten, starken Nackenmuskeln. Seine Augen funkelten erregt und hatten einen verängstigten Ausdruck. Sie hielten mich fest, saugten mich ein. Mein Gehirn fotografierte ihn, so wie er in diesem Augenblick aussah, und speicherte das Bild, um es später zu entwickeln. Lee war alles, was ich in dieser Welt besaß, er war der einzige Mensch, um den ich mir Gedanken machte. Und ich war so stolz, daß ich seine Schwester war, und sehr erleichtert, daß wir uns wieder verstanden. Ich hätte am liebsten alle Passagiere geweckt und es ihnen gesagt.
Der Fahrer ließ sich dann doch in seinen Sitz fallen und schloß die Tür. Er löste die Handbremse, und wir hielten noch für den Bruchteil einer Sekunde, bevor wir anrollten. Lee sah mich immer noch an, wollte eine letzte Darbietung von mir. Ich konnte die Augen nicht von ihm wenden und hatte deshalb keine andere Vorlage als ihn selbst. Ich machte Lee nach. Ich verdrehte die Augen gen Himmel, verzog den Mund zu einem stillen, verzückten Lächeln und machte ein so blödes Gesicht wie ein Teenager, der gerade einem Filmstar begegnet ist. Als der Bus anfuhr, hielt ich meine Pose, schaute aber hinunter, weil ich Lees Reaktion sehen wollte. Er erkannte, wen ich nachmachte, und wußte nicht, was er davon halten sollte. Er war beschämt, daß jeder ihn so sehen konnte, aber seine Abschiedspose war erstarrt. Er konnte sich nicht entspannen, den Ausdruck nicht ablegen. Sein Bild glitt aus dem Rahmen des Fensters. Er stand wie eine Statue vor dem Laden. Bald sah ich draußen nur noch vorbeihuschendes, flaches Farmland, die entfernten Perlenhügel und den Himmel voll aufgetürmter Wolken, der sich auf beiden Seiten über uns wölbte.

Seattle war wie Minot, nur größer, und überall war Wasser. In jeder Richtung stieß man über kurz oder lang auf den Sund oder auf den Lake Washington. Tag und Nacht regnete es in Strömen, aber immer kam der Regen überraschend. In meinen Haaren hielten Dauerwellen sowieso nicht lange. Also trug ich das Haar kurz.
Der Job, den sie mir gaben, war ganz in Ordnung, vorausgesetzt, es machte einem nichts aus, stundenlang den gleichen Handgriff zu tun. Ich stand an einem Fließband, an dem Flugschreiber zusammengebaut wurden. Selbst wenn ein Flugzeug explodiert, geht diese kleine Maschine nicht kaputt, sondern zeichnet noch die letzten Worte des Piloten und der Crew auf Tonband auf. Ich habe niemals erfahren, wie die Dinger genau funktionieren, weil ich immer nur den gleichen Bolzen hineinschraubte. Aber ich redete mir ein, daß ich wichtig sei, weil ich etwas herstellte, das einen Flugzeugabsturz überdauerte.
Ein paar Monate später begann ich mich an diesem Ort zu langweilen. Es dämmerte mir, daß jeder meine Arbeit tun konnte, und ich kündigte.
Monatelang zog ich im westlichen Washington zwischen Everett und Olympia herum. Ich machte einen guten Eindruck und hatte immer überzeugende Entschuldigungen, warum ich meine früheren Stellen gekündigt hatte. Ich fand immer wieder Arbeit. Die Personalchefs sagten mir, ich sei bestimmt intelligent und bräuchte nur eine echte Chance. Aber immer schraubte ich nur den gleichen verdammten Bolzen, egal wie er hieß, in irgendwelche Geräte. Auf lange Sicht gefiel mir kein Gerät so sehr wie vorher der Flugschreiber. Mein Lohn reichte gerade für die Miete, und ich sah mich, wie es im Titel eines Liedes hieß: „Ein welkes Blatt im Wind“. Irgendwann würde ich den Richtigen treffen und bei ihm hängenbleiben. Es gab keinen Grund zur Eile.
Im Jahr 1968 lebte ich in Tacoma und verteilte Salatblätter in kleine Plastikschüsseln, die für eine Fluglinie bestimmt waren. Wir arbeiteten für alle Luftfahrtgesellschaften, aber natürlich war „Northwest“ unser größter Kunde. Ich stellte mir vor, daß mein gemischter Salat nach Alaska oder Hongkong flog, und

dieser Gedanke stellte mich längere Zeit zufrieden. Ich hatte eine nette kleine Zweizimmerwohnung am Rande der Innenstadt. Dort war die Luft nicht so stickig, und ich konnte abends bequem zu allen Bars laufen. Ich hatte viele Freunde, sogar ein paar von zu Hause, und ich sah besser aus als je zuvor. Die Kleider von der Stange paßten mir, als wären sie für mich gemacht. Ich hatte eine perfekte Größe Vierzig. Jede Woche probierte ich ein anderes Shampoo aus, einen neuen Lippenstift, einen neuen Nagellack. Ich veränderte mein Äußeres ständig. Ich war wie die Polizisten im Fernsehen, die nach Hinweisen das Bild eines unbekannten Kriminellen rekonstruieren und jedes Teil so lange umstellen, bis sie das richtige Bild vor sich haben. Wenn ich mir Zeit ließ und alle Möglichkeiten ausschöpfte, würde ich vielleicht die richtige Zusammenstellung treffen und mich selbst darin erkennen.

Lee schickte mir eine Postkarte von der Grundausbildung. Er schrieb, daß es ihm gut gehe und daß er anrufen werde, wenn er in Seattle sei. Ich weiß nicht, ob er es versucht hat oder nicht, denn ich ging damals oft aus und war immer unterwegs. Später zog ich so oft um, daß es einfacher für mich war, wenn ich das Telefon eines Nachbarn benutzte und kein eigenes installieren ließ. Aber ich hinterließ immer eine Adresse, falls er schreiben würde. Wenn er vor meiner Tür erschienen wäre und mich überrascht hätte, hätte ich mich gefreut, aber ich wartete nicht gespannt und atemlos auf ihn. Wenn ich ihn das eine Mal verpaßte, hatten wir uns bei seinem nächsten Besuch nur noch mehr zu sagen. Ich war, um ehrlich zu sein, gar nicht so erpicht darauf, die Wohnungen herzuzeigen, in denen ich hauste. Ein Angebot von „Career Gal Efficiency" sah in der Zeitung immer besser aus als im richtigen Leben.
Lee war kein großer Briefschreiber. Er muß Heimweh gehabt haben, weil er mir einen Polaroid-Schnappschuß von Hawaii sandte. Er stand mit zwei anderen Jungen am Strand von Waikiki. Sie waren zusammen mit Hawaiimädchen in Baströcken und mit Blumengirlanden um den Hals fotografiert. Lee sah mager aus, aber er schien sich zu amüsieren. Die Karte war

zweimal weitergeschickt worden. Als sie mich erreichte, war er schon längst wieder an einem anderen Standort. Aber ich stellte ihn mir lieber immer noch auf Hawaii vor. Auf die Rückseite des Fotos hatte er geschrieben: „Hallo Schwester, Aloha!“ und mit seinem Namen unterschrieben. Ich überlegte, ob Lee das gleiche Bild an Dayton geschickt hatte und wie Dayton nun über sein Vier A dachte.
Ein paar Wochen später bekam ich einen richtigen Brief. Der Absender auf dem einfachen weißen Umschlag lautete Army Post Office, San Francisco, Kalifornien, aber ich erkannte Lees Handschrift. Als Briefpapier benutzte er ein Stück blasses grünes Papier, das aus dem Notizbuch eines Stenographen herausgerissen war. Er schrieb mit Bleistift und doppeltem Zeilenabstand.

Liebe Christine,
Du kannst Dir nicht vorstellen, wie groß die Käfer hier sind! Ich habe ein paar neue Freunde gefunden, zwei davon sind Indianer! Einer ist aus New York, und der andere kommt aus Arizona. Bis jetzt ist noch nicht viel passiert. Wir sitzen die meiste Zeit nur auf unseren Ärschen (Pardon!).
Hast Du in letzter Zeit etwas von Tante Ida gehört? Grüß sie von mir, wenn Du ihr schreibst, und Dayton auch. Waren das damals nicht tolle Zeiten?
Es tut mir leid, daß ich nie angerufen habe, wenn ich in Seattle war, aber die Tage sind immer so schnell vergangen. Bist Du jemals im Roxy Club gewesen? Erwähne dort bloß nicht meinen Namen! Sei nicht zu wild! Versprichst Du mir das? Ich besuche Dich, wenn ich heimkomme!
Also dann, ich hab noch was vor! Schreib an die Adresse auf dem Umschlag. Versprochen? Tu nichts, was ich nicht machen würde! Ich wünschte, Du wärest hier! (Ha, Ha)

Alles Liebe
Dein Bruder
Lee

Ich hatte keine Ahnung, was Lee in Kalifornien machte. Als ich meine Freundin bei der Arbeit fragte, sagte sie, Army Post Office bedeute, daß Lee bereits in Vietnam war und sie ihm die Post nachschickten. Ich las den Brief noch ein paarmal, aber ich konnte mir Lee nicht als Soldat in einem fremden Land vorstellen.
In den darauffolgenden Monaten verbannte ich das Thema aus meinem Kopf und schaltete den Fernseher aus, wenn über den Vietnamkrieg berichtet wurde. Es gab genug Sender. Man konnte immer eine Spielshow oder eine Wiederholung anschauen. Mein Dienst fürs Vaterland beschränkte sich auf das eine: Ich war immer nett zu Soldaten. Und es gab viele Soldaten in Tacoma. Ich tanzte mindestens mit der Hälfte von ihnen, behandelte sie genauso, wie ich hoffte, daß die Frauen Lee behandelten. Die Soldaten sollten sich akzeptiert fühlen und vergessen, daß sie fremd in der Stadt waren.

Eines Morgens wollte ich wie immer zur Arbeit gehen. Ich war bereit, wieder einen Tag lang Salatköpfe zu zerlegen und die Blätter jedes Salatkopfes gleichmäßig auf zehn kleine, braune Schüsseln zu verteilen, die nach Übersee gehen sollten. Da kam ein Umschlag, auf dessen Rückseite meine letzte Adresse gekritzelt war. Ich fühlte mich wichtig, weil kein Ort mich lange halten konnte und man die amerikanische Post bemühen mußte, um mich aufzuspüren. Der Brief war mit der Maschine geschrieben. Die erste Zeile verwirrte mich. „Liebe Christine, ich muß Dir leider mitteilen, daß Lee als MIA gilt." Dieses Kürzel stand bei den Fluglinien für „Miami" – ich schickte jeden Tag Salate dorthin –, und es schoß mir durch den Kopf, daß Lee jetzt in Florida war. An dieser Stelle wollte ich aufhören zu lesen und mich selbst betrügen.
Meine Schultermuskeln spannten sich. Ich drehte den Brief um und sah, daß er von Dayton kam. Jetzt berührten sich meine Schulterblätter fast über meiner Wirbelsäule. Meine Hand zitterte bereits, bevor ich wußte, weshalb, doch dann zwang ich mich weiterzulesen. Lee sei im Fronteinsatz gewesen. Er sei losgezogen und nicht mehr zurückgekehrt. Sie hätten tagelang nach

ihm gesucht und seien zuletzt zu dem Schluß gekommen, daß er entweder verletzt oder in Gefangenschaft geraten sein müsse. MIA stehe für „missing in action“, es bedeute nur „vermißt“, nichts Schlimmeres. Daran solle ich denken, schrieb Dayton. Lee könne ganz in Ordnung sein. Wir müßten jetzt für ihn beten. Ich bräuchte nicht nach Hause zu kommen. Dayton kümmere sich um Tante Ida. Sie habe die Nachricht gefaßt aufgenommen, aber sie spreche nicht über Lee, sie wolle nicht einmal seinen Namen hören.
Ich riß mich von dem Brief los.
So hatten wir es früher gemacht. Wenn die Krieger ausgezogen waren, sprach niemand ihre Namen aus oder gebrauchte etwas, das ihnen gehörte. Sonst hätten Geister auf sie aufmerksam werden können und ihnen schaden wollen. Die Geister waren einsamer als alle anderen Wesen. Sie sahen die Lebenden durch eine dicke Glasplatte hindurch, einen Einwegspiegel. Tante Ida beschützte Lee. Also glaubte sie, daß er noch am Leben war.
Dayton fragte nach meiner Adresse und Telefonnummer. Niemand könne sagen, wo ich jetzt sei, nicht einmal die Auskunft. Er wolle es mich wissen lassen, wenn er etwas Neues in Erfahrung bringe.

Ich beantwortete Daytons Brief nicht. Ich haßte Briefe. Ich wollte nicht, daß er schnell mit mir Kontakt aufnehmen konnte, und ich wollte nicht, daß er die Verantwortung für Lees Probleme übernahm. Dayton sollte nicht erfahren, daß sein Brief mich erreicht hatte. Ich behandelte die Neuigkeiten ganz so, als gingen sie mich nichts an, als beträfen sie jemanden in einem Film. Ich stieg in den Bus, fuhr zur Arbeit und flirtete mit dem Chauffeur. Ich zog meinen blauen Arbeitskittel an und setzte die Duschhaube auf, die ich tragen mußte, damit kein Haar in den Salat fiel. Ich stand an meinem Platz, füllte meine Tabletts mechanisch wie eine Maschine und ließ den Lunch ausfallen. Ich konzentrierte mich auf meine Hände, zerrupfte meinen Salat, wie ich gern Daytons Brief zerrissen hätte, und sandte ihn vakuumverpackt nach Nirgendwo.
Manchmal wurden wir gefragt, ob wir länger arbeiten könnten,

und an diesem Abend hätte ich zum ersten Mal eingewilligt, aber niemand fragte mich. Ich wollte nicht nach Hause, weil ich nicht nachdenken wollte. Es war Donnerstag, und keiner meiner Kollegen wollte ausgehen. „Morgen abend“, sagten sie, aber so lange konnte ich nicht warten. Nach meiner Schicht ging ich allein in die Stadt und machte mir nicht einmal die Mühe, ein anderes Kleid oder meine besseren Schuhe anzuziehen. Der Bus kam an einem Kino vorbei, aber als ich daran dachte, an der Signalschnur zu ziehen, waren wir schon zwei Stationen weiter. Wir fuhren an einem Drugstore vorbei, der rund um die Uhr geöffnet war, an einem Möbelgeschäft, das schließen mußte, und an einem Postamt.
Ich folgte der Frau vor mir die Stufen hinunter, durch die automatische Tür und auf die Straße. Direkt gegenüber war eine Bar namens Barclay's. Ein blauer Neonschriftzug warb für die Biermarke Rainier. Kaffeebraune Vorhänge waren hinter dem Fenster zugezogen, so daß ich nicht erkennen konnte, was für eine Art Lokal es war. Aber das interessierte mich eigentlich auch gar nicht. Ich wollte etwas trinken, und es hatte zu regnen begonnen. Ich ging mit eingezogenen Schultern durch die Tür. Der Raum war lang und dunkel, Rauchschwaden dämpften das Licht wie die Muster auf Plastik-Duschvorhängen. Es war früh am Abend, und in der Bar saßen noch nicht viele Leute. Aus einer Jukebox kam Musik, und ein süßer Duft, die Mischung der Aftershaves und Parfums aller Gäste, zog mich hinein. Ich stand am Tresen und wollte ein Stinger bestellen. Da merkte ich, daß alle im Raum außer mir schwarz waren.
Ich war enttäuscht, weil ich einen Drink brauchte. Ich wollte bleiben. Es war schon schlimm genug, daß ich in einer fremden Bar stand, aber es war noch viel schlimmer, daß ich für diese Bar die falsche Hautfarbe hatte. Ich kannte Schwarze von der Arbeit her, und normalerweise kamen wir gut miteinander aus. Aber ich hörte schließlich auch Nachrichten und wollte nicht ausgeraubt werden.
Dann erschien der Kellner vor mir. Er hielt ein weißes Handtuch in seiner großen, dunklen Hand. Seine Augen oberhalb der hohen Wangenknochen funkelten amüsiert, als er mich am Tresen

stehen sah. Aber dies war ein freies Land, und er würde meine Bestellung aufnehmen.
Gehen oder Bleiben. Der Regen. Mein verdammter Job. Ganz allein heute abend. Keine anderen Indianer weit und breit. Alles kam zusammen. In dem blinden Spiegel hinter der Bar konnte ich mich kaum erkennen. Mein Gesicht ragte über den Flaschenreihen auf, jede Flasche eine andere Marke. Meine Haare klebten an meinen Schläfen. Ohne Make-up sah ich älter aus, als ich mich jemals selbst gesehen hatte, sogar am Morgen nach einer schlaflosen Nacht. Ich klammerte mich mit den Händen am Tresen fest, und sie glänzten in dem blauem Licht.
„Hallo, schöne Frau", raunte eine dunkle Stimme in mein Ohr. „Weil du zum ersten Mal hier bist, spendiere ich dir einen Drink. Du kriegst ihn von Corporal Elgin A. Taylor. Was möchtest du?"
Ich drehte den Kopf und starrte in das Gesicht eines großen, sehr schwarzen Soldaten. Sein Haar war kurz geschnitten, und er trug einen gepflegten Schnurrbart über seinen weitgeschwungenen Lippen. Seine Augen sahen sanft und mitfühlend aus, mit langen Wimpern, und sie schienen bereit zu lächeln. Seine Uniform war sauber und gebügelt. Im Dämmerlicht wirkte seine Haut wie poliert. Sein Rasierwasser hatte einen stechenden Geruch mit einem Anflug von Limone.
Ich antwortete nicht, stand nur einfach da wie eine Idiotin und starrte ihn an. Er hob seine Augenbrauen, und ein wirklich besorgter Ausdruck erschien auf seinem Gesicht.
„Ist dir nicht gut?" fragte mich Elgin Taylor. „Hast du Probleme?"
Ich fand meine Stimme wieder. „Ich habe einen Bruder", sagte ich. „Er heißt Lee. Ich habe gerade gehört, daß er vermißt ist." Ich beobachtete ihn. Aus seiner Reaktion konnte ich vielleicht schließen, was für Soldaten vermißt bedeutete, konnte herauskriegen, wie schlimm es stand.
Elgin preßte die Lippen zusammen, legte einen Arm um meine Schultern und zog mich an sich. Zuerst versteifte sich mein Körper. Aber der Mann fühlte sich so gut an, so sauber und warm, daß sich meine Muskeln zum ersten Mal an diesem Tag schnell

und vollkommen entspannten, so daß ich fast hingefallen wäre. Der Stoff seines braunen Hemdes schmiegte sich an meine Wange, ich genoß es, festgehalten zu werden, und hörte zu, wie sein Herz klopfte. Seine Hand streichelte meine Haare, fand meinen Nacken.
„Es wird alles gut", sagte Elgin. „Ganz sicher."
„Mir geht es schon besser." Ich sprach zu seiner Brust.
„Ich weiß."

Er brachte mich an einen Tisch und rückte meinen Stuhl zurecht, während ich mich setzte.
„Hast du Hunger?"
Ich schüttelte den Kopf, aber er bestellte trotzdem – ein Steak mit Pommes! Ich zeigte ihm Daytons Brief. Er las ihn sorgfältig, faltete ihn wieder zusammen und gab ihn mir zurück. Seine Finger fühlten sich warm an, als sie meine Hand berührten.
Drei Drinks später hielten wir es in der Bar nicht mehr aus.
„Komm mit zu mir", sagte er. „Ich habe ein Zimmer."
Wir gingen die regennasse Straße hinunter. Ich hängte mich bei ihm ein, hielt mich an seinem Arm fest, hatte Angst, ihn loszulassen. Er redete vor lauter Nervosität unablässig.
„Ich werde in zwei Wochen aus der Armee entlassen", sagte er. „Ich dachte zuerst, daß du Chinesin wärst, als du hereinkamst. Drüben in Vietnam gibt es in den Bars viele Chinesinnen. Aber dann habe ich dich genauer angesehen. An dir ist was dran, du bist gut gebaut."
Es war mir egal, was er sagte.
„Was bist du denn?" fragte er schließlich.
„Ich bin Indianerin."
„Nein!" Er war sichtlich beeindruckt. „Bist du wirklich eine Indianerin? Die erste Indianerin, die ich persönlich kenne."
„Wie schön für dich", sagte ich.
„Du wirst es kaum glauben. Ich habe auch Indianerblut. Meine Urgroßmutter aus Georgia soll angeblich eine reinblütige Cherokeeprinzessin gewesen sein. Ich habe Bilder von ihr gesehen. Sie sah wirklich indianisch aus."
„Was du nicht sagst", stieß ich hervor. Ich wünschte, er würde

aufhören. Er brachte mich fast wieder auf die Erde zurück. Ich fing an, mich zu erinnern. Er erriet meine Gedanken am Klang meiner Stimme.

„Deinem Bruder geht es gut. Soldaten werden dauernd vermißt und tauchen dann wieder auf. Warte ab. Du wirst ein Telegramm unter deiner Tür durchgeschoben bekommen. Darin wird stehen, daß es ihm gutgeht."

Das hatte ich hören wollen. Ich drückte seinen Arm fester. Wir kamen zu seinem Hotel. Ich folgte ihm zu seinem Zimmer und wartete, bis er die Tür geöffnet hatte. Er war genau das, was ich jetzt brauchte.

Elgin knipste das Licht an. Das Bett war gemacht, und auf der Kommode stand ein Foto von einem Mann und einer Frau.

„Meine Mutter und mein Vater", sagte er verlegen, als er merkte, daß ich hinsah. „Sie leben in Oakland."

„Gehst du dorthin zurück, wenn du entlassen wirst?" fragte ich.

„Mir gefällt es hier", sagte Elgin. „Immer besser sogar."

Er hatte es nicht eilig. Er erwartete nichts. Ich nahm an, daß er jünger war als ich, ungefähr in Daytons Alter.

„Willst du noch ein bißchen reden?" fragte er. „Über deinen Bruder?"

Genau das wollte ich nicht. Ich erinnerte mich, wie Elgin sich angefühlt hatte, an den Limonenduft seiner Haut. Ich schüttelte den Kopf, während ich auf ihn zuging. Ich schüttelte weiter den Kopf, mit geschlossenen Augen, bis seine Lippen mich beruhigten. Sein Mund war groß und weich. Er hielt mich fest, ich schlang die Arme um seine Hüften und zog ihn an mich. Er war ein Mann, der ausgesprochen gut küßte, er sprach ohne Worte. Und ich antwortete, so gut ich konnte.

In gewisser Weise hatte ich vor Elgin keinen Mann gehabt. In dieser Nacht vergaß ich alles um mich herum, die Zeit, wer er war und was er von mir wollte. Meine Gedanken verharrten nur einen Augenblick lang in meinem Kopf, dann jagten sie andere Gedanken davon. Ich studierte jeden Finger seiner Hände, jede Rundung seiner Ohren. Ich hielt nichts vor ihm zurück.

Ich warf die Christine weg, die jeder zu kennen glaubte. Wir liebten uns die ganze Nacht, in jeder Ecke des Zimmers. Aber wenn ich daran zurückdenke, kann ich die Nacht nicht in einzelne Teile zerlegen. Es gab keine Nähe, keine Grenzen, keinen Anfang und kein Ende, nur die starke Strömung eines Flusses, der sich Bahn bricht und über alles hinwegströmt.
Vor dem Morgengrauen erwachte ich steif und verwirrt. Mein Körper zerfloß, als würde er ihn immer noch berühren. Meine Brustwarzen schmerzten und mein Mund prickelte. Mein Haar hatte sich gelöst, hing gerade und schwer herunter. Unsere Kleider lagen auf dem Boden und den Möbeln in unordentlichen Haufen verstreut, ineinander verwickelt und verhakt. Neben mir räkelte sich Elgin auf dem Bauch. Ein Lichtstrahl, der durch die geschlossenen Sonnenblenden drang, beleuchtete seinen Körper. Ich hatte schon viele Männer gesehen, aber er übertraf alle. Seine Beine und Füße waren lang und sehnig, sein Rücken war muskulös. Er strahlte Wärme ab, und ich schmiegte mich an ihn, um sie zu fühlen. Er hob den Kopf, die Augen halb geschlossen. Sein Mund war warmer Honig. Ich sagte zu ihm, was ich noch nie vorher zu jemandem gesagt hatte. Ich sagte, daß ich ihn brauche. Ich sagte, er solle mich nicht verlassen. Und als er sagte: „Niemals“, machte ich das Kreuzzeichen über seinem Herzen.

11

Ich war am richtigen Abend in die falsche Bar gegangen, und diese Erfahrung brachte mich zeitweilig um den Verstand.
In den folgenden Tagen erkannte ich mich selbst nicht wieder – ich verhielt mich wie die Frauen, die ich nie verstanden und denen ich nie geglaubt hatte. Ich lebte nur auf den 18. Februar hin, den Tag, an dem Elgin entlassen werden würde. Ich ging zur Arbeit, kam nach Hause und wartete auf seinen allabendlichen Anruf vom Stützpunkt. Wir telefonierten beide nicht gern, aber diese drei Minuten gingen wie im Flug vorüber. Manchmal lauschte ich nur Elgins Atem, schloß die Augen und streichelte im Geiste seinen Körper, einen gutgebauten Teil nach dem anderen. Nach drei Minuten schaltete sich die Vermittlung ein, und wir beendeten das Gespräch. Danach verwandelte ich mich wieder in ein Schulmädchen, schmückte unsere Initialen mit lila Filzstift aus und füllte mit solchen Malereien die Ränder der Hochglanzseiten von *Cosmopolitan* und *Bride.* Ich redete mir ein, daß Elgin für mich bestimmt war, und glaubte alle seine Versprechungen. Ich glaubte sogar, daß mein Bruder lebend zurückkehren würde, wenn Elgin es mir versprach.
Ich war mir dessen so sicher, daß ich am liebsten nach Hause geschrieben hätte, daß es Lee gut ging. Aber Dayton würde meiner Intuition keinen Glauben schenken, und Tante Ida würde es für reines Wunschdenken halten. Sie nahm Ahnungen und Gefühle nur ernst, wenn sie Schlimmes verhießen. Ich beschloß zu warten, bis Lee sicher und gesund zurückgekommen war, dann würde ich erzählen, daß ich es schon die ganze Zeit gewußt hatte.

Am Anfang war es ein Schock. Aber dann nahm ich es einfach als Tatsache hin, daß ich mich mit einem schwarzen Mann ein-

gelassen hatte. Ich kaufte mir neue Unterwäsche und hohe weiße Stiefel. Dreimal die Woche feilte ich die Nägel zu perfekten Ovalen, schob jede Spur von Nagelhaut zurück und legte zwei Schichten von Revlons bestem Lack auf. Ich nahm elf Pfund in drei Wochen ab. Ich ging ins Krankenhaus des Indianischen Gesundheitsdienstes in Seattle und ließ meinen schmerzenden Zahn plombieren. Und ich behandelte die schwarzen Frauen, die mit mir zusammen bei der Essenszulieferung für die Fluglinien arbeiteten, freundlicher als je zuvor.
Dennoch zweifelte ich insgeheim an meinem Glück. Den Zweifel hielt ich wie eine Karte im Ärmel versteckt. Ich traute Elgin mehr als allen Männern vor ihm. Aber ich wollte mich nicht zur Närrin machen, nicht irgendwann als traurige, verlassene Geliebte dastehen. Ich sagte mir, ich könne jeden Mann haben oder links liegenlassen. Aber Elgin war nicht irgendein Mann. Ich nahm den 18. Februar frei, putzte und ging einkaufen. Ich bereitete ein indianisches Bohnenchili zu, das einzigartig schmeckte. Gegen vier Uhr war ich fertig, und Elgin konnte nicht vor halb sechs kommen. Ich wartete. Um sechs Uhr war ich noch nicht sehr besorgt. Um sieben Uhr dreißig rief ich an, ob der Bus von Fort Lewis auch wirklich pünktlich angekommen war. Und ich wartete noch um neun Uhr, als Elgin endlich lachend, nach Bier stinkend, mit einem Blumenstrauß in der rechten Hand und seinem Koffer in der linken Hand hereinschneite.

Das Chili war in der Pfanne angebrannt und wurde jetzt kalt, und die Blumen verwelkten, weil sie kein Wasser bekamen. Unsere ersten Tage zusammen seien nur eine Vorübung gewesen, sagte Elgin, und er behielt recht. Wir hatten den Verstand verloren. Mit ihm im Bett war es so anders als alles, was ich vorher erlebt hatte, daß ich fast schon glaubte, wir seien verzaubert oder verzauberten uns gegenseitig. Wir probierten alles aus, und alles machte uns Spaß.
Die Innenstadt von Tacoma war damals noch nicht saniert, aber wir merkten es nicht einmal. Elgin hatte genügend Geld gespart, ich konnte also meine stumpfsinnige Arbeit aufgeben. Ich blieb

zu Hause und studierte den ganzen Tag lang seinen Körper. Jede neue Eigenheit, die ich entdeckte, steigerte meine Lust: die langen Seufzer, wenn er einschlief; der Kitzel seines Atems in meinem Ohr; die grobe Form seines Schwanzes und die Empfindlichkeit seiner Brustwarzen. Er liebte es, wenn ich ihn unter den Armen streichelte, und streckte sich wie eine schlafende Katze, wenn ich seinen Nacken küßte. Manchmal zog er morgens die Sonnenblenden zu und bettelte, ich solle im Bett liegen bleiben und mich nicht anziehen. Er spielte gern mit mir, befeuchtete seinen Zeigefinger mit der Zunge und schrieb dann auf die nackte Haut meiner Brüste und auf meinen Bauch. Ich mußte die Worte erraten. Der Preis, den ich erhielt, wenn ich richtig geraten hatte, und die Strafe, wenn die Antwort falsch war, glichen sich aufs Haar.

Elgin konnte ein wunderbares braunes Kartoffelpüree machen und beim Singen den Ton genau halten. Er las unsere Horoskope in der Zeitung, bevor er die Stellenangebote durchsah. Er jammerte, daß er nichts gelernt hätte, aber ich lachte nur, bis er leise, verschmitzt und stolz mitlachte.

Niemand kann die Zukunft vorhersagen, aber ein paar Dinge kann man selbst in die Hand nehmen. Zum ersten Mal in meinem Leben benutzte ich keine Verhütungsmittel. Alle Frauen um mich herum hatten Kinder, und ich wollte ein Kind von Elgin. Ich stellte mir vor, wie es aussehen würde, ein Junge, der seinem Vater glich. Es kam mir nie in den Sinn, daß ich nicht schwanger werden könnte.

Einige Frauen behaupten, sie hätten genau gewußt, wann ihr Baby gemacht wurde, und mir ging es auch so. An einem Frühlingsmorgen, der zu schön war, um in der Wohnung zu bleiben, planten wir ein Picknick. Wir gingen zu Mr. Chicken die Straße runter, kauften zwei große Schachteln für unseren Lunch und stiegen dann in den Bus Nummer 11 nach Point Defiance Park, der oberhalb des Puget Sound liegt. Ich weiß nicht, wo alle waren, bei der Arbeit vielleicht, der Park lag jedenfalls verlassen da. Wir trampten kurze Strecken, gingen dann die steile Straße hinauf mit unserem Lunch unter dem Arm und redeten die ganze Zeit. Elgin lachte über eine Tafel auf einem Aussichtspunkt. Ein Kapitän der Marine sollte 1841 gesagt haben, daß er die Welt kontrollieren könne, wenn hier und auf der anderen Uferseite Gewehre plaziert würden. Ich war so glücklich, daß ich Musik im Hintergrund zu hören glaubte und im Takt tänzelte. Elgin trug ein grünes T-Shirt und rostrote Baumwollhosen. Ich kaufte bei ein paar Hippies an einer Straßenecke ein Geschenk für ihn: einen Armreifen aus drei verschiedenen Metallen – Eisen, Kupfer und Blech –, die miteinander verflochten waren. Ein Mädchen, mit dem ich zusammenarbeitete, besaß ein solches Armband, und sie hatte mir erzählt, daß es in Afrika als Glücksbringer galt. Elgin trug das Armband, den ganzen Tag lang glänzte Metall in der Sonne, wo der Reifen lose um sein Handgelenk hing. Elgin war ein starker und großer Mann. Ich beeilte mich, mit seinen langen Beinen Schritt zu halten, aber ab und zu blieb ich einen Blick lang zurück.

Er betrachtete mich auch genau. Ich hielt das Haar im Nacken mit einer geflochtenen Spange zusammen, meine Beine waren nackt unter den Bermudas, und ständig rutschten mir die Slipper von den Füßen. Elgin hatte mir im Army-Laden ein Sweatshirt mit dem Aufdruck *Property of U.S. Army* gekauft, und ich trug es ohne Büstenhalter, obwohl meine Brüste groß waren.

Wir erreichten einen versteckten Platz, der eine gute Aussicht über die Bucht bot, und breiteten die Pferdedecke von unserem Bett aus. Dann öffneten wir unsere Schachteln von Mr. Chicken. Hier draußen schmeckte alles viel besser, als es war. Die Sonne glitzerte so hell auf dem Wasser, daß ich die Augen zusammenkneifen mußte, wenn ich hinüberschaute. Die Hitze drang in alle Poren. Ich legte mich auf die warme, federnde Wolle und zog das Sweatshirt aus. Dann knöpfte ich meine Bermudas auf und schob sie hinunter. Ich holte tief Luft und sah Elgin an. Er saß mir gegenüber, stützte die Ellbogen auf die Knie, hatte die Arme aufgestellt und das Kinn in den Händen. Seine Augen waren so still und dunkel wie der Nachthimmel. Lange Zeit blieben wir so und berührten uns nur im Geiste, dann legte er sich wortlos neben mich, und wir liebten uns an einem Werktag

in einem öffentlichen Park. Weit unter uns kreuzten Schiffe auf den Wellen nach Norden und Süden.
Später rangen wir nach Atem, seine schlanken braunen Finger glitten über meine Hüften. Ich nahm seinen Schwanz zärtlich in die Hand und sagte ihm, daß wir gerade ein Baby gemacht hatten.
„Du bist schwanger?“ Seine Hand blieb liegen, er stützte sich auf. Sein Gesicht schien angespannt und verwundert. „Wie lange schon?“
„Seit fünf Minuten.“
Er glaubte mir nicht, lehnte sich zurück und betrachtete mich aus größerer Entfernung. „Du kannst dir da unmöglich so sicher sein.“
Ich verzog den Mund zu einem geheimnisvollen Lächeln wie die Frauen in den Seifenopern, wenn sie wissen, was nur eine Frau wissen kann. Er konnte ruhig daran zweifeln, aber spätestens in einem Monat würde es sicher sein.
„Du hast keine Verhütungsmittel benutzt?“ Elgins Hand bewegte sich immer noch nicht, sie lag schwer auf meinem Körper.
„Es ist schon okay.“ Er sollte endlich den Mund halten. Ich wollte mir meine Stimmung nicht verderben lassen. „Ich erwarte nichts von dir. Man braucht nicht zu heiraten, nur weil ein Kind kommt.“
Elgin dachte eine Weile darüber nach, dann begann sich seine Hand wieder zu bewegen. Seine Finger schrieben ein Wort auf die weiche, runde Wölbung meines Bauches. Er neigte sich zu mir, schmiegte seine Wange an meine. Schließlich setzte er sich auf und sah mich an.
„Ja?“ riet ich.
„Ja, du wirst es dennoch tun.“
„Ja, was werde ich tun?“
„Ja, du wirst heiraten, weil du *mein* Baby bekommst. Du wirst mich heiraten.“

Wenn mir jemand drei Jahre vorher erzählt hätte, daß ich mit fünfundzwanzig in Tacoma leben würde, mit einem schwarzen Kriegsveteranen verlobt wäre und freiwillig sein Kind austragen

würde – ich hätte ihn ausgelacht. Und wenn mir jemand gesagt hätte, daß ich neun Monate später im Krankenhaus des Indianischen Gesundheitsdienstes von Seattle ein Baby zur Welt bringen würde, verheiratet und fast schon wieder allein, nahezu pleite, und daß das Kind noch dazu ein dünnes dunkles Mädchen sein würde, das mir so wenig ähnlich sah, wie ein Baby seiner Mutter ähnlich sehen kann – ich hätte es nicht geglaubt.
Am Anfang schien es, als würde meine Schwangerschaft unser Leben nicht beeinflussen. Das Zusammensein mit Elgin und meine morgendlichen Brechanfälle machten allen meinen schlechten Angewohnheiten ein Ende. Ich hörte auf zu rauchen und trank nichts mehr. Wir gingen meist sehr früh zu Bett, und manchmal standen wir den ganzen Tag nicht auf.
Als Elgins Geld zur Neige ging, zogen wir nach Seattle und suchten neue Jobs. Elgin hatte im *Post-Intelligencer* gelesen, daß die Post Briefträger suche. Er fand, daß das eine anständige Arbeit sei. So konnten wir die Zeit überbrücken, bis wir genau wußten, was wir in Zukunft machen wollten. Aber als er am ersten Tag in seiner neuen Uniform zu Hause erschien, beschwor ich ihn zu kündigen, so gut sah er aus. Der helle, blaugraue Gabardine spannte an manchen Stellen über seinem muskulösen Körper und erschien grobschlächtig gegen die dunkle Cremefarbe seiner Haut. Er mußte mir versprechen, keine Nachnahmepakete auszuliefern.
Seit Elgin jeden Tag zur Arbeit ging, langweilte ich mich. Allein hatte ich mich noch nie besonders wohl gefühlt. Da ich nicht noch einmal angelernt werden wollte, ging ich zurück zu meinem ersten Job in der Stadt und montierte wieder Flugschreiber. Die Konstruktion blieb ein Geheimnis – ich wußte nicht einmal, wie sie aussahen, wenn sie fertig vom Fließband kamen –, aber ich hatte mir meine eigene Vorstellung zusammengezimmert: Die Oberfläche war poliert, und man sah rundherum keine Stelle, wo man die Box öffnen konnte. Sie machte kein Geräusch, weder Ticken noch Brummen. Die Box war so unauffällig und schlicht, daß die Flugzeugcrew sie vollkommen vergaß, wenn sie unter dem Instrumentenbord befestigt war, ein stummer Zeuge aller Ereignisse an Bord. Tagein, tagaus hielt der Bolzen,

den ich festgeschraubt hatte, die Spule, die das Tonband antrieb, das wiederum jeden Laut, jeden Witz von Seattle bis Japan und von Japan bis Hongkong aufnahm. Wenn irgend etwas irgendwo im Flugzeug nicht funktionierte, die Box würde es erfahren. Selbst nach einer Explosion sandte sie unüberhörbare Piepser aus und konnte so im tiefsten Ozeangraben oder in der Wüste aufgespürt werden.

Manchmal empfand ich meinen Bauch auch wie eine Black Box. Ich fragte mich, was das Baby hörte, welche Töne es in seinem Gehirn speicherte. Das Kind war mein Gedächtnis. Ich merkte nicht, daß das Gefühl der Flitterwochen bei Elgin allmählich abflaute. Manchmal kam er nachts nicht nach Hause, und dafür gab es keine späten Eilbriefe oder Überstunden als Erklärung. Ich saß dick und allein zu Hause und versuchte mir einzureden, daß bei der Post am Sonntagnachmittag Briefe sortiert würden. Mein Baby, nicht ich, speicherte die Witze, die Elgins neuen Freunde über seine indianische Squaw rissen, die ihn beim letzten Beischlaf immerhin nicht skalpiert hatte. Mein Baby, nicht ich, sah die stechenden, neidischen Blicke der dünnen schwarzen Frauen, die uns hinterherschauten, wenn Elgin und ich zusammen ausgingen. Wie ein Pilot, der mit einem kleinen Loch im Benzintank oder mit niedrigem Öldruck weiterfliegt, segelte ich über den Wolken, plante für das Morgen und kam nicht auf die Idee, daß etwas Wichtiges kaputtgegangen und unwiderbringlich verloren sein könnte.

Wir lebten in einem Hotel drüben in der Neunten Straße, dem Excelsior, das mir gut gefiel. Das Haus hatte einen Aufzug, der funktionierte, und in unserem Zimmer gab es eine Spüle und eine kleine Kücheneinheit mit Kühlschrank und Herd. Zum Kochen war es praktisch, weil die Brenner auf der Oberseite des kleinen Kühlschranks eingelassen waren. Wenn ich allerdings länger als zehn Minuten kochte, schmolzen alle Eiswürfel. Wir schliefen in zwei weichen, schmalen Betten. Zuerst schoben wir sie zusammen, damit wir uns aneinanderkuscheln konnten. Aber oft rutschte einer von uns, meistens ich, in den Graben und wurde dort eingeklemmt. Ich lag dann wie eine Sardine eingequetscht zwischen den Betten und bewegte mich nur wenig, damit Elgin

zwar aufwachte, aber nicht erschrak. Ich lernte früh, daß er panikartig aufsprang, wenn man ihn aus dem Schlaf rüttelte oder seinen Namen rief. Ich hatte Angst, daß er mich treffen würde, wenn er um sich schlug. Ich machte die Armee verantwortlich für seine schlechten Nerven. Ich hatte viele Kriegsveteranen erlebt, die nachts völlig verängstigt aus dem Schlaf fuhren.
Als mein Baby in mir wuchs, schob ich die Betten nicht mehr zusammen. So störten wir einander nicht, wenn ich nachts aufstehen mußte oder wenn Elgin zurückkam und ich das Licht bereits ausgeschaltet hatte, was immer öfter der Fall war. Ich stand gern früh auf und aß ein gutes Frühstück, Elgin dagegen schlief bis elf Uhr, wenn er keine Briefe austragen mußte. Er gewöhnte sich schnell an meinen Tagesablauf und überhörte alle Geräusche, die ich verursachte.
Eines Tages wollte ich zum Markt gehen. Aber ich konnte meinen Regenmantel nicht mehr über dem Bauch zuknöpfen. Nach einer Weile gab ich meine vergeblichen Versuche auf, setzte mich auf die Bettkante und fragte mich, was ich anziehen sollte. Das war an einem Samstag, am Ende der besten Woche, die wir seit langem miteinander verlebt hatten. Elgin hatte Briefe in einer Gegend ausgetragen, die ihm gefiel, weil es dort wenig Hügel und keine freilaufenden Hunde gab, und ich hatte endlich einen Namen für unser Kind gefunden: Raymond sollte er nach einem Schauspieler heißen, der Perry Mason darstellte und aus jeder Situation als Sieger hervorging. Ich fühlte mich ausgezeichnet. Wenn ich mich in dem Spiegel über meiner Kommode betrachtete, war ich mit mir zufrieden. Meine Haut war rein, mein Haar glänzte nach dem Bürsten blauschwarz, meine Schultern waren breit und stark. Sogar der hohe, runde Bauch gefiel mir, der groß genug war, daß ich das Tablett für das Abendessen hätte daraufstellen können.
Elgin und ich hatten unsere Heiratserlaubnis bereits in Tacoma beantragt, aber ich war so beschäftigt – Mann, Schwangerschaft, Job – daß ich vergessen hatte, die Hochzeit zu organisieren. Es gab jeden Tag zu viele Dinge wie Einladungen oder Kleider oder ein großes Abendessen, an die ich denken mußte. Nun hatten mich die Schwierigkeiten mit dem Regenmantel daran erinnert.

„Wann gehen wir zum Standesamt?“ fragte ich Elgin. Ich verschränkte die Arme hinter dem Rücken. So fühlte ich mich sicherer.
Er saß in einem Unterhemd von der Armee auf dem Boden und polierte seine Arbeitsschuhe. Zuerst sah er auf die Schnürsenkel, als hätte ich über sie gesprochen. Dann gab er auf und hob den Kopf.
„Hast du Angst, daß ich mein Wort breche?“ Seine Stimme klang gereizt.
Bis zu dieser Minute hatte ich mir keine Sorgen gemacht. Ich hatte gedacht, daß Elgin und ich eine schwere Zeit durchmachen mußten, bevor wir uns aneinander gewöhnt hatten, aber das war nur normal. Ich war mit dem „The Newlywed Game“ aufgewachsen. Ich hatte gehört, wie Bob Eubanks sich über jeden lustig machte: vom Ehemann, der sich den Slip seiner Braut anzog, bis zu Paaren, die in ihrer Hochzeitsnacht Masern bekamen. Verglichen mit den meisten von ihnen waren wir gar nicht so schlecht dran. Aber Elgin hatte so geklungen, als wäre ihm schon einmal der Gedanke durch den Kopf gegangen, mich nicht zu heiraten. Er hatte geklungen, als könnte er diesen Gedanken nur mit Mühe unterdrücken.
„Scheiß auf dein Wort“, sagte ich und versuchte, mich aufzurichten. „Scheiß auf dich.“
Elgin ließ den Schuh fallen und sprang auf. Er kniete über mir auf dem Bett. Am liebsten hätte ich ihn einfach an mich gepreßt, aber das erlaubten die Spielregeln nicht. Er mußte meine Arme festhalten und mich zur Aufgabe zwingen. Ich war fast dreißig Zentimeter kleiner, aber er hatte Angst, das ungeborene Kind zu verletzen, und das glich meine körperliche Unterlegenheit aus.
Ich redete, und sein Gesicht schwebte nur wenige Zentimeter über mir. „Ich möchte … ein langes weißes … Kleid tragen, und … einen riesigen … Hochzeitskuchen will ich, und … in den Flitterwochen … fliege ich mit … Paul Newman … nach Hawaii.“ Meine Worte kamen stoßweise heraus, weil ich mich mit aller Kraft gegen ihn stemmte.
„Du bist ein verrücktes Weib“, sagte Elgin und drückte nach

Atem ringend seine Stirn auf meine. Er roch nach Pfefferminzbonbons. „Du bist verrückt." Er ließ sich aufs Bett fallen, und zog mich an sich.
Vor langer Zeit schon hatte ich aufgehört, ihm zu sagen, wie schön es war, mit ihm zu schlafen. Ich wollte nicht, daß Elgin seiner selbst zu sicher würde. Aber an diesem Morgen sah ich in seinen Augen denselben Blick, der mich bei Barclay's magisch angezogen hatte, denselben verzweifelten Ausdruck, der sich im öffentlichen Park von Tacoma noch vertieft hatte. Es war ein Blick, den ich nie zuvor bei jemandem gesehen hatte. Ich hätte einen Mord begangen für diesen Blick.

Wir heirateten im örtlichen Gerichtsgebäude ohne Zeugen, die wir jemals wiedersehen würden, außer uns beiden natürlich. Ich hatte ein beiges Kleid ausgewählt, weil es im Sonderangebot billiger gewesen war und meine Haut dunkler erscheinen ließ. Elgin und ich hatten so fast denselben Hautton. Elgin kramte seine Ausgehuniform von der Armee aus der untersten Schublade hervor. Wir waren aber nicht sicher, ob er diese Uniform noch tragen durfte. Elgin hatte entweder die Uniform an oder ein blaues Cowboyhemd aus Satin, das ich ihm von meinem letzten Gehalt gekauft hatte. Die Richterin trug einen Hosenanzug aus Tweed und Perlenohrringe. Sie lächelte uns an und wünschte uns Glück.
Als wir wieder draußen waren, stützte Elgin mit der Hand meinen Ellenbogen, um mir das Treppensteigen zu erleichtern. Dann standen wir nebeneinander auf dem Bürgersteig. Die Menschenmenge umflutete uns, während wir überlegten, was wir machen wollten. Schließlich aßen wir früh zu Abend. Wir gingen in ein Spezialitätenrestaurant für Meeresfrüchte und bestellten Lachs mit Reis und als Nachspeise Heidelbeerpudding. Anschließend gingen wir in einen Country and Western-Club, der sehr gut sein sollte. Wir saßen wie völlig Fremde an einem Tisch, bis die Band „Sweet Dreams" spielte. Dieses Lied brachte mich fast zum Weinen, und ich suchte Elgins Hand. Wir standen auf und tanzten eng und tapsig, weil das Baby in meinem Bauch uns trennte, die Arme hatten wir um den Rücken des anderen

gelegt. Wir tanzten immer weiter, bewegten dabei kaum die Füße. Wir tanzten noch, nachdem die Musik längst aufgehört hatte und die anderen Paare wieder an ihren Plätzen saßen. Als ich die Augen öffnete und eine indianische Frau um die Vierzig sah, die uns scharf beobachtete und sich wohl eine ganz bestimmte Frage stellte, löste ich mich von Elgin.
„Heute ist mein Hochzeitstag", verkündete ich den mir völlig unbekannten Menschen im Raum, „und wir feiern."
Die Frau fühlte sich gedemütigt, weil ich gemerkt hatte, was sie dachte, und machte mit, als alle uns die Hände schüttelten. Die Leute benahmen sich, als hätten sie nie zuvor vom Heiraten gehört, soviel Getue machten sie darum. Alle Männer wollten Elgin Drinks spendieren, und alle Frauen fragten mich, wann das Baby auf die Welt kommen sollte. Der Manager des Clubs wollte kein Geld von uns nehmen, und als wir die Stühle zurückschoben, um nach Hause zu gehen, pfiff die ganze Meute und trommelte auf die Tische.

Die kalte, feuchte Nachtluft draußen war ein Schock. Und die Stille nach dem stundenlangen Lärm und der Musik. Wir flüsterten zuerst und schwiegen dann ganz. Wir gingen kreuz und quer durch die verlassenen Straßen zum Excelsior. Anfangs hatten wir die Hände vor lauter Aufregung fest ineinander verschlungen, aber nach ein paar Häuserblocks ließen wir einander los. Wir waren es müde, im Mittelpunkt der Aufmerksamkeit zu stehen. Ich wunderte mich, daß ich auf einmal eine verheiratete Frau war. Elgin brütete vor sich hin, die Tür zu seinem Innern schien für mich geschlossen.
Man hätte erwarten können, daß wir wenigstens in dieser Nacht noch eine Stunde lang einträchtig zusammen gewesen wären, aber alles lief auf einen handfesten Streit hinaus. Auf meinen neuen, weißen, hochhackigen Schuhen konnte ich mit Elgin nicht Schritt halten, und ich ging absichtlich noch langsamer, damit er gezwungen war, seine Pflichten als Ehemann zu erfüllen. Der Abstand zwischen uns wurde immer größer. Unter einer Straßenlaterne fast einen Häuserblock vor mir hielt er inne und sah von der einen zur anderen Seite. Als er mich nirgends

finden konnte, wirbelte er herum und wartete, während ich langsam näher kam.
„Ich habe es wirklich nicht gemerkt", sagte er und legte einen schweren Arm um meine Schultern.
Ich vergaß den Streit. Jetzt zählte nur, daß ich ihn fühlen, riechen und sehen konnte. Außerdem wußte ich, daß es besser war, ein Angebot anzunehmen, das mir auf dem silbernen Tablett serviert wurde. Ich lächelte und schlang meine Arme um seine Hüften.
„Mach etwas langsamer, Mr. Taylor. Spare dir deine Energie. Du mußt mich noch über die Schwelle tragen."
Elgins Lachen, das warm, dick und blubbernd aus seinem Inneren drang, veränderte die Nacht. „Ich zeige dir deine Türschwelle", sagte er.
Er hob mich hoch, seine Arme stützten meinen Rücken und hielten mich unter den Knien. Er drückte mich an sich wie ein schläfriges Kind – mit einem Strandball im Bauch.
„Du bist verrückt", rief ich, aber er trug mich die zwei Blocks bis zu unserem Hotel auf den Armen, durch die dämmrige Lobby hindurch und in den altersschwachen Aufzug, bei dem die Farbe abblätterte. Ich zog den Rock hinunter und versteckte das Gesicht an Elgins Brust, damit ich den Nachtportier nicht anschauen mußte. Wir erreichten unsere Etage, und Elgin trug mich den Flur hinunter. Er verlagerte mein Gewicht, als er in der Hosentasche nach dem Schlüssel kramte, dann schlug er die Tür mit dem Fuß hinter uns zu.

Tante Ida hatte kein Telefon. Ich schickte ihr eine Ansichtskarte mit der Skyline von Seattle bei Nacht. „Ich habe einen Mann geheiratet, der kein Indianer ist", schrieb ich. „Er heißt Elgin Taylor, und ich heiße jetzt Christine Taylor. Wir hätten nicht zu heiraten brauchen, aber ich werde ein Baby bekommen. Ich hoffe, es geht Dir gut. Hast Du etwas von Lee gehört? Ich schreibe bald einen ausführlichen Brief. In Liebe. Deine *Tochter* Mrs. Christine Taylor." Wenn ich eine Ehefrau sein konnte, dann konnte ich genauso Tante Idas Tochter sein. Ich schrieb die genaue Anschrift des Hotels in eine Ecke und schickte die Karte nach Montana.

Tage und Wochen gingen vorüber, ohne daß ich eine Nachricht von Tante Ida erhielt. Ich wußte nicht, ob ich besorgt oder wütend sein sollte, also war ich beides. Mein Gewicht begann mich zu behindern, ich mußte meine Arbeit aufgeben. Das einzige, worauf ich mich freuen konnte, war die Post. Aber ich bekam nur Handzettel und Werbung zugeschickt. Die meisten davon waren an eine andere Mrs. Taylor gerichtet, die vor mir in dem Hotel gewohnt haben mußte.

Elgin verließ das Haus jeden Morgen vor Sonnenaufgang, und manchmal kam er erst zurück, wenn ich schon schlief. Vielleicht hätte ich mehr Fragen stellen sollen, aber ich zog es vor, ihn nicht zu verdächtigen. Männer betrügen Frauen, die sie nicht ihn Frieden lassen, ihnen kein Verständnis entgegenbringen, die nie Spaß haben wollen und die sich wahrscheinlich selbst herumtreiben. Ich stellte mir eine betrogene Ehefrau als fette, bösartige, geldgierige Furie vor. Ich hatte den Ehemännern nie die Schuld gegeben, wenn sie lieber mit mir ausgegangen waren.

An einem regnerischen Freitagnachmittag klopfte der Hotelmanager zweimal an die Tür, weil er die Miete kassieren wollte, und ich konnte nicht ausgehen, weil ich keinen Regenmantel besaß, der mir paßte. Ich wartete stundenlang auf Elgin. Er hätte uns Pizza holen können, deshalb machte ich mir kein Abendbrot. Schließlich ging ich schlafen, eine tickende Zeitbombe.

Elgin walzte gegen elf Uhr ohne jede Entschuldigung ins Zimmer. Er fragte nicht einmal, wie ich den Tag verbracht hatte. Er stank nach Bier, wie andere nach Aftershave riechen.

Ich gab ihm die Möglichkeit, als erster das Wort zu ergreifen, aber er sagte nichts, also sprach ich aus der Dunkelheit heraus.

„Wo zum Teufel bist du gewesen?“

„Ich hatte Spätschicht.“ Er klang verletzt, als ob ich ihm etwas vorgeworfen hätte, das er abstreiten wollte. Er knipste das Licht an und hängte bedächtig seine Uniformhosen mit zwei Klammern für die Bügelfalten auf einen metallenen Kleiderbügel. Schließlich drehte er sich zu mir um.

„Ich wußte nicht, daß die Post einen Zapfhahn im Sortierraum hat“, sagte ich. „Sind dir die Pfefferminzbonbons ausgegangen?“

Elgins volle Lippen verengten sich zu einer schmalen Linie, er starrte unentwegt auf die Kommode an der Wand und wartete, bis sich seine Wut anstaute.
„Was soll denn schon dabei sein, wenn ich noch irgendwo einen heben war", schrie er schließlich. „Wozu komme ich eigentlich noch hierher? Du sitzt nur herum und denkst dir Sachen aus, über die du dann meckern kannst."
Jetzt war ich diejenige, die ungerechtfertigt angeklagt wurde. „Das war doch gar nicht mein Fehler", sagte ich. „Glaubst du vielleicht, ich finde es toll, wenn dieser fischäugige Portier mir zusetzt, weil wir ihm noch die Miete schulden? Hast du deinen Scheck eingelöst?"
Elgin war viel betrunkener, als ich angenommen hatte. Er machte einen Schritt und stieß dabei einen Stuhl um. Dann griff er in die Taschen seiner aufgehängten Uniformhosen und leerte den Inhalt auf den Küchentisch. Kleingeld, Dollarnoten und Taschentücher, die er zu festen Kugeln zusammengeknüllt hatte, ergossen sich auf den Tisch.
„Bist du nun zufrieden?"
Ich sah mich durch seine Augen. Ich war die fette, gemeine Ehefrau. Er war einer dieser Ehemänner.
„Wer ist sie?" fragte ich mit ruhiger Stimme.
Er antwortete nicht. Er riß seine Hosen aus den Klammern und zog sie an. Dann schlug er die Tür hinter sich so heftig zu, daß sie wieder aufsprang. Ich hörte seine Schritte die Feuertreppe hinunterpoltern. Er wartete nicht einmal auf den Aufzug. Ich hörte, wie die Tür im Erdgeschoß geöffnet wurde, und dann hörte ich nichts mehr. Nur öde Leere, so leer wie ein langer, tiefer Tunnel.

Ich bekam Arbeitslosengeld. Ich bekam eine Unterstützung vom Indianischen Gesundheitsdienst. Ich kam über die Runden. Elgin blieb drei Tage weg, das ganze Wochenende, und als er wieder da war, fehlte etwas. Wir hatten keine Zeit mehr, uns zu streiten. Bald würde das Baby dasein. Ich wollte Elgin nicht vollends vertreiben. Also fragte ich ihn erst gar nicht, wo er gewesen war. Er zahlte unsere Hotelrechnung, erzählte mir abends, was er den Tag über gemacht hatte, und blieb mehr zu Hause. Manchmal beobachtete er mich, und ich wußte, was er dachte, weil ich es selbst dachte: Wie bin ich da nur hineingeraten? In meinem Zustand konnten unsere Körper den Zauber nicht mehr wiederholen. Und es wurde immer schwerer zu glauben, daß es jemals wieder klappen würde. Mein Bauch schien mit jedem Wort der Lüge zu wachsen, sich zu dehnen und zu bereuen.

Tag und Nacht bewegte sich das Baby und knuffte mich. Wenn es Schluckauf hatte, bebte ich am ganzen Körper. Es streckte einen Fuß oder eine Hand aus und hielt sie gestreckt, bis ich sie zurück an ihren Platz streichelte. Manchmal glaubte ich, der Herzschlag sei so laut, daß ihn jeder hören müsse. Wenn das Baby sich fallen ließ und sein runder, schwerer Kopf tief zu liegen kam, konnte ich keinen Schritt mehr gehen, ohne daß ich es spürte. Das Baby nahm mich vollkommen in Besitz und hielt mich in seinem Rhythmus gefangen. Ich war eine Gefangene des eigenen Körpers.

Am dritten Dezember hätte es soweit sein sollen. Eine Woche später überreichte mir der Portier einen Brief, der an mich adressiert war und Daytons Handschrift trug.

Es war elf Uhr morgens. Ich hatte immer noch das Nachthemd an und war im Bett geblieben. Ich wartete darauf, daß das Fruchtwasser kam. Der Ehering schnitt in den geschwollenen Finger. Schon vor Tagesanbruch hatte ich die ersten schwachen Wehen gefühlt, nichts Schlimmes, ich konnte es gut aushalten. Ich sagte Elgin nichts davon, als er seine Uniform anzog. Bei meinem letzten Besuch im Krankenhaus hatte der Doktor gesagt, daß dieses Stadium etwa sechs bis acht Stunden dauern würde. Elgin wäre längst wieder von seiner Tour zurück, wenn es richtig losging. Und wenn er doch noch nicht zu Hause sein sollte, könnte ich ihm eine Notiz hinterlassen, daß ich ins Krankenhaus des Indianischen Gesundheitsdienstes gegangen sei. Das Baby war nur noch ein paar Zentimeter oberhalb der Pforte zu dieser Welt. Geboren zu werden schien leicht und hoffnungslos zur gleichen Zeit. Ich hatte meine Tasche für das Krankenhaus gepackt und die Telefonnummern der Ärzte auf eine Karte

geschrieben, die in meiner Brieftasche lag. Ich war an diesem Morgen allein und flocht mein länger gewordenes Haar zu einem französischen Zopf, der fest am Kopf anlag.
Ich starrte den Umschlag lange Zeit an, als ob ich ihn mit einem Röntgenblick lesen könnte. Solche Umschläge mit aufgedruckter Briefmarke konnte man beim Postamt kaufen. Daytons Handschrift war so groß, daß die Anschrift den ganzen zur Verfügung stehenden Raum ausfüllte. Er gebrauchte meinen neuen Namen, Tante Ida hatte also meine Postkarte erhalten. Den versprochenen langen Brief hatte ich nie geschrieben.
Schließlich schlitzte ich mit einer Nagelfeile den Umschlag auf und faltete das linierte, weiße Briefpapier auseinander.
„Lee ist tot ..." brannte sich in mein Gehirn, bevor ich wußte, was ich eigentlich las. Ich zerknüllte das Papier, hielt es mit beiden Händen gegen die Brust, aber nichts hatte mehr Sinn. Ich keuchte, mein Atem ging flach und schien nutzlos, die Augen hatte ich geschlossen. Ich verwandelte mich in Glas, ich verwandelte mich in Stein. Mein Mund formte auswendig gelernte Gebete, bis meine Zunge flatterte und Lees Namen aussprach, immer wieder plapperte ich unhörbar seinen Namen zeitgleich mit dem Atmen. Bilder rasten durch mein Gehirn wie Schnappschüsse, eine Wochenschau von Lees Gesicht, sprechend, schlafend, wütend, lachend, jung, mit kurzen Haaren. Und alles endete mit dem Aufblitzen von Daytons Worten. Ich hob den Brief hoch, hielt ihn vor das Gesicht und öffnete die Augen. Die Zeilen ergossen sich wie Regen in eine Höhle, sie trafen hier und dort, bildeten Pfützen, rannen die Wände herunter: „... fiel hinter den feindlichen Linien ... Die ganze Zeit über ... Auf einer Liste von Gefallenen ... Sie wollen seine Leiche nicht freigeben bis ... Es gibt keinen Grund für Dich, herzukommen ... Ida trägt es mit Fassung ... Dein ..."
Ich schlug die Hände vors Gesicht und krümmte mich. Ich konnte keinen klaren Gedanken fassen, konnte nicht einmal weinen. Ich schnappte nach Luft, schluckte sie hinunter, sog noch mehr ein. Mein Körper war ein Schildkrötenpanzer, und nichts drang zu mir durch. Ich drückte alles aus dem Kopf heraus, die Arme hinunter, die Brust hinunter. Meine Beine

zitterten, aber ich preßte stärker. Eine warme Flut löste sich, lief auf mein Nachthemd und auf die Matratze. Ich sah hinunter, erwartete Blut, aber ich konnte nicht über den Berg, meinen Bauch, schauen. Alles darunter war verborgen. Und wie ich hinsah, beulte sich mein Nachthemd aus, mein Äußeres veränderte sich, als ob eine unsichtbare Faust in mich eingedrungen wäre.

Als die Krämpfe nachließen, rollte ich zur Seite und griff nach meinem Geldbeutel. Ich kramte die Karte mit den Nummern hervor, griff zum Hörer und wählte die Vermittlung im Hotel.

„Hier spricht Mrs. Taylor", sagte ich. „Rufen Sie ein Taxi."

Die Schmerzen ergriffen erneut von mir Besitz. Ich umklammerte den Hörer und beobachtete, wie meine Finger weiß wurden. Ich grub die Nägel in die Handfläche, als ob dieser Schmerz stärker sein könnte als alle anderen Gefühle. Ich zog die Lippen zurück, biß darauf und wartete, daß es vorbeiging. Endlich konnte ich die weibliche Stimme am Telefon wieder sprechen hören, sie fragte immer und immer wieder, ob mir etwas fehle.

„Ich habe Wehen", sagte ich und las ihr die Telefonnummern der Ärzte vor, damit sie für mich anrief. Ich ließ den Hörer auf die Gabel fallen und sah mich im Zimmer um. Ich mußte mich anziehen. Ich wollte fertig sein, damit ich nach der nächsten Wehe gehen konnte. Meine Brieftasche lag offen auf dem Boden herum. Ich fühlte weit weg, aber schnell näher kommend das schmerzhafte Ziehen der Muskeln, nahm Daytons Brief und stopfte ihn tief in die Brieftasche.

Als ich im Krankenhaus war, kamen die Wehen in größeren Abständen. Ich saß stundenlang in einem Rollstuhl auf dem Flur, beantwortete die Fragen einer Frau hinter einem Glasfenster, die meine Antworten in ein vorgedrucktes Formblatt für die Anmeldung tippte. Dreimal an diesem endlos langen Nachmittag rief ich das Hotel an, um für Elgin eine Nachricht zu hinterlassen, aber er schien die Nachrichten nie zu erhalten. Ich hatte schon Preßwehen, als sie mich schließlich zur ersten Untersuchung in den Kreißsaal brachten.

Die Krankenschwester war eine Idiotin und nörgelte dauernd

an mir herum: „Kriegen Sie Ihr Kind bloß nicht, bevor der Arzt da ist." Als er endlich da war, stand sie an der Seite des elektrisch verstellbaren Bettes, fütterte mir zerstoßenes Eis und redete unaufhörlich.

„Sei ein tapferes Mädchen", sagte sie, als ich ihre Hand ergriff. „Ganz ruhig."

Ich verlor jedes Gefühl für die Zeit. Die Grenzen der Welt waren die Pausen zwischen den Schmerzen, und ich hörte nur „Pressen" und „Ruhig atmen". Bis jemand sagte: „Sie ist soweit."

Ich hielt einen kostbaren Moment inne, bereitete mich darauf vor, das Baby aus meinem Körper zu pressen, aber die Krankenschwester mußte sich natürlich einmischen.

„Haben Sie schon einmal ‚The Price is right' im Fernsehen gesehen?" fragte sie. Ich war so stumpf, so ausgepumpt. Mein Haar klebte, Tränen strömten mir über das Gesicht, und ich hatte nichts Besseres zu tun, als zu nicken.

„Gut, *gebären* Sie Ihr Kind", sagte sie. „Pressen Sie diesmal richtig!"

Bevor ich ihr noch sagen konnte, daß sie zur Hölle fahren und ihren verdammten Mund halten sollte, verlor ich mich in der Gewalt der Wehen. Ich grub das Kinn in die Brust, hielt den Atem an und preßte so stark, daß ich das Gefühl hatte, meine Augen würden aus den Höhlen springen. Alarmglocken schrillten in meinem Kopf. Das Baby war zu groß für mich, irgend etwas lief schief. Wenn ich noch ein bißchen stärker preßte, würde mein Körper zerreißen.

Der Arzt war eine weiße Maske, ein Paar behandschuhte Hände. „Jetzt", befahl er, aber was wußte der schon? Ich biß die Zähne zusammen, damit er zufrieden war, tat so, als preßte ich, aber in Wirklichkeit schützte ich mich.

„Alles wird nur schlimmer für Sie, wenn Sie nicht mithelfen", sagte der Arzt ungeduldig und weit weg. „Ich muß sonst die Zange nehmen."

„Werden Sie einfach *böse* auf das Baby", sagte die dumme Krankenschwester. „Sagen Sie einfach ‚Böses Baby, böses Baby', und schieben Sie es mit aller Kraft heraus."

In diesem Moment hätte ich sie umbringen können. Die Intensität meines Hasses riß mich fast vom Tisch, aber er gab mir neue Kraft. Die nächste Wehe kam. Ich schob den gesunden Menschenverstand beiseite, spannte alle Muskeln an, die ich fühlen konnte, und entspannte sie wieder. Dabei starrte ich der Krankenschwester ins Gesicht. „Gutes Baby", preßte ich hervor, „gutes Baby, gutes Baby, gutes Baby."
„Halten, halten", sagte der Arzt.
Es gab nur noch den Schmerz. Ich gab mich ihm hin, badete darin. Meine Gedanken waren wie ein weißer Bildschirm in einem schwarzen Zimmer.
„Der Kopf ist da. Noch einmal. Ja."
Meine Muskeln gehorchten ihrem eigenen Willen. Ich sank zurück in die Kissen. Mein Körper gab nach, weil der Widerstand fehlte, nachdem das Baby herausgeschlüpft war. Mein Gehirn ging mit ihm. Ich vergaß die Schmerzen, wollte nur noch wissen, ob das Kind gesund war. Ich starrte auf das Licht über dem Bett, wartete auf den Schrei, und als er schrill und hoch wie der Kriegsgesang der Cheyenne erklang, antwortete ich im selben Tonfall.
„Raymond", sagte ich und streckte die Arme nach Arzt und Krankenschwester aus, die zu meinen Füßen beschäftigt waren. Ich spannte die Nackenmuskeln an, um einen Blick zu erhaschen. „Geben Sie mir Raymond."
„Das ist ein komischer Name für sie", sagte der Arzt und hob meine Tochter hoch, damit ich sie sehen konnte. Ich fühlte ihr Gewicht in den Händen und legte sie an die Brust.
Sie war eine langes, dunkles, mit weißer Creme beschmiertes Etwas. Dünnes schwarzes Haar stand in glatten, schmierigen Strähnen von ihrem Kopf ab, als ob sie ein Baby aus einem Zeichentrickfilm wäre, das gerade jemand erschreckt hatte. Sie schrie nicht mehr, bewegte aber immer noch den Mund, streckte immer wieder die weitgeschwungenen Lippen. Die Nase war groß und sehr breit. Ich nahm eine ihrer Hände, glättete die Finger mit meiner Hand. Ihre Handflächen hatten einen helleren Hautton als der übrige Körper, Goldbraun gegenüber einem warmen Braun. Die abgeklemmte Nabelschnur, die uns verbun-

den hatte, stak aus ihrem Bauch. Darunter begannen ihre dünnen Beinchen, die unter dem Knie gebogen waren, als wären sie aus Gummi. Ihre Zehen waren zu einer knotigen Reihe gebündelt, jeder Nagel makellos, weich und sauber.
Ich führte ihren Mund zu meiner harten, linken Brustwarze, und sie wußte, was sie tun sollte, saugte mich in sich hinein und nahm, was sie brauchte. Während ich zusah, öffnete sie ein Auge, das mich im Dämmerlicht suchte, durchdringend anblickte und blinzelte. Die Iris leuchtete, sie war schmutziges Grün, eine Tarnfarbe, die dem Farbton eines flachen Teichs glich. Wir starrten uns an wie Fremde. Ich sog ihren feuchten, salzigen Geruch ein, der meinen Puls erhöhte, und hielt sie ein wenig tiefer. Die Hitze unserer Körper floß zusammen, wir waren noch einmal eins.

Ich haßte das Krankenhaus. Die Schwestern ließen mich einfach nicht in Ruhe. Sie wollten meine Tochter waschen, sie wiegen und Tropfen in ihre Augen träufeln. Sie wollten das Baby in die Säuglingsstation bringen und mich auf der Wöchnerinnenstation behalten. Ich brüllte, als sie versuchten, sie mitzunehmen, und ängstigte sie durch meine Willenskraft. Sie dachten, ich sei verrückt, flüsterten über mich, wenn sie beisammen waren. Aber sie gaben nach und verlegten uns in ein Privatzimmer. Sie sagten mir, daß ich eigentlich kein Recht hätte, dort zu liegen. Ich vergaß sie in dem Moment, als sie das Zimmer verließen.
Elgin kam später, um nach mir zu sehen. Niemand habe ihn benachrichtigt, sagte er, niemand im Hotel habe gewußt, wohin ich gegangen sei. Es sei reines Glück, daß er mich überhaupt gefunden habe. Er stand am Fußende des Bettes, drehte seinen Hut in den Händen und blickte auf den Flur. Er schien angefüllt mit Dingen, die er mir nicht sagen konnte, hatte eine Menge Geheimnisse, aber ich hatte kein Interesse mehr daran.
„Ich habe gehört, daß es ein Mädchen ist."
„Du hast richtig gehört." Ich schlug die gelbe Decke zurück, um ihr Gesicht zu enthüllen, und es schien fast so, als hätte sie uns zugehört. Sie öffnete die fremdartigen, wütenden Augen und beobachtete Elgin.

„Mit diesen Augen könnte sie einen Zug anhalten“, sagte er. Meine Liebe zu Elgin flackerte noch einmal kurz auf, eine Woge der Zärtlichkeit erfaßte mich. Ich stellte mir vor, wie er mich mit seinen großen Händen festhielt, stellte mir ein Bild von uns dreien vor: Mutter, Vater und Tochter, die von einer Weihnachtspostkarte lächelten. Er fühlte, wie ich weich wurde, kam näher, setzte sich auf mein Bett und berührte das Baby mit seinen seidigen Fingern.

„Den Mund hat sie von meiner Mutter“, sagte er. „Kleine Diane.“

„Diane?“

„So heißt meine Mutter.“

Elgins Eltern und zwei Schwestern von ihm lebten in Kalifornien, aber er sprach kaum über sie. Wenn er sie anrief, erwähnte er mich nie. Ich würde mein Kind nicht nach einer geheimnisvollen Frau benennen, die ich nie gesehen hatte, und schon gar nicht, wenn es ihr ähnlich sah.

„Ich habe schon einen Namen gewählt“, erinnerte ich ihn.

Er hob die Augenbrauen. „Raymond.“ Er sagte es mit einem unterdrückten Lachen.

„Hast du noch nie gehört, daß ein Mädchen Ray heißt?“

„Ray als Kurzform für welchen Namen?“

Ich dachte schnell nach. Rayburn. Rayton. „Rayon“, sagte ich. „Rayona.“

Er glaubte, seinen Ohren nicht trauen zu können. „Wie Nylon?“

„Wie gar nichts.“ Ich war nicht gewillt, mit ihm darüber zu diskutieren.

Elgin schüttelte den Kopf. „Gut, aber ihr zweiter Vorname ist Diane.“

Das war mir egal. Niemand benützte den zweiten Vornamen, und ich würde ihr den Namen einfach nicht verraten.

„Hast du irgend jemanden angerufen?“ fragte er.

„Ich habe niemanden mehr, den ich anrufen könnte.“ Ich griff in meine Brieftasche, holte Daytons Brief heraus und reichte ihn wortlos Elgin. Ich hatte den Brief nicht noch einmal gelesen, aber ich hatte kein Wort davon vergessen. Ich kochte auf Spar-

flamme, war kurz vor dem Brodeln und würde jederzeit überkochen. Elgin faltete das Papier auseinander und las die Zeilen unter der Lampe. Seine Augenbrauen zogen sich sorgenvoll zusammen.
„Verdammt."
Er war meine letzte Hoffnung gewesen. Tief in meinem Inneren hatte ich erwartet, er würde mir sagen, daß ich mir keine Sorgen machen solle, daß es ein Versehen sein müsse. Ich wollte, daß er sagte, daß die Armee eine Menge Fehler mache, daß Lee am Leben sei, genau wie er es versprochen hatte. Aber er ließ Lee direkt vor meinen Augen sterben.
Ich riß ihm den Brief aus den Händen und stopfte ihn zurück in meine Brieftasche. Ich blickte ihn unverwandt an, während er sagte, daß es ihm leid tue und daß er verstehen könne, wie ich mich jetzt fühlte. Ich wünschte, er würde gehen und mich mit meinem Baby allein lassen, aber er redete unaufhörlich.
„Dieser Dayton sagt, sie würden seine sterblichen Überreste noch nicht freigeben", plapperte er. „Es könne noch eine ganze Weile dauern."
„Lesen kann ich selbst."
„Was für ein Mist", fuhr er fort. „Was machen die mit seiner Leiche?"
Ich dachte an Lees Körper, sah Lee vor mir, wie er schlank und gelenkig auf einem Rodeopferd saß, die linke Hand hoch in die Luft geworfen, die rechte Hand am Gürtel, und sah seine langen Haare bei jedem Bocksprung fliegen.
„Lügner", sagte ich.
In diesem Moment kam die Nachtschwester ins Zimmer, und Elgin schaute verlegen, weil sie es vielleicht gehört hatte. Er sprach leise, als ob er mit dem Baby redete, und stand dann auf, um zu gehen.
„Alles wird sich ändern. Ab heute. Alles wird vollkommen anders. Gib mir noch eine Chance." Als er nach meiner Hand greifen wollte, zog ich sie weg.

Der Schock ließ nach einer Weile nach. Ich wandte mich an Elgin, wenn ich freundlich behandelt werden wollte – vorausgesetzt, ich brauchte die Freundlichkeit nicht allzusehr. Ich erlaubte ihm, das Baby während der ersten Monate zu versorgen, gestattete ihm, daß er sie durch die Flure des Excelsior trug, wenn sie nicht schlafen konnte. Manchmal erlaubte ich ihm, unsere Betten nachts zusammenzurücken und verdrängte alles aus meinem Gehirn bis auf seine Berührung. Aber ich ließ nie mehr das Schutzschild fallen, vertraute ihm nie wieder so, wie ich es einmal getan hatte. Als seine Arbeitstage wieder länger wurden und er immer später nach Hause kam, war ich nicht sonderlich überrascht und auch nicht besonders unglücklich. Ich suchte mir einen Babysitter und ging selbst aus. Ich war immer noch jung und hatte viel Spaß. Als Rayona neun Monate alt war, begann ich wieder zu arbeiten, an einem neuen Arbeitsplatz. Ich packte ein paar Sachen zusammen und nahm mir ein eigenes Zimmer.

Elgin klebte immer noch wie Kaugummi an meiner Schuhsohle. Ab und zu rief er spät nachts einsam und traurig an und schlug mir vor, wir sollten ganz von vorne anfangen. Manchmal öffnete ich die Tür, wenn er klopfte, und manchmal nicht. Und ab und zu rief ich ihn an.

12

Ich kämpfte mich verzweifelt durch eine tiefverschneite Landschaft. Fast vierzehn Monate waren vergangen, seit ich Daytons Brief erhalten hatte. Die Regierung hatte schließlich Lees Leiche freigegeben. Ich fuhr zum Begräbnis meines Bruders, ich mußte dabeisein. Rayona schlief neben mir auf dem Vordersitz meines ersten Volaré. Sie lehnte an der Tür und hatte die Hände zwischen die Knie geklemmt. Wir überquerten die Berge, die meine Heimat von Seattle trennten.

Ich fuhr wie ein Lastwagenfahrer, der gegen die Uhr kämpft. Alle dreihundert Meilen tankte ich und füllte schwarzen Kaffee in meine metallene Thermosflasche. Tag und Nacht hatten keine Bedeutung mehr. Der Wagen rollte durch das schwindende Sonnenlicht, als wären die Sonnenstrahlen Wasserlachen auf der Straße. Ich konzentrierte mich auf den Raum zwischen der Mittellinie und dem Randstreifen und führte laute Selbstgespräche. „Du hast die Sache im Griff, Christine. Nur immer so weiter." Mein Baby wachte auf und sah mich an, aber ich blickte nicht zurück. Ich spannte den Rücken, als ob ich es eilig hätte und zu spät dran wäre. Ich lenkte, orientierte mich an dem Raum, der von den Scheinwerfern erhellt wurde, und stieg aufs Gaspedal, so daß ich gleichmäßig fünfundsechzig Meilen fuhr. Mein Fuß schmerzte. In Gedanken massierte ich die verkrampften Muskeln. Aber ich schaltete nicht in einen niedrigeren Gang. Ich fuhr ohne Zwischenstops und überholte jedes Auto auf meiner Spur. Ich biß die Zähne zusammen und dachte an nichts. Ich war wie ein Fisch, der langsam an Land gezogen wird.

Bei Tagesanbruch erreichten wir die Hochebenen im Herzen von Montana. In dieser Nacht waren wir keinem einzigen Auto begegnet. Ich nahm die Abkürzung, eine Straße, die sonst niemand benutzte, und sie war leer. Es gab keine Verkehrsschilder, keine Bäume und keine Strommasten, die darauf hingedeutet hätten, daß vor uns schon einmal jemand hier entlanggefahren war. Der Himmel war so weiß wie der wirbelnde Strudel zu beiden Seiten der Straße. Der Schnee blies in langen Fäden über den Asphalt, wehte in dicken Klumpen über die Straße. Diese Bilder erinnerten mich an etwas ganz Bestimmtes, das ich jedoch zuerst nicht einordnen konnte. Dann fiel es mir ein: In einem Indianerzentrum in Tacoma hatte eine Navajo-Frau an ihrem Webstuhl gesessen und einen Teppich gewebt. Unzählige Reihen gesponnener Wollfäden reichten vom Boden bis zur Decke, und zwischen ihnen hindurch warf sie mit einer Hand blitzschnell das Schiffchen und fing es am entgegengesetzten Ende mit der anderen Hand wieder auf. Zentimeter um Zentimeter wuchs vor meinen Augen ein unbekanntes Muster.

Ich drehte an den Radioknöpfen, um die Wettervorhersage zu hören. Ich befand mich in einer Höhle ohne Farben. Im Rückspiegel sah ich eine neue Falte in meinem Gesicht, die in Form eines Angelhakens von der linken Augenbraue bis zur Mitte der Stirn verlief. Wenn ich aufhörte zu blinzeln, wurde die Vertiefung blasser, aber sie verschwand nicht ganz. Wenn ich mich wieder aufs Fahren konzentrierte, vertiefte sich die Falte. Die Straßenoberfläche wirkte durch das Glatteis wie poliert. Auf der Straße spiegelte sich zuerst das Scheinwerferlicht und später die aufgehende Sonne. Manchmal sah ich unser Abbild: einen geschlossenen Wagen mit stillstehenden Rädern, der flachgedrückt schien. Ich betete, daß das Auto nicht rutschen möge. „Gedenke, o mildreichste Jungfrau Maria, es sei noch niemals gehört worden, daß du jemanden verlassen hättest, der zu dir seine Zuflucht nahm, deine Hilfe anrief und um deine Fürbitte dich anflehte, …“

Die Landschaft erstreckte sich flach und vereist zu beiden Seiten der Straße, durch den Rauhreif schien sie auf Hochglanz poliert und glänzte wie gewaschenes Porzellan. Nichts konnte uns aufhalten oder zur Umkehr zwingen.

Ich war dieses Stück Landstraße schon hundertmal gefahren, und ich hatte damals entweder in die Zukunft geblickt oder mich an Vergangenes erinnert. Es war einfach der Weg von einem Ort zum anderen gewesen. Heute war alles anders. Die Landschaft sog mir das Leben aus dem Leib, riß mich in Stücke. Jedes Geräusch, das ich erzeugte, wurde in diesen endlosen Meilen aufgesaugt wie ein Tropfen Wasser in einen trockenen Schwamm. Das Radio war mir auch keine Hilfe. Ich bekam Sender nur unklar herein, und nie lange genug, daß ich dem Knistern einen Sinn entnehmen konnte. Nachrichten aus Omaha oder Saskatoon schwammen vorbei, bevor ich sie richtig verstehen konnte. Die Stimmen kratzten auf der weißen Landschaft wie Fingernägel auf einer Tafel, daher schaltete ich das Radio wieder ab.

Eine Zeitlang hatte ich sogar Angst davor, meine Tochter anzusehen. Ich merkte, daß sie naß war und ich die Windeln wechseln sollte. Gerade wollte ich mich zu ihr umdrehen, da kam mir blitzartig der Gedanke, daß sie erfroren und zu hellgrauem Stein erstarrt wäre. Tief drinnen war ich überzeugt, daß dieser Gedanke der Wahrheit entsprach. Ich wollte keine Bestätigung und sah einfach nicht hin. Meine Beine waren mit Sägespänen gefüllt, meine Augen blinzelten trocken, und die Straße war ein endloses Band.

Ich wagte nicht anzuhalten. Ich hatte Angst, durch den Wind hindurch die absolute Leere zu fühlen. Der Schnee glitzerte wie Schleifpapier, wie ein geteertes und mit Sand bestreutes Dach, und so weit ich sehen konnte, war der Boden mit gefrorenen Pfützen bedeckt, die mit dunklen, blauen Schatten gefüllt waren. Das einzige Geräusch, das mich zum Weiterfahren zwang, war der Motorenlärm. Das Triebwerk schlürfte Benzin, verbrannte es und katapultierte uns wie eine Rakete ostwärts. Ab und zu merkte ich, daß die Reifen blockierten und wegrutschten. Ich merkte, wie der Wagen vom Kurs abkam und ich die Kontrolle verlor.

Zeitweilig verbannte ich Lees Gesicht aus meinem Gedächtnis, ich verdrängte das Bild, wie er in seiner neuen Uniform dastand. Ich sperrte mich gegen den Strom meiner eigenen Worte, die mich verfolgten. Das dumme Gerede an den Samstagabenden, daß er sich freiwillig melden müsse, kein Feigling sein dürfe,

daß ich mich sonst schämen würde und nicht mehr seine Schwester sein wolle. Ich legte die Gedanken an Lee auf Eis. Später wollte ich die Ursache seines Todes genau erforschen. In Gedanken sang ich alle Lieder, die ich kannte, ich klammerte mich ans Lenkrad. Meine Hände verwandelten sich in Haken, und der Schnee stieg wie Rauch vor meiner Windschutzscheibe auf. Ich strengte die Augen an, starrte durch die beschlagene Scheibe und folgte der unterbrochenen Linie. Ich war allein auf der Welt, mein Kind ausgenommen, aber es wußte nichts von alldem. Ich durfte keinen Fehler machen, ich mußte uns da durchbringen. In der Schule hatten die Lehrer uns vor Schneeblindheit gewarnt. Ich erinnerte mich, was sie gesagt hatten. Die Eskimos trugen Brillen, die aus Seehundmagen hergestellt wurden. Sie dehnten dieses Material in einem Rahmen und benutzten eine knöcherne Nadel, um Löcher hineinzustechen, durch die man hindurchschauen konnte. Ohne Schutz gegen den Schnee sahen Menschen komische Dinge, sahen zuviel oder zu weit. Das passierte mir jetzt. Ich schlief nicht ein, ich fuhr immer weiter, drehte das Lenkrad, wenn die Straße eine Kurve machte, vergaß nie, wie glatt es war, und bremste nicht auf den eisigen Stellen. Ich blieb allem gegenüber aufmerksam.
Dann sah ich aus dem Augenwinkel eine goldene Treppenflucht. Etwa auf halber Höhe wartete Lee und streckte mir die Hand entgegen. Er trug neue Kleider, spitze, maschinell gefertigte Stiefel, die Zöpfe hatte er in Otterpelz gehüllt, sie hingen dick bis auf seine Hüften hinunter. Er trug eine große Gürtelschnalle aus Messing und sah in jeder Hinsicht so frisch und neu aus wie eine Schlange, die sich gerade gehäutet hat.
Wenn ich in Richtung der Erscheinung abbog, würde ich Lee wiedersehen. Ich müßte dazu nur den rechten Arm mehr belasten und meine Hände aus dem Gleichgewicht bringen, die zu beiden Seiten der Hupe auf dem Lenkrad ruhten. Ich könnte bis zum Fuß der Treppe fahren, die Tür aufreißen, den Motor laufen lassen und zu Lee hinaufrennen. Wir beide würden dann gemeinsam die Treppe ganz hinaufsteigen. Ich spürte Tränen auf den Wangen und hörte über dem Motorenlärm hinweg meine eigene Stimme Geräusche erzeugen, wie ich sie nie zuvor

zustande gebracht hatte. Ray muß zu Tode geängstigt sein, dachte ich, aber ich hielt nicht an. Der Wind blies eine Schneewolke über das Auto. Alle Fenster waren mit einem feinen weißen Puder bedeckt, hinter dem die Welt versank. Ich ließ, ohne zu zögern, das Lenkrad los.
Ich drückte das Gaspedal bis zum Boden durch und warf mich über Rayona, damit sie nicht durch die Windschutzscheibe flog. Der Volaré hob sich vorne und rutschte dann schnell und weich wie ein Winterstern.

Endlich kamen wir zum Stehen. Ich blieb reglos sitzen und hielt die Augen geschlossen. Das Auto hatte sich so oft und mit so vielen haarsträubenden Schlenkern um sich selbst gedreht, daß ich halb verrückt war. Ich konnte nicht mehr denken. Ich klammerte mich an dem Sitz fest und hielt den Atem an. Die Knie meiner Tochter gruben sich schmerzhaft in mein Kinn. Der Motor war abgestorben, und rote Lämpchen leuchteten am Armaturenbrett.
Ich sah Rayona an. Sie blickte mich mit großen Augen an, als erwarte sie ein Zeichen von mir, das sie zum Lächeln oder Lachen auffordern würde. Ich tauchte in ihre dunkle Haut ein, in die schwarzen Augen, in den sauren, warmen Geruch ihrer nassen Windeln. Über mir reckte sie den Hals, um aus dem Fenster zu blicken, und wand sich, um der Last meines Gewichtes auszuweichen. Sie trug einen billigen Parka, den ich in einem Warenhaus gekauft hatte. Das Material sollte aussehen wie brauner Pelz. Als Ray sich bewegte, spürte ich das borstige Fell. Der Atem aus ihrem Mund gefror in der Luft, Dampf stieg auf und schlug sich an der Innenseite der Fenster nieder.
„Komm, wir wechseln deine Windeln", sagte ich und richtete mich auf. Rayona rutschte auf den Rücken und streckte die Beine in die Luft. Ich zog ihre Jeans und die Gummihosen herunter und nahm die Windel weg. Ihr Körper war perfekt und dünn und fühlte sich warm an, als ich Puder in die Fältchen und Täler verteilte. Ich zog ihr frische Hosen an. Ich drehte den Zündschlüssel um, und der Motor sprang an. Die Heizung blies gegen meine Füße. Ich zog meine Tochter auf den Schoß. Sie war etwas

über ein Jahr und konnte sich selbst helfen. Sie hob meinen Pullover hoch, schob meinen Büstenhalter nach unten und preßte ihren heißen Mund auf meine Brustwarze. Die Milch begann zu fließen. Sie seufzte lang und träge, faßte mir mit der Hand ins Gesicht und tastete die Nase entlang, die Augen, die Ohren und jeden anderen Körperteil von mir, für den sie ein Wort kannte.

Lees Leiche war mit der Eisenbahn transportiert worden und kam vor uns an. Der Sarg stand auf einem Feldbett vor dem Fenster des Hauptraums und war mit Tante Idas bester Tischdecke zugedeckt. Der Anblick des weißen Stoffes mit der Bordüre aus blauen Windmühlen war mir vertraut. Als ich hereinkam, erkannte ich den langen, schmalen Gegenstand nicht als Sarg. Tante Ida sah mich irritiert an, als wollte sie sagen, daß mein Kleid zu kurz oder das Make-up zu dick aufgetragen sei. Sie benahm sich nie wie eine Mutter, nicht einmal wenn sie trauerte. Sie hatte mich vier Jahre nicht gesehen, aber sie machte dort weiter, wo wir aufgehört hatten, als ob nichts geschehen wäre.

„Du sollst doch den Sarg mit einer amerikanischen Flagge bedecken", sagte ich. „Er ist im Dienst für das Vaterland gestorben."

Sie antwortete nicht, also hielt ich ihr Rayona hin, damit sie das Kind auf den Arm nehmen konnte. „Das ist mein Baby."

Tante Ida zuckte mit keiner Wimper, als sie meine Tochter inspizierte. Sie schaute sich alles an: das lockige Haar, die dunkle Haut, die vollen Lippen. Wenn sie überrascht war, daß Rayonas Vater schwarz war, ließ sie es sich nicht anmerken. Ihre Augen bewegten sich wie die Suchscheinwerfer in einem Gefängnis. Plötzlich blieb ihr Blick an etwas hängen, sie schien von etwas gefangengenommen, was sie nicht erwartet hatte. Ich neigte den Kopf und sah, daß Rayona zurückstarrte. Ihr Gesichtsausdruck war grimmig und mißtrauisch wie der von Tante Ida, sie besah sich die fremde Frau. Die beiden ähnelten sich auf eine bestimmte Art, die mir vorher nie bewußt geworden war, aber Tante Ida und Ray stellten es sofort mit Widerwillen fest. Für den

Bruchteil einer Sekunde fühlte ich mich von meiner eigenen Tochter verraten. Ich ließ sie auf den Linoleumfußboden herunter.
„Na?“ sagte ich, und sie wandten sich beide mir zu. Ich war durch ihre Ähnlichkeit ausgeschlossen, aber immer noch Rayonas Mutter. „Gib Tante Ida einen Kuß“, sagte ich.
„Die Leute werden gleich hier sein“, sagte Tante Ida und wandte sich zum Herd in der Ecke um, wo vier Töpfe auf den Brennern standen. Im Haus roch es nach gebratenem Fleisch.
Ich durchquerte den Raum und öffnete die Tür zu meinem alten Zimmer. Es war ungeheizt, und ein kalter Luftzug wehte mir entgegen. Nichts hatte sich verändert, es war, als ob niemand eingetreten wäre, seit ich weggegangen war. Meine Rock'n Roll Bilder hingen immer noch an den Wänden, meine Stofftiere saßen auf dem Bettüberwurf. Ich ließ den Koffer fallen und schloß die Augen. Ich ballte die Hände zu Fäusten und hatte einen schalen Geschmack im Mund.
„Der Kaffee ist fertig“, rief Tante Ida aus dem anderen Zimmer.

Die ganze lange Nacht hindurch hielt ich Rayona wie ein Schutzschild auf dem Schoß. Niemand stellte mir Fragen, und ich behielt meine Lebensgeschichte für mich. Viele Leute füllten den Raum. Einige spielten still und pausenlos Binokel auf dem Küchentisch, ein paar Mädchen im Teenageralter saßen auf der Couch und lasen alte Comichefte und Zeitschriften. Meine Tante Pauline und die anderen kirchenbegeisterten Damen versammelten sich geschäftig um den Ofen herum. Tante Ida saß mir gegenüber auf einem Sessel am Kopfende des Sarges. Sie hatte eine Vase mit gelben Wachsblumen auf den Deckel gestellt. Father Hurlburt kam und ging. Er hatte eine große, dicke, brennende Kerze an das Fußende gestellt.
Tante Ida hatte sich umgezogen. Sie trug ein rosenfarbenes Kattunkleid mit kurzen Ärmeln, der Saum hing tief zwischen ihren Knien. Sie hatte frische weiße Strümpfe an und trug schwarze Schuhe mit hohen Absätzen und einem Lederband über dem Spann. Sie hatte die Schuhe bestimmt gebraucht im Laden der Mission gekauft, sie stammten von einer katholischen weißen

Frau, die sie ein paarmal bei Partys getragen und dann weggegeben hatte. Die Stunden vergingen. Tante Ida hatte immer etwas in den Händen, ein Baby, eine Tasse Tee, einen Rosenkranz von Pauline, die verschlossene Lederschachtel, in der Lees Tapferkeitsmedaille lag. Sie starrte vor sich hin und behielt ihre Gedanken für sich. Sie tat, was sie tun mußte.

Kinder schliefen angezogen in den Zimmerecken, auf dem Dachboden und im Wandschrank. Sechs lagen auf meinem alten Bett. Eine Frau, die entfernt mit uns verwandt war, weinte leise in einem Sessel und rieb sich mit einem Männertaschentuch dauernd die Augen, die sie hinter beschlagenen Brillengläsern versteckt hielt. Männer standen rauchend draußen vor der Tür, stampften wie Pferde mit den Füßen im Schnee, damit ihnen warm wurde. Einer war wahrscheinlich Lees Vater, mein Vater, aber das war eine alte Frage, auf die es niemals eine Antwort geben würde.

Als wir zu Teenagern herangewachsen waren, wollten weder Lee noch ich wissen, wer unser Vater war. Als Geheimnis war es schöner und außerdem besser, daß wir uns in Gedanken immer neue Väter auswählen konnten, je nachdem, wen wir gerade bevorzugten. Außerdem reichte uns Tante Ida vollkommen. Mit ihr war es schon schwer genug. Nachdem Lee bei den Rodeos die ersten Erfolge gefeiert hatte, wollte jeder Mann im Reservat sein Vater sein. Er hatte bald mehr Väter, als er jemals brauchen würde. Heute nacht trauerten sie alle um ihn. Durch die dünnen Wände hörte ich das Poltern ihrer Gespräche, das Klirren von Flaschen und das hohle Geräusch, wenn sie mit behandschuhten Händen auf Motorhauben schlugen.

Ich hatte fest geglaubt, daß Dayton auch dasein würde, aber er war nicht gekommen. Ich hatte mir während der Fahrt lange überlegt, wie er mich begrüßen würde, was wir zueinander sagen würden. Wir hatten beide unseren Anteil von Schuld an Lees Schicksal und ein Recht auf Mitgefühl am heutigen Abend. Ein einziges Mal war ich sogar bereit, das zuzugeben. Dayton mußte sich doppelt schämen wegen seiner fadenscheinigen Ausflucht. Wenn er auch zur Armee gegangen wäre, hätte er vielleicht seinen besten Freund beschützen oder das Pech auf sich ziehen können. Lee war weggegangen, und Dayton war das erspart geblieben. Dennoch war ich bereit, Dayton zu vergeben, er hätte sich an meiner Schulter ausweinen können. Wir beide wußten so viel von Lee zu berichten, daß wir ihn mit unseren Gesprächen beinahe wieder zum Leben hätten erwecken können.

Schließlich beugte ich mich gegen Mitternacht zu Tante Ida und flüsterte: „Wo ist Dayton?"

„Er wußte, daß du kommen würdest."

Ich war mir nicht sicher, ob ich richtig gehört hatte. Es war zu lange her, daß ich etwas anderes als Englisch gesprochen hatte, außer mit Rayona. Indianisch war mir im Sprechen und Verstehen fremd geworden. Die halbe Zeit mußte ich die weichen Worte und die Geschichten, die den Raum füllten, übersetzen. Es dauerte eine Weile, bis mich die Bedeutung von Tante Idas Worten traf. Ich schloß mein schlafendes Baby fester in meine Arme.

Sie gaben mir die Schuld. Niemand schaute mich an, aber ich spulte in Gedanken noch einmal den Abend ab, erinnerte mich an den Gesichtsausdruck der Gäste, als ich eingetreten war. Tante Pauline hatte die Lippen gespitzt, als sie mir ihre Wange zum Kuß bot. Willard Pretty Dog war an mir vorbeigelaufen und hatte nur mit dem Kopf genickt. Esther Red Hawk, die in der Schule zwei Klassen unter mir gewesen war, hatte mit Rayona gespielt, aber nur die Augenbrauen in meine Richtung gehoben. Sogar Father Hurlburt war weit weg und mit sich selbst beschäftigt gewesen. Alle Leute hier würden mich ohne Zögern für Lee eintauschen. Sie hatten sogar irgendwie recht, weil ich ihn gezwungen hatte, zwischen mir und Kanada zu wählen. Ich weiß nicht, ob es Tante Ida oder Dayton herumerzählt hatte, aber jetzt würde mir niemand verzeihen, daß ich lebte und Lee tot unter dieser verfluchten Tischdecke lag.

Meine Wut belebte mich wie heißer Kaffee. Dieser verdammte Dayton. Und diese verdammte Tante Ida, die zu stolz war, um den Sarg mit der amerikanischen Flagge zu bedecken und zu stolz, um ihre Gefühle zu zeigen.

„Gibt es einen Platz, wo deine Enkelin schlafen könnte?" fragte

ich über den Sarg hinweg. „Es zieht von der Tür her, und ich möchte nicht, daß sie sich erkältet."
Tante Ida Augen weiteten sich, und ihre Nasenflügel bebten. Ich wußte, daß sie sich gern umgesehen hätte, ob jemand zugehört hatte, aber damit wäre ihre Vorstellung vorüber gewesen, sie wäre wieder ein Mensch aus Fleisch und Blut geworden. Eine dünne Perle aus dem Rosenkranz war im Griff der groben Hände verlorengegangen, die sie in ihrem Schoß gefaltet hielt. Die brüchigen gelben Fingernägel arbeiteten sich von Perle zu Perle, die Finger kniffen in die Kettenglieder, die in der Faust verschwanden. Sie wollte mir nicht die Genugtuung verschaffen, daß sie einen Wutausbruch bekam.
„Mutter", sagte ich laut auf englisch. „Ich spreche mit dir."
Dieses Mal blickte sie suchend im Raum umher, bevor sie mich wieder ansah. „Wer hat dich denn eingeladen?" Sie flüsterte es, zischte es in der alten Sprache durch die Zähne. Die Perlen verschwanden schneller zwischen ihren Fingern. „Warum bist du gekommen?"
„Lee war mein Bruder", antwortete ich. Ich war so stark wie sie, stärker. „Ich bin wegen Lee gekommen."
Ihre Augen wurden schmäler. Wir beide wußten, daß sie es sagen konnte. Sie konnte sagen, daß alles meine Schuld sei, sie konnte sagen, daß ich ihn getötet hätte, genauso als hätte ich ihm eine Pistole an die Schläfe gesetzt. Sie konnte es sagen, und es würde mir das Herz brechen. Aber sie würde im selben Moment das einzige Kind verlieren, das ihr noch geblieben war, und das einzige Enkelkind, das sie je haben würde. Es lag jetzt an ihr, ich würde entsprechend reagieren.
Ein Mann stapfte herein und wollte eine Tasse Kaffee. Ein Schwall kalter Nachtluft wehte zur Tür herein, eine Ecke der Tischdecke klappte hoch, und die Kerzenflamme züngelte. Tante Ida preßte ihre nackten Arme an den Körper, als sie den kalten Lufthauch spürte. Sie schien vor mir zu schrumpfen, den Boden zu verlieren. Widerwillig registrierte ich, wie sehr sie um Lee trauerte. Im diesem Moment kam schlagartig alles hoch, wovor ich bisher davongelaufen war. Es warf mich um. Ich hatte meine Gesichtszüge nicht mehr unter Kontrolle. Ich öffnete den

Mund. Ich fuhr mit der Zunge über ausgetrocknete Lippen. Ich suchte jeden Winkel nach jemandem ab, der mir helfen könnte, aber schließlich sah ich nur noch Tante Ida, und es war, als sehe ich in einen Spiegel. Wir starrten uns über die Zeit und über Lee hinweg an.

Irgendwo neben uns gewann jemand beim Kartenspiel, die Ofentür fiel krachend zu, und ein Auto hielt vor dem Haus. Tante Ida streckte die weichen, gebräunten Arme aus und erhob sich halb vom Stuhl. „Gib sie mir. Ich halte sie eine Weile", sagte sie.

Rayona bewegte sich kaum im Schlaf, als ich sie Tante Ida hinüberreichte. Sie hob die Hand und strich sich eine Haarsträhne aus dem Gesicht, aber sie wachte nicht auf. Sie war ein großes Mädchen, und meine Muskeln schmerzten, nachdem ich von ihrem Gewicht befreit war.

„Nur eine Minute", sagte ich. „Nur bis ich mich erholt habe."

Am nächsten Morgen um neun Uhr kam Father Hurlburt. Diesmal trug er den Priesterrock und das purpurne Meßgewand. Seine Nase war durch starken Alkoholgenuß gezeichnet. Sie war geschwollen und rot von der Kälte. Er hatte dunkle Ränder unter glasigen Augen, die unter buschigen Brauen hervorleuchteten. Er ging zu Tante Ida und berührte sie an der Schulter. Die Haut an seinen Händen hatte Flecken und war faltig.

„Es ist Zeit, Ida", sagte er.

Sie erhob sich schnell und stand sehr aufrecht. Sie sah nicht aus, als hätte sie steife Glieder nach dieser Nacht. Sie ging zur Tür und nahm ihren Mantel vom Haken. Sie schüttelte die Leute ab, die sie am Ellenbogen führen wollten, und drückte sich an anderen vorbei, die erwarteten, daß sie stolperte. Alle beobachteten sie, und sie hatte sich entschlossen, alle zu enttäuschen. Sie knöpfte den Mantel zu und wandte sich zu mir um.

„Geh und wasch dein Gesicht", sagte sie. „Ich mache das Baby fertig."

Jetzt bewegten sich alle. Autos wurden gestartet, damit die Motoren in niedrigen Drehzahlen warmlaufen konnten, bevor wir losfuhren. Die Frauen banden sich Schals um die Köpfe und bürsteten die Haare ihrer schläfrigen Kinder. Pauline stellte die letzten gespülten Tassen weg und schaltete den Brenner unter dem Kaffeekessel ab. Ich faltete das Tischtuch mit den Windmühlen, hielt es an zwei Ecken fest, ließ es fallen und legte es sauber Kante auf Kante vor mir zusammen, bis das Tuch so klein war, daß es wieder in eine Schublade paßte. Ich benetzte das Gesicht mit Wasser und verließ das Haus als letzte.

Zwei Männer schoben den Sarg in den Kofferraum von Father Hurlburts neuem Pick-up und schlossen die Tür. Ihre Mäntel wurden von Böen gepeitscht, und der Wind blies ihre Hosen wie Bettlaken gegen die Beine. Im Fahrerhaus saß Tante Ida neben dem Priester. Sie hatte Rayona auf dem Schoß und machte mir Platz, damit ich mich neben sie setzen konnte. Father Hurlburts Pickup führte die Prozession der Autos und Lastwagen den Hügel hinunter zur Kirche an. Wir hüpften hoch auf den Sitzen, als der Wagen über die Furchen und Felsen hoppelte.

Der Geruch in der winzigen Kirche – nach welken Blumen und Weihrauch – weckte in mir Erinnerungen an meine Frömmigkeit als Kind. Es war, als ob ich in eine Vergangenheit eintauchen würde, an die ich mich nicht mehr erinnert hatte, seit dem Tag, an dem ich so fest geglaubt hatte, das Ende der Welt sei gekommen. Ich faßte mich, um den Schock zu überwinden. Ich brauchte keinen alternden Priester, der mir Geschichten über Lee und die wundersamen Wege erzählte, die Gottes Wille ging. Ich stand ganz hinten in der Kirche, mit unbedecktem Haar, und weigerte mich niederzuknien. Ich suchte die Reihen ab, bis ich Daytons Hinterkopf entdeckte. Er versteckte die Locken aus seiner Mischlingsherkunft durch einen extrem kurzen Haarschnitt, und er war dicker geworden. Er saß allein in der zweiten Kirchenbank und sah nicht von seinem Gebetbuch auf, er schaute nicht einmal den Sarg an, der vor dem Altar stand. Als er die Kommunion empfangen hatte, stellte ich mich breitbeinig ans Ende des mittleren Ganges, so daß er mich sehen mußte. Ich öffnete den Reißverschluß meines taubenblauen Parkas und nahm die linke Hand so nach vorn, daß der Ehering das Licht reflektierte. Ich sah, daß er es bemerkte.

Nach der Totenmesse reihten sich die Trauergäste in einer lan-

gen Schlange hinter dem Sarg auf. Alle hielten am linken Ende kurz inne und verabschiedeten sich von Lee. Ich war als vorletzte an der Reihe, weil ich seine Schwester war. Pauline nahm mir Rayona ab, und ich trat an dieselbe Stelle wie die anderen. Ich dachte, wie beschämend es war, sich hinzulegen, wenn alle anderen aufrecht standen. Ich schloß die Augen und stellte mir Lee lebendig und herausgeputzt vor, nur daß er eben unter diesen Brettern lag. Er lächelte wie damals, als er mich zum Bus nach Seattle gebracht hatte, traurig, weil ich fortging, aber bemüht, seine Trauer nicht zu zeigen. Ängstlich. Dann stand er auf der goldenen Treppenflucht und streckte die Hand aus.
Ich spürte Tante Idas Atem in meinem Nacken und ging weiter. Kaum eine Minute später standen wir Seite an Seite inmitten einer Gruppe von Leuten auf dem Friedhof hinter der Kirche. Viele hatten letzte Nacht und an diesem Morgen geweint, aber keiner von ihnen hatte Lee wirklich gut gekannt. Rayona war bei Pauline und ihrem kleinen, verzogenen Bengel namens Kennedy. Ich hatte immer noch nicht mit Dayton gesprochen, er war sicher einer der Sargträger. Er mußte direkt vor mir herlaufen.
Es schneite nicht mehr, und der Himmel schimmerte in einem hellen Blau. Der Horizont verschwamm zu einer Linie zwischen Erde und Luft. Die Landschaft vor mir war so flach wie eine Kinderzeichnung, die wenigen verstreuten Häuser und Bäume schienen nahe im Verhältnis zu dem Land hinter ihnen. Alles war weiß und still. Wir standen auf einer Insel oder auf dem Dach eines sehr hohen Gebäudes. Lee wurde in den Dschungel geschickt. Ich hatte gehört, daß man im Dschungel mit langen Messern Wege durch ein Gewirr von Ästen und Zweigen und Schlingen und rasiermesserscharfen Gräsern hauen muß. Die Pflanzen wachsen sofort wieder nach und überwuchern den Pfad. Die Sonnenstrahlen erreichen den Boden nicht, weil die Blätter zu dicht sind. Man kann keine fünf Schritte weit sehen, und überall riecht es modrig nach Verwesung.
Die Männer kamen mit dem Sarg und schoben ihn auf einen Tisch aus der Schulcafeteria. Der Tisch stand an der Stelle, wo später das Grab ausgehoben werden sollte. Ende Februar war

der Boden so hart gefroren, daß er nicht einmal mit einer Spitzhacke bearbeitet werden konnte. Der Tote mußte den ganzen Winter über bis zum ersten richtigen Tauwetter in dem Gemüsekeller ausharren, der an die Grundmauern der Kirche grenzte. Aber wir taten so, als ob er heute beerdigt werden würde. Ein Ministrant reichte eine Plastiktüte mit Blumenerde herum, wie man sie in jedem Supermarkt kaufen kann, und jeder Trauergast schippte eine Handvoll heraus. Es war keine richtige Erde, nur schwarzer und ausgetrockneter Abfall, Staub, den ich zwischen den Fingern zerrieb, während Father Hurlburt aus der Bibel vorlas. Die Erde rann zwischen meinen Fingern hindurch, und ich drückte immer fester zu, so daß sich der Abdruck meiner Finger in die Dreckkrümel prägte.
Schließlich war es soweit. Alle schwiegen, über unseren Köpfen schlug die Glocke der Heiligen Märtyrer. Eine Nonne zog am Seil, und der Klöppel schwang immer wieder gegen das Metall. Jetzt hätte der Sarg in das Loch im Boden hinabgelassen werden sollen, aber das ging nicht. Im Licht der Mittagssonne bildeten wir einen Ring, als ob wir tanzen wollten, wir bildeten einen Kreis im Kreis der Welt und hoben die Hände.
„*Requiescat in pace*", sagte Father Hurlburt und warf einen Klumpen Erde auf den Sarg.
Die anderen taten es ihm nach, einige sagten „Lee", andere riefen einfach irgend etwas, schrien, jaulten wie Tiere. Diese Geräusche und das dumpfe Aufschlagen der Erde auf dem Holz hämmerten in meinen Ohren. Mein Arm war angespannt, bereit loszulassen, aber so bewegungslos wie der Zweig eines Baumes. Die lauten Geräusche hörten auf, nur die Klagelaute blieben. Tante Ida sang mit so hoher Stimme, daß ich ihre Worte nicht verstand. Sie zog den roten Schal vom Kopf und wischte damit jede Spur von Dreck von Lees Sarg. Sie streute Zedernzweige in einem Sechseck auf den Sargdeckel und segnete alle sechs Ecken. Dann wühlte sie in der Tasche ihres langen schwarzen Mantels und legte Lees Gürtelschnalle, die er einmal als Sieger in einem Rodeo bekommen hatte, in die Mitte. Als sie mit allem fertig war, ließ sie sich von Father Hurlburt zusammen mit den anderen wegführen.

Und ich stand immer noch da, äußerlich ruhig und innerlich aufgewühlt, und niemand beachtete mich. Ich suchte im Gedächtnis nach Lees Gesicht, aber ich konnte es nicht finden. Ich sog die Luft langsam und tief ein und beschloß, nicht mehr zu atmen, bis ich ein Bild von Lee gefunden hatte.
Eine Hand schloß sich um mein Handgelenk und brach den Bann. Mein Arm wurde um einen Zentimeter zurückgebogen. „Begrab ihn endlich, Christine“, sagte Dayton und lockerte seinen Griff. Mein Arm glitt wieder nach vorn.

Am nächsten Morgen wollten die überlebenden Veteranen des Stammes mit einer Flaggenzeremonie ihres jüngsten Helden gedenken. Für den heutigen Abend hatte Pauline alle zu einem Fest eingeladen, einem Überraschungsessen, zu dem die Nachbarn ein warmes Gericht mitbringen sollten. Die Menschen würden sich beim Essen von der anstrengenden Totenwache erholen, sie würden, anfangs erst zaghaft, lustige Geschichten über Lee erzählen, von den wilden Dingen, die er getan, und den dummen Fehlern, die er begangen hatte, von den kleinen Peinlichkeiten, die ihm unterlaufen waren. Sie hatten ihn begraben, aber am Abend würden sie ihn wieder zum Leben erwecken, ihn in Geschichten für die Kinder verwandeln, die ihn nicht mehr kennengelernt hatten.
Gestern hatte Lee noch klar und deutlich in meinem Gedächtnis vor mir gestanden, ich hätte die besten Geschichten über ihn erzählen und ihn lustiger als im Leben erscheinen lassen können. Jeder hätte meinen Erinnerungen gelauscht und vergessen, daß ich jemals weggegangen war.
Aber heute fühlte ich mich anders. Dayton erging es wohl ähnlich. Er fuhr mich vom Friedhof nach Hause und fragte, ob ich mit ihm in die Stadt ginge anstatt zu Pauline. Ich stimmte zu, und Tante Ida spielte gern den Babysitter für Rayona. Wenn ich nicht da war, konnte sie über dieses Baby erzählen, was ihr in den Kram paßte.
Wir gingen in eine neue Bar in Ely – sie war an einem Dienstagabend so leer, daß die Besitzer sogar froh waren, wenn Indianer kamen –, setzten uns an einen Tisch und bestellten zwei

Bier vom Faß. Dayton und ich hatten bis dahin kaum ein Wort gewechselt. Wir wußten nicht, wo wir anfangen sollten. Also nippten wir an unserem Bier und hörten der Jukebox zu. Sie spielte einen Song mit dem Titel „The Western End of Mountain Time". Er handelte von Marie, der Freundin des Sängers, die im angrenzenden Staat wohnte und damit knapp in einer anderen Zeitzone lebte. Die beiden hatten nie zur selben Zeit frei und sahen sich deshalb selten.

„Du bist also verheiratet", sagte Dayton schließlich.

„In letzter Zeit habe ich davon kaum etwas gemerkt."

„Deine Kleine ist ziemlich groß."

Das Lied war noch nicht zu Ende. Die Sommerzeit war fast so schlimm wie die Standardzeit. Sogar nachdem sich das Paar getrennt hatte, dachte der Kerl immer noch an Marie, wenn er die Sonne untergehen sah.

„Wirst du irgendwann wieder hierherziehen?" Dayton versuchte es noch einmal.

„Auf keinen Fall. Wir fahren ab, sobald die Flaggenzeremonie vorbei ist."

Bei dem Wort Flagge fiel mir alles wieder ein, was ich über den Kampf für das Vaterland gesagt hatte. Ich fixierte mit geschultem Blick die Speisekarte, die hinter dem Serviettenspender aufgestellt war. Ich hätte mir die Zunge ausreißen können.

„Es ist nicht deine Schuld." Daytons Stimme klang freundlich. Das brachte mich aus dem Konzept, und ich unterbrach ihn.

„Das gleiche wollte ich dir gerade sagen. Du hattest die Möglichkeit, zu Hause zu bleiben, und hast sie genutzt. Das hätte jeder getan." Ich suchte in meiner Tasche nach einer Zigarette. Ich wollte seiner Antwort ausweichen. Es waren nur noch drei in der Packung.

Die Kellnerin kam und nahm unsere Bestellung auf. Ich widmete ihr meine ganze Aufmerksamkeit. Sie war etwa fünfundsechzig, aber trotzdem sah sie Dayton von oben bis unten prüfend an, während sie wartete, wofür wir uns entscheiden würden. Dayton bestellte einen Montanaburger mit Pommes und ich einen Fleischteller mit gemischtem Salat.

„Was für ein Dressing hättest du gern, Schätzchen?" Sie blickte

mich über ihre schwarzgeränderte, mit Bergkristallen verzierte Brille hinweg an.
„Was haben Sie denn?"
„French Dressing, Thousand Island, Kräuterdressing und Italian Dressing", zählte sie auf.
„Italian Dressing", sagte ich wie eine Frau aus der Stadt, die sich auskannte.
„Einmal Italian à la carte", rief sie über den Tresen in die Küche und heftete den Zettel mit unseren Bestellungen auf ein Metallrad, obwohl außer uns niemand etwas aß. Der Koch drehte das Rad so lange, bis er unsere Bestellung lesen konnte.
Rund um die Türen hing immer noch rotes und grünes Lametta von Weihnachten, und eine Kette mit bunten Lichtern umrahmte den Spiegel hinter der Bar. Die Bedienung bewegte sich von einem leeren Tisch zum nächsten, schwang die Hüften und rückte die Ketchupflaschen zurecht. Sie trug einen hochtoupierten Haardutt in der Farbe ausgewaschener Spitze. Der Farbton glich dem der Engelhaare, die sich auf dem Weihnachtsbaum mit dem Goldschmuck ringelten. Der Baum war aus Plastik und stand auf einem Tisch am Ende des Raumes. Die Kellnerin war ebenfalls geschmückt. Über ihrem beigen Rollkragenpullover trug sie einen Bolero aus schwarzem Filz. Darauf war zu beiden Seiten mit grünem Flitter *Merry* und *Christmas* geschrieben. Um ihren Hals hing als Anhänger ein Wegwerffeuerzeug der Marke Bic in einer goldlamierten Hülse. Das Feuerzeug schwang wie ein Talisman zwischen ihren tiefhängenden Brüsten.
Dayton erhob sich und ging zur Toilette. Ich beobachtete ihn von hinten. Er war wahrscheinlich der einzige Mann in der Stadt, der Schuhe trug und keine Stiefel. Er hatte immer noch den Anzug an, den er beim Begräbnis getragen hatte. Wenn ich ihn ansah, mußte ich an Lee denken. Ich drückte die Kent aus. Das Essen stand schon auf dem Tisch, als Dayton zurückkam, und jetzt waren wir beschäftigt. Ich hatte nichts zu sagen, mein Kopf war leer.
„Wie heißt sie denn?" Er zog die letzte Kartoffel durch eine Lache Ketchup und wischte den Teller sauber.

„Ray. Das ist die Abkürzung für Rayona.
„Ein ungewöhnlicher Name."
„So bin ich eben. Bei mir geht nichts auf die einfache Tour."
„Christine ..." Daytons Tonfall besagte, daß er ernsthaft reden wollte. Er wollte mir etwas sagen, was er schon den ganzen Abend auf der Zunge gehabt hatte.
„Ihr zweiter Vorname ist Diane, aber sie weiß es nicht." Das Gerede über Ray ließ meine Brüste schmerzen, weil sie voller Milch waren, und ich fürchtete, daß etwas davon auf meine grüne Bluse durchsickern könnte. Ich zog den Reißverschluß meines Parkas bis zum Kinn hoch und aß den Rest vom Salat.
„Es könnte zwischen uns wieder anders sein", sagte Dayton.
„Was?" Ich riß die Augen auf als Zeichen, daß ich keine Ahnung hatte, wovon er sprach.
„Verdammt noch mal", flüsterte er und seufzte.
„Weine mir bloß keine Träne nach. Vielen Dank. Ich habe alles, was ich brauche. Eine guten Job in Seattle. Ein Kind. Einen Ehemann, der alles für mich tut."
Dayton lehnte sich zurück. Ich konnte ihm jetzt in die Augen sehen, und ich kannte keine Gnade.

Rayona stand auf langen, dünnen Beinen in der Turnhalle der Mission und wiegte sich im Rhythmus der Trommeln. „Tanzen!" rief sie. Ich bückte mich und sagte ihr, sie müsse still sein.
„Alles in Ordnung." Tante Ida schob mich zur Seite. Sie saß auf einem Klappstuhl in der einen Hälfte des Basketballfeldes mit dem Hartholzboden. Um die Schultern hatte sie Paulines Decke von Chief Joseph Pendleton gewickelt.
„Du siehst heute wie eine richtige Indianerin aus", sagte ich zu ihr, aber sie antwortete nicht. Sie beobachtete die drei Veteranen aus dem Zweiten Weltkrieg, die aus dem Umkleideraum der Jungen herauskamen und an der Seitenlinie Aufstellung nahmen. Sie trugen Pow Wow-Kostüme, gepunktete Hemden mit bunten Bändern, Manschetten und Kuhglocken an ihren hohen Mokassins. Sie warteten, bis die Trommeln das Ehrenlied anstimmten, dann begannen sie. In der Mitte stand Willard Pretty Dog mit seinem Narbengesicht und blickte sauertöpfisch drein.

Er stützte eine mit Fransen versehene amerikanische Flagge mit den Händen. Der Flaggenmast war in einem speziellen Gürtel um seine Hüfte befestigt. Rechts und links von ihm schritten Vernon LaVallee und Sam Garcia Senior langsam und gemessen. Sie vollführten einen Kreis vor den klappbaren Tribünenplätzen. Beim Korb der Heimmannschaft steckte Willard die Flagge in die Bodenhalterung und betete für Lee. Er sprach davon, daß Lee sich als moderner Krieger um unser Vaterland verdient gemacht habe. Er sagte, daß wir alle stolz seien, weil wir mit Lee verwandt seien oder ihn gekannt hätten, und daß wir ihn alle sehr vermissen würden.

Rayona wartete gespannt darauf, daß die Musik wieder anfing. Sie wollte sich von Tante Ida befreien, die sie an einem Arm festhielt, und sah mich an, damit ich ihr helfen sollte. Aber ich mußte Willard zuhören. Ich wollte, daß seine Rede mich vom Stuhl warf.

Die große Trommel übernahm den Rhythmus des Liedes. Die fünf Trommler rund um den Kreis, wo der Schiedsrichter den Ball zwischen die beiden Mannschaften warf, bewegten sich in der Hocke vorwärts. Dabei hielten sie sich ein Ohr mit der einen Hand zu und schlugen mit der stockbewehrten anderen Hand den Takt auf die gespannte Tierhaut. Ihre Stimmen schwollen zu einem hohen, durchdringenden Falsetton an.

Willard ging auf Tante Ida zu, sie sollte mit ihm den Tanz anführen. Sie schüttelte den Kopf und wandte sich ab, aber er ließ sich nicht abweisen. Irgend etwas ging zwischen den beiden vor, wovon ich nichts wußte, eine wortlose Auseinandersetzung. Es schockierte mich zu sehen, daß Tante Ida verlor. Ganz plötzlich gab sie Ray an Pauline weiter und sprang vom Stuhl auf. Sie reichte Willard die Hand und schlurfte im Twostep-Rhythmus mit ihm über den Boden. Eine Ecke der Decke schleifte auf dem Boden hinter ihr her.

Als ich Dayton auf mich zukommen sah, ergriff ich den alten Vernon am Ellenbogen und folgte Tante Ida und Willard. Aber Dayton gab nicht auf. Er bückte sich, hob Rayona hoch und dreht sich mit ihr im Kreis. Ray strahlte und klopfte im Rhythmus der Musik mit den Handflächen gegen Daytons Kopf. Er

trug sie zwischen uns hindurch und immer im Kreis herum, wie sich eine Schraube in das Holz einer weichen Pinie bohrt.
Ich senkte die Augen und folgte dem Klang der Trommeln, der durch die Wände der Halle drang, in der Luft schwebte und sanft gegen die Nebengebäude und die Kirche schallte, bis er mit dumpfem Hämmern die dunklen Treppen hinab und bis in den Gemüsekeller vordrang, wo er verklang, sich im harten Boden verlor.

13

Ich dachte, Tante Ida hätte ihre Einstellung geändert, weil sie Rayona ein paar Grahamplätzchen für die Rückfahrt nach Seattle einpackte. Aber als ich noch einmal ins Haus ging, um unseren Koffer zu holen, fiel mein Blick auf einen Gegenstand in der Mülltonne. Es war die Lederschachtel mit Lees Tapferkeitsmedaille. Ich weiß nicht, ob ich die Schachtel finden sollte oder nicht, ich fischte sie einfach heraus und nahm sie mit.

Rayona ging nicht gern, aber ich schon. Ich verließ das Reservat so, als ob ich nächste Woche wiederkommen würde, als ob ich auf der anderen Seite der Straße lebte. Ein Chinook * hatte den schwarzen Asphalt wieder zum Vorschein gebracht, in allen Gräben stand Wasser.

Ich kurbelte das Fenster herunter, und der Wind blies die Dauerwelle aus meinen Haaren. Ich sog den lehmigen Geruch ein. Auf der Rückfahrt ließ ich mir Zeit und übernachtete in Motels in Kalispell und Wilbur. Ray war erstaunlich brav. Sie starrte aus dem Fenster, als würde sie etwas erkennen. Die Landschaft hypnotisierte sie. Vielleicht war es auch die Bewegung des Autos. Meile für Meile fuhren wir Berge hoch, wieder hinunter, hielten an und fuhren weiter.

An einem Samstagabend kam ich wieder in Seattle an. Ich schaltete das Licht in meiner Wohnung an und sah unter die Möbel. Wenn jemand einen Zettel unter meiner Tür durchgeschoben hatte, konnte der wer weiß wo gelandet sein. Elgin hatte vielleicht von meiner Reise gehört und hatte mich besuchen wollen,

* Chinook: föhnartiger Wind. Anm. d. Übers.

um mir beizustehen. Aber ich fand keinen Hinweis, daß er in der Wohnung gewesen war.
Ich schaltete das Radio ein und zog Rayona einen Schlafanzug an. Ich sah aus dem vorderen Fenster auf den Verkehr hinunter und klopfte vergeblich an die Türen aller Nachbarn, die ich kannte. Ich rief jeden an, der mir in den Sinn kam, zuerst die Freunde bei der Arbeit, dann Leute, die ich kaum kannte. Beim Wählen legte ich mir zurecht, was ich sagen wollte, aber keiner ging ans Telefon. Ich lag auf der Couch, las die Anzeigen in den Zeitschriften und war so verzweifelt wie ein eingesperrtes Tier.
„Wach auf", befahl ich Rayona. Ich packte sie in ihren braunen Parka und zog ihr wegen der Kälte die gefütterten Hosen an, dann legte ich sie zurück ins Kinderbett und suchte meine schwarzen Hosen mit Schlag und ein rotes Oberteil. Ich legte neues Make-up auf und brachte mein Haar mit einem Fön in Form. Ich tupfte Parfum hinter die Ohren und unter das Kinn und träufelte ein paar Tropfen extra auf den Scheitel, falls ein Mann die Nase in Höhe meines Kopfes hatte, während wir tanzten. Mein Wintermantel war schmutzig, also zog ich meinen pinkfarbenen Nylonanorak an, obwohl der Reißverschluß kaputt war. Meine langen, geflochtenen, rotweißen Ohrringe schaukelten, und mein Baby schlief tief und fest an meiner Schulter. Ich schloß die Tür hinter mir und wurde erst ruhig, als ich an einem Ecktisch im Silver Bullet saß.
Im Silver Bullet war ich Stammgast. Sie wußten genug über mich, um keine Fragen zu stellen. Ich bettete Ray auf den Platz neben mir, meine Jacke diente als Kissen und ihr Mantel als Decke. Als die Bedienung kam, um meine Bestellung entgegenzunehmen, hatte ich schon eine Kent angezündet und zwei perfekte Rauchringe in die Luft geblasen. Sie schwebten über die Leute an dem langen Tresen als größer werdende Lassos dahin. Ich suchte nach bekannten Gesichtern und sah dabei niemanden so lange an, daß er meinen Blick als Einladung verstehen konnte. Ich wollte zuerst die ganze Auswahl begutachten. Dabei war ich nicht wählerisch, ich wollte nur den Mann herausfinden, der am längsten bleiben würde. Ich war fast am Ende der Reihe

angelangt und engte meine Liste auf einen, zwei oder drei ein, während ich den Blick weiterschweifen ließ. Da entdeckte ich Elgins Hand, die auf dem Rücken einer fetten Frau ruhte. Ich täuschte mich nicht. Ich folgte der Linie seines Armes bis über die Schulter, und dann blickte ich in den Spiegel ihm gegenüber, damit ich sein Gesicht sehen konnte. In diesem Moment erkannte er mich auch und blinzelte, als ob er mich damit zum Verschwinden bringen könnte.
Er mußte ja nicht in eine Bar gehen, in der auch ich verkehrte. Ich wandte mich schnell ab und stieß dabei mein Bier um. Die gelbe Flüssigkeit ergoß sich quer über den Tisch in Rayonas Richtung. Ich schnappte meinen Glasuntersatz und versuchte, den Fluß aufzuhalten. Der Ober brachte Servietten. Ich nahm ein paar und saugte die kleinen Lachen auf, die sich in den eingekerbten Initialen und den Mustern sammelten, die Gäste ins Holz geschnitzt hatten. Ich sah nicht auf, streckte einfach die Hand aus, weil ich mehr Servietten brauchte. Vor mir stand Elgin, breitbeinig, mit den Händen in den Hüften, und schaute abwechselnd Rayona und mich an. Sein Schnurrbart war gewachsen.
„Ich wollte dich anrufen", sagte er als erstes, aber bevor die Worte noch ganz heraus waren, klagte er mich schon an: „Warum zum Teufel bringst du das Kind in eine Bar?"
„Es geht ihr gut", sagte ich. „Nicht einmal ein Gewitter würde sie aufwecken. Ich habe keinen Babysitter bekommen. Was soll ich denn machen?" Ich fand meine Zigarette im Aschenbecher. Sie war bis zum Filter abgebrannt und ausgegangen.
„Wie war es?" Er meinte Montana, und seine Stimme wurde ruhiger.
„Die Hinfahrt war schlimm, aber zurück ging es ganz gut."
„Danach habe ich dich nicht gefragt."
„Wenn du ..." sagte ich.
Elgin ließ sich auf den Stuhl mir gegenüber fallen. Seine Beine waren so lang, daß sie gegen meine Knie stießen. Bei der Berührung spannten sich die Muskeln in meinem Rücken. Rayona strampelte im Schlaf und schlug mit einer Ferse gegen die Tischkante. Elgin blickte ihren Fuß im Pyjama an.

„Wie geht es deiner Mutter?"
Ich brauchte sein Mitgefühl nicht.
„Wie heißt denn deine Verabredung?" Ich rollte die Augen in ihre Richtung. „Du willst doch sicher nicht, daß sie eifersüchtig wird."
„Tu doch nicht so. Ich dachte, du wärst nicht da."
„Und wenn schon. In diese Bar gehen viele Bekannte von mir, die mir liebend gerne berichten, daß sie dich gesehen haben."
„Versteh mich doch, sie bedeutet mir nichts. Schau, ich bin einfach hereingekommen, und wir haben angefangen zu reden."
„Ich kenne deine Bargespräche." Ich stützte die Ellenbogen auf den Tisch und legte den Kopf auf meine gefalteten Hände.
„Willst du noch ein Bier?"
Die Geräusche in der Bar nagelten mich an meinem Sitz fest. Am liebsten hätte ich mich neben Rayona gelegt, sie wie ein weiches Kissen an mich gepreßt und gedöst. Ich hatte keine Kraft mehr, schwebte im Niemandsland und war zu kaputt, um mich über Elgin zu ärgern.
„Laß uns nach Hause gehen", sagte ich.
Elgin war vorsichtig und mißtrauisch. Er wußte nicht, ob ich ihm eine Falle stellen wollte. Er schaute sich nach der fetten Frau und den anderen Gästen in der Bar um. Ich versuchte, einen unschuldigen Ausdruck in meine Augen zu legen, und änderte dabei meinen Gesichtsausdruck nicht. Man sagt, die Augen seien die Fenster zur Seele, und in diesem Augenblick gehörte meine Seele ihm. Sie war die ganze Nacht geöffnet, ein roter Teppich war bis zur Tür ausgerollt. Ich wünschte es so sehr, daß er es eigentlich hören mußte.
„Einfach so?" fragte er.
Mit letzter Energie beugte ich mich über Rayona und schob ihre schlaffen Arme in die Ärmel des Parkas. Sie war so schlapp wie eine Stoffpuppe. Ich stand auf und bückte mich, um sie hochzuheben.
Elgin legte mir die Hand auf den Rücken, zwischen die Schul-

terblätter. Ich richtete mich auf und wandte mich zu ihm um, schlief schon fast im Stehen.
„Du gehst voraus“, sagte er. „Ich nehme das Kind.“
Dieses Mal blieb er fast zwei Wochen.

Wenn man merkt, daß das Leben in die falsche Richtung läuft, ist man meistens zu beschäftigt, als daß man noch einmal zurückschauen und sich fragen kann, was schiefgegangen ist. So war es auch bei mir. Mit mir ging es ungebremst senkrecht bergab, ich kam nur knapp am Zusammenbruch vorbei.
Meine Kraft floß zwischen Elgin und Rayona hin und her, vom einen zum anderen, manchmal war sie bei beiden zugleich. Mein Ehemann suchte mich so regelmäßig heim wie die monatlichen Rechnungen, die er bei seiner Tour als Briefträger austrug. Er kam immer, wenn es mir am dreckigsten ging. Ich hatte mich gerade von seinem letzten Verschwinden erholt, da klingelte das Telefon, oder es schellte an der Tür. Bevor ich einen Schritt getan oder nur den Kopf gedreht hatte, wußte ich schon, daß er es war. Er hatte eingebaute Sensoren, die den Punkt, an dem ich mit ihm brechen würde, genau ertasteten. Nur einen Tag länger allein, und ich hätte mich von ihm trennen können. Er tauchte immer einen Tag zu früh auf.
Ich hätte ja einfach die Klingel ignorieren können oder so tun, als wäre ich nicht zu Hause. Oder ich hätte umziehen können oder wenigstens meine Telefonnummer ändern. Statt dessen richtete ich mein Leben nach einem Wecker, den ich nicht selbst aufgezogen hatte. Ich hätte einfach am Telefon mit ihm Schluß machen müssen. Statt dessen vergaß ich nach seinen fünf Minuten langen Entschuldigungen völlig, worum es eigentlich gegangen war. Ich hätte ihm den Mund zuhalten und ihn zum Schweigen bringen müssen. Statt dessen sah ich in den Spiegel, bevor ich die Tür öffnete, statt dessen wusch ich mein Haar, bevor er kam, statt dessen zog ich mich jeden Samstag an, obwohl ich doch hätte im Bett bleiben können. Gut, es ist kein Geheimnis. Ich war diesem Mann verfallen.
Als ich begriffen hatte, daß wir nicht länger in einer Wohnung, aber auch nicht ewig getrennt leben konnten, tat ich, was ich

tun mußte, um mit der Situation fertigzuwerden. Ich ging aus. Ich traf Männer. Einige nahm ich mit nach Hause, und ein paar blieben zum Frühstück.

Ich halte nichts von Scheidung, aber ich halte auch nichts davon, etwas anbrennen zu lassen. Ich war noch jung. Was Männer anging, war ich eine berühmte Expertin. Mich riefen sie an, wenn sie sich amüsieren wollten.

Elgin, Freunde, Cousins, Nachbarn, Arbeitsplätze und Leute von der Fürsorge kamen und gingen, manche gingen schneller, manche waren nicht so schlimm wie die anderen. Ich wußte niemals, was der nächste Tag bringen würde. Ich gewöhnte mich nie so sehr an einen Mann, daß ich meine Vorlieben und Abneigungen dabei vergaß. Ich erwartete auch nicht, daß sie nach einer Woche noch da waren. Rayona war der einzige Mensch in meinem Leben, der immer da war. Wenn ich etwas für sie tat, tat ich es in gewisser Weise auch für mich. Wir hatten denselben Geschmack, und nachdem sie für sich selbst sprechen konnte, waren wir eher wie Schwestern. Es schmerzte mich, daß wir uns so wenig ähnlich sahen. Wenn wir im Bus nebeneinander saßen, hätten wir zwei Fremde sein können, die an unterschiedlichen Haltestellen aussteigen würden. Manchmal erschien sie mir älter als ich: mit der Art, wie sie aufräumte, wenn mein Besuch gegangen war, oder wie sie Milch zurück in den Kühlschrank stellte, damit sie nicht verdarb. Sie brauchte mich, weil ich größer war und stärker und älter. Es gab Sachen, die sie nicht erreichen konnte, weil sie zu klein war, andere, die sie nicht hochheben konnte, und noch andere, die sie nicht kannte. Sie brauchte mich, damit ich sie in Kinos einschleuste oder in den Park mitnahm, aber wenn wir erst einmal irgendwo angekommen waren, konnte ich wieder tun und lassen, was ich wollte.

Sie interessierte sich für ihren Vater, wenn er da war, aber sie interessierte sich noch viel mehr für ihn, wenn er sich nicht blicken ließ. Zuerst glaubte ich, es hätte mit ihrer Hautfarbe zu tun und damit, daß er größer und stärker war als ich. Aber wahrscheinlich liebte sie die Überraschung, wenn er plötzlich in der Tür stand, ebenso wie ich. Sie bat mich nie um etwas, wenn sie wußte, daß sie es nicht bekommen würde. Also bekam sie immer alles. Aber bei Elgin gab es keine Schranken. An guten Tagen war er ein Vater aus dem Bilderbuch, der ihre geheimsten Wünsche wahr werden ließ. Und wenn er dann ohne Vorwarnung wieder verschwunden war, schuf sie ihn in ihren Träumen neu und vergab ihm alles.

Rayonas Verhalten war für ihren Vater nicht weniger verwirrend als sein Verhalten für sie. Wenn Elgin zur Tür hereinkam, stürzte sie sich manchmal auf ihn wie ein junger Hund, und manchmal ging sie einfach an ihm vorüber, als wäre er nicht vorhanden. Er konnte ihr Verhalten nicht vorhersehen und tat meistens das Falsche: Er lachte, wenn er hätte lächeln sollen, er wurde ärgerlich, wenn er hätte lachen sollen, er kam, wenn er hätte wegbleiben sollen, und ging, bevor sie sich wieder an ihn gewöhnt hatte. Sie war frustiert und gab mir die Schuld, aber ich nahm es nicht persönlich. Wir waren als einzige immer füreinander da. Wir konnten nicht wegrennen, wenn wir Dampf ablassen wollten, und wir vergaßen garantiert jeden ungerechten Vorwurf von einer Auseinandersetzung bis zur nächsten.

Durch Rayona hatte ich eine Aufgabe. Insofern ging es mir wie anderen Frauen mit Kindern. Ich hatte keine richtige Mutter, keinen Bruder mehr und die meiste Zeit auch keinen Ehemann, aber ich hatte die ganze Zeit über eine Tochter. Das einzige Fest, das wir feierten, war Muttertag. Jedes Jahr mußte sie mir eine sentimentale Karte schenken, selbst wenn ich die Karte selbst ausgesucht und gekauft hatte. Solange sie noch nicht schreiben konnte, unterschrieb ich die Karten mit ihrem Namen – „In Liebe, Rayona“ – und unterstrich alle gefühlvollen Worte. Dann klebte ich die Karte an die Kühlschranktür und ließ sie monatelang dort hängen.

Meine eigene Mutterschaft erfüllte mich so, daß ich eine friedliche Woche mit Tante Ida in Seattle verbringen konnte. Das war in dem Frühling, bevor Rayona sieben wurde. Tante Ida wollte irgendeine Verwandte namens Clara besuchen, die sie vorher nie erwähnt hatte und die im Krankenhaus des Indianischen Gesundheitsdienstes lag. Tante Ida rief mich von der Busstation aus an, sagte, sie sei in der Stadt, und fragte, wie sie zu

meiner Wohnung komme. Seit Lees Beerdigung hatte ich nichts mehr von ihr gehört. Sie hatte weder mir eine Postkarte noch Geschenke für Rayona zu Weihnachten geschickt. Sie hatte es nicht einmal für nötig befunden, sich für meine gelegentlichen Geschenke zu bedanken. Es war, als gäbe es sie nicht mehr, und dann rief sie plötzlich aus Seattle an.
„Ich hole dich ab", sagte ich. „Ich habe ein Auto."
Aber nein, Tante Ida mußte den Bus nehmen. Sonst hätte sie sich womöglich mir verpflichtet fühlen oder zugeben müssen, daß ich doch zu etwas nutze war. Sie sagte, sie würde nicht warten, sondern einen Fremden um Hilfe bitten, wenn ich ihr keine Auskunft geben würde.
„Nimm den Bus mit der Nummer Zwölf und fahr bis Endstation", sagte ich. „Vergiß nicht, daß du das Geld abgezählt bereithalten mußt."
Sie hängte ein, ohne sich zu verabschieden. Ich stellte mir vor, wie sie durch die Türen des Busbahnhofs nach draußen auf die Straße stapfte, eine Indianerfrau mittleren Alters mit einem Schal um den Kopf und einem glänzenden Koffer, in dem ihre Kleider waren. Sie würde abgezähltes Kleingeld bereithalten und als erste ein- und aussteigen. Ich hatte nicht viel Zeit, um sauberzumachen, die Bettwäsche zu wechseln, Rayona zu baden und mein Haar zu bürsten. Glücklicherweise war Wochenende, aber natürlich war es kein Glück. Tante Ida machte präzise Pläne. Es wäre ihr überhaupt nicht in den Sinn gekommen, daß ich weggefahren sein könnte, eine geheime Telefonnummer oder meine eigenen Pläne haben könnte.
Rayona erinnerte sich nicht mehr an Tante Ida, also versuchte ich, sie ihr zu beschreiben.
„Sie ist viel größer als ich und sehr stark." Die Augen meiner Tochter leuchteten beifällig. So etwas zählte für sie.
„Habe ich sie schon einmal gesehen?" fragte sie mich, obwohl sie die Antwort kannte.
„Wir haben eine Zeitlang bei ihr gewohnt, als dein Onkel Lee begraben wurde", erzählte ich ihr. „Sie hat auf dich aufgepaßt, und du hast gelernt, ihren Namen zu sagen."
„Hat sie mich gemocht?"

„Es fällt ihr schwer, Gefühle zu zeigen. Sie redet nicht viel. Sie wird ohnehin nur indianisch mit dir sprechen."
„Kann sie denn kein Englisch?"
„Nur wenn sie will."
Ich hatte keine Ahnung, was sich Rayona unter einer Großmutter vorstellte. Wahrscheinlich jemanden aus dem Fernsehen, Grandma Walton oder Granny aus „The Beverly Hillbillies". Aber von solchen Vorbildern war Tante Ida weit entfernt.

Als ich öffnete, stand Tante Ida vor der Tür und sah an mir vorbei in die Wohnung. Durch die Stellung ihrer Mundwinkel ließ sie mich wissen, daß sie viel zu sagen hatte.
„Du bist sicher müde", sagte ich, als feststand, daß sie mir zur Begrüßung weder einen Kuß geben noch ein Lächeln schenken würde. Argwöhnisch wie eine Katze trat sie ein, stellte ihren Koffer sorgfältig hinter die Couch und legte den Mantel ab. Sie hielt ihn auf dem Arm, wartete, daß ich ihr einen Bügel brachte, und machte keinen Mucks, als Rayona aus der Küche ins Zimmer rannte. Tante Ida wirkte auf meine Tochter anders als alle Menschen, die sie vorher getroffen hatte: Rayona wurde schüchtern. Sie schlich die Wände entlang, strich an den Möbeln vorbei und ließ den Kopf hängen, aber sie beobachtete Tante Ida unverwandt. Als ich ihr sagte, sie solle Guten Tag sagen, versteckte sie ihr Gesicht.
Ich wartete den ganzen Nachmittag und Abend, daß Tante Ida auftauen würde. Aber sie stellte keine Fragen und machte auch keine Bemerkungen über die Wohnung. Nichts konnte sie aus der Reserve locken. Sie aß das Essen, das ich zubereitet hatte, und spülte ihren Teller selbst. Sie sagte, es sei ihr egal, welches Programm wir im Fernsehen anschauen würden. Von Zeit zu Zeit zuckten ihre Blicke in Richtung Tür. Schließlich kam Rayona gegen halb zehn im Schlafanzug und wollte Gute Nacht sagen. Ich hatte ihr nasses Haar sehr fest geflochten, und jetzt, da es trocken und ausgebürstet war, umgab es ihr Gesicht in einem krausen Halbkreis. Sie sah bezaubernd aus. Ihre dunkle Haut hob sich glänzend von ihrem grünen Zirkuspyjama ab, die Zähne waren frisch geputzt und strahlten weiß. Tante Ida

starrte sie fasziniert an, aber anstatt Ray etwas Freundliches zu sagen, rückte sie endlich damit heraus, was sie auf dem Herzen hatte.
„Ich dachte, du hättest einen Ehemann."
„Ich bin seit acht Jahren verheiratet."
Ihre Augen suchten noch einmal den Raum ab, als könnte sie durch die geschlossenen Schranktüren sehen, daß dort keine Männerkleidung hing, oder ins Badezimmer, wo kein Rasierapparat lag oder in mein Schlafzimmer. Ich hatte darauf bestanden, daß sie dort schlief, solange sie bei uns war. Sie blickte wieder mich an.
„Wir leben zur Zeit getrennt."
Meine Worte amüsierten Tante Ida. Sie wollte mich unbedingt ärgern.
„Zu welchem Stamm gehört er denn? Wo lebt seine Familie?"
Ich würde nicht zulassen, daß sie mich vor Ray für dumm verkaufte.
„Du weißt doch, daß er kein Indianer ist. Er kommt aus Kalifornien. Seine Eltern leben dort. Und er hat einen Namen: Elgin."
„El-gin." Tante Ida ließ das Wort auf der Zunge zergehen. Sie hatte sich zu Ray gewandt.
„Du schläfst dort." Ich zeigte auf die offene Tür meines Zimmers. „Ray muß jetzt ins Bett, weil sie morgen Schule hat. Sie kann sich nicht hinlegen, solange wir hier reden, weil sie auf der Couch schläft."
Tante Ida schleppte ihren Koffer in das winzige, fensterlose Schlafzimmer. Ich hörte ein Klicken, als die Schlösser aufsprangen, und ein Rascheln, dann erschien sie wieder in der Tür.
„Das habe ich ihr mitgebracht", sagte sie und hielt eine Kewpie-Puppe hoch, die ein gehäkeltes Kleid in Pink und Weiß, einen Umhang, Hut und Slipper trug. „Eine Freundin von Pauline hat sie gemacht."
Rayona war begeistert. Die Puppe hatte einen hellrosa Körper, und oben auf dem Kopf war eine einzelne orange bemalte Haarlocke befestigt. Die Augen schimmerten himmelblau und starrten zur Seite. Die Kleidung war wahrscheinlich aus Topflappen geschnitten worden.

„Ist die hübsch“, sagte ich.
Tante Ida stellte die Puppe auf den Tisch, und Rayona stürzte sich darauf. Den Bruchteil einer Sekunde streifte Tante Ida mit der Hand die Spitzen von Rayonas elektrisch geladenem Haar, als könnte sie einfach nicht widerstehen. Dann ging sie in ihr Zimmer zurück und schloß die Tür ab.

Die Woche über verbrachte Tante Ida so viel Zeit im Krankenhaus und war so verschlossen, daß ich langsam den Verdacht hegte, sie sei selbst krank. Aber am nächsten Samstagmorgen verkündete sie, daß Ray und ich sie ins Krankenhaus des Indianischen Gesundheitsdienstes begleiten müßten.
„Clara will euch sehen“, sagte sie.
„Ich kenne Clara ja gar nicht.“ Ich hatte keine Lust, meinen freien Tag zu verschwenden. Die Fahrt in die Stadt dauerte ewig, und die Krankenhausatmosphäre machte mich immer depressiv. Tante Ida saß schwer auf ihrem Stuhl, verschränkte die Arme und starrte die Wand an. Sie konnte geduldig sein, und gegen ihre Willenskraft war einfach nicht anzukommen.
Ich steckte Ray in ihren Rotkäppchen-Umhang und zog mir einen Pulli an, der zu meinen Jeans paßte.
„Willst du so weggehen?“
„Hast du etwas dagegen?“
Ihre Lippen wurden schmal. Ich bereitete ihr Schmerzen. Und der Anlaß war so lächerlich.
„Wie soll ich mich deiner Meinung nach denn anziehen?“
„Wie eine erwachsene Frau.“
„Wie?“ fragte ich noch einmal.
„Zieh einen Rock an.“
Ich setzte Rayona mit einem Glas Milch auf den Küchentisch und ging zurück zum Schrank. Ich nahm einen gelben Wickelrock und ein geblümtes Oberteil heraus.
„Willst du dir nicht die Haare bürsten?“
Ich hätte ihr die Vorzüge meines Haarschnitts erklären können, daß eine Bürste die zwanglose Wirkung ruinieren würde, aber das wäre reine Zeitverschwendung gewesen, und am Ende hätte sie doch gewonnen.

Sie stand im Mantel in der Tür, als ich aus dem Badezimmer kam. „So siehst du viel jünger aus", sagte sie.
Das war schon fast ein Kompliment und das erste Mal seit Jahren, daß mir Tante Ida etwas Nettes gesagt hatte. Ich beruhigte mich.
„Ist Ray dir gut genug angezogen?"
„Rayona sieht immer gut aus", sagte Tante Ida und überraschte mich zum zweiten Mal.
Auf dem Weg in die Stadt hatte Tante Ida einen Fensterplatz und besah sich die regennassen Straßen. Ich saß neben ihr und mied die neugierigen Blicke der anderen Fahrgäste, die sich benahmen, als hätten sie nie zuvor eine Indianerin gesehen. Ray balancierte auf dem Gang und schwankte bei jedem Anhalten und Anfahren vor und zurück. Sie hielt sich mit einer Hand an der Rückenlehne des Sitzes fest, und ihre Augen glänzten vor Abenteuerlust.
„Erzähl mir von Clara." Wenn sie sich schon an mich erinnerte, sollte ich wenigstens ein Gesprächsthema haben.
„Sie ist die Schwester meiner Mutter", sagte Tante Ida. Ich brauchte eine volle Minute lang, bis ich die Bedeutung des indianischen Wortes erfaßt hatte. Es heißt soviel wie „kleine Mutter", in Englisch ist es „Tante". „Sie ist vor langer Zeit weggegangen."
„Dann ist sie meine Großtante", sagte ich. „Ich erinnere mich nicht, daß sie irgend jemand schon einmal erwähnt hat." Meine Großmutter war jahrelang krank gewesen und starb, als ich noch sehr klein war. Mein Großvater folgte ihr in den Tod, noch bevor Lee geboren wurde. In meiner Erinnerung war er ein großer, schwerer Mann mit silbergrauem Haar, das in der Mitte gescheitelt war und bis auf die Schultern herabfiel. Tante Ida hatte seine Nase und seinen massigen Körperbau.
Sie beobachtete, wie die Ampel auf Grün sprang, bereitete sich auf die Beschleunigung vor und hielt die Tasche fest umklammert.

Das Krankenhaus des Indianischen Gesundheitsdienstes löste Erinnerungen an Rays Geburt aus, an den Tag, an dem ich von

Lees Tod erfahren hatte, und an den Tag, als Elgin zu spät gekommen war. Ich war noch einmal hingegangen, weil Ray geimpft werden mußte, und einmal wurde ich mit dem Krankenwagen dort eingeliefert, nachdem Elgin zu lange weg gewesen war und ich deswegen zuviel gefeiert hatte. Sie behielten mich fünf Tage für Untersuchungen dort. Ich mußte erst wieder nüchtern werden.
Die automatische Tür zur Halle öffnete sich, und ein scharfer Geruch nach Lysol breitete sich aus. Indianer von überall her, aus Alaska und Idaho, aus Montana und Florida, hockten zusammengesunken in grünen Chromstühlen. Sie sprachen nicht, schienen mit ihren Gedanken beschäftigt, hatten Heimweh und Angst und bereiteten sich aufs Sterben vor. Personal und Besucher eilten an ihnen vorüber, als wären sie nicht da. Diese kranken Leute saßen wie Moos auf einem Felsen und warteten auf einen fremden Arzt, der ihnen schlechte Nachrichten überbringen würde. Sie trugen die blauen Bademäntel des Krankenhauses und dünne Leinenhemden, die mit Schleifen um ihre Nacken befestigt waren. In diesem Raum spürte man den Verfall. Man mußte ihn durchqueren, um zu den Aufzügen zu gelangen, und ich wollte ihn im Laufschritt durchqueren.
Aber Tante Ida hatte die ganze Woche im Krankenhaus verbracht und ließ sich Zeit. Wir blieben hier und da stehen, zappelten so lange herum, bis der alte Mann oder die alte Frau uns bemerkten. Zuerst schauten sie ängstlich und dann erleichtert, daß wir keine Ärzte waren. Tante Ida fragte sie nach ihren Enkeln und nach ihren Operationen. Wenn jemand unsere Sprache nicht verstand, redete sie englisch oder gestikulierte mit den Händen oder formte lautlos Worte mit dem Mund. Und sie verstanden.
„Das ist Rayona, von der ich erzählt habe“, fing sie immer wieder von neuem an.
„Das ist ihre Mutter, Christine.“ Sie hatten von uns gehört, und ich fragte mich, was Tante Ida wohl erzählt hatte. Sie warfen einen Blick auf Ray und machten Bemerkungen über ihre langen, schmalen Hände. Mit ihren schrumpeligen Fingern und stumpfen Nägeln berührten sie ihr geflochtenes krauses Haar

oder befühlten ihren Umhang. Sie neigten den Kopf ein klein wenig, wenn ich vorgestellt wurde, und genierten sich wegen der Zahnlücken und der nackten Beine. Aber wenn sie mit Tante Ida und Rayona sprachen, fingen sie bald an zu klagen und zu lästern.

Ich war in Gedanken versunken. Sie sahen alle gleich aus. Deswegen merkte ich es erst gar nicht, daß wir bei einer Frau länger stehenblieben. Sie betrachtete mich genauer als meine Tochter. Ein Auge war durch den grünen Star weiß geworden und die Iris fast blau. Dann erkannte ich sie – sie war bei Lees Begräbnis gewesen. Ich hörte ihren tiefen, klagenden Schrei noch einmal, sah wieder, wie sie sich mit einem Taschentuch die Tränen abwischte. Sie hatte allein dagesessen, wie ich.

Clara war nicht so alt, wie sie auf den ersten Blick wirkte. Sie war höchstens fünf Jahre älter als Tante Ida, aber klein, gebeugt und leer wie ein Ballon, aus dem die Luft entwichen ist. Ihr schwarzgefärbtes Haar war dünn und ungleichmäßig, und trotz der Locken und der Frisur sah man, daß es ausfiel. Sie hatte Krebs und wurde mit Chemotherapie behandelt. Sie roch nach Verwesung, aber ich brachte es nicht fertig, mich zu entziehen, als sie mir die Wange zum Kuß zuwandte und nach meiner Hand griff. Ihr Griff war überraschend fest. Ich zuckte zusammen, weil sie meine Hand quetschte wie eine Tierfalle. Es gab keine Möglichkeit, sie höflich abzuschütteln.

Tränen traten in ihr sehendes Auge. Sie sagte leise etwas zu Tante Ida, die zustimmend nickte. Clara zog Rayona an ihre Seite und klopfte ihr auf die Schulter. Ich konnte nicht ewig wie eine Taubstumme herumstehen.

„Wie geht es dir?“ fragte ich.

Der Druck auf meine Hand erhöhte sich noch. Ihre Nase lief, aber sie ließ uns einfach nicht los. Tante Ida beugte sich mit einem Kleenex zu ihr hinunter. Clara flüsterte etwas auf indianisch mit einem starken Akzent und öffnete dabei kaum die Lippen. Dieses Mal schüttelte Tante Ida verneinend den Kopf.

„Sie sagt, du siehst deiner Großmutter ähnlich“, sagte Tante Ida zu mir.

Niemand hatte mir zuvor gesagt, daß ich jemandem ähnlich sä-

he, und das interessierte mich. Ich konnte bei mir keine Ähnlichkeit mit Tante Idas Mutter feststellen, die ich von Bildern her kannte. Vor ihrer Krankheit war sie groß und schlank gewesen.
„Ich bin zu klein“, sagte ich zu Clara, aber sie schüttelte abwehrend den Kopf.
„Sie ist jetzt müde“, sagte Tante Ida. Sie legte ihre große Hand wie eine Mütze auf Claras kahl werdenden Schädel, streichelte ihn und trat dann einen Schritt zurück. Claras Augen bettelten, aber Tante Ida hob Ray hoch und wandte sich zu mir um.
„Sag auf Wiedersehen.“
„Wir sind gerade erst hergekommen. Wir sind eine ganze Stunde mit dem Bus hergefahren. Wir können noch ein paar Minuten bleiben.“
Aber Tante Ida führte Ray schon weg. Sie schlängelten sich in der Halle zwischen den dösenden Patienten durch und gingen auf die Glastüren zu. Ich mußte ihnen folgen. Ich hockte mich hin, so daß ich in Claras Augenhöhe saß. Mit meiner freien Hand griff ich nach ihrem Handgelenk und löste sanft ihre Finger von meiner Hand. Sie widersetzte sich nicht.
„Ich komme bald wieder, kleine Mutter“, sagte ich und benutzte Tante Idas altmodischen Ausdruck, um ihr einen Gefallen zu tun. „Nächstes Mal haben wir es nicht so eilig.“
Aber es kam anders. Clara starb, bevor ich wieder an sie dachte.

Am selben Abend erklärte Tante Ida, sie wolle zurück ins Reservat. Ich rief die Busstation an und erkundigte mich nach den Abfahrtszeiten. Der letzte Schnellbus nach Spokane mit Anschluß nach Billings ging um neun Uhr abends. Obwohl das bedeutete, daß sie zwei Nächte lang aufrecht sitzen mußte, entschied sie sich für diesen Bus.
„Iß doch noch mit uns“, sagte ich. „Es gibt Rindfleisch.“ Das war ihr Lieblingsessen, und sie stimmte zu. Aber sie bestand darauf, alles selbst zuzubereiten, damit ich nichts falsch machte. Sie hatte schlechte Laune, entweder wegen Clara oder wegen der langen Fahrt. Also fing ich keinen Streit an. Sie kochte das Fleisch zusammen mit Kartoffeln und erhitzte Schweinefett in

einer Pfanne. Darin wurde Brot gebacken. Sie schaufelte händeweise Mehl in eine blaue Plastikwanne, die ich unter der Spüle aufbewahrte, und gab Backpulver, Salz und Zucker dazu. Sie vermischte alles mit den Händen und fügte tropfenweise Wasser hinzu, bis sie einen cremefarbenen Teigklumpen hatte, den sie kneten konnte. Sie arbeitete automatisch und war meilenweit weg.

„Darf ich es machen, Großmutter?“ fragte Rayona sehr höflich. Tante Ida versteifte sich. Ohne ihre Hände aus der Plastikschüssel zu nehmen, ohne Ray auch nur anzusehen, sagte sie *„Tante Ida“*.

Sie war nicht nachgiebiger geworden, sie hatte sich nicht verändert.

Ray zuckte zurück. Ich wußte, was in ihr vorging. Ich wollte sie in den Arm nehmen, aber bevor ich dazu kam, drehte sie sich um und rannte ins Badezimmer.

Das Einrasten des Schlosses hallte in der stillen Wohnung wider. Ich wandte mich zu Tante Ida um. Der Ärger hatte sich in mir aufgestaut, und ich wollte ihr gründlich die Meinung sagen. Aber sie stand über ihre Arbeit gebeugt, formte den Teig zu einer Kugel, klopfte ihn zusammen und riß gleich große Teile davon ab. Sie drückte die Klumpen zwischen ihren Handflächen flach, formte sie zu Vierecken, bohrte Löcher mit dem Daumen hinein und ließ sie wie Flöße im siedenden Fett schwimmen.

Elgin erschien am nächsten Tag. Ich war so einsam, daß ich ihn ohne einen Vorwurf begrüßte.

„Du hast gerade meine Mutter verpaßt“, sagte ich zu ihm. „Sie war eine Woche hier.“

„Ich kann nicht glauben, daß du eine Mutter hast.“ Wir lagen zusammen im Bett, warm von der Berührung unserer Haut, die Beine hatten wir ineinander verschlungen und rieben sie aneinander. Ich redete, damit er nicht merkte, wie gut mir seine Berührung tat.

„Sie glaubt genausowenig an dich wie du an sie. Sie wollte wissen, zu welchem Stamm du gehörst.“

„Hast du ihr erzählt, ich sei ein Mahagony?“ Ich hatte ihn ein-

mal im Zentrum so vorgestellt, weil ich genug von den Leuten hatte, die immer irgendwelche dummen Bemerkungen über meinen Ehemann machen mußten.
„Ich sagte ihr, daß sie recht hat, daß ich keinen Mann habe." Ich log. Ich hatte einen Witz machen wollen, aber es kam anders heraus. Elgins Muskeln spannten sich am ganzen Körper. Unser Schweigen bedeckte uns wie eine bleierne Decke und nagelte uns in unserer Lage fest, während wir krampfhaft nach Worten suchten.
„Ich habe es gar nicht gesagt", flüsterte ich sanft. „Ich habe ihr erzählt, daß wir getrennt leben."
„Vielleicht hattest du beim ersten Mal sogar recht."
Es war ungerecht, daß er verletzt war und ich mich entschuldigen mußte. Ich hatte die Regeln, die unser Zusammenleben bestimmten, niemals gutgeheißen. Es hatte mir nie gepaßt, daß Elgin von mir erwartete, daß ich ihn wieder aufnahm, egal wie lange er weggeblieben war, und ich durfte nicht einmal über diesen Wahnsinn lachen.
„Es tut mir leid." Ich berührte Elgins Brust und streichelte ihn unter dem Arm, wie er es gern hatte. Ich zog mein Haar an seiner Seite entlang. Er versuchte, still zu liegen, aber wir wußten beide, daß er sich nicht beherrschen konnte und aufgeben würde. Sein Körper zuckte leicht, als er meinen Atem fühlte. Er roch nach meinem Parfum.
„Wenn ich aufhören würde, mich zu beklagen", flüsterte ich, „was würdest du dann tun?"
Er streckte sich in meine Richtung, bog die Wirbelsäule, bewegte die Füße, bedeckte die Augen mit einer Hand. Er war so geschmeidig wie gebügelter Satin und warm wie die Junisonne. „Ich werde für dich da sein, Baby", sagte er. „O ja, wenn du mich brauchst, werde ich da sein."
Seit Rays Geburt lebten wir in diesem Schwebezustand. Es reichte kaum für unsere Bedürfnisse aus, wir standen immer an der Grenze zur Trennung. Wir stellten uns keine Fragen mehr, weil die Antworten, ob sie nun gelogen waren oder der Wahrheit entsprachen, keine Bedeutung mehr hatten. Es war, als ob wir das Leben auf verschiedene Planeten aufgeteilt hätten: Nur

wir zwei bewohnten den einen, und auf dem anderen lebten wir beide getrennt mit allen anderen zusammen. Aber wir mußten ab und zu auf den ersten Planeten zurückkehren, weil wir nur so atmen und überleben konnten.
Rayona paßte sich diesem Leben an, so gut es ging. Bevor sie in die Schule kam, bemühte ich mich, Babysitter zu finden, die sich um sie kümmerten, während ich arbeitete. Manchmal blieb sie bei Nachbarn, und manchmal ging sie in einen Kinderhort, wenn ich das Geld dafür hatte. Als sie etwa vier Jahre alt war, nahm ich eine Arbeit als Vorschulhilfe an, damit wir den Tag über nicht getrennt waren. Aber Ray war das einzige Kind dort, das ich mochte. Die anderen zerrten an meinen Nerven, übertrugen Bazillen und hatten an allem etwas zu mäkeln. Ich kam abends abgespannt und zerschlagen nach Hause und war zu nichts mehr zu gebrauchen. Nach zwei Monaten kündigte ich. Ich muß zugeben, daß Ray ein pflegeleichtes Kind war. Sie war gesund, ruhig und nachdenklich. Sie sorgte für sich selbst, soweit sie konnte. Sie versuchte sogar, selbst ihre Windeln zu wechseln, bis sie merkte, daß es leichter war, auf die Toilette zu gehen. Natürlich stritten wir uns wie alle Menschen, aber die Auseinandersetzungen dauerten nie lange. Wenn ich Tante Idas Schwächen bei mir wiedererkannte, ihre Sturheit, ihre Unfähigkeit, Fehler zuzugeben, oder den unbedingten Willen, den eigenen Kopf durchzusetzen, versuchte ich, mich anders zu verhalten. Ich beantwortete Rays Fragen. Ich brachte ihr bei, so gut Indianisch wie Englisch zu sprechen, damit sie wußte, woher sie kam. Ich bezahlte Stunden im Reiten, Waldhornblasen und Maschinenschreiben. Ich sagte ihr genau, was ich tat. Wenn wir in eine neue Wohnung zogen und sie die Schule wechseln mußte, ging ich mit ihr zur Anmeldung und erzählte den Lehrern ihre Gewohnheiten und Vorlieben. Und sie bedankte sich mit guten Noten und paßte sich an, wo immer ich sie hinsteckte.
Es waren ihre Gefühle für Elgin, die meine schlechtesten Seiten nach außen kehrten. Er rief manchmal an und machte ihr große Versprechungen, daß sie zusammen in den Zoo gehen würden oder ins Kino oder daß er ihr ein Geschenk zu ihrem Geburtstag mitbringen würde, und dann vergaß er alles. Sie wartete an der

Tür, setzte sich sehr sorgfältig hin, damit die Kleider nicht in Unordnung gerieten, und die Zeit verging. Geh doch allein, schlug ich ihr vor, oder laß uns zusammen gehen, aber sie schüttelte nur den Kopf, sah auf die Uhr und klammerte sich an Entschuldigungen, die sie längst schon selbst nicht mehr glaubte. Ich legte ihr dann Worte in den Mund, sagte, wie wütend ich wäre, wenn man mich so behandelte. Aber wie sollte sie das ernst nehmen? Elgin behandelte mich ganz genauso, und ich erduldete es.

Drei oder vier Tage waren sie zusammen weg, nur die beiden allein. Ich konnte aus Rayona nichts herausbringen, und so stellte ich alle möglichen Vermutungen an. Ich fragte mich, ob sie in diesen Stunden immer noch eine Indianerin war oder ob sie sich wünschte, daß ich weg wäre, damit sie so sein konnte, wie er sie gern haben wollte. Ich fragte mich, ob sie seine Familie kennenlernte und ob sie über mich sprachen. Wenn Ray von diesen Besuchen nach Hause kam, dauerte es eine Weile, bis sie wieder normal war.

Ich war eifersüchtig, wenn sie zusammen weggingen, aber es hielt sich in Grenzen. Elgin war immer noch besser als mein Vater, den ich nie kennengelernt hatte, und mit Rayona waren wir eine richtige Familie. Unsere Heiratspapiere hatte ich verloren, zurückgelassen in irgendeiner Wohnung, die ich Hals über Kopf verlassen mußte. Aber Ray war der Beweis, die sichtbare Bestätigung dessen, was zwischen Elgin und mir stattgefunden hatte. Ray bedeutete mehr als ein Fetzen Papier. Sie war unsere Verbindung zur Vergangenheit und zur Zukunft.

Es ist vielleicht verwunderlich, daß ich kein zweites Kind bekam, wenn Ray doch so wichtig für mich war. Elgin benutzte nichts und keiner der Männer nach ihm, aber in den ganzen fünfzehn Jahren, die wir nach Rays Geburt in Seattle lebten, habe ich nicht ein einziges Mal die Verhütungsmittel vergessen. Ich wußte, was ein zweites Kind bedeuten würde. Wenn ich einen Jungen bekam, mußte ich ihn Lee nennen, und wenn er hübsch war und ich mich wie Tante Ida verhielt, würde Rayona im Regen stehen. Das durfte ich nicht riskieren.

Und es gab noch einen anderen Grund. Ich fühlte niemals wieder so stark wie an diesem sonnigen Nachmittag in Point Defiance. Ich liebte keinen Mann mehr so sehr wie damals, nicht einmal Elgin, und ich fühlte mich nie mehr so stark und unabhängig. Ich wurde an diesem Tag genauso sicher geboren, wie Rayona empfangen wurde, und als die Jahre vergingen, wurde ich älter, aber nicht glücklicher. Ich lernte mehr, als ich wissen wollte, und konnte mich nie vollkommen von etwas lösen. Was ich einem Kind geben konnte, bekam Rayona, und was ich brauchte, gab sie mir.

Manche Leute sagen, sie wollten ihr Leben noch einmal durch ihre Kinder leben, und sie träumen davon, daß ihre Kinder alle Fehler vermeiden, die ihnen passiert sind. Ich erwartete nicht soviel, oder vielleicht erwartete ich noch mehr. Ich wollte in die Vergangenheit zurückgehen und Tante Idas Fehler korrigieren, und meistens gelang es mir auch. Ich plante Zeit für Ray und mich am frühen Morgen ein und bereitete ihr ein gesundes Frühstück. Ich schämte mich nicht, vor ihr zu weinen. Ich zeigte ihr, wie sehr ich sie liebte. Ich interessierte mich für ihr Leben. Ich erwartete nie, daß sie perfekt war. Sie sollte nie jemand anders sein als nur sie selbst.

14

Der Doktor kam ins Zimmer und machte ein langes Gesicht. Er eröffnete mir, daß mein Körper am Ende sei und ich höchstens noch sechs Monate zu leben hätte. Ich winkte ab, weil ich die Einzelheiten nicht hören wollte, und schloß die Augen. Ich hatte einundvierzig Jahre gelebt, ohne viel über meine Leber und meine Bauchspeicheldrüse zu wissen, und wie der Arzt sagte, war es jetzt sowieso zu spät.

Das ganze Leben lang hatte ich Zeit verschwendet, wie ich mein Geld mit vollen Händen ausgab, ohne einen Gedanken an das Morgen. Der nächste Erste würde schon kommen und damit das nächste Gehalt, es würde schon irgendwie weitergehen. Ich maß das Leben nach Höhepunkten, nicht nach Jahren, und die Zeit zwischen den denkwürdigen Ereignissen vergaß ich. Wenn ich die Vergangenheit an mir vorüberziehen ließe, was ich freilich nie tat, würde ich meine größten Hits hören, das Christine Taylor-Album von K-Tel: zwei oder drei bittersüße Country and Western-Songs von Lee, ein Rhythm'n Blues-Stück, bei dem Elgin groß herauskam, einen Kriegstanz für Tante Ida und stellvertretend für meine Abenteuer als Teenager ein bißchen Rock'n Roll. Rayona war eine Ballade. Das waren meine großen Tage, meine Hits, die wie die Titel der Four Seasons auf der Mattscheibe vorbeizogen.

Ich öffnete die Augen, und der Arzt stand immer noch vor mir. Er hatte schlechte Haut und Augen mit der Farbe von Schimmelkäse. Ich wäre nie auch nur auf die Idee gekommen, mit diesem Mann auszugehen. Aber er war der Sprecher einer Jury, die einstimmig ihre Entscheidung gefällt hatte, ein Richter, der die schlimmste aller Strafen verkündete. Ich war bereit für meine Verteidigung. Ich wollte ihn anbetteln, das Urteil zu ändern und

mir die Möglichkeit zu geben, daß ich noch einmal von vorne anfangen konnte, nur noch einmal, das letzte Mal. Ich war bereit, meine Sünden zu beichten und die Schuld auf mich zu nehmen, wenn ihn das zufriedenstellen könnte. Ich war bereit, auf die Knie zu fallen und um Gnade zu winseln. Alles hätte ich getan, damit sein Urteil anders ausfallen würde.
Aber ich konnte meine Würde wahren. Ich war sicher, daß ich eine Rolle in einem Film spielte und eine starke Frau darstellte, die nur noch wenige Monate zu leben hatte. Eine schlechte Diagnose. Ich hatte es schon hundertmal gesehen. Ich wußte, wie ich mich benehmen mußte. Ich befand mich auf der anderen Seite der Mattscheibe, drehte die Lautstärke leiser, um die sphärischen Klänge nicht mehr so deutlich zu hören, und dann schaltete ich auf ein anderes Programm um. Ich kämpfte mit mir selbst und mit den Knöpfen des Fernsehers, bis ich das Gerät ausschaltete.
Das alles konnte der Arzt nicht sehen. Er wartete immer noch auf eine Reaktion von mir, dachte, ich würde reumütig bekennen, daß ich selbst an meinem Schicksal schuld sei. Er erwartete, daß ich ihm beipflichten würde. Aber als ich schließlich etwas sagte, bat ich ihn nur um ein Kartenspiel.
„Ich glaube nicht, daß Sie mich richtig verstanden haben, Mrs. Taylor“, sagte er.
„Was erwarten Sie von mir? Soll ich auf der Stelle hysterisch weinend zusammenbrechen?“ Ich beherrschte den Text und drückte den Knopf, damit das Kopfteil des Krankenbettes nach oben ging und ich in eine überlegenere Position gebracht wurde. Er zog das Kinn an den Hals und befingerte sein Stethoskop. Er trug einen Ehering, und ich fragte mich, wie seine Frau wohl aussah und wie er sich zu Hause benahm. Ich hätte wetten können, daß er immer unzufrieden war und seine Frau mit den Nerven am Ende.
„Gut“, sagte er, „Wenn Sie Fragen haben oder etwas wissen wollen, wie Sie beispielsweise den Diabetes bemerken, wenn er beginnt, dann wenden Sie sich an mich ...“
Ich schüttelte den Kopf.
„Sonst gibt es noch Rechtsbeistände und Priester, die regelmäßig

ins Krankenhaus kommen. Vielleicht möchten Sie lieber mit ihnen sprechen als mit mir."

Ich schüttelte wieder den Kopf.

„Aber ich habe gehört, Sie hätten eine Tochter", sagte er. „Sie müssen Vorkehrungen treffen. Nicht sofort natürlich, aber ..."

Damit hatte er eine Tonnenlast auf mein Grab gelegt. Es interessierte mich nicht, was er gehört hatte.

„Kann man in diesem Krankenhaus ein Kartenspiel bekommen oder nicht?" wiederholte ich meine Frage wesentlich lauter als beabsichtigt. Ich trommelte mit den Fingern auf die Matratze. Jeder Finger war mit einem Ring verziert, und alle waren so eng, daß ich sie nicht abziehen konnte: ein schmaler Ring aus Perlmutt, ein großspuriger Ring mit einem Erdkuckuck aus eingelegtem Türkis, mein Ehering von Sears und eine echte Hopi-Schildkröte.

Der Arzt starrte auf mich herunter, sein dünner Kopf ruckte zur Seite.

„Ich schicke eine Krankenschwester", sagte er und schrieb eine kurze Bemerkung auf sein Clipbrett. Ich fragte mich, was er wohl geschrieben hatte. „Karten"? Als er ging, flatterte der gestärkte weiße Mantel wie ein Umhang hinter ihm her.

„Warum tragen Sie eigentlich nicht Schwarz?" rief ich hinter ihm her, aber er war schon draußen.

Der Doktor hatte die Vorhänge um das Bett zugezogen, solange er sprach, und er hatte sehr leise geredet. Ich war gespannt, ob die zwei Frauen, die das Zimmer mit mir teilten, mich neugierig anblicken würden, wenn er die Vorhänge wieder aufzog. Ich hatte ihnen bereits viel Anlaß für Klatsch gegeben, weil ich spät nachts eingeliefert worden war, bis zur Besinnungslosigkeit betrunken und streitsüchtig. Ich hatte um jedes Kleidungsstück gekämpft, als die Krankenschwestern mich auszogen, und schließlich hatten sie die Sachen vor mir versteckt. Ich hatte geschrien, als ob man mich abstechen wollte, als sie mir Blut abzapften, und hatte mir die Nadel dreimal aus dem Arm gerissen. Die Krankenschwestern hatten mich festbinden und betäuben müssen. Als ich am nächsten Tag ruhig aufwachte, war mir schwindelig von den Medikamenten. Ich sah zu meinen Zimmernachbarn hinüber und versuchte, über meine Vorstellung zu lachen. Aber sie zierten sich und waren sich zu fein, um mitzulachen. Sie erinnerten mich an Tante Pauline. Wahrscheinlich kamen sie direkt aus dem Reservat. Sie waren schockiert über das Benehmen einer Indianerin aus der Stadt, aber gleichzeitig beobachteten sie alles neugierig wie die Kinder. Ich hatte fast Mitleid mit ihnen, als ich merkte, daß sie das ganze Gespräch mit dem Arzt verschlafen und so den besten Teil der Geschichte verpaßt hatten, den Teil, in dem ich meiner gerechten Strafe zugeführt wurde.

Es war kurz vor der Besuchszeit. Rayona würde pünktlich erscheinen und die ganze Zeit bleiben. Mehr als alles andere wollte ich jetzt allein sein, die Dinge überdenken und zum ersten Mal in meinem Leben für die Zukunft planen. Gedanken wirbelten durch meinen Kopf wie Zeitungspapier auf einer Straße, über die der Wind peitschte. Rayona war der letzte Mensch, der mir helfen konnte. Ich mußte für sie Vorkehrungen treffen, das hatte der Arzt ja auch schon gesagt. Das war eines meiner zwei großen Probleme. Ich wollte mit keinem Menschen sprechen. Für jeden anderen wäre meine Diagnose schlimmer als für mich.

Ich kann schnell denken, wenn es sein muß, und so war ich auf die Idee mit dem Kartenspiel gekommen. Wenn die Karten auf dem Tisch lagen, würde Ray nichts merken, wenn mir versehentlich eine Andeutung herausrutschen sollte. Außerdem heißt es, daß die Reihenfolge der aufgedeckten Karten die Zukunft weissagen kann. Vielleicht hatte ich ja Glück und überlistete das Spiel.

Rayonas Aussehen schockierte mich. Man hätte denken können, daß sie schon keine Mutter mehr hatte. Ihr Haar stand wirr um ihren Kopf, die Kleider waren zu eng, und sie hatte kein bißchen Make-up aufgelegt. Sie war fünfzehn Jahre alt, und in dem Alter hätte sie eigentlich mehr Wert auf ihr Äußeres legen müssen. Als ich so alt gewesen war, hatte ich schon viele Freunde gehabt und gewußt, wo's langgeht. Aber ich vermutete, daß Rayona noch nicht herausgefunden hatte, wozu Jungens zu gebrauchen waren. Vielleicht hatte sie schon zu viele schlechte Beispiele für

die Gattung Mann unter den Wechselfällen in unserer Wohnung gesehen. Es gab noch so viel, was man ihr erklären mußte.
„Dreh dich um", sagte ich. „Ich flechte dir dein Haar."
Sie hob die breiten Schultern und starrte auf die Uhr. Zwei Stunden Besuchszeit. Meine Hände bewegten sich hin und her und flochten ein Fischgrätenmuster, das mir meine Freundin Charlene gezeigt hatte. Dabei merkte ich, daß Ray wenigstens nicht mehr an den Nägeln kaute. Ihre Nägel waren rosa gegen ihre dunkle Haut und gleichmäßig rund.
„Hast du schon einmal daran gedacht, bestimmte Partien in deinem Gesicht besonders zu betonen?" fragte ich sie. „Ein kleiner Farbtupfer unter deinen Wangenknochen, und du würdest wesentlich besser aussehen."
„Ich sehe gut genug aus."
Ich zog ihr Haar fester, meine Finger arbeiteten automatisch. Ich nahm eine Strähne rechts, eine links, schob sie übereinander steckte die dritte Strähne dazwischen durch. Eine Welle schwappte über mich hinweg wie Seegang ohne Wasser. Ich wollte mein Gesicht in ihrem Rücken vergraben, das Pulver riechen, mit dem ich letzte Woche ihre Bluse gewaschen hatte. Sie sollte mich zur Kenntnis nehmen.
„Hast du etwas von deinem Vater gehört, seit ich hier bin?"
Rayona war überrascht und verneinte in einem Ton, als ob sie böse wäre, daß ich Elgin überhaupt erwähnt hatte. Er hatte sie zu oft enttäuscht, und sie verzieh ihm nicht mehr. Meine Hand flocht weiter. Ich setzte ihn auf die Liste der Dinge, über die ich noch mit ihr reden mußte. Wenn ich tot war, würde ich nur in ihrer Erinnerung weiterleben, wenn die beiden zusammen waren. Elgin mußte Rayona zu sich nehmen.
Am ersten Morgen im Krankenhaus hatte ich Elgin im Postamt angerufen und gesagt, er solle auf dem Heimweg vorbeikommen und den Volaré abholen. Er könne ihn benutzen, solange ich krank sei. Die Krankenschwester hatte mir beim Abendessen ein Beruhigungsmittel gegeben, und als ich wieder aufwachte, waren die Schlüssel aus meiner Handtasche verschwunden – also mußte er dagewesen sein. Elgin und ich vertrugen uns in letzter Zeit nicht besonders, wir sprachen kaum miteinander.

Ich ging viel mit anderen Männern aus, aber wenn ich in Schwierigkeiten war, konnte ich mich nur an ihn wenden. Es gab eine bestimmte Stufe, unter die er niemals fiel, und ich hatte ihn noch nie so gebraucht wie jetzt.

Mit der neuen Frisur sah Rayona besser aus. Wenn meine Zimmernachbarinnen aufwachten, würden sie zugeben müssen, daß meine Tochter vorzeigbar war. Ich wollte ihnen nicht noch mehr Gelegenheit zum Stirnrunzeln geben. Sie hatten schon genug daran zu kauen, daß dieses dunkle Mädchen meine leibliche Tochter war.

Ich hatte jetzt die Hände frei und wußte nicht recht, wie wir die Zeit vertreiben sollten. Rayona würde mißtrauisch werden, wenn ich sie zu früh nach Hause schickte.

„Willst du Ginger Ale? Soll ich mal anrufen, daß sie welches bringen?" bot ich ihr an. Sie zuckte mit den Schultern. Sie hatte mir schon beim letzten Mal gesagt, daß es meine Schuld sei, wenn ich ins Krankenhaus mußte. Und jetzt machte sie mich gleich doppelt verantwortlich. In der Schule hatten sie ihr den ganzen Mist über das Trinken erzählt, wie schlecht es für die Gesundheit sei, und über das Rauchen gleich mit. Sie war überzeugt, daß ich mehr trank, als ich zugab, und eine richtige Alkoholikerin war. Manchmal schlich ich in der eigenen Wohnung herum wie ein Teenager, versteckte eine Flasche Schnaps in einer Schuhschachtel und dachte mir Entschuldigungen aus, die sie zufriedenstellen würden.

Als die Vermittlung schließlich antwortete, schluckte ich und bat höflich um Ginger Ale.

„Ein oder zwei Gläser?" kam die barsche Antwort.

„Zur Hölle damit, bringen Sie die ganze Flasche." Ich zwinkerte Rayona zu, aber sie verdrehte nur die Augen.

Die Krankenschwester kam und brachte gleich das Kartenspiel mit. Ich versuchte, Rayona Solitaire beizubringen. Ich kannte sechs verschiedene Arten von Patiencen, und eine war schwieriger als die andere.

Ich war gerade zur Hälfte mit der leichtesten Version fertig, als ich merkte, daß ich verlieren würde. Die Karten, die ich brauchte, waren hoffnungslos weiter unten im Stapel begraben. Ray merkte es auch und sah ihre schlimmsten Befürchtungen bestätigt. Aber gerade heute wollte ich nicht wegen schlecht gemischter Karten verlieren.

„Diesmal klappt es, das spüre ich“, sagte ich und ignorierte Rayonas zweifelnden Blick.

Und ich spürte die Karten, die ich in meiner Handfläche verborgen hatte. Ich drehte jedes Kartenset noch einmal um, bevor ich es auslegte. Und ich hatte recht. Die Kreuz-Zwei, die Karte, die ich brauchte, tauchte auf, in voller Lebensgröße.

„Komm zur Mama!“ Ich tat so, als wäre ich begeistert. Ich wollte Ray mit meiner Begeisterung anstecken, aber sie langweilte sich und nahm sich nur zusammen, weil ich krank war. Ich merkte, wie gerne sie mir gesagt hätte, daß ich schummelte.

„Ich höre auf, sobald ich sehe, daß ich gewinne“, sagte ich und schob die Karten zu ihr hinüber. Sollte sie doch verlieren, wenn sie unbedingt ehrlich sein wollte.

Zuerst schien ihr das Spiel Spaß zu machen. Aber nachdem sie ein paarmal abgehoben hatte, verlor sie die Lust und versuchte gar nicht mehr zu gewinnen. Ich dachte gerade, ich sollte ihr die Spielregeln noch einmal erklären, als Elgin in der Tür auftauchte. Er kam direkt von der Arbeit, und Regentropfen glänzten auf seinen Haaren.

Irgend etwas stimmte nicht mit ihm, er hielt etwas zurück. Er hatte die Schultern hochgezogen und sah mir nicht direkt in die Augen. Ich nahm an, daß der Arzt mit ihm gesprochen hatte, daß er wußte, was mit mir los war, und mir deshalb nicht in die Augen sehen konnte. Ich verlor meinen Kampfgeist, er verwandelte sich in Selbstmitleid. Ich wollte Elgin sagen, daß alles wieder in Ordnung kommen würde. Ich wollte zurück in die Welt, wo es nur ihn und mich gab, wo ich gesund werden würde, nur um ihn lächeln zu sehen.

„Rayona“, sagte er. „Was ist los?“

„Ich bin überrascht, daß du mich wiedererkennst.“

Ich war töricht gewesen. Er benahm sich so, als wäre ich gar nicht vorhanden. Ich beschloß, ihn daran zu erinnern, wer hier krank war, wen er besuchte und mit wessen Auto er hierhergekommen war.

„Ich bin überrascht, daß du mich noch einmal besuchst", sagte ich.
Er wußte, es war eine Anspielung, daß er nur das verdammte Auto gewollt hatte, und rieb die Daumen an den Knöcheln seiner geballten Fäuste. Zumindest hatte er mich zur Kenntnis genommen.
Wir mußten uns immer streiten, bevor wir uns wieder vertragen konnten, und ich wollte endlich damit beginnen. Ich bewegte mich im Bett und gab Rayona damit das Zeichen zum Gehen, aber sie reagierte nicht. Elgin wandte sich ihr zu.
„Deine Mama hat wie üblich schlechte Laune", sagte er.
„Sie ist krank."
Elgin wühlte in seinen Taschen.
„Ich glaube, die gehören dir." Er kramte die Schlüssel hervor und ließ sie vor meinen Augen baumeln.
Ich schüttelte den Kopf, sagte ihm, er könne den Wagen behalten. Ich gab meiner Stimme einen besonderen Unterton.
„Ich rufe dich an, wenn sie mich entlassen. Du kannst mich abholen." Das war unsere Stenographie-Sprache. Damit teilte ich ihm mit, daß er eine Weile bei mir zu Hause bleiben solle. Er verstand.
„Dazu kann mich auch ein verbeulter Volaré nicht bringen", sagte er, und ich verstand ihn. Er warf die Schlüssel Rayona zu. Ich beobachtete, wie sie in hohem Bogen durch die Luft flogen, bis Rayona sie mit einer Hand auffing.
Ich fühlte, wie Jähzorn in mir aufstieg, aber ich versuchte, mich zu beherrschen. Ich sagte, ich sei krank, *krank,* aber er hörte nicht hin. Ich konnte wegen Rayona nicht mehr sagen, und das machte mich noch wütender. Ich kämpfte, weil ich aus dem Bett wollte. Ich wollte mich auf ihn stürzen, ihn meine ganze Kraft spüren lassen und ihm damit klarmachen, wie verzweifelt ich war. Aber meine Beine hatten sich in den eingeschlagenen Laken verfangen, ich lag wie gefesselt im Krankenbett.
„Verschwinde jetzt endlich", schrie ich. „Geh doch zu deiner fetten Freundin." Ich bedeckte das Gesicht mit einem Kissen, und meine eigene heiße Atemluft überflutete meine Haut. Ich haßte alle verdammten Leute, die mir eingefallen waren, als der

Arzt das Todesurteil aussprach. Ich haßte Tante Ida für das, was sie versäumt hatte. Ich haßte Lee für das, was ich ihm angetan hatte, haßte ihn, weil er mich auf der goldenen Treppenflucht erwartete, und ich haßte ihn für das dumpfe Geräusch der Blumenerde auf seinem Sarg. Ich haßte Elgin wegen der Enttäuschungen, weil er mich so oft enttäuscht und ich mich daran gewöhnt hatte, ich haßte ihn wegen seiner widerlichen Eifersucht. Ich haßte ihn, weil er in diesem Augenblick unter eine bestimmte Stufe gesunken war. Ich haßte sogar Rayona, weil sie ohne mich weiterleben würde. Ich haßte das Durcheinander, das ich aus meinem Leben gemacht hatte.
Ich hielt inne, als ich nicht mehr hassen konnte, und hob das Kissen hoch. Ich öffnete die Augen und sah die geschlossene Tür. Meine Zimmernachbarn zur Linken und zur Rechten beobachteten mich. Sie schienen zufrieden, daß die beiden mich verlassen hatten, aber durch den Streit waren sie auch verängstigt und aufgeregt. Sie verständigten sich ohne Worte über meinen Kopf hinweg.
Ich konnte unmöglich länger im Krankenhaus bleiben, es gab auch keinen Grund mehr. Wenn der Arzt recht hatte, konnte mir sowieso niemand helfen. Ich rannte in die Halle und öffnete die erste Tür, die ich sah. Es war ein Schrank mit Mänteln und Uniformen. Ich fand ein rot-weißes Kleid, wühlte auf dem Boden nach Slippern und rannte ins Zimmer zurück. Die beiden Frauen sahen mir still und aufmerksam zu. Ich zog mein Nachthemd aus, knöpfte das Kleid zu, das mir viel zu eng war, und suchte nach dem Lippenstift in meiner Handtasche. Ich ging hektisch und wichtigtuerisch wie eine Krankenschwester den Flur entlang, nickte Patienten in ihren Zimmern zu und trug den Kleiderbügel der Uniform unter dem Arm. Ich nahm den Aufzug ins Erdgeschoß und verließ das Haus durch den Ausgang zu der Sektion des Parkplatzes, wo Elgin den Wagen abgestellt hatte. Er hatte Rayona erklärt, wo der Wagen stand. Ich bereute jetzt, daß ich die Schlüssel nicht an mich genommen hatte, aber ich wußte, wie man ein Auto kurzschließt.
Der Volaré wurde durch eine blaue Straßenlaterne beleuchtet. Ich formte den Kleiderbügel zu einem langen Draht, fädelte ihn

durch die Gummidichtung am geschlossenen Fenster der Fahrertür und hakte den Draht im Türknopf ein.
Plötzlich hatte ich das Gefühl, daß ein Riese hinter mir stand. Ich spannte die Muskeln an und wollte mich nach hinten werfen, um ihn umzureißen. Bevor ich noch eine Bewegung machen konnte, schrie er auf und packte meinen Hintern. Ich schlug mit Armen und Beinen aus und grollte tief in der Kehle. Die Autotür sprang auf, und wir fielen zu Boden. Ich griff den Kleiderbügel mit einer Hand und wirbelte herum. Ich war bereit loszulassen, aber es war nur Rayona. Sie hatte die Augen aufgerissen und schien zu Tode erschreckt. Ich brauchte eine Minute, bis ich wieder Luft bekam.
In letzter Zeit war sie immer dann da, wenn ich sie gerade nicht brauchen konnte. Und nun lag sie ausgestreckt auf dem Boden und riß den Mund auf wie ein Säufer am Sonntagmorgen. Wir rappelten uns hoch und strichen unsere Kleider glatt.
„Was starrst du mich denn so an?“ fragte ich sie. „Ich dachte, du bist mit deinem Vater abgehauen. Geh nach Hause.“
Ray blieb reglos stehen. Wo ich hinging, konnte sie nicht mitgehen, und es war am besten, sie gewöhnte sich gleich daran. Ich gab ihr meine Tasche.
„Was hast du vor?“ fragte sie mich völlig verwirrt. Ich wußte keine Antwort. Im Krankenhaus hatte ich zwei Dinge verloren, auf die ich mich immer verlassen hatte: eine bessere Zukunft, wie sie in der Werbung sagen, und Elgin.
„Ich haue ab, das siehst du doch.“
Sie starrte mich fassungslos an.
„Haben sie dich entlassen?“
„Elgin. Er hat mich entlassen.“ Sie war zu sehr an unser Leben, an die Abfolge von Trennungen und Versöhnungen gewöhnt. Also mußte es etwas Neues sein. Ich erfand an Ort und Stelle eine Geschichte, vermischte den Klatsch, den ich gehört, mit allen Befürchtungen, die ich je gehegt hatte. Ich machte es so wirklichkeitsnah wie möglich und gab Elgin alle Schuld. Ich endete mit der Ankündigung: „Er läßt sich von mir scheiden. *Von uns.* Er betrügt mich mit so einer kleinen Schwarzen. Arletta heißt sie.“

„Ach, Arletta", sagte Ray. Sie klang überhaupt nicht überrascht. Es machte mich wahnsinnig, daß meine Tochter mindestens so viel über Elgin wußte wie ich.
„Er hat mich auf dem Gewissen!" schrie ich in Rayonas verblüfftes Gesicht, aber sie kapierte immer noch nicht. Sie dachte, ich sei verwirrt und ein bißchen durchgedreht. Ich versuchte, die Dinge aus ihrer Perspektive zu betrachten, aber es gelang mir nicht. Ich war, am Ende angelangt, allein. Man mußte mein Leben geführt haben, um mich zu verstehen.
Ich erkannte, daß es einen Ort gab, wo ich hingehen mußte. In Tacoma hatte alles angefangen, und in Tacoma sollte es enden. Ich glitt hinters Lenkrad und zeigte auf Rays Tasche. Sie gab mir die Schlüssel.
„Der Bastard bekommt nichts, hörst du", sagte ich.
Ich konnte es nicht verhindern. Ray rannte um das Auto herum und sprang hinein. Sie hatte meine Tasche auf dem Schoß und schnallte sich an. Meine Tochter hatte darauf bestanden, daß ich Sicherheitsgurte einbauen ließ, und jetzt zog sie den Gurt zurecht. Sie hatte entschieden, daß ich nicht allein fahren sollte, und hing wie eine Tonnenlast an meinen Füßen. Aber ich war zu schwach, um sie abzuschütteln.
„Was redest du da?" fragte sie mich, also erzählte ich alles geradeheraus. Ich jammerte über Geld und Elgin. Ich beichtete ihr, daß die wertvollste Sache, die ich besaß, meine State Farm-Versicherung war. Ich sagte ihr, sie solle mich zum Abschied küssen.
Und sie machte einen Witz, behauptete, sie wisse, wohin ich fahren wolle. Ich war total sauer, weil sie das Ziel richtig erriet. Ich hatte anscheinend so oft von Tacoma gesprochen, daß dieser wichtige Ort durch mein Gerede jede Bedeutung verloren hatte. Sie sagte, sie wolle mitkommen. Ich war zu schwach, ich konnte sie weder umstimmen noch aus dem Wagen werfen.
Wenn ich noch eine Minute länger geblieben wäre, hätte ich die Nerven verloren. Deswegen versuchte ich erst gar nicht, sie von ihrem Vorhaben abzubringen. Ich fuhr die kurvigen Straßen hinunter, an dem China-Restaurant und den koreanischen Einkaufsmärkten vorbei bis zum Kingdome. Ich raste am Goodwill

vorbei, an der gelben Neonreklame mit der dampfenden Kaffeetasse von Millstone. Rayona las die schwarzen Buchstaben unseres Lieblingsschildes laut vor: „Wenn die Milch dauernd sauer wird, kauf doch gleich Büchsenmilch." Aber ich lachte nicht. Bei der Auffahrt zum Highway bei der River Avenue sah ich mich wie gewöhnlich nach dem Mount Rainier um. Aber es war zu dunkel, ich konnte die Silhouette nicht erkennen.

Die Fahrt nach Tacoma war unwirklich wie ein Traum. Meine Gedanken rasten schneller als das Auto. Ich weiß nicht mehr, welche Gedanken ich laut aussprach und welche ich für mich behielt. Ich fuhr wie in Trance, und ich irrte mich nicht ein einziges Mal in der Richung. Instinktiv nahm ich immer die richtige Abzweigung. Die Ampeln wurden grün, wenn ich näher kam. Die Bullen hielten die Autos vor uns an, weil sie zu schnell gefahren waren, und ließen uns weiterrasen. Rayona drückte mit dem Fuß fast das Bodenblech durch, als könnte sie selbst bremsen, und krümmte sich, damit sie den Türgriff mit beiden Händen umklammern konnte. Sie war auf einen Unfall gefaßt. Wenn ich zu ihr hinübersah, spiegelte sich in ihren Augen die Straßenbeleuchtung.

Ich war hellwach, und meine fünf Sinne waren so aufnahmebereit wie die Tore zur Grand Coulee. Ich registrierte die Eindrücke in meinem Kopf so schnell, daß ich nicht unterscheiden konnte, woher sie kamen, und sie auch nicht im Gedächtnis behielt: die Geräusche aus dem Radio und unsere Stimmen, den Geruch nach dunstiger Nachtluft, das Gefühl des Lenkrads in meinen Händen, die Schmerzen in meinem Bauch – der Arzt hatte mir gesagt, es sei die Bauchspeicheldrüse –, den Geschmack von Ginger Ale am Gaumen, den Anblick der verschwimmenden, riesigen Flecken von Autos und Lastwagen, die in unserer Fahrtrichtung dahinflossen oder uns wie Zweige auf der anderen Seite der Interstate entgegenschnellten. Ich war auf eine bestimmte Art high und saugte die Eindrücke auf. Ich konnte nicht denken, weil ich zu sehr mit der Welt verbunden war, um eine Logik hinter den Dingen zu sehen. Ich schoß wie auf einem Pfeil zur Mitte der Zielscheibe, zu dem Platz über der Bucht, wo ich Elgin geliebt und er mich geliebt hatte. Ich war eine Nadel mit eingefädeltem Faden, die an die Unterseite der Stelle stach, die sie von oben durchstochen hatte. Wenn ich durch dasselbe Loch wieder zurück könnte, würde ich keine Spur hinterlassen.

Die Zeit zog vorüber wie die Meilen, ohne daß ich es bemerkte. Tacoma hatte sich verändert. Viele neue Häuser waren gebaut worden, alles wirkte städtischer. Wir fuhren durch die beleuchtete Pearl Street und das Tor zum Point Defiance Park. Nach einer Meile stoppte ich den Wagen am Randstein.

„Los, raus mit dir", sagte ich. Ich wollte Rayona nicht dabeihaben, wenn ich den baumlosen Flecken Erde wiederfand, und ich würde keinen Widerspruch dulden. Ab jetzt sollten sich Elgin oder Tante Ida um sie Sorgen machen. Ich griff hinüber und stieß die Tür auf, öffnete ihren Sicherheitsgurt und schob Rayona in die hinterste Ecke meines Gewissens.

Aber sie wollte nicht in Frieden gehen. Sie sagte, ich würde bluffen, wehrte sich gegen meine drängenden Hände, und als sie endlich draußen war, trat sie mit aller Macht gegen die Tür. Der Volaré schaukelte unter mir wie die Boxautos auf dem Jahrmarkt. Sie schrie, ich sei eine lausige Mutter, und daß ich sie fürs ganze Leben geschädigt hätte. Sie war wütend, verletzt und verängstigt, weil sie mich nicht verstand.

Ihre Worte flogen an mir vorüber, übertönten die Lockrufe der Insekten und den entfernten Verkehrslärm. Die Luft roch nach Tannenreisig und Papiermühlen, ein säuerlicher, ekelerregender Geruch. In der Dunkelheit sah die Straße vollkommen fremd aus.

Ich konnte ihrer Wut nur meine eigene Wut entgegensetzen. Sie sollte ihre Taten bereuen, wenn sie später einmal über diese Nacht nachgrübelte.

„Ich werde das hier nie vergessen", schrie ich aus dem Fenster und meinte damit, daß sie es nie vergessen sollte. Aber als ich gerade losbrausen wollte, machte der Motor ein Geräusch wie Abflußreiniger in einem verstopften Rohr und starb ab. Ich pumpte mit dem Gaspedal und stampfte so sehr mit dem Fuß darauf, daß meine Sohle brannte.

Ich machte eine Pause, drehte den Schlüssel dann noch einmal um. Nichts.
Langsam dämmerte es mir: kein Benzin. Elgin hatte den Wagen mit vollem Tank übernommen und leer zurückgebracht.
Ich kletterte aus dem Wagen. Ich hätte den Volaré am liebsten kurz und klein geschlagen. Der Wagen schaffte diese eine Meile nicht mehr, brachte mich nicht zu meinem Ausgangspunkt zurück. Ich wollte mich um die eigene Achse drehen, wie ein losgebundener Ballon davonsurren oder die Straße mit einem Preßlufthammer aufreißen. Ich wollte mit geschlossenen Augen gegen Bäume rennen oder mich verbrennen.
Aber als ich wieder zu Atem kam und Boden unter den Füßen spürte, langte ich nur ins Auto hinein. Ich griff mir eine Zigarrette aus der Packung, die auf dem Armaturenbrett lag, und zündete sie an.
Rayona stand auf der anderen Seite des Autos, beobachtete meine Vorstellung und verfluchte mich im stillen wegen der Zigarette. Also wandte ich mich ab und versteckte mich in den dunklen Büschen. Ich hielt mich an einem niedrigen Ast fest und stützte den Kopf auf einen Arm. Ich konnte die Straße so weit überblicken, wie die Scheinwerfer des Volaré den Asphalt ausleuchteten. Nach zehn Metern verlor sich die Straße ins Nichts, in der Schwärze. Mein Ziel lag in unerreichbarer Ferne. Ich hatte ein Gefühl wie nach dem schlimmsten Kater meines Lebens. Ich spürte nur noch Verzweiflung und fühlte, daß es keinen Ausweg mehr gab. Es schien mir besser, zu ertrinken als zu schwimmen.
Dann öffnete Rayona die Autotür, und die Innenbeleuchtung ging an. Ihr Gesicht wurde angestrahlt, es war wie eine gelbe Flamme am Ende einer großen, dünnen Kerze. Der Zopf, den ich geflochten hatte, hielt immer noch. Ihre Nase war aus weichem Holz geschnitzt, die Lippen waren geschwungen und stiegen an wie Ozeanwellen. Sie war ein vollendetes Wunder: die Tatsache, daß sie atmete, die Tatsache, daß sie mich nicht verließ, die Tatsache, daß sie hier war, wo sie ihren Ursprung hatte, und jetzt ungeduldig wartete, ihren eigenen Weg zu gehen. Ich konnte sie nicht zurücknehmen, sie lebte in ihrer eigenen Welt. Sie

war bis jetzt das Beste, was herausgekommen war, das neue, verbesserte Modell. Was mir jetzt noch zu tun blieb, ich mußte es mit ihr tun.
„Wie zum Teufel kommen wir hier nur wieder weg?“ fragte ich. Ich wollte hören, was in ihr vorging. Ich wollte wieder zur Normalität übergehen.
Sie sagte, sie habe eine Tankstelle gesehen. Ich solle warten, sie werde Hilfe holen. Sie sprach mit belegter Stimme. Ich hatte sie durch mein komisches Verhalten schockiert, und sie wirkte älter, als sie war. Wenn ich ihr gesagt hätte, daß ich krank sei, hätte sie mich bemitleidet. Statt dessen nahm ich sie auf den Arm. Ich tat so, als hätte ich Angst, allein beim Auto zu bleiben. „Du willst doch nicht, daß deiner lausigen Mutter etwas zustößt“, sagte ich ihr. „Du könntest einen Schaden fürs Leben davontragen.“
Rayona biß auf meinen Köder an und machte Witze über mein verbeultes Auto. Wir gingen Seite an Seite die Straße hinunter, die aus dem Park hinausführte. Sie war der einzige Mensch, der mir an diesem Tag gab, was ich brauchte, also versteckte ich mein wahres Selbst in der Dunkelheit. Ich hatte ihr schon genug zugemutet.

Ich hatte keine Wahl. Ich mußte Rayona zu Tante Ida bringen und Tante Ida überreden, sie bei sich aufzunehmen. Oder sie mußte zu Pflegeeltern. Das Jugendamt hatte Rayona schon ein paarmal zu Pflegeeltern geschickt, wenn ich völlig die Kontrolle über mich verloren hatte. Sie sprach nie über ihre Erfahrungen dort, aber ich wußte auch so, was sie dachte. Es war nicht leicht, das fünfte Rad am Wagen zu sein, diejenige, die von der Fürsorge kam. In drei Jahren würde sie volljährig sein, und Tante Ida war besser als nichts.
Ich konnte die Schmerzen in meinem Bauch kaum mehr ertragen. Der Doktor hatte gesagt, sie würden kommen und gehen. Ich hatte eine ganze Flasche mit Schmerztabletten der Marke Percocet in meiner Wohnung. Wir fuhren dorthin, und ich schluckte zwei Tabletten, damit ich nicht umkippte. Es gab nicht viel zu packen, nur ein paar Kleider, ein paar Notizbücher und

Krimskrams, der sich die Jahre über angesammelt hatte. Auf dem Boden einer Schublade entdeckte ich Lees Tapferkeitsmedaille, immer noch in ihrer Schachtel. Ich nahm sie auch mit. Ich stopfte die Sachen in grüne, stabile Plastikmüllsäcke. Ich griff nach allem, was mir unter die Augen kam. Ich ließ viele Dinge zurück und redete mir ein, daß der Hausbesitzer die Sachwerte für die rückständige Miete verkaufen könne. Aber alles zusammen war sicher höchstens fünf Dollar wert. Als wir fertig waren mit dem Packen, sah ich, daß auf zwei Säcken mein Name geschrieben stand und nur auf einem Rays Name. Und ich fragte mich einmal wieder, was für eine Mutter ich eigentlich war.

Ich leerte fast alle Schmerztabletten in eine Reißverschlußtasche, ging mit der nahezu leeren Flasche den Flur hinunter und klopfte an die Tür zu Charlenes Wohnung. Sie schuldete mir noch etwas. Sie hatte sich oft und oft an meiner Schulter über Männer ausgeweint, die sie wie Dreck behandelten. Sie hatte über ihr Heimweh nach dem Reservat in Arizona geklagt und gejammert, wie schlecht die Ärzte die Angestellten der Apotheke im Krankenhaus des Indianischen Gesundheitsdienstes behandelten. Sie arbeitete dort. Charlene war nicht besonders klug, und mit ihren schlechten Zähnen würde sie nie einen Schönheitswettbewerb gewinnen, aber sie war eine treue Seele. Sie würde zu mir halten und mir die Medikamente besorgen, die ich brauchte, um so lange auf den Beinen zu bleiben, wie es sein mußte. Sie kannte alle Krankheiten, weil sie die Beschriftungen für Flaschen und Röhrchen mit den Medikamenten tippte. Sie wußte also besser als irgend jemand, wie schlecht es wirklich um mich stand. Sie konnte nicht nein sagen.

Zuerst dachte ich, daß jemand bei ihr sei, weil es so lange dauerte, bis sie die Tür öffnete. Sie spannte die Vorhängekette bis zum Äußersten und lugte durch den Spalt. Da wußte ich, daß sie allein war. Man trägt keine Lockenwickler und ein züchtiges Nachthemd, wenn ein Mann da ist. Es dauerte eine Minute, bis sie mich erkannte, und dann traute sie ihren Augen nicht.

„Ich dachte, du liegst im Krankenhaus!“ sagte sie.

Ich erzählte ihr, daß ich entlassen worden sei und heim nach

Montana gehen würde. Ray hörte wahrscheinlich an der Tür unserer Wohnung mit. Deswegen konnte ich keine langen Erklärungen geben. Charlene half mir entweder, oder sie ließ mich im Stich, ganz wie sie es halten wollte.
„Du bringst dich um", flüsterte sie so laut wie ein Auktionator.
„Nicht, wenn du mir hilfst", antwortete ich und schüttelte die fast leere Flasche mit dem Percocet. Tante Idas Adresse hatte ich bereits unter die Rezeptnummer gekritzelt. Charlene hatte Beweismaterial gegen den Chefapotheker gesammelt. Genaueres wußte ich nicht. Aber sie konnte alle Medikamente, die sie wollte, besorgen. Ich hatte sie vorher noch nie um einen solchen Gefallen gebeten, was man von anderen Leuten nicht behaupten konnte. Sie sah mich fragend an, und ich versuchte, ihr eine Antwort zu geben.
„Du darfst *niemandem* erzählen, wohin ich gehe." Sie hatte Elgin sowieso nie gemocht.
Aber das beunruhigte Charlene weniger. „Ich kann meinen Job verlieren", sagte sie. „Wenn sie Inventur machen."
Ich hatte keine Lust mehr, irgend jemanden um einen Gefallen zu bitten, und genausowenig hatte ich Lust, mir so fadenscheinige Einwände anzuhören. Ich sagte ihr, sie solle meine Bitte einfach vergessen, und ließ sie stehen. Ihre Entschuldigungen hallten durch den Flur. Sie wußte, was mir bevorstand, und daß ich nicht betteln würde.
„Also gut." Sie rief mich zurück. Ich mußte ihr versprechen, daß ich in Montana zum Arzt gehen würde, und sie machte mir unmißverständlich klar, daß sie die Flasche nur dieses eine Mal auffüllen könnte. Ich hatte nichts dagegen einzuwenden. Ich brauchte keinen Vorrat für ein ganzes Jahr. Ich mußte ihre Hilfsbereitschaft nicht weiter strapazieren, und sie wußte das. Ich spürte es, weil sie mich so fest umarmte.

Rayona und ich quetschten die Säcke auf den Rücksitz des Volaré. Unsere Habseligkeiten benötigten erstaunlich wenig Platz. Ich wünschte mir, daß Rayona etwas besäße, was sie an mich erinnern würde, etwas Nettes und Wertvolles, das nicht kaputtgehen könnte. Aber ich hatte nur eine abgelaufene Kreditkarte von Conoco Oil zu bieten, die Ringe, die ich nicht von den Fingern ziehen konnte, und etwa vierzig Dollar Bargeld von meinem letzten Gehalt. Ich wünschte mir, daß sie im Reservat Eindruck machen würde und die Leute neidisch auf ihre Besitztümer aus der Stadt sein würden. Aber ich besaß nichts, was ich ihr hätte geben können. Meine wenigen guten Kleider waren ihr zu klein.

Dann fiel es mir wie Schuppen von den Augen. Vor knapp zwei Wochen hatte ich ein unglaubliches Geschäft gemacht. Ich hatte einen Vertrag über eine lebenslange Mitgliedschaft in einem Videoclub unterschrieben, die Aufnahmegebühr hatte nur neunundneunzig Cents betragen. Und was noch besser war: Ich hatte Rays Namen in das Formular eingesetzt, weil der Mann mich überzeugt hatte, daß sie mehr für mein Geld bekommen würde. Diese Mitgliedschaft war soviel wert wie eine American Express Karte. Rayona konnte dort jeden beliebigen Film ausleihen, sie mußte kein Geld hinterlegen, sondern erst bezahlen, wenn sie die Kassette wieder zurückbrachte.

Wir waren die ganze Nacht aufgeblieben, aber die Pillen oder die Aufregung oder beides gaben mir mehr Energie, als ich in den Wochen zuvor gefühlt hatte. Wir beluden das Auto am frühen Morgen, als die Luft noch feucht war. Die Läden öffneten gerade, und wir fuhren auf den Parkplatz beim Northgate-Einkaufszentrum, wo der Village Video Club seine Hauptfiliale hat. Ray war nervös und hatte Angst, daß sie uns bei der Ausübung unserer vertraglich zugesicherten Rechte erwischen würden. Ich nahm auf ihre Einwände Rücksicht und fragte, was passieren würde, wenn wir die Kassetten zu spät zurückbrächten. Der Mann sagte, das sei nicht schlimm. Das komme sehr oft vor.

Was schenkt man der eigenen Tochter als persönliche Erinnerung? Es gab unzählige Videokassetten in dem Laden: an den Wänden, in den Regalen und in Stapeln auf den Tischen. Ich besah mir alles, wie eine reiche Frau ein kaltes Büffet betrachtet. Ich erwog *Flashdance*, weil der Film mir sehr gefiel, *Das Lied von Bernadette*, weil er Rays religiöser Entwicklung förderlich sein würde, und *Beverly Hills Cop*, weil er lustig war. Dann teilten sich die Wolken in meinem Kopf, und ich wußte genau, was ich wollte. Die Kassette lag direkt vor mir: *Christine,* das Auto mit Köpfchen. Ich hatte diesen Film sehr oft gesehen, ein paarmal zusammen mit Ray. Ich hatte sogar einen Aufkleber für mein Auto gekauft. Mir gefiel die Wirkung meines Namens, wenn er in großen roten Lettern auf der Leinwand leuchtete, und ich liebte es, wie diese Christine sich an jedem rächte, der den Kerl geärgert hatte, den sie liebte – und das selbst noch, als sie schon weg war –, ich liebte es, wie stark sie war. So sollte Rayona mich in Erinnerung behalten.

Beim nächsten Film mußte ich länger überlegen. Ray hatte genug und wollte weiterfahren, aber ehrlich gesagt, ein Teil von mir hing immer noch an Seattle. Ich trödelte herum und konnte mich nicht entscheiden. Dann ging ich in die Abteilung mit den Golden Oldies, und *Little Big Man* kam mir in den Sinn. Ich hatte eine besondere Beziehung zu diesem Film, weil ich ein paarmal mit einem der Schauspieler ausgegangen war. Ich las die Aufschrift auf der Kassette durch, konnte aber seinen Namen nicht entdecken. Dennoch war ich mir sicher, daß der alte Häuptling, der den weißen Jungen aufnahm, Sinn für Humor und ein liebes, trauriges Gesicht hatte.

Wir fuhren aus dem Parkplatz heraus. Rayona hatte eine Karte aus dem Handschuhfach geangelt und studierte sie. Sie dirigierte mich südlich auf die Interstate 90 East. Aber statt dessen fuhr ich in nördlicher Richtung nach Everett und nahm die Route 2. Ich erzählte ihr, daß ich diese Straße genau kennen würde, weil ich sie früher schon gefahren sei, und das stimmte wirklich. Aber viel wichtiger war mir, daß dort weniger Polizeikontrollen durchgeführt wurden. So war die Gefahr geringer, daß sie mich wegen des kaputten Rücklichts am Volaré anhielten. Außerdem war mein Führerschein abgelaufen.

Wir fuhren hoch zum Stevens-Paß und legten eine Rast ein, weil kostenlos Kaffee ausgeschenkt wurde. Von dort ging es weiter durch das mit Salbei bedeckte Weideland östlich von Wenatchee. Ich verfuhr mich zweimal in Spokane – einmal schlug ich sogar die entgegengesetzte Fahrtrichtung ein –, aber vor Einbruch der Dunkelheit hatten wir die langgezogenen

Hügel von Bonners Ferry hinter uns gebracht und Idaho verlassen.
Zwischen Libby und Kalispell in Montana liegt ein Staatswald, es gibt nichts als Berge und scharfe Kurven. Das Scheinwerferlicht fiel immer wieder auf kleine weiße Kreuze. Einige standen allein, andere in Gruppen am Straßenrand. Ich konnte die Aufschriften nicht erkennen, bis Rayona auf einem Schild las, daß sie zum Gedenken an die Unfalltoten errichtet worden waren und die Autofahrer zur Vorsicht mahnen sollten.
Einigen Kreuzen hatte man Plastikkränze umgehängt, diese Kreuze waren so sorgfältig gepflegt wie Gräber. Und alle erinnerten mich an etwas, das ich ohnehin wußte. Sie sprangen aus der Nacht wie eine Parade von Geistern: gesichtslos, lauernd, einsam. Ich biß die Zähne zusammen, damit sie nicht klapperten. Nachdem Ray eingeschlafen war, schaltete ich zur Unterhaltung das Radio ein.
Ich hörte eine Wiederholung der „Country Countdown“, und zwei neue Songs lenkten mich ab. Der erste Song hatte die glückbringende Nummer dreizehn in der Hitparade und war sehr schnell aufgestiegen. „Everything That Glitters Is Not Gold“ handelte von einem Mann, den seine Frau verlassen hatte. Sie reiste dem Rodeozirkus hinterher. Er mußte seine Tochter Casey ganz allein aufziehen. Am Ende des Liedes fand er sich mit seinem Schicksal ab und war klüger geworden, obwohl sein Pferd alt wurde und Casey Fragen stellte, die er nicht beantworten konnte. Ich klopfte den Takt mit den Handflächen aufs Lenkrad.
Das zweite Lied, „Until I Met You“, stand auf dem zwölften Platz der Charts und war noch besser als das erste. Ich achtete nicht auf den Text, aber die Sängerin Judy Rodman hatte eine sehr schöne Stimme. Die Musik war wie geschaffen fürs Autofahren, deshalb schaltete ich das Radio nach dem Lied ab. Ich wollte die Melodie im Kopf behalten, und summte sie immer wieder vor mich hin. Dann ging die Sonne über Browning auf. Ich hielt an und tankte.
Ich habe nie erfahren, was die Nummer eins in den Charts war.

Der Volaré blieb eine Meile vor Tante Idas Haus liegen, zu nah, um meine Entscheidung rückgängig zu machen. Wir hatten einen Gullydeckel in der ausgewaschenen Straße gerammt. Der Wagen schlingerte und brach wie ein Büffel in den alten Zeiten zusammen, als man die Tiere noch über Bergkämme getrieben hatte. Es war früher Nachmittag. Der Himmel schimmerte blaßgelb, einen Ton heller als die trockenen Gräser, die sich so geschmeidig wie die Seiten eines Buches im Winde wiegten. Selbst die Luft schien denselben Farbton zu besitzen, vielleicht war sie auch durch herumfliegenden Blütenstaub gelblich. Es war so still, daß jedes Geräusch in Stein gemeißelt schien und so laut klang wie das Krachen eines Gewehrschusses. Wahrscheinlich hörte man das Zuschlagen der Autotür noch meilenweit. Ein russischer Spionagesatellit konnte bestimmt noch das Schlurfen unserer Füße auf der Schotterstraße aufzeichnen. Wir beugten uns hinunter und begutachteten den Schaden.
Rayona und ich verstanden nicht viel von Autos. Mit unseren Kenntnissen hätte sich nicht einmal die Verschlußkappe einer Sprudelflasche füllen lassen. Aber wir diskutierten wie Experten. Ray hatte ein unerschütterliches Vertrauen in ihre Fähigkeit, alles zu reparieren. Ich wußte genau, daß sie den ganzen Tag mit Rätselraten über die Schadensursache verbringen würde, wenn ich nicht etwas völlig Entmutigendes sagte. Also verkündete ich das Schlimmste, was ich mir vorstellen konnte. Ich hatte gehört, daß ein Auto, bei dem die Bolzen brechen, schrottreif sei. Ich hätte einen solchen Bolzen selbst dann nicht erkannt, wenn ich daraufgetreten wäre, aber ich sagte ihr, daß genau das passiert sei. Sie hatte anscheinend dasselbe über Bolzen gehört und machte keine Einwände. Sie sah das Auto an, als wäre es ein Pferd mit gebrochenem Bein, das von seinen Leiden erlöst werden müßte.
Unser Ziel lag auf der anderen Seite eines Hügels. Man konnte es gut zu Fuß erreichen, selbst wenn man zu zweit vier Müllsäcke schleppen mußte. Oben auf dem Kamm waren wir ziemlich außer Atem. Und als wir das Haus endlich sehen konnten, schwitzten wir vor Anstrengung.
Jeder kennt dieses merkwürdige Gefühl: Man kann das halbe

Leben an einem Ort verbringen, und wenn man diesen Ort aus einer weniger vertrauten Perspektive betrachtet, wirkt er fremd. Mir kam es vor, als hätte ich dieses Haus nie zuvor gesehen, so klein und ausgehöhlt stand es in der baumlosen Landschaft. Ich sah hinab und dachte an alles, was in den vergangenen Jahren zwischen Tante Ida, Lee, Dayton und mir passiert war. Ich dachte an die Fenster des Hauses, die bei Nacht wie Signalfeuer leuchteten, und an die Wärme, die sie in der verschneiten Winterlandschaft ausstrahlten. Ich dachte daran, wie froh ich jedesmal gewesen war, wenn ich wegging, und wie ich trotzdem immer wieder zurückkehrte.

Vor der Haustür war die Erde flachgedrückt und geglättet, weil dort das Waschwasser ausgeschüttet wurde. Der Wind hatte einzelne Ziegel vom Dach geweht, das unregelmäßige Muster erinnerte mich an eine Komposition auf einem Notenblatt. Ein Teil des Dachfensters war mit braunem Karton abgedeckt. Das Haus und die Landschaft hatten so viele Jahreszeiten erlebt, soviel Regen und Sonne miteinander geteilt, soviel Ausdehnung und Schrumpfung durch Hitze und Kälte erfahren, daß beide schon fast eins waren. Die Häuserwände ragten aus dem Boden wie die Seiten eines kurzen, viereckigen Hügels, der vom Wind abgetragen und vom Licht ausgebleicht wurde.

Ich hörte einen metallenen Ton, als würde jemand mit einem Stein ein Messer schleifen. Tante Ida tauchte hinter dem Haus auf, das sie bisher verdeckt hatte. Ihre Größe und die Breite ihrer braunen Schultern überraschten mich. Ihre Arme erschienen mir wie zwei Säulen. Sie schob den Rasenmäher, seine Schneiden harkten durch das Gras. Zuerst dachte ich, sie hätte sich die Haare gefärbt, aber dann merkte ich, daß sie eine Perücke trug. Es war eine von der Sorte, die auf den Rückseiten von Comicheften angeboten werden: „Natürliche Haarpracht für elf Dollar fünfundneunzig." Sie hatte einen Overall an, eine Sonnenbrille auf der Nase und falsche Zähne. Sie sang wie Stevie Wonder, ruckte mit dem Kopf und ging dabei langsam weiter. Sie bellte einen englischen Song von Johnny Lee für ein unsichtbares Publikum. Ich sah mit Befriedigung, daß sie den Walkman benutzte, den ich ihr zu Weihnachten geschenkt und für den sie sich nie bedankt hatte.

Sie sah uns, wendete den Rasenmäher und ging in die entgegengesetzte Richtung. Dann hielt sie an, schob die Sonnenbrille hoch und ließ die Kopfhörer wie ein umgekehrtes Halsband in den Nacken gleiten.

„Was hat die Katze denn da wieder ins Haus geschleppt?" fragte sie zum Himmel hinauf.

„Ich bin es nur", sagte ich. „Ich bin heimgekommen." Ich versuchte, Gefühl in meine Stimme zu legen, weil ich wollte, daß meine Worte die Entfernung zwischen uns überbrücken halfen. Sie sollte merken, wie schlimm es um mich stand. Ich wollte ihr begreiflich machen, wie wichtig es für sie selbst war, daß sie nett zu mir war. In diesem Augenblick war sie meine einzige Hoffnung, weil sie allein kein Recht hatte, mich zurückzustoßen. Ich wollte mich auf ein sanftes Ruhekissen legen, mich auf sie stützen und von ihrer Altersweisheit lernen. Und es ging noch um mehr. Ich mußte wissen, ob sie für Rayona sorgen und für sie eine bessere Mutter sein würde, als sie es bei mir gewesen war. Die ganze Fahrt von Seattle hierher hatte ich mir eingeredet, daß alles irgendwie in Ordnung kommen würde, und jetzt hatte ich keine Zeit mehr zum Grübeln.

Aber sie verstand mich nicht. Sie glaubte, ich wäre endlich da, wo sie mich haben wollte. Sie dachte, ihr Traum wäre endlich wahr geworden, ich wäre gescheitert und käme zu ihr gekrochen. Sie hatte diese Vision zu lange in ihrem Kopf gehegt, jetzt merkte sie gar nicht, daß es anders war.

„Nenn mir drei Gründe, warum ich mich freuen sollte, dich zu sehen", zischte sie. Sie war stolz auf ihre Worte, das sah ich, und sie wollte ihre Rache genüßlich auskosten.

Ich spürte wieder den grenzenlosen Haß aufwallen, den ich im Krankenhaus wegen ihrer Herzenskälte empfunden hatte, aber ich unterdrückte ihn um Rayonas willen. Ich spielte Tante Idas Spiel mit und begann mit meiner Trumpfkarte, ihren Pflichten als Mutter.

„Erstens, Mutter, bin ich deine Tochter, dein einziges lebendes Kind." Ich erwähnte Lee sofort, damit sie mich später nicht damit überraschen konnte. Aber ich erinnerte sie daran, daß es mich gab oder niemanden. Ich erwog kurz zu sagen, sie sei mei-

ne Mutter, aber das hätte sie nur wütend gemacht, und ihr Gesichtsausdruck ließ schon Schlimmes ahnen.
„Zweitens brauchen wir eine Bleibe." Ich gab ihr die gewünschte Befriedigung und bettelte, wie sie es hören wollte. Wenn sie nicht mehr verlangte, das konnte ich noch verkraften. Aber Tante Ida war eine schlechte Verliererin. Ihr Gesicht sagte tausend Dinge, ohne daß sie einen Laut von sich gab. Ich hatte die Tür zu allen Erinnerungen geöffnet. Sie steckten tief in ihr drin, und sie dachte an alle Auseinandersetzungen, bei denen sie nicht das letzte Wort gehabt hatte.
„Drittens ..." Ich wußte, worauf sie wartete, was sie hören wollte. Wenn ich sagte, daß es falsch gewesen sei, ihr die Stirn zu bieten, daß es mir leid tue, wieviel Sorgen ich ihr bereitet hätte, wenn ich mich vor Rayona erniedrigte, wenn ich mein letztes Kleingeld ausgab und ihr die Stiefel leckte, ja, dann würde Tante Ida alles bezahlen. Sie würde meine Tochter bei sich aufnehmen. Es war die teuerste Ware, die ich jemals kaufen wollte, und ich besaß genau die benötigte Geldmenge und keinen Cent mehr. Ich bohrte eine Schuhspitze in den harten Boden und hob ein Stück Feuerstein ab.
Ich sah, daß Rayona uns beobachtete, und mir ging auf, daß es nichts, überhaupt gar nichts gab, was es wert gewesen wäre, mich vor Rayona erniedrigen zu lassen. Sie würde Pflegeeltern überstehen, wenn es sein mußte, sie würde ihren eigenen Weg gehen. Aber sie würde niemals das Bild vergessen, wie ihre Mutter sich von einer unversöhnlichen alten Frau zum Narren machen ließ. Das könnte sie niemals aus ihrem Gedächtnis auslöschen. Tante Ida wartete gierig wie ein Kind vor der Theke bei McDonalds, aber ich drehte die Situation um. Ich ließ sie selbst entscheiden, wie gemein sie sein wollte.
„Drittens, leck mich am Arsch", sagte ich Tante Ida ins Gesicht. Meine Worte schmerzten sie, als ob ich sie bespuckt hätte. Ich hatte sie unvorbereitet getroffen. Das gab mir die Minute, die ich brauchte, um Ray noch einen verstohlenen Blick zuzuwerfen. Dann griff ich die Mülltüten mit meinem Namen darauf und rannte los, bevor Tante Ida eine schlagfertige Antwort geben konnte. Diesmal rannte ich so schnell von diesem Haus

weg wie noch nie: Ich rannte so schnell, daß mich niemand einholen konnte. Die ganze Zeit, während ich die steilen und vertrauten Hügel hinunterstolperte und kleine Steine unter meinen Füßen wegrollten, dachte ich, ich müßte auf der Stelle sterben, so stark waren die Schmerzen in meinem Bauch. Die ganze Zeit, die ich bis zum Fuß des Hügels brauchte, wo die Straße das Gras durchschnitt, die ganze Zeit über sagte ich auf Wiedersehen.

15

Mein Körper wurde bei jedem Schritt durchgerüttelt. Meine Füße waren schwer wie Blei. Die Plastiksäcke dehnten sich immer mehr in die Länge und verdrillten sich. In meinen Ohren hämmerte das Blut. Ich sehnte mich danach hinzufallen, der Länge nach dazuliegen und zu warten, daß mir jemand zu Hilfe kam und mich mit starken Händen hochzog. Ich wollte jemanden sagen hören, daß meine Probleme nicht so schlimm seien und daß ich nicht traurig sein solle. Wenigstens wollte ich mich selbst bemitleiden, wenn es sonst niemand tat. Aber als ich hörte, daß Ray hinter mir den Hügel herunterraste, rannte ich nur noch schneller.

Ich sah eine Staubwolke und hörte das Aufheulen eines frisierten Motors. Ich sog stechende Luft in die Lungen. Meine Stiefelabsätze knickten auf den abgelatschten Kanten um. Der Schritt meiner Jeans hing zu tief zwischen den Beinen und behinderte mich beim Laufen. Der Schweiß rann mir in die Augen und zwischen den Brüsten hinunter, und ich bekam Seitenstechen.

Der Pritschenwagen hielt neben mir. Ich schaute auf, ob jemand am Steuer saß, den ich kannte. Aber der Fahrer war ein Halbwüchsiger. Er hatte Pomade im glattgekämmten Haar und hielt eine Dose Bier in der Hand. Er sah aus wie die Jungen, mit denen ich in der Schule ausgegangen war, gemein und verlogen.

„Hallo du", rief er mir zu. Ich ignorierte ihn und kämpfte mich weiter voran. Er legte wieder den ersten Gang ein und fuhr langsam neben mir her. Fast hätte er den Motor abgewürgt, so langsam ging ich.

„Bist du betrunken oder was?" rief er aus dem offenen Wagenfenster. „Wie heißt du?"

„Hau ab", rief ich, aber das brachte ihn nur zum Lachen.

„Hab dich hier noch nie gesehen", sagte er. „Bist du von hier?"
„Nicht mehr", stieß ich japsend hervor.
„Wohnst du bei Ida?" fragte er. Er zögerte einen Augenblick. „Ich weiß, wer du bist. Du bist ihre Tochter. Du bist Christine."
Ich konnte kaum die Füße heben, der Pritschenwagen drängte mich in einen flachen Graben neben der Straße.
„Na und?"
„Na, ich bin dein Cousin", sagte er. „Foxy. Kennedy Cree. Pauline ist meine Mutter. Komm schon, steig ein. Ich nehm dich mit."
Er langte hinüber nach dem Griff, die Tür schwang auf und riß mich fast von den Füßen. Die Bremsen quietschten, der Motor röhrte. Ich sah eine Ledertrense auf dem Boden des Wagens. Kennedy Cree war in meiner Erinnerung ein zappeliges Kind, eine richtige Nervensäge. Aber ich hatte nur die Wahl zwischen Kennedy Cree und Eingeholtwerden. Mit letzter Kraft schwang ich die verdrehten und zerrissenen Säcke über die verrostete blaue Klappe und warf sie auf die Pritsche. Dann setzte ich die Schuhspitze hoch auf, griff nach seiner ausgestreckten Hand und ließ mich von ihm in den Wagen ziehen. Foxy gab Gas und schaltete hart in den Zweiten. Die Hinterreifen drehten auf dem Rollsplitt durch, und der Geruch von verbranntem Gummi stieg mir in die Nase.
Dann schoß der Pritschenwagen vorwärts, als ob er von einem starken Seil aus dem Schlamm gerissen worden wäre, flog davon, schneller als ein Mädchen rennen konnte, selbst eines mit langen Beinen.

„Wohin willst du?" fragte Foxy nach einer Weile. Er hatte mir Bier angeboten. Ich hatte den Kopf geschüttelt und seine Fragen mit einer Handbewegung abgewehrt. Ich war zu aufgedreht. Ich konnte nicht sprechen, und ich hatte nichts zu sagen. Ich wollte nur weg. Ray hatte ich nun ganz Tante Idas Pflichtgefühl überlassen. Ich fragte mich, ob ich richtig gehandelt hatte. Foxy hatte eine Geschichte von mir erwartet und war enttäuscht. Aber ich wußte, daß er etwas erfinden würde. Jungen wie er schafften das immer.

„In welche Richtung fährst du?“ fragte ich.
„Ich bin nur spazierengefahren. Die Richtung ist mir egal. Willst du zu meiner Mutter? Du brauchst es nur zu sagen.“
Tante Pauline war der letzte Mensch, den ich jetzt sehen wollte. Sie würde mich zwingen, niederzuknien und für die Vergebung meiner Sünden zu beten, und behaupten, meine Probleme kämen alle daher, daß ich sonntags nicht zur Messe ging. Und sie würde Tante Ida besuchen, bevor der Tag vorüber war, würde ihr haarklein alle meine Verfehlungen berichten. Und auf dem Weg nach Hause wäre sie wie immer in religiöser Verzückung und hätte Rayona dabei. Pflegeeltern waren auf jeden Fall besser als Pauline.
Wohin ohne Auto, fast ohne Geld und mit zwei Müllsäcken voll alter Klamotten? Ich hob die Augen, suchte nach Orientierungspunkten, nach einem Hinweis auf mein Ziel. Wir fuhren nach Norden auf dem Weg zurück, den ich heute morgen gekommen war, und näherten uns der ungeteerten Seitenstraße, die zum westlichen Teil des Reservats führte. Es gab dort draußen fast nur verpachtetes Weideland, viele Baumstümpfe und wenig Leute, aber ich kannte einen Ort: den Ort, wo ich immer spätnachts oder frühmorgens Lee gesucht hatte.
„Lebt Daytons Mutter immer noch am Pass Creek?“
„Sie ist tot“, sagte Foxy, „aber Dayton ist noch dort. Er hat ihr Haus mit Brettern vernagelt und daneben ein neues gebaut. Das Haus seiner Mutter war ihm nicht gut genug, und ihre Sachen wollte er auch nicht. Er hat sie alle dringelassen. *Dorthin* willst du?“ Er war überrascht. „Weißt du über Dayton Bescheid?“
Ich nickte. Es machte mir Spaß, Foxy zu verblüffen. „Ich bin früher mit Dayton gegangen“, sagte ich und ignorierte Foxys zweideutige Frage. Sollte er doch denken, was er wollte. Schon zum zweiten Mal an diesem Tag hatte ich Daytons Namen erwähnt. Ray hatte ich erzählt, er würde unser Auto reparieren. Die ganzen Jahre über hatte ich mehr über ihn gesprochen, als ich an ihn gedacht hatte. Rayona sollte wenigstens einen Namen aus jener Welt kennen, aus der ich kam. Und was mehr zählte: Mir wurde klar, daß Dayton mich aufnehmen würde.
Foxy wendete und holte das Letzte aus dem Wagen heraus. Er

versuchte, jeden Präriehund, der über die Straße lief, zu überfahren und plattzuwalzen. Ich fragte mich, was Pauline dazu sagen würde und wie sie Kennedys Charakter beschreiben würde. Der Wagen rumpelte über die Straße. Im Zickzack wichen wir den größeren Schlaglöchern aus. Stacheldrahtzäune, die durch Metallpfosten gestützt wurden, säumten die Straße, Rinder standen in kleinen Gruppen beisammen. Sie schlugen mit den Schwänzen und hoben die Köpfe, als wir vorbeifuhren. Der Himmel war jetzt ganz weiß, eine dünne Sahnehaube, die das Land wie eine Tasse bedeckte und die Sonnenstrahlen nicht durchließ. Foxy schob ein kleines Tonband in das Deck unter dem Armaturenbrett. Ich hatte nicht gedacht, daß ich seine Musik erkennen würde, aber es war so.
„Santana?" fragte ich.
„Ich habe eine ganze Schachtel mit diesem Schrott für fünf Dollar bekommen", sagte er. „Sie werden sie nicht mehr los, seit alle auf Kassetten umgestiegen sind."
„Früher habe ich so was oft gehört", sagte ich.
„Achtspurige Bänder?"
„Santana. Von wem hast du sie?"
„Ich weiß nicht. Ich habe sie auf dem Missionsbasar gekauft."
Mein Kopf brummte, ich hatte das Gefühl, mein Gehirn habe sich bei der Fahrt und bei dem Gerenne von meinem Schädel gelöst.
„Wir sind da", sagte Foxy. „Du kannst es dir immer noch anders überlegen."
Foxy hielt neben einem Briefkasten. Die Box war mit Silberfarbe gestrichen, in roter Schrift war *Nickles* darauf zu lesen. Ein Gatter mit einem Vorhängeschloß versperrte die Auffahrt. Dahinter führte ein Weg aus Schieferplatten über einen ungeteerten Hof zu einem Fertighaus im Ranchstil, weiß mit grünen Rolläden. Ein braunes Pferd stand in einer kleinen Koppel hinter dem Wohngebäude, und neben der Scheune zeigte eine monströse Parabolantenne gen Himmel. Alles sah sehr gepflegt aus, nicht so heruntergekommen wie früher. Man konnte kaum glauben, daß in diesem Haus seit langer Zeit ein Junggeselle allein lebte.

Ein Stück seitwärts stand das alte Mietshaus, es war kleiner, als ich es in Erinnerung hatte. Fenster und Türen waren mit Brettern vernagelt. Jemand hatte unleserliche Worte mit weißer Farbe auf die Wände gesprüht, die mit schwarzer Farbe wieder übermalt worden waren.
„Siehst du das Pferd?“ fragte Foxy und redete weiter, ohne auf eine Antwort zu warten. „Das ist die wildeste Mähre in der ganzen Gegend. Sie wollten das Biest erschießen, aber Dayton hat es gekauft. Und ich werde sie am Vierten Juli beim Rodeo in Havre brechen. Ich hab sie extra für mich bestellt.“
Ich lauschte seiner Prahlerei und sah wieder das Pferd an. Die Stute war schlank und muskulös und hatte eine dicke schwarze Mähne. Sie lief beständig am Zaun der Koppel auf und ab.
„Wer wohnt sonst noch hier?“ fragte ich Foxy, als ich aus dem Pritschenwagen stieg.
Er war ungeduldig, wollte endlich wegkommen und mehr über mich herausfinden. Im Rhythmus der Musik trommelte er mit den Händen auf das Lenkrad.
„Willst du mich verscheißern? Den besucht doch kein Mensch.“
Ich langte hinter die Fahrerkabine nach meinen Säcken und hievte sie über die Ladeklappe. Einer platzte, und ich hielt ihn dicht an die Brust gedrückt, damit die Kleider nicht herausquollen. Den zweiten ließ ich auf die andere Seite des Gatters fallen und drehte mich wieder um.
„Danke.“
„Du willst doch nicht im Ernst hier wohnen?“
Ich schlug die Tür zu und rief durch das geöffnete Fenster: „Bestell deiner Mutter einen schönen Gruß.“
Foxy war einmal mehr enttäuscht, genau wie ich es mir vorgestellt hatte. Er dachte, meine Anwesenheit sei ein Geheimnis, und er brannte darauf, es herumzuerzählen. Er beobachtete mich und fragte sich, ob ich ihn durchschaut hatte. Santana spielte seine elektrische Gitarre virtuos, die Musik zog Schnörkel und füllte die Luft. Foxy trank langsam einen Schluck Bier und ließ mich keine Sekunde aus den Augen. Dann warf er die Dose aus dem Fenster und brauste davon.
Eine Weile konkurrierten die beiden Lärmquellen miteinander:

die laute, aber rasch leiser werdende Musik und das Röhren und Spucken des Auspuffs. Ich stand da und überlegte, wie ich über Daytons Zaun steigen konnte, ohne daß sich der Inhalt des aufgeschlitzten Müllsacks auf den Boden ergoß. Jetzt hörte ich nur noch das Klappern der leeren Aluminiumdose. Der Wind rollte die Dose über den Kies, und sie drehte sich immer weiter.

Dayton hatte zwar ein neues Haus gebaut, aber den Reserveschlüssel versteckte er immer noch hinter einer Fensterleiste. Ich sah durch die graue Tür mit dem Fliegengitter. Nach der Helligkeit im Hof erschien mir der Innenraum so kühl und schattig wie ein Wald. Die Wände und der Boden waren aus poliertem Holz, und ein runder, geflochtener Teppich schwamm wie ein herbstlicher Teich vor der grünen Couch. Auf dem Kaffeetisch lagen Zeitschriften so ausgebreitet, wie der Gewinner beim Pokerspiel seine Karten auffächert. Alles schien so sauber und friedlich, daß ich zögerte, bevor ich den Schlüssel im Schloß drehte und eintrat.

Ich kannte Dayton nicht, jedenfalls nicht so, wie sich Menschen kennen. Und doch sprach etwas in diesem Wohnzimmer mich an. Ich bemerkte Dinge, die ich sonst nie gesehen hätte. Beispielsweise störten meine Müllsäcke die Harmonie im Zimmer und schienen mir fehl am Platz. Ich stellte sie hinter den Tresen, der in die kleine, moderne Küche mündete. Dann kam ich zurück und ging auf dem Teppich im Kreis herum. Ein eigenartiger Geruch hing im Raum. Es war kein Zigarrenrauch und kein Frischluftspray. Der Geruch kitzelte mich in der Nase. Ich schloß die Augen und versuchte herauszufinden, was es war. Ich schnüffelte wie ein deutscher Schäferhund und sog die Luft ein. Dann fiel es mir ein. Es roch nach Neuem, nach Sachen, die gerade erst ausgepackt worden waren und deren Geruch sich noch nicht mit den anderen Gerüchen im Raum vermischt hatte. Genauso duftete die erste Seite eines Schulheftes im Herbst oder das Wageninnere eines Autos direkt von den Fließbändern in Detroit oder Unterwäsche frisch aus der Zellophanverpackung.

Ich bewegte mich vorsichtig und berührte Daytons Sachen nur

mit den Fingerspitzen: die Sessellehne, die Fernsehbedienung, die Lesebrille auf dem kleinen, aufgeräumten Schreibtisch auf der anderen Seite des Raumes. Ich sah hoch und blickte direkt in die lachenden Augen meines Bruders. Es war ein Bild von Lee und Dayton, das ich vorher schon einmal gesehen hatte, aufgenommen nach einem Rodeosieg von Lee. Die beiden standen grinsend da, die Arme hatten sie einander um die Schultern gelegt, die Cowboyhüte auf den Köpfen zurückgeschoben, und Lee hielt eine Trophäe in der Hand. Aber Moment mal. Ich beugte mich näher heran und sah, daß es gar keine Fotografie war, sondern ein Ölgemälde, eine genaue Kopie, so als hätte jemand das Bild abgezeichnet und dann farbig ausgemalt. Und je näher ich hinsah, desto sicherer wurde ich mir, daß irgend etwas nicht stimmte. Schließlich wußte ich es. Lee trug die Gürtelschnalle aus Messing, die er als Preis beim Rodeo gewonnen hatte. Er hatte sie niemals getragen, sondern immer in einer Schachtel aufbewahrt.

Es hingen noch andere Bilder an der Wand. Die Schnappschüsse waren vergrößert und in Rahmen gesetzt worden, die zur Holztäfelung paßten. Ich erkannte Daytons Mutter, die so krank und erschöpft aussah, wie ich sie in Erinnerung hatte. Da war Dayton bei seinem Abschluß in der Schule der Heiligen Märtyrer. Er trug eine kastanienbraune Kappe auf dem Kopf und einen Umhang in derselben Farbe. In den Händen hielt er sein Diplom und ein Buch mit einem goldenen, erhabenen Kreuz auf dem Umschlag, ein Preis für gute Leistungen. Da war ein Farbfoto von Daytons neuem Haus, er posierte stolz auf der Türschwelle. Ich fragte mich, wer es aufgenommen hatte. Und da war – ich konnte es kaum glauben – ein Foto von mir, wie ich lässig an eine Wand gelehnt dasaß und Rayona auf dem Arm hielt. Sie war noch ein Baby. Ich besah mir genau meine Kleidung und erinnerte mich. Das Bild war bei der Trauerfeier für Lee in der Turnhalle nach dem Begräbnis entstanden. Auf dem Foto starrte ich zur Seite und hatte die Beine übereinandergeschlagen. Ray schlief, ihre dicken Backen hingen im Schlaf herunter. Ich stützte ihren Kopf mit einer Hand. Mein Ring mit dem Erdkuckuck leuchtete an einem Finger.

Ich konnte mir nicht erklären, warum ein Foto von uns an dieser Wand hing. Ich hatte Dayton immer nur Ärger bereitet, hatte mich zwischen ihn und Lee gedrängt, weil ich Lee für mich allein haben wollte. Ich gab Dayton die Schuld, daß er nicht annahm, was ich ihm angeboten hatte. Nicht einmal bei unserer letzten Begegnung war ich nett zu ihm gewesen. Damals, an dem Tag, als Lee beerdigt wurde, hatte er mir ein Abendessen spendiert.

Ich saß auf der Couch und schluckte ein Percocet. Ich hatte schon ein Viertel der Tabletten aus der Tasche mit dem Reißverschluß genommen, und ich verließ mich auf Charlene, die mir hoffentlich einen neuen Vorrat schicken würde. Wenn ich hier ins Krankenhaus ginge, würden sie nur noch mehr Untersuchungen anstellen, und ich wußte bereits, wie das Ergebnis ausfallen würde. Ich wollte nicht im Krankenhaus liegen, wo jeder mich besuchen konnte. Die meisten würden vor meinem Bett stehen und sich glücklich preisen, daß sie nicht an meiner Stelle waren.

Ich kickte die Stiefeletten von den Füßen und rieb die frischen Blasen. Es waren Stiefeletten fürs Tanzen und keine Wanderschuhe. Ich setzte mich so auf die Polster, daß ich sofort aufspringen konnte, wenn ich Dayton hörte. Er würde nie erfahren, daß ich seine Sachen berührt hatte. Mein Gehirn war wie eine Schallplatte, die in der falschen Geschwindigkeit lief. Die Nadel hüpfte zurück auf Ereignisse, die ich vergessen wollte. Ich versuchte, mir vorzustellen, was Rayona und Tante Ida gerade taten, aber mir fiel nichts ein. Ich fragte mich, ob Elgin mein Verschwinden bemerkt hatte, und entschied, daß er nichts herausfinden konnte, wenn Charlene den Mund hielt. Ich dachte an Daytons altes Haus. Es lag verlassen da, war mit Brettern vernagelt, und alle Sachen waren noch drin. Ich erinnerte mich an die traurigen Augen seiner Mutter. Ich sah sie vor mir, wie sie die weißen T-Shirts für ihn bügelte. Ich hatte ein komisches Gefühl. Ich war hier, und es war verblüffend, daß dieser Tag für mich in einem kühlen, neuen Raum auf einer Couch neben einem Teich im Wald endete.

Das Gatter quietschte. Ich wachte sofort auf und spannte alle Muskeln an. Ich wollte aufrecht sitzen, wenn ich Dayton in seinem eigenen Haus begrüßte. Aber dann überlegte ich es mir anders, ich strich meine Kleider glatt, fuhr mir über das Haar und tat so, als würde ich schlafen. So hatte er einige Minuten Zeit, konnte sich an meine Anwesenheit gewöhnen und sich überlegen, was er sagen wollte, ohne daß ich ihn unter Druck setzte. Außerdem hatte die Wirkung der Tablette noch nicht nachgelassen, mir war schwindelig.
Ich blinzelte durch die fast geschlossenen Lider. Es war, als ob ich den Raum durch ein schmutziges Fenster oder eine dicke Plastikfolie betrachten würde. Alle Gegenstände waren nur schemenhaft zu erkennen. Ich überblickte nur einen kleinen, festen Ausschnitt. Ich hörte, wie die Tür mit dem Fliegengitter geöffnet wurde, eine Weile offen blieb und dann leise wieder ins Schloß fiel. Ich mußte warten, bis Dayton vor mir stand. Erst dann erkannte ich den Umriß seines Körpers. Er war dicker geworden. Er blieb lange reglos stehen und sagte kein Wort, wahrscheinlich weil er mich nicht wecken wollte.
Die Holzdielen knarrten. Er ging auf Zehenspitzen zum Schreibtisch hinüber und entschwand meinem Gesichtsfeld. Ich hörte, wie er eine Schublade aufzog. Ich streckte mich, als ob ich wach werden würde, rollte auf die Seite und blickte zu ihm hinüber. Ich konnte sein Gesicht deutlich sehen, weil ein Lichtschein darauf fiel. Er schien mir so erstarrt wie ein Stachelschwein beim Anblick des Jägers, seine Hand umklammerte ein paar Zeitungen. Er hatte genug Zeit gehabt und ich auch. Meine Lider flatterten, ich gähnte und öffnete vollends die Augen, dann lehnte ich mich schnell zurück und tat so, als wäre ich geschockt, weil er mich beobachtete. Ich setzte einen Gesichtsausdruck auf, der fragen sollte „Wo bin ich?“. Dann schien ich mich zu besinnen und entspannte mich. Ich gab ihm Zeit, die Schublade mit den Papieren zu schließen. Er hatte befürchtet, daß ich darin herumgewühlt hätte.
„Ja, ich bin es“, verkündete ich, als er mich weiterhin anstarrte. „Überrascht?“

„Ich verstehe es nicht.“ Er entfernte sich vom Schreibtisch. „Ich habe nicht gehört, daß du zurück bist.“
„Niemand weiß es. Ich bin einfach hereingeschneit.“
„Wo ist Rayona?“
„Oh, ich habe sie bei Tante Ida gelassen. Du wirst sie schon noch zu Gesicht bekommen.“
Ich schwang die Beine auf den Boden und stützte mich dabei mit einer Hand ab.
„Wie geht es dir?“ fragte Dayton.
Ich dachte eine Weile nach. Ich konnte mich gerade noch zurückhalten und vermied ein „Sehr gut“ als Antwort, weil uns das nicht weitergebracht hätte. Früher oder später mußte ich Dayton erklären, was ich selbst gerade erst zu glauben begann. Ich mußte ihn fragen, ob er zu mir halten würde, obwohl er keinen Grund dazu hatte. Ich entschied, daß es am besten war, wenn ich es sofort sagte. Dann wußte ich auch gleich, wie er reagierte.
„Ehrlich gesagt, es geht mir nicht gut“, sagte ich. „Es geht mir überhaupt nicht gut.“
Er wartete auf eine Erklärung, schob den Kopf nach vorne und nickte mir ermutigend zu.
„Du wirst es nicht glauben.“ Ich lachte und merkte, daß er besorgt war. Ich sah wohl ziemlich schlecht aus, er würde mir glauben.
„Die Ärzte ...“ Ich holte tief Atem. Ich wollte über die „Ewigen Jagdgründe“ witzeln oder mich wenigstens so benehmen wie die Leute im Fernsehen. Ich wollte den Handrücken an die Stirn legen und erklären, daß ich nur noch einen Monat zu leben hätte. Ich wollte mit einem Finger eine Linie um meinen Hals ziehen. Aber ich brachte nichts von alldem zustande. Ich war sprachlos, konnte die Worte, die ich hätte sagen müssen, nicht aussprechen. Ich hatte Angst davor, sie aus meinem eigenen Munde zu hören. Meine Kehle war wie zugeschnürt, ich brachte keinen Laut heraus.
Dayton starrte an mir vorbei auf den Beistelltisch. Seine Augen wurden größer, ich folgte seinem Blick: Meine durchsichtige Reißverschlußtasche mit den weißen Tabletten lag offen da. Ich

blickte wieder Dayton an und fühlte mich schuldig, als wären wir immer noch jung und er hätte mich beim Mißbrauch von Drogen erwischt. Er verstand.

„Oh", sagte er nur. Er wartete darauf, daß ich erklärte, es sei alles ganz anders. Aber ich half ihm nicht weiter. Es war an ihm, nach Einzelheiten zu fragen, nachdem er die Wahrheit über meinen Zustand kannte. Aber er wandte sich ab, stützte sich mit einer Hand auf die Schreibtischplatte und legte den Kopf wie ein Pfarrer zurück. Er hob die Schultern und ließ sie einmal, zweimal fallen. Dann wirbelte er zu mir herum.

„Wer kann so was wissen? Was willst du tun?"

„Niemand kann es wissen. Und ich habe schon alles getan. Ich bin hier." Ich hob die Schultern, als ob ich seine Bewegung von vorher beantworten wollte.

„Was wird aus Rayona?"

„Es geht ihr gut. Sie wird sich an den Gedanken gewöhnen."

„Was meint dein Ehemann dazu?"

„Was soll der schon meinen?" Die Art, wie ich die Worte betonte, erklärte alles. Dayton verstand, daß meine Ehe kaputt war. Ich fragte mich, wann Dayton sich überlegte, was es für ihn bedeutete, daß ich auf seiner Couch saß.

„Wo willst du jetzt hin?"

Er hatte es geschafft.

Ich zuckte noch einmal mit den Schultern.

„Oh", sagte er wieder. „Oh ... Ach so."

Es war nur eine spontane Idee gewesen. Aber plötzlich schien mir der Gedanke, in seinen Armen zu sterben, gar nicht so abwegig. Es wäre für ihn nicht leicht, mir diese Bitte abzuschlagen, aber er konnte es tun. Er kam zu mir und setzte sich neben mich auf die grüne Couch. Er streckte die Beine aus und sah auf seine Hände. Ich folgte seinem Blick. Seine Nägel waren schön rund geschnitten und sauber. Er arbeitete im Büro.

„Es ist komisch", sagte er. „Gestern habe ich beschlossen wegzuziehen. Ich wollte um jeden Preis dieses Reservat verlassen."

„Gut", sagte ich. „Ich helfe dir packen."

Er schaute mich an. Ich hob die Augenbrauen und gab meinem Gesicht damit einen unschuldigen und komischen Ausdruck.

Er lachte. Ich erkannte das Lachen wieder, so hatte er schon als Kind gelacht. Das Lachen schien ihm zu entfliehen.
„Komm schon", sagte ich. „Es wird gutgehen."
„Ich kann es nicht glauben." Er schüttelte den Kopf.
„Das habe ich dir ja gleich gesagt."

Dayton hatte einmal gesagt, er wolle wie ein Bruder zu mir sein, und jetzt hatte er die Möglichkeit dazu. Im Haus gab es ein Gästezimmer, das so neu und sauber war wie alle übrigen Räume. Eine vollkommen leere Kommode und ein Doppelbett standen darin. Das Bett sah aus, als hätte noch nie jemand darin geschlafen. Ich packte meine Müllsäcke aus und ließ mir viel Zeit beim Einräumen. In die unterste Schublade legte ich die Unterwäsche, Schals und Strumpfhosen, in die zweite kamen die Oberteile. Die dritte Schublade war für die Hosen gedacht und die oberste für zwei Pullover und meinen Badeanzug. Ich stellte die Fotoalben auf die Ablage des Nachttisches und brachte Waschzeug und Fön ins Badezimmer. Ich reihte Schachteln und Flakons auf der Kommode auf. Ich schloß das Radio an und stellte einen Sender ein, den ich früher gemocht hatte. Ich hängte ein Kleid und den Parka in den leeren Schrank und machte das Bett. Dabei benutzte ich das gefaltete Laken und die Decke, die mir Dayton gebracht hatte. Am Küchentisch aß ich die Fleischklößchensuppe von Campbells, die Dayton aufgewärmt hatte, und trank aus einem großen Glas Wasser mit einem starken Geschmack nach Eisen. Dann ging ich zurück ins Gästezimmer, schloß die Tür, zog die Vorhänge zu, schlüpfte in mein Nachthemd und schlief vierzehn Stunden.
Als ich aufwachte, war Dayton weg. Aber er hatte frischen Kaffee gebrüht und einen Zettel an den Toaster gelehnt.
„Bin um halb fünf zu Hause", stand da.
Ich las die paar Worte und konnte endlich weinen.

Kurze Zeit später suchte ich nach den Zeitungsausschnitten, die Dayton vor mir hatte verstecken wollen. Es überraschte mich nicht, daß sie nicht mehr in der Schreibtischschublade lagen, aber es machte mich noch neugieriger, als ich ohnehin schon war. Ich verbrachte den ersten Nachmittag allein in Daytons Haus mit Herumstöbern. Ich sah hinter Bücher, zwischen die korrekt gefalteten Kleider und in die Dosen auf den hohen Regalen der Vorratskammer. Dann fand ich schließlich in einer großen Nachfüllpackung All-Temperature Cheer-Waschmittel einen braunen Umschlag. Ich trug ihn ins Wohnzimmer, setzte mich auf die Couch, damit ich mich ausstrecken konnte, und öffnete die Lasche.

Im Umschlag lag ein Bündel weißer Papiere. Alle waren oben mit Datum und Namen einer Zeitung versehen. Die Seiten waren in chronologischer Reihenfolge geordnet und zusammengeheftet. Die ersten Artikel waren vor vier Jahren erschienen. „Lehrer des Reservats angeklagt" hieß die erste Überschrift. Der Artikel war kurz, nur eine Notiz. Ich las die wenigen Zeilen und erfuhr, daß Dayton Lehrer in naturwissenschaftlichen Fächern geworden war und die Basketballmannschaft der öffentlichen Schule in der Nähe des Reservats trainiert hatte. Ich bewunderte seinen Werdegang. Aber dann verstand ich, warum er ein solches Geheimnis daraus machte. In dem Zeitungsausschnitt stand, daß ein Schüler Dayton wegen „unsittlicher Annäherungsversuche" angezeigt habe. Dayton wurde so lange vom Dienst suspendiert, wie die Staatsanwaltschaft die Angelegenheit untersuchte. Der Artikel endete mit Daytons Aussage. Er beteuerte seine Unschuld. Aber man merkte, daß der Journalist ihm nicht glaubte. Ich blätterte um.

Auf dem nächsten Blatt war ein Foto von Dayton zu sehen. Er trug einen dunklen Anzug und ging in Begleitung einer elegant gekleideten Frau die Stufen einer Betontreppe hoch. Er hatte eine Zeitung in der Hand und verdeckte damit sein Gesicht. Er sah erschreckend alt aus. Die Bildunterschrift besagte, daß seine Anwältin und er auf dem Weg zur Verhandlung im örtlichen Gerichtsgebäude waren.

Dann folgten zwei Seiten mit Leserbriefen, die in schmalen Spalten abgedruckt waren. Ich überflog die Zeilen und erschrak, was für Gemeinheiten völlig fremde Leute geschrieben hatten. So jemand wie Dayton solle man ins Gefängnis stecken und den Schlüssel wegwerfen oder ihn gleich auf den elektrischen

Stuhl setzen. In keinem Leserbrief wurde erwähnt, was man Dayton vorwarf. Aber die Schreiber betonten immer wieder, daß Dayton eine Bedrohung für die Gesellschaft darstelle.
Schließlich fand ich einen Artikel, in dem die ganze Geschichte geschildert wurde, teilweise sogar aus Daytons Perspektive. Ein Sechzehnjähriger behauptete, daß Dayton ihn nach der Schule dabehalten und gegen seinen Willen angefaßt habe. Dayton habe Dinge gesagt, die der Junge nicht habe hören wollen. Der Anwalt des Jungen hielt Dayton vor, daß er immer noch mit seiner Mutter zusammenlebte, nicht verheiratet war, keine Kinder hatte und nicht in der Armee gedient hatte. Alles an Dayton schien verdächtig. Daytons Anwältin verteidigte ihn. Der Junge sei in Daytons Fächern durchgefallen und wütend wegen seiner schlechten Zensuren. Sie sagte, der Junge lüge wie gedruckt. Dayton sei ein angesehenes Mitglied der Gemeinde, gehe regelmäßig zur Kirche und sein guter Name sei nur durch eine ungerechte öffentliche Anhörung befleckt worden. Sie sagte, ihr Klient habe einem verhaltensgestörten Teenager helfen wollen. Daytons Handlungen seien mißverstanden worden.
Ich legte den Papierstapel auf den Tisch und zündete mir eine Zigarette an. Ich inhalierte den Rauch und ließ die Zigarette dann in dem Aschenbecher auf dem Beistelltisch weiterbrennen. Ich wünschte, ich hätte ein Foto des Jungen gehabt. Das hätte mir beim Denken geholfen. Mir fielen die Witze wieder ein, die die Leute früher über Dayton und Lee gerissen hatten, und alle möglichen Einzelheiten, über die ich nie länger nachgedacht hatte, weil es einfach nicht wahr sein durfte. Ich erkannte, daß einige Leute in einem Fall wie diesem das Schlimmste über Dayton vermuteten.
Ich blätterte um. In dem nächsten Artikel stand, daß die Geschworenen Dayton für schuldig befunden hatten. Der Herausgeber hatte einen Kommentar geschrieben, in dem er mit großartiger Geste dem Urteil zustimmte und die Höchststrafe forderte. Die Mutter des Jungen wurde auch zitiert. Sie hatte gesagt, daß ihr Sohn nie mehr so sein werde wie früher und daß Dayton ein Schwein sei. Dann zog sie über Indianer im allgemeinen her, und ich fragte mich, ob ihr Sohn auch so gedacht

hatte und wie es auf ihn gewirkt haben mußte, daß ein indianischer Lehrer ihm schlechte Noten gegeben hatte.
Es waren nur noch drei Seiten übrig. Die erste Seite sah aus wie alle anderen. In dem Artikel stand, daß Dayton zu fünf Jahren Haft im Staatsgefängnis verurteilt worden sei. Er beteuere zwar immer noch seine Unschuld, aber der Richter habe eine hohe Haftstrafe verhängt.
Die letzten beiden Seiten unterschieden sich stark von den anderen. Es war eine andere Art von Papier, die Artikel waren fotokopiert und dann ausgeschnitten, nicht direkt aus der Zeitung. Auf einer Seite stand eine Notiz, die fast ein Jahr später erschienen war und besagte, daß Daytons Mutter im Alter von dreiundsechzig Jahren gestorben war. Weiter war darin zu lesen, daß sie die Witwe eines Mannes aus Kansas City sei und die Mutter eines im letzten Jahr verurteilten Triebtäters, der kleine Jungen belästigt habe.
Der Artikel auf der letzten Seite war erst vor acht Monaten erschienen. Dayton war wegen guter Führung vorzeitig entlassen worden, und ein Reporter hatte ihn interviewt. Dayton war voll Zorn. Er schwor, er habe nichts Verbotenes getan, und sagte, daß der Junge, der ihn beschuldigt hatte, verhaltensgestört sei. Der Reporter fragte Dayton, ob er etwas zu dem Verhalten des Jungen sagen wolle. Der Junge stand zur Zeit des Interviews wegen Totschlags vor Gericht. Er hieß Willson Delara. Der Name konnte jetzt gedruckt werden, weil der Junge inzwischen achtzehn war. Dayton sagte, er wolle keinen Kommentar abgeben. Der Reporter fragte, was Dayton jetzt, da er frei sei, zu tun gedenke. Dayton antwortete, daß er sein Leben weiterführen wolle und ein neues Haus auf dem Land seiner Mutter bauen werde. Nein, er wolle nicht in den Lehrberuf zurückkehren. Er habe im Gefängnis Buchhaltung im Fernstudium gelernt und bereits einen Arbeitsplatz gefunden. Er werde die Bücher des Stammes führen, die Einnahmen und Ausgaben überwachen und Eingaben schreiben. Die Vergangenheit sei begraben.
Ich glättete die Seiten, schob sie wieder in den Umschlag zurück und schloß die Lasche. Den Umschlag brachte ich dahin zurück, wo ich ihn gefunden hatte, und ich achtete darauf, daß die

Schachtel genau so dalag, wie ich sie vorgefunden hatte. Dann verließ ich Daytons Waschküche und schloß die Tür. Ich ging in die Küche, schaute in den Kühlschrank und öffnete alle Frischhaltedosen mit Essensresten. Ich sah in der unteren Schublade nach, ob verfaultes Gemüse darin war. Schließlich fand ich eine halb aufgegessene Packung Vanille-Kirsch-Eis und ein Porterhouse-Steak in der Kühltruhe. Ich ging die Dosen auf dem Regal durch. Dayton war offensichtlich so erzogen, daß er zu jeder Jahreszeit auf einen Schneesturm gefaßt war: Milchpulver, Suppen, Chili, Wackelpudding, Teebeutel. Sehr viele Lebensmittel für einen alleinstehenden Mann. Ich inspizierte das Geschirr, alle Teile waren gleich gemustert, weiß, mit einem Getreidehalm um den Rand. Sechs Teller, sechs Tassen, sechs tiefe Teller, sechs Untertassen, alle im gleichen Design. Ich zählte das Besteck, das in verschiedene Fächer sortiert war: sechs Stück von allem. Vier Steakmesser in einer Schachtel, eine schwere Salatschüssel aus Glas mit einem Salatbesteck und scharfe Messer in einem viereckigen Holzblock.
Ich durchsuchte Daytons Haus wie ein Detektiv, öffnete eine Schublade mit gebügelten Geschirrhandtüchern, eine Mappe mit seiner Einkommenssteuererklärung und einen Besenschrank mit zwei Mops. Ich blätterte seine Magazine durch, *Time, American West, National Geographic.* Ich fand eine Rolle mit Briefmarken, die immer noch in einer Klarsichthülle versiegelt waren, und einen Umschlag mit Rabattmarken. Ich weiß nicht, wonach ich eigentlich suchte, jedenfalls fand ich nichts. Ich konnte nicht glauben, daß Daytons Haus nur ein einziges Geheimnis barg. Aber dann überlegte ich mir, daß das vielleicht gerade das Geheimnisvolle war. Er hatte nichts zu verbergen. Es war, als ob er sich selbst beim Wort nehmen und nicht zurückblicken würde. Außer den Bildern an der Wand und dem Umschlag mit den Zeitungsartikeln fand sich in diesem Haus nicht der kleinste Hinweis darauf, was für ein Mensch Dayton war. Er war frei und so neu wie die Sachen, die er besaß. Er plante wegzuziehen, und dann war ich angekommen, eine traurige Erinnerung an die Vergangenheit.
Wenn ich woanders hätte hingehen können, dann wäre ich ge-

gangen. Aber weil ich keine andere Wahl hatte, versuchte ich meiner Anwesenheit in seinem Haus einen Sinn zu geben. Ich suchte nach einem Grund, warum ich bleiben konnte, und es dauerte nicht lange, dann wußte ich, daß ich gesandt worden war. Ich war die einzige Person auf den Bildern an der Wand, die noch lebte. Dayton brauchte ein bißchen Aufregung in seinem Leben, und ich konnte ihm genug davon bieten.

Am Spätnachmittag kam er zurück. Ich begrüßte ihn. Das Porterhouse-Steak war halbwegs aufgetaut, und ich wollte es für ihn braten. Wir setzten uns an den Küchentisch – eine Familie, in der man sich ohne viel Worte versteht. Er akzeptierte mich in guten und in schlechten Zeiten. Ich ließ mir nie anmerken, daß ich die Artikel gelesen hatte, und dachte keine Sekunde mehr darüber nach, ob er schuldig war. Und Dayton erwähnte nie Lees Tapferkeitsmedaille, die immer noch in der Lederschachtel verpackt lag. Er mußte sie auf seinem Schreibtisch gefunden haben.

An einem Freitagmorgen gut zwei Wochen später mußte ich mich der Tatsache stellen, daß meine Pillenvorräte zur Neige gingen. Ich rief Charlene von Daytons Telefon aus an. Ich wollte sie fragen, ob sie mir die Tabletten bereits geschickt hatte. Ich bekam sie im Krankenhaus an den Draht. Dort konnte sie nicht frei sprechen.

„Von wo rufst du an?“ fragte sie flüsternd.

„Ich wohne bei jemandem.“

„Männlich oder weiblich?“

„Männlich.“

„Oho“, sagte sie. „Es geht dir zwar körperlich schlecht, aber mit dem Anbändeln klappt es offensichtlich noch ganz gut.“

„Hör mal, hast du mir den Nachschub besorgt?“

„Schsch.“ Sie benahm sich, als würde die Leitung abgehört.

„Hast du die Packung nun geschickt?“

Sie klang jetzt ganz förmlich.

„Ja, *Mrs. Jones*“, sagte sie viel zu laut, „ich habe Ihr ...“ Charlenes Stimme wurde leiser, und schließlich sagte sie gar nichts mehr.

„Du hast den Brief weitergeleitet", half ich ihr aus der Klemme.
„Ich habe Ihren Brief an die Adresse weitergeleitet, die Sie mir gegeben haben."
Verdammt, sie hatte die Tabletten an Tante Idas Adresse geschickt. Ich hatte gehofft, sie hätte noch gewartet, dann hätte ich ihr gleich Daytons Adresse geben können.
„Wie lange ist das schon her?"
„Ziemlich lange." Meine nächste Frage beantwortete Charlene, bevor ich sie überhaupt gestellt hatte.
„Und ich werde keine Post mehr weiterleiten können", sagte sie und betonte jedes einzelne Wort. „Mein Boss mußte sich einen anderen Arbeitsplatz suchen."
Mit anderen Worten, sie hatten ihn beim Handeln mit Drogen erwischt.
„Okay", sagte ich. Es klang wie auf Wiedersehen.
„Warte!" rief Charlene in den Hörer. „Wie steht es mit ... mit der Sache, die ... die nicht klappt?"
„Es wird schon gehen, wenn ich die Medikamente bekomme."
Sie wollte jetzt nicht auflegen. „Ich habe an Sie denken müssen, *Mrs. Jones.*"
Ich versuchte mir vorzustellen, daß jemand neben Charlene saß und alles mit anhörte. Die Person würde wahrscheinlich denken, daß sie ein Drogengeschäft abwickelte. Das entsprach zwar der Wahrheit, nur war das Geschäft ganz anders, als die Person sich das vorstellte.
„Vielen Dank", sagte ich. „Grüße alle von mir."
„Alle?"
Das hieß, daß sie wenigstens einmal ihr Versprechen gehalten hatte und nicht zu Elgin gerannt war. Ich war durch die riesige Entfernung zwischen uns sanftmütig gestimmt. Auf einmal wollte ich, daß er es erfuhr. Er hatte es auch nicht immer leicht gehabt mit mir. Es gehören immer zwei dazu.
„Ja", sagte ich gedehnt, „Alle."
„Auch *Mr. Jones?*"
„Alle."
Ich lauschte auf das Freizeichen und überlegte, wie ich meine

Tabletten aus Tante Idas Haus holen konnte. Ich wollte ihr keine Möglichkeit geben, Rayona wieder wegzuschicken.
Es war elf Uhr vormittags. Wenn Ray immer noch im Reservat lebte, war sie um diese Zeit in der Schule. Also mußte ich jetzt gehen. Ich rief Dayton im Stammesbüro an. Er meldete sich beim ersten Läuten.
„Ich bin es. Hast du eine halbe Stunde Zeit?"
„Was ist los?" Seine Stimme klang besorgt, er schien auf schlechte Nachrichten gefaßt.
„Nichts", sagte ich. „Ich muß nur rüber zu Tante Idas Haus. Wahrscheinlich liegt dort ein Päckchen für mich."
„Weißt du das von ihr?" Dayton setzte mir immer wieder zu, ich solle mit Tante Ida sprechen. Er bereute, daß er nicht mit seiner Mutter gesprochen hatte, solange sie noch am Leben war.
„Sie hat kein Telefon."
„Das stimmt." Er war enttäuscht.
„Hast du Zeit?"
„Jetzt sofort?"
„Nur, wenn es dir nicht zuviel Mühe macht." Ich haßte es, andere um einen Gefallen zu bitten. Ich dachte bereits darüber nach, wie ich verdammt noch mal dorthin laufen könnte.
„Bleib, wo du bist", sagte Dayton. „Bin schon auf dem Weg."
„Ich habe eine Idee", sagte ich. „Warum holst du das Paket nicht allein ab?" Tante Ida hatte Dayton immer gemocht. Er mußte ihr nicht einmal erzählen, daß ich bei ihm wohnte.
„Das kann ich nicht."
„Warum denn nicht? Es ist viel näher, als wenn du herkommst und dann wieder zurückfährst."
„Ich kann nicht", sagte er. „Ich habe sie seit ... jahrelang nicht mehr gesehen."
Endlich hatte ich verstanden. Er wußte nicht, wie Tante Ida reagieren würde, weil er doch im Gefängnis gesessen hatte, und ausgerechnet wegen einer solchen Anklage. Ich hätte ihr auch nicht gegenübertreten wollen, wenn ich an Daytons Stelle gewesen wäre.
„Gut, dann fahr mich hin."

„Ich habe schon gesagt, daß ich das machen werde. Aber es muß schnell gehen. Wir sind fast am Ende des Steuerjahres."
Was immer das war. Ich ging ins Gästezimmer und zog mich so an, daß Tante Ida keinen Grund zum Meckern haben würde. Ein einfaches Hemd und Jeans. Ich bürstete meine Haare und trug einen Hauch Lippenstift auf. Ich war sehr blaß, und wenn ich es mit etwas Farbe versuchte, sah ich gleich angemalt aus. Die Kleider saßen nicht ordentlich. Mein Körper hatte sich verändert. Ich wurde dick um die Hüften und an allen anderen Stellen dünner. Ich überlegte mir, was ich sagen würde, falls Tante Ida zu Hause wäre. Aber mir fiel nichts ein. Und ich betete, daß sie das Päckchen an einen Platz gelegt hatte, wo ich es finden konnte, wenn sie nicht zu Hause war. Dann betete ich, daß sie es nicht mit der Aufschrift „Adressat unbekannt" zurückgeschickt hatte. Das würde ihr ähnlich sehen.
Als Dayton kam, war ich zur Tür hinaus, bevor er den Motor abstellen konnte. Den ganzen Weg zur Hauptstraße und bis zu der Abzweigung zu Tante Idas Haus drehte ich meinen Perlmuttring um den Zeigefinger der linken Hand. Meine Finger wurden täglich dünner, und der Ring saß immer lockerer.

Dayton stellte den Motor ab, und ich hörte Orgelmusik aus dem Fernsehapparat herüberschallen. Tante Ida war also zu Hause und sah sich eine ihrer Serien an. Sie mußte uns kommen gehört haben, aber sie trat nicht in die Tür. Ich sah Dayton an und lächelte ihm verzerrt zu, damit er merkte, wie nervös ich war. Dann stieg ich aus. Die Vordertür war trotz der Mittagshitze geschlossen. Hornissen hatten unter dem Verandadach ein Nest gebaut. Ich zögerte, weil ich nicht wußte, ob ich klopfen oder einfach hineingehen sollte. Ich tat beides gleichzeitig. Keine Schritte näherten sich der Tür, und niemand antwortete, nachdem ich mit den Knöcheln auf das abblätternde Holz gepocht hatte.
Ich blinzelte im Dämmerlicht. Das riesige, seltsam gefärbte Gesicht einer Frau im Fernseher begrüßte mich.
„Avery", sagte sie. „Wir sollten das nicht tun."
Tante Ida saß mit dem Rücken zu mir und richtete ihre ganze

Aufmerksamkeit auf die Probleme dieser Frau. Sie lehnte sich in ihrem Küchenstuhl weit vor und stützte die Hände auf die Knie. Ohne die schwarze Perücke waren ihre Haare gelbweiß wie frische Milch. Ich stand in einem Rechteck von Sonnenlicht und wartete darauf, daß sie mich bemerkte. Ich sah mich in dem vertrauten Raum um, und die ewige Gleichförmigkeit dieses Ortes lenkte meine Aufmerksamkeit auf das Päckchen. Es war in Packpapier gewickelt und lag auf dem Tisch, der direkt an der Wand zu meiner Rechten stand. Außer mir war das Päckchen der einzige Gegenstand in diesem Zimmer, der nicht hier hingehörte.

Reflexartig wollte ich den Arm ausstrecken, das Päckchen nehmen und mich rückwärts aus der Tür stehlen. Aber ich wußte etwas, das Tante Ida nicht wußte. Ich wußte, daß dies unsere letzte Chance war, also ging ich einen Schritt vor.

„Geht es Rayona gut?"

Ihr Rücken versteifte sich. „Warum interessiert dich das?" Die scharfkantigen Worte der alten Sprache fielen wie Felsbrocken aus ihrem Mund.

„Ich muß dir etwas sagen." Ich wechselte vom Englischen ins Indianische, damit sie mich besser verstand. „Darüber, warum ich zurückgekommen bin. Warum ich Rayona hiergelassen habe."

„Halt den Mund." Ihre Stimme dröhnte durch den Raum und übertönte den Fernseher. „Ich will nichts hören."

„Du weißt nicht, was ich dir sagen will. Ich möchte es dir selbst sagen."

„Nein!"

„Tante Ida ..."

„Nein!" schrie sie, erhob sich vom Stuhl und drehte sich um. Die Helligkeit ihrer kleinen Augen schockierte mich. Tränen strömten über ihre Wangen. Eine Hand hatte sie zur Faust geballt, mit der anderen umklammerte sie ein großes, flaches Buch. Sie brannte auf einen Kampf, aber sie hatte keine Hoffnung auf den Sieg. Sie leckte sich mit der Zungenspitze die Lippen. Sie wirkte wie ein Tier in der Falle.

„Was ...?" fragte ich.

„Du bist nicht krank, wie sie denkt. Das ist keine Medizin." Sie deutete ruckartig mit dem Kopf auf das Päckchen. „Alles Lüge."

„Es ist die Wahrheit." Meine Schultern entspannten sich. Ich blickte immer wieder das Buch an. Dann erkannte ich es. Es war das Jahrbuch meiner Schulabschlußklasse.

„Ich habe dich nie gewollt!" schrie mich Tante Ida an. „Ich hatte keine andere Wahl."

Ein Schrei brach aus mir hervor, in dem Wut und Verzweiflung sich mischten. „Das hast du mir bereits klargemacht", fauchte ich zurück. „Du mußt es mir nicht noch einmal unter die Nase reiben."

„Du hast doch keine Ahnung." Mit der freien Hand griff sie nach der Stuhllehne und umklammerte sie. Dann schleuderte sie den Stuhl zur Seite. Er zerbarst an der Wand.

Das war mehr, als ich ertragen konnte, und sie war schlimmer, als ich erwartet hatte. Ich ergriff das Päckchen, umklammerte es wie einen Talisman und ging zur Tür.

„Tina!" Sei sprach diesen Namen wie eine wütende Frage aus. Ich stand wie erstarrt. Ich konnte sie nicht ansehen. Ich konnte nicht mit ansehen, wie sie weich wurde. Ich schloß die Augen.

„Kümmere dich um Rayona", sagte ich und betonte jedes Wort einzeln.

Die schwere Luft bewegte sich. Ich hörte das Rascheln ihrer Röcke, fühlte die Hitze ihres riesigen Körpers. Sie raste an mir vorbei. Ich sah ihren Rücken. Sie rannte schnell und kerzengerade davon, hatte Arme und Kopf an ihren Körper gepreßt, rannte an Daytons Pritschenwagen vorbei, über das gemähte, plattgetretene Gras hinweg und in die hohen, dicken Büsche hinein, an einen Ort, den ich nicht sehen konnte.

16

Dayton und ich lebten nach einiger Zeit wie ein altes Ehepaar zusammen. Wir saßen nach dem Abendessen vor dem Fernseher, redeten über Daytons Arbeitskollegen oder meine Freunde in Seattle und behielten unsere Geheimnisse für uns. Ich verließ fast nie sein Anwesen, weil ich nicht wollte, daß mein Hiersein bekannt wurde. Außerdem merkte ich, wie ich im Lauf der Zeit an Kraft verlor. Es war die Art von Veränderung, die man nur von Woche zu Woche bemerkt und nicht von Tag zu Tag. An einem Sonntag konnte ich noch Kartoffeln in Scheiben schneiden, am nächsten kochte ich Spiegeleier und Speck und am übernächsten nur noch Rühreier mit Toast. Manchmal zog ich mich bis zum Nachmittag nicht an, und ab und zu blieb ich den ganzen Tag im Bademantel. Dayton sagte nichts und stellte keine Fragen. Ich mußte ihm nichts erklären.

Er erwähnte nie wieder etwas von einem Umzug in eine andere Gegend. Aber über zwei Dinge wußte ich ohnehin Bescheid: Erstens war ich der Grund dafür, daß er im Reservat blieb, und zweitens hatte er nichts dagegen. Also hatte ich auch nichts dagegen.

Manchmal saß ich morgens mit der Kaffeetasse in der Hand auf einem Stuhl und beobachtete Babe auf der Weide. Sie war ein wildes Pferd, und Dayton hatte sie für ein Butterbrot vor dem Schlachter gerettet. Er hatte vor, bei Rodeos mitzumachen und Pferde zu züchten. Aber selbst an solchen friedvollen Tagen mußte ich mich von bestimmten Themen gewaltsam ablenken. Elgin war so ein Thema. Er war wie ein Brief, der vielleicht kommen würde, wenn man ihn nicht allzusehr erwartete. Ein Brief, vor dem ich Angst hatte. Die Neuigkeiten würden mich verändern. Es würde mir hinterher entweder besser oder schlechter gehen, auf jeden Fall anders. Ein anderes Thema war der Zustand meiner inneren Organe. Aber Rayonas Zukunft war das größte Problem. Ich ließ die letzte Runde im Kampf mit Tante Ida in Gedanken Revue passieren, anstatt über wichtigere Dinge nachzudenken. Ich versuchte herauszufinden, was in ihr vorging. Ich versuchte zu verstehen, warum die grausamsten Worte, die sie mir an den Kopf hatte werfen können, wie eine Entschuldigung geklungen hatten und fast so, als würde sie mich doch ein bißchen mögen. Ich knetete diese paar Minuten mit Tante Ida wie einen Klumpen Brotteig im Kopf durch. Ich zog und drückte, ließ den Teig aufgehen und klopfte ihn wieder flach.

Zum ersten Mal in meinem Leben blieb ich ruhig sitzen und ließ alles auf mich zukommen. Ich öffnete erst die Augen, wenn ich etwas nicht weiter aufschieben konnte. Die Landschaft und die Tiere ringsum beruhigten mich. Jeden Tag ging ich hinaus in den Hof und fütterte Babe mit Alfalfa und wildem Klee. Ich fühlte das sanfte, warme Fegen ihrer Lippen auf der Handfläche, lächelte das scheue Pferd an und roch die Wärme in seinem braunen Nacken. Danach hatte ich das Gefühl, ich hätte etwas getan. Wenn „Everything That Glitters“ oder „Until I Met You“ um einen Platz im „Country Countdown“ aufrückten, nahm ich das als gutes Zeichen. Ich las Artikel über tropische Fische oder die Berge Australiens in Daytons *National Geographic*, prägte mir den Inhalt der Berichte ein und erzählte Dayton beim Abendessen davon.

Eines Nachts stand ich im Badezimmer und studierte meine Gesichtszüge in dem beleuchteten Spiegel des Hängeschrankes. Ich betrachtete nicht mein ganzes Gesicht auf einmal. Die dunklen Ringe und die vorstehenden Backenknochen erschienen mir fremd und flößten mir Angst ein. Ich besah das Gesicht im Spiegel Stück für Stück: Die Augen hatten die Farbe von feuchter Baumrinde und waren von langen Wimpern umgeben. Die Männer hatten mir oft gesagt, ich hätte ungewöhnlich lange Wimpern. Winzige dünne Linien zerfurchten die Lippen. Sie sahen aus wie Wasser, das über einen Felsen rinnt. Die nadeldicken Löcher in den Ohrläppchen, die sich gegeneinander nei-

genden unteren Schneidezähne und die tiefe, gerade Falte, die von der Augenbraue zur Mitte der Stirn verlief. Ich wunderte mich über mich selbst.
An einem Montagnachmittag Ende Juni hielt ein komischer Laster vor dem Haus. Ich blickte durch einen Spalt zwischen den Vorhängen und sah Father Hurlburt, wie er Tante Ida herunterhalf. Seine Haare waren weißer geworden. Ich wunderte mich nicht, daß sie mich gefunden hatten. Es gab im Reservat keine Geheimnisse, die man nicht enthüllen konnte. Aber ich wußte nicht, warum sie gekommen waren. An diesem Tag trug ich mein blaues Samtkleid mit den kurzen Ärmeln, das auf dem Rücken geknöpft wurde. Ich war also richtig angezogen. Ich öffnete die Tür, und Tante Ida und ich schauten uns mit ungewöhnlicher Ruhe in die Augen.
„Weißt du, wohin sie gegangen ist?“ fragte Tante Ida.
Ich sackte in mich zusammen. „Ist sie weggelaufen?“
„Sie ist an dem Tag verschwunden, an dem du das Päckchen geholt hast. Sie hat keinen Brief hinterlassen, nichts. Der junge Priester, der Father Hurlburt hilft, sagte, sie sei allein nach Seattle gegangen. Er meinte, das sei das Beste für alle.“
„Nach Seattle?“ Ich verstand nicht, warum Rayona nach Seattle gegangen sein sollte.
„Könnte sie beim Ehemann sein?“ fragte Tante Ida und meinte Elgin.
„Nein, das glaube ich nicht.“
„Wo kann sie dann sein?“
„Sie hat kein Geld“, gab ich zu bedenken, aber das machte alles nur noch schlimmer.
Tante Ida blickte mich lange an. Sie fragte: „Wie geht es dir?“
Ich ließ sie schauen. Sie konnte es ja selbst sehen.
„Du läßt mich rufen ... wenn du willst“, sagte sie.
„Das werde ich tun.“
„Aber mach es wirklich.“
„Das werde ich.“
„Sorgt er für dich?“
„Dayton ist sehr gut zu mir. Ich könnte es nicht besser haben.“
Sie biß sich auf die Lippen und wandte sich um.

„Sag mir Bescheid, wenn du etwas von Rayona hörst."
Sie nickte wieder, ohne sich umzusehen, und wiederholte: „Du läßt mich rufen."
„Das werde ich." Ich stand in der Tür, nickte Father Hurlburt zu und beobachtete, wie er seinen Laster vorsichtig zurücksetzte. Dann fuhr er einen weiten Bogen, und wäre fast über die Straße hinausgekommen. Tante Ida saß kerzengerade auf dem Beifahrersitz. Wir winkten uns nicht zu, wir hatten uns auch so verstanden.

Nach diesem Gespräch konnte ich Rayona nicht länger aus meinen Gedanken verbannen. Sie hatte jeden Tag an meiner Seite verbracht, und sie war in jedem Alter ruhig und in sich gekehrt gewesen. Ich sah sie vor mir: ein Baby in einem provisorischen Bettchen, das ich in einer Schublade der hoteleigenen Kommode hergerichtet hatte; mutig, wenn sie zum ersten Mal in eine neue Schule ging; eine erwachsene Frau; selbst Mutter; eine alte Frau, die sich an mich erinnern würde. Wir hatten unsere gemeinsame Zeit verschwendet. Ich hatte ihr nichts wirklich Wichtiges beigebracht, ich hatte ihr nichts Brauchbares mit auf den Weg gegeben. Ich rief Elgin in Seattle an, weil ich herausfinden wollte, ob sie doch bei ihm war. Aber sein Telefon war abgemeldet. Ich rief Charlene an. Sie war im Urlaub, und kein Mensch wußte wo. Ich dachte sogar daran, die Polizei zu verständigen. Aber ich wollte Ray nicht zur Kriminellen abstempeln. Ich redete mir ein, daß eine Mutter es spürt, wenn ihrer Tochter etwas zugestoßen ist. Aber als dieses Gefühl mich beschlich, ein Anflug von schierer Verzweiflung, sagte ich mir, daß das nur Aberglauben war.
Es war mein Fehler. Ich betrachtete alles aus Rayonas Perspektive: Sie war so gut wie eine Waise, seit ich sie bei einer komischen alten Frau zurückgelassen hatte, die sie nicht haben wollte. Ich mußte mich damit auseinandersetzen. Sie hatte die falsche Hautfarbe, den falschen Namen und die falsche Familie – es war purer Zufall gewesen, daß Elgin und ich am selben Ort zur selben Zeit zusammengetroffen waren. Trotzdem war aus ihr etwas geworden. Aber fürs Weglaufen hätte ich sie umbringen

können, weil sie mich dadurch schneller ins Grab brachte, als es unbedingt nötig war.
Sorgen brachten mich zum Reden, und ich erzählte Dayton alles, was ich über Ray wußte. Jede Kleinigkeit im täglichen Leben erinnerte mich an Ray. Sie wurde unser Phantasiekind. Schließlich hatte Dayton die Geschichten über Ray so oft gehört, daß er sie manchmal selbst erzählte. „Rayonas Lieblingsgericht", verkündete er, wenn es Chun King Sweet oder saures Schweinefleisch gab. Wenn wir eine Sendung im Fernsehen anschauten, in der Teenager mitspielten, so etwas wie „Punky Brewster" oder „Family Ties", verglich Dayton die Schauspieler mit Ray. „So etwas Dummes würde sie nie tun", sagte er und schaute mich fragend an, ob ich ihm auch zustimmte. „Sie hat mehr Verstand." Ich dachte zuerst, er wolle mich aufheitern, aber nach einer Weile erwähnte er sie fast automatisch.
„Glaubst du, daß Rayona und ich miteinander auskommen würden?" fragte Dayton einmal, als ich gerade etwas sagen wollte. Er saß in dem braunen Vinylsessel mit Fußstütze und hatte einen undurchdringlichen Gesichtsausdruck aufgesetzt. Er grübelte. Seine Haare waren länger geworden, die Locken kringelten sich über den Hemdkragen. Er trug rote Socken, und die Falten des Hemdes spannten über seinem dicken Bauch.
Ich war mir sicher, daß sie miteinander auskommen würden.

Foxy kam früh am Abend des 3. Juli. Er half Dayton, Babe in den Pritschenwagen zu befördern. Sie wollten das Pferd zum Rodeo mitnehmen und hatten deswegen einen Zaun zu beiden Seiten der Pritsche aufgebaut. Der Wagen war hinten vor dem offenen Koppelgatter geparkt. Sie hatten eine breite Holzrampe, die mit einem Stück altem Teppich ausgelegt war, an der Verladeklappe befestigt. Ich beobachtete vom Fenster aus, wie Dayton den flachen Boden des Pritschenwagens mit frischem Heu auslegte. Foxy mühte sich ab, Babe in den Pritschenwagen zu befördern, und versetzte die Stute dabei in Furcht und Schrecken. Es dauerte eine ganze Weile. Sie rannte an der Rampe vorbei, schlug mit dem Schwanz, schüttelte den Kopf und wirbelte Staub auf. Foxys neue Rodeokleidung war von oben bis

unten mit Staub bedeckt. Babes Hufe trampelten so hart wie Hammerschläge auf den Boden. Sie schüttelte sich, und Foxy bekam das Seil nicht mehr zu fassen. Schließlich galoppierte sie so schnell in den Pritschenwagen, daß Dayton sich gegen die Fahrerkabine drückte und mit den Armen wedelte, damit sie ihn nicht umrannte. Sie machte den Eindruck, als wüßte sie, was sie tat. Einen Augenblick später hatte sie den Kopf gesenkt und kaute ein bißchen Heu. Nur ihre vibrierenden Flanken zeigten, daß sie erregt war.
Foxy schlug die Verladeklappe zu. Dayton und er banden ein neues gelbes Seil kreuz und quer fest, so daß Babe eingewebt war und sich nicht mehr als ein paar Zentimeter in jede Richtung bewegen konnte. Sie rollte die Augen und beobachtete die Männer zu beiden Seiten. Tief aus ihrer Brust heraus grollte sie warnend.
„Bleib nur so wütend bis morgen, und das Preisgeld ist mir sicher." Foxy schlug mit der flachen Hand hart auf Babes Flanke. Ihr Nacken spannte sich, und ein Strom Scheiße ergoß sich auf seinen Stiefel. „Verdammt noch mal!" sagte er und hob die Hand, um sie noch einmal zu schlagen, aber Dayton befahl ihm, sich zusammenzureißen. Er solle sich am Wasserhahn vor der Tür die Stiefel waschen, und dann würden sie in die Stadt fahren.

„Wirst du zurechtkommen?" fragte Dayton, als er ins Haus kam.
„Mir geht es sehr gut."
„Was wirst du tun?"
„Du bist ja morgen nach der Spätsendung schon wieder da. Die Zeit wird mir nicht zu lang. Ich werde vor dem Fernseher sitzen und hier ein bißchen saubermachen." Wir sahen uns im Raum um, der wie alle Zimmer in Daytons Haus sauber und ordentlich war. Aber meine Antwort stellte ihn zufrieden.
„Du weißt, wen du anrufen kannst, falls du etwas brauchst", sagte er. „Ich lasse dich wirklich nicht gern allein, aber ich möchte dieses Pferd nutzen, wenn ich es schon gekauft habe."
„Es hat mir gut gefallen, wie es meinem lausigen Cousin auf den Fuß geschissen hat. Schon das war den Kaufpreis wert."

Dayton kämpfte gegen ein Lächeln an.
„Komm doch einfach mit. Ich garantiere dir, daß du morgen noch mehr zu sehen bekommst. Foxy ist der Stute nicht gewachsen."
„Du wirst dir alles merken und es mir später erzählen", sagte ich.
„Darauf kannst du wetten." Er war fertig, aber wir wußten noch nicht, wie wir uns voneinander verabschieden sollten, wenn wir mehr als ein paar Stunden getrennt waren. Er konnte nicht einfach wegrennen. Aber seit ich bei ihm hereingeschneit war, hatten wir uns noch kein einziges Mal berührt.
„Ich rufe dich an, wenn es später werden sollte." Er klopfte auf seine Hosentasche, ob er seinen Geldbeutel auch bei sich hatte.
„Geh schon und fühle dich nicht verpflichtet, dich heute nacht mit Foxy zu beschäftigen." Dann redete ich weiter, ohne daß mir bewußt war, was ich sagte. „Er soll sich allein einen Platz zum Schlafen suchen."
Dayton blickte alarmiert auf. Er schien meine Worte falsch zu deuten und starrte mich herausfordernd an.
„Du brauchst Ruhe nach der langen Fahrt." Meine Stimme klang so nackt wie die Wände des Hauses, die einfach nur gestrichen worden waren. „Er wird sowieso saufen. Da bin ich mir ziemlich sicher."
Dayton hob eine Hand vors Gesicht und fuhr mit dem Daumennagel zwischen zwei Zähnen entlang, während er sich entschied.
„Gut", sagte er. „Okay."
Er klopfte wieder auf seine hintere Hosentasche und dann auf die Seitentasche, um sich zu versichern, daß er den Hausschlüssel nicht vergessen hatte. Draußen betätigte Foxy die Hupe des Pritschenwagens. Ich ging in die Küche und ließ Wasser in die Spüle laufen, weil ich das Geschirr vom Abendessen abwaschen wollte. Hinter mir öffnete und schloß sich die Tür leise, als hätte Dayton vermeiden wollen, daß sie krachend ins Schloß fiel.
Ich schaltete in dieser Nacht das Licht nicht ein, sondern wartete einfach ab. Im Haus sammelten sich immer mehr Schatten, während die Sonne langsam unterging. Ich schaltete weder das Ra-

dio noch den Fernseher an. Ich saß zurückgelehnt in Daytons bequemstem Sessel, einem Ohrensessel mit Fußstütze, beobachtete die Schatten, die auf der Wohnzimmerdecke spielten, und strich mit den Fingerspitzen über die kühlen, glatten Armlehnen. Bevor es so dunkel wurde, daß man nichts mehr sehen konnte, rückte ich den Sessel vor die Eingangstür mit dem Fliegengitter. Ich ließ das Schloß einrasten und holte die Decke von meinem Bett. Dann setzte ich mich, hob die Fußstütze an und wickelte Arme und Beine fest in die Decke ein. Ich drückte den Hebel, kippte nach hinten und zog die Wolldecke mit, als ich mich hinlegte. Der Abend war noch nicht kühl, aber das würde noch kommen, und ich wollte liegenbleiben. Die Dunkelheit umgab mich. Das Fliegengitter wurde unsichtbar, bis es nur noch eine Grenze war, hinter der sich hellere Dunkelheit ausbreitete. Vor meinen Augen entflammten die Sterne. Sie waren die Fenster zu einer fernen Stadt, die Köpfe von silbernen Nägeln, die durch Teerpapier lugten. Sie waren ein Feld voller Glühwürmchen, die in alle Ewigkeit unbeweglich am Firmament hängen.

Für manche Leute gibt es kein Halten mehr, wenn sie erfahren haben, daß ihnen nur noch wenig Zeit bleibt. Sie trinken, rauchen und durchzechen die Nächte. Sie fliegen nach Hawaii, sagen allen Leuten, was sie von ihnen denken, und verraten alle Geheimnisse. Ich war da ganz anders. Ich ging den Unabhängigkeitstag langsam an. Bei Sonnenaufgang stand ich auf, stellte das Geschirr in den Abtropfständer und ließ eine Waschmaschine laufen. Dann machte ich Kaffee. Die Stunden vergingen wie im Flug. Jedesmal, wenn ich auf die Uhr blickte, wurde mir aufs neue klar, wie schnell die Zeit verrann. Zu Mittag aß ich ein pochiertes Ei, weil ich dieses Essen auf alle Fälle bei mir behielt, und legte mich eine Weile auf die Couch. Dann nahm ich ein Bad.

Ich blieb so lange in der Wanne sitzen, bis das Wasser nur mehr lauwarm war und sich Gänsehaut auf meinen faltigen Hüften und den schlaffen Oberarmen bildete. Ich trocknete mich ab, zog ein Nachthemd an und hüllte mich in Daytons roten Cord-

mantel. Ich wollte noch einen Teller Tomatensuppe essen. Ich wartete darauf, daß Daytons Pritschenwagen in die lange, schmale Straße einbiegen würde und die Scheinwerfer den Weg in helles Licht tauchen würden. Die Percocets reichten höchstens noch für zwei Wochen, und ich nahm die Tabletten in möglichst großen Abständen, damit der Vorrat länger hielt. Ich war allein im Haus und mußte keine Rücksicht auf Dayton nehmen. Ich seufzte, wenn die Schmerzen zu schlimm wurden, und stützte mich beim Gehen auf die Möbel. Ich wollte bis kurz vor Daytons voraussichtlicher Ankunft keine Tablette mehr nehmen.
Aber er kam früher, als ich ihn erwartet hatte. Ich schluckte zwei Tabletten, schaltete den Fernseher ein und ging vor die Tür. Ich wollte ihm zeigen, daß es mir besser ging, daß ich Interesse an allem hatte und gespannt war, was er mir berichten würde.

Ich blinzelte in die rote Sonne und sah Lee auf mich zugehen. Er war groß, jung und hatte einen Zopf über eine Schulter hängen. Ich hielt die Hand schützend vor die Augen, und Lee verwandelte sich in Rayona. Ich schob die Halluzination auf die Medikamente, starrte sie an und wartete darauf, daß sie sich in Dayton verwandelte. Aber dann sah ich Dayton, und er stand an der Seite. Meine Panik mißdeutete er als Wut.
„Sei nicht böse", sagte er beschwichtigend. „Sie war beim Rodeo."
Ich konnte die Neuigkeiten nicht richtig verarbeiten, ich wußte gar nicht, wie mir geschah. Rayona ging auf mich zu, und auf einmal stand sie direkt vor mir. Ich wurde ganz schwach vor Erleichterung und war völlig durcheinander. So viele Fragen waren auf einen Schlag beantwortet. Sie hatte sich nicht in Seattle verirrt und vergaß mich nicht dort mit Elgin, und sie war auch nicht drogensüchtig geworden.
„Du willst mich ja gar nicht wiedersehen", sagte sie mit anklagender Stimme. Sie hatte überhaupt nichts verstanden. Sie führte einen Streit weiter, den ich für den Augenblick vollkommen vergessen hatte. Der ganze Schmerz, den sie mir zugefügt hatte, alles, woran ich nicht hatte denken können, kroch in mir hoch

und sprudelte heraus. Ich sagte ihr, daß Tante Ida sich zu Tode geängstigt habe und daß ich vor lauter Sorge von Sinnen gewesen sei. Ich sagte ihr, sie sei keinen Pfifferling wert.
Das holte sie von ihrem hohen Roß herunter.
„Ich wollte euch ja benachrichtigen", sagte sie. Ihre lahme Antwort machte mich noch wütender. Ich sah mich, Christine, mißbraucht und in der größten Not verlassen, während sich meine eigene Tochter herumtrieb, und zwar wo?
„Ich habe im Bearpaw Lake State Park gearbeitet", sagte sie.
Ich stellte mir vor, wie Rayona sich in dem Park, den ich nicht kannte, die Zeit vertrieben hatte. Sie paddelte in einem Kanu, röstete Hotdogs an Stöcken und lachte mit ihren Freunden.
„Du bist zuerst gegangen", sagte sie anklagend, aber ich hörte ihr nicht zu. Ich wandte mich an Dayton. Er sollte mich unterstützen.
„Es soll *mein* Fehler gewesen sein, daß sie Tante Ida weggelaufen ist", verkündete ich, als ob das die dümmste Idee auf der Welt wäre. Ich glaubte, daß er verwundert den Kopf schütteln und Rays Verhalten verurteilen würde. Aber statt dessen sagte er, ich solle ruhig bleiben.
„Ich dachte, du bist tot!" schrie ich Rayona an, dann brach ich abrupt ab. Dieses Wort sprach ich sonst nie aus.
„Darum hast du dich doch einen feuchten Dreck geschert. Du hast dein wertvolles Päckchen mit Tabletten von Charlene abgeholt und nicht einmal auf mich gewartet."
Die Tabletten, die Tabletten.
„Was weißt du denn schon von Tabletten?" fragte ich sie, aber sie beklagte sich weiter. Sie war mir überlegen.
„Sie ist herzlos", sagte ich zu Dayton. Ich hatte das Gefühl, daß ich im nächsten Moment in Ohnmacht fallen würde. Ich glaubte, ich hätte keinen Schutz mehr, wenn alle diese Worte frei in der Luft schwebten. Dayton ging auf mich zu, aber Rayona hörte einfach nicht auf.
„Das hast du schon bei Dad probiert, und es hat nicht geklappt. Du bist nicht krank."
Der Gedanke an Elgin belebte mich wieder.
„Du bist genau wie er", fauchte ich sie an.

Irgendwie brachte Dayton uns ins Haus. Ich fühlte mich wie in einem Wirbelsturm gefangen und versuchte verzweifelt, einen klaren Kopf zu bekommen. Ich legte die Hände über die Augen. Die Fernsehnachrichten waren zu laut, der Krach füllte den Raum. Die Stimme des Ansagers bombardierte mich, ohne daß ich seinen Worten einen Sinn entnehmen konnte. Ich konzentrierte mich und zählte in Zweierschritten bis hundert.
„Sieh dir das an, Christine", unterbrach Dayton. Rayona war im Fernsehen oder besser gesagt Lee. Die Person stand auf der Haupttribüne und hielt Lees liebste Gürtelschnalle in der erhobenen Hand. Er hatte sie nie getragen.
„Du wirst nicht glauben, wer Babe geritten hat", sagte Dayton von irgendwoher. „Deine Tochter ist ein Star." Seine Stimme klang stolz, und er erwartete eine Reaktion von mir. Aber ich starrte nur auf die Mattscheibe und versuchte zu begreifen, was vor sich ging. Neben mir sprachen Dayton und Ray miteinander, aber ich verstand den Sinn ihrer Unterhaltung nicht. Die Geschichte im Fernsehen war vorbei, und ich wandte mich an Ray. Sie war immer noch da.
„Bist du wirklich geritten?" fragte ich. „Du hattest doch nur vier Reitstunden."
Dayton war sehr aufgeregt. Er behauptete, daß Ray statt Foxy geritten sei und Foxy sich deswegen in Grund und Boden schäme. Seine Worte erinnerten mich daran, was wir besprochen hatten, bevor er gegangen war. Vorher und nachher vermischten sich in meinem Kopf und erdrückten mich.
„Geht es dir gut?" fragte Ray.
Aber jetzt sagte Dayton, daß Lee Ray das Reiten beigebracht habe. Das war unmöglich. Nichts stimmte mehr.
„Das ist zuviel für mich", sagte ich zu allen im Raum, wer sie auch sein mochten. „Ich gehe ins Bett. Wir reden morgen darüber."
Dayton kam auf mich zu, aber nicht einmal er war so wie immer. Er legte den Arm um mich und drückte mich an sich, wie jeder Mann es tun würde. Und ich hatte gedacht, daß mir das nie wieder passieren würde. Er geleitete mich, glich seinen Schritt meinem an und brachte mich in mein Zimmer. Ich klammerte

mich mehr an ihn, als ich durch meine Krankheit erklären konnte, inhalierte den Geruch von Schweiß und Atem und war zu allem bereit.
Kurz bevor ich die Tür erreichte, drehte ich mich schnell um, aber Rayona war nicht verschwunden. Sie stand direkt neben Lee.

Irgendwann in dieser Nacht drehte sich der Türknauf, und Dayton kam herein. Die Wirkung der Tabletten hatte nachgelassen. Ich war überrascht, daß er bei Nacht in meinem Zimmer stand. Er schaltete das Licht nicht an, setzte sich auf die Bettkante, streckte eine Hand aus und berührte mich an der Stirn.
„Besser?“ flüsterte er.
Ich bewegte mich und wollte mich aufsetzen. Aber er hielt mich durch den sanften Druck einer Handfläche zurück. Ich holte Atem, weil ich ihn etwas fragen wollte, aber er bedeutete mir, ich solle schweigen.
„Ruh dich einfach aus. Du bist müde. Sie wird morgen früh immer noch da sein. Ihr habt viel Zeit.“
Nur die Decken trennten unsere Beine. Ich nestelte mich tiefer und rollte mich in der Dunkelheit an seine Seite. Ich konnte ihn nicht sehen, aber ich konnte ihn fühlen.
„Bleib eine Weile“, bat ich.
Ich erwachte, als die Sonne durch die Vorhänge schien. Erst da merkte ich, daß er weg war.

Ich ging ins Wohnzimmer und sah, daß jemand auf der Couch geschlafen hatte. Rayonas Kleider lagen in einem mir unbekannten offenen Koffer. Der Kaffee von letzter Nacht war immer noch in der Maschine, ich schenkte mir eine Tasse ein und verdünnte das Gebräu mit Leitungswasser. Irgend etwas an mir war verändert. Ich merkte es deutlich, etwas war neu. Ich zog den Bademantel fester zu, fuhr mir mit einer Hand durch die Haare, und dann streckte ich einen Arm aus. Meine Hände waren ruhig. Das Zittern, gegen das ich seit Wochen jeden Morgen angekämpft hatte, war wie weggeblasen. Die Ereignisse der vorigen Nacht hatten mich davon befreit. Dann wußte ich, was los war: Der Schmerz hatte sich verändert. Er war immer noch da, aber wie in eine Wolldecke gehüllt, die in einem geschlossenen Raum abgelegt wurde. Ich konnte die Schmerzen aus meinen Gedanken vertreiben, den Hörer von der Gabel nehmen und sie wieder rufen. Ich bewegte ein Bein und streckte den Oberkörper Zentimeter um Zentimeter, aber die Schmerzen blieben erträglich.

Ich ging so leicht wie eine Frau, die auf frisch gesäten Grashalmen wandelt, öffnete die Tür und schritt in den neuen Tag hinaus. Ich steuerte wie jeden Morgen auf Babes Koppel zu. Und da fand ich Rayona schlafend auf dem Boden vor dem Zaun. Sie lag steif und gespannt da und sah genauso aus, wie Lee immer am Morgen nach einem Rodeo ausgesehen hatte. Es kümmerte mich nicht, ob sie wirklich dort lag oder nicht. Es war egal. Sie war mein Wunder, und ich kniete mich neben sie auf den Boden.

Wir teilten uns die Hausarbeit. Ich hatte gute und schlechte Tage. Ray hatte Sommerferien, und Daytons Steuerjahr war zu Ende. Wir drei unternahmen viel zusammen. Wir pflanzten Pappeln als Windbrecher und fuhren mit dem Pritschenwagen spazieren. An heißen Tagen fuhren wir in den Canyon, weil es dort angenehm kühl war. Ich war beeindruckt, wie stark die natürliche Brücke wirkte. Sie war gar nicht so zerbrechlich, wie ich geglaubt hatte. Wir besuchten den Friedhof und legten wilde Rosen auf die Gräber von Lee und Daytons Mutter. An den Abenden sahen wir fern, obwohl alle Sendungen Wiederholungen aus dem Sommerprogramm waren. Selbst an guten Tagen war der Weg zum nächsten Kino zu weit. Eines Tages überraschte uns Dayton mit einem Videorecorder von Montgomery Ward. Bei dem Laden im Reservat konnte man seit einiger Zeit Kassetten ausleihen, und Dayton fand, daß Videos das zweitbeste nach dem Ausgehen waren. Rayona verblüffte ihn völlig, als sie aus den Tiefen ihres Koffers *Christine* und *Little Big Man* hervorkramte. Wir sahen uns beide Filme gleich am ersten Abend an. Die Stars waren mein früherer Freund und das zäheste Auto aller Zeiten. Dayton und ich saßen auf der Couch. Ich hatte die Füße in seinen Schoß gelegt, mich der Länge nach

ausgestreckt und ein Kissen unter meinen Kopf gestopft. Ray lag bäuchlings auf dem Boden. Während Dayton den ersten Film zurückspulte, machte sie Popcorn.
An einem Donnerstagabend vor meinem Geburtstag luden wir Tante Ida zum Abendessen ein. Dayton hatte gekocht. Es gab eine altmodische Suppe mit getrocknetem Mais, gekochten Fleischstücken und frischen Felsenbirnen. Solche Suppen aß man früher oft in dieser Gegend. Rayona machte eine Lage von Betty Crockers Gewürzkuchen und übergoß ihn mit Vanillesauce aus der Tüte. Ich mixte Eistee und gab ein paar Blätterteigrollen ins Rohr, die Dayton in einem Laden gekauft hatte. Wir hatten keine Ahnung, wie der Abend verlaufen würde. Tante Ida hatte genug Gründe, sich mit jedem von uns zu streiten. Ich wartete gespannt auf Dayton, der sie mit seinem Wagen abholte und herbrachte. Es hing sicher vom Zufall ab, wer von uns als erster an die Reihe kommen würde. Aber sie erschien ohne Perücke, hatte ihr natürliches Haar zu einem Knoten gebunden und trug einen Pullover, den ich ihr vor zwei Jahren geschickt hatte. Sie lobte das Haus und das Menü in einem fort, und sie sprach englisch, damit Dayton sie besser verstehen konnte. Sie lud Ray zu sich nach Hause ein – sie hätten viel zu besprechen – und überreichte mir ein Geschenk in einer Packpapiertüte. Ich konnte mir nicht vorstellen, was sie mir schenken wollte. Dann öffnete ich die Tüte auf dem Schoß. Ich griff hinein und zog das Jahrbuch der Klasse von 1963 heraus.
„Ich dachte, du möchtest das Buch vielleicht als Erinnerung an frühere Zeiten behalten“, sagte sie.
Sie hatte die Seite mit meinem Bild markiert. Ich trug zuviel Make-up und eine hochtoupierte Frisur. Ich hatte „Jungen“ als Hobby eingetragen und war im ersten Jahr Mitglied der Daughters of Mary. Und ich fand, so sah ich auch aus.
Dayton lehnte sich über meine Schulter, weil er das Bild auch sehen wollte. Er blätterte die Seiten zurück von den Seniors zu den Sophomores *, und da war sein Bild: Er hatte einen extrem kurzen Haarschnitt, war wieder dünn und trug ein weißes T-

* Sophomore: erstes Jahr am College. Anm. d. Übers.

Shirt. Es stand nur der erste Buchstabe seines Vornamens und sein Nachname da, „D. Nickles“, und er hatte in diesem Jahr keine Hobbys angegeben. Ich starrte das Bild an. Nicht lange, nachdem es aufgenommen worden war, hatte ich ihn bei einem nächtlichen Pow Wow auf offenem Feld abgepaßt. Wenn ich unsere Bilder so anschaute und nachdachte, wie wir als Teenager ausgesehen hatten, verstand ich, wovor er damals Angst gehabt hatte.

„Rate mal, wer das ist?“ fragte Dayton Rayona und deutete auf sein Bild.

„Warum haben sie deinen Vornamen nicht ausgeschrieben?“ Sie schien deswegen verärgert zu sein.

„Viele Leute haben sich früher über meinen Namen lustig gemacht.“

Ich blätterte eine Seite zurück.

„Das ist dein Onkel Lee.“

Rayona sah genauer hin. „Wie alt war er damals?“

Ich dachte nach und rechnete.

„Etwa fünfzehn.“

„In meinem Alter“, sagte sie.

Dayton und ich wandten uns um und sahen sie an. Für uns war Ray immer noch ein Kind, und Lee war sogar damals ... etwas anderes. Ich versuchte, Rayona mit denselben Augen zu sehen, wie ich damals Lee gesehen hatte, aber das war unmöglich.

Tante Ida hatte zugehört. „Du bist größer“, sagte sie zu Ray, „aber er war schwerer. Es kommt auf das gleiche heraus.“

Dayton ging in die Küche, um Kaffee zu kochen, und ich legte mich auf die Couch. Rayona ließ den verstellbaren Sessel hinuntergleiten und griff nach der Fernbedienung des Fernsehers. Sie schaltete gern zwischen den sechsundsechzig Sendern hin und her, die Dayton mit seiner Antenne empfangen konnte. Tante Ida saß auf einem Holzstuhl. Sie hatte darauf bestanden, daß das besser für ihren Rücken sei.

Es war neun Uhr, und „Knots Landing“ begann gerade. Tante Ida sagte, sie würde die Serie nie verpassen. Wir anderen schauten sonst immer „Hill Street Blues“ an, deswegen erklärte sie uns die Handlung, während die Sendung lief.

„Val und Gary lieben sich wirklich", sagte sie beim ersten Werbespot. „Aber er fing an zu trinken, und sie ließ sich von ihm scheiden. Dann hatten sie Zwillinge, aber keiner außer Val wußte, wer der Vater war. Die Babys wurden entführt, und sie verlor den Verstand, aber nun sind sie wieder zurück, und Gary erhebt Anspruch auf die Kinder."

Gary war hellblond und die Babys auch. Jeder sah, daß er der Vater war und nicht der dunkelhaarige Ben, mit dem Val jetzt verheiratet war. Es war alles ein einziges Durcheinander. Jeder liebte jeden, und keiner war glücklich.

„Ich mag diese Karen", sagte Tante Ida bei der nächsten Unterbrechung. „Sie durchschaut alle, sogar Abby."

Abby war Garys Frau, aber sie betrog ihn und hatte verschmiertes Make-up und Schatten unter den Augen. Sie sah aus wie ich auf dem Schulbild.

„Was glaubst du, wie geht es weiter?" fragte Ray, als Abby Gary ins Bett gezerrt hatte und die Sendung zu Ende war.

„Val sollte ihn vergessen", sagte Tante Ida. Sie hatte keine Geduld mehr für so viele menschliche Schwächen. „Er ist ein Schwächling. Dieser Ben ist auch nicht besser. Ich bin sicher, daß er sie verläßt, wenn er die Wahrheit erfährt. Und dann wird sie mit diesen verdammten Zwillingen allein zurückbleiben."

Dayton sah mich schnell an und schüttelte den Kopf, aber er brauchte sich keine Sorgen zu machen.

Ich beschränkte mich auf eine Aktivität pro Tag. Das hielt ich durch. Meistens unternahm ich etwas mit Rayona. Dayton schleppte den Volaré, den Tante Ida irgendwo untergestellt hatte, zu seinem Haus. Er brachte das Kunststück fertig, das Auto wieder fahrtüchtig zu machen. Es stellte sich heraus, daß der Schaden gar nicht so schwerwiegend war. Es hatte nur an einer Benzinleitung gelegen, die aus irgendeinem Grund mit Öl verstopft war. Ich beschloß, Rayona das Fahren beizubringen, und sie lernte schnell. Man muß einfach mobil sein, wenn man auf dem Land lebt.

Um diese Zeit herum las Dayton in der Zeitung die Anzeige eines Mannes, der zwanzig Meilen westlich von Havre lebte.

„Geprüfter Appaloosa Zuchthengst, erste Güteklasse", stand in der Anzeige. „Deckungsgebühr 175 Dollar." Er rief die angegebene Nummer an, und am nächsten Tag lockten er und Ray Babe in den hinteren Teil des umgebauten Pritschenwagens. Sie sollte eine Woche bei dem Hengst bleiben. Dayton und Ray wollten mich überreden mitzukommen. Ich vertröstete sie auf ein nächstes Mal. Ich hatte so viel Gewicht an Armen und Beinen verloren und einen so aufgeblähten Bauch bekommen, daß ich mich schämte, in die Öffentlichkeit zu gehen. Außerdem wollte ich die tägliche Tablettendosis so niedrig wie möglich ansetzen, und ich mußte mehr Percocets nehmen, wenn ich fremde Leute um mich hatte. Bei dem Tempo, in dem ich Tabletten schluckte, würden sie schnell zu Ende gehen, und dann bliebe mir keine andere Wahl mehr. Ich müßte ins örtliche Krankenhaus gehen.

Am Anfang war Dayton von dieser Vorstellung ganz begeistert. Er glaubte fest daran, daß seit meinem letzten Kontakt mit Ärzten ein medizinischer Durchbruch gelungen war. Er war überzeugt, daß alle Probleme sich lösen würden, wenn ich nur einen Arzt aufsuchte. Ich machte mir keine Illusionen. Zu viele Menschen, die ich gekannt hatte, waren ins Krankenhaus gegangen und nie wieder herausgekommen. Und ich war glücklich in Daytons Haus. Keine Maschinen maßen meinen körperlichen Verfall, und niemand schrieb mir vor, wann ich ins Bett gehen oder aufwachen mußte. In Daytons Haus gab es Momente, in denen ich leben konnte, als hätte ich noch bis in alle Ewigkeit Zeit.

An dem Tag, als Rayona, Dayton und Babe weg waren, bekam ich Besuch. Er kam zur Tür. Ich hatte ihn noch nie zuvor gesehen. Der Mann war glatzköpfig, hatte rote Lippen, trug ein billiges grünes Sporthemd und schwarze Hosen. Aber ich erkannte den Laster, den er fuhr. Es war der gleiche, mit dem Father Hurlburt Tante Ida hergebracht hatte, nachdem Ray weggelaufen war. Ich war nicht angezogen, also ließ ich den Mann draußen stehen, während wir redeten.

„Christine?" sagte er, als hätte er mich sein ganzes Leben lang

gekannt. Die „s“ zischten durch seine Zähne. Er verzog den Mund zu einem breiten Lächeln, aber seine Augen blieben hart. Ich nickte und wünschte mir, daß ich nicht allein im Haus wäre.
„Ich habe gehört, Sie seien nicht ganz auf dem Damm“, fuhr er fort.
Ich hatte Angst, daß er mich ins Krankenhaus bringen wollte.
„Wer sagt das?“ fragte ich. „Wer sind Sie?“
„Ach ja, wo sind nur meine guten Manieren geblieben? Ich bin Father Tom Novak, der Assistent von Father Hurlburt in der Mission. Vielleicht hat Ihre Tochter von mir gesprochen?“ Seine Augen wurden noch härter, sie sahen aus wie die Augen eines toten Tieres auf der Fahrbahn. Er machte mir Angst.
„Nein.“
„Oh, ach so. Ich dachte, sie hätte von mir erzählt. Na gut, Ihre – Mutter? – kam vor einiger Zeit in die Mission und überzeugte mich, daß Sie meine Hilfe brauchen. Sie kann sehr überzeugend sein.“
Ich hatte keine Ahnung, wovon er sprach. Wollte er mir in seiner Alltagskleidung die Letzte Ölung geben? War ich so schlecht dran?
Er wühlte in seiner Hosentasche. Die Hand kam wieder hervor und hielt etwas umklammert. Ich sah hin, erwartete ein Kreuz oder heilige Salben, aber statt dessen sah ich eine große weiße Plastikflasche, gefüllt mit weißen Tabletten.
„Ich glaube, das sind die richtigen“, sagte er. „Ida hatte nur eine einzige Tablette als Muster bei sich, aber mein Freund, der Apotheker, war sich sicher, daß es die sind.“
Ich war verblüfft. Als er den Arm mit der Flasche ausstreckte, nahm ich sie an mich.
„Und wenn sie aufgebraucht sind, rufen sie im Pfarramt an und fragen nach Father Tom. Sie brauchen Father Hurlburt nicht zu bemühen. Sagen Sie das auch Ihrer Mutter. Es wird unser kleines Geheimnis bleiben.“
„Ich danke Ihnen“, brachte ich schließlich hervor.
„Ja, schon gut ...“ Er sah über meine Schulter hinweg ins Haus.
„Ist Rayona heute nicht da?“
Da wurde mir klar, wer er war. Er mußte der Mann sein, der

Tante Ida erzählt hatte, daß Rayona allein nach Seattle gegangen sei.
„Tante Ida hat Ihren Namen erwähnt“, sagte ich beschämt und setzte an, mich noch einmal zu bedanken. Aber er preßte die Lippen zusammen, so daß ich nur noch eine rosa Linie erkennen konnte, und wandte sich um. Seine vorgetäuschte Freundlichkeit war wie weggeblasen.
„Sie haben, was Sie wollen“, sagte er. „Erwähnen Sie nichts gegenüber Father Hurlburt.“
Er kletterte in den Lastwagen, und eine Sekunde lang sah ich eine dünne Wade zwischen schwarzer Socke und Hosenaufschlag aufblitzen. Ich schloß die Tür, setzte mich an den Küchentisch, öffnete die Hand und betrachtete die wunderschöne Flasche, die bis zum Rand mit Tabletten gefüllt war. Das Stück Wade war das einzige an dem Mann, woran ich mich jetzt noch klar und deutlich erinnern konnte.

Ich dachte in dieser Woche viel an Babe. Ich fragte mich, wie der geprüfte Zuchthengst war und ob sie ihre Hochzeitsnacht genossen hatte. Ich hoffte um ihretwillen, daß „erste Güteklasse“ nicht bloß in der Zeitungsanzeige gestanden hatte. Ich sagte Dayton, er solle anrufen und sich nach ihrem Befinden erkundigen. Aber er erwiderte nur, daß wir es früh genug erfahren würden. Damit meinte er, wir würden schon merken, ob sie trächtig war oder nicht, aber ich wollte etwas ganz anderes wissen. Wenn dieser Appaloosa so gut war, wenn er wirklich der Beste war, dann wußte ich, daß Babe ihren Spaß hatte.
Rayona sollte lernen, ein Auto mit Handschaltung zu fahren. Deswegen überredete ich Dayton, daß er mit dem Volaré zur Arbeit fuhr. So konnte Ray mit dem Pritschenwagen üben. Ich fühlte mich einige Stunden am Morgen gut, und dann fuhren Ray und ich zusammen auf den leeren Straßen spazieren, obwohl das Rumpeln über die schlechten Wege und das Stottern beim Anfahren meinem Bauch nicht gut bekam. Sie saß hoch auf dem Fahrersitz und hatte den Rücken gebeugt. Ihre Hände hielten das Lenkrad zu beiden Seiten umklammert. Sie trug das Kinn hoch. Manchmal erinnerte sie mich sehr an El-

gin, wie er gewesen war, als ich ihn das erste Mal gesehen hatte.

Rayona trug eine blaue, spitz zulaufende Kappe und ein rotes T-Shirt aus dem Park, wo sie gearbeitet hatte. Sie schaltete den Blinker ein, selbst wenn drei Meilen im Umkreis keine Autos in Sicht waren. Sie zog die Handbremse an, wenn sie mir vom Wagen herunterhalf, und putzte die Windschutzscheibe außen und innen mit Essig und zusammengeknüllten Zeitungen.

Sie brannte darauf, eine längere Reise zu unternehmen, sie wollte ihre Flügel erproben. Babes Woche war vorüber, und ich schlug Dayton vor, daß Ray und ich sie zusammen holen könnten. Ich hatte den Mann mit dem geprüften Hengst angerufen. Er hatte zugestimmt, daß er Babe in den hinteren Teil des Pritschenwagens bugsieren würde.

„Das ist zuviel für dich." Dayton saß mir gegenüber am Küchentisch. Er sah besorgt aus. Er fragte sich wohl, ob ich mir über meinen Gesundheitszustand im klaren war, wenn ich eine solche Idee vorbrachte.

„Mein Zustand wird nicht besser werden, im Gegenteil. Also will ich es jetzt machen", sagte ich. „Es liegt mir viel daran."

„Laß mich wenigstens mitkommen. Es ist eine lange Fahrt."

Er wußte, daß ich nur noch eine kurze Zeitspanne würdevoll leben konnte, und fragte sich, was passieren würde, wenn ich nicht durchhielte. Ich langte über den Holztisch und legte meine Hand auf seine. Das Alter hatte uns verändert. Meine Haut war früher viel dunkler gewesen, und jetzt hatten wir fast dieselbe Hautfarbe. Er streckte seine andere Hand aus und legte sie auf meine Hand, wie ein Sandwich.

„Laß mich nur dieses eine Mal allein mit ihr fahren." Ich schloß die Finger um die Knöchel seiner unteren Hand und drückte. Nach einer Sekunde drückte er meine ganze Hand. Er stimmte zu.

Ich erzählte es Rayona gleich am Freitagmorgen. Sie blickte sofort zu Dayton hinüber, ob er dem Unternehmen auch seinen Segen gab, und er ließ sich nicht anmerken, daß er Einwände hatte.

„Ihr tut mir damit einen Gefallen", sagte er. „Auf meinem

Schreibtisch stapeln sich die Papiere. Ich muß für den Stamm viele Eingaben machen. Und wenn ich mein Pferd heute nicht hole, muß ich noch eine weitere Woche bezahlen."
Ray ließ sich nicht zweimal bitten. „Du fährst", drängte ich sie. Ich ließ den Kopf zum Fenster hinaushängen, stützte das Kinn auf eine Faust und rief Dayton zu, der in der Tür stand: „Wenn wir um Mitternacht nicht zurück sind, ruf das Militär!"
„So lange werde ich nicht aufbleiben", sagte er. „Reißt mir bloß keine Cowboys auf."
„He, kann eine Frau nicht mal ihren Spaß haben?"
Rayona fuhr weich an und schaltete ohne Ruckeln in den Zweiten. Es war Ende August und versprach ein heißer Tag zu werden, über vierzig Grad am Nachmittag. Wir brauchten zwei Stunden zur Ranch und zwei wieder zurück. Ich rechnete eine Stunde Rast zum Essen und Tanken ein und eine Stunde dort, machte sechs Stunden alles in allem. Wir könnten um ein Uhr zurück sein. Der Pritschenwagen hatte eine Klimaanlage, aber ich machte mir Sorgen um Babe. Sie müßte hinten schwitzen, wenn wir länger brauchten.
„Irgendwann", sagte Ray, „nehme ich dich mit zum Bearpaw Lake und stelle dich den Freunden vor, bei denen ich gewohnt habe."
„Vielleicht, wenn es wieder kühler wird."
„Du kennst einen von ihnen", fuhr sie fort. „Erinnerst du dich an den Hippie, der versucht hat, dir neue Reifen zu verkaufen? Das war auf dem Weg ins Reservat."
Ich erinnerte mich nicht an ihn, gab es aber nicht zu.
„Er heißt Sky", sagte sie. „Seine Frau Evelyn kocht dort."
„Das erinnert mich an etwas. Hast du Hunger?"
„Willst du denn etwas essen?"
„Es gibt eine Prärieküche auf dieser Seite von Havre", sagte ich. „Dort servieren sie vierundzwanzig Stunden am Tag Frühstück. Sie haben einfach alles."
„Okay", stimmte Ray zu.
Wir verließen das Reservat. Die Straßen waren jetzt asphaltiert, und wir kamen besser voran. Ich schaltete das Radio ein und bereute es sofort. „Everything that Glitters" war auf Platz 26

abgerutscht. Ich kurbelte das Fenster herunter. Ein Schwall heißer Luft drang herein. Die morgendliche Feuchtigkeit war schon nicht mehr zu spüren. Ich stellte den Seitenspiegel so ein, daß ich mich selbst sehen konnte, dann schloß ich das Fenster und rutschte im Sitz herunter. Meinen Nacken stützte ich auf der Rückenlehne ab. Für Rayona würde es so aussehen, als ob ich die vorbeifliegende Landschaft betrachten würde: die ausgebleichten Reklameschilder an Zaunpfosten, die für Rasierapparate und Motels mit Kabelfernsehen und Wasserbetten warben, und die Getreidesilos, die aus dem Land aufstiegen wie Türme ohne dazugehörige Schlösser. Ich registrierte das alles, jeden einzelnen Gegenstand, aber dazwischen sah ich immer mein eigenes Schattenbild, das groß wie eine erleuchtete Insel auf mich zurückblickte und mich nicht verließ.

Das Restaurant war nach dem morgendlichen Ansturm bereits wieder leer. Wir setzten uns an einen Tisch für vier Personen. Das Menü war auf die Tischsets gedruckt, und die Bedienung schenkte uns, ohne zu fragen, Kaffee ein.
„Du bestellst dir, was du willst", sagte ich zu Ray. Ich hatte noch fast die ganzen vierzig Dollar übrig, die ich aus Seattle mitgenommen hatte.
„Was wirst du bestellen?"
Ich war nicht hungrig, aber ich wollte sie ermutigen, in großem Stil zu denken.
„Ich glaube, ich werde ein ‚Klassisches Frühstück' bestellen."
Ich las die Liste vor und hielt bei „Pfannkuchen mit Eiern" inne: zwei frische Landeier, zwei Buttermilchpfannkuchen, warmer Sirup, zwei Scheiben Schinken und zwei Würstchen für 2 Dollar 99 Cents. Mir gefiel die Vorstellung von warmem Sirup.
„Ich werde Nummer vier bestellen, wenn du mir versprichst, daß du ißt, was ich nicht schaffe."
Ray studierte das Tischset und wählte aus.
„Dann werde ich Nummer eins nehmen, ‚Frühstück aus der Pfanne'", sagte sie.
Ich las laut vor, was sie gewählt hatte. „ ‚Knusprige, geröstete Bratkartoffeln, darüber zwei frische Landeier, Würstchen,

Zwiebeln und grüner Pfeffer serviert mit Toast und Marmelade. Nur 3 Dollar 45 Cents.' Wenn ich das alles essen müßte, würde ich keinen Tag länger leben."

Meine Worte hingen zwischen uns in der Luft, bis die Bedienung kam und die Bestellung aufnahm.

„Das Klassische Frühstück Nummer vier für mich", sagte ich zu ihr, „und Frühstück aus der Pfanne Nummer eins für meine Freundin."

Rayona sah hoch. Ich hatte sie aus ihren Gedanken gerissen und blinzelte ihr zu. Während sie auf der Toilette war, schluckte ich noch eine Tablette, meine dritte heute. Das Essen kam, und mir wurde schwindlig. Ich schwamm auf der Oberfläche der Realität. Ich aß sogar ein bißchen Eiweiß und einen Bissen von den Pfannkuchen, dann schob ich den Teller zu Rayona hinüber und entschuldigte mich. Ich ging zur Damentoilette.

Die Idee kam mir, während ich die flüssige Seife aus dem Spender benutzte. Meine Hände waren schmierig und naß und die Finger so dünn, daß meine Ringe wie Münzen in einen Sammelbeutel in das Porzellanbecken fielen. Ich fischte die Ringe heraus und steckte einen nach dem anderen an meine Finger zurück. Dann hielt ich inne, besah sie mir und schaute auf meine nackten Finger.

Ich zog drei Blätter aus dem Spender für Papiertaschentücher. Den Perlmuttring wickelte ich für Tante Ida ein. Der Erdkuckuck sollte Dayton gehören. Und Elgin konnte den dünnen, goldenen Ehering nehmen, den ich am längsten getragen hatte und der immer noch eine Delle in der Haut hinterließ. Dann steckte ich alle drei in die Taschen meiner Jeans.

Ich rieb das beste Stück, die Schildkröte aus massivem Silber, am weichen Stoff meiner Bluse, bis der Ring wie neu aussah. Ich hielt ihn in der Faust.

„Ich habe etwas für dich", sagte ich und setzte mich wieder an den Tisch.

Rayona trieb gerade die letzte Kartoffelscheibe über den Teller und wollte sich den Würsten auf meinem Teller zuwenden, aber sie schenkte mir ihre Aufmerksamkeit.

„Damit feiern wir deinen Führerschein", sagte ich zu ihr. „Es

ist zwar noch ein bißchen früh, aber ich bin sicher, daß du die Prüfung bestehen wirst.“
Ich legte den Ring zwischen uns auf den Tisch, genau dorthin, wo Sonnenstrahlen auf das Silber trafen.
„Es ist echtes Silber. Sandguß aus der Wüste.“
Ray machte keine Bewegung, sie saß wie gelähmt da. In einer Hand hielt sie die Gabel mit Kartoffeln und Ketchup.
„Probier ihn an.“ Die schöne kleine Schildkröte hatte den vorstehenden Kopf erhoben und saß auf dem leeren Kreis des Ringes. „Der Ring hat mich immer an mich selbst erinnert“, sagte ich. „Langsam, aber sicher kommt die Schildkröte dahin, wo sie hin will.“
Ray nahm den Ring in die Hand und schob ihn, soweit es ging, auf jeden Finger. Er paßte auf den kleinen Finger. Sie drehte die Hand und zeigte sie mir.
Die Kellnerin kam mit der Rechnung, und ich langte nach meinem Geldbeutel, aber Rayona war schneller.
„Ich bin dran. Ich habe im Bearpaw Lake Park viel Geld verdient.“ Sie öffnete ihre Brieftasche. Ein Haufen Scheine quoll heraus. Beschämt versuchte sie, das Geld wieder zurück in die Tasche zu stopfen. Ein zerrissener Fetzen Notizpapier fiel auf den Tisch. Ich hob es hoch, weil ich dachte, sie hätte es vielleicht nicht bemerkt. Sie nahm mir das Stück Papier aus der Hand, dachte eine Weile nach, dann zerknüllte sie den Zettel und warf ihn in den Aschenbecher.
„Ich bin fertig“, sagte sie und ging mit der Rechnung zur Kasse. Ich ließ Trinkgeld auf dem Tisch liegen.

Babe freute sich nicht über unseren Anblick, und ich hielt das für ein gutes Zeichen. Sie versteifte die Hinterbeine. Zwei Männer schoben und zerrten sie auf den Pritschenwagen. Zwei weitere Männer hielten sie fest, solange die Seile festgebunden wurden, die ihre Bewegungsfreiheit einschränken sollten. Sie machte den Männern das Leben zur Hölle und wieherte einem anderen Pferd zu, das in der Scheune eingeschlossen war. Das andere Pferd antwortete. Ich saß in der kühlen Fahrerkabine, hörte Radio und beobachtete das Geschehen durchs Fenster. Rayona stieg aus, um mit dem Rancher den Preis auszuhandeln. Das Programm war fast zu Ende. Es waren nur noch vier Lieder übrig.

Der Sonne brannte so heiß vom Himmel, daß ich Kopfweh bekam. Ich kramte im Handschuhfach und fand eine verschmierte Sonnenbrille mit gelbgetönten Gläsern. Ich setzte sie auf, und die Welt erschien so gelblich wie eine alte Photographie. Es war fast Mittag. Wir waren hinter meinem Zeitplan zurückgeblieben. Der Pritschenwagen schwankte, als Babes Hufe auf dem Metallboden aufstampften. Ich hatte mich noch nie so müde gefühlt.

Die Fahrertür öffnete sich, und Rayona stieg mit einem Schwung ein. Sie schwitzte und schien mit sich zufrieden. Sie legte den Gang so sicher ein, als würde sie schon seit Jahren nichts anderes tun, und brachte genauso sicher den Motor vom Leerlauf in höhere Drehzahlen. Plötzlich wandte sie sich zu mir um, und ich richtete mich auf. Aber sie drehte sich weiter zurück, um mehr als neunzig Grad, und stützte sich mit einem Arm auf der Sitzlehne ab. Sie blickte durch das hintere Fenster, bevor sie den Rückwärtsgang einlegte und über die ganze Länge des Hofes rückwärts fuhr.

„Weißt du, was der Mann gesagt hat?“ Ihre Stimme klang, als hätte sie viel zu erzählen.

„Was?“

„Er hat gesagt ...“ Sie lehnte sich vor und setzte sich bequemer hin. „Er hat gesagt, daß Babe und sein Pferd sich verliebt hätten. So etwas habe er noch nicht erlebt. Deswegen war es auch so schwierig, Babe in den Pritschenwagen zu bekommen. Sie wollte bleiben.“

Rayona beschleunigte den Wagen auf der langen, geraden Straße, die zwischen eingezäuntem Weideland entlangführte. Babe stampfte die ganze Zeit mit den Hufen. Judy Rodmans Lied hatte in der „Country Countdown“ den dritten Platz erreicht und stieg weiter. Ich ließ mich von der Musik wegtragen, machte es mir wieder bequem und drehte den Kopf zum Fenster. Es war ein Schock, die dunklen Gläser in meinem Gesicht zu sehen. Das Licht war so hell und golden, ich hatte vergessen, daß ich die Sonnenbrille trug.

IDA

17

Ich wurde niemals erwachsen, aber ich wurde alt.
Ich bin siebenundfünfzig und habe vierzig Jahre lang den Groll wie ein Amulett um den Hals getragen. Nach jeder kurzen Rast, die ich einlegte, hing der Medizinzauber schwerer an mir. Ich hätte mich von allem freimachen sollen. Wenn ich mein Leben noch einmal von vorn anfangen könnte, würde ich mit dem Wort *Nein* beginnen: Zuerst würde ich es zu meinem Vater sagen; dann zu Clara und zu Willard, bevor sie mich verließen; und zu Lee, um sein Leben zu retten. Nur bei Christine fühlte ich anders, aber das Ergebnis fiel auch nicht besser aus als bei den anderen.
Ich erzähle die Geschichte meines Lebens, so wie ich sie im Gedächtnis bewahre, so wie ich sie erzählen will. Obwohl ich Englisch besser spreche, als alle annehmen, bevorzuge ich meine Sprache. Ich benutze die Worte, mit denen ich die Ereignisse benannt habe, während sie geschahen, die Worte, die meinen Gedankengängen folgten, und die Worte, die mir Kraft gaben. Meine Erinnerungen brauchen kein weißes Papier. Sie besitzen die Tiefe der Zeit.
Ich muß diese Geschichte jeden Tag neu erzählen, etwas hinzufügen oder ändern und die Teile dazuerfinden, die ich vergessen oder niemals gewußt habe. Ich trage schwer an dieser Last, und niemand wird die Geschichte je erfahren – außer ich erzähle sie Rayona. Sie wird mich vielleicht verstehen. Sie hat die Dinge aus der Sicht ihrer Mutter gehört, und sie hat Augen im Kopf. Aber sie kann nicht wissen, was davor geschehen ist. Sie kennt meine wahre Bedeutung nicht. Sie erkennt nicht, daß ich diese Geschichte bin, und daß die Geschichte mein Erbe ist, das ich ihr hinterlassen werde oder nicht.

Mein Leben ist eine Kette von Bergen, die nahe beieinander liegen und doch durch tiefe Schluchten getrennt sind. Von jedem Gipfel schaue ich zurück und sehe die Berge hinter mir, keine Armeslänge entfernt. Die Straßen hinauf und hinunter sind steil. Sie entziehen sich dem Blick, und ich starre über die Holzbrücken meines Gedächtnisses hinweg auf die Stellen, wo ich gerade noch gestanden bin.
Ich sehe den ersten Gipfel klar vor mir, als ob nur eine Minute zwischen heute und gestern läge. Ich war fünfzehn und naiv. Ich erkannte in der raschen Folge meiner neuen Erkenntnisse den Zeitpunkt nicht, an dem ich mich hätte entscheiden müssen. Mama gab damals den langen Kampf um ihre Gesundheit auf und rief nach ihrer viel jüngeren Schwester Clara.

Auf Claras Klopfen hin öffnete ich die Vordertür. Dabei hatte ich immer noch ein Lächeln über einen Witz von Pauline auf den Lippen. Ich überlegte mir gerade, was ich antworten sollte. Und da stand Clara vor mir. Sie war so jung und hübsch, so sauber und still, und so anders, als ich erwartet hatte. Ich wollte sie sofort beschützen. Ich nahm den Griff ihrer Segeltuchtasche, schloß die Finger um ihre Hand und zog sie ins Zimmer. In ihren Locken leuchteten Haarklammern, ihr schwarz-weiß gestreiftes Kleid war hochtailliert. Sie trug hauchdünne Strumpfhosen, glänzende Lacklederschuhe mit hohen Absätzen und hatte einen Tupfen Rouge auf jeder Wange. An ihrer rechten Hand funkelte ein Ring und an ihrem Hals ein goldenes Kreuz. Sie wirkte unsicher in der fremden Umgebung, fragte sich wohl, wer ich war und wie man sie empfangen würde. Und mein Atem stockte, so adrett sah sie aus.
Ich hatte Clara nie zuvor gesehen, aber ich nahm sie sofort in Besitz. Noch bevor wir uns miteinander bekannt gemacht hatten, erzählte ich ihr Paulines Witz und lud sie ein mitzulachen. Sie wollte mitmachen, lächelte zustimmend, maß den Raum mit den Augen aus und schüttelte die Hand, die Pauline ihr scheu hinhielt. „Ich sollte zu Annie gehen“, sagte sie und schaute von einer geschlossenen Tür zur anderen. Sie lauschte auf ein Zeichen ihrer Schwester, aber ich wollte sie noch nicht gehen lassen.

„Sie schläft, sie ruht sich aus“, sagte ich.
Ich führte Clara in mein kleines Zimmer und schickte Pauline auf die Felder, um Papa zu suchen. Clara saß auf meinem Bett, packte ihre Kleider aus und beschrieb ihre abenteuerliche Zugfahrt. Ich probierte die Lackschuhe an und merkte, daß meine Füße zu groß waren. Dann tupfte ich mir einen Tropfen Parfum unter die Nase. Sie versprach mir, daß sie eines Tages mein Haar in eine Lockenfrisur à la Madame Pompadour verwandeln würde – wie ihre.
Dort, wo Clara lebte, sprachen die Leute unsere Sprache, nur ein kleines bißchen anders als wir und doch so verschieden, daß der Akzent für mich interessant klang. Sie dehnte die Worte und verschluckte die Endungen. Die Sätze flossen ineinander. Sie sprach, als ob sie Bedeutendes zu sagen hätte, doch in Wirklichkeit hatte sie wenig zu sagen.
Ich genoß es, daß ich Clara als erste begrüßt hatte. Pauline begann schon nach kurzer Zeit, sie zu hassen, weil ich Clara so faszinierend fand. Ich konnte den ersten Anflug von Eifersucht in den Augen meiner Schwester sehen, als sie aufgedreht und schweißüberströmt zur Tür hereinstürzte.
„Papa kommt“, verkündete Pauline und merkte schnell, in wessen Bett Clara schlafen und welchen Raum sie bewohnen würde.
„Was ist das?“
Pauline hatte mich erwischt, als ich gerade Hände und Kopf in Claras Nachthemd gesteckt hatte. Der weiche, weiße Stoff bauschte sich um meine Schultern. Dann ließ ich das Nachthemd über meine Kleider fallen. Es reichte mir bis über die Knie.
„Clara hat mir erlaubt, es anzuprobieren“, sagte ich nach einer Sekunde.
„Es ist dir zu klein, das sieht jeder Idiot“, stichelte Pauline.
Ich wurde rot, weil ich so groß war, und ich fühlte, wie sich das Nachthemd an den Nähten um meine Schultern und an meinem Rücken dehnte.
„Nein, nein“, unterbrach Clara. „Das sieht nur so aus, weil sie noch Kleider darunter an hat.“
Ich warf ihr einen dankbaren Blick zu, und ihre Mundwinkel

hoben sich zu einem verschwörerischen Lächeln. Ein unwürdiger Gedanke zuckte mir so schnell durch den Kopf, daß ich ihn nicht festhalten konnte: Mamas Krankheit hatte mir Clara gebracht.
Ich war von meiner begehrlichen Grausamkeit schockiert, aber bevor ich mich schämen konnte, hörten wir, wie Papa ins andere Zimmer trat. Clara sprang auf die Füße, klatschte in die Hände und befeuchtete sich die Lippen.
„Wir sind hier drin, Papa", rief Pauline, lief hinaus und ließ Clara und mich allein zurück. Weil Clara so nett zu mir gewesen war, wollte ich ihr jetzt auch etwas Nettes sagen.
„Du siehst so frisch aus", sagte ich. „Gar nicht wie jemand, der eine lange Reise hinter sich hat."
Clara fingerte an ihren Haaren herum und drückte die Locken vor einem Spiegel zurecht, den sie mitgebracht hatte. Sie spuckte auf die Spitzen ihrer schmalen Finger, strich über ihre Augenbrauen und glättete die dunklen Härchen zu sauber gezogenen Linien.
„Ich habe deinen Vater seit Jahren nicht gesehen." Sie redete mit mir, weil ich gerade im Raum war. In Wirklichkeit sprach sie nur ihre Gedanken laut aus. „Er war früher ... Ich werde nie vergessen, wie ich ihn zum ersten Mal sah. Er kam, um Annie den Hof zu machen. Er war so groß und kräftig, so stark wie du. Er wird sich nicht an mich erinnern. Ich war damals ein pummeliges kleines Mädchen." Clara zupfte an unsichtbarer Unterwäsche und löste den Rock von ihren Unterschenkeln, wo der Stoff vom langen Sitzen festklebte. Sie schluckte und lächelte mich noch einmal an, um sich Mut zu machen. Mit ihrer Tasche unter dem Arm verließ sie das Zimmer, als würde sie in einen Laden gehen, und ich folgte ihr im Duftschleier ihres Parfums.
Ich fühlte mit Clara und war besorgt, was Papa wohl zu ihr sagen würde. Er haßte es, wenn er sich bewacht fühlte, und er hatte sich lange dagegen gewehrt, eine Fremde ins Haus zu holen. Er hatte versucht, es allein zu schaffen. Aber Mama wurde von Woche zu Woche schwächer. Sie schwankte zwischen der Resignation vor der Krankheit und der Hoffnung auf Besse-

rung. Papa ging in den Laden und kaufte Lebensmittel, solange ich kochte. Er wusch Mamas Laken, und Pauline hängte sie draußen auf. Die ganze Nacht saß er an Mamas Seite, streichelte ihren Arm und flüsterte so leise, daß ich die Worte nicht verstehen konnte. Aber zuletzt blieb Mama doch eines Morgens liegen. Und als wir von der Missionsschule zurückkamen, lag sie immer noch mit offenem und zerwühltem Haar im Bett, die blasse Hand an die Brust gedrückt.

Im Frühjahr mußte mein Vater vor Sonnenaufgang das Haus verlassen, und er kam oft erst spät nachts zurück. Ich bot ihm an, die Schule abzubrechen, und behauptete, die Nonnen würden froh sein, wenn sie mich los wären, weil ich ein ständiges Ärgernis für sie darstellte: ein ungehorsames Mädchen, das sich nicht einfügte und seine Lehrer damit quälte, daß es sich dumm stellte. Aber die Lehrer ließen sich nicht zum Narren halten und waren nur um so mehr verärgert. Ich konnte etwas leisten, das wußten sie. Sie waren angetreten, um meine Seele zu retten und meine englische Grammatik zu verbessern. Aber ich wollte beides nicht. Papa war zu stolz und lehnte mein Angebot ab. Er fürchtete, daß andere Leute im Reservat sagen könnten, er lebe von der Arbeit seiner Tochter, nachdem seine Frau ausgelaugt war. Er schämte sich sogar wegen Mamas schwachem Herzen, als ob auch das sein Fehler wäre. Wir mußten ihm versprechen, niemandem die Wahrheit über ihren Zustand zu sagen. Jeder sollte denken, wir seien eine perfekte Familie.

Mama wußte das natürlich alles, und deswegen heckte sie im Bett einen Plan aus, dem Papa zustimmen mußte.

„Erzähl ihnen“, sagte sie schließlich, „daß meine jüngere Schwester kein Zuhause hat und nicht weiß, wo sie hin soll. Sag ihnen, wir haben sie aufgenommen, bis sie weiß, was sie will. Und dann schicke nach Clara.“

Ich sah, wie Papa über diese Idee nachdachte. Er wog in Gedanken ab, was die anderen im Reservat zu dieser Erklärung sagen würden: Bemerkungen über seine Großzügigkeit, seine Freundlichkeit gegenüber Mamas Angehörigen in Not, und Anerkennung, daß er bereit war, noch eine Person in diesem kleinen Haus aufzunehmen.

Mama wartete. Ihr Gesicht war vor Sorge angespannt, daß er nein sagen und sie allein lassen könnte in den lastend heißen Stunden des Sommers, wenn die Tage immer länger werden.
„Clara ist schweigsam", fügte Mama hinzu, um Papa für ihren Plan zu gewinnen. „Erinnerst du dich? Sie wurde immer ‚der Fisch' genannt."
Papa sah sie an, sein Blick verdüsterte sich, so intensiv dachte er nach. Er wünschte sich Mama wieder gesund und keine weiteren Komplikationen in seinem Leben. Aber Mamas Kopf lastete so schwer auf dem Kissen, als hätte sie keine Nackenmuskeln. Die Bitte, die er in ihren Augen las, saugte seine Fragen auf, schluckte die möglichen Einwände und überzeugte ihn, daß er keine andere Wahl hatte.
„Du läßt sie von dem neuen Priester rufen", sagte er. „Aber sie bleibt nur so lange, bis es dir wieder besser geht."
Ein Priester war durch den Amtseid zum Schweigen verpflichtet und konnte deshalb nicht herumerzählen, wie es in unserem Haus stand.
Und jetzt war die Antwort auf den Brief eingetroffen. Papa saß am Küchentisch und starrte in den Tee, den Pauline ihm aufgebrüht hatte. Er hörte uns hereinkommen und fühlte sich sichtlich unbehaglich. Er blieb in sich versunken, bis Clara vor ihm stand, dann blickte er zu ihr auf. Seine Augen weiteten sich. Er hielt den Atem an, dann blies er ihn aus den Wangen. Er hob den Kopf, so daß er ihr in die Augen sehen konnte. Dann schob er den Stuhl zurück und stand auf.
„Du bist also Clara", sagte er, als ob er ihr eine Neuigkeit mitteilte.
„Ja."
Sie stand wie festgenagelt vor ihm. Die schwarzen Streifen des Kleides umrahmten ihren Körper, die Absätze der Schuhe waren aneinandergedrückt, und die Augen hatte sie gesenkt.
Papas Augen hoben sich von der sonnengebräunten Haut des Gesichtes ab. Seine Haare waren lang und voll und verschwanden auf dem Rücken zwischen den breiten Schultern. Er trug ein grünes Arbeitshemd, das mit Ölflecken und weißer Farbe verschmiert war und um die Taille eng anlag. Er hatte die Ärmel

hochgekrempelt. Seine kräftigen, unbehaarten Unterarme verjüngten sich zu feingliedrigen Handgelenken und liefen dann in dicke, viereckige Handflächen und plumpe Finger aus. Über seinem Mund wuchsen ein paar nicht ausgezupfte Schnurrbarthaare, und seine Augenbrauen waren so schwarz und dicht wie ein Nerzfell. Die blasse Narbe einer Schnittwunde lief oberhalb der gebogenen Nase entlang, führte weiter nach unten und riß dann eine Spalte durch die linke Seite der Oberlippe.

„Es hat mir sehr leid getan, als ich das mit Annie gehört habe", flüsterte Clara und wartete nervös auf seine Reaktion, aber Stille füllte den Raum. Pauline und ich waren das Publikum. Jede stand hinter ihrem Favoriten, und wir waren beide durch den Zauber ihrer Verwirrung gefangen. Ein Klappern zog unsere Aufmerksamkeit auf den Ofen und zum Kessel. Das Wasser kochte, und wir brachen unser Schweigen.

„Gib ihr Tee", sagte Papa zu Pauline.

„Ich werde das machen." Ich ging um den Tisch herum und kam in die trockenere, heißere Umgebung des Holzfeuers.

„Mach dir keine Umstände", sagte Clara. „Vielleicht könnte ich Wasser haben, ich hätte gern etwas Kaltes." Sie hob den Kopf und sah Papa, der sie anstarrte, in die Augen. „Sie sind sehr freundlich, aber ... es ist heute zu heiß für Tee."

Papa gab Pauline wortlos einen Befehl. Sie hob den Deckel des Fasses und tauchte eine Tasse in die Dunkelheit. Sie streckte die Tasse Clara hin, dann sah sie Papa ein weiteres Zeichen machen, hielt inne, holte ein sauberes Glas aus dem Regal und goß das Wasser aus der Tasse ins Glas. Papa nahm das Glas aus Paulines Hand, reichte es selbst hinüber, und Clara lächelte dankbar zwischen kleinen Schlucken.

„Glaubt ihr, daß die arme Annie jetzt wach ist?" fragte sie. „Ich bin schließlich ihretwegen gekommen."

Mama erzählte mir später, bevor sie starb, daß sie und Clara nie ein besonders gutes Verhältnis gehabt hatten. Der Altersunterschied war zu groß. Clara war das Küken in der Familie gewesen, ein unerwarteter Nachzügler. Sie hatte sich nie wie eine richtige Schwester verhalten.

„Warum hast du sie dann gerufen?“ fragte ich.
„Weil ich sicher war, daß sie kommen würde. Ich hatte doch keine Ahnung, was das für Folgen haben würde.“
Ich beruhigte sie, sagte ihr, sie solle sich ausruhen. Aber es war ihre Schuld. Sie hätte es wissen müssen. Sie hätte es voraussagen können.

Zuerst schien es, als ob Clara alles zurückweisen würde, was ich ihr anbot: mein Bett und mein kleines Zimmer – ich quartierte mich bei Pauline ein –, meine Schubladen in der Kommode, das feine Baumwollgewebe, das ich für ein neues Kleid aufgehoben hatte, das letzte Stück Schwarzbeerkuchen in der Dose. Es war eine Herausforderung, sie dazu zu bringen, daß sie meine Geschenke annahm, und ich fühlte mich als Sieger, wenn ich ihre Einwände erfolgreich widerlegt hatte. Aber Papa war schlimmer als ich. Er bestand darauf, ihr besondere Haarseifen zu kaufen und bestellte neue Stiefel für sie, weil der Sommerregen den Boden aufgeweicht hatte. Er ließ nicht zu, daß Clara Brennholz schleppte oder es gar selbst mit dem Beil aus den Stämmen hinter dem Haus schlug. Und er wusch sich neuerdings draußen in der Traufe, bevor er abends ins Haus trat.
Zuerst schien es, als ob Claras Ankunft die Luft, die wir atmeten, leichter gemacht hätte. Mama hatte durch die Bettruhe wieder Farbe auf den Wangen. Während Pauline und ich putzten und kochten, konnte Clara den ganzen Nachmittag damit verbringen, Mamas Fingernägel zu feilen oder Blumen zu pflücken und anschließend damit die Räume zu dekorieren.
In den Dämmerstunden des Spätsommers war die Brise aus dem Westen stark genug, um die Moskitos fernzuhalten. Ich lud Clara zu meinem besonderen Platz ein, auf den tiefen Dachüberhang, den man durch die einzige Dachluke auf dem Boden erreichen konnte. Dort waren wir ungestört. Wir streckten uns der Länge nach auf den sonnenwarmen Dachziegeln aus. Ich erzählte ihr alle meine Geheimnisse und fragte sie um Rat. Ich sagte ihr, wie demütigend und beschämend es sei, daß mich kein Junge in der Klasse liebte. Alle anderen, so schien mir, hatten

sich zu Pärchen zusammengetan und würden nach Schulabschluß heiraten.
„Gibt es denn keinen, den du willst?" fragte Clara an einem Spätnachmittag.
Ich lachte verschämt und erzählte ihr von Willard Pretty Dog, den alle Mädchen haben wollten. Wir beschäftigten uns nur in unseren Träumen mit seinem goldenen Leben, und wenn er einmal lächelte, war uns das Gesprächsstoff für eine ganze Woche. Er hätte die Wahl gehabt, aber er blieb lieber allein.
„Warum denn nicht?" fragte Clara.
Ich stützte mich auf den Ellbogen und sah sie an. Über uns flogen die Wolken dahin, sie waren flach auf der Unterseite und oben bauschig. Sie waren von den langen, roten Linien des Sonnenuntergangs durchzogen, und der Himmel schimmerte in dunklem Pink. Clara hatte die Augen geschlossen und die Arme über den Kopf gestreckt. Der Wind schob ihren Rock hoch und blies ihr die Haare aus dem Gesicht.
„Er ist kleiner als ich", sagte ich. „Und außerdem hat er von einem ausschließlich indianischen Regiment gehört, dem er beitreten will. Er wird sein Alter falsch angeben, damit er kämpfen kann, bevor der Krieg zu Ende ist."
„Warte doch einfach auf ihn", riet sie mir. „Die Männer kommen am Ende immer. Wenn alle Mädchen alle Jungen wegschnappen, dann wirst nur noch du übrigbleiben und ihn bekommen."
Ich legte mich zurück, durch ihre Sicherheit unvernünftigerweise ermutigt. In Gedanken wurde ich zu Clara, stellte mir vor, wie ihre Gesichtszüge sich in meine verwandelten, die zierliche Nase, das runde Gesicht, die mandelförmigen Augen. Ich stellte mir vor, wie ich Willard bei seiner Rückkehr mit diesem Gesicht begrüßen würde, stellte mir vor, wie er vor Freude in die Hände klatschen würde.

Seit Mamas Pflege nicht mehr auf Papas Schultern lastete, verdiente er mehr Geld bei der Arbeit. Durch die körperliche Bewegung wurde er wieder jung und schlank. Manchmal hörte ich, wie er spät nachts noch lauthals über einen Witz lachte, den entweder Mama oder Clara oder er selbst erzählt hatte. Er schlief auf einem Lager am Boden vor dem Ofen, damit Mama es bequemer hatte. Das Lager bestand aus Teppichen und Decken. Aber er prahlte, wie gut er dort liege, und schwor, daß es überhaupt nicht unbequem sei.

Nur Pauline widerstand Claras Anziehungskraft. Eine ganze Weile glaubte ich, daß sie sich zur Braut Gottes berufen fühle, weil sie jeden Tag nach der Schule den Nonnen der Mission bei der Hausarbeit half. Ihre Knie waren vom Bodenwischen rot und wundgescheuert. Sie kniete im Scheuerwasser auf den Steinfliesen in der Kirche. Ihr Gebetbuch quoll über von den Heiligenbildchen, die die Nonnen ihr als Bezahlung in die Hand drückten. Beim Basar am Labor Day hatte sie einen Rosenkranz gewonnen, und seither trug sie ihn stolz mit sich herum. Außer Mama durfte ihn niemand berühren, wir durften ihn nur anschauen. Jede Reihe der zehn verschiedenen Ave Marias hatte einen anderen Pastellton: pink, grün, blau, violett und weiß. Die Geheimnisse dazwischen wurden durch silberne Metallkugeln symbolisiert. Das Kreuz war ungewöhnlich: Christus war in eine langärmelige Robe gehüllt und stand mit ausgestreckten Armen da.

Am Tage hängte Pauline den Rosenkranz um den Pfosten auf ihrer Seite unseres gemeinsamen Bettes. Am Abend wickelte sie ihn sich um die Finger und betete mit solcher Inbrunst, daß nur sehr laute Geräusche im Haus ihr Gemurmel übertönten. Es war kein Wunder, daß der Rosenkranz Claras Aufmerksamkeit erregte. Eines Nachmittags kamen Pauline und ich von der Schule nach Hause, und da hatte Clara ihn wie ein Lasso vor sich auf dem Küchentisch ausgebreitet. Sie lächelte uns an.

„Könntest du mir das Ding vielleicht mal eine Weile leihen, Pauline?" fragte sie. „Ich bin sicher, daß meine Gebete dann doppelte Wirkung hätten."

Wir starrten auf den Kringel aus blassen Farben auf dem geschrubbten Holztisch. Der Rosenkranz sah aus wie eine verhedderte Angelleine auf dem Wasser.

„Die Nonnen haben ihn bestimmt aus Perlen hergestellt, die sie von den gewöhnlichen Rosenkränzen übrig hatten", fuhr Clara mit gedankenverlorener Stimme fort. „Wißt ihr, das Ding ist so eine Art Patchwork. Als Ganzes betrachtet wirkt der Abfall dann hübsch."

Damit hatte der Rosenkranz seine Besonderheit für mich verloren. Er war etwas aus zweiter Hand wie die Kleiderspenden, die wir am Leibe trugen, oder die überzähligen Lebensmittel, die wir bekamen.

Während Clara sprach, stupste und schob sie den Rosenkranz leicht mit dem Zeigefinger. Sie verkleinerte den Kreis immer mehr, bis die letzten fünf Perlen vor dem Kreuz in spitzem Winkel herausragten.

„Jetzt ist es die Erdkugel, die das Jesuskind in Prague* in der Hand hält."

Sie stand auf und ging in ihr Zimmer. Ich fand damals alles, was Clara tat, wundervoll. Deshalb ließ ich Pauline einfach stehen und folgte Clara. Sie dachte bestimmt, was ich gedacht hatte, nämlich daß sich die zwei Dinge überhaupt nicht glichen. Die Erdkugel des Jesuskindes war aus solidem Gold, aber der Rosenkranz war nur ein hohler Kreis.

Die Perlen blieben wochenlang unberührt auf dem Tisch liegen, während all der Überraschungen und dem Ärger. Jemand hatte sie auf einen Haufen zusammengeschoben und zur Seite gelegt. Pauline machte die Küche sauber, aber sie schien den Rosenkranz nicht zu sehen. Sie sammelte das schmutzige Geschirr ein und wischte die Krümel vom Tisch, aber die Perlen faßte sie nicht an. Ich gewöhnte mich so sehr an den Rosenkranz, daß er unsichtbar wurde. Und als ich das nächste Mal danach schaute, hatte ihn jemand weggeworfen.

Ein weiterer Monat ging vorüber, der verspätete Wintereinbruch verdüsterte die Tage. In der Nacht wurde das Gras spröde und grau, und der Boden verkrustete, aber die Sonnenstrahlen hatten der Erde am Nachmittag schon wieder Farbe und Feuchtigkeit zurückgegeben. Meine Noten wurden besser, weil Clara mir bei den Hausaufgaben half. So hatte ich sie nach dem Abendessen eine ganze Stunde lang für mich allein. Sie

* Prague: kleiner Ort in Oklahoma. Anm. d. Übers.

schrieb eine makellose Schönschrift, jeder Buchstabe der Handschrift war vollendet geformt und in der richtigen Größe. Und ich kopierte ihre Buchstaben. Meine Inhaltsangaben und Aufsätze genügten plötzlich den Ansprüchen der Nonnen – rechtzeitig abgegeben, sauber und demütig geschrieben. Endlich hatten ihre Bemühungen Früchte getragen. Ich war stolz, oder besser gesagt, Clara war stolz. Sie feierte mit mir die glatten Einsen und die Bemerkungen in meinen Schulheften. *Exzellent* stand da in säuberlicher roter Schrift gemalt. Clara mahnte Pauline, meinem Beispiel zu folgen, und pries Mama und Papa meine Leistungen in den höchsten Tönen.
Ich erzählte Clara alles, was ich dachte und fühlte. Ziel und Belohnung zugleich war für mich Claras Lächeln. Ich konnte ihr nur ein Lächeln abtrotzen, wenn ich alle Barrieren ihrer Gelassenheit überwunden hatte. Ich ahmte ihre Sprechweise nach, veränderte meine Kleidung, damit sie dem Stil von Claras Kleidern entsprachen, verriet bedenkenlos Paulines Vertrauen und wartete argwöhnisch auf jedes Zeichen der Besserung bei Mama, weil Clara uns dann hätte verlassen müssen.
Ich hätte mir keine Sorgen zu machen brauchen. Clara hatte nicht vor, so allein zu gehen, wie sie gekommen war.

Es war kurz vor Weihnachten, die Schulferien hatten gerade begonnen. Ich ging den Hügel hinauf und auf ein dunkles Haus zu. Ich fragte mich, was die Dunkelheit und die Stille zu bedeuten hatten, und lief schneller. Unter den Armen trug ich die Geschenke, die ich selbst gemacht oder mir bei den Nonnen verdient hatte – einen selbstgebrannten Tonaschenbecher für Papa, ein Gebetbuch vom Heiligen Joseph für Pauline, eine gehäkelte Decke für Mamas Tablett – und ein großes Paket für Clara. Das Paket war in Silberfolie gewickelt und mit einer Satinschleife geschmückt. Ich setzte die Geschenke hinter der Tür ab und stand still, dann hörte ich aus zwei verschiedenen Richtungen Weinen. Der lautere Ton, das Wehklagen, kam aus Mamas Zimmer. Aber es war das leise Schniefen von Clara, das mich anzog. Mein Herz krampfte sich zusammen, und ich stolperte zu dem Bett, das mir gehört hatte.

Zuerst sah ich den Koffer, der verschlossen neben der Tür stand, dann Clara, die in ihrem gestreiften Reisekleid auf der Bettkante saß. Sie hielt ein großes weißes Taschentuch in den Händen und hatte den Kopf darin vergraben. Ich kniete zu ihren Füßen nieder, schlang die Arme um ihre Beine, legte den Kopf auf ihre Knie und weinte mit. Ihr Schmerz kam unerwartet und war überwältigend. Ich konnte nichts sagen und stellte auch keine Fragen.

„Ich mußte einfach auf dich warten", klagte sie durch das gestärkte Leinen.

Tränen strömten mir aus den Augen. Ich drückte die dünnen Beine in den seidenen Strümpfen an meine Brust.

„Sie wird dir sagen, daß du mich hassen mußt, ich weiß es ganz genau."

Ich ließ ihre Beine los. Der Gedanke, daß ich Clara hassen könnte, war so erschütternd und erschien mir so unvorstellbar, daß ich ungläubig den Kopf hob.

„Wer?" fragte ich, bereit, Clara zu widersprechen und bereit, sie zu verteidigen.

„Annie. Deine Mutter. Aber es war nicht mein Fehler. Ich wollte nicht, daß es geschieht."

Ich fragte mich einen Augenblick lang, ob Clara wollte, daß ich in sie drang, ob sie sich ihre Geschichte abringen lassen wollte. Aber diese Idee wies ich sofort weit von mir.

„Sag mir, was passiert ist", bettelte ich.

„Du wirst mich auch hassen."

„Ich werde dich niemals hassen."

„Versprichst du mir das?"

„Ja. Ja, ich verspreche es."

Clara richtete sich auf, nahm das Taschentuch vom Gesicht und blinzelte ins Dämmerlicht. Sie setzte sich zurecht und stellte die Füße nebeneinander. Ich hockte mich auf die Fersen und sah zu ihr auf, aber sie sprach zur Tür, in Richtung auf die anhaltenden Klagelaute von Mama.

„Ich bin schwanger", sagte Clara.

In meinem Gehirn drehte sich alles. Ich suchte nach dem Vater des Kindes.

„Aber man sieht es gar nicht", gab ich zu bedenken. „Du bist seit Monaten hier, und man sieht überhaupt nichts."
„Ich bin noch nicht so weit."
„Dann ..." Jeder, der in einem Reservat aufwächst, weiß, daß eine Schwangerschaft neun Monate dauert.
Clara hob das Tuch wie einen weißen Vorhang oder eine weiße Flagge vor das Gesicht. „Lecon", sagte sie nur.
Es dauerte länger, als es hätte dauern sollen, bis ich den Namen meines eigenen Vaters erkannte.

Dieses eine Mal ließ Pauline ihre nächtlichen Gebete sein. Wir lagen Seite an Seite und taten nicht einmal so, als ob wir schlafen würden. Wir lauschten dem Streit im Zimmer nebenan. Mama beschimpfte Clara, sie habe sich wie ein Feind ins Haus eingeschlichen. Sie warf Clara vor, sie sei schon immer scharf auf Papa gewesen, sie habe ihre Krankheit ausgenützt und sich genommen, was sie schon immer gewollt habe. Clara verteidigte sich nicht. Sie nahm die Schuld auf sich, wie ein trockener Flußlauf Wasser aufsaugt. Kein Schimpfwort, das Mama ihr entgegenschleuderte, war so schlimm wie die, die Clara selbst für ihr Vergehen fand, und kein Verbrechen war so schlimm wie das, das sie begangen hatte. Mamas Wut lief ins Leere. Sie ließ ihren Zorn an Papa aus, aber sie wurde niedergebrüllt.
„Wer hat sie eingeladen? Wer hat mich aus dem eigenen Bett vertrieben?"
Mama war sprachlos, und Papa schrie Clara an.
„Du hast geschworen, daß nichts passieren kann. Du wußtest doch genau über alles Bescheid. Was werden jetzt die Leute sagen?"
„Zu mir werden sie nichts sagen", sagte Clara. „Ich gehe. Mein Koffer ist gepackt."
„Aber du hast es im Laden erzählt. Ich war dort, um Tabak zu kaufen, und sie wußten es. ‚Bei euch wird ein Baby geboren', unkten sie."
„Ich habe nie gesagt, daß es mein Baby ist. Unser Baby. Ich habe nur gesagt ‚ein Baby'. Ich mußte es irgend jemandem sagen."

Eine Pause entstand, ein Atemholen. Mama hatte einen Hustenanfall, das bellende Geräusch hallte von den Wänden des stillen Zimmers wider.
„Wer wird sich um *sie* kümmern?“ Claras Stimme klang ruhiger, sie hatte sich unter Kontrolle.
Niemand antwortete.
„Du sorgst dich nur um deine eigene Schande, nicht um meine und nicht um Annies. Wenn du einen Weg findest, wie du deinen Ruf retten kannst, werde ich hierbleiben und mich um meine Schwester kümmern.“
„Ich will dich hier nicht sehen“, sagte Mama. Ihre Stimme klang schmerzerfüllt und schrill.
„Es gibt keinen Ausweg.“ Papa dachte über eine Lösung nach.
„Es war ein Zufall“, sagte Clara. „Annie, ich schwöre dir beim Leben des Babys, daß es nie wieder passiert. Ich weiß nicht, warum ich es zugelassen habe.“
„Zugelassen?“
„Ich schwöre es dir, Annie. Du brauchst mich. Die Mädchen auch. Eine kleine Mutter, bis es dir wieder besser geht.“
Ich nannte sie „kleine Mutter“, das war das alte indianische Wort, das selten benutzt wurde. Es bedeutete mehr als Tante.
Neben mir bewegte sich Pauline. Ich konnte fühlen, wie sie protestierend alle Muskeln anspannte. Ich war hin und her gerissen. Ich war so überrascht, daß ich nicht wußte, was ich wollte und was ich nicht wollte.
„Wenn wir nur eine Lösung finden könnten.“ Claras Worte hatten einen Klang, den ich wiedererkannte. So klang ihre Stimme, wenn sie mir beim Aufsatzschreiben half und mich fragte: „Nun, *warum* sagst du das?“ So klang es, wenn sie versuchte, mich zu einer bestimmten Antwort hinzuführen und mich dazu zu bringen, das zu finden, was sie für mich zurechtgelegt hatte.
„Ich habe ihnen nur gesagt ‚ein Baby‘“, wiederholte sie.
„Sie werden nicht glauben, daß es mein Baby ist“, sagte Mama. „Sie wissen, daß ich nach Pauline kein Kind mehr bekommen konnte.“
„Wenn ich nicht die Mutter bin, werden sie Lecon nie verdächtigen“, fuhr Clara fort, als hätte Mama nichts gesagt.

„Wessen Baby soll es denn sein?“ Papa wurde bei diesem Spiel ungeduldig. „Paulines? Idas?“
Mein Name hing einen Herzschlag lang in der Luft. Meine Haut wurde kalt.
„Wenn es Idas Kind wäre“, sagte Clara, „wäre niemand überrascht. Jeder weiß, daß sie hinter Willard Pretty Dog her …“
Ich wäre am liebsten in den Boden versunken. Sie hatte mich verraten und dachte obendrein noch schlecht über mich. Sie wußte genau, daß Willard für mich nur ein Wunschtraum war.
„Und für ein junges, unerfahrenes Mädchen ist es nicht so schlimm. Die Leute werden vergeben und vergessen.“
„Nein!“ Mama war müde und schwach. Ich wartete darauf, daß Papa ungehalten oder wütend auf Claras Vorschlag reagierte, aber statt dessen sprach er leise und überlegt.
„Sie müßte einverstanden sein, auch wenn wir die Wahrheit verheimlichen könnten.“
„Ich könnte mit ihr weggehen und sie nachher wieder herbringen.“ Clara hatte bereits Pläne geschmiedet. „Sie würde es für mich tun“, flüsterte sie. „Dann könnte ich so lange hierbleiben, wie ich gebraucht werde. Das Kind erziehen. Niemand wird es je erfahren.“
„Warum gehst du nicht allein weg?“ sagte Mama. „Geh und komm nie wieder zurück.“
Ich dachte nur noch daran, daß Clara weggehen würde. Wenn dieser Alptraum vorüber war, würde sie fort sein, und ich würde allein zurückbleiben.
„Willst du das auch, Lecon? Willst du, daß ich gehe?“ Clara schloß Mama aus und machte es zwischen sich und Papa aus. Sie redeten nicht über ein Baby oder über mich, sie sprachen über sich selbst.
Eine weitere Pause entstand, sie warteten. Es war ein Moment der Entscheidung.
„Sie wird nie zustimmen“, sagte Papa, als ob ich das einzige Hindernis wäre.
Im Geist sah ich vor mir, wie ihre Augen auf unsere geschlossene Tür gerichtet waren, wie sie mich mit den Augen riefen, damit

ich sie erlöste. Ich schlug die Decken zurück und schüttelte Paulines Hand ab, die mein Handgelenk umklammert hielt. Die Dielen waren kalt unter meinen nackten Füßen. Ich wickelte mir eine Decke um die Schultern und entriegelte die Tür. Sie waren so im Raum verteilt, wie ich aus der Entfernung ihrer Stimmen geschlossen hatte: Mama saß am Tisch, Papa stand an der Tür, und Clara saß mit dem Rücken zur Wand auf dem Boden beim Ofen. Sie hatten gewußt, daß ich lauschte, aber sie waren überrascht, daß ich so schnell kam.
„Ja", sagte ich, als ich hätte nein sagen sollen.

Dieses Weihnachtsfest hinterließ keine Spur in meinem Gedächtnis. Es ist eine Lücke zwischen den Weihnachten, die vorher kamen, und denen, die folgten. Ich habe keine Erinnerung an das Weihnachtsessen und an die Geschenke und an die Messe in der Kirche. Aber ich erinnere mich an ein Ereignis wie ausgestanzt, ohne Zusammenhang mit den anderen Ereignissen. Ein Bild wie ein Schnappschuß.
Clara trägt das Kleid aus feinem Baumwollstoff, sie hat ein künstliches Stechpalmenblatt knapp über dem Ohr in ihr Haar gesteckt. Sie beugt sich über den Tisch und hat ihre Aufmerksamkeit auf mein Paket gerichtet. Sie löst die Schleife mit den Fingernägeln, windet das Satinband langsam um zwei Finger, verknotet das Ende und legt das Band beiseite. Sie reißt das Silberpapier auf, hebt den Deckel mit beiden Händen langsam hoch und verlängert so die Spannung noch.
Aber dann bleibt das Bild stehen. Ich kann mich nicht mehr an mein Geschenk erinnern.

Der junge Priester in der Mission hieß Hurlburt. Er war dunkelhaarig und dünn. Seine Augen waren so blau, daß die Leute wegsahen. In seinem ersten Jahr im Reservat hatte er sich den Ruf erworben, daß er Geheimnisse bewahren konnte. Er vergaß die Sünden, die er im Beichtstuhl im hinteren Teil der Kirche hörte. Er berichtete es nie seinem Vorgesetzten, Father Gephardt, wenn die Leute betrunken oder gar nicht zur Messe kamen. Er war eine Wand, durch die der Klatsch nicht drang, und

deshalb war er gefürchtet, aber auch sicher. Die Leute brauchten ihn, weil er sich an die Schweigepflicht hielt, und sie fürchteten ihn, weil er so viel über sie wußte.
Papa hatte den Priester benachrichtigt. Er kam zu uns ins Haus und hörte die Geschichte an, die Clara ihm nun schon zum drittenmal erzählte: Sie sprach von einer nächtlichen Vergewaltigung durch einen maskierten Räuber, von unserer Familienehre und dem Plan, zu dem wir sie als Dank für ihre Hilfe überredet hätten. Er verzog beim Zuhören keine Miene. Die dünnen Lippen unter seiner langen Nase formten Claras Worte nach, während er versuchte, ihrem Mischmasch aus Indianisch und Englisch zu folgen. Große schwarze Schuhe lugten unter seiner Soutane hervor, und seine schmalen Hände mit den winzigen Nägeln lagen wie tote Stacheln in seinem Schoß.
Die Tür zu Mamas Zimmer war geschlossen. Sie wollte mit all dem nichts zu tun haben. Seit dem nächtlichen Streit verhielt sie sich kalt und feindlich, vor allem mir gegenüber, aber sie sagte nichts. Papa stand hinter meinem Stuhl. Ich konnte sein Gesicht nicht sehen, aber seine Anwesenheit fühlen. Ich hörte, wie er laut einatmete, und fühlte, wie er das Gewicht von einem auf den anderen Fuß verlagerte. Pauline war noch nicht zu Hause, sie aß schon die ganze Woche über bei den Nonnen und kam erst spät zum Schlafen zurück, wobei sie sich wie ein Fötus auf der am weitesten entfernten Kante unseres Bettes zusammenrollte.
Clara hatte geendet, und Father Hurlburt sah mich mit seinen furchteinflößenden Augen an.
„Ida, mein Kind", sagte er. „Ist dir klar, was von dir verlangt wird?"
Ich nickte und sah weg.
„Bist du gewillt, diesen Opfergang auf dich zu nehmen, die Verachtung der anderen zu ertragen, für dieses Kind zu sorgen, als ob es dein eigenes wäre, und dieses Geheimnis für immer zu bewahren?"
Seine Worte klangen wie die Litaneien, die man zu Ostern singt. So wurde nur in der Kirche geredet, wenn ein Paar die Eidesformel bei der Hochzeit nachsprach. Ich sah seinen Augen an,

daß er eine Weigerung akzeptieren würde und ich mich durch ein einziges Wort retten könnte. Aber ich sagte es nicht.
„Ja."
Er richtete die Augen über meinen Kopf hinweg auf meinen Vater. „Sie ist noch so jung."
„Bei uns wird das so gehandhabt." Mit diesem Satz hatte Papa den Priester auf Distanz gebracht und ihn an die Kluft erinnert, die zwischen ihm und uns lag. Er hatte ihn davor gewarnt, Ratschläge zu erteilen, und ihn in seine Schranken gewiesen.
Father Hurlburt sah wieder mich an. Er hatte eine Traurigkeit an sich, eine Verlorenheit. Zum ersten Mal fragte ich mich, was er hier tat. Er war ein Außenseiter. Er wurde zwar gebraucht, aber er war nicht erwünscht. Ich hatte noch nie an Priester und Nonnen als Menschen gedacht, ich hatte sie nie getrennt von den Belastungen gesehen, die sie uns aufbürdeten. Blitzartig sah ich den Mann im Priester, und es überraschte mich. Ich vergaß, den Kopf wegzudrehen, und wir sahen uns so neugierig an wie zwei Tiere, die am selben Wasserloch trinken.
„Und die Schule?" fragte er schließlich. „Sie steht doch kurz vor dem Abschluß."
„Sie kann später wieder zur Schule gehen. Meine Töchter beenden, was sie anfangen." Papa verlor langsam die Geduld mit dem Priester. Im nächsten Augenblick würde er wütend werden.
„Ich werde für das Baby dasein", unterbrach Clara. „Sie wird nur draußen als die Mutter gelten."
Father Hurlburt sah sich im Raum um, sah von Papa zu mir und zu Clara. Sein Blick blieb an Mamas Tür hängen.
„Annie ist krank und braucht ihre Schwester als Beistand. Aber die Leute würden Fragen stellen, wenn Clara die Mutter des Kindes wäre", sagte Papa. „Ida hat zugestimmt. Sie will es tun."
Alle Fragen schienen beantwortet.
„Gibt es einen Ort, wo wir hingehen können?" Clara kam zum eigentlichen Anlaß des Besuchs. „Es muß schon bald sein, noch bevor es mir jemand ansieht."
Father Hurlburt berührte mit der Hand das braune Haar an seiner Schläfe, dann massierte er sich den Nacken. Er dachte über ihre Frage nach.

„Ich kenne vielleicht einen Ort. Ich werde die Nonnen fragen. Ich glaube, sie haben ein Mutterhaus in Colorado, das manchmal unglückliche junge Mädchen aufnimmt." Er stand auf, zupfte den Stoff seiner Soutane glatt und schloß einen offenen Knopf. „Sie hören von mir."

„Wo in Colorado?" fragte Clara. „Denver?"

„Wo in …" Der Priester drehte sich abrupt zu ihr um, so als hätte er ihr Englisch nicht verstanden. „Denver. Ja, ich glaube, es ist in Denver."

„Ich war noch nie in Denver." Clara lächelte in sich hinein, stand auf und half Father Hurlburt in den Mantel. Als die Tür sich hinter ihm geschlossen hatte, wandte sie sich zu mir um. Ich war sitzen geblieben.

„Guck doch nicht so traurig", sagte sie. „Es ist eine Stadt. Wir werden eine Menge Spaß miteinander haben, wie die besten Freunde. Und wenn wir wieder zurück nach Hause zu deiner Mama und deinem Papa kommen, bist du auf dem leichtesten Weg der Welt Mutter geworden."

Sie drehte sich um und zündete das Holz im Herd an. Sie wollte die Suppe noch einmal heiß machen. Papa ging an mir vorbei, weil er draußen Holz hacken wollte. Ich konnte fast schon fühlen, wie sich ein Baby in meinem Körper bewegte, fast schon das Gewicht auf meinen Armen spüren. Aber wenn ich in meiner Vorstellung das Gesicht des Kindes sah, schauten mich strahlend blaue Augen anklagend an.

18

Die Nonnen in Denver waren hingerissen, als sie die Geschichte von Claras Vergewaltigung hörten. Clara sei ein Opfer, sagten sie, ein unschuldiges Lamm. Sie sei von einer wilden Bestie in Gestalt eines Mannes mißbraucht worden, sie sei eine Märtyrerin. Clara paßte in ihre Heiligengeschichten, die Erzählungen von Jungfrauen, die von römischen Bauernsoldaten verfolgt wurden, und die Legenden von Frauen, die ihre Standhaftigkeit mit dem Leben bezahlt hatten.

Die Tatsache, daß Clara noch am Leben war, übersahen sie.

Mit den Nonnen als Zuhörerschaft wurde Claras Bericht von ihren schrecklichen Erfahrungen immer bunter und komplizierter: Sie hatte bis zur Ohnmacht gekämpft oder manchmal auch, bis sie mit einem großen Stein bewußtlos geschlagen wurde; sie hatte sich selbst geopfert, um mich, ihre Schwester, zu retten, die sich verängstigt in einen Schrank verkrochen oder hinter einen Busch gekauert hatte; sie hatte ihren Angreifer später aufgespürt und ihn der Gerechtigkeit ausgeliefert, sie war die Erlöserin ihres Stammes. Aber selbst in der letzten Version, als Clara mutig vor Gericht als Zeugin aussagte, legte der Mann nie die Maske ab. Er blieb namenlos und hatte keine besonderen Kennzeichen, er war irgendein Mann oder jeder Mann. Die Nonnen konnten sich ihn so vorstellen, wie sie wollten, ein Bild im eigenen Gedächtnis ausgraben oder angeregt durch das Entsetzen ein neues zusammenbasteln.

Ich hatte als Claras Schwester keine Rechte im Konvent und keinen Grund für meine Anwesenheit, ich war nur als Begleitperson geduldet. Deshalb mußte ich für meinen Unterhalt arbeiten. Ich mußte die Arbeiten erledigen, die den Novizinnen vorbehalten waren – den Boden wischen, Messingleuchter po-

lieren und mit Besenstielen Wäsche in großen Wannen umrühren. Das Bleichmittel ruinierte meine Hände und brannte die Linien aus meinen Handflächen, wenn ich die schweren, glühendheißen Wäschestücke zum Mangeln aus dem Wasser holte. Ich schlief auf einer Matte in einem leeren Raum, in dem nur ein Kruzifix an der Wand hing. Das Fenster war zu hoch, ich konnte nicht hinaussehen. Ich durfte nur ein Buch auf einmal in der Bibliothek des Konvents ausleihen, aber die Titel erschienen mir alle gleich.
Manchmal traf ich Clara nicht einmal im Speisesaal. Sie war das einzige gefallene Mädchen, das dort wohnte, und freundete sich mit vielen jüngeren Nonnen an. Ich hörte, wie sie flüsterten. Sie hofften, daß sie ihr Baby einem kinderlosen katholischen Ehepaar zur Adoption übergeben und sich ihrem Orden anschließen würde. Sie nahmen sie immer mit, wenn sie in die Stadt gingen, zeigten ihr Museen und Sehenswürdigkeiten, luden sie zum Mittagessen in Restaurants ein und schenkten ihr fast neue Umstandskleidung.
Ich saß allein herum, wenn ich gerade nicht arbeiten mußte, und wartete auf die Geburt des Kindes. Ich merkte, daß Pauline eine bessere Mutter für dieses Baby gewesen wäre als Clara oder ich. Sie hätte das Leben im Konvent genossen, mehr als das, sie hätte sich vielleicht berufen gefühlt. Aber ich ließ mich gehen. Ich fing an, so zu tun, als brächte ich kaum ein Wort Englisch heraus. Es wurde schwierig, mich morgens zu wecken, und ich weigerte mich, stundenlang in der Kapelle zu knien. Statt dessen pflanzte ich mein Hinterteil auf eine Kirchenbank und begrub den Kopf in den Armen. Ich nahm von Weißbrot und Butter zu, die der gläubige katholische Besitzer einer Molkerei schickte, wenn sie einen Tag alt war. Ich war genau so, wie sich diese Nonnen eine Indianerin vorgestellt hatten, und nach einer Weile bemerkten sie mich nicht einmal mehr. Alle ihre Gebete galten Clara.

Ich glaubte jedoch immer noch, daß mein Leben nach der Geburt des Kindes besser sein würde als früher – wir wären wieder zu Hause, ich hätte Claras Ruf gerettet, für Mamas Pflege

Sorge getragen, die Last von Papas Schultern genommen und könnte Pauline Geschichten vom Leben im Konvent erzählen. Zu Hause wäre ich wieder Claras beste Freundin. Sie wäre in meiner Schuld und würde ihre Liebe zu mir wiederentdecken. Ich stellte mir vor, wie ich einen kurzen Urlaub verbringen würde, bevor ich das letzte Jahr in die Schule ging. Es würde einen kurzen Wirbel um den Skandal geben, aber ich würde im kleinen durch die Wahrheit erlöst werden, über die Father Hurlburt wachte. Ich freute mich auf die Unterhaltung durch ein Kind, das gleichzeitig mein Bruder oder meine Schwester und mein Cousin oder meine Cousine sein würde, und ich freute mich darauf, daß ich Willard wieder anhimmeln könnte. Er würde von der Front zurückkehren und mich in einem neuen Licht sehen.

Ich vermißte den Geruch des Reservats den ganzen Frühling und Frühsommer lang. Manchmal blies der Wind aus dem Norden und Westen durch Denver. Dann konnte ich grüne, blühende Felder riechen, den scharfen Keimgeruch umbrochener Erde einatmen, und die von ungehinderter Sonneneinstrahlung erwärmte Luft spüren. Ich sehnte mich nach der Stille und den einfachen Gesprächen. In meinen Träumen malte ich mir Unterhaltungen aus, ich machte Witze und sagte Doppeldeutiges, jonglierte mit Worten, die gewichtslos und zerbrechlich wie verlassene, kotbesudelte Vogelnester waren. In meinen Träumen brachte ich dem Kind das Rechnen bei.

Ich bekam einen Brief von Pauline. Es war eine Hausaufgabe ihres Lehrers in der achten Klasse, und sie hatte die Worte größtenteils aus ihrem Schulbuch abgeschrieben. Auf der Vorderseite schrieb sie, daß der Winter mild gewesen sei, daß es allen gut gehe, daß die Exerzitien vorüber seien und sie deshalb große Freude verspüre. Sie unterschrieb mit: „Dein in Christus, Deine Dich liebende Schwester, Pauline George." Der Lehrer hatte mit dünner roter Tinte seine Note unter die Aufgabe geschrieben: Zwei Plus. Auf der Rückseite stand eine Mitteilung, die sehr viel weniger sorgfältig geschrieben war und nicht aus dem Schulbuch stammte.

Sie streiten sich jetzt die ganze Zeit. Sie ist nicht besser als er, und er schiebt ihr die Schuld zu, wenn er nicht zur Arbeit gehen kann. Sobald ich mit der Schule fertig bin, wird er auf einer Ranch arbeiten, und ich muß mich um Mama kümmern. Ich hasse diesen Ort. P.

Ich habe ihr nie geantwortet.

Ich hörte nichts von Clara. Am 11. August, einen Tag nach der Geburt, sagten sie mir, daß sie ein Mädchen bekommen habe.
„Deine mutige Schwester hat eine schöne Tochter geboren", erzählte mir eine junge Nonne namens Vivencia, als ich zum Frühstück ging.
Ich schaute sie wohl an, als hätte ich nicht verstanden.
„Sie ist ein Engel vom Himmel", fuhr sie fort.
Das Kind, das ich mir nur vage vorgestellt hatte, wurde in meinem Kopf ein Mädchen.
„Clara hat uns erlaubt, ihr einen Namen zu geben", sagte Vivencia. „Wir haben gebetet und uns auf einen Namen geeinigt: Christine."
Wie Christus, dachte ich. Sie hatten anscheinend entschieden, daß Clara nach allem eine Jungfrau war. Christine. Dagegen hatte ich nichts einzuwenden. Ich kannte keine Christine.
Vivencia war sich nicht sicher, ob ich mit meinem holprigen Englisch die Neuigkeiten richtig verstand. Also sprach sie langsam und laut direkt in mein Gesicht.
„Du bist jetzt eine *Tante*", belehrte sie mich. „Du bist Tante Ida. Du." Sie zeigte mit dem Finger auf meine Brust, um mir das klarzumachen. „Sag *Tante Ida.*"
„Wo ist sie?" fragte ich. „Wann kann ich sie sehen?"
„Clara bleibt mindestens eine Woche im Krankenhaus."
„Nein. Ich meine das Baby. Christine."
Vivencia spitzte die Lippen. Ihr Mund wurde zu beiden Seiten von den Stoppeln eines dunklen Schnurrbarts umrahmt. „Deine Schwester hat noch nicht entschieden, was sie tun wird. Wenn sie das Kind zur Adoption freigibt, ist es besser, du siehst es nicht."

„Das wird sie bestimmt nicht tun." Ich schüttelte den Kopf und starrte sie an. „Bring mich zu Clara."
„Sie ruht jetzt. Es war eine schwere Geburt, weil sie so schmal ist. Vielleicht morgen, wenn sie etwas kräftiger ist und Zeit zum Nachdenken gehabt hat."
„Jetzt." Ich bestand darauf. „Auf der Stelle." Ich war größer als Vivencia und schüchterte sie ein. Sie wich vor meiner Entschlossenheit einen Schritt zurück und faßte nach dem Kreuz auf ihrer Brust.
„Erhebe deine Stimme nicht gegen mich", zischte sie, aber ich wußte, daß sie tun würde, was ich von ihr verlangte. Ich war ihr ein Rätsel. Für sie war ich eine Gefahr, eine wilde Indianerin, so ganz anders als ihre sanfte Clara.
„Ich werde die Mutter Oberin fragen. Eine der Schwestern wird mich später ins Krankenhaus begleiten. Wenn du mir versprichst, dich anständig zu benehmen, darfst du vielleicht mitkommen."
Ich versprach nichts. Aber am Nachmittag bestieg ich mit zwei Nonnen einen Bus und folgte ihnen anschließend durch hell erleuchtete Hallen. Clara lag in einem weißen Zimmer. Ein Bildnis des Heiligen Herzens, umrahmt von schwarzem Holz, hing über ihrem Bett. Ich sprach Indianisch mit ihr, damit nur sie mich verstehen konnte.
„Wo ist das Baby?"
„Ida, sprich nicht so laut. Warum siehst du mich so an?"
„Du hast ihnen erlaubt, dem Baby einen Namen zu geben."
„Du kannst ihn immer noch ändern."
„Sie haben mir erzählt, daß du überlegst, das Kind wegzugeben." Ich erwartete, sie würde lachen oder böse werden.
„Die Nonnen meinen, es sei das beste für das Baby. Jemand anders kann besser für sie sorgen als eine alleinstehende Frau. Oh, meine Brüste tun mir so weh. Du kannst dir nicht vorstellen, was für Schmerzen ich ertragen mußte, bis die Ärzte mir endlich Äther gegeben haben."
„Du bist keine alleinstehende Frau."
„Aber das wissen sie nicht."
Ihre Antworten waren so unvernünftig, daß ich mich fragte, ob ihre Sinne durch das Betäubungsmittel getrübt waren.

„Also, wo ist sie nun", fragte ich, um das Thema zu wechseln. „Deine schmerzenden Brüste bedeuten, daß sie hungrig ist."
„Ich stille sie nicht." Clara rollte sich auf die Seite und stopfte das Kissen unter den Kopf. „Ich bin zu schwach. Sie geben ihr irgendeine andere Art von Milch."
So etwas hatte ich noch nie gehört, und Clara war nicht schwach. Ich wartete, daß sie weiterredete. Sie bemerkte den Wink.
„Auf diese Art gibt es kein Problem, wenn ich mich doch entscheiden sollte, sie wegzugeben."
Ich sprach lauter und rüttelte an der Querleiste am Fuße des Bettes. „Was redest du denn da? Du kannst sie nicht weggeben."
„Ich weiß. Ich weiß. Unser Plan war anders. Aber vielleicht mache ich es doch. Ich muß eine Weile im Krankenhaus bleiben und dann meinen Arzt in Denver besuchen. Was soll ich mit einem Kind anfangen?"
Ich merkte, daß sich Clara aus irgendeinem Grund bereits entschieden hatte, Christine nicht zu behalten. Ich verspürte Erleichterung. Ich stellte mir vor, wie ich mein altes Leben wieder aufnehmen würde. Es würde keinen Klatsch, keine Verzögerungen und keine Schande geben.
„Verstehst du mich?" Clara ruhte in einem weißen Nachthemd zwischen sauberen, weißen Laken. Irgendwann an diesem Tag hatte sie daran gedacht, ihren Mund mit einem Lippenstift zu bemalen.
„Nein", sagte ich. „Ich lasse es nicht zu."
Clara sah mich aufmerksam an.
„Ich kann tun, was ich will." Sie ließ es auf einen Versuch ankommen. „Es ist mein Kind."
„Ich werde ihnen alles erzählen. Sie werfen dich raus."
Ihr Körper war in ausgestreckter Haltung wie gelähmt und so flach wie ein Tausendfüßler, wenn man den Stein anhebt, unter dem er gelegen hat. Ich sah sie so, wie ich sie niemals hatte sehen wollen, so wie sie wirklich war: mondgesichtig, weinerlich und kümmerlich. Ich steifte mein Rückgrat, als erwachte ich aus einem tiefen Schlaf. Sie war das Gegenteil von schön. Die Liebe erlosch in mir. Nur ein Leerraum blieb übrig und bewies, daß diese Liebe überhaupt jemals existiert hatte.

„Was willst du tun?“ Clara hatte meine Reaktion nicht bemerkt, weil sie auf das Kissen neben ihrem Gesicht starrte.
„Ich nehme sie mit nach Hause. Du kannst kommen, wenn es dir besser geht.“
„Sie ist nicht einmal hübsch“, flüsterte Clara. „Sie besteht nur aus Nase.“
„Wo ist sie? Sie sollen sie herbringen.“ Ich saß auf dem blauen Holzstuhl und sah durch das Fenster auf die Autos, die am Randstein geparkt waren. Ich wartete, während Clara seufzte, Hektik entfaltete, nach der Schwester läutete und tat, was ich verlangt hatte. Es war ein heißer Tag, kein Lufthauch regte sich. Die Blätter an den kleinen Bäumen hingen so schwer herab, als wären sie aus Blech. Ich war auch nicht hübsch. Die Leute würden mir die Geschichte glauben.
Ich drehte mich nicht um. Die Tür ging auf. Ich hörte, wie die Schwester hereinkam und zu Clara sagte: „Hier ist sie.“ Ich wartete, bis wir wieder allein waren, dann schneuzte ich mich, stand auf und trat ans Bett. Ich stand neben Claras zugedeckten Beinen, streckte die Arme aus und sah endlich das Kind. Ein Schlitzauge war offen, das andere geschlossen. Auf ihren Lippen klebte etwas Weißliches, ihr Gesicht war so rund wie eine gelbe Birne. Direkt auf ihrem Scheitel stand eine einzelne, dicke, dunkelrote Locke vom Kopf ab, aber sonst war sie kahl. Ihre schmalen Hände wehrten sich gegen den harten Griff der Mutter. Ich beobachtete sie, ihre Nasenflügel bebten, als ob sie etwas Alarmierendes röche. Ich zögerte ein letztes Mal. Ich hatte Angst, sie zu berühren und die Knochen unter ihrer Haut zu fühlen, aber Clara überzeugte mich.
„Nimm sie“, sagte sie. „Oder laß mich das einzig Richtige tun und sie zur Adoption freigeben.“
Ich nahm sie auf den Arm.
Sie wog weniger als die Kerzenhalter, die ich polierte, und weniger als ein Eimer mit Waschwasser. Ihre Gesichtshaut fühlte sich warm und sauber gegen meine Wange an. Ich ging zum Fenster, weil dort mehr Licht einfiel. Sie kniff die Augen wegen der Helligkeit zusammen und preßte ihr Gesicht an meinen Pullover. Ich fütterte sie, als die Nonne eine Flasche brachte, und

sie schlief in meiner Armbeuge ein. Ich stützte ihren Nacken mit einer Handfläche. So saß ich da, alle Muskeln angespannt, bis Vivencia und die Oberin von ihren Krankenbesuchen zurückkamen. Clara enttäuschte sie, weil sie erklärte, daß sie Christine behalten wolle. Tante Ida werde das Kind nach Hause bringen.

Ich war wütend auf Clara. Sie kam nicht einmal zum Busbahnhof, um einen letzten Blick auf ihr eigenes Kind zu werfen, und sie weigerte sich, genau zu sagen, wann sie ins Reservat zurückkehren werde. „Es gibt soviel in dieser Stadt, was ich noch nicht gesehen habe", sagte sie. „Es wäre Verschwendung, wenn ich es verpassen würde. Wer weiß, vielleicht komme ich nie mehr hierher zurück."

Zwei Wochen waren seit ihrer Entlassung aus dem Krankenhaus vergangen. Wir wohnten wieder im Konvent, und sie hatte Christine vollkommen mir überlassen – ich fütterte sie, badete sie und wiegte sie in den Schlaf. Clara behauptete, sie müsse sich immer noch erholen, aber für sich selbst hatte sie genug Energie. Diese dummen Nonnen glaubten immer noch, daß Clara ins Kloster eintreten würde. Sie behandelten sie wie Glas, aber für Clara war ihr Haus nur ein billiger Ort zum Übernachten. Die Miete war leicht zu bezahlen. Sie mußte nur sagen, was die Nonnen hören wollten.

Ich hatte keine Angst davor, allein zu reisen. Ich war groß und sah älter aus, und ich hatte das Baby, das mich schützte. Ich nahm einen Greyhound-Bus und stieg in Cheyenne nach Billings um. Ich kam am frühen Nachmittag an, setzte mich auf eine Bank vor der Bushaltestelle und wartete auf Father Hurlburt. Meinen Koffer hatte ich zwischen den Knien und Christine auf dem Schoß. Clara hatte ihren Plan narrensicher gemacht, weil sie in Denver geblieben war. In meinem Kleid und so, wie ich mich verhielt, durch meine Verdrossenheit und die Müdigkeit war ich das Abbild eines Mädchens, das ein Kind in Schande geboren hat.

Vor sechs Monaten war ich mit nichts als Versprechen in meiner Tasche abgereist, und bis auf die Andeutungen in Paulines Brief wußte ich nicht, was mich erwartete. Ein Teil von mir erträumte sich, daß alles gleich geblieben wäre, aber ein anderer Teil wußte es besser. Ich zog nicht ins Kalkül, was meine frühere Anwesenheit im Haus an Gutem und Schlechtem für die Bewohner gebracht hatte. Aber welche Bindungen auch immer bestanden haben mochten, in der Zwischenzeit hatten sie sich bestimmt gelöst.

Nach einer Stunde kam Father Hurlburt in dem grünen Ford von Father Gephardt. Als er mich sah, hielt er auf der Fahrspur an und stieg aus, um mir zu helfen.

„Ich hoffe, daß du nicht zu lange warten mußtest", sagte er. „Ich konnte leider erst später abfahren, als ich geplant hatte."

Ich hob die Decke von Christines Gesicht, und er sah sie lange an.

„Ein kleines Mädchen?"

„Christine."

„Christine. Und wo ist ihre Mutter? Drinnen?"

„Ich bin ihre Mutter", erinnerte ich ihn. „Clara bleibt noch eine Weile in Denver. Sie kommt, wenn sie sich besser fühlt."

„Ist sie krank?" fragte er besorgt.

„Nein." Ich schob meinen Koffer mit dem Fuß zum Bürgersteig, Father Hurlburt entschuldigte sich und legte den Koffer auf den Rücksitz.

Im Auto sah er viel kleiner aus, fast schmächtig. Er lenkte mit beiden Händen und verlangsamte das Tempo lange vor einer roten Ampel. Ich beobachtete seine Bewegungen aus dem Augenwinkel und folgte mit den Augen dem Umriß seines Profils von dem braunen Haaransatz bis zu dem weißen Priesterkragen. Als er an einer Ampel hielt, rutschte etwas unter dem Sitz hervor und streifte meinen Fuß. Ich langte hinunter und hatte eine leere Flasche Old Crow in der Hand.

Father Hurlburt errötete ganz langsam bis zu den Ohren und biß die Zähne zusammen. Ich legte die Flasche wieder auf den Boden, wo ich sie gefunden hatte, und zupfte Christines Decke zurecht. Ich war froh, daß ich nun auch ein Geheimnis von ihm kannte, selbst wenn es kein besonders überraschendes Geheimnis war.

Christine konnte nicht schlafen, wenn sich um sie herum alles bewegte, aber sie war zufrieden, wenn sie mein Gesicht betrachten konnte. Ich fragte mich, was sie sah. In Denver war ich größer und schwerer geworden. Die Muskeln an meinen Schultern und am Rücken waren schon vorher kräftig gewesen, weil ich Papa oft auf dem Feld geholfen hatte. Durch die harte Arbeit im Konvent traten die Muskeln jetzt noch stärker hervor. Für die Reise trug ich ein Umstandskleid von Clara. Ihre normalen Kleider waren mir zu eng.
„Wann kommt sie zurück?" fragte mich Father Hurlburt auf indianisch. Ich war beeindruckt, wußte aber nicht, wie ich es zeigen sollte. Also tat ich, als wäre es das Normalste auf der Welt, wenn ein Priester die richtige Sprache spricht.
„Sie weiß es noch nicht." Ich mußte noch etwas sagen. „Sie haben sehr viel gelernt."
Er lachte und sprach wieder Englisch. „Ich habe diesen Satz die letzten fünf Meilen über geprobt. Ich bin kein besonders guter Schüler."
Es war nicht meine Aufgabe, ihm zu widersprechen. Also sah ich zum Fenster hinaus. Auf den Feldern lagen schon viele Getreideballen.
„Ich hatte einen Grund, die Sprache zu lernen", sagte Father Hurlburt. „Ich habe auch Indianerblut in den Adern."
Ich drehte den Kopf und blickte ihn prüfend an. Ich sah es.
„Ich weiß nicht viel über diesen Zweig meiner Familie. Die Mutter meines Vaters war eine Seneca aus dem Staat New York, aber ich erinnere mich kaum mehr an sie."
„Ich habe von den Senecas gehört", sagte ich, aber ich wußte nicht mehr, was ich gehört hatte.
„Deswegen begann ich, mich für Indianer zu interessieren. Das glaube ich wenigstens. Es liegt mir im Blut." Father Hurlburt lachte über seinen eigenen Witz. Ich lachte nicht mit, und er sprach die nächsten vierzig Meilen kein Wort mehr.
Ich schloß die Augen und ließ meinen Gedanken freien Lauf. Für mich war er zwar kein Indianer, aber das Wissen über seine Großmutter änderte doch etwas an meiner Einstellung ihm gegenüber. Ich wunderte mich jetzt nicht mehr so sehr über die

Vorgänge in jener Nacht, als er in unser Haus gekommen war und sich Claras Plan angehört hatte. Ich hatte damals gemerkt, daß er mehr als ein Priester war. Jetzt hatte ich eine Erklärung dafür.

Wir näherten uns meinem Zuhause. Ich erkannte die hügelige Landschaft und die vertraute Kulisse der Berggipfel am Horizont. Ich konnte die Spannung kaum noch ertragen. Was würde mich erwarten? Mir ging auf, daß Christine mit jeder Meile ein Stück mehr mein Kind wurde.
Father Hurlburt sprach erst wieder, als wir in das Reservat hineinfuhren.
„Weißt du, daß Pauline nicht mehr bei deinen Eltern wohnt?"
Ich umklammerte Christine fester, wollte meine Unkenntnis nicht zugeben.
„Sie war nicht mehr glücklich dort, seit ... seit dein Vater seine Arbeit verloren hat. Die guten Schwestern haben eine Pflegefamilie für sie gesucht."
„Und wie geht es Mama?" fragte ich.
„Es tut mir leid, ihr Zustand hat sich nicht verändert. Ich, das heißt wir hofften, daß es ihr bei dem warmen Wetter besser gehen würde, aber ..." Er hob die Schultern und die Augenbrauen und sah mich ratlos an. „Vielleicht wird ihr deine Rückkehr guttun."
„Trinkt mein Vater?" Normalerweise hätte ich so etwas einen Priester nie gefragt, aber ich konnte sonst niemanden fragen.
„Das war ein Problem", sagte Father Hurlburt und nickte, als wäre ihm der Gedanke vorher nicht in den Sinn gekommen. „Ja, das war ein Problem."
Nach einigen Meilen sah ich das Dach unseres Hauses. Es lag versteckt zwischen den niedrigen Hügeln, die sich bis zu dem nahen Canyon erstreckten. Kein Rauch stieg aus dem Kamin. Christine zappelte unruhig in meinen Armen. Die Autofenster hatten wir zwar heruntergekurbelt, aber trotzdem war die Luft im Wageninneren noch stickig, und ich fühlte mich so beengt, als würde die Luft vorbeistreichen, ohne uns zu berühren.
„Wissen sie, daß ich heute komme?" Die Nonnen in Denver

hatten direkt an Father Hurlburt geschrieben und nur ihm den Zeitpunkt meiner Ankunft mitgeteilt.

„Ich habe auf dem Weg nach Billings bei eurem Haus gehalten und es ihnen gesagt." Er klang unsicher. „Sie werden dich bestimmt willkommen heißen, sie sind auf dein Kommen vorbereitet."

Wen Papa jedoch sehnsüchtig erwartete, das war Clara.

Das Auto hielt kaum, da kam er schon aus dem Haus gerannt. Er hatte das Haar feucht gemacht und zurückgekämmt und die Hemdsärmel über dem langen Unterhemd hochgekrempelt. Papa war ungeduldig. Er suchte mit den Augen den Vordersitz ab. Er riß die Beifahrertür auf, schaute über meine Schulter hinweg und sah nur den Koffer.

„Wo ist Clara?" fragte er, als hätte ich sie versteckt, um ihm einen üblen Streich zu spielen. Ich beugte mich wegen seiner lauten Stimme über Christine, und Father Hurlburt antwortete an meiner Stelle.

„Es geht ihr noch zu schlecht. Sie konnte Denver noch nicht verlassen, Lecon", erklärte er. „Sie wird bald kommen. Aber sehen Sie doch, wer hier ist."

Papa sah mich an und dann das Baby in meinen Armen. Ich hielt sie ihm hin und beantwortete die einzige Frage, die ich in seinen Augen las.

„Christine."

„Es liegt in ihrer Familie", sagte er fast zu sich selbst. „Nur Mädchen."

Die nächsten zweieinhalb Jahre verschwimmen in meinem Gedächtnis zu Breiklumpen, jeder Klumpen ist eine Jahreszeit. Der Winter war mit Schneeschaufeln ausgefüllt, im darauffolgenden Sommer lernte Christine laufen. In dem langen, nassen Herbst arbeitete Papa in der Stadt und kam nur an den Wochenenden heim. Freitags abends saß er gewöhnlich in der Badewanne. Das Wasser hatte ich vorher auf dem Herd erhitzt. Dann trank er eine Flasche, die er auf dem Weg ins Reservat gekauft hatte. Er sang, spritzte Christine naß und fragte nach Pauline. Aber um Mitternacht wurde er böse, wollte eine zweite Flasche, verfluch-

te Mama wegen ihrer Krankheit, rief nach Clara, die niemals zurückkehrte, und fiel über mich her wegen der Schande, die ich über ihn gebracht hätte, wie er behauptete. Es schien, als hätte er die Wahrheit vergessen. Die Samstage verschlief er. Wir gingen auf Zehenspitzen durchs Haus, um ihn nicht aufzuwecken, und hielten Christine bei Laune, damit sie ruhig blieb. An den Sonntagen stand er auf, war sauber und benahm sich anständig. Er ging in die Kirche, um Pauline zu sehen. Er wollte allen zeigen, daß sie immer noch wie Vater und Tochter waren. Manchmal kam er danach noch für eine Stunde heim, manchmal aber fuhr er auch gleich wieder zu seinem Arbeitsplatz zurück. Am Sonntagabend atmeten wir auf.
Mama welkte dahin wie eine Pflanze ohne Sonne. Heute würde man sagen, daß ihr Arm durch einen weiteren Schlaganfall gelähmt wurde, der auch ihr Sprechvermögen in Mitleidenschaft zog. Sie konnte die Worte nur noch undeutlich artikulieren. Aber damals schien es, als würde sie langsam, Stück um Stück, entzweibrechen. Sie vergab mir nie. In ihrer Schwäche behauptete sie, daß ich ihr Clara vorgezogen hätte und alles meine Schuld sei. Aber die schwersten Anschuldigungen sparte sie für sich selbst auf. „Was hat mich nur dazu gebracht?“ fragte sie fast täglich. „Warum habe ich sie gerufen?“
Ich wußte keine Antwort.
Ich pflegte sie, so gut ich konnte. Aber es gab Nächte, in denen ich ruhig dalag, bis ihre Rufe nach Wasser oder nach mir verhallt waren. Sie suchte nach einem Menschen oder einem bestimmten Zeitpunkt, dem sie die Schuld geben konnte. Ich mußte an Christine denken. Und wenn ich zu wenig Schlaf hatte, überfiel sie mich am nächsten Morgen mit ihren Fragen und Wünschen.
Christine war bei der Geburt nicht hübsch, und sie war kein hübsches Kind, aber sie hatte etwas Besonderes an sich, eine besondere Art, sich zu geben. Jeder sah zweimal hin. Sie hatte keine Angst. Sie wachte von einem schlechten Traum auf, wollte ihn erzählen und wurde nur am Erzählen gehindert, weil sie noch nicht genug Worte kannte. Sie ging aus dem Haus und saß zufrieden an einem Fleck, bis ich sie fand. Sie beobachtete Ameisen, die einen Hügel bauten, oder ein Wolkenband, das

über den Himmel glitt. Sie versuchte, alles zu erklettern, was ihr in den Weg kam.
Als Christine sprechen lernte, lehrte ich sie, mich „Tante Ida“ zu nennen, egal ob wir zu Hause waren oder unter Leute gingen. Die Menschen nahmen an, daß ich mich schämte, sie als meine Tochter anzuerkennen. Jedesmal, wenn sie mich „Tante Ida“ nannte, verflogen die Gefühle, gegen die ich mich nicht zu wehren wußte. Sie kam zu mir, wenn sie verletzt war, und ich lauschte ihren Gebeten. Die Gefühle, gegen die ich ankämpfte, zerstoben, wenn sie mich Tante rief. Und genau das wollte ich erreichen. Eines Tages würde Clara an die Tür klopfen und mir Christine wegnehmen.

In Christines ersten Lebensjahren kamen nur wenige Leute zu uns. Die Mütter schützten ihre Töchter vor meinem schlechten Einfluß. Die meisten Jungen hatten sich freiwillig gemeldet und wurden wie Willard eingeschifft, damit sie in fremden Ländern kämpften. Die übrigen Männer glaubten, daß ich zuviel für sie sei. Zumindest war das die Entschuldigung, die ich für mich selbst zurechtgelegt hatte. Ich hatte sowieso keine Freizeit. Eine Weile ließ sich Pauline nicht mit mir in der Öffentlichkeit sehen. Aber manchmal suchte sie nach einem besonders hübschen Kleid oder einem Mantel in der Rumpelkammer der Nonnen und brachte ihn Christine mit. Das tat sie auch, solange sie sich meiner schämte. In ihrem ganzen Leben fragte sie nie danach, was ich in Denver erlebt hatte, und sie erwähnte niemals Claras Namen. Sie vergaß, weil sie zu stolz war, um sich zu erinnern, oder zu beschämt, um es wissen zu wollen. Ich erhob nie Einwände gegen ihre vorgeschützte Unkenntnis, weil ich den Frieden zwischen uns erhalten wollte. So gingen wir mit der Vergangenheit um.
Father Hurlburt war der einzige redliche Mensch, der mit mir durch diese Geheimnisse verbunden war. An den Donnerstagabenden überwachte Father Gephardt das Bingo in der Cafeteria der Mission. Dann kam Father Hurlburt, ging mit mir Schulbücher durch, spielte mit Christine, übte sich in unserer Sprache und fragte, ob ich etwas von Clara gehört hätte.

Ich wollte mich nicht zu sehr an diese Abende gewöhnen – ihre Regelmäßigkeit irritierte mich, weil ich mir sicher war, daß Father Hurlburt nicht mehr kommen würde, wenn ich zu sehr auf ihn wartete –, deshalb verhielt ich mich ihm gegenüber reserviert. Ich stellte ihm keine Fragen und zeigte kein Interesse an den Dingen, die er erzählte. Ich bot ihm keine dritte Tasse Tee an und dankte ihm auch nicht für die Bücher, die er Christine mitbrachte. Ich zeigte ihm die kalte Schulter, aber trotzdem kehrte er jede Woche wieder, die nächste und auch die übernächste.

An einem Mittwoch kam er unerwartet, und ich war nicht für seinen Besuch gewappnet. Es war ein heißer Tag gewesen. Das Haus schien zu klein. Mama hatte im Schlaf geweint. Papa würde nach einer langen Abwesenheit zurückkehren, und diese Drohung lastete auf uns wie die stickige Luft, die einem Wirbelsturm vorausgeht. Nach dem Abendessen trug ich Christine die Treppen zum Dachboden hinauf und hinaus auf das kühle Dach. Ich band ein Stück Wäscheleine um meine Taille und befestigte das andere Ende um ihre Schultern. So konnte sie nicht bis zur Kante krabbeln. Hierher flüchtete ich mich, wenn ich Frieden und Stille um mich haben wollte. Ich sah, daß Father Hurlburt mit seinem Sedan in die Straße einbog. Die heruntergeklappten Blenden hielten die letzten Sonnenstrahlen vom Fahrer ab. Er fuhr mit dem Wagen die Schotterstraße zu unserem Haus herauf. Ich ärgerte mich so sehr über die Störung, daß ich nicht ins Haus hinunterstieg, um ihn zu begrüßen.

Ich sah seinen Kopf und die gebeugte Haltung der Schultern. Er kletterte aus dem Wagen, ging zur Tür mit dem Fliegengitter und rief ins Haus. Ich wartete und hob die Stimme erst, als er unter dem Dach verschwunden war. Dann sprach ich laut.

„Hier bin ich."

Er hielt inne. Ich hörte keine Schritte mehr. Ich stellte mir vor, wie er zur Seite blickte und dann zu den hölzernen Balken hinaufschaute, von denen zwei Blumentöpfe herabhingen. Er erschien wieder unter dem Überhang und bog den Nacken nach hinten. Er sah uns und lehnte an der Seite seines Autos. Die Hände hatte er in den Hosentaschen vergraben.

„Du hast mich vielleicht erschreckt."
Ich nickte und spielte mit der Schnur, die Christine sicherte. Ich schlug mit dem Handgelenk darauf, und die Schnur schlängelte sich.
„Ich bin hergefahren, weil ich dir sagen wollte, daß ich morgen nicht kommen kann. Father Gephardt ist bis Freitag in der Stadt, und deswegen muß ich morgen das Rad beim Bingo drehen."
„Das macht nichts", sagte ich, aber es machte mir durchaus etwas. Ich war enttäuscht, und in meinem Kopf sah ich die Woche in ununterbrochener Monotonie an mir vorüberziehen.
Ich haßte es, wie sehr ich mich an seine Besuche gewöhnt hatte. Ich ließ die Schnur ein paar Zentimeter weiter heraus. Christine spannte die Leine bis zur Grenze und krabbelte das Dach so weit hinunter, daß sie im Sitzen die Füße über die Kante hängen lassen konnte. Sie war begeistert und zugleich entsetzt über diese ungewöhnliche Freiheit. Sie hatte Angst, die Gelegenheit zu verpassen, war aber besorgt, daß es die letzte sein könnte, die ich ihr gab.
Father Hurlburt stellte sich aufrecht hin, dann bückte er sich, hob einen kleinen Stein vom Boden auf, sah ihn prüfend an und warf ihn seitwärts ins hohe Gras hinein.
„Aber mir macht es etwas aus."
Ich sah ihm überrascht in die Augen, und wir starrten einander fragend an, bis er wegsah, sich am Kopf kratzte und lachte. „Es stimmt. Ich freue mich auf unsere Quasselfeste an den Donnerstagen."
„Warum?" fragte ich. Ich wußte keine Erklärung. Ich hatte nie geglaubt, daß er gern kam, sondern daß ihn Mitleid oder Pflichtgefühl herführte. Diese Erkenntnis eröffnete völlig neue Perspektiven.
Er blickte in meine Richtung, lachte wieder, zuckte übertrieben mit den Schultern, zog sie dann ein und drehte die Handflächen gen Himmel. Ich war beschämt durch seine Eröffnung, und weil er so verlegen war.
„Haben Sie heute noch viel zu tun?"
Er schüttelte den Kopf. „Nein, ich bin fertig für diesen Nach-

mittag. Keine Begräbnisse, keine Marienkinder, keine Besprechungen. Es gibt nicht einmal eine gute Sendung im Radio."
Ich holte Christine an der Schnur ein und kletterte vorsichtig das schräge Dach bis zum Fenster hoch. Dabei richtete ich mich nicht ganz auf.
„Ich mache uns einen Tee. Ich bin schon unten."

Fast vier Jahre nach ihrem ersten Besuch geleitete ich Clara ein zweites Mal in unser Haus. Ich erzählte ihr keinen Witz mehr zur Begrüßung. Ich kochte gerade Schafsrippen für eine Suppe und hatte Christine für ein kurzes Nickerchen ins Bett gelegt. Ich hatte Mamas Rücken eingerieben, bis meine Arme schmerzten. Papa war bei der Arbeit. Ein Klopfen an unserer Tür war damals so selten, daß ich zuerst dachte, ein Vogel sei aus Versehen in den Kamin geflogen. Ich öffnete die Ofentür, erst da bemerkte ich meinen Irrtum.
Clara fror erbärmlich in einem braunen Tuchmantel und hatte das Haar so kurz geschnitten wie die Männer in der Stadt. Sie trug ihre alte Reisetasche in einer Hand und in der anderen eine große weiße Schachtel. Die runden Ohrringe paßten zu ihrem lila Kleid, und ihre Nägel waren lang und dunkelrot lackiert. Ich stand wie zur Salzsäule erstarrt da und hielt einen Kochlöffel in der Hand. Ich war schockiert, aber nicht mehr als sie.
„Ida?" sagte sie ungläubig. *„Ida?* Auf der Straße hätte ich dich nicht erkannt."
Ich hob das Kinn und verengte die Augen wegen dieser abschätzigen Beurteilung zu Schlitzen.
Clara fand keine Worte. Sie konnte nicht sagen, was ihr in den Sinn kam, und sie brauchte auch nicht zu sprechen. Ich hatte mein Gesicht seit Tagen nicht im Spiegel gesehen, aber ich las die Antwort und mehr in ihren Augen. Ich war dick und hatte starke Knochen. Mein Haar war feucht geworden vom Schweiß, im Küchendampf war es wieder getrocknet, und klebte mir jetzt am Kopf fest. Ich trug keine Unterwäsche unter dem ausgebleichten Baumwollkleid und hatte Papas älteste Schuhe an den bloßen Füßen.

„Du versperrst mir den Weg“, sagte Clara. Ich trat zur Seite und sie kam herein.
„Wo sind denn alle? Wo ist Christine?“
Ich suchte in Gedanken nach einer Ausrede, aber es fiel mir keine ein. Ich zeigte nur auf die geschlossene Tür meines Zimmers.
Clara stellte ihre Tasche ab und sah sich um. Sie sog die Luft ein und zog die Mundwinkel nach unten, weil der Geruch der kochenden Brühe ihren Ekel erregte.
„Wo ist Lecon?“
Ich fand die Sprache wieder. „Bei der Arbeit.“ Ich gab ihr so wenig Informationen wie möglich, damit sie nicht in mein Leben eindringen konnte.
„Und Annie?“
„Schläft.“
„Du hast wahrscheinlich geglaubt, ich wäre tot.“
Ich schüttelte den Kopf. Das hatte ich nie geglaubt. Clara schien mir nie weiter als der nächste Hügel entfernt zu sein, sie war immer auf dem Weg zu uns.
„Ida, du stehst da wie eine alte Frau. Du solltest dich mal sehen. Hängt mein Spiegel nicht mehr in deinem Zimmer?“
Sie nahm mich am Arm. Ihre Finger gruben sich in meine Haut wie kleine, spitze Stöcke, und sie zerrte mich vorwärts. Ich ging einen Schritt und blieb dann stehen. Ich wollte mich nicht ansehen.
„Oh, wie du willst. Wer sieht dich hier denn schon?“ Sie blickte die Schachtel an, die sie auf den Boden gelegt hatte.
„Ich habe Christine – nennst du sie immer noch so? – ein Geschenk mitgebracht. Ich kann keine Sekunde länger warten. Ich muß sie einfach sehen.“
Ich beobachtete, wie sie zur Tür ging, klopfte, die Tür einen Spaltbreit öffnete und hineinlugte.
„Sie schläft“, flüsterte sie über die Schulter. „Aber wegen mir wird sie sicher gern aufwachen.“
Ich wandte mich zum Herd und hörte, wie die Türangel hinter mir quietschte. Ich tauchte den metallenen Schöpflöffel in das brodelnde Wasser, drosch ihn gegen die Knochen und starrte

in den Kessel, als könnte ich dort die Lösung meiner Probleme finden.
„Christine!" Claras Stimme war hell, scharf und laut. „Schlafmütze! Sieh mal, wer gekommen ist."
Ich wirbelte herum, das Wasser tropfte von dem Metall in meiner Hand.
„Ich bin deine Mutter, und ich bin nur deinetwegen gekommen!"
Ich krümmte mich ruckartig und hielt mir die Ohren zu, damit ich Claras Worte nicht mit anhören mußte. Aber die Qualen wurden nur noch größer, die Marter brannte sich in meinen Körper und deckte ihn zu wie verschüttete Farbe. Geistesabwesend suchte ich die Quelle des Schmerzes. Ich merkte, daß ich die Schöpfkelle gegen meine Wange preßte. Aber ich ließ den Griff nicht los, ich umklammerte ihn nur noch fester. Ich gab dem vertrauten Schmerz durch eine Verbrennung den Vorzug.

Christine war zu klein, um zu verstehen. Sie kam mit anderen Kindern nicht in Kontakt, deswegen hatte das Wort „Mutter" keine Bedeutung für sie. Es war ein Name wie jeder andere auch, und sie lernte diesen Namen für Clara so beiläufig, als wäre es „Cousin". Aber sie beobachtete Clara fasziniert, umklammerte ihr Geschenk, eine Anziehpuppe, als wäre es ihr größter Herzenswunsch gewesen, und sie erlaubte Clara, jede Einzelheit ihres Körpers zu untersuchen – die zarten Erhebungen und Vertiefungen der Ohren, die groben schwarzen Haare, die lange Nase, die Anzahl der weißen Zähne im Unter- und Oberkiefer.
Ich ging umher, ein Pflaster aus getrockneter Erde auf der Wange, und gab allen zu essen. Ich beobachtete jede Bewegung von Clara und die Reaktionen von Christine. „Das ist nur ein Besuch", beruhigte ich mich. „Sie wird bald wieder allein fortgehen." Ich fürchtete am allermeisten, daß sie lange genug bleiben würde, um Christine lieben zu lernen. Sie könnte hinter das schlichte Äußere des kleinen Mädchens blicken und Christine für sich beanspruchen wollen. Ich tat mein Bestes. Ich erzeugte

Situationen, in denen die Versuchung für Christine stärker war als ihre gute Erziehung. Dann benahm sie sich daneben, zerbrach Dinge und zeigte die mutwillige Seite ihres Charakters. Ich bereute, daß Pauline und ich uns so angestrengt hatten, für sie die besten Kleider in der ganzen Mission zu besorgen. Ich lenkte sie ab, wenn sie mit ihrer musikalischen Stimme zu singen anfing. Ich ermutigte Mama in ihren Beschwerden über Christine. Mama behauptete, sie mache zuviel Krach – auf dem Weg nach draußen und nach drinnen knallte sie die Türen, und sie stapelte geräuschvoll Holzklötze übereinander. Damit baute Christine Gebäude und Schutzräume für die Spielgefährten, die nur in ihrer Phantasie existierten.
Und ich sah, daß Clara alles beobachtete, daß sie in Gedanken nachrechnete und Christines gute und schlechte Seiten gegeneinander abwog.
Papa war weg, und Mama hatte es nicht eilig. Sie wollte Clara nicht so schnell wieder loswerden, weil die Frauen im Reservat sie seltener als früher besuchten. Mama war schon so lange und so schwer krank, eine Besserung war nicht abzusehen, und auch die hoffnungsfrohsten Menschen hatten fast aufgegeben. Father Hurlburt kam weiter an jedem Donnerstagabend, er hatte immer die heiligen Sakramente dabei und zeigte viel Mitgefühl. Aber Mama hungerte nach menschlicher Nähe. Sie hatte keine andere Wahl, also fand sie sich mit Clara ab und vergaß, was sie vergessen mußte.
Die Tage verstrichen ereignislos. Die Wunde auf meiner Wange verheilte und ließ eine häßliche Narbe zurück. Christine war der neugewonnenen Freiheit, die ich ihr gewährt hatte, bald überdrüssig geworden. Sie benahm sich wieder so höflich wie früher. Und immer noch wartete Clara, schwieg sich über den Grund ihrer Anwesenheit aus und verriet auch nicht, wann sie wieder abreisen würde. Sie gewöhnte sich an den Namen „Mutter“. Dessen war ich mir sicher.
Spät in einer Freitagnacht kehrte Papa zurück. Er rumorte laut im Vorraum und riß dann das Haus mit seiner polternden Stimme aus dem betäubenden Dornröschenschlaf vor Tagesanbruch. Er torkelte, suchte nach einem Streichholz, damit er die Laterne

anzünden konnte, und warf dabei einen leeren Topf vom Herd auf den Boden. Er fluchte, gab dem Topf einen Fußtritt und rief nach mir, ich solle ihm helfen. Ich streichelte Christine, die wach im Kinderbettchen am Fuße meines Bettes lag, und rannte hinaus, um ihn zu beruhigen.
Im grünen und gelben Licht sah ich die Spuren der Verwüstung in Papas Gesicht. Die geröteten Augen waren von schwarzen Schatten umgeben, die Wangen waren fahl und hingen schlaff herunter. Er öffnete den Mund und fuhr mich an, weil ich zu langsam gekommen war. Ich sah, daß er bei einem Kampf einen weiteren Zahn verloren hatte und daß Blut von seiner Unterlippe tropfte. Er verlangte nach einer Flasche, er brauche dringend Alkohol, er drängte und schlug mit der Faust auf den Tisch, als ich sagte, wir hätten keinen im Haus.
Ich holte Wasser und löffelte mit unsicherer Hand Kaffee in einen Topf. Ich war müde, hatte aber keine Angst und war auch nicht sonderlich überrascht. Ich ertrug einfach seine Launen. Wenn er so weitermachte, würde Christine nicht einschlafen können.
„Papa", schrie ich in seinen Radau hinein. Er war so verwundert, daß er den Mund hielt. Ich sprach leise, aber ich hielt seine Aufmerksamkeit durch meinen Blick gefesselt. „Was glaubst du, wer da ist? Wer schläft wohl in Paulines Zimmer?"
Papas Gesichtszüge entspannten sich. Die Falten zwischen seinen Augenbrauen glätteten sich, und der Mund blieb ihm vor lauter Denkanstrengung offen stehen. Er hielt den Kopf in der gleichen Stellung wie vorher, aber er schielte so angestrengt zur Seite, als könnte er durch die Tür hindurchsehen. Er wollte das Rätsel lösen.
„Pauline!" riet er. Dann war er schockiert, daß seine geheiligte Tochter ihn in einem solchen Zustand antreffen könnte. Er versuchte, sich aufzurichten, und zog den Hosenbund seiner ausgeleierten Jeans hoch.
„Nein."
Das Geheimnis machte ihn ruhiger. Er hob herausfordernd den Kopf, ruckte mit dem Hals und dachte anscheinend an eine bestimmte Person. Aber er glaubte schließlich doch nicht daran

und entspannte sich wieder, nachdem er den Gedanken verworfen hatte. Er war durch seine Verwirrung wie gefesselt.

Ich ließ ihm Zeit, über die Frage nachzugrübeln, entfachte ein Feuer im Herd und setzte den Topf zum Kochen auf. Erst dann löste ich das Rätsel.

„Clara", flüsterte ich laut genug, daß sie es hören konnte. „Clara ist zurückgekommen. Sie ist hier. Wir haben auf dich gewartet."

Er torkelte so unbeholfen herum, als hätte ihn jemand gestoßen, dann wandte er sich mit einem mißbilligenden Stirnrunzeln zu mir um. Ich blickte offen und ehrlich zurück. Er sah wieder zur Tür und schüttelte den Kopf wie ein nasser Hund.

„Clara?" Er sprach den Namen deutlich aus, war darauf bedacht, daß er nicht lallte.

Die Tür öffnete sich. Sie wirkte schmal im Türrahmen, und ihr kurzes weißes Nachthemd leuchtete in der Dunkelheit. Ihre Haare standen vom Kopf ab, sie hatte geschlafen, und ihre Augen waren dunkle Spiegel.

Papa streckte eine Hand aus, holte Atem, wollte sprechen, und fand keine Worte.

Clara verschränkte die Arme vor der Brust, zögerte kurz, dann trat sie einen Schritt zurück und verschwand. Sie schloß die Tür leise hinter sich.

Durch die Fenster sah ich das erste Grau des heraufziehenden Morgens. Ich goß zwei Tassen Kaffee ein und trug sie zum Tisch, wo Papa in sich zusammengesackt war und den Kopf in den Händen hielt. Ich stellte die Tassen auf den Tisch und berührte seine zitternde Schulter.

Das ganze Wochenende hindurch mieden Papa und Clara einander. Ich stellte ihm mein Zimmer zur Verfügung, und er schlief dort bis vier Uhr am Samstagnachmittag. Als er aufstand, beschloß Clara, daß sie an diesem schönen Tag mit Christine einen Spaziergang durch die Felder unternehmen wolle. Sie kamen erst in der späten Dämmerung zurück, hungrig und müde. Sie hatten gerade noch die Kraft, in seine Richtung zu nicken, bevor sie sich zurückzogen. Am Sonntag gingen Papa, Christine und ich in die Messe und besuchten nachher die Familie, bei der Pauline lebte. Sie hatten uns so viele Jahre lang vergebens zum Essen eingeladen, daß sie überrascht waren, als wir das Angebot zum ersten Mal annahmen.

Polly Cree rannte in ihrer makellos sauberen Küche umher und versuchte, die Gerichte für ihr Abendessen auf drei weitere Portionen zu strecken. Wir saßen derweil ungemütlich im Wohnzimmer ihres von der Regierung erbauten Hauses und warteten. Buster Cree war ein bekehrtes Halbblut aus Wyoming. Er war in die Kirche eingetreten, als er Polly geheiratet hatte. Er zeigte uns die Wunder der Elektrizität, schaltete das Deckenlicht ein und wieder aus und drehte am Knopf des Radios, weil er unbedingt eine religiöse Sendung hören wollte. Die Familie verpasse dieses Programm nie, sagte er.

Pauline saß keinen Moment still, sie half zuerst Polly in der Küche und wartete dann nervös mit uns im Zimmer. Sie versuchte, die Schuld der Familie, die die eigene Tochter nicht im Haus halten konnte, abzutragen. Sie kümmerte sich hauptsächlich um Buster und Pollys zwanzigjährigen Sohn Dale. Dale thronte stumm auf der Lehne des Sessels, in dem sein Vater saß. Ich beobachtete Dale und Pauline und merkte, daß die Nonnen meine Schwester für immer verloren hatten.

Clara war bei meiner Mutter geblieben und behauptete, sie habe ungeduldig auf unsere Rückkehr gewartet. Sie ging unruhig auf und ab und blieb nie an einem Fleck stehen. Wenn ich wegschaute und dann wieder hinsah, stand sie jedesmal woanders. Sie schwatzte pausenlos über ihr Leben in Denver, erzählte uns von dem weißen Ehemann, den sie geheiratet hatte und von dem sie schon wieder geschieden war. Sie hatte seine Spur völlig verloren. Sie berichtete von den langen Streitereien mit den Nonnen, die ich auch kannte. Sie hatten schließlich die Polizei gerufen, Claras Habseligkeiten gewaltsam entfernen lassen und ihr gesagt, sie solle niemals wiederkommen. Die Nonnen hätten sie wie den letzten Dreck behandelt, klagte sie. Sie hätten keine Ausnahme gemacht, die menschlichen Schwächen nicht berücksichtigt, und sie seien erbarmungslos in ihrer Selbstgerechtigkeit. Sie redete über ihre Arbeitsstellen, die Schönheitssalons, in denen sie Nägel gefeilt hatte, die Restaurants, in denen sie bedient hatte, und die Ungerechtigkeiten, die ihr durch das Arbeitsamt für Indianer widerfahren waren. Sie hatte die Arbeitsstellen zu oft gekündigt oder einmal zu oft verloren. Sie wolle von vorne beginnen, behauptete sie. Ihr Besuch bei uns sei ein kurzer Urlaub und nachher, bald, werde sie in eine Stadt umziehen, wo sie niemand kenne und niemand hinter ihrem Rücken tuscheln könne.

Mama sah aus, als hätte sie das alles schon einmal gehört, ob an diesem Nachmittag oder früher, wußte ich nicht. Papa stellte keine Fragen und lachte nicht über die Teile, die Clara lustig zu erzählen versuchte. Aber er lauschte jedem Wort, er verstand Claras Bedürfnis nach Unterhaltung und Dankbarkeit und ihre Unzufriedenheit mit dem Zweitbesten. Er protestierte nicht gegen die Ankündigung, daß sie bald abreisen wolle, und verweigerte ihr sogar einen Handschlag als Geste des Abschieds. Er verließ einfach das Haus und trampte zu seiner Arbeitsstelle.

Christine verstand wahrscheinlich nicht viel von dem, was Clara erzählte, aber sie war von dem steten Strom der Worte beeindruckt. Sie saß still da und hoffte, ich würde vergessen, daß sie ins Bett mußte. Sie folgte Clara bei ihren Wanderungen durch das Zimmer mit den Augen. Wenn Clara stehenblieb oder einen Teil ihrer Lebensgeschichte beendet hatte, schrie Christine auf: „Bitte erzähl mehr, Mutter. Noch eine Geschichte, bitte!“ Clara warf ihr einen schnellen Blick voll grimmiger Anerkennung zu und sprach weiter.

Ich holte liegengebliebene Näharbeiten hervor, flickte Risse, ließ Säume heraus und stopfte Löcher. Ich berechnete die Entfernung der nächstgelegenen elektrischen Leitung zum Haus und fertigte eine Liste von den Dingen an, die ich an das Kabel anschließen wollte. Ich plante die Veränderungen, die ich eines Tages vornehmen würde. Christine sollte in meinem Zimmer schlafen, und ich würde das von Mama nehmen. Paulines altes Zimmer, in dem jetzt Clara schlief, wollte ich in zwei Räume aufteilen: die eine Hälfte würde ich als Vorratskammer nutzen, und in die andere käme ein Badezimmer, nachdem ich einen Brunnen und eine Senkgrube hätte ausheben lassen. Ich würde ein Geländer entlang der Treppe zum Dachboden errichten und

auf dem Dach ein Verandageländer anbringen. Dort oben sollte unsere Zuflucht sein.
Ich ging als letzte ins Bett. Ich schüttete das Waschwasser aus und legte den Riegel vor die Tür. Ich lauschte an der Tür zu Mamas Zimmer und überzeugte mich, daß sie schlief. Dann wandte ich mich zum Gehen und wollte mich friedlich in die Decken kuscheln.
Aber Clara versperrte mir den Weg. Sie schlich aus ihrem Zimmer, legte einen Finger auf die Lippen und zog mich wieder ans warme Herdfeuer. Sie saß auf der Bank, schlug die bloßen Beine übereinander und zündete sich mit einem Holzscheit aus der Glut eine Zigarette an.
„Was ist mit ihm passiert?" fragte sie.
Ich wußte, was sie meinte, sagte aber kein Wort.
„Er war früher so ... Ich erinnere mich noch, wie ich ihn zum ersten Mal gesehen habe, er war groß und voller Leben. Kein anderer Mann konnte es mit ihm aufnehmen. Er machte mich blind gegenüber allen anderen Jungen. Und beim letzten Mal, als ich hier war, war er so, wie ich ihn in Erinnerung hatte – älter, aber derselbe Mensch. Und jetzt ..." Sie sprach leiser, klopfte die Zigarettenasche in den Kohleneimer, wedelte mit dem Fuß und schloß die Augen.
„Du bist seinetwegen gekommen", sagte ich und sah meinen Verdacht bestätigt.
„Nein. Nein, ich wollte ihn nur sehen. Aber, Ida, ich bin aus einem bestimmten Grund gekommen, wie du dir wahrscheinlich gedacht hast. Und jetzt, wo ich bald wieder abreise, müssen wir darüber sprechen."
Mein Herzschlag setzte aus. Ich saß neben ihr, so daß ich ihr nicht ins Gesicht sehen mußte und sie mein Gesicht nicht sehen konnte.
„Es geht um Christine. Erinnerst du dich noch, daß ich immer schon dachte, sie sei in einer Familie besser aufgehoben, die für sie sorgen kann? Daß ich immer nur ihr Bestes wollte?"
Ich schwieg, und sie sprach schneller.
„Ich habe das nie vergessen. Nicht eine Minute lang. Und jetzt habe ich gesehen, was für ein nettes kleines Mädchen sie ist. Sie

bräuchte nur die richtige Erziehung und Umgebung ... Und ich kenne eine Familie. Sie haben sehr viel Geld, und sie wünschen sich so sehr ein Kind. Sie würden alles darum geben, wenn sie ein eigenes bekommen könnten. Ich habe ihnen von Christine erzählt, wie schlecht du dran bist und was für eine Last sie für dich ist, und sie waren einverstanden. Sie haben meine Reise hierher bezahlt und werden mir weiterhelfen, wenn ich mich mit ihrem Anwalt treffe."

„Niemals."

„Jetzt warte doch. Sei vernünftig. Denk zur Abwechslung mal an Christine. Und für dich ist es nicht zu spät, ein eigenes Leben zu beginnen."

Ich beugte mich vor, stand auf und ging weg.

„Gut, du kannst es gar nicht entscheiden", rief sie hinter mir her. „Ich bin ihre Mutter. Ich kann tun, was ich für richtig halte, und ich nehme sie mit. Du hast kein Mitspracherecht."

Ich schloß die Tür hinter mir und hörte ihre Stimme nur noch gedämpft. Christine schlief, hatte die Decke von sich geworfen und die Knie an die Brust gezogen. Ihr Haar lag wie ein Fächer über dem Gesicht, und eine Hand hing über der Bettkante. Ich kniete mich auf den Boden und legte den Kopf auf das rauhe Bettuch zu ihren Füßen. Ich stellte mir vor, wie Clara sie einladen würde – „Würdest du gern mit mir in die Stadt fahren?" – und wie Christine vor Freude ganz rote Wangen bekommen würde. Papa würde mir nicht helfen, und Mama war so an ihre Machtlosigkeit gewöhnt, daß sie diesen neuerlichen Verrat von Clara nur zu den übrigen addieren würde. Ich dachte an Flucht: nur Christine und ich, wir würden uns vor der Welt versteckt halten. Aber ich brachte es nicht übers Herz, Mama im Stich zu lassen und Pauline zu ruinieren. Ich roch den schweren Erdgeruch von Christines Haut, eine Mischung aus Blättern und Moos, und öffnete das Netz meiner Gedanken so weit wie möglich.

Ich war wieder im Haus, bevor jemand aufgewacht war. Ich fühlte mich schuldig. Ich schlüpfte in den Raum, in dem Clara schlief, rüttelte an ihrem Knöchel und weckte sie.

„Du schuldest mir zumindest einen Gefallen“, flüsterte ich. „Ich will es ihr selbst sagen, auf meine Art, und wann ich es für richtig halte. Bis dahin sagst du kein Wort.“
Clara war müde, aber nicht zu erschöpft, um zu widersprechen. „Es muß aber bald sein“, sagte sie. „Ich habe ihnen gesagt, daß ich höchstens zwei Wochen fortbleibe.“
„Wenn ich es ihr am Mittwoch noch nicht erzählt habe, kannst du tun, was du willst“, sagte ich, und Clara war damit zufrieden. „Gut.“ Sie zog das Kissen über den Kopf, um sich gegen das Licht zu schützen.

Clara stand schließlich auf, und ich machte ihr ein Frühstück. Ich wusch ihre Kleider für die Reise und hängte sie zum Trocknen auf. Ich sah Christines Bewunderung für Clara gefiltert durch meine eigenen Erfahrungen und blieb kalt. Ich verstand besser als jeder andere, was einen Menschen zum Verrat bringen kann. Ich hatte Gewissensbisse wegen meiner Entfremdung von Pauline und Mama und bereute, daß ich die Barrieren zwischen uns nicht niedergerissen hatte. Ich bewegte mich so hilflos, langsam und müde, daß selbst Clara mich bemitleidete. „Auf längere Sicht ist es besser so.“ Sie versuchte, meine Hand zu halten und mir ihr Mitgefühl zu zeigen, aber ich schüttelte sie ab.
„Wann wirst du es ihr sagen?“ wollte sie wissen.
„Vor Mittwoch.“

In der Nacht zum Dienstag schlief ich wie ein Stein. Ich träumte nichts und wachte verwirrt auf.
Ich bügelte Claras und Christines Kleider, erhitzte das Bügeleisen auf dem Backblech und nutzte mein Körpergewicht, um jede einzelne Falte zu plätten. Ich hielt Christine von ihrem Mittagsschlaf ab, ermüdete sie mit Spielen und Besorgungen und schickte sie zu Bett, bevor es richtig dunkel wurde. Dann saß ich in meinem Stuhl, lauschte den Geschichten, die Clara Mama noch einmal erzählte, und beobachtete die Tür.
Er kam rechtzeitig. Ich konnte in seinen Augen lesen, daß er das Formular bekommen hatte.

„Clara", rief ich, stand vom Stuhl auf und stellte mich vor sie hin. „Christine bleibt hier. Aber du verläßt uns. Heute noch."
Sie sah mich schockiert an, dann belustigt und dann wieder schockiert. Sie blickte Mama an, die genauso überrascht war, und sah ihn an, der ihren Blick erwiderte.
„Du hast den Verstand verloren", sagte sie. „Du kannst mir nicht befehlen, was ich mit meinem eigenen Kind tue."
Mama hielt den Atem an, aber ich lächelte.
„Sie ist meine Tochter", sagte ich sanft.
„Was meinst du damit? Du kannst nicht …"
Ich streckte die Hand aus, und er reichte mir das Formular.
„Du hast kein Recht auf sie", sagte ich.
„Ich war mit ihr schwanger. Ich habe sie geboren."
„Auf diesem Formular steht etwas anderes. Dieses Papier bestätigt, was jeder im Reservat weiß. Ich, Ida, habe wegen der Schande das Haus verlassen müssen. Ich, Ida, bin hierher allein mit einem Kind zurückgekommen, das meinem Vater ähnlich sah. Ich, Ida, habe sie Tag für Tag aufgezogen. Mama weiß, daß ich, Ida, sie geboren habe."
Ich wandte mich an Mama und sah sie grimmig an. „Sag es ihr."
Sie zauderte, erinnerte sich an ihre frühere Schwäche.
„Ja. Ja!" Ihre Stimme röhrte, sie war durch die verzweifelte Rache wie befreit.
„Lügnerin!"
„Und *er* weiß es. Er hat die Geburtsurkunde als Zeuge unterschrieben. Vater: Unbekannt. Mutter: Ich."
Father Hurlburt unterstützte mich. „Ich glaube, die Nonnen in Denver werden mit mir übereinstimmen, wenn du sie fragst. Niemand würde ein Kind den liebenden Armen der Mutter entreißen."
„Sie nennt *mich* Mutter", schrie Clara.
„Auf dem Papier bin ich ihre Mutter."
Clara badete in ihrer Wut. Es gab keinen Ausweg, sie hatte sich in den eigenen Schlingen gefangen.
„Ich glaube, es ist das beste, wenn Sie gehen." Father Hurlburts Stimme klang stark. Er sprach mit einer neuen Autorität, die

von der unsichtbaren Kraft der Geheimnisse herrührte. „Sie sollten Christine nicht weiter behelligen."
„Und komm niemals zurück. Ich werde das von Papa erzählen, ich werde es allen erzählen, die du kennst."
Ich spürte, wie ihre Gedanken rasten. Sie war in den Wänden des Gefängnisses gefangen, das wir für sie errichtet hatten. Sie mühte sich, einen Fuß in die Tür zu bekommen.
„Verweigerst du mir das Recht, mein eigen Fleisch und Blut zu sehen? Bist du so grausam?"
Ich erinnerte mich an ihren Triumph zwei Nächte zuvor, an den Plan, Christine zu verkaufen, an ihr falsches Mitleid und ihre verlogene Zuneigung.
„Du hast keine Tochter", sagte ich. „Nur durch mich. Wenn ich dich rufe, darfst du kommen, aber nur dann."
Ich ging an ihr vorüber in Paulines Zimmer und kehrte mit ihrem Koffer in der Hand zurück. Die gebügelten Kleider hatte ich bereits gepackt. „Father Hurlburt wird dich nach Havre bringen. Von dort kannst du den Bus nehmen."

In meinem ganzen Leben sah ich Clara nur noch zweimal. Das erste Mal war ich verzweifelt, brauchte die Familie und wandte mich an sie. Beim zweiten Mal bedankte ich mich für diesen Gefallen. Jahre waren inzwischen vergangen, und ihre Krankheit hatte die Bedrohung zusätzlich gemindert. Der Samen meiner kindlichen Liebe, die nie völlig aus meinem Herzen verschwunden war, keimte zum letzten Mal auf. Bei diesen Gelegenheiten durfte sie Christine sehen. Das gab ich ihr, aber nicht mehr.

19

Mama war vor einem Monat gestorben und Papa vor lauter Scham weggerannt. Pauline hatte die Schule beendet und Dale Cree geheiratet. Clara konnte mir nichts mehr anhaben, weil Christine vor dem Gesetz meine Tochter war. Ich verpachtete Land gegen jährliche Barzahlung und ließ im Haus elektrische Leitungen und Wasserrohre verlegen. Ich interessierte mich für das Leben um mich herum und wollte meine Zukunft planen. Eines Tages hörte ich, daß Willard Pretty Dog zurückgekehrt war.

Er sei schrecklich entstellt, erzählte Pauline. In Italien sei er auf eine Mine getreten, und die Ärzte hätten ihn so ungeschickt zusammengenäht, daß er wie ein Flickenteppich aussehe. Er wolle sein Gesicht verbergen und habe deshalb das Heckfenster im Wagen seiner Mutter schwarz angemalt. Er fahre mit dem Auto vom Reservat ins Krankenhaus, wo er behandelt werde. Willard sei von seinem guten Aussehen viel eingenommener gewesen, als alle geglaubt hätten, verkündete Pauline, und dies sei die gerechte Strafe Gottes.

Sie hatte mich neugierig gemacht. Immer wenn ich draußen war und Gras mähte oder Wäsche aufhängte, behielt ich die Straße im Auge. Ich wollte Willard vorbeifahren sehen. Wenn mich Father Hurlburt an Bingo-Abenden besuchte, fragte ich ihn über Willard aus. Father Hurlburt zeigte Christine Kartenspiele, die man auch allein spielen konnte, und erzählte bereitwillig.

„Er ist eine bemitleidenswerte Seele.“ Father Hurlburt schüttelte den Kopf, legte eine Sechs, damit Christine ihre Fünf loswurde, und seufzte. „Er ist verbittert.“

„Sein Gesicht soll wie eine Teufelsfratze aussehen“, sagte ich prompt und wiederholte damit Paulines Worte.

„Er hat eher das Gesicht eines Helden. Er bekam einen Orden und einen Brief von Präsident Truman. Er wurde ehrenvoll entlassen und wird das ganze Leben eine Rente beziehen. Die plastischen Chirurgen können heute Wunder vollbringen. Eines Tages wird sein Gesicht nicht mehr so schlimm aussehen."

„So entstellt kann ich ihn mir nicht vorstellen", sagte ich.

„Er kann es genausowenig, und das ist das Problem. Er braucht etwas von deinem Mut, Ida, und etwas von deiner Stärke."

Ich sah ihn an und freute mich über diese Einschätzung, aber ich zweifelte daran. So mutig und stark fand ich mich gar nicht. Ich kannte meine Grenzen. Auf meinem eigenen Land war ich selbstsicher, hier war ich verwurzelt, aber wenn ich fort war, damals in Denver oder wenn ich heute in der Stadt zu tun hatte, war ich so nervös wie ein streunender Kater, den man im Haus gefangenhält. Ich fürchtete mich gar nicht so sehr vor dem Weggehen. Aber ich ängstigte mich, wenn ich nicht hier war.

Christine schob die Karten zu einem unordentlichen Haufen zusammen. Sie war wütend, weil sie kein Glück im Spiel gehabt hatte. Sie hatte keine Geduld. Father Hurlburt sammelte die Karten ein, klopfte die Kanten auf dem Tisch glatt und steckte sie in die zerfledderte Papierschachtel.

„Warum besuchst du Willard nicht einmal?" schlug er vor. „Er hat fast niemanden gesehen, seit er wieder da ist."

„Wird er mich denn sehen wollen?" Meine Miene war unbewegt geblieben, und meine Stimme hatte normal geklungen, aber diese Aussicht erregte mich. Kein einziges Mädchen in unserer Klasse war früher an Willard herangekommen. Er war der Typ Indianer, der das Reservat verlassen hätte und dann für kurze Besuche in einem großen Auto zurückgekommen wäre. Er war der Typ, der eine weiße Frau geheiratet hätte.

„Vielleicht besser nicht in seinem Haus. Er geht am Samstag ins Krankenhaus. Die Ärzte nehmen die Verbände ab, die er seit seiner letzten Operation trägt. Ich fahre ihn hin. Ich werde ihm vorschlagen, daß wir auf der Rückfahrt bei dir vorbeikommen."

Father Hurlburt streckte den Arm nach Christine aus, aber sie lachte kreischend auf und rannte weg.

Samstag war übermorgen. Ich musterte den Raum und stellte

mir vor, wie Willard ihn sehen würde. Das grelle elektrische Licht zeigte alle Schönheitsfehler, die vergessenen Risse und die Flecken. Die Dinge erschienen nicht schöner oder moderner in diesem Licht. Und meine Nachteile verriet es auch. Die Verbrennung auf meiner Wange war zu einer wulstigen rotbraunen Narbe verheilt. Mein Haar war wie trockenes schwarzes Stroh. Ich hatte den dicken, starken Körper einer Frau, die der Erde jeden Bissen abtrotzen muß, den sie ißt. Niemand nahm Notiz von mir. Die Leute kamen aber zu mir, wenn sie etwas brauchten. Nur Christine fand mich schön, und mit der Zeit würde sie ihren Irrtum bemerken.

Wenn Willard aber wirklich so schlimm dran war, wie Pauline behauptete, konnte er nicht wählerisch sein. Ich sagte Father Hurlburt, daß ich am Samstag möglicherweise zu Hause sein würde. Er könne mit Willard vorbeikommen, dann werde er es ja sehen.

Am Freitag abend brachte ich Christine früh zu Bett. Dann zog ich Papas Badewanne vor und füllte sie mit heißem Wasser. Das Geld aus dem ersten Pachtjahr hatte nur für eine Toilette, zwei Waschbecken und die elektrischen Leitungen gereicht. Ich schaltete das Licht aus und legte meine Kleider auf einen Stuhl. Zuletzt kam mir noch der Gedanke, das Radio einzuschalten. Dann setzte ich mich in die Wanne. Ich mochte Sendungen, bei denen geredet wurde und Politiker sich stritten, oder Shows, bei denen Fragen gestellt wurden und man Preise gewinnen konnte. Ich lernte kuriose Dinge: wie lang die Chinesische Mauer war; wieviel das Gold wert war, das in Kentucky gelagert wurde; wie Filmstars privat lebten.

Ich glitt ins Wasser, und Wärme umgab mich. Ich dachte an Papa, wie er in dieser Wanne gesessen und geflucht hatte, und ich verstand ihn nicht. Das Bad machte mich ganz ruhig, ich schwebte. Ich hob ein Bein in die Luft und streckte die Zehen, während ich mit einem Stück Seife über die Haut fuhr. Ich wusch mich langsam Stück für Stück. Dann setzte ich mich auf, und meine Brüste zogen sich in der Kälte zusammen. Sie waren mein Geheimnis und mein ganzer Stolz, rund und fest. Ich beug-

te mich nach vorne, ließ die Haare über die Stirn fallen und schöpfte Wasser mit den Handflächen aus der Wanne, bis die Haare naß und glatt waren. Dann massierte ich mit den Fingerspitzen Ivory-Seife in die Kopfhaut. Ich hatte eine Kanne mit frischem Wasser neben die Wanne auf den Boden gestellt und spülte das Haar mit dem lauwarmen Wasser aus.
In dieser Nacht schlief ich erfrischt und nackt zwischen sauberen Laken, die die Sonne getrocknet hatte.

Ich war schon früh mit Christine im Hof und sah den Wagen der Mission in die Stadt fahren. Ich rechnete aus, wie lange alles dauern würde: die Fahrt hin und zurück, die Wartezeit im Krankenhaus, die Zeit für das Entfernen der Verbände und die Zeit für das Gespräch mit den Ärzten. Dann plante ich den Tag.
Pauline kam vorbei und nahm mich im Auto zum Laden mit. Sie spielte mit Christine auf dem Vordersitz, während ich drinnen einkaufte. Ich nickte allen zu, die mich kannten. Sie waren an meine Art gewöhnt und wunderten sich nicht, wenn ich nicht stehenblieb und mit ihnen sprach. Ich kaufte Reis, Fleisch für Stew, Mehl, Butter, frische Hefe und teuren Tee in einer eleganten Dose. Diese Sorte hatte ich noch nie probiert.
„Feierst du eine Party?“, fragte Pauline, als ich mit zwei vollen Tüten aus dem Laden kam. „Wieviel Geld hast du ausgegeben?“
„Das sind nur Vorräte“, sagte ich und ließ sie in die Tüten schauen. Der Tee war auf dem Boden der einen Tüte versteckt, und das schwere Fleischpaket hatte ich zuunterst in die andere Tüte gestopft. Pauline entdeckte aber die rote Zuckerstange für Christine, und sie mußte mich tadeln.
„Du wirst ihre Zähne ruinieren.“

Ich schob das Brot und den Früchtekuchen aus der Dose ins Backrohr, schrubbte den Boden und wusch die Wände. Ich badete Christine, belohnte sie mit der Zuckerstange und schickte sie ins Bett. Ich schnitt das Fleisch in kleine Würfel und ließ sie von einem Löffel in den Topf mit kochender Brühe fallen. Ich schälte Kartoffeln, Karotten und eine Zwiebel und dünstete das Gemüse. Ich bügelte das weiteste Kleid von Mama und zog es an. Ich bürstete mein Haar mit Rosenwasser aus und flocht es locker, solange es noch feucht war. Dann band ich den Zopf zu einem dicken Knoten und steckte ihn tief im Nacken fest. Ich wagte einen Blick in den Spiegel. Mein schönstes Gesicht starrte zurück. Ich biß mir auf die Lippen, damit sie Farbe bekamen, und wartete stehend. Das Kleid sollte nicht zerknittern. Alles war bereit.

Ich hörte, wie Father Hurlburt Willard zu überreden versuchte, mit ins Haus zu kommen. Durch die vielen Gespräche mit mir beherrschte er unsere Sprache inzwischen sehr gut. Wenn man nur seine Stimme hörte, konnte man denken, er sei einer von uns.
„Sie erwartet uns, Willard", sagte Father Hurlburt. „Sie weiß, daß du verletzt bist. Sie ist eine alte Freundin."
Willard murmelte eine Antwort, die ich nicht verstand.
„Aber es sieht schon besser aus, viel besser", redete Father Hurlburt weiter auf ihn ein. „Die letzte Operation hat viel mehr geholfen, als du glaubst. Die Schwellungen werden zurückgehen, und die blauen Flecken werden verschwinden. Es braucht Zeit, aber man sieht jetzt schon Fortschritte."
Wieder hörte ich Willard wispern. Es klang drängend und bestimmt.
„Dann machen wir eben nur einen kurzen Besuch." Father Hurlburt bettelte jetzt. Er war sich sicher, daß er das Richtige tat. „Ida zuliebe."
Ich hatte genug von dem Schauspiel. Ich ging nach draußen, schob Father Hurlburt zur Seite und öffnete die Autotür. Ich zog die Hand heraus, die sich krampfhaft am Türgriff festklammerte. Willard wandte das Gesicht ruckartig von mir ab, hob die Schultern wie ein Schutzschild und hockte zusammengekauert auf dem Rücksitz.
„Ich habe Stew für dich gekocht", sagte ich zu ihm. „Komm und iß. Niemand kann dich sehen außer meinem Mädchen und mir, und sie schläft."
Ich erkannte Willards Umriß, die schlanken Linien der Beine, die breite Brust unter dem karierten Hemd und den Nacken.

Ich sah die Hand, die er in seinen Schoß gepreßt hatte. Die letzten zwei Finger fehlten, und die Hand war über und über mit weißen Nähten bedeckt, bis unter die Manschette. Er konnte sich anscheinend aus freiem Willen nicht bewegen. Er saß da wie ein zitterndes, frierendes Kind.
„Komm schon." Ich nahm ihn an der Hand, zerrte ihn aus dem Auto und führte ihn zum Haus, ohne ihn ein einziges Mal anzusehen. Ich ging zuerst durch die Tür.
„Das Essen ist fast fertig", sagte ich, rührte den Reis im Topf um und drehte die Flamme am Herd kleiner. „Setz dich an den Tisch."
Father Hurlburt blieb unsicher im Türrahmen stehen. Ich wußte, daß ich ihn zum Essen einladen sollte, aber ich wußte auch, daß ich es nicht tun sollte. Ich sprach sehr förmlich mit ihm, so wie die Leute normalerweise mit Priestern reden.
„Danke, Father. Willard geht es jetzt gut. Ich kann später Pauline oder einen Nachbarn rufen, damit er nach Hause gefahren wird." Ich versuchte, meinen Worten durch den Ausdruck in den Augen die Härte zu nehmen, und Father Hurlburt zeigte, daß er verstanden hatte. Er spielte das Spiel mit.
„Ich danke Ihnen, Mrs. George. Ich habe noch viel zu erledigen. Ich gehe jetzt, Willard. Du hast doch nichts dagegen?"
Wir warteten auf ein Zeichen von ihm, aber nichts geschah.
„Gute Nacht, Father", sagte ich.
Das Auto fuhr den Hügel hinunter, der Motorenlärm wurde langsam schwächer. Ich füllte einen Teller bis zum Rand und trug ihn durch den Raum.
Ich hatte mir Willards Gesicht schlimmer vorgestellt, aber es war schrecklich genug. Er hatte wenig Ähnlichkeit mit dem auffallend hübschen Jungen, den ich in der Schule gekannt hatte. Tiefe Furchen durchschnitten seine Wangen, der Kiefer war keilförmig gespalten. Glänzende Haut bedeckte die Partie von der Nase bis zur Unterlippe nur teilweise, so daß eine Zahnreihe dauernd zu sehen war. Die Zähne wirkten zu weiß, sie konnten nicht echt sein. Er hatte das Haar lang wachsen lassen, aber es verhüllte nur dürftig das Loch, wo sein Ohr gewesen war. Doch das Schlimmste an Willard war der haßerfüllte Ausdruck in sei-

nen Augen. Kapitulation war darin zu lesen, und kein anderes Gefühl hatte daneben Platz.
Seine Schwäche machte mich kühn.
„Du siehst besser aus, als ich erwartet habe", sagte ich.
Ein Geräusch wie ein heiseres Lachen drang aus seiner Kehle. „Was weißt du denn schon davon?" Er überschüttete mich mit seinem eingebildeten Selbstmitleid. Ich war so irritiert, als hätte mir jemand Wasser über den Kopf gegossen.
Also erzählte ich ihm meine Lebensgeschichte. Ich hatte es vorher nicht geplant und nicht darüber nachgedacht. Ich breitete mein Leben vor ihm aus – Clara und Papa und Mama und Pauline; Christine, die Lügen, die Einsamkeit. Willard konnte es sich anhören und entscheiden, ob es schlimm genug für ihn war. Ich lauschte meiner eigenen Geschichte und konnte sie nicht mehr deuten. Ich hörte sie wie einen Bericht im Radio, der so traurig klang, daß er einen Applaus und eine Reise nach Florida verdient hätte. Unglück war das einzige, was Willard wertvoll erschien. Ich erzählte mein ganzes Elend und legte mein Schicksal in seine zerschundenen Hände.
Mein Bericht war zu Ende, der Tee war in der Tasse kalt geworden, und die Brühe des Stews hatte eine Kruste im Topf gebildet. Die Nacht war hereingebrochen, wir konnten uns kaum noch sehen. Ich hob die Handflächen vor das Gesicht und atmete hinein. Meine Haut war kalt und roch nach Zwiebeln. Ich stützte die Ellenbogen auf den Tisch. Das Gewicht war schwer und ausbalanciert.
Willards Holzstuhl knarrte, als er sich vorbeugte. Er zog mit seiner Hand meine Finger weg. Mein Gesicht lag bloß. Ich wartete, atmete kaum und schloß die Augen. Dann fühlte ich seine Berührung so leicht wie Nebel auf der Wange.

Christine vermißte immer noch ihre Großmutter und freute sich deshalb über Willards Anwesenheit. Sie gewöhnte sich schnell an seine Narben. Als ihm bewußt wurde, daß ihn Christine nicht mit dem Jungen vergleichen konnte, der er einmal gewesen war, fühlte er sich bald frei. Er erzählte ihr von dem Schiff, mit dem er über das Meer gefahren war, und von den exotischen Tieren,

die er in Zoos gesehen hatte. Sie durfte auf ihm wie auf einem Pferd reiten.
Pauline war verärgert, daß ich Willard bei mir aufgenommen hatte.
„Überleg mal, wie das aussieht", regte sie sich auf. *„Meine* Schwester lebt mit einem Mann in einem Haus zusammen, der nicht ihr Ehemann ist. Was wird Papa dazu sagen, wenn er zurückkommt? Und dein Freund Father Hurlburt?"
„Es ist nicht so, wie du denkst", sagte ich, aber natürlich war es genau so. Willard hatte gleich in der ersten Nacht in meinem Bett geschlafen. Er wußte mehr als ich – ich bezog mein Wissen nur aus den Geschichten, über die wir als Schulmädchen gekichert hatten –, aber bald übernahm ich die Führung. Jeder männliche Körper wäre für mich ungewöhnlich gewesen, deswegen änderten die Wunden nichts, die der Krieg in Willards Körper eingegraben hatte. Ich kannte nur ihn. Mehr wollte ich nicht, und ich tat ihm gut, das konnte ich sehen. Wenn wir allein waren, saß er mit nacktem Oberkörper in der Sonne und sog die Wärme in sich auf.
Father Hurlburt kam wie gewöhnlich am nächsten Donnerstagabend. Da wußte ich, daß er mich nicht verdammte. Nach und nach nahm Willard an unseren Unterhaltungen teil, erzählte Geschichten und machte Witze.
Ich brauchte die ganze Marmelade auf, die Mama in jahrelanger Arbeit eingekocht hatte, nur um ihm einen Monat lang Kuchen zu backen. Ich ermüdete nicht, wie es vielen anderen an meiner Stelle ergangen wäre. Willard brauchte täglich Trost, Rückversicherung und Mitgefühl. Ich machte mich verrückt, nur damit er lachte, korrigierte niemals seine Grammatikfehler oder die Verdrehungen in den Geschichten aus alten Zeiten. Er wurde selbstsicherer und prahlte mit seinen Abenteuern als Soldat, mit den Schlachten, die er gewonnen hatte, und seinen Heldentaten. Und ich lauschte mit großen Augen und stellte ihm nur Fragen, die er sicher beantworten konnte.

Seine Mutter fragte das halbe Reservat, was sie nur gegen mich unternehmen könne. Sie kam aus einer angesehenen Familie, war die Witwe eines guten Ernährers, und für ihre Zukunft hatte sie auf Willard gebaut. Der Krieg in Übersee war ausgebrochen, und sie hatte den Krieg in ihre Pläne eingebaut. Die Armee sei ein Weg für Willard, mehr Erfahrungen zu sammeln und fremde Länder kennenzulernen, sagte sie. Er werde stärker zurückkehren. Als er endlich zurückkam, war er schwächer, geschlagen. Sie hatte ihn nicht einmal erkannt. Da verzweifelte sie. Jeder und alles war schuld: die Deutschen, die Amerikaner, Willards Wagemut und jetzt ich.

Sie brachte es übers Herz, uns fast drei Monate lang nicht zu besuchen. Erst kurz bevor Willard zur nächsten Operation ins Krankenhaus mußte, kam sie. Pauline hatte mich über ihre Hetztiraden auf dem laufenden gehalten. Für Willards Mutter war es eine tiefe Demütigung, daß ihr Sohn, ein hochdekorierter Veteran, bei einer seltsamen Frau lebte, die ein uneheliches Kind hatte, alleinstehend war und um die sich kein Mann kümmerte. Sie hatte nicht erwartet, daß ihr Sohn sie ausgerechnet mit mir hintergehen würde, obwohl sie gehofft hatte, daß ihr jemand die Last von Willards Krankenpflege abnehmen würde. Aber ihre Hoffnungen interessierten mich nicht. Als sie schließlich kam, wußte ich nichts von ihren Klagen und war so freundlich wie eine zukünftige Schwiegertochter.

„Sie haben Elektrizität", stellte sie als erstes ungläubig fest.

„Natürlich", antwortete ich.

Sie lugte durch die Tür, die ich absichtlich offen gelassen hatte. „Und eine Toilette!" Sie hatte schon von diesen Dingen gehört, aber sie war beeindruckt, daß es so etwas wirklich bei mir gab. Christine rannte von draußen herein. Ihre Haare standen unordentlich vom Kopf ab, und sie hatte den Saum ihres sauberen Kleides durch den Dreck hinter dem Haus geschleift. Sie schenkte Mrs. Pretty Dog keine Beachtung, stürzte zum Küchenschrank, griff nach einer Tasse und füllte sie mit Leitungswasser. Sie trank, wischte sich mit dem Handrücken den Mund ab und war schon wieder draußen. Ihre Unhöflichkeit begeisterte und ermutigte mich.

Willard saß frisch gekämmt und schlecht gelaunt am Tisch. Er trug ein weites blaues Hemd, das ich für ihn genäht hatte, Ar-

beitshosen und Papas weiche Mokassins aus Hirschleder. Seine Haut war wieder von der Sonne gebräunt, und es hatte den Anschein, als umspielte ein nervöses Lächeln seine verkürzte Lippe.
„Sie waren meinem Sohn eine gute Krankenschwester", sagte Mrs. Pretty Dog und machte es sich auf einem Stuhl bequem. „Wird er nach dem nächsten Krankenhausaufenthalt hierher kommen oder nach Hause?"
„Fragen Sie Willard", sagte ich und knallte einen Topf Marmelade vor ihr auf den Tisch. „Ich hole einen Löffel und frisches Brot."
Die Stille lastete auf uns. Wir warteten beide, daß Willard etwas sagen würde, aber er verrührte nur den Zucker in seinem Tee.
„Was werden sie dieses Mal mit ihm machen?" fragte Mrs. Pretty Dog verzweifelt.
„Er bekommt ein Ohr", sagte ich. „Sie machen es aus einem Material, das sich genau wie menschliche Haut anfühlt. Sie werden an seinem Mund arbeiten und mehr Haut in sein Gesicht nähen, damit es glatter aussieht."
Mrs. Pretty Dog war von meiner genauen Schilderung schokkiert. Aber ich hatte gelernt, daß es für Willard das beste war, wenn man geradeheraus redete und das Schlimmste aussprach, das er sich im stillen dachte.
„Er wird gut aussehen", fügte ich aus Liebe hinzu.
Bei diesem Wort zuckten Mrs. Pretty Dogs Mundwinkel nach unten. Früher hatten das alle über ihren Sohn gesagt. Sie runzelte die Stirn, hob die Augenbrauen und zog sie dann zusammen. Sie schien den Tränen nahe. Aber ich verhinderte, daß sie weinte.
„Der Priester bringt mich nach der Operation ins Krankenhaus. Wollen Sie mitfahren?"
Ich ging ihr mit meiner Selbstsicherheit auf die Nerven. Sie ärgerte sich über mich und meinen Vorschlag. Dieses Gefühl überwog gegenüber ihrem Selbstmitleid. Sie kniff die Lippen zu einem winzigen Schlitz zusammen.
„Natürlich werde ich an der Seite meines Sohnes sein, wenn er mich braucht." Ihre Augen blitzten hundert Botschaften, sie

wollte mich an meine Stellung als Pflegerin erinnern. Ich verstand, warum Willard so große Angst vor ihrem Mißfallen hatte, aber auf mich hatte sie keinen Einfluß und würde ihn auch niemals haben.
„Ich werde Father Hurlburt ausrichten, daß er Sie abholen soll", sagte ich gleichmütig und stellte einen mit rundem, gelbem Brot beladenen Teller auf den Tisch. Die Fladen hatte ich im elektrischen Ofen erhitzt. Dann stellte ich mich hinter Willard, legte die Hände auf seine Schultern und ließ sie wie zufällig über seine Brust gleiten. Ich war keine Krankenschwester. Mrs. Pretty Dog sah vor ihren eigenen Augen die schlimmsten Gerüchte bestätigt, die sie verbreitet hatte. Ich fühlte, wie Willards Haut erzitterte und glaubte, ich sei vielleicht doch zu weit gegangen. Doch dann entspannten sich seine Rückenmuskeln, er berührte mit dem Kopf einen kurzen Moment lang meine Brüste und sprach.
„Iß, Mutter, bevor es kalt wird."

Ich erfuhr von Papas Tod, während Willard im Krankenhaus lag und sich von der Operation erholte. Als Father Hurlburt am Montag kam, wußte ich sofort, daß er mir etwas mitzuteilen hatte. Und als ich sein langes Gesicht sah, wußte ich, daß es etwas Unerfreuliches war.
„Willard oder Papa?" fragte ich, bevor er ein Wort gesagt hatte.
„Es geht um deinen Vater."
Ich sackte zusammen, und Father Hurlburt legte mir einen Arm um die Schultern, weil er nicht merkte, daß ich erleichtert war.
„Es tut mir leid", sagte er, als ob er daran schuld wäre. „Ich bekam einen Telefonanruf im Pfarramt."
„Ist er tot?"
Father Hurlburt nickte und hielt mich fester. Aber ich entzog mich seiner Umarmung.
„Wo?" fragte ich. „Wie ist er gestorben?"
„Ich weiß keine Einzelheiten. Es war in Minot. Ich glaube, es war eine Art Unfall."
Ich konnte mir vorstellen, was für eine Art von Unfall es gewesen war. Clara war ein zweites Mal fortgegangen, Mama hat-

te einen Schlaganfall erlitten, der ihr die Sprache raubte, Pauline hatte niemanden aus der Familie zu ihrer Hochzeit eingeladen und konnte nur eine fadenscheinige Erklärung dafür vorbringen. Die Furcht vor Verachtung und die Angst vor Enttäuschung hatten keine Macht mehr über Papa. Für ihn gab es keine Schranken mehr, und ich hatte den Mann, der mich aufgezogen hatte, nie wiedergesehen, nicht einmal für eine Stunde.
„Er hat zu lange gelebt", sagte ich. Father Hurlburt glaubte, er hätte mich mißverstanden.
„Aber Lecon hatte ein erfülltes Leben."

Meine vorletzte Periode war ausgeblieben, und die letzte auch. Aber ich behielt die Neuigkeiten für mich. Nur Christine sah, daß mir morgens übel war. Aber sie war zu sehr mit ihren eigenen Angelegenheiten beschäftigt – die Baue von Präriehunden mit Steinen zu verstopfen und ihre zahllosen Puppen und Spielsachen zu versorgen –, um davon Notiz zu nehmen.
Ich war verwundert über die Erkenntnis, daß mein Körper Leben gebären konnte. Es war wie ein Geschenk. Das Essen schmeckte mir besser, ich hörte jedes Geräusch deutlicher, und jeder Lichtstrahl brachte mir mehr Klarheit. Ich hatte einen Garten angelegt. Dort keimten Weizen und Bohnen, Rettiche und Kürbisse. Das Unkraut wuchs noch schneller, aber ich jätete es nicht. Ich ließ die Fenster des Hauses Tag und Nacht offen. Die Insekten schwirrten unter dem Schutz meines Daches frei umher. Wenn ich draußen arbeitete, trug ich oft nur meinen Büstenhalter und manchmal nicht einmal den.
Willard mußte diesmal so lange in Billings im Krankenhaus bleiben, bis jeder Schnitt verheilt und das Risiko einer Infektion gebannt war. An dem Tag, als sein neues Gesicht enthüllt werden sollte, wartete ich schon am frühen Morgen unter dem Dach der Veranda. Pauline war noch früher gekommen und hatte Christine für diesen Tag mitgenommen. Um ein Haar hätte ich mich ihr anvertraut, aber ich behielt die Neuigkeiten doch lieber für mich. Ich wollte Willard in der feierlichen Stunde eine zusätzliche Freude bereiten oder ihn im Fall einer Enttäuschung

damit trösten. Ich trug das Wissen mit mir herum wie Blumen für einen Kranken.
Mrs. Pretty Dog saß bereits neben Father Hurlburt auf dem Vordersitz des Wagens, und zuerst hatte ich nichts dagegen einzuwenden. Aber die Straßen im Reservat forderten ihren Tribut. Ich wurde durchgerüttelt und krachte bei jedem Graben und jedem Loch hart auf den Sitz hinunter. Ich biß mir auf die Zunge, bis sie blutete. Mein Kopf schmerzte, weil ich dauernd die Muskeln im Nacken anspannte, damit sich das Springen und Schlagen der Reifen nicht so sehr übertrug. Ich fühlte Brechreiz aufsteigen, die Brise vom Fenster half wenig, mir war übel. Ich dachte an das Baby, das hilflos in mir herumgeschleudert wurde, und überlegte, ob ich sagen sollte, was mit mir los war. Dann hätte ich mich auf den Vordersitz setzen können. Mrs. Pretty Dog hätte keine andere Wahl gehabt, als die eigene Bequemlichkeit für die ihres Enkelkindes einzutauschen. Aber ich hielt durch. Niemand sollte es vor Willard erfahren.

Der Vater meines Kindes blinzelte durch Schlitze in den makellos weißen Verbänden auf Gesicht und Nacken. Seine Augen waren so schwarz wie das Wasser in einem flachen Brunnen, er wirkte ängstlich und angespannt. Ich lächelte in die Untiefen hinein, während Mrs. Pretty Dog seine gute Hand tätschelte und über die lange Fahrt klagte. Sie erzählte von einem schrecklichen Traum, der sie nachts aus dem Schlaf gerissen habe. In ihrem Traum wurde Willards Gesicht enthüllt, und er sah aus wie ein Luchs.
Der Arzt kam herein und unterbrach ihre Erzählung. Er schob Mrs. Pretty Dog, Father Hurlburt und mich zur Seite. Wir standen in einer Reihe an der Wand und beobachteten, wie er eine Lage Gazebinden nach der anderen abwickelte. Die Verbände türmten sich wie ein Haufen Schnee auf dem Boden. Der Kopf des Arztes blockierte mir die Sicht, deshalb wußte ich nicht, warum Mrs. Pretty Dog keuchte. Ich erblickte in meiner Vorstellung das Gesicht aus ihrem Traum und kniff angstvoll die Augen zusammen. Aber als ich blinzelte, sah ich Willard vor mir – das verschwommene Abbild des Jungen, den ich in der

Schule gekannt hatte. Er sah so aus, wie ich es versprochen hatte. Er war fast wieder gutaussehend.
Willard las nichts in unseren Gesichtern. Er zögerte, bevor er in den Handspiegel blickte, den ihm der Arzt gereicht hatte. Aber nach dem ersten Hinsehen konnte er den Blick nicht mehr von seinem Abbild wenden. Er drehte langsam den Kopf und bewunderte, wie wir alle, das schöngeschnittene Ohr. Er leckte mit der Zunge vorsichtig über seine entzündete, verlängerte Oberlippe. Die Rundung des Kiefers verlief gleichmäßig und der Knochen war spurlos verheilt.
„Er war ein ausgezeichneter Kandidat für die plastische Chirurgie", sagte der Arzt. „Er wird noch viel besser aussehen, wenn die Entzündungen erst zurückgegangen sind."
Mrs. Pretty Dog weinte und jammerte. Sie war anscheinend nur durch eine totale Heilung zufriedenzustellen. Aber sie pries Gott für die von ihm vollbrachten Wunder und meinte, ihre Gebete und die Messen, die sie hatte lesen lassen, hätten für Willards Genesung eine große Rolle gespielt. Father Hurlburt unterhielt sich mit dem Arzt. Er befragte ihn über die Methode der Operation, den Fortschritt bei Knochentransplantationen, die Beschaffenheit des naturgetreuen Materials, aus dem das Ohr geformt war, und die Stabilität der Ergebnisse. Willard war in sein Spiegelbild versunken, berührte jeden Teil seines Gesichtes und wagte nicht, seinen Gesichtsausdruck zu verändern.
Ich freute mich natürlich für ihn, aber die Auferstehung seines Gesichtes machte mir auch Angst. In dem fremden Krankenzimmer in der Stadt waren wir von anderen Leuten umgeben. Dort waren Willard und ich wie Fremde und eher ungleiche Partner. Sein Triumph drohte meinen zu überschatten.

Die Ärzte waren fort, und alle Krankenschwestern hatten die Verwandlung bewundert. Mrs. Pretty Dog, Father Hurlburt, Willard und ich saßen anschließend im Aufenthaltsraum. Um uns herum standen kümmerliche Topfpflanzen. Wir waren nicht mehr so nervös wie am Morgen und beschäftigten uns mit der Zukunft.

„Du fängst wieder ganz von vorn an“, sagte Mrs. Pretty Dog zu Willard. „Du hast eine zweite Chance bekommen.“
Das war der ideale Zeitpunkt, um mein Geheimnis zu offenbaren, aber ich zögerte. Worte in diesem offenen Raum schienen gefährlich, sie verrieten Verstecke und zogen feindliche Aufmerksamkeit auf sich.
„Werden sie dich noch einmal operieren?“ fragte Father Hurlburt.
„In einem Jahr operieren sie noch ein letztes Mal“, sagte Willard. „Aber das kann man mit dieser Operation nicht vergleichen. Die größten Veränderungen habe ich hinter mir, sagen sie.“
„Ich kann es nicht glauben. Sie lernen laufend dazu. Eines Tages werden sie dein Gesicht völlig wiederhergestellt haben.“ Mrs. Pretty Dog zog den Rock ihres Kleides über die dicken Knie. „Wann darfst du nach Hause?“
Ich merkte, worauf sie anspielte, und lauschte gespannt auf Willards Antwort.
„Ich werde nächste Woche zu Ida zurückkehren.“
Ich bemerkte den Anflug eines Lächelns auf Father Hurlburts Lippen, aber ich sagte nichts, sondern wartete immer noch, obwohl ich nicht wußte, auf was.
„Du willst zu Ida?“ Mrs. Pretty Dog stürzte sich auf den Köder, verfing sich in der Falle und wehrte sich nach Kräften. „Du brauchst jetzt keine Krankenschwester mehr!“
Willard sprach mit einer Festigkeit, die ich noch nie an ihm bemerkt hatte.
„Du weißt, daß sie mehr als eine Krankenschwester für mich ist.“
Ich bereitete mich darauf vor, ihn zu belohnen und unsere Verbindung zu besiegeln.
„Aber du könntest jede Frau haben. Ich könnte verstehen, wenn du noch ... krank wärst, aber jetzt mußt du dich nicht mehr mit ihr zufriedengeben. Was kann sie dir schon bieten? Ein Kind ohne Vater? Sie ist eine fette Frau, die kein anderer Mann haben will.“
In ihrer panischen Angst redete sie über mich, als wäre ich nicht

anwesend, und ich erhob keine Einwände. Willard mußte jetzt für mich sprechen und seinen Standpunkt klarmachen.
„Ida ist vielleicht nicht schön", sagte er. „Sie ist auch nicht sehr intelligent. Aber als sich niemand anders um mich gekümmert hat, war sie für mich da. Als ich in ihr Haus kam, war ..."
Er redete weiter, aber seine Worte flossen an mir vorbei. Ich hörte nur immer wieder den Anfang seiner Erklärung. Die Luft in dem kleinen Raum war trocken und stickig. Gelbe Chrysanthemen verdorrten auf den steifen Stengeln, die Töpfe waren in farbige Folie eingeschlagen. Ich sah mich durch seine Augen: Ich war ein Mensch, dessen Güte die Nachteile überwog. Willard würde mich aus Dankbarkeit, aus Trotz gegen seine Mutter und aus Schwäche lieben.
„... nicht die Art, die einem den Rücken zudreht, nur weil ..."
Ich beobachtete, wie sich sein neuer, steifer Mund öffnete und schloß, sah, wie die Zähne und die Zunge aufblitzten. Ich sah in die Augen, die mich nicht sahen, nicht sehen konnten und niemals sehen würden.
Er beendete seine stolze Erklärung und sah mich an, er erwartete Dankbarkeit von mir.
Ich hörte meine Worte und dachte sie zur gleichen Zeit.
„Deine Mutter hat recht. Es ist besser, wenn du gehst. Papa kommt bald nach Hause, und ich muß für ihn sorgen. Dann ist im Haus kein Platz mehr für dich." Ich wandte mich zu Father Hurlburt und schnitt seine Einwände ab. „Wir sollten zurückfahren, bevor es zu spät wird."
Er blickte mir in die Augen und nickte, verstand aber nichts.
Mrs. Pretty Dog war durch ihren Erfolg nervös geworden und hatte Angst, alles zu verderben.
„Natürlich wissen wir zu schätzen, was Sie für Willard getan haben, Ida. Ich weiß ..."
„Was meinst du damit?" Willard war bestürzt und verwirrt. Er traute seinem echten Ohr nicht. Meine Undankbarkeit machte ihn wütend.
„Ich bin froh, daß es dir gutgeht", sagte ich. Dann sagte ich mit sanfterer Stimme: „Es kommt alles in Ordnung. Es ist ganz richtig so und nicht anders."

Ich haßte Willard nicht, aber ich wollte ihn nicht mehr. Und nach ihm gab es niemand mehr.

Bald wußten alle, daß ich schwanger war. Ich lachte, wenn jemand behauptete, daß Willard der Vater sei.
„Willard?" sagte ich. „Willard *Pretty Dog*? Und *ich*?"
Ich konnte sie dadurch zwar nicht von dem Verdacht abbringen, aber ich verunsicherte sie. Einige glaubten, daß Christines Vater zurückgekommen sei. Die Männer hielten sich von mir fern, damit sie nicht in falschen Verdacht gerieten.
„Wer ist es dann?" fragte Pauline. Sie meinte, daß eine verheiratete Schwester, selbst wenn sie das Verhalten mißbilligte, ein Recht darauf hatte, den Namen des Vaters zu erfahren.
„Was glaubst du denn?" Ich ließ sie raten, aber ich sagte nie ja oder nein zu ihren Vorschlägen. Nur bei einem einzigen Mann antwortete ich mit einem klaren Nein.
„Es ist doch nicht etwa *Father Hurlburt*?" wisperte Pauline einmal. Sie ärgerte sich über die Besuche jeden Donnerstagabend, die Freundschaft zwischen uns blieb ihr ein Rätsel.
Er war der einzige Mann, den ich nicht verlieren wollte. Ich hörte auf, Pauline auf den Arm zu nehmen.
„Nicht mit einem Priester. Niemals."
Und sie glaubte mir.

Das Warten fiel mir leicht. Ich genoß jeden Augenblick, hatte noch nie bessere Zeiten erlebt und konnte mir keine schöneren Tage vorstellen.
Christine war alles, was ich brauchte. Sie war jetzt fast vier und interessierte sich für alles, was um sie herum vorging. Ich lehrte sie, Father Hurlburts Bücher zu lesen. Mit dem nächsten Pachtzins kaufte ich ihr einen Fernseher – einen der ersten im Reservat – zur Unterhaltung. Nachdem die Antenne installiert war, saßen wir stundenlang vor der winzigen Mattscheibe. Es war komisch, in meinem Haus Englisch zu hören. Christine sah bestimmte Sendungen besonders gern und verpaßte sie nie. Sie mochte Miss Frances in „Ding Dong School", und ich mochte Kate Smith, besonders ihre Kleider. Ab und zu kam Willard

uns besuchen. Ich ermutigte ihn nicht, aber ich entmutigte ihn auch nicht. Er fand, daß ich mich verändert hätte.
„Ich weiß nicht, was es ist“, sagte er, bevor er eines Nachmittags nach Hause ging. „Aber du bist anders als früher.“
Ich wußte, was es war. Ich stellte mich nicht länger dumm. Wenn Willard einen Fehler beim Sprechen oder beim Erzählen einer Geschichte machte, wies ich ihn darauf hin. Nicht auf eine gemeine Art, nicht um ihn zu kränken, aber ich sagte es so deutlich, daß kein Zweifel blieb. Ich redete mir ein, daß ich es wegen Christine tat – sie erinnerte sich an alles, was sie hörte, also sollte sie gleich das Richtige hören –, aber es war viel mehr als das. Ich wollte, daß sie meine Intelligenz bemerkte und lernte, daß sie sich jedem Mann gegenüber genauso verhalten konnte.

Ich sprach schließlich mit Christine darüber, daß ein Baby kommen würde, ein Bruder oder eine Schwester für sie. Sie hatte eine Menge Fragen. Sie nahm die Nachricht sehr ernst auf.
„Wo werde ich wohnen, wenn du weggehen mußt?“ fragte sie.
„Falls ich weggehen muß, aber das wird sicher nicht passieren, wirst du bei Pauline und Dale wohnen.“
„Ich mag sie nicht. Kann Mutter nicht zurückkommen?“
Dieses Wort aus ihrem Mund stach mir wie ein Messer ins Herz. Christines Erinnerung an Clara verblaßte mit der Zeit, aber sie schwand nie völlig.
„Nein“, sagte ich.
„Wie wird das Baby heißen?“
Das war dieselbe Frage, die mir Pauline gestellt und dann zur Hälfte selbst beantwortet hatte: „Wenn es ein Mädchen wird, mußt du es ‚Ann‘ nach unserer Mutter nennen. Und wenn es ein Junge wird ... Würdest du ihn wie Papa nennen?“
Ich hob die Augenbrauen, weil ich nicht glauben konnte, daß ausgerechnet sie mir diesen Vorschlag machte.
„So ist es Sitte.“ Sie war durch und durch Papas Tochter: Die Meinungen anderer Leute zählten mehr als die eigene.
„Tante Ida!“ Christines Stimme rief mich wieder in die Gegenwart zurück. Sie wurde böse, wenn ich ihr nicht sofort antwortete.

„Ich habe mich noch nicht für einen Namen entschieden. Es bringt Unglück, wenn man den Namen zu früh ausspricht."
„Wußtest du schon immer, daß ich Christine heiße?"
„Nein. Und jetzt geh nach draußen."
Alles, was sie sagte, erinnerte mich an Clara. Ich brauchte mir nichts ins Gedächtnis zurückzurufen. In der Schwangerschaft dachte ich fast automatisch an die Wochen in Denver, und ich wunderte mich immer mehr über Claras Kaltschnäuzigkeit. Ich verstand nicht, daß sie sich so wenig für Christine interessiert hatte und sie, ohne groß darüber nachzudenken, hätte weggeben können. Ich war entschlossen, das mit meinem Baby wieder gutzumachen, als ob die Harmonie der Dinge durch Clara zerstört worden wäre und ich sie wieder herstellen müßte.

Das Baby wuchs so tief in mir, daß mir die Schwangerschaft fast nicht anzusehen war. Mein Körper war stark und gab sich mit seiner Fülle zufrieden. Ich nahm lediglich ein bißchen um die Taille zu. Das Gewicht behinderte mich nicht in den Bewegungen, wie das bei anderen Frauen oft der Fall ist. Das Kind sollte im April kommen, aber schon einen Monat vorher besuchte mich Pauline jeden Morgen und jeden Abend. Die Ärzte hatten ihr gesagt, sie werde vielleicht niemals Kinder bekommen können. Sie las Bücher über Ernährung während der Schwangerschaft und fragte die alten Frauen um Rat. Sie befragte auch ihre Schwiegermutter Polly, die Hebamme war. Sie wollte auch das Geschlecht und die Veranlagung des Kindes in Erfahrung bringen. Ich hätte gesündigt, sagte Pauline, nicht aber das Kind. *Es* würde ein Neffe werden, da war sie sich sicher, und *er* würde ein Führer und ein weiser Mann werden, das hatte man ihr prophezeit. Pauline wollte seine Patin werden.
Ich machte mich über ihre Weissagungen lustig, aber ich hörte ihr immer zu. Sie sagte nichts Schlechtes, und nach und nach dachte ich über das Kind so, wie sie es beschrieb, nur stellte ich es mir noch besser vor. Ich hatte einen gewichtigen Vorsprung vor den Wahrsagern. Ich wußte, wessen Gesicht er erben würde. Paulines Faszination und die Informationen, die sie sammelte, bewirkten, daß viele Leute im Reservat neugierig waren auf die

Geburt. Später erfuhr ich, daß Wetten abgeschlossen wurden über Tag und Uhrzeit der Geburt und darüber, welchem Mann das Baby ähnlich sehen würde.
Ich weiß nicht, wer gewonnen hat.
Spät im März fegte ein warmer Wind alle Spuren des letzten Schnees hinweg, das Land wurde bloßgelegt und war bar jeder Vegetation. Die Hügel vor meinem Fenster zeichneten sich in ihrer Kahlheit gegen den niedrigen Himmel ab. Eines Nachmittags stellte ich Eier zum Kochen auf den Herd. Ich putzte das Haus, wechselte die Bettlaken und spülte das Geschirr vom Frühstück. Ich bereitete Christine früh ein Abendessen aus Würstchen und Bohnen, das war ihr Lieblingsessen. Dann legte ich mich ins Bett und wartete auf Paulines Ankunft. Als das Auto auf dem Kies vor dem Haus hielt, zählte ich die Sekunden bis zur nächsten Wehe. Ich hatte geendet, bevor sie die Tür öffnete und meinen Namen rief. Ich ließ meine Stimme ruhig klingen, damit sie sich nicht aufregte.
„Geh und hol Polly. Ich bin bald soweit."
Ihre Schritte hallten auf dem polierten Boden wider, sie rannte. Christine tauchte neben mir auf, und ich hielt ihre Hand. Wir machten ein Spiel daraus, zählten und zählten. Sie lernte die höheren Zahlen, ahmte bei der Aussprache die Anstrengung nach, die sie aus meinen Worten heraushörte, lachte über ihre Klugheit und über meine seltsamen Grimassen.
Pauline kam rechtzeitig zurück und brachte ihren Ehemann und seine Mutter mit. Polly hatte bei vielen Geburten geholfen und verschwendete keine Zeit. Sie schickte Christine mit Dale in das andere Zimmer und gab Pauline und mir knappe Anweisungen. Zuerst beobachtete ich ihre Augen, um die Zeichen zu erkennen, und dann vertraute ich mich nach und nach ihren Händen an.

Ich weiß nicht, wann genau er geboren wurde, aber ich sah ihn zum ersten Mal im Schein einer Lampe. Er hatte einen langen Schädel und schmale Hüften. Für ein Achtmonatskind war er weder dick noch dünn und weder groß noch klein. Alle Körperteile und Maße waren völlig normal.

Aber sogar Polly, die schon viele Babies gesehen hatte, bestätigte es: Mein Sohn war eine Schönheit ohne jeden Makel.
„Er ist ein Bild von einem Kind“, flüsterte Pauline. Sie stützte mit einem Arm meine Schultern, während ich ihn stillte. Ich sah den Wunsch in ihren Augen, die Sehnsucht.
„Wenn es dein Sohn wäre“, fragte ich sie, „wie würdest du ihn nennen?“
Sie hielt inne und betrachtete ihn eingehend. „Ich würde ihn nach allem, was war, doch nach Papa nennen. Lecon.“
„Aber er wird Lee heißen“, sagte ich, „damit er anders wird.“

20

Jedes Jahr zur Adventszeit brachte ich einen religiösen Kalender von der Kirche nach Hause mit und hängte ihn an einen Nagel an der Wand. Nach der Fastenzeit steckte ich ein geflochtenes Palmblatt hinter den Kalender und merkte, daß ich die Seiten nicht abgerissen hatte. Ich brachte den Kalender auf den neuesten Stand und vergaß ihn dann wieder. In meinem Haus wurde Christus entweder ständig geboren oder stand dauernd von den Toten auf.

Keine zwei Kinder, die im selben Haus lebten, hätten verschiedener sein können als Christine und Lee, aber es gab auch keine zwei Kinder, die sich näherstanden als die beiden. Auch als er schon zwei war, wachte Lee noch jede Nacht weinend auf und schlug mit der Faust gegen sein Kinderbett, damit jemand auf ihn aufmerksam wurde und mit ihm spielte. Er gab keine Ruhe, bis man ihn wiegte und wieder in den Schlaf sang. Christine war meistens früher bei ihm als ich. Lees erstes Wort war „Tina", und eine ganze Weile nannte er alles auf der Welt so: sein Essen, seine Kleidung, seine Spielsachen und mich. Er war ein wählerisches Kind. Er verlangte von seiner Umgebung, daß sie sich ihm anpaßte. Er verschliß die Satinbänder zweier Babydecken, weil er sie ständig zwischen den Fingern rieb. Er rührte bestimmte Speisen nicht an, und andere aß er nur, wenn sie mit Apfelsoße vermischt waren. Bis er in die Schule kam und sogar noch danach lag er im Winter die meiste Zeit mit Fieber im Bett. Er erkrankte an Infektionen, die niemand sonst bekam. Wir badeten seinen Kopf in kalter Milch, fütterten ihn mit Hühnerbrust und schauten jede Sendung im Fernsehen an, die er sehen wollte.

Christine war glücklich, daß sie seine kleine Mutter sein konnte und nahm es mir übel, wenn ich mich zwischen sie und Lee drängte. Sie ärgerte sich, wenn ich etwas für ihn tat, das ihre Fähigkeiten oder ihre Kräfte überstieg. An ihrem ersten Schultag war sie niedergeschmettert, weil sie ihren Bruder meiner alleinigen Pflege überlassen mußte. Sie benahm sich so, als würde sie ihn nie mehr wiedersehen und als wäre ich unfähig, für mein eigenes Kind zu sorgen.
„Er muß morgens ein bißchen schlafen", erinnerte sie mich.
„Wenn er müde ist", sagte ich. Ich freute mich auf ein paar Stunden am Tag ohne Christines ständige Überwachung. Ich war für die Zeit dankbar, in der sie nicht auf jede kleine Marotte von Lee einging, in der ich ihm Geduld und Selbstdisziplin beibringen konnte.
„Er *muß* morgens schlafen." Christine war über meine Nachlässigkeit entsetzt. Meine Bemerkung hatte ihre schlimmsten Befürchtungen bestätigt, wie sehr ich Lee vernachlässigen würde. Sie glaubte, sie halte das Haus durch die bloße Kraft ihres Willens zusammen.
„Kümmere dich um deinen eigenen Kram. Es gibt andere Dinge, über die du jetzt nachdenken mußt."
Sie sah mich kurz an. In ihren Augen lag ein Ausdruck reinster Qual. Die nahe bevorstehende Einschränkung durch die Schule und ihre physische Entfernung von Lee machten sie wütend, aber mit sieben konnte sie nicht gegen mich rebellieren. Sie hatte keine andere Wahl, als Lee meiner Pflege zu überlassen.
Pauline sagte, ich sei verrückt. Jede andere Frau wäre froh über ein Kind, das soviel Verantwortung tragen wolle, nicht genug vom Babysitten bekommen könne und nie eifersüchtig sei. Pauline nahm ihre Rolle als Patin sehr ernst, und sie machte Christine keine Vorwürfe, wenn sie Lee verwöhnte. Er sei so süß, sagte sie, und so freundlich. Er sei nicht wie die anderen Jungen, die sie kenne. Ich dürfe mich über nichts beklagen.
Obwohl ich manchmal beleidigt war, wenn Christine an meinen Fähigkeiten als Mutter zweifelte, war ich grundsätzlich mit Pauline einer Meinung. Unser Leben war so friedlich und verlief in so geregelten Bahnen, wie man es sich nur wünschen konnte.

Father Hurlburt zwang mich, in die Kirche und zu den Veranstaltungen in der Mission zu gehen, aber sonst blieb ich zu Hause. Dort hatte ich alles, was ich brauchte. In den Sommermonaten legte ich einen großen Garten an und pflegte ihn wie ein drittes Kind. Im Herbst trocknete ich die Samen meiner besten Gemüsesorten und säte sie im Frühjahr aus. Ich erntete bald Bohnen, Tomaten, Weizen und Kürbisse von solcher Schönheit und Größe, daß es fast eine Sünde war, sie zu essen. Wir brauchten wenig Geld, und deshalb verwendete ich den Erlös aus der Pacht für den Ausbau unseres Hauses. In einem Jahr kaufte ich einen Propangasherd und im nächsten neue Fensterscheiben für das Erdgeschoß und ein Sturmfenster mit Fliegengitter für den Dachboden. Ich ließ eine neue Stromleitung vom Pfosten bei der Straße zu unserem Haus verlegen und kaufte dem Stamm einen gebrauchten Wasserboiler und einen Kühlschrank ab. Pauline war mir als einzige von der Familie geblieben, aber ich vermißte niemanden.

Als Lee vier war, wurde Father Gephardt pensioniert, und Father Hurlburt übernahm seine Pflichten. Sein Orden schickte ihm keinen Assistenten, er mußte allein zurechtkommen. Das Bingospiel war weiterhin so beliebt, daß er mich Donnerstag abends nicht mehr besuchen konnte, aber ich versuchte trotzdem, diese Stunden besonders zu gestalten. Ich schaltete den Fernseher ab und spielte Karten gegen das Team von Christine und Lee. Oder ich erzählte ihnen Geschichten, in denen sie die Helden waren, oder ich zeigte ihnen die Schritte für indianische Tänze.

Die Kinder wurden älter und stellten natürlich Fragen. Sie merkten, daß wir anders als andere Familien lebten. Eine kurze Zeitlang waren sie ganz besessen von der Neugier, mehr über sich zu erfahren. Sie betrachteten es als selbstverständlich, daß sie denselben Vater hätten, und machten sich Gedanken über ihn: Lebte er in dieser Gegend? Würde er zurückkommen? Aber über dieses Thema wollte ich nicht sprechen. Die Wahrheit hätte ihnen nicht gutgetan, und es gab keine Anhaltspunkte, die ihr Spiel interessanter gemacht hätten. Wenige Männer besuchten uns, und keiner davon kam in Frage. Willard hatte eine Krankenschwester geheiratet, die ihn im Krankenhaus gepflegt hatte, und eine Familie gegründet. Wenn ich ihn in der Kirche oder im Laden traf, nickte ich ihm zu wie allen anderen auch. Ich vermutete, daß sogar er an seinem Gedächtnis zweifelte, und nicht mehr glaubte, daß zwischen uns jemals etwas gewesen war.

Vor Christine sprach ich nie über Clara. Ich wußte nicht, woran sie sich noch erinnerte, falls sie sich überhaupt erinnerte. Ich glaubte, je länger ich die Vergangenheit ruhen ließ, desto unwahrscheinlicher war es, daß sie wieder lebendig würde. Meistens verhielt sie sich so, als wäre sie zur selben Zeit wie Lee geboren, nur daß sie mehr von der Welt wußte als er. Ich redete ihr das nicht aus. Dennoch nannte sie mich ab und zu „Mutter" – ihr alter Name für Clara – statt „Tante Ida". Sie tat es, wenn sie wütend auf mich war oder mich ärgern wollte. Ich war mir nicht sicher, was sie damit ausdrücken wollte. Verhöhnte sie mich mit einem verborgenen Wissen über Clara? Oder war sie einfach unschuldig, beneidete ihre Freunde und wollte wie die anderen sein? Was es auch immer sein mochte, ich ignorierte dieses Wort und reagierte nur auf „Tante Ida".

Einmal im Jahr hörte ich etwas von Clara: Sie schickte mir zu Weihnachten eine Karte. Sie schrieb immer eine Notiz auf den unteren Rand, berichtete, wo sie sich gerade aufhielt, und prahlte mit Erfolgen, die ich ihr nicht abnahm. Bevor ich die Karten verbrannte, riß ich die Adresse aus dem Umschlag heraus und steckte die Zettel in eine Schachtel zu ihren früheren Adressen. Zuerst kamen ihre Karten aus Denver, dann von überall her: aus Oakland, Chicago, Phoenix, Los Angeles, Seattle. Ich wußte nicht, was ich ihr schreiben hätte sollen, aber aus irgendeinem Grund schien es mir gerecht, daß ich wußte, wo sie war. Zumindest darauf hatte ich ein Anrecht. Ab und zu war ich versucht, Christine fotografieren zu lassen und Clara einen Abzug zu schicken. Das geschah immer dann, wenn Christine besonders hübsch aussah oder sich besonders gut benommen hatte. Ich wollte Clara zeigen, was sie verpaßt hatte. Aber ich ließ es nie soweit kommen. Ich fürchtete immer noch zu sehr, daß Clara ein drittes Mal an meine Tür klopfen würde und ich sie nicht ein zweites Mal besiegen könnte.

Christine und Lee sprachen zwei Sprachen: Indianisch mit mir und Englisch mit dem Fernseher, heimlich auch miteinander und stolz mit ihren Lehrern in der Schule. Ich hatte nicht erwartet, daß sie so schlau sein würden, und ihre allgemein bekannte Intelligenz machte mich verlegen. Ich empfand es nicht als mein Verdienst und wurde zum sprachlosen Hintergrund, den sie übertrafen. Ich beobachtete sie, als wären sie mir vom Mond in den Schoß gefallen. In Gedanken beschäftigte ich mich mit ihren Schwierigkeiten, das füllte meine Stunden aus. Verglichen mit Pauline und mir hatten sie viel Spielraum. Ihre Handlungen schwangen in weiten Bögen wie Sensenblätter. Ich war auf alles gefaßt, jeden Morgen planten sie neue Vorhaben, die ich nicht vorhersehen konnte. Ich folgte in ihrem Kielwasser, reagierte auf ihre Gefühlsausbrüche und erfuhr so von dem Leben, das ich hätte führen können. Lee war der einfachere von beiden, weil er nur Bewunderung von mir verlangte, und die konnte ich ihm leicht geben. Christine war anstrengender. Für sie war ich die Mauer, gegen die sie anrannte, das Hindernis, das ihr den Weg versperrte, und das Wasser, das sie zu durchschwimmen hatte. Ich suchte Papa in ihnen, Clara, Willard oder mich, aber ich traute den Entdeckungen nicht, wenn mir etwas auffiel. Lee und Christine ähnelten nur sich selbst. Sie standen zwischen mir und der Vergangenheit und verbargen die Vergangenheit vor meinem Blick.
In meinem Herzen zog ich keinen vor – Lee war von mir, aber Christine war mein erstes Kind, und beide waren die Frucht närrischer Verliebtheiten –, aber sie brauchten Unterschiedliches von mir. Ich mußte Lee als kleines Kind von meinem Schoß vertreiben, damit ich meine Arbeit tun konnte. Christine war nie zufrieden: Wenn ich sie in den Armen hielt, kämpfte sie um ihre Freiheit, und wenn sie frei war, kämpfte sie darum, daß ich sie festhielt. Wo Lee auch hinging und wen er auch traf, er eroberte alle durch sein gutes Aussehen und seine treuen Augen. Aber Christine mußte sich anstrengen. Sie fand sich zu dick –

was nicht stimmte – und war immer unzufrieden mit ihrem Aussehen. In der Schule gewann sie allmählich die Anerkennung aller Nonnen – und machte sich die anderen Kinder zu Feinden. Sie arbeitete sehr hart, hielt nur Lee die Treue und verbreitete über alle anderen Klatschgeschichten. Aber vor allem legte sie mehr Frömmigkeit an den Tag, als erwartet oder verlangt wurde. Sie tauchte in den katholischen Glauben ein, den sie ihr eintrichterten, kleidete sich in seinen Schmuck und ergriff Besitz von der Religion. Die extremsten Ausformungen zogen sie an, sie war nur durch ewige Versprechungen und unabänderliche Konsequenzen zufriedenzustellen. Ich war eine Weile überzeugt, daß sie ins Kloster gehen und dort Gewänder aus Roßhaar tragen und sich mit Streifen aus Rohleder geißeln würde. Aber sogar das war für Christine zu gewöhnlich. Sie interessierte sich nicht für die Festtage der Heiligen, die wegen vieler guter Taten heiliggesprochen worden waren – der heilige Franziskus und seine sanften Tiere oder die heilige Helena und ihre Suche nach dem echten Kreuz bedeuteten ihr wenig –, sie verehrte statt dessen die Opfer blutigster Foltern: den heiligen Laurentinus, den man am Rost gebraten hatte, die heilige Johanna, die auf dem Scheiterhaufen verbrannt worden war, die heilige Katharina, die man auf ein Rad geflochten hatte. An sie alle erinnerte man sich nicht, weil sie ein Leben voller Güte geführt hatten, sondern weil sie in einem kurzen Moment tapfer und standhaft geblieben waren. Und das faszinierte die ungeduldige Christine.
Überall im Haus sah man die Spuren ihrer Frömmigkeit. Sie schmückte ihr Zimmer mit Bildern des heiligen Sebastian, der von unzähligen Pfeilen durchbohrt war, und der heiligen Thekla, die vor einem Löwen kauerte. Sie versprengte Weihwasser auf ihren Kissenbezug. Sie besaß ein grobgewebtes Skapulier, und an einem Träger ihres Unterhemdes befestigte sie eine Medaille mit dem Bild des heiligen Christophorus. Die Medaille hatte sie bekommen, weil sie das Alphabet rückwärts aufsagen konnte.
Von ihrer Erstkommunion bis zur achten Klasse machte sie immer wieder Exerzitien, damit sie eines Tages ein seliges Ende finden würde. In der Fastenzeit strengte sie sich besonders an:

Sie verzichtete auf Desserts und Fernsehen, sie stand bei Sonnenaufgang auf und ging jeden Tag zur Messe in die Mission. Sie hielt ihr Temperament im Zaum, so sehr sie sich auch durch Lee und mich provoziert fühlte. Wir merkten ihre Wut daran, wie sie beim Beten ihre Hände zusammenpreßte und die schmerzhaften Geheimnisse des Rosenkranzes laut vorbetete. Die Karwoche war der Höhepunkt: Sie deckte ihre Heiligenbilder mit gefärbten Taschentüchern ab und legte die Stationen des Kreuzwegs auf den Knien zurück. Am Karfreitag schwieg sie von zwölf bis drei Uhr, um der Kreuzigung zu gedenken. Am Palmsonntag blieb sie während der gesamten Lesung der langen Messe stehen, ohne auch nur mit einer Wimper zu zucken. Die Nonnen hatten behauptet, daß dies allein eine leidende Seele aus dem Fegefeuer erretten könne. Ich erfuhr nie, wen sie für den Himmel auserwählt hatte. Aber ich vermutete, daß es ihr Vater war. Sie war zu der Überzeugung gelangt, daß er tot war und bestraft werden würde, weil er mich mit ihr allein gelassen hatte.

Die Geschichten aus dem Religionsunterricht faszinierten sie: die Auseinandersetzung des Papstes mit Attila, dem Hunnenkönig; das Martyrium der Jesuiten, die gekommen waren, um Menschenherzen fressende Indianer zu retten; der Mut trotziger Missionare in Rotchina. Christine betete besonders für die Kandidaten der Seligsprechung, für Maria Goretti, die dreiundzwanzig Messerstiche erlitten hatte, oder Kateri Tekakwitha, der wahrscheinlich der erste indianische Heilige werden würde. Sie war entschlossen, die Wunder zu erleben, die beweisen sollten, daß sie bei den Engeln weilten. Sie führte peinlich genau Buch über die Freuden, die ihr durch das Hersagen bestimmter geweihter Namen oder Worte zuteil geworden waren, und sie legte jeden Freitag in der Missionskirche die Beichte ab, bevor sie von der Schule nach Hause kam.

Ich machte mir Sorgen wegen ihres religiösen Eifers, aber meine Schwester begrüßte ihn. Obwohl Pauline es mir nie offen sagte, glaubte sie doch, daß Christine, durch einen tief verankerten Instinkt geleitet, für das Verbrechen ihrer Herkunft Buße tat.

„Sie wird belohnt werden. Misch dich nicht ein. Ich verstehe sie viel besser als du."
Ich hätte Pauline vielleicht geglaubt, aber da gab es noch die andere Seite von Christines Charakter, die Seite, die sie jede Woche dem Priester beichtete, aber niemals überwinden konnte: ihre draufgängerische Seite.
Lee brachte sie zum Vorschein, da war er noch ein kleiner Junge. Seine Klassenkameraden schüchterten ihn ein, wenn sie ihm nicht seinen Willen ließen, und er wurde von Christine abhängig, weil sie ihm Anerkennung verschaffte. Er betete sie an und blickte ehrfürchtig zu ihr auf. Er folgte ihr, wo immer sie hinging, und sie verteidigte ihn und beschützte ihn mit geballten Fäusten, wenn es nötig war. Sie beeindruckte ihn durch ihren Wagemut. Einige Dinge sah ich mit eigenen Augen, von den anderen hörte ich nur.
Ich hatte eine Tasse Tee in der Hand und sah aus dem Fenster. Es war in der Nacht, als Christine in der Luft tanzte. Damals war sie elf Jahre alt. Ich hatte Kinderstimmen in der Nähe des Hügels gehört, Verhöhnungen wie „Du machst es ja doch nicht!" „Zeig es uns doch!", und schob den Vorhang zur Seite. Es war nicht spät, der Himmel war blauviolett, und er schimmerte rot hinter dem Bergmassiv im Westen. Der Mond leuchtete so hell, daß die rennenden Gestalten lange Schatten warfen. Die Schatten der Kinder mischten sich mit den Schatten von Gebäuden und Bäumen und spalteten sich dann wieder ab. Es war so hell, daß ich den Lichtschein des Mondes in ihren Augen sehen konnte. Sie sammelten sich in einer Gruppe, ein kleines Stück daneben standen Christine und Lee.
„Ich werde es tun", sagte sie, und ich hörte das Zittern in ihrer Stimme.
„Dann tu's doch!"
Ich starrte hinüber und kniff die Augen zusammen, damit ich besser sehen konnte. Ich sah, wie die Kleider von ihrem Körper abfielen. Ihre Haut war grauweiß wie Regenwolken und glänzte wächsern wie der Bauch einer Schlange. Lee bückte sich und hob ihre Schuhe auf, dann gesellte er sich zu den anderen Kindern.

In Windeseile rannte sie den Hügel hinunter. Ihre Füße bewegten sich geräuschlos, ihr Haar flatterte wie Rabenschwingen.
„Du mußt bis zum Briefkasten rennen", rief jemand.
Christine verschwand hinter einer Erhebung. Die Minuten verstrichen. Ich hielt den Atem an und konnte mich vor Anspannung nicht bewegen. Was sie tat, war jenseits von Gut und Böse, es lag außerhalb meiner Erfahrung und meines Wissens. Ich hörte einen metallenen Klang, laut wie eine Glocke. Das Gelächter verstummte.
Sie erschien wieder, ging langsam, und ihr Umriß zeichnete sich gegen den Himmel ab. Sie war jetzt ruhig. Störrische Nacktheit schützte ihren Körper und gab ihm Kraft. Lee rannnte auf sie zu. Sie erlaubte ihm, an ihrer Seite zu gehen, er trug ihre Kleider in der Hand. Sie kehrte an die Stelle zurück, von der sie aufgebrochen war. Erst da zog sie sich wieder an.
Ich ließ so viel Zeit verstreichen, wie Wasser in einer Tasse zum Abkühlen braucht, dann rief ich.
„Lee! Christine!"
Sie kamen herein und waren unsicher, ob ich Bescheid wußte.
„Wascht eure Gesichter", sagte ich. „Geht schlafen."
Sie beeilten sich, weil sie mein Mißtrauen nicht wecken wollten.
Später, bevor ich zu Bett ging, beobachtete ich beide im Schlaf. Lee lag in einem Kinderbett in einer Nische im Hauptraum. Wir hatten den Alkoven mit Decken abgeteilt, die wir auf einen Strick gereiht hatten. Er lag ausgestreckt auf dem Rücken, die Lippen geöffnet, die Augenlider flatterten im Rhythmus seiner Träume. Ich beugte mich zu ihm hinunter, roch seinen süßen Atem, zog die Decke bis zu seinem Kinn hoch und berührte den schwarzen Fächer seiner Haare. Seine Beine waren so geschmeidig wie schlanke Zweige. Er sah besser aus, als Willard jemals ausgesehen hatte.
Ich drückte die Tür zu Christines Zimmer auf. Sie lag in einem dünnen Nachthemd auf einem Nest von Decken, die Beine aneinandergepreßt und die Hände vor der Brust geballt. Ich sah, daß sich ihre Lippen bewegten und schnelle, unhörbare Worte formten. Sie hatte die Augen fest geschlossen, ihr Körper war

in sich selbst versunken, als müsse sie sich gegen frostige Kälte schützen.

Lee vertraute sich mir an. Er erzählte mir von Christines waghalsigen Abenteuern, und einige hielt ich für ziemlich gefährlich. Er schwor, sie habe eine Schlange durch das bloße Funkeln ihrer Augen in Schach gehalten. Er zeigte mir heimlich eine Münze, die sie aus dem Klingelbeutel in der Kirche gestohlen hatte. An den Kratzern und blauen Flecken auf ihren Armen und Beinen sah ich, was für Kämpfe sie mit anderen Kindern austrug.
Aber ich versuchte nicht, sie aufzuhalten. Lee mußte mir nur versprechen, daß er sie nicht nachahmen und sich selbst schützen würde.
Lee zog anders die Aufmerksamkeit auf sich. Im Herbst kam er in die dritte Klasse. Im Sommer davor hörte er den Applaus und die Hochrufe bei den Tanzwettbewerben unseres Pow Wows und beschloß, ein Star zu werden. In diesem Jahr fertigte Dale drei Reifen an und lehrte Lee, sie im Rhythmus der Trommeln zu bewegen. Er zeigte Lee, wie er die Reifen über seinen feingliedrigen Körper gleiten lassen oder sie in einer Kette über den Schultern aufreihen konnte. Von Anfang an tanzte Lee mit natürlicher Anmut. Im Winter saß ich stundenlang auf einem Stuhl und schlug mit der flachen Hand rhythmisch auf den Tisch, während er Tanzschritte auf einem leergeräumten Platz vor dem Herd übte. Lee war zu sich selbst hart, er zerbrach zwei Reifen absichtlich, nachdem er sie aus Versehen hatte fallen lassen. Ich flickte sie mit Klebeband, bis ich Dale bezahlen konnte, damit er neue anfertigte.
Christine war vor seinem ersten Auftritt so aufgeregt wie er selbst. Im Frühjahr hielt sie eine neuntägige Andacht und betete für seinen Erfolg. Sie und Pauline halfen mir, sein Kostüm zu nähen. Ich stickte himmelblaue Medaillons auf das Kostüm, in der Mitte glänzten goldene Sterne auf dunkelbraunem Filz. Ich nahm einen Kredit auf die nächste Pachtzahlung auf und bestellte einen Kopfschmuck von bester Qualität. Ich versah den Kopfschmuck mit langen Stachelschweinborsten und änderte ihn so ab, daß er sicher auf Lees Kopf hielt. Christine nähte ein

lose herabhängendes Tafthemd an der Nähmaschine im Mädchenklassenzimmer der Mission. Das edle Material stammte von einem feinen weißen Kleid, das Father Hurlburts Schwester zur weiteren Verwendung hergeschickt hatte. Pauline machte Manschetten aus Kuhleder mit Zinnglöckchen und eine Turnüre aus Truthahnfedern mit gelben Spitzen, und ich stickte noch ein passendes Medaillon in der Mitte der Federn auf. Dale lieh ihm eine geschnitzte Pfeife und eine kleine Adlerschwinge, die von einem Cree-Tänzer zum anderen weitervererbt wurde. Und Lee ließ sich die Haare wachsen. Im Frühjahr waren sie so lang, daß man Strähnen abteilen und dick mit Tuchstreifen umwickeln konnte.

Dennoch wollte er im Sommer nicht tanzen. Wir konnten sagen, was wir wollten, und seine Drehungen so oft loben, wie wir wollten. Er tanzte nicht. Er sah bei jedem Pow Wow mit einer Mischung aus Angst und Verachtung zu und lachte ungnädig über jeden Teilnehmer am Wettbewerb, der nach dem letzten Trommelschlag noch schwankte. Er lachte höhnisch, wenn eine Feder im Wirbelwind der Bewegung zu Boden fiel. Lee kannte seine eigene Kraft nicht und fürchtete sich davor, sie zu prüfen. Er legte sein Kostüm weg und hängte sich wie ein kleiner Junge an Christines Arm, als er im Herbst wieder zur Schule ging. Ich glaubte, daß ihre gespielte Tapferkeit zu übermächtig für ihn war und ihr Beispiel ihn zurückhielt.

An einem Freitag im darauffolgenden Frühling änderte sich jedoch alles. Christine kam spät zum Abendessen nach Hause, trug keine Unterwäsche, und ihre Beine waren zerkratzt. Sie weigerte sich, ihr Zimmer zu verlassen. Lee kam ein paar Minuten später. Er hatte eine neue Selbstsicherheit an sich, die mich an Willard erinnerte. Und er hatte etwas zu erzählen.

„Was ist passiert?“ fragte ich. „Ist Christine verletzt?“

„Sie hatte *Angst*, Tante Ida“, sagte Lee. „Ich habe sie gerettet.“

Er drängte sich neben mich. Ich rührte die Kartoffelsuppe um, die vor sich hinkochte, und er legte den Kopf an meine Seite. Ich betastete mit der Hand automatisch seine Schulter und strich über seinen Arm. Dann ging ich einen Schritt zurück und betrachtete ihn.

„Du hast sie gerettet? Wovor?"
Er lächelte eingebildet. Ich haßte dieses Lächeln. Es hatte etwas Großspuriges an sich, ein männliches Geheimnis, von dem er nicht glaubte, daß ich es verstehen würde.
„Hat jemand versucht, Christine zu verletzen?" Ich fühlte Panik aufsteigen. Ich dachte an all die Dinge, die hätten passieren können.
„Sie hatte Angst", wiederholte er, immer noch von diesem Gedanken beeindruckt. „Sie ist zu hoch geklettert und konnte allein nicht wieder herunter. Da habe ich ihr geholfen."
Ich wandte mich wieder der Kartoffelsuppe zu, damit sie nicht anbrannte. Ich wußte, was er hören wollte. Ich sollte ihm Fragen stellen und ihn für seine Tat loben, aber sein ungewohntes Selbstvertrauen jagte mir einen Schauer über den Rücken, und ich dachte statt dessen an Christine. Ihre Niederlage, oder was es auch immer war, beeindruckte mich mehr als Lees Sieg. Sie weckte meine Zärtlichkeit für Christine. Ich sehnte mich zurück nach dem Baby, das auf dem ganzen Weg nach Billings gegen den Schlaf angekämpft hatte.
„Sag Christine, sie soll sich waschen und zum Abendessen kommen", wies ich Lee an, und er war enttäuscht über meine Gleichgültigkeit. „Wir sind ohnehin schon spät dran."
Das erste Pow Wow in diesem Sommer fand ein paar Wochen später statt. Lee zog das Kostüm an und ging in den Kreis, ohne zu zaudern. Er gewann nicht – so gut war er nie –, aber er nahm die Vorführung ernst und machte keine Fehler. Sie zeichneten ihn als besten Nachwuchstänzer aus.

Seit diesem Tag war es für Lee wichtig, Risiken zu bestehen. Er suchte förmlich nach Situationen, um seinen Triumph zu wiederholen. Er wurde tollkühn und hielt sich für unbesiegbar. Ich fürchtete, daß er sich so täuschen konnte.
Christine wurde dagegen immer unsicherer. Sie hatte auf einmal vor allem in ihrer Umgebung Angst. Zuerst wollte sie nicht mehr im Teich nahe dem Canyon schwimmen, weil sich ihr Fuß in einer Unterwasserpflanze verfangen könnte und sie dann ertrinken müßte. Dann blieb sie im Laden dicht bei mir und verbarg

ihr Gesicht beim Anblick von Fremden. Der Höhepunkt war in einer Nacht erreicht, als sie aus dem Schlaf hochfuhr, panisch erschreckt von dem Gedanken an ihre Sündhaftigkeit und die Gewißheit, daß sie in die Hölle kommen würde, wenn sie starb, bevor sie die Absolution empfangen hatte. Ich konnte sie eine Stunde lang nicht beruhigen. Erst dann schlief sie wieder ein.
Zuerst fand ich Christines Verhalten nur seltsam. Es paßte so wenig zu ihr, daß ich zuerst glaubte, sie versuche auf diese Art nur, meine Aufmerksamkeit zu erregen.
„Sie hat entdeckt, daß sie sterblich ist", lächelte Pauline. „Das gehört zum Erwachsenwerden. Sie wird nicht mehr lange bei dir bleiben."
Aber ich war davon nicht überzeugt. Ich haßte Paulines Kommentare, weil sie so vorhersehbar waren: alles, was mit Christine zu tun hatte, war düster, und alles, was mit Lee zu tun hatte, war strahlend hell. Deshalb erzählte ich ihr nie, was ich von Father Hurlburt erfuhr, als er mich Mitte Dezember besuchte und Weihnachtsgeschenke in glänzenden Schachteln mitbrachte.
„Ich bin wegen Christine besorgt", sagte ich, als er sich über den Tee beugte, den ich ihm hingestellt hatte.
Er schaute fragend auf.
„Sagen Sie mir eins: Wenn sie Ihnen ihre Sünden beichtet, ist dann manchmal etwas wirklich Schlimmes dabei?"
Er blies in seine Tasse und mied meinen fragenden Blick. „Du weißt, daß ich nicht verraten darf, was sie mir unter dem Siegel der Beichte anvertraut."
Ich schüttelte ungeduldig den Kopf. Die technische Seite des Problems irritierte mich.
„Sie glaubt, sie kommt in die Hölle", sagte ich. „Sie hat den Verstand verloren."
Er rieb sich das Kinn und dachte über meine Worte nach. Dann nickte er. „Natürlich. Es muß der Brief sein."
Ich holte tief Luft und fuhr mir mit der Zunge über den Gaumen. Hatte Clara ihr geschrieben? „Was für ein Brief?"
„Es ist die Schuld von Christines Lehrerin, Schwester Alvina. Sie erzählt dauernd von einem Brief, den die Jungfrau Maria einem Mädchen namens Luzia in Portugal gegeben haben soll."

Ich sah ihn scharf an. Das ergab keinen Sinn. Und selbst wenn es wahr war, was hatte es mit Christines Gemütsverfassung zu tun?
„Der Brief soll an diesem Neujahrsabend geöffnet werden", fuhr er fort. „Sie behaupten, er werde die Zukunft vorhersagen – die Bekehrung Rußlands durch die Fürbitte des Rosenkranzes oder das Ende der Welt, wie wir sie kennen."
Ich versuchte, mir einen solchen Brief vorzustellen. Ich erhielt nur selten Post, und dann meist vom Stamm oder von dem Mann, dem ich mein Land verpachtet hatte. Ich malte mir Marias Brief aus, in einem dicken, blaßgoldenen Umschlag mit einem Heiligenschein. Der Brief lag auf einem Teller und war mit der feinen Handschrift einer Nonne beschrieben.
„Viele Kinder in Christines Klasse sind verwirrt", sagte Father Hurlburt. „Sie nehmen die Botschaft wörtlich. Ich werde Schwester Alvina verwarnen."
Am nächsten Morgen konfrontierte ich Christine mit meinem Wissen, bevor sie das Haus verließ und zur Schule ging.
„Glaubst du an diesen Brief in Portugal?" fragte ich. Ich sah die Furcht auf ihrem Gesicht und wußte, daß sie daran glaubte.
„Woher weißt du davon?" Sie war erleichtert, in ihren Augen stand die verzweifelte Bitte nach Trost.
„Father Hurlburt hat es mir erzählt. Er schien nicht so besorgt."
Christine warf aufgebracht den Kopf zurück. Sie mochte Father Hurlburt nicht mehr so wie früher. Sie hatte sich bei Pauline beschwert, daß er ihr beleidigend wenige Vaterunser und Avemarias für ihre Sünden aufbürde. Er nehme ihre Sünden auf die leichte Schulter. Die einzige Gerechtigkeit, die sie anerkannte, war der Zorn Gottes.
„Schwester Alvina weiß alles darüber", flüsterte sie. „Sie hat gehört, daß der Brief schlechte Nachrichten enthält. Wir beten jeden Tag und schicken den Armen Geld, aber der Russische Bär will nicht zum rechten Glauben zurückkehren."
Ich war völlig verblüfft, aber ich fühlte mit Christine und war von der Tiefe ihrer Sorge erschüttert, als sie fortfuhr.
„Ich wollte es dir nicht sagen. Wir können nichts tun, nur den Anweisungen in der Prophezeiung folgen."

„Und wie lauten sie?“
„Es wird im Feuer enden, und wir müssen bereit sein. Wir müssen auf dem Dach auf die Vier Apokalyptischen Reiter warten und im Stande der Gnade sein.“
„Wovon redest du denn da?“
„Es steht alles in den Briefen, in der Apokalypse. Da steht, was zu tun ist.“
„Weiß Lee davon?“ Ich hatte keine Veränderung an ihm bemerkt.
„Er glaubt nicht daran. Er will vorher nicht zur Beichte gehen.“
Darüber war sie gleichzeitig wütend und entsetzt.
Ich spürte den Impuls, Christine zu umarmen, sie mit der Wärme meines Körpers zu beruhigen und mit der Stärke meiner Arme zu stützen. Aber sie erwartete das nicht von mir, und ich gab es ihr nicht.
Sie ging. Ich blieb lange am Tisch sitzen und starrte aus dem Fenster auf den weißen Schleier aus feinem Schnee. Dieser Brief war wie ein schlechter Traum, ein Aberglauben, den die Nonnen sich ausgedacht hatten, um ihre Schüler unter Kontrolle zu halten. Christine war durch ihre Unschuld in die Falle gegangen, durch ihren Glauben an Wunder aller Art, durch ihre Überzeugung, daß ihr Leben eine besondere Bedeutung habe. Lees Stolz war ein zerbrechliches Ding, leicht zu kippen oder zu untergraben, aber Christine nahm gleich die Verantwortung für das ganze Universum auf ihre Schultern.

Ich konnte es ihr nicht abschlagen. Sie beharrte darauf, und schließlich gab ich ihr das Geld, das ich für den Kauf von Weihnachtsgeschenken gespart hatte. Sie wollte ihrer Lehrerin gefallen und schickte es nach Südamerika. Ich hörte ihr zu, während sie die Apokalypse laut vorlas, und arbeitete mit ihr einen Plan aus, wie wir allen Anweisungen Folge leisten könnten. An einem warmen Tag räumte ich die Schachteln von den Stufen, die zum Dachboden führten, und nahm das Gitter aus dem Sturmfenster auf dem Dach. Ich versprach, eine Liste all meiner Sünden anzufertigen. Ich stimmte zu, daß wir dieses Mal nicht Pauline und Dale besuchen oder sie am Neujahrsabend zu uns einladen

würden. Wir würden unter uns bleiben. Father Hurlburt erbot sich, uns vor der Mette zu besuchen oder uns zur Mette abzuholen. Aber ich lehnte seinen Vorschlag ab.
„Sie können nachher herkommen, wenn Sie wollen", sagte ich. „Wenn Christine und Lee schlafen. Wenn die Welt sich dann immer noch dreht, erzähle ich Ihnen, was geschehen ist."

Der Jüngste Tag fiel auf einen Donnerstag. Ich kümmerte mich nur um Christine. Ich zog meine besten Kleider an, damit sie zufrieden war, obwohl die Kleider selbst für das milde Wetter in diesem Dezember zu leicht waren. Ich trug eine Kette mit dem Medaillon des Heiligen Herzens um den Hals, das sie mir zu Weihnachten geschenkt hatte. Wir sprachen nicht über das Schicksal, das sie voraussah, und gingen behutsam miteinander um. Wir behandelten einander so höflich wie Fremde in einem Auto. Ich respektierte, daß sie Normalität vorspielte, respektierte die Aufmerksamkeit, die sie jedem Detail widmete, und ihre Sorge um mein Heil.
Lee nahm es mir übel, daß ich mitspielte. Er war verärgert, daß ich ihn nicht wegen seiner Kühnheit am Tag des Weltengerichts lobte. Er machte sich über Christines Angst lustig und wollte mich so oft dazu bringen, mit ihm Witze zu reißen, daß ich ihn schließlich beiseite nehmen mußte.
„Laß deine Schwester in Ruhe", sagte ich.
„Du bist immer auf ihrer Seite." Lee und ich sahen einander an, und wir wußten beide, daß das ganz und gar nicht stimmte. Er suchte nach einem anderen Argument.
„Sie glaubt sowieso nicht daran. Sie macht das alles nur, weil sie nicht zu einer Party eingeladen worden ist, die ein Mädchen aus ihrer Klasse gibt."
„Christine ist sehr fromm", beharrte ich. Ich hatte mehr Vertrauen in ihren Glauben als in irgendeine Religion sonst.
Lee rollte mit den Augen. Er dachte, ich sei eine Närrin, Christine habe mich angesteckt. Ich ergriff seinen Arm, als er weggehen wollte.
„Sei heute abend nett." Ich bat ihn selten um etwas, und er zögerte. Ich erinnerte ihn nicht daran, was er mir schuldig war

oder was ich für ihn getan hatte, aber er verstand mich trotzdem. Es hätte nichts geholfen, wenn ich ihm erklärt hätte, wie ich Christine sah. Sie brauchte Geheimnisse, das unterschied sie von anderen Leuten. Lee hatte Christines tiefste Ängste ans Licht gezerrt und ihr nichts als die Hoffnung auf das Paradies gelassen.

Obwohl er meine Hand abschüttelte, vertraute ich darauf, daß er tun würde, was ich von ihm verlangt hatte. Aber er machte weiter.

„Das ist meine *letzte* Schüssel Chili“, seufzte er beim Mittagessen. Später sagte er: „Schwester Alvina sagt, daß man bei der Auferstehung erfährt, was für Sünden jeder hat.“ Dabei grinste er Christine boshaft an.

Sie ignorierte ihn. Sie machte mir eine Dauerwelle, goß mir eine faulig riechende Mixtur über den Kopf und rollte mein Haar auf Wickler. Ich lehnte den Nacken auf das Handtuch um meine Schultern. Ich mochte die Berührung ihrer Hände auf meiner Kopfhaut und die Art, wie sie mit ihren nassen Fingern an meinen Haaren zog. Sie wollte mich auf ihre Art kennzeichnen und mein Äußeres verändern. Ich saß auf einem harten Küchenstuhl in der Nähe der Tür und dachte an Claras Lockenfrisur am ersten Tag und wie ich sie bewundert hatte.

„Du wirst schön sein“, versicherte mir Christine.

Sie hatte eine Art von Autorität an sich, und ihre Stimme klang sehr erwachsen. In der hoffnungslosen Situation fand sie Kraft, und in ihrer Kraft lag unwiderstehlicher Schmerz. Ich glaubte alles, was sie wollte. Ich hätte die Welt geopfert, um ihren Glauben an Wunder zu retten.

Ich döste aufrecht sitzend und streichelte den gestrickten Schal, den Lee für mich gekauft hatte. Die Wärme des Schals breitete sich über meine bloßen Arme aus. Ich wickelte ihn wie eine Decke um mein Sommerkleid.

Mein Haar trocknete. Christine entfernte die Wickler und zerrte einen engzackigen Kamm und Bürsten durch mein Haar. Ich machte den Nacken steif und bewegte ihn nicht. Sie hob jeden Knäuel auf meinem Kopf an und trennte die Locken, damit sie leicht und luftig über meine Arme fielen. Ich stellte mir mein

Äußeres so vor, wie ich immer hatte aussehen wollen, und ging zu Claras Spiegel. Ich sah mich wie durch Christines Wünsche und berührte das dunkle Gewirr, das mein Gesicht umrahmte. „Du könntest in einem Schönheitssalon arbeiten", sagte ich und wußte genau, daß sie keine Chance hätte. Im Spiegel suchte ich ihre Augen. Ich sprach zu ihren Augen und bekam Antwort.
Lees Lachen zerriß meinen Traum, als wäre er ein Fetzen Papier. „Halt den Mund!" Christine bettelte, aber er kümmerte sich nicht darum. Er machte sich weiter über sie lustig und beendete den Tag und das Jahr mit seiner Dummheit. Ich wünschte mir, sie würde ihn ins Gesicht schlagen und ihm mit der Prophezeiung Angst einjagen. Ich sehnte Blitz, Donner und einen Feuerregen herbei.
„Oh, mir ist alles egal!" Christine warf das Handtuch, das ich um die Schultern gelegt hatte, zu Boden und gab ihm einen Fußtritt, daß es in eine Ecke flog. „Das ist alles Mist. Nichts wird passieren." Sie durchquerte den Raum, stellte sich vor Lee hin, drückte mit beiden Händen seine Wangen zusammen und sprach direkt in sein Gesicht. „Du hast gewonnen."

Ich briet Hackfleisch zum Abendessen und hörte zu, wie sie sich beim Essen zankten. Lee war mit seinem Sieg zufrieden und bereit, Frieden zu schließen. Er wollte, daß Christine zum Radio sang, wie er es mochte. Sie widersetzte sich seinem Wunsch ein paar Minuten lang, dann ging sie in ihr Zimmer, schaltete das Radio ein und kehrte zurück. Die Tür ließ sie weit offen. Ihre Stimme klang unnatürlich. Sie sang eine andere Tonart, und es schmerzte mir in den Ohren. Lee ging in ihr Zimmer und suchte nach einem Sender, der Lieder spielte, die ihm gefielen. Sie wechselte die Tonhöhe mit der neuen Melodie, aber es klang nicht besser.
Ich wand Lees dicken Schal um den Kopf, zerdrückte das drahtige Haar und stellte den Fernseher an, um ihren Lärm zu übertönen.
Lee wollte bis Mitternacht aufbleiben.
„Ich will nur sichergehen, daß du unrecht hast", zog er Christine auf. Als Antwort knallte sie die Tür zu ihrem Zimmer

hinter sich zu und drehte das Radio lauter. Viele Bläser und Streicher spielten. Es war andere Musik, als sie normalerweise hörte. Es klang feierlich wie ein Fest. Allein mit mir fühlte sich Lee schuldig und erhob keine Einwände, als ich ihn zu Bett schickte.
Ich löschte das Licht, saß im blauen Glühen der Mattscheibe und schaltete auf eine Show um, die schon angefangen hatte und von einer Station ohne Ton gesendet wurde. Es war dumm, die aufdringlichen, stummen Streitereien der Schauspieler anzuschauen. Ich schaltete den Apparat ab.
Christine war eingeschlafen und hatte das Radio vergessen. Die Musik ergoß sich in das dunkle Haus wie Wasser in ein Becken. Sie stieg die Wände hinauf, drückte mich nieder und erstickte mich. Ich entfernte den Schal und schüttelte das Haar aus, dann strich ich mir die Augenbrauen glatt. Ich löste meine verkrampfte Grimasse.
Die Radiostation beendete ihr Programm. Es war schon sehr spät. Zuerst hörte ich noch ein Rauschen und dann auf einmal gar nichts mehr. Kein Wind blies gegen das Haus, keine Autos fuhren auf der Straße. Ich hatte so lange reglos dagesessen, daß ich das Gefühl für meinen Körper verloren hatte. Die Grenzen meines Bewußtseins erweiterten sich ins Unendliche und stießen auf kein Hindernis. Ich war abgetrennt von der Welt, hatte den Sinn für die Realität verloren und öffnete den Mund, ohne zu atmen.
Ein warmer Wind blies vom Backofen herüber, die Kälte im Raum hatte ihn herbeigerufen. Die Vorhänge raschelten. Lee seufzte im Schlaf und bewegte die Beine unter den Decken. Das Geräusch eines Motors kam aus der Ferne näher. Scheinwerfer beleuchteten die Straße herauf zu meinem Haus. Dann erloschen sie, das Auto hatte vor der Tür gehalten. Ich öffnete auf das Klopfen.
„Hast du geschlafen?“ Father Hurlburt sprach sehr leise. „Ich dachte, du seiest noch wach, und ich konnte Christine heute nacht nicht vergessen.“
„Schhh“, sagte ich.
Ich tastete nach seinem Ärmel, führte ihn ins Haus und quer

durch den Raum. Ich bewegte mich blind auf vertrauten Pfaden. Ich ging an der Couch vorüber und hob die lila Decke auf, die gefaltet über der Lehne hing. Ich trug das Bündel unter dem Arm. Meine Knie berührten die Treppen zum Dachboden. Ich zog Father Hurlburt mit hinauf.

Das Fenster ließ sich leicht öffnen. Wir duckten uns und stiegen auf das Dach, zuerst ich und dann Father Hurlburt. Ich schüttelte die Decke aus, wickelte sie mir um die Schultern und hockte mich auf die Teerpappe. Father Hurlburt schloß das Fenster hinter uns und folgte mir. Falls er sich wunderte, ließ er sich zumindest nichts anmerken.

„Wie spät ist es?“ fragte ich, und er sah auf die Leuchtziffern seiner Uhr. Die Nummern glühten grünlich, die einzige Farbe am Himmel.

„Es ist nach zwei Uhr. War der Abend schlimm für sie?“

„Ja.“ Ich blickte in die Ferne und sah das Land in meinem Gedächtnis. Die Nacht war so schwarz, daß man nicht sehen konnte, ob ich die Augen offen oder geschlossen hatte.

Die Kälte war erträglich, weil die Luft sich nicht bewegte. Ich ließ die Decke von den Schultern gleiten, hob die Arme über den Kopf und begann.

„Was machst du da?“ fragte Father Hurlburt.

Er hatte kurze Haare. Er kannte den flüsternden Rhythmus der drei Strähnen nicht, das Kommen und Gehen, das Drehen, Wickeln und Verweben, das Aufnehmen und Loslassen, den Rhythmus des Flechtens.